A guerra do fim do mundo

Mario Vargas Llosa

A guerra do fim do mundo

TRADUÇÃO
Paulina Wacht e Ari Roitman

12ª reimpressão

Copyright © 1982 by Mario Vargas Llosa

Grafia atualizada segundo o Acordo Ortográfico da Língua Portuguesa de 1990, que entrou em vigor no Brasil em 2009.

Título original
La guerra del fin del mundo

Capa
Raul Fernandes

Preparação de originais
Elisabeth Xavier de Araújo

Revisão
Ana Kronemberger
Rita Godoy
Fátima Fadel

cip-Brasil. Catalogação na fonte
Sindicato Nacional dos Editores de Livros, rj

V426g
    Vargas Llosa, Mario
        A guerra do fim do mundo / Mario Vargas Llosa ; tradução Paulina Wacht e Ari Roitman. — 1ª ed.— Rio de Janeiro : Alfaguara, 2008.

        isbn 978-85-60281-49-7
        Tradução de: La guerra del fin del mundo.

        1. Conselheiro, Antônio, 1828-1897 — Ficção. 2. Brasil — História — Guerra de Canudos, 1897 — Ficção. 3. Romance peruano. i. Wacht, Paulina. ii. Roitman, Ari. iii. Título.

                                    cdd:868.99353
08-1585   cdu: 821.134.2(85)-3

Todos os direitos desta edição reservados à
editora schwarcz s.a.
Praça Floriano, 19, sala 3001 — Cinelândia
20031-050 — Rio de Janeiro — rj
Telefone: (21) 3993-7510
www.objetiva.com.br
www.blogdacompanhia.com.br
facebook.com/alfaguara
instagram.com/editora_alfaguara
twitter.com/alfaguara_br

Prólogo

Eu não teria escrito este romance sem Euclides da Cunha, cujo livro *Os sertões* me revelou, em 1972, a guerra de Canudos, um personagem trágico e um dos maiores narradores latino-americanos. Desde o roteiro cinematográfico que foi seu embrião (e que nunca foi filmado) até que, oito anos mais tarde, terminei de escrevê-lo, este romance me fez viver uma das aventuras literárias mais ricas e exaltantes, em bibliotecas de Londres e de Washington, em arquivos empoeirados do Rio de Janeiro e de Salvador, e em percursos escaldantes pelos sertões da Bahia e de Sergipe. Acompanhado pelo meu amigo Renato Ferraz, peregrinei por todas as vilas onde, segundo a lenda, o Conselheiro pregou, e nelas ouvi os moradores discutindo ardorosamente sobre Canudos, como se os canhões ainda trovejassem no reduto rebelde e o Apocalipse pudesse acontecer a qualquer momento naqueles desertos salpicados de árvores sem folhas, cheias de espinhos. As raposas vinham ao nosso encontro nas calçadas e também topávamos pelo caminho com homens de roupa de couro, santarrões e cômicos ambulantes que recitavam romances medievais. Onde era Canudos havia agora um lago artificial, e suas margens estavam coalhadas de cartuchos e projéteis enferrujados das atrozes batalhas.

Inúmeros baianos me deram uma mão enquanto eu trabalhava neste romance; entre eles, além de Renato, seria indigno não mencionar pelo menos três: Antonio Celestino, José de Calazans e Jorge Amado.

Comecei a escrevê-lo em 1977, num apartamentinho do Churchill College, em Cambridge, e terminei no final de 1980, numa torreta histórica de Washington DC — onde estava graças ao Wilson Center —, em torno da qual voavam falcões e de cujas varandas Abraham Lincoln discursou para os soldados da União que combateram na batalha de Manassas.

MARIO VARGAS LLOSA
Londres, junho de 2000

Vista de Canudos

Para Euclides da Cunha no outro mundo;
e, neste mundo, para Nélida Piñon.

Antônio Conselheiro

O AntiCristo nasceu
Para o Brasil governar
Mas aí está O Conselheiro
Para dele nos livrar.

Um

I

O homem era alto e tão magro que parecia estar sempre de perfil. Sua pele era escura, seus ossos, proeminentes, e seus olhos flamejavam com um fogo perpétuo. Usava sandálias de pastor e a túnica roxa que lhe caía sobre o corpo lembrava o hábito daqueles missionários que, vez por outra, visitavam as vilas do sertão batizando multidões de crianças e casando os pares amancebados. Era impossível saber sua idade, sua procedência, sua história, mas havia algo na sua expressão tranquila, nos seus costumes frugais, na sua imperturbável seriedade que, antes mesmo de começar a dar conselhos, atraía as pessoas.

Aparecia de repente, a princípio sozinho, sempre a pé, coberto da poeira do caminho, de tantas em tantas semanas, ou meses. Sua silhueta longilínea se recortava na luz crepuscular ou nascente quando atravessava a única rua do povoado, a passos largos, com uma espécie de urgência. Avançava decidido entre cabras que chocalhavam, entre cachorros e crianças que abriam passagem e o observavam com curiosidade, sem responder aos cumprimentos das mulheres que já o conheciam e faziam reverências e corriam para lhe trazer jarros de leite de cabra e pratos de farinha e feijão. Mas ele não comia nem bebia nada antes de chegar à igreja da vila e constatar, mais uma vez, uma de tantas vezes, que estava em ruínas, descascada, com as torres semidestruídas, as paredes esburacadas, os pisos levantados, os altares roídos pelos vermes. Seu rosto se ensombrecia com uma dor de retirante a quem a seca matou os filhos e animais e privou de bens, e agora precisa abandonar sua casa, os ossos dos seus mortos, para fugir, fugir, sem saber para onde. Às vezes chorava, e no pranto o fogo negro dos seus olhos recrudescia em terríveis cintilações. Começava logo a rezar. Mas não como rezam os outros homens ou mulheres: deitava-se de bruços na terra ou nas pedras ou nas lajes lascadas, bem diante de onde era ou tinha sido ou deveria ser o altar, e orava, às vezes em silêncio, às vezes em voz alta, uma, duas horas, observado com respeito e admiração pelos moradores. Rezava o credo, o pai-nosso e as ave-marias conhecidos, e também outras rezas que ninguém tinha ouvido antes, mas que, ao longo dos dias, dos meses, dos anos, as pessoas iriam memorizando. Onde está o padre?, ouviam-no perguntar, por que não há um pastor aqui para o rebanho? Pois não encontrar um sacerdote nas vilas o afligia tanto como o abandono das moradas do Senhor.

Só depois de pedir perdão ao Bom Jesus pelo estado de sua casa ele aceitava comer e beber alguma coisa, apenas uma amostra do que os moradores do lugar insistiam em oferecer, mesmo nos anos de escassez. Aceitava dormir embaixo de um teto, em alguma das moradias que os sertanejos punham à sua disposição, mas raramente era visto deitado na rede, no catre ou no colchão de quem lhe oferecia hospedagem. Deitava-se no chão, sem nenhuma coberta, e, apoiando no braço sua fervilhante cabeleira cor de azeviche, dormia algumas horas. Sempre tão poucas, que era o último a se deitar e, quando os vaqueiros e pastores mais madrugadores saíam para o campo, já o viam trabalhando na restauração das paredes e dos telhados da igreja.

Dava seus conselhos ao entardecer, quando os homens voltavam da roça, as mulheres tinham terminado seus afazeres domésticos e as crianças já estavam dormindo. Falava nos descampados lisos e pedregosos que há em todos os povoados do sertão, no cruzamento das ruas principais, e que poderiam ser chamados de praças se tivessem bancos, coretos, jardins ou se ainda conservassem os que tiveram algum dia e foram destruídos pelas secas, pelas pragas, pela negligência. Falava na hora em que o céu do Norte do Brasil, antes de ficar escuro e estrelado, cintila entre flocosas nuvens brancas, cinzentas ou azuladas e se vê lá no alto, sobre a imensidão do mundo, um vasto fogo de artifício. Falava na hora em que se acendem as fogueiras para espantar os insetos e fazer a comida, quando o calor sufocante diminui e sopra uma brisa que deixa as pessoas com mais ânimo para suportar a doença, a fome e os padecimentos da vida.

Falava de coisas singelas e importantes, sem olhar especialmente para nenhuma das pessoas que o cercavam, ou melhor, olhando, com seus olhos incandescentes, através da aglomeração de velhos, mulheres, homens e crianças, para algo ou alguém que só ele podia ver. Coisas que se entendiam, porque eram obscuramente sabidas desde tempos imemoriais e absorvidas junto com o leite materno. Coisas atuais, tangíveis, cotidianas, inevitáveis, como o fim do mundo e o Juízo Final, que podiam acontecer, talvez, antes que o povoado reconstruísse a capela desmoronada. Como ia ser quando o Bom Jesus visse o desleixo com que cuidaram da sua casa? O que diria do comportamento dos pastores que, em vez de ajudar os pobres, raspavam seus bolsos cobrando pelos serviços da religião? Será que as palavras de Deus podiam ser vendidas, não deviam ser dadas de graça? Que desculpa dariam ao Pai os religiosos que, apesar do voto de castidade, fornicavam? Podiam, por acaso, inventar mentiras para Aquele que lê pensamentos como o rastreador lê na terra as pegadas da onça? Coisas práticas, cotidianas, familiares, tais como a morte, que leva à felicidade se entrarmos nela de alma limpa, como numa festa. Os homens eram animais? Se não fossem, deviam atravessar essa porta engalanados com seu melhor traje, em sinal de reverência Àquele que iam encontrar. Falava do céu e também do inferno, a morada do Cão, forrada de brasas e cascavéis, e de como o Demônio podia se manifestar em inovações de aparência inofensiva.

    Os vaqueiros e peões do interior o ouviam em silêncio, intrigados, atemorizados, comovidos, e da mesma maneira o ouviam os escravos e os libertos dos engenhos do litoral e as mulheres, pais e filhos de uns e de outros. Ocasionalmente, alguém — mas era raro, porque sua seriedade, sua voz cavernosa ou sua sabedoria os intimidava — o interrompia para esclarecer alguma dúvida. O século iria terminar? O mundo chegaria a 1900? Ele respondia sem olhar, com uma segurança tranquila e, muitas vezes, com enigmas. Em 1900 as luzes se apagariam e choveriam estrelas. Mas, antes, iam ocorrer fatos extraordinários. Um silêncio acompanhava a sua voz, e nele se ouviam o crepitar das fogueiras e o zumbido dos insetos que as chamas devoravam, enquanto os presentes, prendendo a respiração, faziam um esforço antecipado de memória para recordar o futuro. Em 1896 mil rebanhos correriam da praia para o sertão, e o mar viraria sertão e o sertão, mar. Em 1897 o deserto se cobriria de grama, pastores e rebanhos se misturariam e, a partir de então, haveria um único rebanho e um único pastor. Em 1898 os chapéus aumentariam e as cabeças diminuiriam, e em 1899 os rios ficariam vermelhos e um novo planeta cruzaria o espaço.

    Era preciso, então, preparar-se. Tinham que restaurar a igreja e o cemitério, a construção mais importante depois da casa do Senhor, pois era a antecâmara do céu ou do inferno, e destinar o tempo restante ao essencial: a alma. Por acaso o homem ou a mulher iam para o outro lado usando saias, vestidos, chapéus de feltro, sapatos de cordão e todos aqueles luxos de lã e de seda que o Bom Jesus nunca vestiu?

Eram conselhos práticos, singelos. Quando o homem ia embora, falavam dele: que era santo, que tinha feito milagres, que tinha visto a sarça ardente no deserto, como Moisés, e que uma voz lhe revelara o nome impronunciável de Deus. E comentavam seus conselhos. Assim, antes do final do Império e depois de proclamada a República, os habitantes de Tucano, Soure, Amparo e Pombal os ouviam; e, mês após mês, ano após ano, foram ressuscitando das ruínas as igrejas do Bom Conselho, de Geremoabo, de Massacará e de Inhambupe; e, seguindo seus ensinamentos, surgiram muros e nichos nos cemitérios de Monte Santo, de Entre Rios, de Abadia e de Barracão, e a morte foi celebrada com enterros dignos em Itapicuru, Cumbe, Natuba, Mocambo. Mês após mês, ano após ano, as noites de Alagoinhas, Uauá, Jacobina, Itabaiana, Campos, Itabaianinha, Geru, Riachão, Lagarto, Simão Dias foram se povoando de conselhos. Todos consideravam que eram bons conselhos, e por isso, a princípio em um, depois noutro e afinal em todos os vilarejos do Norte, o homem que os dava, embora seu nome fosse Antônio Vicente e seu sobrenome Mendes Maciel, começou a ser chamado de Conselheiro.

Uma treliça separa os redatores e funcionários do *Jornal de Notícias* — cujo nome se destaca, em caracteres góticos, acima da entrada — das pessoas que vão até lá para publicar um anúncio ou trazer uma informação. Os jornalistas não passam de quatro ou cinco. Um deles examina um arquivo embutido na parede; dois conversam animadamente, sem paletós mas com colarinhos duros e gravatinhas-borboleta, ao lado de um calendário onde se lê a data — outubro, segunda-feira 2, 1896 —; e outro, jovem, desmazelado, usando uns óculos grossos de míope, escreve com uma pena de ganso numa mesinha, indiferente ao que acontece ao seu redor. Ao fundo, atrás de uma porta de vidro, é a Diretoria. Um homem de viseira e punhos postiços atende a uma fila de clientes no balcão de Anúncios Pagos. Uma senhora acaba de entregar-lhe um cartão. O caixa, molhando o indicador, conta as palavras — Clisteres Giffoni// Curam as Gonorreias, as Hemorroidas, as Flores-Brancas e todas as moléstias das Vias Urinárias// Preparadas por Madame A. de Carvalho// Rua 1º de Março Nº 8 — e diz o preço. A senhora paga, guarda o troco e, quando se retira, o homem que estava atrás dela se adianta e entrega um papel ao caixa. Está de roupa escura, um fraque de duas pontas e um chapéu-coco que indicam muito uso. Uma cabeleira vermelha cheia de cachos cobre as suas orelhas. É mais alto que baixo, de costas largas, sólido, amadurecido. O caixa conta as palavras do anúncio, fazendo o dedo deslizar sobre o papel. De repente franze a testa, ergue o dedo e aproxima muito o texto dos olhos, para conferir se não tinha lido mal. Por fim, olha perplexo para o cliente, que permanece parado como uma estátua. O caixa pisca, embaraçado, e por fim diz ao homem que espere. Arrastando os pés, atravessa o local com o papel balançando na mão, bate com os nós dos dedos no vidro da Diretoria e abre a porta. Segundos depois reaparece e, com gestos, pede ao cliente que entre. Depois, volta ao seu trabalho.

O homem de escuro cruza o *Jornal de Notícias* fazendo seus passos ressoarem como se estivesse de ferraduras. Quando entra no pequeno escritório, entulhado de papéis, jornais e propaganda do Partido Republicano Progressista — Um Brasil Unido, Uma Nação Forte —, é recebido por um homem que o olha com uma curiosidade risonha, como se fosse um ser do outro mundo. Está ocupando a única escrivaninha, usa botas, um terno cinza, e é jovem, moreno, com ar enérgico.

— Sou Epaminondas Gonçalves, diretor do jornal — diz. — Entre.

O homem de escuro faz uma ligeira reverência e põe a mão no chapéu, mas não o tira nem diz palavra.

— O senhor pretende que publiquemos isto? — pergunta o diretor, sacudindo o papelzinho.

O homem de escuro confirma. Tem uma barbinha avermelhada como o cabelo, e seus olhos são penetrantes, muito claros; sua boca larga está franzida com firmeza e as fossas do nariz, muito abertas, parecem aspirar mais ar do que precisam.

— Desde que não custe mais de dois mil-réis — murmura, num português difícil. — É todo o meu capital.

Epaminondas Gonçalves fica na dúvida entre rir ou se irritar. O homem continua em pé, muito sério, observando-o. O diretor opta por passar os olhos pelo papel:

— "Os amantes da justiça são convocados para um ato público de solidariedade aos idealistas de Canudos e a todos os rebeldes do mundo, na praça da Liberdade, dia 4 de outubro, às seis da tarde" — lê, devagar. — Pode-se saber quem convoca este comício?

— Por enquanto, eu — responde o homem, sem vacilar. — Mas se o *Jornal de Notícias* quiser apoiar, *wonderful*.

— O senhor sabe o que aquela gente faz, lá em Canudos? — murmura Epaminondas Gonçalves, batendo na mesa. — Ocupam terras alheias e vivem em promiscuidade, como animais.

— Duas coisas dignas de admiração — opina o homem de escuro. — Por isso decidi gastar meu dinheiro com este anúncio.

O diretor fica um instante calado. Antes de falar outra vez, pigarreia:

— Pode-se saber quem é o senhor?

Sem fanfarronice, sem arrogância, com uma solenidade mínima, o homem se apresenta assim:

— Um combatente da liberdade, senhor. O anúncio vai ser publicado?

— Impossível, senhor — responde Epaminondas Gonçalves, já dono da situação. — As autoridades da Bahia só estão esperando um pretexto para fechar o meu jornal. Por mais que da boca para fora tenham aceitado a República, continuam sendo monarquistas. Somos o único jornal autenticamente republicano do Estado, suponho que já notou.

O homem de escuro faz um gesto desdenhoso e resmunga, entre os dentes, "Era o que eu esperava".

— E lhe aconselho que não leve este anúncio ao *Jornal da Bahia* — prossegue o diretor, devolvendo o papelzinho. — É do barão de Canabrava, o dono de Canudos. O senhor acabaria na cadeia.

Sem uma palavra de despedida, o homem de escuro dá meia-volta e se afasta, guardando o anúncio no bolso. Atravessa a redação do jornal sem dirigir a vista ou a palavra a ninguém, com seu andar sonoro, observado de esguelha — uma silhueta fúnebre, cabelos ondulantes muito acesos — pelos jornalistas e clientes dos Anúncios Pagos. Após sua passagem, o jornalista jovem, com seus óculos de míope, levanta-se da mesinha com uma folha amarelada na mão e vai até a Diretoria, onde Epaminondas Gonçalves ainda está espiando o desconhecido.

— "Por ordem do governador do Estado da Bahia, o Excelentíssimo Senhor Luis Viana, partiu hoje de Salvador uma companhia do Nono Batalhão de Infantaria, comandada pelo tenente Pires Ferreira, com a missão de expulsar de Canudos os bandidos que ocuparam aquela fazenda e capturar seu chefe, o sebastianista Antônio Conselheiro" — lê, ainda na soleira da porta. — Primeira página ou interna, senhor?

— Embaixo dos enterros e das missas — diz o diretor. Aponta para a rua, onde o homem de escuro desapareceu. — Sabe quem é esse sujeito?

— Galileo Gall — responde o jornalista míope. — Um escocês que anda por aí pedindo licença às pessoas da Bahia para tocar nas suas cabeças.

Tinha nascido em Pombal e era filho de um sapateiro e sua amante, uma inválida que, mesmo assim, pariu três meninos antes dele e ainda pariria uma fêmea que sobreviveu à seca. Deram-lhe o nome de Antônio e, se houvesse lógica no mundo, não deveria ter sobrevivido, pois quando ainda engatinhava ocorreu a catástrofe que devastou a região, matando lavouras, homens e animais. Por culpa da seca, quase toda Pombal emigrou para a costa, mas Tibúrcio da Mota, que em seu meio século de vida nunca se afastara mais de uma légua desse povoado onde não havia pés que não tivessem calçado sapatos feitos por suas mãos, declarou que não sairia de casa. E cumpriu, permanecendo em Pombal com mais duas dúzias de pessoas, pois até a missão dos padres lazaristas ficou vazia.

Quando, um ano mais tarde, os retirantes de Pombal começaram a voltar, animados com as notícias de que as baixadas tinham se alagado outra vez e já se podiam plantar grãos, Tibúrcio da Mota estava enterrado, assim como sua concubina inválida e os três filhos mais velhos. Tinham comido tudo o que era comestível e, quando não havia mais, tudo o que fosse verde e, por fim, tudo o que os dentes podiam triturar. O padre Casimiro, que os foi enterrando, afirmava que não tinham morrido de fome e sim de estupidez, por comerem os couros da sapataria e beberem as águas da lagoa do Boi, fervedouro de mosquitos e de pestilência que até os bodes evitavam. O padre abrigou Antônio e sua irmãzinha, conseguiu fazê-los sobreviver com uma dieta de ar e orações e, quando as casas do povoado se encheram de gente outra vez, arranjou um lar para eles.

A menina ficou com a madrinha, que foi trabalhar numa fazenda do barão de Canabrava. Antônio, então com cinco anos, foi adotado por outro sapateiro de Pombal, conhecido como Caolho — tinha perdido um olho numa briga —, que aprendera o trabalho na oficina de Tibúrcio da Mota e, quando voltou a Pombal, herdou sua clientela. Era um homem carrancudo, que se embebedava com frequência e costumava amanhecer caído na rua, fedendo a cachaça. Não tinha mulher e fazia Antônio trabalhar feito um burro de carga, varrendo, limpando, passando-lhe os pregos, tesouras, selas, botas, ou indo ao curtume. Obrigava o menino a dormir em cima de um pedaço de couro, ao lado da mesinha onde o Caolho passava todas as horas em que não estava bebendo com seus compadres.

O órfão era miúdo e dócil, puro osso e uns olhos coibidos que inspiravam compaixão nas mulheres de Pombal. Sempre que podiam, estas lhe davam alguma coisa para comer ou a roupa que seus filhos não usavam mais. Um dia, foram — meia dúzia de mulheres que tinham conhecido a entrevada e fofocado com ela em inúmeros batizados, crismas, velórios, casamentos — à oficina do Caolho exigir que mandasse Antônio às aulas de catecismo, a fim de ser preparado para a primeira comunhão. Assustaram de tal modo o sapateiro, dizendo que Deus acertaria as contas com ele se o menino morresse sem comungar, que o homem consentiu, muito a contragosto, que fosse à catequese da missão, todas as tardes, antes das vésperas.

Uma coisa notável aconteceu então na vida do menino que, pouco tempo depois, em decorrência das mudanças produzidas pela catequese dos lazaristas, começaria a ser chamado de Beatinho. Saía das aulas com o olhar indiferente ao que estava à sua volta e como que purificado de escórias. O Caolho contou que muitas vezes o encontrava, de noite, ajoelhado na escuridão, chorando pelo sofrimento de Cristo, tão absorto que só conseguia trazê-lo de volta ao mundo sacudindo-o. Outras vezes ouvia o menino falar em sonhos, agitado, da traição de Judas, do arrependimento de Madalena, da coroa de espinhos, e certa noite ouviu-o fazer voto de castidade perpétua, como São Francisco de Sales quando ia completar onze anos.

Antônio tinha encontrado uma ocupação para dedicar sua vida. Continuava fazendo submissamente as tarefas do Caolho, mas trabalhava entrecerrando os olhos e mexendo os lábios de maneira que todos entendiam que, por mais que aparentemente estivesse varrendo ou indo à oficina do correeiro ou segurando a sola que o Caolho martelava, na realidade estava rezando. As atitudes do menino deixavam o pai adotivo confuso e assustado. No canto onde dormia, o Beatinho foi construindo um altar, com figuras que lhe davam na missão e uma cruz de xiquexique que ele mesmo esculpiu e pintou. Ali acendia uma vela para rezar, quando acordava e quando se deitava, e ali, de joelhos, com as mãos juntas e a expressão contrita, passava seus momentos de folga, em vez de correr pelos descampados, montar os animais chucros em pelo, caçar pombos ou ver os bois serem castrados, como os outros meninos de Pombal.

Desde que fez a primeira comunhão, passou a ser coroinha do padre Casimiro e, quando este morreu, continuou ajudando os lazaristas a rezar a missa, embora tivesse que caminhar, entre idas e vindas, uma légua diária. Nas procissões levava o incenso e ajudava a decorar os andores e altares nas esquinas onde a Virgem e o Bom Jesus paravam para descansar. A religiosidade do Beatinho era tão grande quanto a sua bondade. Era um espetáculo habitual para os habitantes de Pombal vê-lo como guia do cego Adelfo, às vezes levando-o à roça do coronel Ferreira, onde trabalhara até contrair catarata e da qual vivia melancólico de saudade. O menino o conduzia pelo braço, campo afora, com um pedaço de pau na mão para escavar na terra à procura de cobras, ouvindo com paciência as suas histórias. E Antônio também juntava comida e roupas para o leproso Simeão, que vivia como um bicho do mato desde que os vizinhos o proibiram de se aproximar de Pombal. Uma vez por semana, o Beatinho ia levar-lhe uma trouxa com pedaços de pão e carne-seca e os cereais que mendigava para ele, e as pessoas o viam, ao longe, guiando até o poço de água, por entre as pedras do morro onde ficava a sua caverna, o velho descalço, de cabelo comprido, vestindo apenas um couro amarelo.

Na primeira vez que viu o Conselheiro, o Beatinho tinha quatorze anos e havia sofrido, poucas semanas antes, um terrível desgosto. O padre Moraes, da missão lazarista, deu-lhe um banho de água fria quando disse que ele não podia ser sacerdote, pois era filho natural. Consolou-o explicando que também se pode servir a Deus sem receber as ordens, e prometeu fazer sondagens em um convento capuchinho, onde talvez o recebessem como irmão leigo. Nessa noite o Beatinho chorou com soluços tão sentidos que o Caolho, furioso, surrou-o pela primeira vez depois de muitos anos. Vinte dias mais tarde, sob o mormaço ardente do meio-dia, irrompeu pela rua central de Pombal uma figurinha comprida, escura, de cabelos negros e olhos fulminantes, usando uma túnica roxa que, em companhia de meia dúzia de pessoas que pareciam mendigos e, no entanto, tinham semblantes felizes, atravessou o povoado como uma tromba rumo à velha capela de adobe e telhas que, desde a morte de dom Casimiro, estava tão abandonada que os pássaros tinham feito ninhos entre as imagens. O Beatinho, como muitos moradores de Pombal, viu o peregrino rezar estendido no chão, ao lado de seus seguidores, e nessa tarde ouviu-o dar conselhos para a salvação da alma, criticar os ímpios e prever o futuro.

Naquela noite, o Beatinho não dormiu na sapataria. Ficou na praça de Pombal, junto com os peregrinos que se deitaram no chão ao redor do santo. E na manhã e na tarde seguintes, assim como em todos os dias que este permaneceu em Pombal, trabalhou com ele e com os seus, consertando pés e encostos dos bancos da capela, nivelando o chão e construindo um muro de pedras para demarcar o cemitério, até então uma língua de terra que se infiltrava no povoado. E todas as noites ficou de cócoras junto a ele, absorto, ouvindo as verdades que sua boca dizia.

Mas quando, na penúltima noite que o Conselheiro passou em Pombal, Antônio Beatinho lhe pediu para acompanhá-lo mundo afora, os olhos — intensos e também gelados — do santo, primeiro, e sua boca, depois, disseram que não. O Beatinho chorou amargamente, ajoelhado ao lado do Conselheiro. Era noite alta, Pombal dormia, e também dormiam os maltrapilhos, encostados uns nos outros. As fogueiras estavam apagadas, mas as estrelas cintilavam sobre suas cabeças e ouviam-se os cantos das cigarras. O Conselheiro deixou-o chorar, permitiu que beijasse a bainha da sua túnica e não se alterou quando o Beatinho lhe implorou outra vez que o deixasse segui-lo, pois seu coração lhe dizia que assim serviria melhor ao Bom Jesus. O menino abraçou seus tornozelos e beijou-lhe os pés cheios de calos. Quando viu que ele já estava exausto, o Conselheiro pegou sua cabeça com as duas mãos e o fez encará-lo. Aproximando o rosto, perguntou, solene, se amava Deus a ponto de fazer-lhe um sacrifício de dor. O Beatinho disse que sim com a cabeça, várias vezes. O Conselheiro levantou a túnica e o menino pôde ver, sob a luz incipiente, que tirava da cintura um arame que estava lacerando a sua carne. "Agora use você", ouviu-o dizer. Ele mesmo ajudou o Beatinho a abrir a roupa, apertar o cilício contra o corpo e fixá-lo.

Quando, sete meses depois, o Conselheiro e seus seguidores — haviam mudado algumas caras, o número era maior, vinha agora com eles um negro enorme e seminu, mas sua pobreza e a felicidade dos seus olhos eram os mesmos de antes — tornaram a aparecer em Pombal, em meio a um redemoinho de poeira, o cilício continuava na cintura do Beatinho, que ficou roxa, depois abriu feridas e, mais tarde, cobriu-se de crostas pardas. Não o tirara uma única vez, e reapertava regularmente o arame que o movimento cotidiano do corpo afrouxava. O padre Moraes tinha tentado dissuadi-lo de continuar com aquilo, explicando que uma certa dose de dor voluntária agradava a Deus, mas que, ultrapassado um certo limite, o sacrifício podia tornar-se um prazer mórbido estimulado pelo Diabo e que ele corria o perigo de ultrapassar esse limite a qualquer instante.

Mas Antônio não obedeceu. No dia que o Conselheiro e seu séquito voltaram a Pombal, o Beatinho estava no armazém do caboclo Humberto Salustiano e seu coração se petrificou dentro do peito, assim como o ar que entrava em seu nariz, quando o viu passar a um metro de distância, rodeado por seus apóstolos e dezenas de homens e mulheres do lugar, e se encaminhar, como da vez anterior, diretamente para a capela. Ele o seguiu, incorporou-se ao burburinho e à agitação do povoado e, no meio da multidão, rezou, a uma distância discreta, sentindo uma revolução no seu sangue. E nessa noite o ouviu pregar, à luz das chamas, na praça lotada, ainda sem coragem de se aproximar. Desta vez toda Pombal estava lá para ouvi-lo.

Quase ao amanhecer, quando os populares, que tinham rezado e cantado e levado seus filhos doentes para que ele pedisse sua cura a Deus, e que lhe haviam contado suas aflições e perguntado o que o futuro lhes reservava, partiram e os discípulos já estavam preparados para dormir, como sempre faziam, servindo-se reciprocamente de travesseiros e cobertas, o Beatinho, na atitude de reverência extrema em que ia comungar, chegou-se, vadeando os corpos maltrapilhos, até a silhueta escura, arroxeada, com a cabeça hirsuta apoiada num dos braços. As fogueiras davam seus últimos estertores. Os olhos do Conselheiro se abriram ao vê-lo chegar, e o Beatinho sempre repetiria para os ouvintes da sua história que viu neles, na hora, que aquele homem estava à sua espera. Sem dizer uma palavra — não conseguiria — abriu a camisa de brim e mostrou-lhe o arame em volta da cintura.

Depois de fitá-lo por alguns segundos, sem piscar, o Conselheiro assentiu, e um sorriso cruzou fugazmente o seu rosto. Como o Beatinho diria centenas de vezes nos anos posteriores, foi a sua consagração. O Conselheiro indicou um pequeno espaço livre, ao seu lado, que parecia reservado para ele no meio do amontoado de corpos. O rapaz se encolheu ali, entendendo, sem necessidade de palavras, que o Conselheiro já o considerava digno de sair com ele pelos caminhos do mundo combatendo o Demônio. Os cachorros tresnoitados, os habitantes madrugadores de Pombal ouviram o choro do Beatinho ainda por um longo tempo, sem suspeitar que aqueles soluços eram de felicidade.

Seu verdadeiro nome não era Galileo Gall, mas, de fato, era mesmo um combatente da liberdade, ou, como ele dizia, revolucionário e frenologista. Duas sentenças de morte o perseguiam pelo mundo afora e tinha passado cinco dos seus quarenta e seis anos na cadeia. Nascera em meados do século, num povoado do sul da Escócia onde seu pai exercia a medicina e tentou infrutiferamente fundar um cenáculo libertário para difundir as ideias de Proudhon e Bakunin. Assim como outras crianças crescem entre contos de fadas, ele cresceu ouvindo que a propriedade é a origem de todos os males sociais e que os pobres só podem romper os grilhões da exploração e do obscurantismo por meio da violência.

Seu pai foi discípulo de um homem que considerava um dos sábios mais augustos do seu tempo: Franz Joseph Gall, anatomista, físico e fundador da ciência frenológica. Enquanto para outros adeptos de Gall essa ciência consistia apenas em considerar que o intelecto, o instinto e os sentimentos são órgãos situados no córtex cerebral e podem ser medidos e tocados, para o pai de Galileo a disciplina significava a morte da religião, o fundamento empírico do materialismo, a prova de que o espírito não era o que a feitiçaria filosófica sustentava, imponderável e impalpável, mas sim uma dimensão do corpo, como os sentidos, e, da mesma maneira que estes, capaz de ser estudado e tratado clinicamente. O escocês inculcou no filho, desde que este fez uso da razão, um preceito simples: a revolução vai libertar a sociedade dos seus flagelos e a ciência vai libertar o indivíduo dos seus males. Galileo dedicou toda a existência a lutar por ambas.

Como essas ideias dissolutas complicavam sua vida na Escócia, o pai se instalou no sul da França, onde foi preso, em 1868, por ajudar os operários das fiações de Bordéus durante uma greve, e mandado para Caiena. Lá morreu. No ano seguinte Galileo também foi preso, acusado de cumplicidade no incêndio de uma igreja — os padres eram o que ele mais odiava, depois dos militares e dos banqueiros —, mas poucos meses depois fugiu e foi trabalhar com um médico parisiense, velho amigo do seu pai. Nessa época adotou o nome de Galileo Gall, em lugar do próprio, muito conhecido pela polícia, e começou a publicar pequenas notas políticas e de divulgação científica num jornal de Lyon: *l'Étincelle de la révolte*.

Um dos seus maiores orgulhos era ter combatido de março a maio de 1871, ao lado dos comuneiros de Paris, pela liberdade do gênero humano e testemunhado o genocídio de trinta mil homens, mulheres e crianças cometido pelas forças de Thiers. Também foi condenado à morte, mas conseguiu escapar do quartel antes da execução, com a farda de um sargento carcereiro que matou. Foi para Barcelona e lá ficou alguns anos, estudando medicina e praticando a frenologia ao lado de Mariano Cubí, um sábio que se declarava capaz de detectar as inclinações e os traços mais secretos de qualquer homem passando uma única vez as gemas dos dedos pelo seu crânio. Parecia que ia se graduar em medicina, mas seu amor à liberdade e ao progresso, ou sua vocação aventureira, pôs sua vida outra vez em movimento. Ao lado de um punhado de adeptos da Ideia, certa noite assaltou o quartel de Montjuich para desencadear a tempestade que, pensavam, ia abalar os alicerces da Espanha. Mas alguém os delatou e foram recebidos a bala. Viu seus companheiros caírem lutando, um por um; quando o capturaram, tinha vários ferimentos. Foi condenado à morte, mas, como pela lei espanhola não se aplica garrote vil num ferido, decidiram curá-lo antes da execução. Pessoas amigas e influentes facilitaram sua fuga do hospital e o embarcaram, com papéis falsos, num cargueiro.

Percorreu países, continentes, sempre fiel às ideias da sua infância. Apalpou crânios amarelos, negros, vermelhos e brancos, e alternou, ao sabor das circunstâncias, a ação política e a prática científica, rabiscando, ao longo dessa vida de aventuras, cárceres, golpes de mão, reuniões clandestinas, fugas e reveses, vários cadernos que corroboravam, enriquecendo, com exemplos, os ensinamentos dos seus mestres: seu pai, Proudhon, Gall, Bakunin, Spurzheim, Cubí. Foi preso na Turquia, no Egito, nos Estados Unidos, por atacar a ordem social e as ideias religiosas, mas, graças à sua boa estrela e ao seu desprezo pelo perigo, nunca permaneceu muito tempo atrás das grades.

Em 1894 era o médico de um navio alemão que naufragou nas costas da Bahia, cujos restos ficaram encalhados para sempre em frente ao Forte de São Pedro. Fazia apenas seis anos que o Brasil tinha abolido a escravidão e cinco que passara de Império a República. Ficou fascinado com sua mistura de raças e culturas, sua efervescência social e política, por ser uma sociedade em que a Europa e a África conviviam, e com alguma outra coisa que até então ele não conhecia. Decidiu ficar. Não pôde abrir um consultório, pois carecia de títulos, de maneira que, como tinha feito em outros lugares, ganhava a vida dando aulas de idiomas e em ocupações esporádicas. Gostava de vagabundear pelo país, mas sempre voltava a Salvador, onde costumava ser visto na Livraria Catilina, à sombra das palmeiras do Mirante dos Aflitos ou nos botequins de marinheiros da Cidade Baixa, explicando aos ocasionais interlocutores que todas as virtudes são compatíveis se a razão, e não a fé, for o eixo da vida, que não é Deus, e sim Satanás — o primeiro rebelde —, o verdadeiro príncipe da liberdade, e que, uma vez destruída a velha ordem graças à ação revolucionária, a nova sociedade florescerá espontaneamente, livre e justa. Havia quem o escutasse, mas de modo geral as pessoas não pareciam prestar muita atenção.

II

Durante a seca de 1877, nos meses de fome e epidemias que mataram a metade dos homens e animais da região, o Conselheiro não peregrinava mais sozinho. Ia acompanhado, ou melhor, seguido (nem parecia notar a esteira humana que prolongava suas pegadas) por homens e mulheres que, alguns tocados na alma por seus conselhos, outros por curiosidade ou simples inércia, abandonavam tudo o que tinham para ir atrás dele. Alguns o escoltavam por um trecho do caminho, outros poucos pareciam estar ao seu lado para sempre. Apesar da seca, ele continuava andando, por mais que os campos agora estivessem cobertos de ossadas ainda sendo bicadas pelos urubus, ou que só encontrasse povoados semidesertos.

O fato de não ter chovido ao longo de 1877, de terem secado os rios e de aparecerem nas caatingas numerosas caravanas de retirantes que, carregando seus miseráveis pertences em carroças ou nos ombros, perambulavam em busca de água e de sustento, não foi talvez a coisa mais terrível daquele ano terrível. E sim, talvez, os bandoleiros e as cobras que irromperam nos sertões do Norte. Sempre houve gente que entrava nas fazendas para roubar gado, trocar tiros com os capangas dos fazendeiros e saqueava vilas afastadas, perseguida periodicamente pelas volantes da polícia. Mas, com a fome, os grupos de bandoleiros se multiplicaram como os pães e peixes bíblicos. Chegavam, vorazes e homicidas, a povoados já dizimados pela catástrofe para se apoderar dos últimos restos de comida, objetos e vestimentas, e matar a tiros os moradores que se atrevessem a enfrentá-los.

Mas nunca ofenderam o Conselheiro com palavras ou atos. Cruzavam por ele nas trilhas do deserto, entre os cactos e as pedras, sob um céu de chumbo, ou na caatinga intrincada onde os arbustos haviam murchado e os troncos começavam a rachar. Os cangaceiros, dez, vinte homens armados com todos os instrumentos capazes de cortar, penetrar, perfurar, arrancar, viam aquele homem magro de túnica roxa passar entre eles em um segundo, com sua costumeira indiferença, seus olhos gélidos e obsessivos, e depois continuava fazendo as coisas que costumava fazer: rezar, meditar, andar, aconselhar. Os peregrinos empalideciam ao ver os homens do cangaço e se aglomeravam em torno do Conselheiro como pintinhos em volta da galinha. Os cangaceiros, quando constatavam sua extrema pobreza, seguiam em frente, mas às vezes paravam ao reconhecer o santo cujas profecias tinham chegado até seus ouvidos. Não o interrompiam se estivesse rezando; esperavam que se dignasse a atendê-los. Afinal se dirigia a eles, com sua voz cavernosa, que sabia encontrar os atalhos do coração. Dizia coisas que eles podiam entender, verdades em que podiam acreditar. Que aquela calamidade era sem dúvida o primeiro aviso da chegada do Anticristo e dos males que viriam antes da ressurreição dos mortos e do Juízo Final. Que se eles queriam salvar a alma deviam preparar-se para os combates que se travariam quando os demônios do Anticristo — que seria o próprio Cão vindo à Terra para recrutar adeptos — invadissem o sertão como uma mancha de fogo. Da mesma maneira que os vaqueiros, peões, libertos e escravos, os cangaceiros também refletiam. E alguns deles — o tímido Pajeú, o enorme Pedrão e até o mais sanguinário de todos: João Satã — se arrependiam dos seus crimes, convertiam-se ao bem e o seguiam.

E, tal como acontecia com os bandoleiros, também era respeitado pelas cascavéis que, assombrosamente e aos milhares, brotaram nos campos por causa da seca. Longas, escorregadias, triangulares, sinuosas, elas abandonavam seus esconderijos e também se retiravam, como os homens, matando crianças, bezerros, cabras na sua fuga e entrando sem temor nos povoados em pleno dia, atrás de sustento. Eram tantas que não havia acauãs suficientes para acabar com elas, e não era raro, nessa época transtornada, ver cobras comendo essa ave de rapina em vez de, como antigamente, a acauã levantando voo com sua presa no bico. Os sertanejos tinham que ficar dia e noite com paus e facões ao alcance da mão, e houve retirantes que chegaram a matar cem cascavéis num só dia. Mas o Conselheiro não deixou de dormir no chão, onde quer que a noite o surpreendesse. Certa tarde, ao ouvir seus acompanhantes falando de cobras, explicou que não era a primeira vez que isso acontecia. Quando os filhos de Israel voltavam do Egito para o seu país, queixaram-se das agruras do deserto e o Pai os castigou com uma praga de ofídios. Moisés intercedeu, e o Pai mandou fabricarem uma cobra de bronze que bastaria ser vista para que a mordida sarasse. Eles deviam fazer a mesma coisa? Não, porque os milagres não se repetem. Mas certamente o Pai veria com bons olhos que levassem, à guisa de bentinho, o rosto do Seu Filho. A partir de então, uma mulher de Monte Santo, Maria Quadrado, passou a transportar numa urna um pedaço de tecido com a imagem do Bom Jesus pintada por um rapaz de Pombal que, de tão piedoso, tinha o apelido de Beatinho. O gesto deve ter agradado o Pai, pois nenhum dos peregrinos foi mordido.

 E o Conselheiro também foi respeitado pelas epidemias que, em decorrência da seca e da fome, nos meses e anos seguintes castigaram os que tinham conseguido sobreviver. As mulheres abortavam assim que ficavam grávidas, as crianças perdiam os dentes e o cabelo, de repente os adultos começavam a cuspir e defecar sangue, inchavam-se de tumores ou ulcerações que os faziam rolar no cascalho como cães sarnentos. O homem filiforme continuava peregrinando no meio da pestilência e do morticínio, imperturbável, invulnerável, como barco com um piloto experiente que navega para bom porto vencendo as tempestades.

 A que porto se dirigia o Conselheiro após aquele peregrinar incessante? Ninguém lhe perguntava, ele não dizia, e provavelmente nem sabia. Agora andava com dezenas de seguidores que haviam abandonado tudo para se consagrar ao espírito. Durante os meses da seca, o Conselheiro e seus discípulos trabalharam sem descanso dando sepultura aos mortos de inanição, peste ou angústia que encontravam à beira dos caminhos, cadáveres putrefatos e comidos pelas bestas ou mesmo por humanos. Faziam caixões e cavavam covas para os irmãos e irmãs. Era uma coletividade variada em que se misturavam raças, lugares, ofícios. Havia entre eles homens com roupa de couro que tinham passado a vida tocando o gado dos coronéis; caboclos de pele avermelhada cujos tataravós índios viviam seminus, comendo o coração dos inimigos; mamelucos que tinham sido capatazes, funileiros, ferreiros, sapateiros ou carpinteiros; mulatos e negros fugidos dos canaviais do litoral e do potro, do cepo, das chibatadas com salmoura e demais castigos inventados nos engenhos para os escravos. E havia as mulheres, velhas e jovens, sadias ou aleijadas, que eram sempre as primeiras a se emocionar quando o Conselheiro, durante a parada noturna, falava do pecado, das baixezas do Cão ou da bondade da Virgem. Eram elas que costuravam o hábito roxo com agulhas de espinho de cardo e linha de fibras de palmeira, eram elas que se desdobravam para fazer um hábito novo quando o pano se rasgava nos arbustos, eram elas que substituíam as suas sandálias e disputavam as velhas para conservar como relíquias aqueles objetos que tinham tocado no seu corpo. Eram elas que, toda tarde, quando os homens acendiam as fogueiras, preparavam o angu de farinha de arroz ou de milho ou de macaxeira com água e os bocados de jerimum que sustentavam os peregrinos. Estes nunca tiveram que se preocupar com a alimentação, pois eram frugais e recebiam dádivas por onde passavam. Dos humildes, que iam correndo levar uma galinha ou um saco de milho ou queijos recém-feitos para o Conselheiro, e também dos proprietários que, quando a corte maltrapilha pernoitava em seus galpões e, por iniciativa própria e sem cobrar um centavo, limpava e varria as capelas das fazendas, mandavam seus funcionários oferecer a eles leite fresco, mantimentos e, às vezes, uma cabrinha ou um bode.

Já tinha dado tantas voltas, andado e desandado tantas vezes pelo sertão, subido e descido tantas chapadas, que todo mundo o conhecia. Os padres também. Não havia muitos, e os que havia estavam perdidos na imensidão dos sertões e eram, em todo caso, insuficientes para manter vivas as inúmeras igrejas que só eram visitadas por seus pastores no dia do padroeiro da vila. Os padres de alguns lugares, como Tucano e Cumbe, permitiam que ele se dirigisse aos fiéis do púlpito e o tratavam bem; outros, como os de Entre Rios e Itapicuru, proibiam e até o combatiam. Nos restantes, para retribuir o que ele fazia pelas igrejas e pelos cemitérios, ou porque sua força entre as almas sertanejas era tão grande que não queriam se indispor com os paroquianos, os padres lhe permitiam a contragosto que, logo depois da missa, rezasse ladainhas e pregasse no átrio.

Em que momento o Conselheiro e sua corte de penitentes souberam que em 1888, lá longe, em cidades cujos nomes até lhes pareciam estrangeiros — São Paulo, Rio de Janeiro, a própria Salvador, capital do estado —, a monarquia tinha abolido a escravidão e isso estava provocando agitação nos engenhos baianos que, de repente, ficaram sem braços? A notícia só chegou ao sertão meses depois do decreto, como costumavam chegar as notícias a esses confins do Império — atrasadas, deformadas e às vezes caducas —, e um dia as autoridades determinaram que fosse apregoada nas praças e fixada na porta das prefeituras.

E é bem provável que, no ano seguinte, o Conselheiro e seus seguidores tenham sabido com o mesmo atraso que a nação à qual pertenciam à revelia tinha deixado de ser Império e agora era uma República. Não chegaram a tomar conhecimento de que o fato não gerou o menor entusiasmo nas velhas autoridades, nem nos ex-proprietários de escravos (continuavam sendo donos de canaviais e rebanhos), nem nos profissionais liberais e funcionários públicos da Bahia que viam nessa mudança algo assim como o tiro de misericórdia na já extinta hegemonia da ex-capital, centro da vida política e econômica do Brasil durante duzentos anos e agora uma nostálgica parente pobre, que via se deslocar para o Sul tudo o que antes era dela — a prosperidade, o poder, o dinheiro, os braços, a história —, e mesmo que soubessem não entenderiam nem se importariam, pois as preocupações do Conselheiro e os seus eram outras. Aliás, o que havia mudado para eles além de alguns nomes? Não era esta a mesma paisagem de terra seca e céu cinzento de sempre? E, embora já houvessem passado vários anos desde a seca, a região não continuava curando suas feridas, chorando seus mortos, tentando ressuscitar os bens perdidos? O que havia mudado na atormentada terra do Norte, agora que havia presidente em vez de imperador? Não continuava o lavrador lutando contra a esterilidade do solo e a avareza da água para fazer o milho, o feijão, a batata, a macaxeira brotarem e para manter vivos os porcos, as galinhas e as cabras? Não continuavam as vilas repletas de desocupados e os caminhos perigosos por causa dos bandidos? Não se viam exércitos de mendigos em toda parte, como reminiscência das desgraças de 1877? Os contadores de histórias não eram os mesmos? As casas do Bom Jesus não continuavam, apesar dos esforços do Conselheiro, caindo aos pedaços?

Mas, sim, alguma coisa tinha mudado com a República. Para o mal e a confusão do mundo: a Igreja foi separada do Estado, estabeleceram-se a liberdade de cultos e a secularização dos cemitérios, que não seriam mais atribuição das paróquias e sim dos municípios. Enquanto os padres, atônitos, não sabiam o que dizer diante dessas novidades que as autoridades da Igreja se resignavam a aceitar, o Conselheiro soube, imediatamente: eram sacrilégios inadmissíveis para um fiel. E quando lhe disseram que fora instituído o casamento civil — como se um sacramento de Deus não fosse suficiente —, teve a integridade de dizer em voz alta, na hora dos conselhos, o que os padres cochichavam: que aquele escândalo era obra de protestantes e maçons. Assim como, sem dúvida, todas as outras disposições estranhas, suspeitas, de que ia tomando conhecimento nas vilas: o mapa estatístico, o censo, o sistema métrico decimal. Aos atônitos sertanejos que vinham lhe perguntar o que significava tudo aquilo, o Conselheiro explicava, devagar: queriam saber a cor das pessoas para restaurar a escravidão e devolver os negros aos seus amos, e a religião, para identificar os católicos quando começassem as perseguições. Sem levantar a voz, exortava o povo a não responder a tais questionários nem aceitar que o metro e o centímetro substituíssem a vara e o palmo.

Certa manhã de 1893, ao entrar em Natuba, o Conselheiro e os peregrinos ouviram um zumbido de vespas enfurecidas subindo ao céu na praça da Matriz, onde os homens e as mulheres estavam reunidos para ler ou ouvir a leitura de uns decretos recém-colados nas tábuas. Iam cobrar impostos, a República queria cobrar impostos. E o que eram impostos?, perguntavam muitos moradores. São como os dízimos, explicavam outros. Da mesma maneira que, antes, se uma pessoa tivesse cinquenta galinhas devia dar cinco à missão, e uma arroba de cada dez que colhia, os decretos estabeleciam que se entregasse à República uma parte de tudo o que alguém herdava ou produzia. Todos deveriam declarar nos municípios, agora autônomos, o que tinham e o que ganhavam, para saber quanto deveriam pagar. Os arrecadadores de impostos confiscariam para a República tudo o que tivesse sido escondido ou mal avaliado.

O instinto animal, o senso comum e séculos de experiência fizeram o povo compreender que aquilo seria talvez pior que a seca, que os arrecadadores acabariam ficando mais vorazes que os abutres e os bandidos. Perplexos, assustados, encolerizados, todos se acotovelavam e manifestavam sua apreensão e sua ira, em vozes que, misturadas, integradas, produziam a música beligerante que subia aos céus de Natuba quando o Conselheiro e seus maltrapilhos entraram na vila pela estrada do Cipó. O povo rodeou o homem de roxo e impediu sua passagem para a igreja de Nossa Senhora da Conceição (reformada e pintada várias vezes por ele mesmo nas décadas anteriores), aonde se dirigia com seus passos largos de sempre, trazendo as notícias que ele, muito sério e olhando o vazio, não parecia escutar.

E no entanto, instantes depois, enquanto uma espécie de explosão interna incendiava seus olhos, começou a andar, a correr no meio da multidão que se abria para lhe dar passagem, rumo às tábuas com os decretos. Foi até lá e, sem necessidade de ler, derrubou-as no chão, com o rosto transfigurado por uma indignação que parecia resumir a de todos. Depois pediu, com uma voz vibrante, que queimassem aquelas maldades escritas. E quando, ante o olhar surpreso dos funcionários do governo, o povo as queimou e, ainda por cima, começou a festejar, soltando foguetes como num dia de feira, e o fogo transformou em fumaça os decretos e o temor que eles provocaram, o Conselheiro, antes de ir rezar na igreja da Conceição, deu aos seres desse lugarejo remoto uma grave notícia: o Anticristo estava no mundo e se chamava República.

— Apitos, sim, senhor comissário — repete o tenente Pires Ferreira, tornando a surpreender-se com o que viveu e, sem dúvida, recordou e contou muitas vezes. — Soavam muito fortes de noite. Ou melhor, ao amanhecer.

O hospital de campanha é um barraco de tábuas com teto de folhas de palmeira, improvisado para abrigar os soldados feridos. Fica nos arredores de Juazeiro, cujas casas e ruas paralelas ao vasto rio São Francisco — caiadas ou pintadas de cores — se divisam por entre os tabiques, sob as copas empoeiradas dessas árvores que deram nome à cidade.

— Levamos doze dias daqui a Uauá, que já fica nas portas de Canudos, uma verdadeira proeza — diz o tenente Pires Ferreira. — Meus homens caíam de cansaço, de maneira que decidi acampar lá. E, poucas horas depois, os apitos nos acordaram.

Há dezesseis feridos, deitados em redes dispostas em fileiras, que se entreolham: vendagens toscas, cabeças, braços e pernas manchados de sangue, corpos nus e seminus, calças e jaquetas em farrapos. Um médico de uniforme branco, recém-chegado, examina os feridos, escoltado por um enfermeiro que carrega um estojo de primeiros socorros. A aparência saudável, urbana do médico contrasta com as caras derrotadas e os cabelos empapados de suor dos soldados. No fundo do barraco, uma voz angustiada pede confissão.

— Mas não deixou sentinelas? Não pensou que podiam tentar surpreendê-los, tenente?

— Havia quatro sentinelas, senhor comissário — replica Pires Ferreira, mostrando quatro dedos enérgicos. — Não nos surpreenderam. Quando ouvimos os apitos, a companhia inteira se levantou preparada para o combate. — Baixa a voz: — Mas o que vimos chegar não foi o inimigo, e sim uma procissão.

De um canto do barraco-hospital, à margem do rio sulcado por barcos repletos de melancias, pode-se ver o pequeno acampamento onde se encontra o resto da tropa: soldados deitados na sombra de umas árvores, fuzis dispostos em lotes de quatro, barracas de campanha. Passa, barulhento, um bando de papagaios.

— Uma procissão religiosa, tenente? — pergunta uma vozinha nasal, intrusa, surpreendente.

O oficial dá uma espiada na pessoa que perguntou e confirma:

— Vinham do lado de Canudos — explica, dirigindo-se outra vez ao comissário. — Eram quinhentos, seiscentos, talvez mil.

O comissário levanta as mãos e seu assistente balança a cabeça, também incrédulo. São, evidentemente, gente da cidade. Chegaram a Juazeiro nessa mesma manhã, no trem de Salvador, e ainda estão tontos e doloridos de tanto sacolejar, desconfortáveis nos seus casacos de mangas compridas, nas calças bolsudas e nas botas já cheias de lama, sofrendo com o calor, sem dúvida contrariados por estarem ali, rodeados de carne ferida, de pestilência, e por terem que investigar uma derrota. Enquanto falam com o tenente Pires Ferreira, andam de rede em rede, e o comissário, homem severo, às vezes se inclina para dar uma palmada nos feridos. Mal ouve o que o tenente diz, mas seu assistente toma notas, assim como o outro recém-chegado, o da vozinha resfriada, que espirra com frequência.

— Quinhentos, mil? — diz o comissário com sarcasmo. — A denúncia do barão de Canabrava chegou ao meu gabinete e já a conheço, tenente. Os invasores de Canudos, incluindo mulheres e crianças, eram duzentos. O barão deve saber, é o dono da fazenda.

— Eram mil, milhares — murmura o ferido da rede mais próxima, um mulato de pele clara e cabelo crespo, com o ombro enfaixado. — Juro, senhor.

O tenente Pires Ferreira o manda calar-se com um gesto tão brusco que esbarra na perna do ferido que está às suas costas e o homem ruge de dor. O tenente é jovem, quase baixo, de bigodinho aparado como os janotas que se reúnem na hora do chá nas confeitarias da rua Chile, em Salvador. Mas o cansaço, a frustração e o nervosismo se juntaram agora ao bigodinho francês, olheiras violáceas, pele lívida e um ar de tensão. Está com a barba crescida, o cabelo desgrenhado, o uniforme rasgado, o braço direito numa tipoia. No fundo, a voz incoerente continua falando de confissão e santos óleos.

Pires Ferreira vira-se para o comissário:

— Quando eu era criança, morei numa fazenda, aprendi a contar os rebanhos com o olhar — murmura. — Não estou exagerando. Havia mais de quinhentos, talvez mil.

— Carregavam uma cruz de madeira, enorme, e uma bandeira do Divino Espírito Santo — alguém acrescenta, de uma rede.

E, antes que o tenente pudesse impedir, outros se precipitam para contar: também traziam imagens de santos, rosários, e todos sopravam os apitos ou cantavam Kyrie Eleisons e aclamavam São João Batista, a Virgem Maria, o Bom Jesus e o Conselheiro. Erguidos nas redes, os feridos disputam a palavra até que o tenente ordena que se calem.

— E, inesperadamente, partiram para cima de nós — prossegue, em meio ao silêncio. — Pareciam tão pacíficos, parecia uma procissão de Semana Santa, como ia atacá-los? E de repente começaram a gritar morras e a atirar à queima-roupa. Éramos um contra oito, contra dez.

— A gritar morras? — interrompe a vozinha impertinente.

— Morra a República — diz o tenente Pires Ferreira. — Morra o Anticristo. — E se dirige novamente ao comissário: — Não tenho nada de que me arrepender. Os homens lutaram como valentes. Resistimos mais de quatro horas, senhor. Só ordenei a retirada quando ficamos sem munição. O senhor sabe os problemas que tivemos com os Mannlichers. Graças à disciplina dos soldados, pudemos chegar até aqui em apenas dez dias.

— A volta foi mais rápida que a ida — grunhe o comissário.

— Venham, venham, vejam isto — chama o médico de jaleco branco, num ângulo.

O grupo de civis e o tenente passam entre as redes para chegar até lá. Sob o jaleco, o médico está de uniforme militar azul anil. Havia tirado as ataduras de um soldado caboclo, que se contorce de dor, e está examinando com interesse o abdome do homem. Aponta como se fosse um tesouro: ao lado da virilha há uma cratera purulenta do tamanho de um punho, com sangue coagulado nas bordas e carne latejante.

— Uma bala explosiva! — exclama o médico, entusiasmado, polvilhando um pó branco na pele tumefacta. — Quando penetra no corpo, explode como o *shrapnel,* destrói os tecidos e faz este orifício. Eu só tinha visto nos manuais do exército inglês. Como é possível que esses pobres-diabos tenham armas tão modernas? Nem o Exército brasileiro tem.

— Viu, senhor comissário? — diz o tenente Pires Ferreira, com um ar triunfante. — Estavam armados até os dentes. Tinham fuzis, carabinas, espingardas, facões, punhais, porretes. Em contrapartida, os nossos Mannlichers engasgavam e...

Mas agora o homem que delira pedindo confissão e santos óleos está gritando e falando de imagens sagradas, da bandeira do Divino, dos apitos. Não parece ferido; está amarrado numa estaca, com o uniforme mais bem conservado que o do tenente. Quando vê o médico e o grupo de civis se aproximando, implora com os olhos rasos d'água:

— Confissão, senhores! Por favor! Por favor!

— É o médico da sua companhia, o doutor Antônio Alves dos Santos? — pergunta o médico de jaleco. — Por que o deixa amarrado?

— Tentou se matar, senhor — balbucia Pires Ferreira. — Atirou contra si mesmo e, por milagre, consegui desviar sua mão. Está assim desde o combate em Uauá, eu não sabia mais o que fazer com ele. Em vez de ser uma ajuda, tornou-se um problema a mais, principalmente durante a retirada.

— Afastem-se, senhores — diz o médico de jaleco. — Deixem-me sozinho com ele, vou acalmá-lo.

Quando o tenente e os civis obedecem, ouve-se de novo a vozinha nasal, inquisitiva, peremptória, do homem que interrompeu várias vezes as explicações:

— Quantos mortos e feridos no total, tenente? Na sua companhia e entre os bandidos?

— Dez mortos e dezesseis feridos entre meus homens — responde Pires Ferreira, com um gesto impaciente. — O inimigo teve uma centena de baixas, pelo menos. Tudo isto está no relatório que entreguei, senhor.

— Não sou da comissão, sou do *Jornal de Notícias,* da Bahia — diz o homem.

Ele é diferente dos funcionários e do médico de jaleco branco com quem chegou. Jovem, míope, óculos grossos. Não toma notas a lápis, e sim com uma pena de ganso. Usa uma calça folgada, uma casaca desbotada, um boné com viseira, e toda a sua roupa parece postiça, errada, em sua figura desajeitada. Carrega uma prancha com várias folhas de papel e vai molhando a pena de ganso num tinteiro, preso na manga da casaca, cuja tampa é uma rolha de garrafa. Seu aspecto é, quase, de um verdadeiro espantalho.

— Viajei seiscentos quilômetros só para lhe fazer estas perguntas, tenente Pires Ferreira — diz. E espirra.

João Grande nasceu perto do mar, num engenho do Recôncavo, cujo dono, o senhor Adalberto de Gumúcio, era grande apreciador de cavalos. Ele se gabava de possuir os alazões mais briosos e as éguas de tornozelos mais finos da Bahia e de ter obtido esses espécimes, sem necessidade de sementais ingleses, mediante sábios acasalamentos que ele mesmo controlava. Gabava-se menos (em público) de ter feito a mesma coisa com os escravos da senzala, para não levantar a poeira dos conflitos que tivera com a Igreja e com o próprio barão de Canabrava, mas na verdade agia com os escravos da mesma maneira que com os cavalos. Seu método era ditado pelo olho e pela inspiração. Consistia em selecionar as negrinhas mais ágeis e bem formadas e amancebá-las com os negros que, pela harmonia dos seus traços e a nitidez de sua cor, ele chamava de mais puros. Os melhores casais recebiam alimentação especial e privilégios de trabalho, para dar-lhes as condições mais propícias para fecundar muitas vezes. O capelão, os missionários e a hierarquia eclesiástica de Salvador advertiram diversas vezes o senhor de engenho por manipular os negros assim, "fazendo-os viver em bestialidade", mas as reprimendas, em vez de abolir essas práticas, só as tornaram mais discretas.

João Grande foi o resultado de uma das combinações realizadas por esse fazendeiro de gostos perfeccionistas. No seu caso, sem dúvida, nasceu um produto magnífico. O menino tinha olhos muito vivos e uns dentes que, quando ria, enchiam de luz sua cara redonda, de uma cor azulada regular. Era roliço, gracioso, brincalhão, e sua mãe — uma bela mulher que paria a cada nove meses — imaginou para ele um futuro excepcional. Não se enganou. O senhor Gumúcio se afeiçoou a ele quando ainda engatinhava e levou-o da senzala para a casa-grande — uma construção retangular, com telhado de quatro águas, colunas toscanas e gradis de madeira de onde se descortinavam os canaviais, a capela neoclássica, o engenho onde se moía a cana, o alambique e uma alameda de palmeiras imperiais —, pensando que poderia ser pajem de suas filhas e, mais tarde, mordomo ou cocheiro de charrete. Não queria que envelhecesse precocemente, como acontecia tantas vezes com os meninos dedicados ao roçado, ao plantio e à colheita.

Mas quem se apropriou de João Grande foi a senhorita Adelinha Isabel de Gumúcio, irmã solteira do senhor de engenho, que morava com ele. Era magrinha, miúda, com um narizinho que parecia estar sempre sentindo os maus odores do mundo, e dedicava seu tempo a tecer toucas, xales, a bordar toalhas, colchas e blusas ou a preparar doces, afazeres para os quais era prendada. Mas, na maioria das vezes, nem experimentava os bolos com creme, as tortas de amêndoa, os merengues com chocolate, os marzipãs esponjosos que deliciavam seus sobrinhos, sua cunhada e seu irmão. A senhorita Adelinha se apaixonou por João Grande desde o dia em que o viu subindo na caixa-d'água. Assustada ao ver a dois metros do chão um menino que mal conseguia se manter de pé, ela mandou que descesse, mas João continuou subindo a escadinha. Quando a senhorita chamou um empregado, o menino já tinha chegado à borda e caído na água. Foi tirado dali vomitando, com os olhos arregalados de susto. Adelinha o despiu, agasalhou e ficou com ele no colo até que adormeceu.

Pouco depois, a irmã do senhor Gumúcio instalou João no seu quarto, num dos berços que suas sobrinhas tinham usado, para dormir ao seu lado como outras damas faziam com suas empregadas de confiança e seus cachorrinhos de estimação. A partir de então, João foi um privilegiado. Adelinha sempre o vestia com umas roupinhas azul-marinho, vermelho-sangue ou amarelo-ouro que ela mesma costurava. Toda tarde o levava ao promontório de onde se viam as ilhas incendiadas pelo sol do crepúsculo, e também quando ia fazer visitas e trajetos de beneficência pelos casarios. Aos domingos, o menino ia com ela à igreja, levando seu genuflexório. A senhorita o ensinou a segurar os novelos para que ela pudesse desembaraçar a lã, a trocar os carretéis do tear, a combinar os matizes e enfiar a linha nas agulhas, assim como a ajudá-la na cozinha. Contavam juntos o tempo dos cozimentos rezando em voz alta os credos e os pai-nossos que as receitas determinavam. Ela o preparou pessoalmente para a primeira comunhão, comungou com ele e fez um magnífico chocolate para festejar o acontecimento.

Mas, ao contrário do que deveria acontecer com um menino que cresceu entre paredes revestidas de papel pintado, mobiliário de jacarandá forrado de damasco e seda e armários repletos de cristais, à sombra de uma mulher delicada e consagrada às atividades femininas, João Grande não se transformou num ser suave, doméstico, como ocorria com os escravos caseiros. Desde menino era descomunalmente forte, tanto que, apesar de ter a mesma idade que João Menino, o filho da cozinheira, parecia vários anos mais velho. Era brutal nas brincadeiras, e a senhorita costumava dizer com tristeza: "Ele não foi feito para a vida civilizada. Tem saudade do mato." Porque o garoto vivia à espreita de qualquer oportunidade de correr para o campo. Um dia, atravessando os canaviais, ao vê-lo olhar com cobiça para os negros que, seminus e com facões na mão, trabalhavam entre as folhas verdes, a senhorita comentou: "Você parece ter inveja deles." João respondeu: "Sim, patroa, tenho." Algum tempo depois, o senhor Gumúcio mandou-o ao estábulo do engenho com uma braçadeira de luto, para presenciar o enterro da sua mãe. Ele não ficou muito emocionado, porque a tinha visto muito pouco. Sentiu-se vagamente incômodo durante a cerimônia, realizada debaixo de um caramanchão de palha, e no cortejo até o cemitério, rodeado de negras e negros que o olhavam sem disfarçar a inveja ou o desprezo que sentiam dos calções, da blusa listrada e dos sapatos fortes que ele usava, tão contrastantes com seus próprios camisões de brim e seus pés descalços. Nunca demonstrou afeto pela patroa, o que fez a família Gumúcio pensar que era, talvez, dessas pessoas toscas, sem sentimentos, capazes de cuspir na mão que lhes dá de comer. Mas nem mesmo esse antecedente podia levá-los a suspeitar que João Grande seria capaz de fazer o que fez.

Aconteceu durante a viagem da senhorita Adelinha ao Convento da Encarnação, onde todo ano fazia retiro. João Menino dirigia a charrete puxada por dois cavalos e João Grande ia ao seu lado na boleia. A viagem levava umas oito horas; saíram da fazenda ao amanhecer, para chegar ao convento no meio da tarde. Dois dias depois, porém, as freiras mandaram um mensageiro perguntando por que a senhorita Adelinha não tinha chegado na data prevista. O cavalheiro Gumúcio dirigiu as buscas de policiais baianos e de empregados da fazenda que, durante um mês, cruzaram a região em todas as direções, interrogando meio mundo. O trajeto entre o convento e a fazenda foi minuciosamente vasculhado sem que se encontrasse qualquer pista da charrete, dos seus ocupantes ou dos cavalos. Parecia que, como nas histórias fantásticas dos cantadores, tinham se elevado e desaparecido nos ares.

A verdade começou a surgir meses mais tarde, quando um juiz de órfãos de Salvador descobriu, na charrete que comprara em oferta num mercado da cidade alta, coberto com tinta, o anagrama da família Gumúcio. O vendedor confessou que tinha adquirido a charrete numa vila de cafuzos, sabendo que era roubada, mas sem imaginar que os ladrões também podiam ser assassinos. O próprio barão de Canabrava ofereceu uma recompensa muito alta pelas cabeças de João Menino e João Grande, e o senhor Gumúcio implorou que fossem capturados vivos. Uma quadrilha de bandoleiros que agia no sertão entregou João Menino à polícia, em troca da recompensa. O filho da cozinheira estava irreconhecível de tão sujo e esfarrapado quando o torturaram para fazê-lo falar.

Jurou que a coisa não tinha sido planejada por ele, mas pelo Demo, que possuiu seu companheiro de infância. Ele estava dirigindo a charrete, assobiando entre os dentes e pensando nos doces do Convento da Encarnação quando, de repente, João Grande mandou que parasse. Quando a senhorita Adelinha perguntou por que estavam parando, João Menino viu seu companheiro bater-lhe na cara com tanta força que a deixou desmaiada, arrancar as rédeas das suas mãos e tocar os cavalos para o promontório onde a patroa ia ver as ilhas. Lá, com tanta determinação que João Menino, atônito, não se atreveu a enfrentá-lo, João Grande submeteu a senhorita Adelinha a mil crueldades. Despiu-a e ficou rindo dela que, trêmula, cobria os peitos com uma das mãos e o sexo com a outra, e a fez correr de um lado para o outro, tentando esquivar-se das suas pedradas, enquanto a xingava com os insultos mais abomináveis que Menino já tinha ouvido. De repente, enfiou um punhal no seu estômago e, já morta, cortou-lhe os peitos e a cabeça, tomado de fúria. Depois, ofegante, encharcado de suor, adormeceu ao lado da sangria. João Menino estava tão apavorado que as pernas não lhe obedeciam para fugir.

Quando João Grande acordou, bem mais tarde, já estava tranquilo. Olhou com indiferença a carnificina à sua volta. Depois, obrigou Menino a ajudá-lo a fazer uma cova, onde enterraram os pedaços da senhorita. Esperaram a noite para fugir, e assim foram se afastando do lugar do crime; de dia escondiam a charrete em alguma gruta, matagal ou bocaina e cavalgavam à noite, com a única ideia clara de que deviam avançar na direção oposta ao mar. Quando conseguiram vender a charrete e os cavalos, compraram provisões para entrar terra adentro, na esperança de se incorporar aos grupos de negros fugidos que, segundo as lendas, pululavam na caatinga. Viviam dentro do mato, evitando as vilas e comendo da mendicidade ou de pequenos roubos. João Menino só tentou uma vez fazer João Grande falar sobre o acontecimento. Estavam deitados embaixo de uma árvore, fumando um cigarro, e, num impulso de audácia, perguntou de chofre: "Por que você matou a patroa?" "Porque tenho o Cão no corpo", respondeu no ato João Grande. "Não me fale mais disso." Menino pensou que seu amigo tinha dito a verdade.

O amigo de infância lhe inspirava um medo crescente, estava cada vez mais estranho desde o assassinato da patroa. Quase não conversava com ele e, em contraste, sempre o surpreendia falando sozinho, em voz baixa, com os olhos injetados de sangue. Uma noite ouviu-o chamar o Diabo de "pai" e pedir-lhe que viesse ajudá-lo. "Será que já não fiz o bastante, pai?", balbuciava, contorcendo-se. "O que mais quer que eu faça?" Afinal se convenceu de que João tinha feito um pacto com o Maligno e temeu que, para continuar nas suas graças, também o sacrificasse, como fizera com a senhorita. Decidiu antecipar-se. Planejou tudo, mas na noite em que se aproximou dele rastejando, com a faca pronta para enfiar em seu corpo, tremia tanto que João Grande abriu os olhos antes que fizesse alguma coisa. Viu-o inclinado sobre ele, a lâmina dançando, em atitude inequívoca. Não se alterou. "Mate-me, Menino", ouviu-o dizer. Ele saiu correndo, sentindo que todos os diabos o perseguiam.

Menino foi enforcado na prisão de Salvador e os despojos da senhorita Adelinha levados para a capela neoclássica da fazenda, mas o assassino não foi encontrado, por mais que, periodicamente, a família Gumúcio aumentasse o prêmio por sua captura. E, no entanto, João Grande não se escondia desde a fuga do Menino. Gigantesco, seminu, miserável, comendo o que caía nas suas armadilhas ou o que suas mãos tiravam das árvores, andava pelos caminhos como uma alma penada. Atravessava os povoados em plena luz do dia, pedindo comida, e o sofrimento do seu rosto impressionava o povo que muitas vezes lhe dava as sobras.

Certo dia se deparou numa encruzilhada, nos arredores de Pombal, com um punhado de gente ouvindo as palavras de um homem magro, de túnica roxa, com o cabelo até os ombros e cujos olhos pareciam brasas. Falava do Diabo, exatamente, que chamava de Lúcifer, Cão, Capeta e Belzebu, das catástrofes e crimes que ele causava no mundo e do que deveriam fazer os homens que queriam se salvar. Sua voz era persuasiva, chegava à alma sem passar pela cabeça e, mesmo para um ser atormentado pela confusão, como ele, parecia um bálsamo que suturava velhas e atrozes feridas. Imóvel, sem nem mesmo piscar, João Grande ficou ouvindo, comovido até os ossos pelo que ouvia e pela música com que era dito o que ouvia. A figura do santo se embaçava em alguns momentos, devido às lágrimas que lhe brotavam dos olhos. Quando o homem retomou sua caminhada, começou a segui-lo a distância, como um animal tímido.

Um contrabandista e um médico foram as pessoas que conheceram melhor Galileo Gall na cidade de São Salvador da Bahia de Todos os Santos (chamada, simplesmente, de Bahia ou Salvador) e as primeiras a lhe explicar o país, embora nenhuma delas compartilhasse as opiniões sobre o Brasil que o revolucionário emitia nas suas cartas a *l'Étincelle de la révolte* (frequentes nessa época). A primeira, escrita uma semana após o naufrágio, falava da Bahia: "Caleidoscópio onde um homem com noção da história vê coexistirem as mazelas que aviltaram as diferentes etapas da humanidade." A carta se referia à escravidão que, embora abolida, existia de fato, porque muitos negros libertos, para não morrerem de fome, voltavam implorando que seus amos os recebessem. Estes só contratavam — por salários miseráveis — os braços úteis, de modo que as ruas da Bahia, nas palavras de Gall, "fervilham de velhos, doentes e miseráveis que mendigam ou roubam e prostitutas que lembram Alexandria e Argel, os portos mais degradados do planeta".

A segunda carta, de dois meses mais tarde, sobre "o conluio entre o obscurantismo e a exploração", descrevia o desfile dominical das famílias ricas, dirigindo-se à missa na igreja de Nossa Senhora da Conceição da Praia, acompanhadas por servos que carregavam genuflexórios, velas, missais e sombrinhas para que o sol não ferisse as faces das damas; "estas", dizia Gall, "como os funcionários ingleses das colônias, fizeram da brancura um paradigma, a quinta-essência da beleza". Mas, num texto posterior, o frenologista explicou aos seus camaradas de Lyon que, apesar dos preconceitos, os descendentes de portugueses, índios e africanos tinham se misturado bastante nesta terra e produziram uma colorida variedade de mestiços: mulatos, mamelucos, cafuzos, caboclos, curibocas. E acrescentava: "Ou seja, outros tantos desafios à ciência." Esses tipos humanos, e mais os europeus encalhados por uma razão ou outra nas suas costas, davam à Bahia uma atmosfera cosmopolita e variada.

Foi entre esses estrangeiros que Galileo Gall — que então mal arranhava o português — fez o seu primeiro conhecido. A princípio morava no Hôtel des Étrangers, em Campo Grande, mas quando travou relação com o velho Jan van Rijsted, este lhe cedeu um sótão com um catre e uma mesa nos altos da Livraria Catilina, onde vivia, e lhe arranjou alunos particulares de francês e inglês para pagar a comida. Van Rijsted era de origem holandesa, nascido em Olinda, e tinha traficado cacau, sedas, especiarias, fumo, álcool e armas entre a Europa, a África e a América desde os quatorze anos (sem nunca ser preso). Só não era rico por culpa dos seus sócios — negociantes, armadores, capitães de navio — que tinham roubado boa parte dos seus benefícios. Gall estava convencido de que os bandidos, grandes criminosos ou simples gatunos, também lutavam contra o inimigo — o Estado — e, mesmo às cegas, roíam os alicerces da propriedade. Isto facilitou sua amizade com o ex-meliante. Ex, porque estava afastado dos delitos. Era solteiro, mas tinha convivido com uma moça de olhos árabes, trinta anos mais jovem que ele, de sangue egípcio ou marroquino, por quem se apaixonara em Marselha. Trouxe-a para a Bahia e instalou-a numa quinta da cidade alta, que decorou gastando uma fortuna para fazê-la feliz. Na volta de uma das suas viagens, descobriu que a bela havia sumido, após vender tudo o que a casa continha, levando um pequeno cofre onde Van Rijsted escondia um pouco de ouro e umas pedras preciosas. Contou estes detalhes a Gall enquanto caminhavam pelo cais, olhando o mar e os veleiros, passando do inglês para o francês ou o português, num tom negligente que o revolucionário apreciou. Jan agora vivia de uma renda que lhe permitiria, segundo ele, beber e comer até a sua morte, desde que esta não demorasse demais.

O holandês, homem inculto mas curioso, ouvia com deferência as teorias de Galileo sobre a liberdade e as formas do crânio como sintoma do comportamento, mas se permitia discordar quando o escocês afirmava que o amor conjugal era uma aberração e o germe da infelicidade. A quinta carta de Gall a *l'Étincelle de la révolte* foi sobre a superstição, isto é, a igreja do Senhor do Bonfim que os romeiros enchiam de ex-votos, com pernas, mãos, braços, cabeças, seios, olhos de madeira e de vidro, pedindo ou agradecendo milagres. A sexta, sobre o advento da República, que na aristocrática Bahia só significou a mudança de alguns nomes. Na seguinte, homenageava quatro mulatos — os alfaiates Lucas Dantas, Luis Gonzaga das Virgens, João de Deus e Manuel Faustino — que, um século antes, inspirados na Revolução Francesa, conspiraram para destruir a monarquia e estabelecer uma sociedade igualitária de negros, pardos e brancos. Jan van Rijsted levou Galileo à pracinha onde os artesãos foram enforcados e esquartejados e, surpreso, viu-o depositar algumas flores no local.

Entre as prateleiras da Livraria Catilina, Galileo Gall conheceu, um dia, o doutor José Batista de Sá Oliveira, médico já idoso, autor de um livro que lhe interessara: *Craniometria comparada das espécies humanas da Bahia, do ponto de vista evolucionista e médico-legal*. O ancião, que estivera na Itália e conhecera Cesare Lombroso, cujas teorias o seduziram, ficou feliz por ter ao menos um leitor desse livro que tinha publicado com seus próprios recursos e que seus colegas consideravam extravagante. Surpreso com os conhecimentos médicos de Gall — mas sempre desconcertado, e frequentemente escandalizado, com suas opiniões —, o doutor Oliveira encontrou no escocês um verdadeiro interlocutor, com quem às vezes passava horas discutindo ardorosamente sobre o psiquismo da pessoa criminosa, a herança biológica ou a universidade, instituição que Gall criticava, considerando-a responsável pela divisão entre o trabalho físico e o intelectual e, por isso, causa de desigualdades sociais piores que a aristocracia e a plutocracia. O doutor Oliveira recebia Gall no seu consultório e vez por outra o encarregava de uma sangria ou uma purgação.

Van Rijsted e o doutor Oliveira, embora o ouvissem e, possivelmente, estimassem, tinham a impressão de não conhecer realmente aquele homem de cabelo e barba avermelhados, malvestido de preto, que, apesar das suas ideias, parecia levar uma vida sossegada: dormia até tarde, dava aulas de idiomas nas residências, caminhava incansavelmente pela cidade, ou ficava no seu sótão lendo e escrevendo. Às vezes desaparecia por várias semanas sem avisar e, quando regressava, contava que tinha feito longas viagens pelo Brasil, nas condições mais precárias. Nunca falava do seu passado nem dos seus planos, e como respondia coisas vagas quando indagavam sobre esses assuntos, ambos se resignaram a aceitá-lo tal como era ou parecia ser: solitário, exótico, enigmático, original, com palavras e ideias incendiárias mas de comportamento inofensivo.

Em dois anos, Galileo Gall já falava português com fluência e tinha enviado várias outras cartas a *l'Étincelle de la révolte*. A oitava, sobre os castigos corporais que viu ser infligidos aos servos nos pátios e ruas da cidade, e a nona, sobre os instrumentos de tortura usados nos tempos da escravidão: o potro, o cepo, o colar de correntes ou gargalheira, as bolas de metal e os *infantes*, anéis que trituravam os polegares. A décima, sobre o Pelourinho, patíbulo da cidade, onde ainda se açoitavam os infratores da lei (Gall os chamava de "irmãos") com um chicote de couro cru que se vendia nos armazéns com um apelido marinho: *bacalhau*.

Percorria tanto, de dia e de noite, todos os recantos de Salvador que podia ser considerado um apaixonado pela cidade. Mas Galileo Gall não estava interessado nas belezas da Bahia e sim no espetáculo que nunca deixava de revoltá-lo: a injustiça. Aqui, explicava em suas cartas a Lyon, ao contrário da Europa, não havia bairros residenciais: "Os barracos dos miseráveis confinam com os palácios de azulejos dos senhores de engenho e, desde a seca de três lustros atrás, que empurrou milhares de refugiados das terras altas para cá, as ruas estão cheias de crianças que parecem velhos, velhos que parecem crianças e mulheres que parecem cabos de vassoura, e entre eles um cientista pode identificar todas as variantes dos males físicos, dos benignos aos mais atrozes: a febre biliosa, o beribéri, a anasarca, a disenteria, a varíola." "Qualquer revolucionário que sinta que suas convicções sobre a grande revolução estão vacilando", dizia em uma das suas cartas, "deveria dar uma espiada no que eu vejo em Salvador: então, não teria mais dúvidas".

III

Quando se soube em Salvador, semanas depois, que os decretos da recente República sobre os novos impostos tinham sido queimados num remoto povoado chamado Natuba, o governo decidiu mandar uma força da polícia baiana prender os revoltosos. Trinta guardas, uniformizados de azul e verde, com quepes onde a República ainda tolerava emblemas monárquicos, empreenderam, primeiro de trem e depois a pé, a arriscada travessia até esse lugar que, para todos eles, não passava de um nome no mapa. O Conselheiro não estava em Natuba. Os policiais, suando em bicas, interrogaram funcionários e moradores antes de partir em busca daquele subversivo cujo nome, apelido e lenda levariam para o litoral e propagariam pelas ruas da Bahia. Guiados por um rastreador da região, azuis e verdes na manhã radiante, desapareceram atrás dos morros do caminho para Cumbe.

Passaram a semana seguinte subindo e descendo uma terra avermelhada, arenosa, com caatingas de mandacarus espinhentos e rebanhos de ovelhas esfomeadas fuçando a folhagem, atrás da pista do Conselheiro. Todos o tinham visto passar, domingo rezou nesta igreja, pregou naquela praça, dormiu ao lado dessas rochas. Afinal o encontraram a sete léguas de Tucano, numa vila de casebres de adobe e telhas que se chamava Masseté, nos contrafortes da serra do Ovo. Estava anoitecendo, eles viram mulheres com cântaros na cabeça, suspiraram ao saber que a perseguição chegava ao fim. O Conselheiro pernoitava na casa de Severino Viana, um morador que tinha uma roça de milho a mil metros da vila. Os policiais correram para lá, passando entre juazeiros de galhos afiados e arbustos de velame que irritavam a pele. Quando chegaram, quase às escuras, viram uma casa de pau a pique e um enxame de seres amorfos amontoados em torno de alguém que devia ser aquele que estavam procurando. Ninguém fugiu, ninguém gritou quando viu seus uniformes, seus fuzis.

Eram cem, cento e cinquenta, duzentos? Havia tanto homens como mulheres entre eles, e a maioria parecia sair, pela roupa que vestiam, dentre os mais pobres dos pobres. Todos eles — assim contariam os guardas que voltaram à Bahia às suas mulheres, às suas amantes, às putas, aos seus companheiros — com um olhar de determinação inquebrantável. Mas, na verdade, não tiveram tempo de observá-los nem de identificar o chefe, pois quando o sargento-chefe ordenou que entregassem aquele que era chamado de Conselheiro, a turba avançou em sua direção, num ato de flagrante temeridade, considerando que os policiais tinham fuzis e eles somente paus, foices, pedras, facas e uma ou outra espingarda. Mas tudo aconteceu de maneira tão súbita que os policiais se viram cercados, dispersos, acossados, atacados e feridos, enquanto eram xingados de "Republicanos!", como se a palavra fosse um insulto. Chegaram a disparar os fuzis, mas os maltrapilhos não desanimavam nem mesmo quando caíam no chão com o peito aberto ou a cara destroçada e, de repente, os policiais baianos se viram fugindo, atônitos pela derrota incompreensível. Depois diriam que os atacantes não eram apenas os loucos e fanáticos que eles esperavam, mas também delinquentes conhecidos, como Pajeú, com sua cicatriz, e o bandido que por suas crueldades era chamado de João Satã. Três policiais morreram e permaneceram insepultos, como alimento das aves da serra do Ovo; desapareceram oito fuzis. Outro guarda se afogou no Masseté. Os peregrinos não os perseguiram. Em vez disso, foram enterrar seus cinco mortos e cuidar dos vários feridos, enquanto os outros, ajoelhados junto com o Conselheiro, agradeciam a Deus. Até tarde da noite, em volta dos túmulos cavados no campo de Severino Vianna, ouviram-se prantos e preces dos defuntos.

Quando uma segunda força da polícia baiana, com sessenta guardas, mais bem armada que a primeira, desembarcou do trem na Serrinha, alguma coisa tinha mudado na atitude dos moradores em relação aos homens de farda. Porque estes, embora conhecessem o desamor com que eram recebidos nos povoados quando chegavam à caça de bandidos, nunca, como dessa vez, tiveram tanta certeza de que haviam sido despistados deliberadamente. As provisões dos armazéns estavam sempre esgotadas, por mais que oferecessem um bom preço e, apesar das altas recompensas, nenhum rastreador da Serrinha os guiou. E dessa vez ninguém soube dar-lhes o menor indício sobre o paradeiro do bando. Os policiais, enquanto perambulavam de Olhos d'Água a Pedra Alta, de Tracupá a Tiririca e dali a Tucano, e de lá a Caraíba e a Pontal, e por fim de volta à Serrinha, só recebiam, dos boiadeiros, lavradores, artesãos e mulheres que encontravam no caminho, olhares indolentes, negações contritas, ombros encolhidos. Sentiam-se tentando capturar uma miragem. O bando não tinha passado por ali, ninguém vira o homem moreno de túnica roxa e ninguém mais se lembrava que tivessem sido queimados uns decretos em Natuba ou sabia de qualquer choque armado em Masseté. Ao voltarem para a capital do estado, ilesos, deprimidos, os guardas informaram que a horda de fanáticos — como tantas outras, cristalizada fugazmente em torno de uma beata ou um pregador — certamente tinha se dissolvido e a esta altura, assustados com as próprias malfeitorias, seus membros na certa estariam fugindo nas mais diferentes direções, talvez depois de matar o chefe. Não tinha acontecido tantas vezes assim, na região?

Mas estavam errados. Desta vez, embora as aparências repetissem velhas formas da história, tudo seria diferente. Os penitentes agora estavam mais unidos e, ao invés de vitimar o santo depois da vitória de Masseté, que interpretavam como um sinal vindo das alturas, reverenciavam-no ainda mais. Na manhã seguinte ao confronto, foram acordados pelo Conselheiro, que passara a noite inteira rezando junto às tumbas dos jagunços mortos. Parecia muito triste. Disse que o que tinha acontecido na véspera era sem dúvida prelúdio de violências maiores e pediu que eles voltassem para suas casas porque, se continuassem com ele, poderiam ser presos ou morrer como esses cinco irmãos que agora estavam na presença do Pai. Ninguém se mexeu. Passou os olhos pelos cem, cento e cinquenta, duzentos maltrapilhos que o ouviam, ainda imersos nas emoções da véspera, e, mais que olhar, pareceu vê-los. "Agradeçam ao Bom Jesus", disse com suavidade, "pois parece que escolheu vocês para dar o exemplo".

Todos o seguiram com as almas cheias de emoção, nem tanto pelo que havia dito, mas pela brandura da sua voz, que era sempre severa e impessoal. Para alguns era difícil não ficar para trás, por causa dos seus passos de ave pernalta no caminho inverossímil pelo qual os conduzia dessa vez, um caminho que não era trilha de burros de carga nem de cangaceiros e sim deserto selvagem, cheio de cactos, favelas e pedregulhos. Mas ele não tinha dúvidas quanto ao rumo. No descanso da primeira noite, depois da ação de graças e do rosário, falou da guerra, dos países que se matavam por uma bota de cano longo como hienas pela carniça, e, desolado, comentou que o Brasil, agora sendo República, também iria agir como as nações hereges. Ouviram-no dizer que o Cão devia estar de festa, ouviram-no dizer que chegara o momento de criar raízes, de construir um Templo que fosse, no fim do mundo, o que a Arca de Noé fora no princípio.

E onde criariam raízes e construiriam esse Templo? Descobriram a resposta após atravessarem bocainas, planaltos, serras, caatingas — caminhadas que nasciam e morriam com o sol —, escalarem uma série de morros e cruzarem um rio que tinha pouca água e se chamava Vaza-Barris. Apontando, de longe, para um conjunto de barracos que haviam sido casebres dos peões e a mansão desmantelada que fora a casa-grande quando aquilo era uma fazenda, o Conselheiro disse: "Ficaremos ali." Alguns lembraram que, há vários anos, nas conversas noturnas, ele costumava profetizar que, antes do fim, os eleitos do Bom Jesus encontrariam refúgio numa terra alta e privilegiada, onde nenhum impuro entraria. Aqueles que chegassem até lá teriam a certeza do descanso eterno. Será que tinham chegado, então, à terra da salvação?

Felizes, cansados, avançaram atrás do seu guia até Canudos, onde as famílias dos irmãos Vilanova, dois comerciantes que tinham um armazém ali, e todos os outros moradores do lugar saíram de casa para vê-los.

O sol calcina o sertão, brilha nas águas negro-verdosas do Itapicuru e se reflete nas casas de Queimadas, que se erguem na margem direita do rio, ao pé de uns barrancos de argila avermelhada. Árvores esparsas sombreiam a superfície pedregosa que se afasta ondulando para o sudoeste, em direção ao Riacho da Onça. O cavaleiro — botas, chapéu de aba larga, levita escura — avança sem pressa, escoltado pela sua sombra e a sombra da sua mula, para um bosque de arbustos cinzentos. Atrás dele, já distantes, ainda fulguram os tetos de Queimadas. À sua esquerda, a poucas centenas de metros, no alto de um promontório se vê uma cabana. A cabeleira que transborda do chapéu, a barbinha vermelha e suas roupas estão cheias de poeira; o homem transpira copiosamente e, de tanto em tanto, enxuga a testa com a mão e passa a língua nos lábios ressecados. Nas primeiras moitas do arvoredo, freia a mula e seus olhos claros, ávidos, vasculham numa e noutra direção. Por fim, distingue a poucos passos, acocorado, examinando uma armadilha, um homem de sandálias e chapéu de couro, facão na cintura, calça e blusa de brim. Galileo Gall apeia e vai até ele puxando a mula pela rédea.

— Rufino? — pergunta. — É o guia Rufino, de Queimadas?

O homem dá meia-volta, devagar, como se tivesse percebido sua presença há muito tempo, e, com um dedo nos lábios, pede silêncio: shh, shh. Ao mesmo tempo olha para ele e, por um segundo, há surpresa nos seus olhos escuros, talvez pelo sotaque do recém-chegado ao falar português, talvez por seu terno de enterro. Rufino — homem jovem, de corpo esguio e flexível, cara angulosa, imberbe, curtida pela intempérie — tira o facão da cintura, volta a se inclinar sobre a armadilha disfarçada com folhas e puxa uma rede: do buraco sai uma confusão de penas pretas, grasnando. É um pequeno abutre que não pode voar porque uma das patas está presa na rede. Há decepção na cara do guia que, com a ponta do facão, desprende o passarolo e o vê desaparecer no ar azul, batendo as asas com desespero.

— Uma vez, uma onça deste tamanho pulou em cima de mim — murmura, apontando para a armadilha. — Estava meio cega, de passar tantas horas no buraco.

Galileo Gall assente. Rufino se ergue e dá dois passos em sua direção. Agora, que chegara a hora de falar, o forasteiro parece indeciso.

— Fui procurar você na sua casa — diz, ganhando tempo. — Sua mulher me mandou vir aqui.

A mula está escarvando a terra com os cascos traseiros, Rufino segura sua cabeça e a faz abrir a boca. Enquanto examina os dentes, com olhar de entendedor, parece pensar em voz alta:

— O chefe da estação de Jacobina conhece as minhas condições. Sou homem de uma palavra só, qualquer pessoa pode confirmar isso em Queimadas. Este trabalho é duro.

Como Galileo Gall não responde, vira-se para olhá-lo.

— O senhor não é da Ferrovia? — pergunta, falando com lentidão, pois percebeu que o estranho tem dificuldade para entendê-lo.

Galileo Gall puxa o chapéu para trás e, apontando com o queixo para a terra de colinas desertas que os rodeia, sussurra:

— Quero ir até Canudos — faz uma pausa, pisca para esconder a excitação das pupilas e acrescenta: — Sei que você esteve lá muitas vezes.

Rufino está muito sério. Seus olhos agora o esquadrinham com uma desconfiança que não tenta esconder.

— Eu ia a Canudos quando aquilo era uma fazenda de gado — diz, cheio de cautela. — Desde que o barão de Canabrava a abandonou, não voltei mais.

— O caminho ainda é o mesmo — replica Galileo Gall.

Estão muito perto um do outro, observando-se, e a silenciosa tensão que surgiu parece contagiar a mula que de repente cabeceia e começa a retroceder.

— Foi mandado pelo barão de Canabrava? — pergunta Rufino, enquanto acalma o animal, dando-lhe uns tapinhas no cangote.

Galileo Gall nega com a cabeça, e o guia não insiste. Passa a mão por uma das patas traseiras da mula, obrigando-a a levantá-la, e se agacha para examinar o casco:

— Em Canudos estão acontecendo coisas — murmura. — As pessoas que ocuparam a fazenda do barão atacaram uns soldados da Guarda Nacional, em Uauá. Mataram vários, dizem.

— Tem medo de morrer também? — grunhe Galileo Gall, sorrindo. — Você é soldado?

Rufino encontrou, por fim, o que estava procurando no casco: um espinho, talvez, ou uma pedrinha que se perde nas suas mãos grandes e toscas. Joga fora e solta o animal.

— Medo, nenhum — responde, suavemente, com uma ameaça de sorriso. — Canudos fica longe.

— Eu lhe pago o que é justo — Galileo Gall respira fundo, com calor; tira o chapéu e sacode a cabeleira vermelha e cacheada. — Partimos dentro de uma semana ou, no máximo, dez dias. Mas você vai ter que manter tudo em segredo.

O guia Rufino olha para ele sem se alterar, sem perguntar nada.

— É por causa do que aconteceu em Uauá — acrescenta Galileo Gall, passando a língua nos lábios. — Ninguém deve saber que vamos a Canudos.

Rufino aponta para o casebre solitário, de barro e estacas, quase dissolvido pela luz no alto do promontório:

— Venha à minha casa para conversarmos sobre esse negócio — diz.

Começam a caminhar, seguidos pela mula que Galileo puxa pela rédea. Os dois são quase da mesma altura, mas o forasteiro é mais corpulento e seu andar é cortante e enérgico, enquanto o outro parece ir flutuando sobre a terra. É meio-dia, e algumas nuvens esbranquiçadas apareceram no céu. A voz do guia se perde no ar enquanto se afastam:

— Quem lhe falou de mim? E, se não for indiscrição, para que quer ir tão longe? O que perdeu lá em Canudos?

Apareceu em uma madrugada sem chuva, em cima de um morro no caminho de Quijingue, arrastando uma cruz de madeira. Tinha vinte anos, mas havia sofrido tanto que parecia muito velha. Era uma mulher de cara larga, pés esborrachados, corpo sem formas, pele cor de rato.

Chamava-se Maria Quadrado e tinha vindo de Salvador a Monte Santo andando. Arrastava aquela cruz havia três meses e um dia. No caminho de desfiladeiros de pedra, caatingas ásperas de cactos, desertos onde o vento ululava em redemoinhos, povoados que eram uma única rua lamacenta e três palmeiras, pântanos pestilentos onde o gado mergulhava para se livrar dos morcegos, Maria Quadrado tinha dormido o tempo todo à intempérie, com exceção das poucas vezes em que algum tabaréu ou pastor que a via como santa lhe oferecia seu refúgio, e se alimentou com pedaços de rapadura que almas caridosas lhe davam e frutas silvestres que colhia quando, de tanto jejuar, seu estômago roncava. Quando saiu da Bahia, decidida a peregrinar até o milagroso Calvário da serra de Piquaraçá, em que dois quilômetros escavados nos flancos da montanha e salpicados de capelas, em memória das Estações do Senhor, levavam à igreja de Santa Cruz de Monte Santo, onde fizera a promessa de chegar a pé como expiação dos seus pecados, Maria Quadrado estava usando duas saias, tranças amarradas com uma fita, uma blusa azul e sapatos de laço. Mas no caminho deu suas roupas aos mendigos e os sapatos foram roubados em Palmeira dos Índios. De maneira que, quando divisou Monte Santo nessa madrugada, estava descalça, e sua vestimenta era um saco de aniagem com buracos para os braços. Sua cabeça, com mechas mal cortadas e um crânio liso, lembrava a dos loucos do hospital de Salvador. Ela mesma havia se raspado depois de ser estuprada pela quarta vez.

Porque foi estuprada quatro vezes desde que começou o percurso: por um oficial, por um boiadeiro, por dois caçadores de porcos-do-mato e por um pastor de cabras que a abrigou na sua gruta. Nas três primeiras vezes, enquanto a violavam, só sentiu repugnância pelas bestas que tremiam em cima dela como se sofressem da doença de São Guido e suportou a provação pedindo a Deus que não a deixassem grávida. Mas na quarta teve um rompante de piedade pelo garoto encarapitado em cima do seu corpo que, depois de bater nela para submetê-la, balbuciava palavras ternas. Para se punir por essa compaixão, raspou a cabeça e se transformou numa coisa tão grotesca como os monstros que o Circo do Cigano exibia pelas vilas do sertão.

Quando chegou à colina de onde contemplou, por fim, o prêmio de tanto esforço — a escadaria de pedras cinza e brancas da Via-Sacra serpenteando entre os tetos cônicos da capela, arrematada lá em cima pelo Calvário aonde confluíam na Semana Santa multidões de todos os confins da Bahia e, embaixo, no sopé da montanha, as casinhas de Monte Santo aglomeradas em torno de uma praça com dois frondosos pés de tamarindo em que se viam sombras em movimento —, Maria Quadrado caiu de bruços no chão e beijou a terra. Ali estava, rodeado por uma planície com vegetação incipiente onde pastavam rebanhos de cabras, o ansiado lugar cujo nome fora sua motivação para realizar a travessia e a ajudou a suportar o cansaço, a fome, o frio, o calor e os estupros. Beijando as madeiras que ela mesma tinha fixado com pregos, a mulher agradeceu a Deus em palavras confusas por ter-lhe permitido cumprir sua promessa. E, pondo a cruz novamente no ombro, precipitou-se para Monte Santo como um animal que fareja, iminente, a presa ou a querência.

Entrou na vila na hora em que as pessoas estavam acordando e, enquanto passava, de porta em porta, de janela em janela, a curiosidade foi se propagando. Rostos divertidos e compadecidos se aproximavam para examiná-la — suja, feia, sofrida, quadrada — e, quando atravessou a rua dos Santos Passos, construída em cima do barranco onde se queimava o lixo e onde os porcos do lugar fuçavam, marco do começo da Via-Sacra, já era seguida por uma turba em procissão. Começou a subir o morro de joelhos, cercada por arrieiros que largaram seus afazeres, por remendões e padeiros, por um enxame de crianças e de beatas que saíam da novena do amanhecer. O povo do lugar, que a tratava, no começo da subida, como um simples ser bizarro, viu-a avançar, penosamente e sempre de joelhos, arrastando a cruz que devia pesar tanto quanto ela, negando-se a receber ajuda de quem quer que fosse, e viu-a parar para rezar em cada uma das vinte e quatro capelas e beijar com olhos cheios de amor os pés das imagens de todos os nichos do rochedo, e viu-a resistir horas e horas sem comer nem beber nada, e ao entardecer já a respeitava como uma verdadeira Santa. Maria Quadrado chegou ao cume — um mundo diferente, onde sempre fazia frio e cresciam orquídeas entre as pedras azuladas — e ainda teve forças para agradecer a Deus antes de desmaiar.

Muitos habitantes de Monte Santo, cuja proverbial hospitalidade não diminuía com a periódica invasão de peregrinos, ofereceram pousada a Maria Quadrado. Mas ela se instalou numa gruta, perto da Via-Sacra, onde até então só haviam dormido pássaros e roedores. Era uma concavidade pequena e de teto tão baixo que nenhuma pessoa podia ficar em pé, úmida pelas infiltrações que cobriam suas paredes de musgo e com um solo arenoso que provocava espirros. O povo do lugar pensou que em pouco tempo tudo aquilo acabaria com a moradora. Mas a força de vontade que fizera Maria Quadrado andar durante três meses arrastando uma cruz também a fez morar nesse buraco inóspito durante todos os anos que permaneceu em Monte Santo.

A caverna de Maria Quadrado se transformou num local de devoção e, junto com o Calvário, no lugar mais visitado pelos peregrinos. Ela a foi decorando, ao longo dos meses. Fabricou tintas com essência de plantas, pó de minerais e sangue de cochonilha (que os costureiros usavam para tingir a roupa). Sobre um fundo azul que sugeria o firmamento, pintou os elementos da Paixão de Cristo: os pregos que destroçaram as palmas das suas mãos e os peitos dos pés; a cruz que carregou e na qual expirou; a coroa de espinhos que perfurou suas têmporas; a túnica do martírio; a lança do centurião que atravessou sua carne; o martelo com que foi pregado; o chicote que o açoitou; a esponja em que bebeu a cicuta; os dados que os ímpios jogavam aos seus pés e o saco em que Judas recebeu as moedas da traição. Pintou também a estrela que guiou os Reis Magos até Belém e os pastores e um coração divino atravessado por uma espada. E também fez um altar e uma prateleira onde os penitentes podiam acender velas e pendurar ex-votos. Ela dormia ao pé do altar, num enxergão.

Sua devoção e sua bondade a tornaram muito querida pelos habitantes de Monte Santo, que a adotaram como se tivesse morado ali a vida inteira. Em pouco tempo os meninos começaram a chamá-la de madrinha e os cachorros a deixá-la entrar nas casas e nos currais sem latir. Sua vida era consagrada a Deus e a servir os outros. Passava horas na cabeceira dos doentes, umedecendo-lhes a testa e rezando por eles. Ajudava as parteiras em seu trabalho e cuidava dos filhos de vizinhas que precisavam se ausentar. Prontificava-se para as tarefas mais difíceis, como ajudar os velhos que não podiam se arranjar sozinhos para fazer suas necessidades. As moças casadouras lhe pediam conselhos sobre seus pretendentes e estes lhe imploravam que intercedesse junto aos pais renitentes para que autorizassem o casamento. Reconciliava os casais, e as mulheres cujos maridos queriam espancar por serem ociosas ou matar por adúlteras iam refugiar-se na sua gruta, pois sabiam que, tendo-a como defensora, nenhum homem de Monte Santo se atreveria a machucá-las. Comia de caridade, tão pouco que sempre sobrava alguma coisa do alimento que os fiéis deixavam em sua caverna, e toda tarde era vista distribuindo comida entre os pobres. Dava a eles todas as roupas que ganhava e nunca ninguém a viu, seja no tempo de seca ou de temporais, vestindo outra coisa que não o saco furado com que chegou.

Sua relação com os missionários da missão de Massacará, que vinham a Monte Santo rezar missa na igreja do Sagrado Coração de Jesus, não era, porém, efusiva. Eles sempre estavam advertindo contra a religiosidade mal entendida, aquela que florescia fora do controle da Igreja, e lembrando o caso das Pedras Encantadas, na região de Flores, em Pernambuco, onde o herético João Ferreira e um grupo de adeptos regaram as tais pedras com sangue de dezenas de pessoas (entre as quais o próprio), julgando que assim iriam desencantar o rei dom Sebastião, que ressuscitaria os sacrificados e os levaria para o céu. Os missionários de Massacará consideravam Maria Quadrado um caso à beira da transgressão. Ela, por seu lado, embora se ajoelhasse diante dos missionários, beijasse suas mãos e lhes pedisse a bênção, mantinha certa distância em relação a eles; ninguém a viu estabelecer com esses padres de batinas folgadas, de barbas compridas e fala muitas vezes difícil de entender, as relações familiares e diretas que a uniam ao povo.

Os missionários, nos seus sermões, também advertiam os fiéis contra os lobos que se introduziam no curral disfarçados de cordeiros para comer o rebanho. Ou seja, esses falsos profetas que Monte Santo atraía como o mel atrai as moscas. Eles surgiam pelas vielas vestidos com peles de cordeiro, como o Batista, ou túnicas que imitavam os hábitos religiosos, subiam o Calvário e de lá pronunciavam sermões faiscantes e incompreensíveis. Eram uma grande fonte de distração para o povo, nem mais nem menos que os contadores de histórias ou o Gigantão Pedrim, a Mulher Barbuda ou o Homem sem Ossos do Circo do Cigano. Mas Maria Quadrado nem se aproximava das aglomerações que se formavam em torno dos pregadores extravagantes.

Por isso, todos se surpreenderam ao ver Maria Quadrado dirigir-se ao cemitério que um grupo de voluntários tinha começado a cercar, estimulados pelas exortações de um homem moreno com cabelo comprido e vestimenta roxa que, tendo chegado à vila nesse mesmo dia com um grupo do qual fazia parte um ser meio-homem, meio-animal que galopava, recriminou a todos por não terem se dado ao trabalho de fazer um muro em torno da terra onde seus mortos descansavam. Será que a morte, que permitia ao homem ver a cara de Deus, não devia ser venerada? Maria Quadrado se aproximou silenciosamente das pessoas que apanhavam pedras e as empilhavam numa linha sinuosa em volta das cruzinhas queimadas pelo sol, e começou a ajudar. Trabalhou ombro a ombro com eles até o pôr do sol. Depois, permaneceu na praça da Matriz, embaixo dos pés de tamarindo, no círculo que se formou para ouvir o homem moreno. Embora falasse de Deus e dissesse que era importante, para salvar a alma, destruir a própria vontade — veneno que inculca em cada um de nós a ilusão de ser um pequeno deus superior aos deuses em volta — e substituí-la pela vontade da Terceira Pessoa, aquela que construía, que trabalhava, a Formiga Diligente, e coisas desse gênero, ele as dizia numa linguagem clara, em que se entendiam todas as palavras. Sua pregação, embora religiosa e profunda, parecia uma conversa amena dessas que as famílias mantinham na rua, depois de jantar, aproveitando a brisa do anoitecer. Maria Quadrado ficou ouvindo o Conselheiro, toda encolhida, sem perguntar nada, sem tirar os olhos dele. Quando já era tarde e as pessoas que ainda estavam por ali ofereceram ao forasteiro um teto para descansar, ela também — todos se viraram para olhar — propôs com timidez a sua gruta. Sem hesitar, o homem magro seguiu-a morro acima.

Durante o tempo em que o Conselheiro ficou em Monte Santo, dando conselhos e trabalhando — limpou e restaurou todas as capelas da montanha, construiu um muro duplo de pedras para a Via-Sacra —, dormiu na caverna de Maria Quadrado. Depois disseram que não dormia, nem ela tampouco, que os dois passavam as noites falando de coisas do espírito ao pé do altarzinho colorido, e chegaram a dizer que ele dormia no enxergão e ela velava seu sono. O fato é que Maria Quadrado não se separou dele um só instante, carregando pedras ao seu lado durante o dia e ouvindo-o com os olhos arregalados à noite. Mesmo assim, toda Monte Santo ficou abismada quando soube, naquela manhã, que o Conselheiro tinha deixado a vila e que Maria Quadrado também se fora, entre os seus seguidores.

Numa praça da cidade alta da Bahia há um velho prédio de pedra, enfeitado com conchas brancas e pretas e protegido, como as prisões, por grossos muros amarelos. É, como já deve ter suspeitado algum leitor, uma fortaleza do obscurantismo: o Convento de Nossa Senhora da Piedade. Um convento de capuchinhos, uma ordem célebre pelo aprisionamento do espírito que pratica e por seu zelo missionário. Por que estou falando de um lugar que, aos olhos de qualquer libertário, simboliza o que há de mais odioso? Para contar-lhes que há dois dias passei uma tarde inteira lá.

Não fui explorar o terreno para uma dessas mensagens de violência pedagógica contra quartéis, conventos, prefeituras, e, de modo geral, em todos os baluartes da exploração e da superstição, que, segundo muitos companheiros, são indispensáveis para combater os tabus impostos aos trabalhadores em relação a tais instituições e demonstrar que elas são vulneráveis. (Lembram-se dos cenáculos barceloneses que propugnavam assaltar conventos para devolver às freiras, mediante a gravidez, sua condição de mulheres que a reclusão lhes havia tirado?) Fui a esse convento para conversar com um tal frei João Evangelista de Monte Marciano, autor de um curioso Informe que o destino me permitira ler.

Um paciente do doutor José Batista de Sá Oliveira, de cujo livro sobre craniometria já lhes falei e com quem às vezes colaboro, é ligado ao homem mais poderoso destas latitudes: o barão de Canabrava. O paciente a que me refiro, Lelis Piedades, advogado, enquanto o doutor Oliveira lhe dava um purgante para a solitária, contou-me que uma fazenda do barão foi ocupada, há cerca de dois anos, por uns loucos que transformaram aquilo numa terra de ninguém. Ele trata das ações judiciais para que seu patrão recupere a fazenda, em nome do direito de propriedade que o célebre barão, sem a menor dúvida, deve defender com ardor. É sempre agradável aos ouvidos de um revolucionário saber que um grupo de explorados se apropriou dos bens de um aristocrata, mesmo que esses pobres sejam — como dizia o advogado enquanto pelejava para expelir a alimária já triturada pela química — fanáticos religiosos. Mas o que mais me chamou a atenção foi ouvir que eles não aceitam o casamento civil e praticam o que Lelis Piedades chama de promiscuidade mas que, para qualquer homem com cultura social, é a instituição do amor livre. "Com tal prova de degeneração, as autoridades não vão ter outro remédio a não ser expulsar os fanáticos de lá." A prova do rábula era esse Informe, que conseguira graças aos seus conluios com a Igreja, para a qual também presta serviços. Frei João Evangelista de Monte Marciano esteve na fazenda como enviado do arcebispo da Bahia, a quem haviam chegado denúncias de heresia. O monge foi ver o que estava acontecendo em Canudos e voltou depressa, assustado e furioso com o que viu.

Isto é o que diz o Informe, e não há dúvida de que para o capuchinho a experiência deve ter sido amarga. Para um ser livre, o que o Informe permite adivinhar por entre suas remelas eclesiásticas é apaixonante. O instinto de liberdade, que a sociedade classista sufoca com essas máquinas trituradoras que são a família, a escola, a religião e o Estado, guia os passos desses homens que, de fato, parecem ter-se rebelado, entre outras coisas, contra a instituição que pretende abafar os sentimentos e os desejos. A pretexto de rejeitar a lei do casamento civil, instalada no Brasil logo depois da queda do Império, o povo de Canudos aprendeu a se unir e desunir livremente, desde que o homem e a mulher concordem, e a não se preocupar com a paternidade dos ventres fecundados, pois seu líder ou guia — que chamam de Conselheiro — ensinou que todos os seres são legítimos pelo simples fato de nascerem. Não há qualquer coisa aí que lhes soe familiar? Não é como se estivessem se materializando certas ideias centrais da revolução? O amor livre, a livre paternidade, o desaparecimento da fronteira infame entre filhos legítimos e ilegítimos, a convicção de que o homem não herda a dignidade nem a indignidade. Eu não tinha motivos para, vencendo a natural repugnância, ir visitar o capuchinho?

O próprio advogado do barão de Canabrava marcou o encontro, convicto de que eu me interesso há muitos anos pelo tema da superstição religiosa (o que, aliás, é verdade). A conversa transcorreu no refeitório do convento, um aposento coalhado de pinturas com santos e mártires, ao lado de um claustro pequeno, ladrilhado, com uma cisterna aonde uns encapuzados de hábito marrom e cordão branco iam de tanto em tanto tirar baldes d'água. O frade esclareceu todas as minhas dúvidas e se mostrou loquaz ao descobrir que podíamos conversar na sua língua materna, o italiano. É um meridional ainda jovem, baixinho, roliço, com uma barba farta. Sua testa larga revela nele um fantasiador, e a depressão em suas têmporas e o achatamento na nuca, um espírito rancoroso, mesquinho e suscetível. E, de fato, na conversa percebi que está cheio de ódio contra Canudos, por causa do fracasso da missão que o levou até lá e pelo medo que deve ter sentido entre os "hereges". Mas, mesmo descontando o que houver de exagero e rancor no seu testemunho, o tanto de verdade que resta nele já é, como verão, impressionante.

O que ouvi daria material para muitos números de *l'Étincelle de la révolte*. O essencial é que a conversa confirmou minhas suspeitas de que, em Canudos, homens humildes e inexperientes estão, na base do instinto e da imaginação, levando à prática muitas das coisas que os revolucionários europeus sabem ser necessárias para implantar a justiça na Terra. Julguem vocês mesmos. Frei João Evangelista passou uma semana em Canudos, acompanhado por dois religiosos: outro capuchinho da Bahia e o padre de um povoado vizinho a Canudos, um tal de dom Joaquim que ele, diga-se de passagem, detesta (acusa-o de bêbado, de impuro e de ter simpatia pelos bandidos). Antes da chegada — após uma penosa viagem de dezoito dias —, já notaram "indícios de insubordinação e anarquia", pois nenhum guia se dispunha a levá-los e, a três léguas da fazenda, deram com um pelotão de homens armados de espingardas e facões que os recebeu com hostilidade e só os deixou passar por intercessão de dom Joaquim, que conheciam. Em Canudos se depararam com uma multidão de seres esquálidos, cadavéricos, amontoados em casebres de barro e palha e armados até os dentes "para proteger o Conselheiro, que as autoridades já tinham tentado matar antes". Ainda estão nos meus ouvidos as palavras alarmadas do capuchinho ao relembrar sua impressão quando viu tantas armas. "Não as largam para comer nem para rezar, pois se apresentam ufanos com seus trabucos, carabinas, pistolas, facas, cartucheiras no cinto, como se estivessem prestes a travar uma guerra." (Eu não podia abrir seus olhos, explicando que eles estavam travando essa guerra desde que tomaram à força as terras do barão.) Afirmou que entre aqueles homens havia facínoras célebres por suas violências e mencionou um deles, "famosíssimo por sua crueldade", João Satã, que se instalou em Canudos com seu bando e hoje é um dos lugares-tenentes do Conselheiro. Frei João Evangelista conta que lhe perguntou: "Por que se admitem delinquentes em Canudos, se é verdade que vocês pretendem ser cristãos?" A resposta: "Para torná-los homens bons. Se roubaram ou mataram, foi devido à pobreza em que viviam. Aqui, sentem que pertencem à família humana, estão gratos por isso e farão qualquer coisa para se redimir. Se nós os rejeitássemos, cometeriam novos crimes. Nós entendemos a caridade tal como Cristo a praticava." Estas frases, companheiros, coincidem com a filosofia da liberdade. Vocês sabem que o bandido é um rebelde em estado natural, um revolucionário à revelia, e que, nos dias dramáticos da *Commune*, muitos irmãos considerados delinquentes saídos das masmorras da burguesia estiveram na vanguarda da luta, ombro a ombro com os trabalhadores, dando provas de heroísmo e generosidade.

    Uma coisa significativa: o povo em Canudos chama a si mesmo de *jagunços*, palavra que quer dizer rebeldes. O frade, apesar das suas andanças missionárias pelo interior, não reconhecia aquelas mulheres descalças nem aqueles homens antes sempre discretos e respeitosos com os enviados da Igreja e de Deus. "Estão irreconhecíveis. Sente-se neles intranquilidade, exaltação. Falam aos berros, disputam a palavra para afirmar as piores sandices que um cristão pode ouvir, doutrinas subversivas da ordem, da moral e da fé. Como, por exemplo, que quem quiser se salvar tem que ir para Canudos, pois o resto do mundo caiu nas mãos do Anticristo." Sabem quem os jagunços chamam de Anticristo? A República! Sim, companheiros, a República. Consideram que ela é responsável por todos os males, alguns abstratos, sem dúvida, mas também pelos concretos e reais como a fome e os impostos. Frei João Evangelista de Monte Marciano não podia acreditar no que ouvia. Duvido que ele, sua ordem ou a Igreja em geral sejam grandes entusiastas do novo regime no Brasil, pois a República, como já relatei numa carta anterior, com grande influência dos maçons, significou um enfraquecimento da Igreja. Mas daí a considerá-la o Anticristo! Pensando que eu ia me assustar ou me indignar, o capuchinho dizia coisas que eram música para os meus ouvidos: "São uma seita político-religiosa insubordinada contra o governo constitucional do país, constituem um Estado dentro do Estado, porque lá não se aceitam as leis, as autoridades não são reconhecidas nem é admitido o dinheiro da República." Sua cegueira intelectual não lhe permitia perceber que esses irmãos, com instinto certeiro, dirigiram sua rebeldia contra o inimigo nato da liberdade: o poder. E qual é o poder que os oprime, que lhes nega o direito à terra, à cultura, à igualdade? Por acaso não é a República? E o fato de estarem armados para combatê-la mostra que também acertaram no método, o único que os explorados têm para romper seus grilhões: a força.

Mas isso não é tudo, preparem-se para uma coisa ainda mais surpreendente. Frei João Evangelista garante que, tal como a promiscuidade de sexos, estabeleceu-se em Canudos a promiscuidade de bens: tudo é de todos. O Conselheiro teria convencido os jagunços de que é pecado — acreditem — considerar como próprio qualquer bem movente ou semovente. As casas, os cultivos, os animais, tudo pertence à comunidade, tudo é de todos e de ninguém. O Conselheiro os convenceu de que quanto mais coisas a pessoa possuir, menos possibilidades tem de estar entre os favorecidos no dia do Juízo Final. É como se estivesse pondo em prática as nossas ideias, recobrindo-as com pretextos religiosos por um motivo tático, devido ao nível cultural dos humildes que o seguem. Não é notável que um grupo de insurretos forme no fundo do Brasil uma sociedade em que foram abolidos o casamento, o dinheiro, e na qual a propriedade coletiva substituiu a privada? Esta ideia pairava na minha cabeça enquanto frei João Evangelista de Monte

Marciano me dizia que, depois de pregar sete dias em Canudos, em meio a uma surda hostilidade, foi tratado de maçom e protestante por instar os jagunços a voltarem para os seus povoados e, quando pediu que se submetessem à República, ficaram tão exaltados que ele teve praticamente que fugir de Canudos. "A Igreja perdeu a sua autoridade naquele lugar por culpa de um demente que passa o dia inteiro fazendo o povo trabalhar na construção de um templo de pedra." Eu não podia sentir a mesma consternação que ele, e sim alegria e simpatia por aqueles homens graças aos quais, pode-se dizer, renasce das cinzas, no fundo do Brasil, a Ideia que a reação julga ter enterrado na Europa, no sangue das revoluções derrotadas. Até a próxima, ou até sempre.

IV

Quando Lelis Piedades, o advogado do barão de Canabrava, mandou um ofício ao tribunal de Salvador informando que a fazenda de Canudos tinha sido invadida por meliantes, o Conselheiro já estava lá havia três meses. Pelo sertão correu a notícia de que nesse lugar, cercado de morros pedregosos, chamado de Canudos por causa dos cachimbos de caniço que o povo do lugar fumava no passado, o santo que tinha peregrinado mundo afora durante um quarto de século estava instalado agora. O local era conhecido pelos boiadeiros, pois os rebanhos costumavam pernoitar às margens do Vaza-Barris. Nas semanas e meses seguintes viram-se grupos de curiosos, de pecadores, de doentes, de vagabundos, de fugitivos que, vindo do norte, do sul, do leste e do oeste, dirigiam-se a Canudos com o pressentimento ou a esperança de que ali encontrariam perdão, refúgio, saúde, felicidade.

Na manhã seguinte à sua chegada, o Conselheiro começou a construir um Templo que, disse, seria todo de pedra, com duas torres muito altas, e consagrado ao Bom Jesus. Decidiu que fosse erigido em frente à velha igreja de Santo Antônio, capela da fazenda, "Que os ricos levantem as mãos", dizia, pregando à luz de uma fogueira, no povoado incipiente. "Eu levanto. Porque sou filho de Deus, Ele me deu uma alma imortal que pode merecer o céu, a verdadeira riqueza. Levanto porque o Pai me fez pobre nesta vida para ser rico na outra. Que os ricos levantem as mãos!" Nas sombras crepitantes emergia então, dentre os farrapos e os couros e as blusas puídas de algodão, um bosque de braços. Rezavam antes e depois dos conselhos e faziam procissões entre as moradias inacabadas e os refúgios de lona e tábuas em que dormiam, e a noite sertaneja os ouvia aclamando a Virgem e o Bom Jesus e gritando abaixo o Cão e o Anticristo. Um homem de Mirandela que soltava fogos de artifício nas feiras — Antônio Fogueteiro — foi um dos primeiros romeiros, e a partir de então se queimavam castelos de fogos e se estouravam rojões nas procissões de Canudos.

O Conselheiro dirigia os trabalhos do templo, assessorado por um mestre-pedreiro que o ajudara a restaurar muitas capelas e a construir, desde os alicerces, a igreja do Bom Jesus, em Crisópolis, e escolhia os penitentes que iriam quebrar pedras, peneirar areia ou buscar madeira. Ao entardecer, depois de um jantar frugal — se não estivesse jejuando — que consistia numa côdea de pão, alguma fruta, um punhado de farinha e uns goles d'água, o Conselheiro dava boas-vindas aos recém-chegados, exortava os outros a serem hospitaleiros e, após o credo, o pai-nosso e as ave-marias, sua voz eloquente pregava a austeridade, a mortificação, a abstinência, e compartilhava visões que se pareciam com as histórias dos trovadores. O fim estava próximo, podia-se ver isto como se via Canudos lá do Alto da Favela. A República ia continuar mandando hordas com fardas e fuzis para tentar prendê-lo e impedir que se dirija aos necessitados; por mais sangue que fizesse correr, porém, o Cão não morderia Jesus. Haveria um dilúvio, depois um terremoto. Um eclipse deixaria o mundo em trevas tão absolutas que tudo teria que ser feito no tato, como fazem os cegos, enquanto a batalha retumbava ao longe. Milhares de pessoas morreriam de pânico. Entretanto, ao se dissiparem as brumas, num amanhecer diáfano, as mulheres e os homens veriam ao seu redor, nas colinas e montanhas de Canudos, o exército de dom Sebastião. O grande rei teria derrotado as ninhadas do Cão, limpando o mundo para o Senhor. Eles veriam dom Sebastião, com sua armadura faiscante e sua espada; veriam seu rosto bondoso, adolescente, que sorriria do alto da sua cavalgadura ajaezada de ouro e diamantes, e o veriam afastar-se, cumprida a missão redentora, para voltar com seu exército ao fundo do mar.

Os curtidores, os lavradores, os curandeiros, os mascates, as lavadeiras, as parteiras, as mendigas que tinham chegado a Canudos após muitos dias e noites de viagem, trazendo seus bens numa carroça ou no lombo de um jegue, e que agora estavam ali, encolhidos na sombra, ouvindo e querendo acreditar, sentiam os olhos úmidos. Rezavam e cantavam com a mesma convicção que os peregrinos mais antigos; aqueles que não sabiam aprendiam rapidamente as preces, os cantos, as verdades. Antônio Vilanova, o comerciante de Canudos, era um dos mais ansiosos para aprender; de noite, dava longos passeios pelas margens do rio ou dos novos roçados com Antônio, o Beatinho, que lhe explicava pacientemente os mandamentos e as proibições da religião que, depois, ele ensinava ao seu irmão Honório, à sua mulher Antônia, à sua cunhada Assunção e aos filhos dos dois casais.

Não faltava o que comer. Havia cereais, legumes, carnes, e, como o Vaza-Barris tinha água, podia-se plantar. Os que chegavam traziam provisões, e de outros povoados costumavam receber aves, coelhos, porcos, grãos, cabritos. O Conselheiro pediu a Antônio Vilanova que armazenasse os mantimentos e controlasse sua distribuição entre os necessitados. Sem instruções específicas, mas de acordo com os ensinamentos do Conselheiro, a vida foi se organizando, mas não sem tropeços. O Beatinho se encarregava de instruir os romeiros que chegavam e de receber seus donativos, desde que não fossem em dinheiro. Tinham que ir gastar em Cumbe ou Juazeiro os réis da República, escoltados por João Abade ou Pajeú, que sabiam brigar, comprando coisas para o Templo: pás, picaretas, fios de prumo, madeira de qualidade, imagens de santos e crucifixos. A mãe Maria Quadrado guardava numa urna os anéis, brincos, broches, colares, prendedores de cabelo, moedas antigas ou simples enfeites de barro e osso que os romeiros ofereciam, e esse tesouro era exibido na igreja de Santo Antônio toda vez que o padre Joaquim, de Cumbe, ou algum outro pároco da região ia rezar missa, confessar, batizar ou casar os moradores. Esses dias eram sempre de festa. Dois foragidos da justiça, João Grande e Pedrão, os homens mais fortes do lugar, dirigiam as equipes que arrastavam pedras das canteiras dos arredores até o Templo. Catarina, a esposa de João Abade, e Alexandrinha Correa, uma mulher de Cumbe que tinha fama de fazer milagres, preparavam comida para os trabalhadores da construção. A vida estava longe de ser perfeita e sem complicações. Embora o Conselheiro pregasse contra o jogo, o cigarro, o álcool, havia gente que jogava, fumava e bebia cachaça e, quando Canudos começou a crescer, surgiram confusões por um rabo de saia, roubos, bebedeiras e até facadas. Mas essas coisas aconteciam em escala menor que em outras partes e na periferia desse centro ativo, fraterno, fervilhante, ascético que eram o Conselheiro e os seus discípulos.

O Conselheiro não proibia as mulheres de se enfeitarem, mas disse inúmeras vezes que quem cuida muito do corpo pode descuidar da alma e que, como Lúcifer, a aparência bonita costuma ocultar um espírito sujo e nauseabundo: as cores foram desaparecendo dos vestidos das jovens e das velhas, os vestidos foram se alongando até os tornozelos, subindo até os pescoços e se alargando até parecerem hábitos de freiras. Além dos decotes, desapareceram os enfeites e até as fitas que prendiam os cabelos, que agora ficavam soltos ou escondidos embaixo de lenços. Às vezes havia incidentes com as "madalenas", as perdidas que, apesar de terem chegado a Canudos à custa de muitos sacrifícios e de terem beijado os pés do Conselheiro implorando perdão, eram hostilizadas por muitas mulheres intolerantes que queriam obrigá-las a usar pentes com espinhos, como prova de arrependimento.

Mas, de modo geral, a vida era pacífica e reinava um espírito de colaboração entre os moradores. Uma fonte de problemas era o inaceitável dinheiro da República: se surpreendessem alguém utilizando-o em qualquer transação, os homens do Conselheiro lhe tiravam tudo o que tivesse e expulsavam de Canudos. O comércio era feito com as moedas que tinham a efígie do imperador dom Pedro ou da sua filha, a princesa Isabel, mas, como elas eram escassas, generalizou-se a permuta de produtos e de serviços. Trocavam-se alpargatas por rapadura, galinhas por tratamentos de ervas, farinha por ferraduras, telhas por tecidos, redes por facões e o trabalho, em roças, casas, currais, era retribuído com trabalho. Ninguém cobrava pelo tempo e o esforço dedicados ao Bom Jesus. Além do templo, também se construíam as moradias que depois seriam chamadas de casas de saúde, onde davam alojamento, comida e cuidados aos doentes, anciãos e órfãos. A princípio Maria Quadrado comandava essa tarefa, mas quando foi construído o Santuário — uma casinha de barro, dois quartos, teto de palha —, para que o Conselheiro pudesse descansar por algumas horas dos romeiros que o acossavam sem parar, e a Mãe dos Homens se dedicou exclusivamente a ele, as casas de saúde ficaram por conta das Sardelinhas — Antônia e Assunção —, mulheres dos Vilanova. Houve pendências pelas terras cultiváveis, próximas ao Vaza-Barris, que os romeiros já estabelecidos em Canudos foram ocupando e que eram disputadas por outros. Antônio Vilanova, o comerciante, dirimia essas rivalidades. Ele, por orientação do Conselheiro, distribuiu lotes para fazer as casas dos recém-chegados, mandou cercar terras para os animais que os fiéis mandavam ou traziam de presente, e fazia as vezes de juiz quando surgiam conflitos sobre bens e propriedades. Não havia muitos, na verdade, porque as pessoas não iam para Canudos atraídas pela cobiça ou pela ideia de prosperidade material. A comunidade vivia entregue a ocupações espirituais: orações, enterros, jejuns, procissões, a construção do templo do Bom Jesus e, principalmente, os conselhos do entardecer, que podiam se prolongar até tarde da noite, durante os quais tudo se interrompia em Canudos.

No meio-dia escaldante, a feira organizada pelo Partido Republicano Progressista encheu as paredes de Queimadas com cartazes que diziam Um Brasil Unido, Uma Nação Forte e o nome de Epaminondas Gonçalves. Mas no seu quarto da Pensão Nossa Senhora das Graças, Galileo Gall não pensa na festa política que se ouve lá fora e sim nas contraditórias aptidões que descobriu em Rufino. "É uma conjunção pouco comum", pensa. Orientação e Concentração são afins, certamente, e nada mais normal que encontrá-las em uma pessoa que passa a vida percorrendo esta imensa região, guiando viajantes, caçadores, comboios, servindo de estafeta ou rastreando o gado extraviado. Mas e a Maravilhosidade? Como combinar a propensão à fantasia, ao delírio, à irrealidade, típica de artistas e pessoas não práticas, com um homem que tudo faz pensar que é materialista, mundano, pragmático? No entanto, é o que dizem os seus ossos: Orientatividade, Concentratividade, Maravilhosidade. Galileo Gall descobriu isto assim que pôde apalpar o guia. Pensa: "É uma conjunção absurda, incompatível. Como ser pudico e exibicionista, avaro e pródigo."

Está lavando o rosto, inclinado sobre um balde, entre tabiques constelados de rabiscos, recortes com imagens de um espetáculo de ópera e um espelho quebrado. Baratas cor de café aparecem e desaparecem pelas fendas do assoalho e há uma pequena lagartixa petrificada no teto. O mobiliário é um catre sem lençóis. A atmosfera festiva entra no quarto através de uma janela gradeada: vozes magnificadas por um alto-falante, som de pratos, rufar de tambores e a gritaria das crianças soltando pipas. Alguém mistura ataques ao Partido Autonomista da Bahia, ao governador Luis Viana, ao barão de Canabrava, com louvores a Epaminondas Gonçalves e ao Partido Republicano Progressista.

Galileo Gall continua se lavando, indiferente à agitação de fora. Quando termina, enxuga a cara com a própria camisa e se joga no catre, de barriga para cima, com um braço sob a cabeça à guisa de travesseiro. Olha as baratas, a lagartixa. Pensa: "A ciência contra a impaciência." Está há oito dias em Queimadas e, mesmo sendo um homem que sabe esperar, começou a sentir certa angústia. Isto o fez pedir a Rufino que se deixasse apalpar. Não foi fácil convencê-lo, pois o guia é desconfiado e Gall lembra como parecia tenso enquanto o apalpava, pronto para pular em cima dele. Os dois se veem diariamente, entendem-se sem grande dificuldade e, para matar o tempo de espera, Galileo estudou seu comportamento, tomando notas sobre ele: "Lê o céu, as árvores e a terra como um livro; é homem de ideias simples, inflexíveis, com um código de honra estrito e uma moral que nasceu do seu intercâmbio com a natureza e com os homens, não do estudo, porque não sabe ler, nem da religião, já que não parece muito crente." Tudo isto coincide com o que seus dedos sentiram, exceto a Maravilhosidade. Em que se manifesta ela, como não percebeu nenhum dos seus sintomas em Rufino, nesses oito dias, enquanto negociava a viagem a Canudos com ele, no seu barraco das cercanias, tomando um refresco na estação ferroviária ou caminhando entre os curtumes, às margens do Itapicuru? Em Jurema, pelo contrário, a mulher do guia, essa vocação perniciosa, anticientífica — sair do campo da experiência, mergulhar na fantasmagoria e no devaneio — é evidente. Porque, apesar de ser reservada na sua presença, Galileo ouviu Jurema contar a história do Santo Antônio de madeira que está no altar-mor da igreja de Queimadas. "Foi encontrada numa gruta, anos atrás, e levada para a igreja, mas no dia seguinte desapareceu e apareceu de novo na gruta. Amarraram a estátua no altar para que não sumisse, e, apesar disso, voltou para a gruta. E assim ficou, indo e vindo, até que uma Santa Missão chegou a Queimadas, com quatro padres capuchinhos e o bispo, que consagraram a igreja a Santo Antônio e rebatizaram o povoado de Santo Antônio das Queimadas em sua homenagem. Só assim a imagem ficou quieta no altar onde agora se acendem velas." Galileo Gall se lembra que, quando perguntou a Rufino se acreditava na história que sua mulher contara, o rastreador encolheu os ombros e sorriu com ceticismo. Jurema, por sua vez, acreditava. Galileo gostaria de tê-la apalpado também, mas nem tentou; tem certeza de que a simples ideia de que um estrangeiro toque na cabeça da sua mulher deve ser inconcebível para Rufino. Sim, ele é um homem desconfiado. Deu trabalho até aceitar levá-lo a Canudos. Regateou o preço, fez objeções, hesitou, e, mesmo tendo concordado, Galileo nota seu mal-estar quando lhe fala do Conselheiro e dos jagunços.

Sem perceber, sua atenção foi se desviando de Rufino para a voz que vem de fora: "A autonomia regional e a descentralização são pretextos que o governador Viana, o barão de Canabrava e seus esbirros utilizam para conservar os próprios privilégios e impedir que a Bahia se modernize como os outros estados do Brasil. Quem são os Autonomistas? Monárquicos emboscados que, se não fosse por nós, ressuscitariam o Império corrupto e assassinariam a República! Mas o Partido Republicano Progressista de Epaminondas Gonçalves vai impedir isso..." É uma pessoa diferente da que falava antes, de voz mais clara, pois Galileo entende tudo o que diz, e até parece ter alguma ideia, enquanto seu predecessor só tinha uivos. Vai até a janela espiar? Não, não se levanta do catre, tem certeza de que o espetáculo continua o mesmo: grupos de curiosos que percorrem as barracas de bebidas e comidas, ouvem os cantadores ou rodeiam o homem de pernas de pau que lê a sorte, e, às vezes, até se dignam a parar durante um instante, para ver, não para ouvir, diante do palanquezinho em que o Partido Republicano Progressista faz sua propaganda, protegido por capangas com espingardas. "A indiferença deles é sábia", pensa Galileo Gall. De que adianta os habitantes de Queimadas saberem que o Partido Autonomista do barão de Canabrava é contra o sistema centralista do Partido Republicano e que este combate o descentralismo e o federalismo que seu adversário propõe? Será que as brigas retóricas dos partidos burgueses têm alguma coisa a ver com os interesses dos humildes? Eles fazem bem em aproveitar a feira e não demonstrar interesse pelo que os homens do palanque dizem. Na véspera, Galileo detectou certa excitação em Queimadas, não pela festa do Partido Republicano Progressista e sim porque as pessoas se perguntavam se o Partido Autonomista do barão de Canabrava mandaria seus capangas acabarem com a festa dos inimigos e haveria tiros, como outras vezes. Já é manhã alta, não aconteceu nada e, sem dúvida, não acontecerá. Para que iriam se incomodar em atacar um comício tão carente de apoio? Gall pensa que as feiras dos Autonomistas devem ser idênticas àquela que está acontecendo lá fora. Não, a política da Bahia, do Brasil não está aqui. Pensa: "Está lá, entre aqueles que nem desconfiam que são os verdadeiros políticos deste país." Será que a espera ainda vai demorar muito? Galileo Gall se senta na cama. Murmura: "A ciência contra a impaciência." Abre a maleta que está no chão e afasta roupas, um revólver, pega o caderno em que fez anotações sobre os curtumes de Queimadas que o ajudaram a matar algumas horas nos últimos dias, e folheia o que escreveu: "Construções de tijolo, tetos de telhas, colunas rústicas. Em toda parte, amarrados de casca de angico, cortada e picada com martelo e faca. Jogam o angico nuns baldes cheios de água do rio. Mergulham os couros depois de tirar o pelo e deixam de molho uns oito dias, tempo que levam para curtir. Da casca da árvore chamada angico sai o tanino, substância que os curte. Penduram os couros na sombra até secarem e os raspam com uma faca para tirar os resíduos. Submetem a este processo bois, carneiros, cabras, coelhos, queixadas, guarás e onças. O angico tem cor de sangue, e um cheiro forte. Os curtumes são empresas familiares, primitivas, onde trabalham pai, mãe, filhos e os parentes próximos. O couro cru é a principal riqueza de Queimadas." Guarda o caderno na maleta. Os curtidores se mostraram amáveis, explicaram o seu trabalho. Por que são tão reticentes para falar de Canudos? Desconfiam de alguém cujo português é difícil de entender? Ele sabe que Canudos e o Conselheiro são o centro das conversas em Queimadas. Mas, apesar das suas tentativas, não conseguiu falar com ninguém, nem sequer com Rufino e Jurema, sobre o assunto. Nos curtumes, na estação, na Pensão Nossa Senhora das Graças, na praça de Queimadas, toda vez que mencionou Canudos viu a mesma desconfiança em todos os olhos, ouviu o mesmo silêncio ou as mesmas evasivas. "São prudentes. Desconfiam", pensa. Pensa: "Sabem o que fazem. São sábios."

Volta a mexer entre a roupa e o revólver e apanha o único livro que há na maleta. É um volume antigo, manuseado, de pergaminho escuro, onde mal se lê o nome de Pierre Joseph Proudhon, mas cujo título ainda está claro, *Système des contradictions*, e a cidade onde foi impresso: Lyon. Não consegue ficar muito tempo concentrado na leitura, pois é distraído pelo barulho da feira e, sobretudo, pela traiçoeira impaciência. Apertando os dentes, faz um esforço para refletir sobre coisas objetivas. Um homem que não se interessa por problemas gerais, nem por ideias, vive enclausurado na Particularidade, e isto é visível atrás das orelhas, pela curvatura de dois ossinhos salientes, quase pontiagudos. Sentiu-os assim, em Rufino? Será que a Maravilhosidade se manifesta, talvez, no seu estranho senso da honra, naquilo que se poderia chamar de imaginação ética do homem que vai levá-lo até Canudos?

Suas primeiras lembranças, que também seriam as melhores e as que voltariam com mais pontualidade, não eram de sua mãe, que o abandonou para ir atrás de um sargento da Guarda Nacional que passou por Custódia perseguindo cangaceiros à frente de uma volante, nem do pai, que jamais conheceu, nem dos tios que o acolheram e criaram — Zé Faustino e dona Ângela —, nem dos trinta barracos e das ruas ressecadas de Custódia, e sim dos cantadores ambulantes. Eles vinham a cada tanto, para alegrar os casamentos, ou rumo à vaquejada de uma fazenda ou à feira de algum povoado festejando o santo padroeiro, e por um gole de cachaça e um prato de jabá e farinha contavam as histórias de Oliveros, da princesa Magalona, de Carlos Magno e os Doze Pares da França. João as ouvia com os olhos arregalados, os lábios se mexendo ao compasso dos lábios do cantador. Depois tinha sonhos suntuosos, em que ressoavam as lanças dos cavaleiros que salvavam a cristandade das hordas pagãs.

Mas a história que passou a ser carne da sua carne foi a de Roberto, o Diabo, um filho do duque da Normandia que, depois de cometer todas as maldades, arrependeu-se e começou a andar de quatro, latindo em vez de falar e dormindo entre os bichos, até que, tendo obtido a misericórdia do Bom Jesus, salvou o imperador do ataque dos mouros e se casou com a rainha do Brasil. O menino insistia que os cantadores contassem o caso sem omitir qualquer detalhe: como, na sua época malévola, Roberto, o Diabo enfiou a faca em inúmeras gargantas de donzelas e ermitãos só pelo prazer de ver sofrer, e como, na sua época de servo de Deus, percorreu o mundo em busca dos parentes das vítimas, beijando-lhes os pés e pedindo castigo. O povo de Custódia pensava que João seria um cantador do sertão e iria de vila em vila, com o violão no ombro, levando mensagens e alegrando as pessoas com suas histórias e sua música.

João ajudava Zé Faustino no armazém que fornecia tecidos, cereais, bebidas, ferramentas agrícolas, doces e bugigangas para toda a região. Zé Faustino viajava muito, levando mercadorias para as fazendas ou indo comprá-las na cidade e, na sua ausência, dona Ângela cuidava do negócio, um barracão de barro amassado que tinha um quintal com galinhas. Ela dava ao sobrinho todo o carinho que não pôde dar aos filhos que não teve. Fizera João prometer que algum dia a levaria a Salvador, para se prostrar aos pés da imagem milagrosa do Senhor do Bonfim, de quem tinha uma coleção de estampas na cabeceira.

O povo de Custódia temia, tanto como a seca e as pestes, duas calamidades que periodicamente empobreciam a vila: os cangaceiros e as volantes da Guarda Nacional. Os primeiros tinham sido, a princípio, bandos organizados pelos coronéis das fazendas, com seus peões e achegados, para as lutas que espocavam entre eles por questões de limites, de águas e de pastos, ou por ambições políticas, mas depois muitos desses grupos armados de trabucos e facões se emanciparam e agora andavam soltos, vivendo da rapina e do assalto. Para combatê-los tinham surgido as volantes. Tanto uns como os outros comiam os mantimentos dos habitantes de Custódia, embebedavam-se com sua cachaça e queriam abusar das suas mulheres. Antes mesmo de fazer uso da razão, João aprendeu, assim que ouvia o grito de alarme, a enfiar garrafas, alimentos e mercadorias nos esconderijos que Zé Faustino tinha preparado. Corria o boato de que este era coiteiro, isto é, fazia negócios com os bandidos e lhes fornecia informação e esconderijos. Ele ficava furioso. Por acaso não viam como seu armazém também era roubado?

Os cangaceiros não levavam roupas e fumo sem pagar um centavo? João ouviu muitas vezes seu tio se queixando dessas histórias estúpidas que, por inveja, o povo de Custódia inventava contra ele. "Vão acabar me metendo numa confusão", murmurava. E foi o que aconteceu.

Certa manhã chegou a Custódia uma volante de trinta soldados comandada pelo alferes Geraldo Macedo, um caboclo ainda novinho mas com fama de feroz, que perseguia o bando de Antônio Silvino. Este não havia passado por Custódia, mas o alferes teimava que sim. Era alto e aprumado, ligeiramente vesgo e vivia lambendo um dente de ouro. Dizia-se que perseguia os bandidos com fúria porque tinham estuprado uma namorada sua. O alferes, enquanto seus homens revistavam os casebres, interrogou pessoalmente os moradores. Ao anoitecer, entrou no armazém com o rosto exultante e ordenou que Zé Faustino o levasse ao esconderijo de Silvino. Antes que o comerciante pudesse responder, jogou-o no chão com um tabefe: "Sei de tudo, cristão. Denunciaram você." De nada adiantaram os protestos de inocência de Zé Faustino nem as súplicas de dona Ângela. Macedo disse que, como exemplo para os coiteiros, fuzilaria Zé Faustino ao amanhecer se ele não revelasse o paradeiro do Silvino. O comerciante, afinal, pareceu concordar. Nessa mesma madrugada os trinta cabras de Macedo partiram de Custódia, com Zé Faustino à frente, certos de que pegariam os bandidos de surpresa. Mas ele os despistou poucas horas depois e voltou a Custódia para tirar dona Ângela e João de lá, temendo que sofressem represálias. O alferes chegou quando ainda estava empacotando algumas coisas. Só ia matar Zé Faustino, mas também matou dona Ângela, que se interpôs entre eles. João, que estava agarrado em suas pernas, levou uma pancada com o cano da pistola que o deixou desmaiado. Quando voltou a si, viu que os moradores de Custódia, com caras compungidas, velavam dois caixões. Não aceitou seus carinhos e, com uma voz que se tornara adulta — só tinha doze anos na época —, disse, passando a mão pela cara ensanguentada, que um dia voltaria para vingar seus tios, porque os verdadeiros assassinos eram eles.

A ideia da vingança ajudou-o a sobreviver durante as semanas que passou vagando, sem rumo, por um deserto áspero de mandacarus. No céu via os círculos que os urubus traçavam, esperando que ele caísse no chão para vir bicá-lo. Era janeiro, e não tinha caído uma gota de chuva. João catava frutas secas, chupava o sumo das palmeiras e comeu até um tatu morto. Por fim, foi salvo por um pastor de cabras que o encontrou ao lado do leito seco de um rio, delirando sobre lanças, cavalos e o Senhor do Bonfim. O homem reanimou-o com uma tigela de leite e uns pedaços de rapadura que o menino saboreou. Andaram juntos vários dias, rumo à chapada de Angostura, aonde o pastor levava seu rebanho. Mas, antes de chegar, um dia foram surpreendidos ao entardecer por um bando de homens inconfundíveis, com chapéus de couro, cartucheiras de onça-pintada, embornais bordados com miçangas, trabucos a tiracolo e peixeiras até os joelhos. Eram seis, e o chefe, um cafuzo de cabelo crespo e lenço vermelho no pescoço, perguntou rindo a João, que implorava de joelhos para levá-lo consigo, por que queria ser cangaceiro. "Para matar guardas", respondeu o menino.

Começou então, para João, uma vida que em pouco tempo fez dele um homem. "Um homem malvado", definiria o povo dos estados que percorreu nos vinte anos seguintes, primeiro como agregado dos bandos de homens para os quais lavava roupa, preparava comida, costurava botões ou catava os piolhos, depois como companheiro de malfeitorias, mais tarde como o melhor atirador, rastreador, esfaqueador, andarilho e estrategista do grupo e, finalmente, como lugar-tenente e chefe do bando. Não tinha completado vinte e cinco anos e já era a cabeça pela qual se oferecia o preço mais alto nos quartéis da Bahia, Pernambuco, Piauí e Ceará. Sua sorte prodigiosa, que o salvou de emboscadas em que seus companheiros sucumbiam ou eram capturados e que, apesar da sua temeridade no combate, parecia imunizá-lo contra as balas, deu-lhe a fama de ter tratos com o Diabo. A verdade é que, ao contrário dos outros homens do cangaço, que andavam cheios de medalhas, faziam o sinal da cruz diante de todos os crucifixos e calvários e, pelo menos uma vez por ano, entravam em algum povoado para que o padre os reconciliasse com Deus, João (que no começo se chamara João Chico, depois João Rápido, depois João Cabra Tranquilo e agora se chamava João Satã) parecia desprezar a religião e aceitar de bom grado pagar suas incomensuráveis culpas no inferno.

A vida de bandido, poderia dizer o sobrinho de Zé Faustino e dona Ângela, consistia em andar, lutar, roubar. Mas, principalmente, em andar. Quantas centenas de léguas percorreram durante todos aqueles anos as pernas robustas, fibrosas, indóceis desse homem que enfrentava jornadas de vinte horas sem descansar? Tinham percorrido o sertão em todas as direções, e ninguém conhecia melhor que elas as dobras dos morros, os dédalos da caatinga, os meandros dos rios e as cavernas das montanhas. Essas andanças sem destino fixo, em fila indiana, a campo aberto, tentando deixar para trás ou despistar seus perseguidores reais ou imaginários da Guarda Nacional, eram, na memória de João, um único, interminável perambular por paisagens idênticas, esporadicamente sacudidas pelo som das balas e os gritos dos feridos, rumo a algum lugar ou acontecimento obscuro que parecia estar à sua espera.

Durante muito tempo pensou que seria o regresso a Custódia, para realizar a vingança. Anos depois da morte dos seus tios, numa noite de luar entrou sigilosamente, à frente de uma dúzia de homens, no povoado da sua infância. Seria aquele o ponto de chegada do seu cruento percurso? A seca tinha expulsado muitas famílias de Custódia, mas ainda havia casebres habitados e ele, embora tenha visto, entre as caras remelentas de sono das pessoas que seus homens jogavam na rua, algumas de que não se lembrava, não eximiu ninguém da punição. As mulheres, meninas ou velhas, foram obrigadas a dançar com os cangaceiros que já tinham bebido todo o álcool de Custódia, enquanto os vizinhos cantavam e tocavam violões. De quando em quando, eram arrastadas até o barraco mais próximo para serem estupradas. Por fim, um dos moradores começou a chorar, de impotência ou de terror. No ato João Satã enfiou-lhe o facão e fez um talho, como o açougueiro que esquarteja uma rês. A efusão de sangue funcionou como uma ordem e, pouco depois, os cangaceiros, excitados, enlouquecidos, começaram a descarregar suas armas até transformarem a única rua de Custódia em cemitério. Mais do que a matança, foi decisivo para forjar a lenda de João Satã o fato de ultrajar pessoalmente todos os homens depois de mortos, cortando-lhes os testículos e enfiando-os nas bocas (era o que sempre fazia com os informantes da polícia). Ao sair de Custódia, pediu a um cabra do bando que rabiscasse esta inscrição numa parede: "Meus tios quitaram a dívida."

Quanto havia de verdade nas perversidades que se atribuíam a João Satã? Tantos incêndios, sequestros, saques, torturas precisariam, para serem cometidos, mais vidas e sequazes que os trinta anos de João e os bandos sob seu comando, que nunca chegaram a ter vinte pessoas. O que definiu sua fama foi que, ao contrário de outros, como Pajeú, que compensavam o sangue que derramavam com arroubos de prodigalidade — distribuindo uma presa entre os miseráveis, obrigando um fazendeiro a abrir suas despensas para os lavradores, entregando a totalidade de um resgate a um padre para construir uma capela ou custeando a festa do padroeiro do lugar —, nunca se soube que João tenha feito gestos destinados a conquistar a simpatia das pessoas ou a benevolência do céu. Nenhuma das duas coisas lhe importava.

Era um homem forte, mais alto que o sertanejo médio, com a pele lustrosa, pômulos salientes, olhos rasgados, testa larga, lacônico, fatalista, que tinha asseclas e subordinados, não amigos. Teve, isto sim, uma mulher, uma moça de Quixeramobim que conheceu lavando roupa na casa de um fazendeiro que servia de coiteiro para o bando. Chamava-se Leopoldina e tinha um rosto redondo, olhos expressivos e formas enxutas. Conviveu com João durante sua permanência no refúgio e depois foi embora com ele. Mas ficou pouco tempo ao seu lado, porque João não tolerava mulheres no bando. Instalou-a em Aracati, aonde ia vê-la de quando em quando. Não se casou com ela, de modo que, quando se soube que Leopoldina tinha fugido de Aracati com um juiz, na direção de Geremoabo, todos pensaram que a ofensa não era tão grave como seria se ela fosse sua esposa. Mas João se vingou como se fosse. Foi a Quixeramobim, cortou as orelhas e mutilou os dois irmãos de Leopoldina e levou consigo sua irmã, Mariquinha, de treze anos. A garota apareceu nas ruas de Geremoabo, uma madrugada, com as iniciais J e S marcadas a ferro na cara. Estava grávida e trazia um cartaz explicando que todos os homens do bando eram, juntos, o pai da criança.

Outros bandidos sonhavam com juntar dinheiro para comprar uma terra em algum município remoto, e lá passar o resto da vida com outro nome. Nunca se viu João guardar dinheiro nem fazer projetos para o futuro. Quando o bando saqueava um armazém ou um povoado ou conseguia um bom resgate por alguém que sequestrava, João, depois de separar a parte que daria aos coiteiros encarregados de comprar armas, munição e remédios, dividia o restante, em partes iguais, entre ele e seus companheiros. Essa atitude, sua sabedoria na arte de preparar emboscadas para as volantes ou de escapar das que lhe faziam, sua coragem e sua capacidade de impor a disciplina fizeram com que seus homens lhe tivessem uma lealdade canina. Com ele se sentiam seguros e tratados com justiça. Contudo, embora não os expusesse a nenhum risco que ele próprio não corresse, não tinha a menor contemplação com eles. Por adormecer durante a guarda, atrasar-se numa marcha ou roubar um companheiro, mandava açoitá-los. Se alguém recuava quando ele dava ordem de resistir, marcava o infeliz com suas próprias iniciais ou cortava-lhe uma orelha. Executava os castigos pessoalmente, com frieza. E também castrava os traidores.

Mas seus homens, além de temê-lo, também pareciam gostar dele. Possivelmente porque João jamais deixava um companheiro no local do combate. Os feridos eram transportados numa rede pendurada num tronco até algum esconderijo, mesmo que a operação pusesse o bando em perigo. O próprio João tratava deles e, se fosse preciso, mandava buscar à força um enfermeiro para cuidar da vítima. Os mortos também eram arrastados para enterrá-los onde não pudessem ser profanados pela polícia ou pelas aves de rapina. Isto, e sua certeira intuição para dirigir os homens na luta, dispersando-os em grupos que corriam, confundindo o adversário, enquanto outros davam um rodeio e atacavam pela retaguarda, ou os ardis que empregava para romper os cercos, afirmaram sua autoridade; nunca teve dificuldade para recrutar novos membros do cangaço.

Esse chefe silencioso, severo, diferente intrigava seus subordinados. Usava o mesmo chapéu e as mesmas sandálias que eles, mas não tinha a mesma paixão pela brilhantina e os perfumes — a primeira coisa que procuravam nas lojas — nem vivia com os dedos cheios de anéis e o peito coberto de medalhas. Seus embornais tinham menos enfeites que os do cangaceiro mais novato. Sua única fraqueza eram os cantadores ambulantes: nunca permitiu que seus homens os maltratassem. Ele os recebia com deferência, pedia para contarem alguma coisa e depois ouvia muito sério, sem interromper a história. Quando encontrava o Circo do Cigano, pedia para apresentarem o espetáculo e se despedia deles dando presentes.

Alguém, certa vez, ouviu João Satã dizer que tinha visto mais gente morrer por causa do álcool, que estragava a pontaria e fazia os homens se esfaquearem por bobagens, do que pela doença ou pela seca. Como que confirmando essas palavras, todo o bando estava bêbado no dia que o capitão Geraldo Macedo os surpreendeu com sua volante. O capitão, que era chamado de Caçabandidos, vinha perseguindo João desde que este assaltou uma comitiva do Partido Autonomista Baiano que voltava de uma reunião com o barão de Canabrava, na sua fazenda de Calumbi. João emboscou a comitiva, dispersou os capangas e despojou os políticos de valises, cavalos, roupas e dinheiro. O próprio barão mandou uma mensagem ao capitão Macedo oferecendo uma recompensa especial pela cabeça do cangaceiro.

Aconteceu em Rosário, um lugar com meia centena de casas onde os homens de João Satã apareceram num amanhecer de fevereiro. Pouco antes tinham travado uma luta sangrenta com um bando rival, o de Pajeú, e só queriam descansar. Os moradores do lugar aceitaram dar-lhes de comer e João pagou o que consumiram, assim como os trabucos, espingardas, pólvora e balas de que se apoderou. O povo de Rosário convidou os cangaceiros para o casamento, dois dias depois, de um vaqueiro com a filha de um morador. A capela estava enfeitada com flores e os homens e mulheres do lugar vestiam suas melhores roupas naquele meio-dia, quando o padre Joaquim chegou de Cumbe para oficiar o casamento. O religioso estava tão assustado que os cangaceiros riram ao vê-lo gaguejar e engasgar. Antes de rezar a missa, tomou confissão de metade da vila, incluindo vários bandidos. Depois assistiu à queima de fogos e participou do almoço ao ar livre, debaixo das copas das árvores, e brindou com os presentes. Mas em seguida insistiu em voltar para Cumbe com tanta obstinação que João, de repente, começou a suspeitar. Determinou que ninguém saísse de Rosário e ele mesmo explorou as redondezas, da serra até o lado oposto, uma chapada deserta. Não encontrou sinais de perigo. Voltou para a festa, carrancudo. Seus homens, bêbados, dançavam, cantavam, misturados com o povo.

Meia hora depois, incapaz de suportar a tensão nervosa, o padre Joaquim, tremendo e choramingando, confessou que o capitão Macedo e sua volante estavam no alto da serra esperando reforços para atacar. Recebera ordens do Caçabandidos de distraí-lo com qualquer artifício. Nesse momento soaram os primeiros tiros, do lado do altiplano. Estavam cercados. João ordenou que os cangaceiros, na confusão, resistissem de qualquer maneira até o anoitecer. Mas os bandidos tinham bebido tanto que nem sequer entendiam de onde vinham os tiros. Eram alvos fáceis para os Comblain dos soldados e caíam rugindo, no meio de um tiroteio pontilhado pelos berros das mulheres que corriam tentando escapar do fogo cruzado. Quando chegou a noite, só havia quatro cangaceiros em pé, e João, que lutava com o ombro perfurado, desmaiou. Seus homens o enrolaram numa rede e começaram a escalar o morro. Atravessaram o cerco, ajudados por uma súbita chuva torrencial. Esconderam-se numa caverna e quatro dias depois entraram em Tepidó, onde um curandeiro fez baixar a febre de João e tratou da ferida. Ficaram lá duas semanas, tempo que João Satã levou para poder andar de novo. Na noite que saíram de Tepidó, souberam que o capitão Macedo tinha decapitado os cadáveres dos seus companheiros que caíram em Rosário e metido as cabeças num barril, polvilhadas de sal, como se fossem carne-seca.

Caíram de novo na vida violenta, sem pensar muito na sua boa estrela nem na má estrela dos outros. De novo andaram, roubaram, lutaram, esconderam-se e viveram com a vida por um triz. João Satã tinha sempre uma sensação indefinível no peito, a certeza de que, agora sim, a qualquer momento, iria acontecer o que estava esperando desde que se entendia como gente.

A igrejinha, em ruínas, apareceu num desvio da trilha que vai para Cansanção. À frente de meia centena de maltrapilhos, falava um homem moreno e altíssimo, vestindo uma túnica roxa. Não interrompeu sua arenga nem ergueu os olhos para os recém-chegados. João sentiu que alguma coisa vertiginosa fervia no seu cérebro ao ouvir o que o santo dizia. Estava contando a história de um pecador que, depois de ter feito todo o mal do mundo, um dia se arrependeu, viveu como um cachorro, conquistou o perdão de Deus e subiu ao céu. Quando terminou a história, olhou para os forasteiros. Sem hesitar, dirigiu-se a João, que estava de olhos baixos. "Como é o seu nome?", perguntou. "João Satã", murmurou o cangaceiro. "É melhor chamar-se João Abade, quer dizer, apóstolo do Bom Jesus", disse a voz rouca.

Três dias depois de despachar a carta contando a *l'Étincelle de la révolte* sua visita ao frei João Evangelista de Monte Marciano, Galileo Gall escutou batidas na porta do sótão, nos altos da Livraria Catilina. Assim que os viu, entendeu que aqueles indivíduos eram esbirros da polícia. Pediram seus documentos, examinaram tudo o que tinha, perguntaram sobre suas atividades em Salvador. No dia seguinte chegou sua ordem de expulsão, como estrangeiro indesejável. O velho Jan van Rijsted fez alguns contatos e o doutor José Batista de Sá Oliveira escreveu ao governador Luis Viana oferecendo-se como garantia, mas as autoridades, intransigentes, comunicaram que Gall teria que deixar o Brasil a bordo do *La Marseillaise*, rumo à Europa, uma semana mais tarde. Receberia, de cortesia, uma passagem de terceira classe. Gall disse aos seus amigos que ser banido — ou encarcerado, ou morto — é a sina de todo revolucionário e que ele vinha comendo esse pão desde a infância. Tinha certeza de que, por trás da ordem de expulsão, estava o cônsul inglês, o francês ou o espanhol, mas, garantiu, nenhuma das três polícias iria pôr as mãos nele, pois desapareceria no ar em alguma das escalas africanas do *La Marseillaise* ou no porto de Lisboa. Não parecia preocupado.

Tanto Jan van Rijsted como o doutor Oliveira tinham ouvido Gall falar com entusiasmo da sua visita ao Convento de Nossa Senhora da Piedade, mas ambos ficaram assombrados quando ele anunciou que, já que iam expulsá-lo do Brasil, faria, antes de partir, "um gesto pelos irmãos de Canudos", convocando um ato público de solidariedade a eles. Chamaria os amantes da liberdade que houvesse na Bahia para explicar: "Em Canudos está germinando, de maneira espontânea, uma revolução, e os homens do progresso devem apoiá-la." Jan van Rijsted e o doutor Oliveira tentaram dissuadi-lo, repetiram que era uma insensatez, mas Gall tentou, de todas as maneiras, publicar sua convocação no único jornal da oposição. Seu fracasso com o *Jornal de Notícias* não o desanimou. Já cogitava a possibilidade de imprimir panfletos que ele mesmo repartiria pelas ruas, quando aconteceu um fato que o fez escrever: "Por fim! Eu vivia uma vida aprazível demais e meu espírito começava a ficar embotado."

Foi na antevéspera da sua viagem, ao anoitecer. Jan van Rijsted entrou no sótão, com seu cachimbo crepuscular na mão, para dizer que dois indivíduos perguntavam por ele. "São capangas", avisou. Galileo sabia que assim eram chamados os homens que os poderosos e as autoridades empregavam para serviços sujos e, de fato, os sujeitos tinham caraduras sinistras. Mas não estavam armados e se mostraram respeitosos: uma pessoa queria vê-lo. Podia-se saber quem? Não se podia. Foi com eles, intrigado. Levaram-no pela praça da Catedral, pela cidade alta, e depois pela baixa, e depois pelos subúrbios. Quando deixaram para trás, na escuridão, as vias pavimentadas — a rua Conselheiro Dantas, a rua Portugal, a rua das Princesas —, os mercados de Santa Bárbara e São João, e o levaram pela trilha de carruagens que, bordeando o mar, ia até a Barra, Galileo Gall se perguntou se as autoridades não teriam decidido matá-lo em vez de expulsá-lo. Mas não se tratava de uma armadilha. Num albergue iluminado por uma lamparina de querosene, o diretor do *Jornal de Notícias* estava à sua espera. Epaminondas Gonçalves deu-lhe a mão e lhe indicou que se sentasse. Foi direto ao assunto, sem preâmbulos:

— Quer ficar no Brasil apesar da ordem de expulsão?

Galileo Gall olhou para ele, sem responder.

— É sincero o seu entusiasmo pelo que está acontecendo em Canudos? — perguntou Epaminondas Gonçalves. Estavam sozinhos no aposento, lá fora ouviam-se os capangas conversando e o ruído sincrônico do mar. O dirigente do Partido Republicano Progressista o observava, muito sério, batendo um pé no chão. Estava com o terno cinza que Galileo já tinha visto na redação do *Jornal de Notícias,* mas no seu rosto não havia a despreocupação e o sarcasmo de então. Estava tenso, uma ruga na testa envelhecia a sua cara juvenil.

— Não gosto de mistérios — disse Gall. — É melhor explicar logo do que se trata.

— De saber se quer ir a Canudos levar armas para os revoltosos.

Galileo esperou um instante, sem dizer nada, resistindo ao olhar do interlocutor.

— Dois dias atrás, os revoltosos não lhe inspiravam a menor simpatia — comentou, devagar. — Achava que ocupar terras alheias e viver em promiscuidade era coisa de animais.

— Esta é a opinião do Partido Republicano Progressista — confirmou Epaminondas Gonçalves. — E a minha, é claro.

— Mas... — ajudou Gall, avançando um pouco a cabeça.

— Mas os inimigos dos nossos inimigos são nossos amigos — afirmou Epaminondas Gonçalves, parando de bater o pé. — A Bahia é um baluarte de latifundiários retrógrados, de coração monarquista, apesar de sermos uma República há oito anos. Se for preciso ajudar os bandidos e os sebastianistas do interior para acabar com a ditadura do barão de Canabrava na Bahia, eu farei isso. Estamos ficando cada vez mais atrasados e mais pobres. É preciso tirar essa gente do poder, custe o que custar, antes que seja tarde. Se Canudos perdurar, o governo de Luis Viana vai entrar em crise e, mais cedo ou mais tarde, haverá uma intervenção federal. Quando o Rio de Janeiro intervir, a Bahia deixará de ser um feudo dos Autonomistas.

— E começa o reinado dos Republicanos Progressistas — murmurou Gall.

— Não acreditamos em reis, somos republicanos até a medula — retificou Epaminondas Gonçalves. — Então, estou vendo que me entende.

— Entendo tudo perfeitamente — disse Galileo. — Menos uma coisa. Se o Partido Republicano Progressista quer armar os jagunços, por que tem que ser por meu intermédio?

— O Partido Republicano Progressista não quer ajudar nem ter o menor contato com gente que se rebela contra a lei — declarou Epaminondas Gonçalves.

— O nobre deputado Epaminondas Gonçalves, então — disse Galileo Gall. — Por que tem que ser por meu intermédio?

— O nobre deputado Epaminondas Gonçalves não pode ajudar revoltosos — declarou o diretor do *Jornal de Notícias*. — Nem ninguém que tiver algum vínculo, próximo ou distante, com eles. O nobre deputado está travando uma batalha desigual pelos ideais republicanos e democráticos neste território autocrático, contra inimigos poderosos, e não pode correr tal risco — sorriu e Gall viu que tinha uma dentadura branca, voraz. — Foi o senhor quem veio se oferecer. Eu nunca teria pensado nisso, se não fosse a sua estranha visita, anteontem. Foi isso que me deu a ideia. O que me fez pensar: "Se ele é louco a ponto de convocar um comício público a favor dos revoltosos, também deve ser para levar-lhes alguns fuzis" — parou de sorrir e falou com severidade: — Nestes casos, a franqueza é o melhor. O senhor é a única pessoa que, se for descoberta ou capturada, em nenhum caso pode comprometer a mim ou aos meus aliados políticos.

— Está me avisando que, se eu for capturado, não posso contar com vocês?

— Agora sim, entendeu — disse Epaminondas Gonçalves. — Se sua resposta for não, boa-noite e esqueça que me viu. Se for sim, vamos discutir o preço.

O escocês se mexeu no assento, um banquinho de madeira que rangeu com seu peso.

— O preço? — murmurou, piscando.

— Para mim, trata-se de um serviço — disse Epaminondas Gonçalves. — Eu pago bem e garanto, depois, sua saída do país. Mas se preferir fazê-lo *ad honorem*, por idealismo, o problema é seu.

— Vou dar uma volta lá fora — disse Galileo Gall, levantando-se. — Penso melhor quando estou sozinho. Não vou demorar.

Quando saiu do albergue, julgou que estava chovendo, mas era a água que as ondas salpicavam. Ao passar por eles, sentiu o cheiro forte e picante dos cachimbos dos capangas. Havia lua, e o mar, que parecia borbulhando, exalava um aroma agradável, salgado, que penetrava até as vísceras. Galileo Gall caminhou, entre o solo arenoso e as pedras desertas, até um pequeno forte, onde um canhão apontava para o horizonte. Pensou: "A República tem tão pouca força na Bahia quanto o rei da Inglaterra além da passagem de Aberboyle, nos tempos de Rob Roy McGregor." Fiel ao seu costume, por mais que o sangue lhe fervesse nas veias, tentou considerar a questão de maneira objetiva. Era ético para um revolucionário conspirar com um politiqueiro burguês? Sim, se a conspiração ajudasse os jagunços. E levar armas para eles seria, sempre, a melhor maneira de ajudá-los. Ele não poderia ser útil aos homens de Canudos? Sem falsa modéstia, um homem fogueado nas lutas políticas e que dedicou a vida inteira à revolução poderia ajudá-los, na tomada de certas decisões e na hora de combater. Por fim, a experiência seria valiosa se depois ele a relatasse aos revolucionários do mundo. Talvez deixasse seus ossos lá, mas será que esse fim não era preferível a morrer de doença ou de velhice? Voltou ao albergue e, da porta, disse a Epaminondas Gonçalves: "Sou louco a ponto de fazer isso."

— *Wonderful* — imitou o político, com os olhos brilhando.

V

Tanto o Conselheiro tinha prevenido, nos seus sermões, que as forças do Cão viriam prendê-lo e esfaquear toda a cidade, que ninguém se surpreendeu em Canudos quando se soube, por intermédio de peregrinos vindos a cavalo de Juazeiro, que uma companhia do Nono Batalhão de Infantaria da Bahia tinha desembarcado naquela cidade com a missão de capturar o santo.

As profecias começavam a se tornar realidade, e as palavras, fatos. A notícia teve um efeito efervescente, pôs em ação velhos, jovens, homens, mulheres. As espingardas e carabinas, os fuzis de chispa que precisavam ser municiados pelo cano foram imediatamente empunhados e todas as balas enfiadas nas cartucheiras, enquanto apareciam nos cinturões, como que por milagre, punhais e facas e, nas mãos, foices, facões, lanças, ponteiros, estilingues e bestas de caça, paus, pedras.

Nessa noite, a do começo do fim do mundo, toda Canudos se reuniu em volta do templo do Bom Jesus — um esqueleto de dois andares, com torres que cresciam e paredes que iam sendo preenchidas — para ouvir o Conselheiro. O fervor dos escolhidos saturava o ar. O santo parecia mais encerrado em si mesmo que nunca. Quando os peregrinos de Juazeiro lhe deram a notícia, não fez o menor comentário e continuou supervisionando a colocação das pedras, o apisoamento do chão e as misturas de areia e cascalho para o templo com uma concentração absoluta, sem que ninguém se atrevesse a perguntar nada. Mas todos sentiam, enquanto se preparavam, que aquela silhueta ascética os aprovava. E todos sabiam, enquanto lubrificavam as bestas, limpavam a alma das espingardas e dos trabucos e punham a pólvora para secar, que nessa noite o Pai, pela boca do Conselheiro, iria instruí-los.

A voz do santo ressoou sob as estrelas, na atmosfera sem brisa que parecia conservar suas palavras por mais tempo, tão serena que dissipava qualquer temor. Antes de falar da guerra, falou da paz, da vida vindoura, em que o pecado e a dor desapareceriam. Derrotado o Demônio, o Reino do Espírito Santo se estabeleceria, como última era do mundo antes do Juízo Final. Canudos seria a capital desse Reino? Se o Bom Jesus quisesse. Então, seriam abolidas as leis ímpias da República e os padres voltariam a ser, como nos primeiros tempos, abnegados pastores dos seus rebanhos. O sertão ficaria verdejante com a chuva, haveria milho e bois em abundância, todos comeriam e cada família poderia enterrar seus mortos em caixões acolchoados de veludo. Mas, antes, era preciso derrotar o Anticristo. Tinham que fazer uma cruz e uma bandeira com a imagem do Divino para que o inimigo soubesse de que lado estava a verdadeira religião. E ir para a luta como os cruzados foram resgatar Jerusalém: cantando, rezando, aclamando a Virgem e Nosso Senhor. E como eles venceram, os cruzados do Bom Jesus também venceriam a República.

 Ninguém dormiu nessa noite em Canudos. Alguns rezando, outros se preparando, todos permaneceram em pé, enquanto mãos diligentes pregavam a cruz e costuravam a bandeira. Ficaram prontas antes do amanhecer. A cruz media três varas por duas de largura e a bandeira eram quatro lençóis unidos, nos quais o Beatinho pintou uma pomba branca de asas abertas e o Leão de Natuba escreveu, com sua elaborada caligrafia, uma jaculatória. Com exceção de um punhado de pessoas autorizadas por Antônio Vilanova a permanecer em Canudos, para não interromper a construção do templo (trabalhava-se dia e noite, menos nos domingos), toda a população partiu, com as primeiras luzes, rumo a Bendengó e Juazeiro, para provar aos caudilhos do mal que o bem ainda tinha defensores na Terra. O Conselheiro não os viu partir, pois estava rezando por eles na igrejinha de Santo Antônio.

 Tiveram que caminhar dez léguas para encontrar os soldados. E caminharam cantando, rezando e aclamando Deus e o Conselheiro. Só descansaram uma vez, depois de passarem pelo monte Cambaio. Quem sentia alguma urgência saía das filas sinuosas, escapulia para trás de alguma pedra e depois alcançava os outros correndo. Atravessar aquele terreno plano e ressecado levou um dia e uma noite, e ninguém pediu outra parada para descansar. Não tinham plano de batalha. Os raros viajantes no caminho ficavam assombrados ao saber que eles iam para a guerra. Pareciam uma multidão festiva; alguns estavam com seus trajes de feira. Portavam armas e gritavam abaixo o Diabo e a República, mas mesmo nesses momentos o regozijo dos seus rostos amortecia o ódio dos seus gritos. A cruz e a bandeira abriam a coluna, a primeira carregada pelo ex-bandido Pedrão e a segunda pelo ex-escravo João Grande, e atrás deles Maria Quadrado e Alexandrinha Correa transportavam a urna com a imagem do Bom Jesus pintada em tecido pelo Beatinho, e mais atrás, no interior de uma nuvem de poeira, aglomerados, difusos, vinham os escolhidos. Muitos acompanhavam as ladainhas soprando os canudos que serviam de cachimbos no passado e que os pastores perfuravam e transformavam em apitos para os rebanhos.

No decorrer da marcha, imperceptivelmente, obedecendo a uma convocação do sangue, a coluna foi se reordenando, foram se aglomerando os velhos grupos, os habitantes de uma mesma vila, ou de um bairro, os membros de uma família, como se, à medida que se aproximava a hora, cada qual precisasse da presença contígua do que era conhecido e provado em outras horas decisivas. Aqueles que já tinham matado foram se adiantando, e agora, enquanto se aproximavam dessa vila chamada de Uauá por causa dos vaga-lumes que a iluminam de noite, João Abade, Pajeú, Taramela, José Venâncio, os Macambira e outros sublevados e foragidos rodearam a cruz e a bandeira, à frente da procissão ou exército, sabendo, sem que ninguém precisasse dizer, que eles, por sua experiência e seus pecados, eram destinados a dar o exemplo na hora da investida.

Depois de meia-noite, um lavrador veio avisar que os cento e quatro soldados que tinham chegado de Juazeiro na véspera estavam acampados em Uauá. Um estranho grito de guerra — Viva o Conselheiro! Viva o Bom Jesus! — sacudiu os escolhidos que, empolgados pelo júbilo, apressaram o passo. Ao amanhecer avistaram Uauá, um punhado de casinhas que era parada obrigatória dos tropeiros que iam de Monte Santo para Curaçá. Começaram a cantar ladainhas em louvor a São João Batista, padroeiro da vila. A coluna surgiu de repente diante dos soldados sonolentos que estavam de sentinelas à beira de uma lagoa, nos arredores. Eles olharam por alguns segundos, incrédulos, e começaram a correr. Rezando, cantando, soprando os canudos, os escolhidos entraram em Uauá, tirando do sono, para arremessar numa realidade de pesadelo, aqueles cem soldados que tinham levado doze dias para chegar até lá e que não entendiam aquelas rezas que vinham acordá-los. Eram os únicos habitantes de Uauá, pois todos os moradores tinham fugido durante a noite e agora estavam entre os cruzados, dando voltas em torno dos pés de tamarindo da praça, vendo as caras dos soldados surgirem pelas portas e janelas, medindo sua surpresa, suas dúvidas entre atirar, correr ou voltar para as suas redes e os seus catres e dormir de novo.

Uma voz de comando feroz, cortada pelo cocorocó de um galo, desencadeou o tiroteio. Os soldados disparavam apoiando os fuzis nos muros dos casebres, e os escolhidos começaram a cair, banhados em sangue. A coluna foi se desmanchando, grupos intrépidos avançavam, atrás de João Abade, de José Venâncio, de Pajeú, para atacar as casas, e outros corriam para se proteger nos ângulos cegos ou se encolher entre os tamarindeiros enquanto outros continuavam desfilando. Os escolhidos também atiravam. Isto é, aqueles que tinham carabinas e trabucos e os que conseguiam carregar as espingardas de pólvora e divisar um alvo na poeirada. A cruz e a bandeira, nas várias horas de luta e confusão, não deixaram de permanecer ereta, uma, e ondulante, a outra, no meio de uma ilha de cruzados que, mesmo crivada de balas, subsistiu, compacta, fiel, em torno desses emblemas que, mais tarde, todos apontariam como segredo da vitória. Porque nem Pedrão, nem João Grande, nem a Mãe dos Homens, que carregava a urna com o rosto do Filho, morreram na refrega.

A vitória não foi rápida. Houve muitos mártires nessas horas ruidosas. Depois das corridas e dos tiroteios havia parênteses de imobilidade e silêncio que, um instante depois, eram de novo violentados. Mas, antes do meio da manhã, os homens do Conselheiro perceberam que tinham vencido quando viram umas figurinhas desembestadas, seminuas, que, por ordem dos chefes ou porque o medo os derrotara antes que os jagunços, fugiam a campo aberto, abandonando armas, jaquetas, perneiras, botas, embornais. Atiraram em sua direção, sabendo que não os atingiriam, mas ninguém pensou em persegui-los. Pouco depois os outros soldados fugiam e, ao escapar, alguns caíam nos ninhos de jagunços que se haviam formado nas esquinas, onde eram imediatamente liquidados a porretadas e facadas. Morriam sendo chamados de cães, de diabos, e ouvindo que suas almas seriam condenadas enquanto seus corpos apodreciam.

Ficaram algumas horas em Uauá, depois da vitória. A maioria, dormindo, encostados uns nos outros, recuperando-se do cansaço da marcha e da tensão da luta. Alguns, por iniciativa de João Abade, revistavam as casas em busca de fuzis, munição, baionetas e cartucheiras abandonados pelos soldados. Maria Quadrado, Alexandrinha Correa e Gertrudes, uma vendedora de Teresina que levara uma bala no braço e continuava em atividade, iam pondo os cadáveres dos jagunços em redes para transportar e enterrar em Canudos. As curandeiras, os herboristas, as parteiras, os osseiros, os espíritos serviçais rodeavam os feridos, limpando o sangue, enfaixando ou, simplesmente, oferecendo-lhes orações e esconjuros contra a dor.

Carregando seus mortos e feridos e bordeando o leito do Vaza-Barris, agora com menos pressa, os escolhidos desandaram as dez léguas. Entraram em Canudos um dia e meio depois, dando vivas ao Conselheiro e sendo aplaudidos, abraçados e festejados pelos que ficaram trabalhando no templo. O Conselheiro, que tinha permanecido sem comer nem beber desde a sua partida, nessa tarde deu os conselhos de cima de um andaime das torres do templo. Rezou pelos mortos, agradeceu ao Bom Jesus e a João Batista pela vitória, e falou de como o mal criou raízes na terra. Antes de haver o tempo, Deus ocupava tudo e o espaço não existia. Para criar o mundo, o Pai teve que se retirar em si mesmo e fazer um vazio. A ausência de Deus causou o espaço onde surgiram, em sete dias, os astros, a luz, as águas, as plantas, os animais e o homem. Mas, como a Terra foi criada com a privação da divina substância, também se criaram as condições propícias para que o mais oposto ao Pai, ou seja, o pecado, tivesse uma pátria. Assim, o mundo nasceu maldito, como terra do Diabo. Mas o Pai teve piedade dos homens e mandou seu Filho reconquistar para Deus este espaço terreno onde o Demônio estava entronizado.

O Conselheiro disse que uma das ruas de Canudos se chamaria São João Batista, como o patrono de Uauá.

— O governador Viana está enviando uma nova expedição a Canudos — diz Epaminondas Gonçalves. — Sob o comando de alguém que conheço, o major Febrônio de Brito. Desta vez não se trata de uns poucos soldados, como os que foram atacados em Uauá, e sim de um batalhão. Devem sair da Bahia a qualquer momento, quem sabe já saíram. Temos pouco tempo.

— Posso partir amanhã mesmo — responde Galileo Gall. — O guia está esperando. Trouxe as armas?

Epaminondas oferece um charuto a Gall, que recusa com um movimento de cabeça. Estão sentados em poltronas de vime, na varanda desmantelada de uma propriedade situada em algum lugar entre Queimadas e Jacobina, aonde Gall foi guiado por um cavaleiro de roupa de couro e nome bíblico — Caifás — que dava voltas e mais voltas pela caatinga, como se quisesse despistá-lo. Está entardecendo; para além da balaustrada de madeira, há uma fila de palmeiras reais, um pombal, uns currais. O sol, uma bola avermelhada, incendeia o horizonte. Epaminondas Gonçalves suga seu charuto com parcimônia.

— Duas dezenas de fuzis franceses, de boa qualidade — murmura, observando Gall através da fumaça. — E dez mil cartuchos. Caifás vai levá-lo na carroça até os arredores de Queimadas. Se não estiver muito cansado, é melhor que volte esta noite com as armas, para seguir amanhã mesmo rumo a Canudos.

Galileo Gall concorda. Está cansado, mas bastaram umas horas de sono para se recuperar. Há tantas moscas na varanda que deixa a mão na frente do rosto, espantando-as. Apesar do cansaço, está satisfeito; a espera estava começando a exasperá-lo, e temia que o político republicano houvesse mudado de planos. Nesta manhã, quando o homem encourado tirou-o intempestivamente da Pensão Nossa Senhora das Graças, dizendo a senha combinada, ficou tão entusiasmado que até se esqueceu de tomar o café da manhã. Fez a viagem até aqui sem beber nem comer nada, sob um sol de chumbo.

— Sinto muito tê-lo feito esperar tantos dias, mas foi bastante complicado reunir e transportar as armas para cá — diz Epaminondas Gonçalves. — Viu a campanha para as eleições municipais, em algumas vilas?

— Vi que o Partido Autonomista Baiano gasta mais dinheiro em propaganda que vocês — boceja Gall.

— Eles têm todo o dinheiro que quiserem. Não só o de Viana, mas também do governo e do parlamento da Bahia. E, sobretudo, do barão.

— O barão é rico como um Creso, não é mesmo? — Gall fica interessado, de repente. — Um personagem antediluviano, sem dúvida, uma curiosidade arqueológica. Soube algumas coisas sobre ele, em Queimadas. Por intermédio de Rufino, o guia que o senhor me recomendou. Sua mulher pertencia ao barão. Pertencia, sim, como uma cabra ou uma bezerra. Deu-a de presente a ele, para que fosse sua esposa. O próprio Rufino fala do barão como se também tivesse sido propriedade dele. Sem rancor, com uma gratidão canina. Interessante, senhor Gonçalves. A Idade Média está viva aqui.

— Nós lutamos contra este estado de coisas, por isso queremos modernizar esta terra — diz Epaminondas, soprando a cinza do charuto. — Por isso o Império caiu, para isso existe a República.

"Contra isso lutam os jagunços", corrige mentalmente Galileo Gall, sentindo que vai adormecer a qualquer momento. Epaminondas Gonçalves se levanta.

— O que contou ao guia? — pergunta, passeando pela varanda. Os grilos começaram a cantar e já não faz calor.

— A verdade — diz Gall, e o diretor do *Jornal de Notícias* para em seco. — Não mencionei seu nome em momento algum. Eu falo de mim. Digo que quero ir a Canudos por uma questão de princípios. Por solidariedade ideológica e moral.

Epaminondas Gonçalves o encara em silêncio, e Galileo sabe que está se perguntando se ele diz estas coisas a sério, se realmente é tão louco ou tão estúpido que acredita nelas. Pensa: "Sou", enquanto abana a mão afugentando as moscas.

— Disse também que vai levar armas?

— Claro que não. Ele saberá quando estivermos a caminho.

Epaminondas recomeça a passear pela varanda, de mãos nas costas; deixa atrás de si uma esteira de fumaça. Está com a camisa aberta, um colete sem botões, calça e botas de montar, e dá a impressão de não ter se barbeado. Sua aparência é muito diferente da que tinha na redação do jornal ou no albergue da Barra, mas Gall reconhece a energia concentrada em seus movimentos, a determinação ambiciosa na sua expressão, e pensa que sabe como são os seus ossos sem necessidade de tocar neles: "Um ávido de poder." Será dele esta propriedade? Emprestada para as suas conspirações?

— Uma vez entregues as armas, não volte a Salvador por aqui — diz Epaminondas, apoiando-se na balaustrada e dando-lhe as costas. — Diga ao guia que o leve a Juazeiro. É mais prudente. Em Juazeiro há um trem de dois em dois dias, que o deixa na Bahia em doze horas. Eu me encarregarei de que viaje para a Europa discretamente e com uma boa gratificação.

— Uma boa gratificação — repete Gall, dando um longo bocejo que distorce comicamente seu rosto e suas palavras. — O senhor sempre achou que eu faço isto por dinheiro.

Epaminondas solta uma baforada de fumaça que se expande em arabescos pela varanda. Ao longe, o sol começa a se esconder, fazendo manchas de sombra no campo.

— Não, já sei que faz por uma questão de princípios. Em todo caso, percebo que não é por carinho ao Partido Republicano Progressista. Para nós isto é um serviço, e costumamos retribuir os serviços. Já lhe disse.

— Não posso garantir que voltarei à Bahia — interrompe Gall, espreguiçando-se. — Nosso trato não inclui essa cláusula.

O diretor do *Jornal de Notícias* se vira para olhá-lo:

— Não vamos discutir outra vez — sorri. — Pode fazer o que quiser. Simplesmente, já sabe qual é a melhor maneira de voltar e também sabe que posso facilitar sua saída do país sem que as autoridades intervenham. Agora, se preferir ficar com os revoltosos, o problema é seu. Mas tenho certeza de que mudará de ideia quando os conhecer.

— Já conheci um deles — murmura Gall, ligeiramente irônico. — E, a propósito, não se importaria de enviar da Bahia esta carta para a França? Está aberta, se entender francês vai ver que não há nada de comprometedor para o senhor.

Nasceu, como seus pais, avós e seu irmão Honório, na vila cearense de Assaré, onde se dividiam os bois que iam para Jaguaribe e os que rumavam para o vale do Cariri. Na vila todos eram agricultores ou boiadeiros, mas desde menino Antônio demonstrou sua vocação para comerciante. Começou a fazer negócios nas aulas de catecismo do padre Matias (que também lhe ensinou as letras e os números). Antônio vendia e comprava piões, estilingues, bolas de gude, pipas, sabiás, canários, rãs cantoras dos outros meninos e obtinha lucros tão bons que, embora sua família não fosse próspera, ele e seu irmão eram vorazes consumidores dos doces do quitandeiro Zuquieta. Ao contrário de outros irmãos, que viviam como cão e gato, os Vilanova eram unha e carne. Tratavam-se, muito a sério, de "compadres".

Certa manhã, Adelinha Alencar, filha do carpinteiro de Assaré, acordou com febre alta. As ervas que dona Camuncha queimou para exorcizar o mal não fizeram efeito, e dias depois a menina estava com o corpo todo brotado de espinhas que a transformaram, de garota mais linda, no ser mais repelente do povoado. Uma semana depois havia meia dúzia de pessoas delirando de febre e com pústulas. O padre Tobias chegou a rezar missa pedindo a Deus que acabasse com a peste antes de ser, ele também, contagiado. Quase em seguida os doentes começaram a morrer, enquanto a epidemia se alastrava, desenfreada. Quando o povo do lugar, aterrorizado, estava se preparando para fugir, soube-se que o coronel Miguel Fernández Visse, chefe político do município e proprietário das terras que todos cultivavam e do gado que levavam para pastar, tinha proibido a sua partida, para que a varíola não se espalhasse pela região. O coronel Vieira pôs capangas nas saídas da vila com ordem de atirar em quem desobedecesse à ordem.

Entre os poucos que conseguiram sair estavam os Vilanova. A peste matou seus pais, sua irmã Luz Maria, um cunhado e três sobrinhos. Depois de enterrar todos esses parentes, Antônio e Honório, jovens fortes, de quinze anos, cabelos crespos e olhos claros, decidiram fugir. Mas, em vez de enfrentar os capangas a faca e a bala, como vários outros, Antônio, fiel à sua vocação, convenceu-os de que, em troca de um novilho, uma arroba de açúcar e outra de rapadura, fizessem vista grossa. Partiram de noite, levando duas primas — Antônia e Assunção Sardelinha — e os bens da família: duas vacas, um jegue de carga, uma mala de roupa e um saquinho com dez mil réis. Antônia e Assunção eram primas dos Vilanova pelos dois lados, e Antônio e Honório as levaram consigo por piedade do seu desamparo, pois a varíola as deixara órfãs. Eram quase meninas, e sua presença dificultou a marcha; não sabiam andar pela caatinga e suportavam mal a sede. A pequena expedição, entretanto, atravessou a serra do Araripe, deixou para trás Santo Antônio, Ouricuri, Petrolina e atravessou o rio São Francisco. Quando entraram em Juazeiro e Antônio decidiu que tentariam a sorte nessa cidade baiana, as duas irmãs estavam grávidas: Antônia, de Antônio, e Assunção, de Honório.

No dia seguinte, Antônio começou a trabalhar enquanto Honório, ajudado pelas Sardelinhas, construía um barraco. As vacas de Assaré tinham sido vendidas no caminho, mas conservaram o jegue e nele Antônio pôs um tacho de aguardente que foi vendendo, em copinhos, pela cidade. Nesse jegue, e depois em outro, e em mais outros, transportava as mercadorias que, nos meses e anos seguintes, foi levando, a princípio de casa em casa, depois pelos povoados próximos e, finalmente, por todos os recantos do sertão, que chegou a conhecer como a palma da própria mão. Comerciava bacalhau, arroz, feijão, açúcar, pimenta, rapadura, tecidos, álcool e tudo o mais que lhe encomendassem. Tornou-se fornecedor de fazendas imensas e de colonos pobres, e suas caravanas se tornaram tão familiares como o Circo do Cigano nos povoados, missões e acampamentos. O armazém de Juazeiro, na praça da Misericórdia, ficava a cargo de Honório e das Sardelinhas. Em menos de dez anos, diziam que os Vilanova estavam a caminho de ficar ricos.

Então veio a calamidade que, pela segunda vez, arruinaria a família. Nos anos bons, as chuvas começavam em dezembro; nos maus, em fevereiro ou março. Nesse ano, em maio ainda não tinha caído uma gota de chuva. O São Francisco perdeu dois terços do seu caudal e mal conseguia satisfazer as necessidades de Juazeiro, cuja população quadruplicou com os retirantes do interior.

Antônio Vilanova não recebeu uma única dívida nesse ano, e todos os seus clientes, fossem donos de fazendas ou pobres trabalhadores, cancelaram os pedidos. Até Calumbi, a melhor propriedade do barão de Canabrava, informou que não compraria nem um punhado de sal. Pensando em tirar proveito da adversidade, Antônio havia enterrado os cereais em caixotes embrulhados em lona, para vender quando a escassez pusesse os preços nas nuvens. Mas a calamidade foi grande demais, mesmo para os seus cálculos. Logo percebeu que se não vendesse de uma vez ficaria sem compradores, pois o povo gastava o pouco que lhe restava em missas, procissões e oferendas (e todo mundo queria se incorporar à Irmandade de Penitentes, que se encapuzavam e se flagelavam) para que Deus fizesse chover. Então desenterrou os caixotes: os cereais, apesar da lona, estavam podres. Mas Antônio nunca se sentia derrotado. Ele, Honório, as Sardelinhas e até as crianças — uma dele e três do seu irmão — limparam os cereais como puderam e na manhã seguinte o pregoeiro anunciou, na praça da Matriz, que, por motivo de força maior, o armazém dos Vilanova liquidaria o seu estoque. Antônio e Honório se armaram e puseram quatro empregados com porretes à vista para evitar desordens. Na primeira hora, tudo funcionou bem. As Sardelinhas atendiam no balcão enquanto os seis homens controlavam o povo na porta, só deixando entrar no armazém grupos de dez pessoas. Mas em pouco tempo era impossível conter a multidão que acabou rompendo a barreira, derrubando portas e janelas e invadindo o armazém. Em poucos minutos se apoderou de tudo o que havia lá dentro, incluindo o dinheiro do caixa, e destroçou o que não conseguiu levar.

A devastação não durou mais de meia hora e, embora as perdas tenham sido grandes, ninguém da família saiu ferido. Honório, Antônio, as Sardelinhas e as crianças, sentados na rua, observaram os saqueadores se retirando daquilo que tinha sido o armazém mais bem sortido da cidade. As mulheres ficaram com os olhos marejados de lágrimas e os meninos, espalhados no chão, olhavam os restos dos catres onde dormiam, a roupa que vestiam e os objetos com que brincavam. Antônio estava pálido. "Temos que começar tudo de novo, compadre", murmurou Honório. "Mas não nesta cidade", respondeu o irmão.

Antônio ainda não tinha trinta anos. Mas, pelo excesso de trabalho, pelas viagens fatigantes, pela maneira obsessiva que encarava seu negócio, parecia mais velho. Tinha pouco cabelo, uma testa larga, e a barbinha e o bigode lhe davam um ar de intelectual. Era forte, os ombros um pouco caídos, e andava com as pernas arqueadas, como um vaqueiro. Nunca demonstrou outro interesse além dos negócios. Enquanto Honório ia às festas, e não lhe desagradava beber um copinho de anis escutando um cantador ou conversar com amigos vendo passar pelo São Francisco as embarcações em que começavam a aparecer carrancas de cores vivas, ele não tinha vida social. Quando não estava de viagem, ficava atrás do balcão, conferindo as contas ou inventando novos ramos de atividade. Tinha muitos clientes, mas poucos amigos e, embora fosse visto aos domingos na igreja de Nossa Senhora das Grutas, e vez por outra assistisse às procissões em que os flageladores da Irmandade se martirizavam para ajudar as almas do Purgatório, tampouco se destacava por seu fervor religioso. Era um homem sério, sereno, tenaz, bem preparado para encarar a adversidade.

Dessa vez, a peregrinação da família Vilanova, por um território exaurido de fome e de sede, foi mais longa que a de uma década antes, fugindo da peste. Em pouco tempo ficaram sem animais. Depois de um primeiro confronto com um grupo de retirantes, nos quais os irmãos tiveram que atirar, Antônio decidiu que aqueles cinco jegues eram uma tentação grande demais para a população faminta que perambulava pelo sertão. De modo que em Barro Vermelho trocou quatro deles por um punhado de pedras preciosas. Mataram o outro, fizeram um banquete e salgaram a carne que sobrou, e assim puderam sobreviver por vários dias. Um dos filhos de Honório morreu de disenteria e foi enterrado em Borracha, onde tinham instalado um refúgio no qual as Sardelinhas ofereciam sopas feitas de batata de imbuzeiro, mocó e xiquexique. Mas também não puderam resistir muito tempo ali e emigraram para Patamuté e depois para Mato Verde, onde Honório foi mordido por um escorpião. Quando se curou, seguiram para o sul, num angustiante percurso de semanas durante o qual só encontraram vilas fantasmas, fazendas desertas, caravanas de esqueletos andando à deriva, como alucinados.

Em Pedra Grande, um outro filho de Honório e Assunção morreu de uma simples bronquite. Estavam enterrando o menino, enrolado numa manta, quando, em meio a uma poeira cor de lacre, duas dezenas de homens e mulheres entraram no povoado — entre os quais um ser com cara de gente que andava de quatro e um negro seminu —, a maioria pele e ossos, usando túnicas puídas e sandálias que pareciam ter pisado em todos os caminhos do mundo. Eram encabeçados por um homem alto, moreno, com o cabelo até os ombros e olhos brilhantes. Foi diretamente até a família Vilanova e interrompeu com um gesto os irmãos, que já estavam baixando o cadáver à cova. "É filho seu?", perguntou a Honório, em voz grave. Este confirmou. "Não se pode enterrá-lo assim", disse o moreno, com segurança. "É preciso prepará-lo e despedi-lo bem, para que seja recebido na festa eterna do céu." E, antes que Honório respondesse, o homem se virou para os seus acompanhantes: "Vamos dar um enterro decente ao menino, para que o Pai o receba em regozijo." Os Vilanova, então, viram os peregrinos se entusiasmarem e correrem até umas árvores, que cortaram e pregaram, fabricando um caixão e uma cruz com uma destreza que revelava uma longa prática. O homem pegou o menino nos braços e o pôs no caixão. Enquanto os Vilanova enchiam a cova de terra, o homem rezou em voz alta e os outros cantaram bênçãos e ladainhas, ajoelhados em volta da cruz. Mais tarde, quando, depois de descansarem embaixo das árvores, os peregrinos se preparavam para partir, Antônio Vilanova pegou uma moeda e ofereceu ao santo. "Para demonstrar o nosso agradecimento", insistiu, vendo que o homem não a pegava e olhava para ele com sarcasmo. "Você não tem nada a me agradecer", disse, afinal. "Mas não poderia pagar o que deve ao Pai nem com mil moedas como esta." Fez uma pausa e acrescentou, suavemente: "Você não aprendeu a somar, filho."

Os Vilanova ficaram pensativos um longo tempo depois da partida dos peregrinos, sentados ao lado de uma fogueira que afugentava os insetos. "Era um louco, compadre?", perguntou Honório. "Vi muitos loucos nas minhas viagens, e esse homem parecia mais do que um louco", disse Antônio.

Quando a água voltou, depois de dois anos de seca e calamidades, os Vilanova estavam instalados em Caatinga do Moura, um casario próximo de uma salina que Antônio começara a explorar. Todo o resto da família — as Sardelinhas e os dois meninos — sobrevivera, mas o filho de Antônio e Antônia teve umas remelas que o deixaram esfregando os olhos durante muitos dias e foi perdendo a vista; agora diferenciava o dia e a noite, mas não os rostos das pessoas nem a natureza das coisas. A salina acabou sendo um bom negócio. Honório, as Sardelinhas e os meninos passavam o dia secando sal e preparando os sacos que Antônio ia vender. Este fabricou uma carroça e só viajava armado, com uma espingarda de dois canos, para evitar assaltos.

Permaneceram em Caatinga do Moura cerca de três anos. Com as chuvas, os moradores do lugar voltaram a trabalhar na terra e os boiadeiros a cuidar dos dizimados rebanhos, e tudo isso representou, para Antônio, o retorno da prosperidade. Além da salina, logo abriu um armazém e começou a comerciar cavalgaduras, que comprava e vendia com uma boa margem de lucro. Quando as chuvas diluviais daquele dezembro — decisivo em sua vida — transformaram o riacho que atravessava a vila numa enxurrada que arrastou os barracos, afogou aves e cabritos, alagou a salina e, uma noite, enterrou-a sob um mar de lodo, Antônio estava na feira de Nordestina, aonde fora com um carregamento de sal e a intenção de comprar jegues.

Voltou uma semana mais tarde. As águas tinham começado a baixar. Honório, as Sardelinhas e meia dúzia de peões que agora trabalhavam para eles estavam desconsolados, mas Antônio encarou a nova catástrofe com calma. Examinou o que se salvara, fez cálculos numa caderneta e quis levantar os ânimos dizendo que havia muitas dívidas a cobrar e que ele, como os gatos, tinha muitas vidas e não iria se sentir derrotado por uma inundação.

Mas nessa noite não pregou os olhos. Estavam hospedados na casa de um morador amigo, no morro onde todos os vizinhos se refugiaram. Sua mulher ouviu que ele se mexia na rede e a luz da lua lhe mostrou a cara do marido roída pela preocupação. Na manhã seguinte, Antônio disse que precisavam se preparar, porque iriam sair de Caatinga do Moura. Foi tão categórico que nem seu irmão nem as mulheres se atreveram a perguntar por quê. Depois de liquidar o que não podiam levar, caíram de novo, com a carroça repleta de volumes, na vida incerta dos caminhos. Um dia ouviram uma frase de Antônio que os deixou confusos. "Foi o terceiro aviso", murmurou, com uma sombra no fundo das pupilas claras. "Essa inundação foi mandada para nós fazermos alguma coisa que não sei o que é." Honório, meio envergonhado, perguntou: "Um aviso de Deus, compadre?" "Poderia ser do Diabo", disse Antônio.

Perambularam sem rumo, uma semana aqui, um mês ali, e toda vez que a família pensava que iriam ficar num lugar, Antônio, impulsivamente, decidia ir embora. Essa busca de algo ou de alguém tão vago deixava todos intranquilos, mas ninguém reclamou das contínuas mudanças.

Por fim, depois de quase oito meses percorrendo os sertões, terminaram se instalando numa fazenda do barão de Canabrava, abandonada desde a seca. O barão tinha levado seus rebanhos e só havia no lugar algumas famílias, espalhadas pelos arredores, cultivando pequenos roçados à beira do Vaza-Barris e levando suas cabras para pastar na serra de Canabrava, sempre verde. Por sua população reduzida e por estar cercada de morros, Canudos parecia o lugar menos indicado para um comerciante. No entanto, quando ocuparam a velha casa do administrador, já em ruínas, Antônio parecia estar se livrando de um peso. Imediatamente começou a inventar negócios e a organizar a vida da família com o antigo entusiasmo. E um ano depois, graças ao seu empenho, o armazém dos Vilanova comprava e vendia mercadorias a dez léguas de distância. Antônio viajava constantemente de novo.

Mas no dia em que os peregrinos apareceram nas encostas do Cambaio e entraram na única rua de Canudos cantando louvores ao Bom Jesus com toda a força dos seus pulmões, ele estava em casa. Do alpendre da antiga administração, transformada em moradia-armazém, viu aqueles seres fervorosos chegando. Seu irmão, sua mulher e sua cunhada perceberam que ficou pálido quando o homem de roxo, que encabeçava a procissão, avançou na sua direção. Tinham reconhecido aqueles olhos incandescentes, a voz cavernosa, a magreza. "Já aprendeu a somar?", disse o santo, com um sorriso, estendendo a mão para o comerciante. Antônio Vilanova caiu de joelhos para beijar os dedos do recém-chegado.

Na minha carta anterior eu lhes falei, companheiros, de uma rebelião popular no interior do Brasil cuja existência soube por uma testemunha preconceituosa (um capuchinho). Hoje posso fazer um relato melhor sobre Canudos, pelo depoimento de um homem que veio da revolta e está percorrendo a região, sem dúvida, com a missão de recrutar adeptos. Posso, também, dar uma notícia animadora: houve um choque armado e os jagunços derrotaram cem soldados que pretendiam chegar a Canudos. Não estão se confirmando os indícios revolucionários? De certo modo, sim, mas de maneira relativa, a julgar por esse homem, que transmite uma impressão contraditória sobre esses irmãos: intuições certeiras e ações corretas convivem neles com superstições inverossímeis.

Escrevo de uma vila cujo nome não devem saber, uma terra onde as servidões morais e físicas das mulheres são extremas, pois são oprimidas pelo patrão, pelo pai, pelos irmãos e pelo marido. Aqui, o fazendeiro escolhe as esposas dos seus empregados e as mulheres são surradas no meio da rua por pais irascíveis ou maridos bêbados, diante da indiferença geral. Um motivo de reflexão, companheiros: é importante que a revolução não suprima apenas a exploração do homem pelo homem, mas também a exploração da mulher pelo homem, e estabeleça, junto com a igualdade de classes, a igualdade de sexos.

 Soube que o emissário de Canudos tinha chegado a este lugar por intermédio de um guia que é também onceiro, ou caçador de suçuaranas (belos trabalhos: explorar o mundo e acabar com os predadores do rebanho), graças ao qual também consegui vê-lo. O encontro ocorreu num curtume, entre couros secando ao sol e crianças que brincavam com lagartixas. Meu coração bateu forte ao ver o homem: baixo e maciço, com a palidez entre amarela e cinzenta que os mestiços herdaram dos seus ancestrais indígenas e uma cicatriz na cara que me revelou, à simples vista, seu passado de capanga, bandido ou criminoso (em todo caso, vítima, pois, como explicou Bakunin, a sociedade prepara os crimes e os criminosos são apenas os instrumentos para executá-los). Usava uma roupa de couro — como fazem os boiadeiros para cavalgar na campina espinhenta —, estava de chapéu e com uma espingarda. Seus olhos eram fundos e astutos, e suas maneiras, oblíquas, evasivas, como é frequente aqui. Ele não quis conversar a sós. Tivemos que falar diante do dono do curtume e de sua família, que comiam no chão, sem olhar para nós. Eu disse a ele que sou um revolucionário e que há muitos companheiros no mundo que aplaudem o que eles fizeram em Canudos, isto é, tomar as terras de um senhor feudal, estabelecer o amor livre e derrotar uma tropa. Não sei se me entendeu. As pessoas do interior não são como na Bahia, onde a influência africana deu loquacidade e exuberância ao povo. Aqui os rostos são inexpressivos, máscaras cuja função parece ser ocultar os sentimentos e os pensamentos.

 Perguntei se eles estavam preparados para novos ataques, pois a burguesia reage com ferocidade quando alguém atenta contra a sacrossanta propriedade privada. O homem me deixou gelado ao murmurar que o dono de todas as terras é o Bom Jesus e que, em Canudos, o Conselheiro está construindo a maior igreja do mundo. Tentei explicar que não era por construírem igrejas que o poder tinha mandado soldados atacá-los, mas o homem respondeu que sim, que era justamente por isso, pois a República quer exterminar a religião. Estranha diatribe a que ouvi, companheiros, contra a República, proferida com uma tranquila segurança, sem sombra de paixão. A República quer oprimir a Igreja e os fiéis, acabar com todas as ordens religiosas como já fez com a Companhia de Jesus, e a prova mais flagrante desse projeto é o fato de ter instituído o casamento civil, coisa escandalosa e ímpia quando já existe o sacramento do matrimônio criado por Deus.

Imagino a decepção de muitos leitores e suas suspeitas, ao lerem o parágrafo anterior, de que Canudos, como a *Vendée* durante a Revolução, é um movimento reacionário, inspirado pelos padres. Não é tão simples, companheiros. Já sabem, pela minha última carta, que a Igreja condena o Conselheiro e Canudos e que os jagunços tomaram as terras de um barão. Perguntei ao homem de cicatriz se os pobres do Brasil viviam melhor durante a monarquia. Ele respondeu no ato que sim, pois a monarquia tinha abolido a escravidão. E me explicou que o Diabo, por intermédio dos maçons e dos protestantes, derrubou o imperador Pedro II para restaurá-la. Isso mesmo: o Conselheiro inculcou em seus homens a ideia de que os republicanos são escravagistas. (Uma maneira sutil de ensinar a verdade, certo?, pois a exploração do homem pelos donos do dinheiro, base do sistema republicano, não é menos escravista que a feudal.) O emissário foi categórico: "Os pobres sofreram muito, mas agora acabou: nós não vamos responder às perguntas do censo porque o que eles querem é identificar os libertos para acorrentá-los de novo e devolvê-los aos seus donos. Em Canudos ninguém paga os impostos da República porque não a reconhecemos e não admitimos que ela assuma as funções que são de Deus." Que funções, por exemplo? "Casar as pessoas ou receber o dízimo." Perguntei como faziam em Canudos com o dinheiro e ele confirmou que só aceitavam as cédulas com o rosto da princesa Isabel, isto é, dinheiro do Império, porém, como quase não existem mais, na verdade a moeda está desaparecendo. "Não precisamos, porque em Canudos os que têm dão aos que não têm e os que podem trabalhar trabalham pelos que não podem."

Eu disse a ele que abolir a propriedade e o dinheiro e estabelecer uma comunidade de bens, seja em nome do que for, mesmo em nome de abstrações estimulantes, é uma coisa ousada e valiosa para os deserdados do mundo, um começo de redenção para todos. E que essas medidas vão desencadear, mais cedo ou mais tarde, uma dura repressão contra eles, pois a classe dominante jamais permitirá que tal exemplo se estenda: neste país há pobres suficientes para ocupar todas as fazendas. O Conselheiro e seus seguidores têm consciência das forças que estão instigando? Olhando nos meus olhos, sem piscar, o homem recitou frases absurdas, uma das quais reproduzo como amostra: os soldados não são a força e sim a fraqueza do governo; quando for necessário as águas do rio Vaza-Barris se transformarão em leite e suas barrancas em cuscuz de milho, e os jagunços mortos ressuscitarão para estar vivos quando chegar o exército do rei Dom Sebastião (um rei português que morreu na África, no século XVI).

Não serão esses diabos, imperadores e fetiches religiosos peças de uma estratégia que o Conselheiro usa para impulsionar os humildes no caminho de uma rebelião que, se vamos aos fatos — e não às palavras —, é acertada, pois levou-os a se insurgirem contra a base econômica, social e militar da sociedade classista? Não serão os símbolos religiosos, míticos, dinásticos etc. os únicos capazes de sacudir a inércia das massas, submetidas durante séculos à tirania supersticiosa da Igreja, e por isso o Conselheiro os utiliza? Ou tudo isso será uma simples obra do acaso? Nós sabemos, companheiros, que o acaso não existe na história e que, por mais arbitrária que pareça, sempre há uma racionalidade encoberta atrás da aparência mais confusa. Será que o Conselheiro tem ideia do transtorno histórico que está provocando? Trata-se de um intuitivo ou de um espertalhão? Nenhuma hipótese é descartável, muito menos a de um movimento popular espontâneo, não premeditado. A racionalidade está gravada na cabeça de todo homem, mesmo na do mais inculto, e, em certas circunstâncias, pode levá-lo, por entre as nuvens dogmáticas que turvam seus olhos ou os preconceitos que obscurecem seu vocabulário, a agir na direção da história. Alguém que não era um dos nossos, Montesquieu, escreveu que a ventura ou a desventura consistem numa certa disposição dos nossos órgãos. Pois a ação revolucionária também pode nascer desse mandato dos órgãos que nos governam, antes mesmo que a ciência eduque a mente dos pobres. Será isto o que está acontecendo no sertão baiano? Só vai ser possível verificar na própria Canudos. Até a próxima, ou até sempre.

VI

A vitória de Uauá foi comemorada em Canudos com dois dias de festejos. Houve rojões e fogos de artifício preparados por Antônio Fogueteiro, e o Beatinho organizou procissões que percorreram os labirintos de casebres que tinham brotado na fazenda. O Conselheiro pregava ao entardecer, num andaime do templo. Provações ainda piores aguardavam Canudos, eles não deviam se deixar derrotar pelo medo, o Bom Jesus ajudaria quem tivesse fé. Um assunto frequente continuava sendo o fim do mundo. A terra, cansada depois de tantos séculos de produzir plantas, animais e de dar abrigo ao homem, ia pedir descanso ao Pai. Deus concordaria e então iam começar as destruições. Isso era o que indicavam as palavras da Bíblia: "Não vim para estabelecer a harmonia! Vim atear um incêndio!"

Assim, enquanto na Bahia as autoridades, criticadas sem piedade pelo *Jornal de Notícias* e pelo Partido Republicano Progressista por causa dos acontecimentos de Uauá, organizavam uma segunda expedição seis vezes mais numerosa que a primeira, dotada de dois canhões Krupp calibre 7,5 e duas metralhadoras Nordenfelt e que seguiu de trem, sob o comando do major Febrônio de Brito, rumo a Queimadas, para dali continuar a pé com a missão de castigar os jagunços, estes, em Canudos, preparavam-se para o Juízo Final. Alguns, impacientes, com o pretexto de apressá-lo ou de dar um repouso à terra, saíram espalhando a destruição. Enfurecidos de amor, atearam fogo nas construções que havia nas mesetas e caatingas que separavam Canudos do mundo. Para salvar suas terras, muitos fazendeiros e camponeses mandavam presentes para os jagunços, mas estes, mesmo assim, queimaram um bom número de ranchos, currais, casas abandonadas, abrigos de pastores e guaridas de foragidos. Foi preciso que José Venâncio, Pajeú, João Abade, João Grande e os Macambira fossem conter esses exaltados, que queriam dar um descanso à natureza carbonizando-a, e que o Beatinho, a Mãe dos Homens e o Leão de Natuba explicassem a eles que tinham interpretado mal os conselhos do santo.

Nessa época, apesar dos novos peregrinos que sempre chegavam, Canudos tampouco passou fome. Maria Quadrado levou um grupo de mulheres para viver com ela no Santuário — e o Beatinho chamou-as de Coro Sagrado —, a fim de ajudá-la a amparar o Conselheiro quando os jejuns dobravam seus joelhos, a dar-lhe de comer as poucas côdeas que comia e a servir de escudo para que não fosse esmagado pelos romeiros que queriam tocar nele e o acossavam pedindo para interceder junto ao Bom Jesus pela filha cega, o filho inválido ou o marido desaparecido. Enquanto isso, outros jagunços se preocupavam com o sustento da cidade e com sua defesa. Tinham sido escravos fugidos, como João Grande, ou cangaceiros com muitas mortes no histórico, como Pajeú ou João Abade, e agora eram servos de Deus. Mas continuavam sendo homens práticos, alertas ao mundo terreno, sensíveis à fome e à guerra, e foram eles que, como tinham feito em Uauá, tomaram a iniciativa. Ao mesmo tempo que continham as turbas de incendiários, levavam para Canudos cabeças de gado, cavalos, mulas, jegues, cabritos que as fazendas se resignavam a doar ao Bom Jesus, e despachavam para os depósitos de Antônio e Honório Vilanova a farinha, os cereais, as roupas e, principalmente, as armas que conseguiam nas suas incursões. Em poucos dias, Canudos ficou repleta de recursos. Enquanto isso, enviados solitários percorriam o sertão como profetas bíblicos e desciam até o litoral exortando o povo a ir para Canudos, combater ao lado dos escolhidos essa invenção do Cão: a República. Eram emissários do céu bem estranhos: em vez de túnicas, usavam calça e blusão de couro, suas bocas cuspiam os palavrões usados pelos maus elementos, e todo o mundo os conhecia porque tinham compartilhado o teto e a miséria com eles até que um dia, tocados pelo anjo, partiram para Canudos. Eram os mesmos, usavam as mesmas facas, carabinas, peixeiras e, no entanto, eram outros, porque agora falavam do Conselheiro, de Deus ou do lugar de onde vinham com uma convicção e um orgulho contagiantes. O povo lhes dava hospitalidade, ouvia suas palavras, e muita gente, sentindo esperança pela primeira vez, fazia uma trouxa com suas coisas e partia.

As forças do major Febrônio de Brito já estavam em Queimadas. Eram quinhentos e quarenta e três soldados, quatorze oficiais e três médicos selecionados nos três batalhões de Infantaria da Bahia — o nono, o vigésimo sexto e o trigésimo terceiro —, que a pequena localidade recebeu com discurso do prefeito, missa na igreja de Santo Antônio, sessão na Câmara Municipal e até feriado, para que os moradores pudessem apreciar o desfile ao som dos tambores e clarinadas em volta da praça da Matriz. Antes de começar o desfile, mensageiros voluntários já tinham partido rumo ao norte, levando para Canudos o número de soldados e armas da expedição e seu plano de viagem. As notícias não causaram surpresa. Nem podiam, pois a realidade apenas confirmava o que Deus já havia anunciado pela boca do Conselheiro. A única novidade era que os soldados viriam agora pelo caminho de Cariará, da serra de Acari e do vale de Ipueiras. João Abade sugeriu que cavassem trincheiras, juntassem pólvora e projéteis e pusessem gente nas encostas do Cambaio, pois os protestantes teriam que passar forçosamente por lá.

    O Conselheiro parecia, por ora, mais preocupado em apressar a construção do Templo do Bom Jesus do que com a guerra. Continuava dirigindo os trabalhos desde o amanhecer, mas estes se atrasavam por culpa das rochas: era preciso trazê-las de pedreiras cada vez mais distantes, e subi-las nas torres era tarefa difícil, durante a qual, às vezes, as cordas arrebentavam e os enormes blocos esmagavam andaimes e operários. E, às vezes, o santo mandava derrubar um muro já acabado e construí-lo mais à frente, ou retificar umas janelas porque uma inspiração lhe dizia que não estavam orientadas na direção do amor. Era visto andando entre as pessoas, cercado pelo Leão de Natuba, o Beatinho, Maria Quadrado e as beatas do Coro, que não paravam de bater palmas para espantar as moscas que o perturbavam. Diariamente chegavam a Canudos três, cinco, dez famílias ou grupos de peregrinos, com seus minúsculos rebanhos de cabras e suas carroças, e Antônio Vilanova conseguia um espaço vazio naquele labirinto de casas para que construíssem a sua. Toda tarde, antes dos conselhos, o santo recebia os recém-chegados no Templo ainda sem telhado. Eram levados pelo Beatinho, através da massa de fiéis, e, embora o Conselheiro não concordasse, dizendo "Deus é outro", todos se jogavam aos seus pés para beijá-los ou tocar na sua túnica enquanto ele os abençoava, com um olhar que dava a impressão de estar sempre olhando para o além. Em dado momento, interrompia a cerimônia de boas-vindas, levantava-se, e então lhe abriam passagem até a escadinha que levava aos andaimes. Pregava com uma voz rouca, sem se mexer, falando sobre as questões de sempre: a superioridade do espírito, as vantagens de ser pobre e frugal, o ódio aos infiéis e a necessidade de salvar Canudos para que fosse refúgio dos justos.

    Todos o ouviam ansiosos, convencidos. Agora a religião preenchia seus dias. À medida que surgiam, as ruazinhas tortuosas eram batizadas numa procissão com o nome de algum santo. Havia, por toda parte, nichos e imagens da Virgem, do Menino, do Bom Jesus e do Espírito Santo, e cada bairro e cada ofício construía altares para seu santo protetor. Muitos dos recém-chegados mudavam de nome, para simbolizar assim a nova vida que iam começar. Mas às vezes costumes duvidosos se enxertavam nas práticas católicas, como plantas parasitas. Por exemplo, alguns mulatos ficavam dançando enquanto rezavam e se dizia que, sapateando com frenesi na terra, acreditavam que expulsariam os pecados com o suor. Os negros foram se agrupando no setor norte de Canudos, um quarteirão de choças de barro e sapê que, mais tarde, seria conhecida como Mocambo. Os índios de Mirandela, que inesperadamente vieram se instalar em Canudos, preparavam à vista de todos umas infusões de ervas que exalavam um cheiro forte e os deixavam em êxtase. Além dos romeiros, vieram, naturalmente, milagreiros, mascates, aventureiros, curiosos. Nos barracos encaixados uns nos outros viam-se mulheres que liam as mãos, velhacos que se jactavam de falar com os mortos e cantadores que, como aqueles do Circo do Cigano, ganhavam a vida cantando romanceiros ou enfiando alfinetes no corpo. Certos curandeiros apregoavam a cura de todos os males com beberagens de jurema e manacá, e alguns beatos, tomados pelo delírio de contrição, declamavam seus pecados em voz alta e imploravam penitências aos ouvintes. Um grupo de Juazeiro começou a praticar em Canudos os ritos da Irmandade dos Penitentes daquela cidade: jejum, abstinência sexual, flagelações públicas. Embora o Conselheiro estimulasse a mortificação e o ascetismo — o sofrimento, dizia, robustece a fé —, afinal ficou alarmado e pediu ao Beatinho que filtrasse os romeiros para evitar que com eles entrassem a superstição, o fetichismo ou qualquer sacrilégio disfarçado de devoção.

    A diversidade humana coexistia em Canudos sem violência, em meio a uma solidariedade fraternal e um clima de exaltação que os escolhidos não conheciam até então. Sentiam-se verdadeiramente ricos por serem pobres, filhos de Deus, privilegiados, como lhes dizia toda tarde o homem de túnica esburacada. Em seu amor por ele, aliás, desapareciam todas as diferenças que podiam separá-los: quando se tratava do Conselheiro, essas mulheres e homens, que a princípio eram centenas e começavam a ser milhares, tornavam-se um único ser, submisso e reverente, disposto a dar tudo o que tinham por aquele que soube se aproximar da sua prostração, da sua fome e dos seus piolhos para infundir esperanças e deixá-los orgulhosos do próprio destino. Apesar da multiplicação de habitantes, a vida não era caótica. Os emissários e romeiros traziam gado e provisões, os currais estavam tão repletos quanto os depósitos e o Vaza-Barris, felizmente, tinha água para as hortas. Enquanto João Abade, Pajeú, José Venâncio, João Grande, Pedrão e outros preparavam a guerra, Honório e Antônio Vilanova administravam a cidade: recebiam as oferendas dos romeiros, distribuíam lotes, alimentos e roupas, e cuidavam das casas de saúde para os doentes, anciãos e órfãos. Eram eles que recebiam as denúncias quando havia disputas por questões de propriedade.

Diariamente chegavam notícias do Anticristo. A expedição do major Febrônio de Brito tinha se deslocado de Queimadas para Monte Santo, lugar que profanou no entardecer do dia 29 de dezembro, desfalcada de um cabo morto por uma mordida de cascavel. O Conselheiro explicou, sem animosidade, o que estava acontecendo. Por acaso não era uma blasfêmia, uma abominação, que homens com armas de fogo e intenções destrutivas acampassem num santuário que atraía peregrinos de todo o mundo? Mas Canudos, que nessa noite ele chamou de Belo Monte, não devia ser pisada pelos ímpios. Exaltado, exortou-os a não se render aos inimigos da religião, que queriam mandar os escravos de volta para os troncos, espoliar o povo com impostos, impedir que as pessoas se casassem e fossem enterradas na Igreja, e ainda confundi-las com tramoias como o sistema métrico, o mapa estatístico e o censo, cujo verdadeiro intuito era enganá-los e fazê-los pecar. Todos passaram essa noite em claro, com as armas ao alcance da mão. Os maçons não chegaram. Estavam em Monte Santo, consertando os dois canhões Krupp, desregulados pelo mau estado dos caminhos e esperando reforços. Quando, duas semanas mais tarde, partiram em colunas rumo a Canudos, pelo vale do Cariacá, todo o trajeto estava cheio de espiões, escondidos em tocas de cabritos, no emaranhado da caatinga ou em socavões disfarçados com o cadáver de um boi cuja caveira transformaram em atalaia. Mensageiros velocíssimos levavam a Canudos as notícias dos avanços e tropeços do inimigo.

Quando soube que a tropa, depois de enormes dificuldades para arrastar os canhões e metralhadoras, afinal chegara a Mulungu e que, forçados pela fome, tiveram que sacrificar o último boi e duas mulas de carga, o Conselheiro comentou que o Pai não devia estar descontente com Canudos, porque começava a derrotar os soldados da República antes mesmo de começar a luta.

* * *

— Sabe como se chama o que seu marido fez? — pergunta Galileo Gall, com a voz abatida pela contrariedade. — Uma traição. Não, duas traições. A mim, com quem tinha um compromisso. E aos seus irmãos de Canudos. Uma traição de classe.

Jurema sorri, como se não entendesse ou não ouvisse. Está fervendo alguma coisa, inclinada sobre o fogão. É jovem, tem um rosto liso e brilhante, usa cabelo solto, uma túnica sem mangas, anda descalça e seus olhos ainda estão pesados de sono, que a chegada de Gall tinha interrompido pouco antes. Uma fraca luz de alvorada se insinua no barraco por entre as estacas. Há uma lamparina e, num canto, uma fileira de galinhas dormindo entre vasilhas, tralhas, pilhas de lenha, caixotes e uma imagem de Nossa Senhora da Lapa. Um cachorrinho peludo ronda os pés de Jurema e, por mais que ela o afaste com o pé, volta à carga. Sentado numa rede, ofegando pelo esforço de viajar a noite inteira no ritmo do encourado que o trouxe de volta a Queimadas com as armas, Galileo está olhando para ela, irritado. Jurema se aproxima e lhe dá uma tigela fumegante.

— Ele me disse que não iria com o pessoal da Estrada de Ferro de Jacobina — murmura Gall, com a tigela nas mãos, procurando os olhos da mulher. — Por que mudou de ideia?

— Não ia mesmo, porque não queriam pagar o que pediu — replica Jurema, com suavidade, soprando a tigela fumegante que está nas suas mãos. — Mudou de ideia porque vieram dizer que decidiram pagar. Foi procurá-lo ontem na Pensão Nossa Senhora das Graças, mas o senhor já tinha saído, sem dizer para onde nem se ia voltar. Rufino não podia perder esse trabalho.

Galileo suspira, acabrunhado. Decide tomar um gole da tigela, queima o céu da boca, seu rosto se contorce numa careta. Bebe outro gole, soprando. O cansaço e a contrariedade enrugaram sua testa e há olheiras em volta dos seus olhos. De vez em quando morde o lábio inferior. Respira, sua.

— Quanto tempo vai levar essa maldita viagem? — grunhe, por fim, sorvendo o líquido.

— Três ou quatro dias. — Jurema está sentada à sua frente, na ponta de um velho baú com correias. — Disse que o senhor pode esperá-lo e, na volta, ele o leva até Canudos.

— Três ou quatro dias. — Gall gira os olhos, exasperado. — Três ou quatro séculos, quer dizer.

Ouve-se o tilintar dos chocalhos lá fora, o cachorrinho peludo late com força e se joga contra a porta, querendo sair. Galileo se levanta, anda até as estacas e olha para fora: a carroça está onde a deixou, ao lado do curral contíguo à cabana, onde há vários carneiros. Os animais estão de olhos abertos, mas agora parecem imóveis e o ruído dos chocalhos desapareceu. A casa fica no alto de um promontório e, em dias de sol, dali se vê Queimadas; mas neste amanhecer cinzento, de céu encoberto, não. Só se via o deserto ondulante e pedregoso. Galileo volta para o seu lugar. Jurema enche a tigela de novo. O cachorrinho peludo late e escarva a terra, ao lado da porta.

"Três ou quatro dias", pensa Gall. Três ou quatro séculos, durante os quais podem ocorrer mil contratempos. Será melhor ele procurar outro guia? Ir sozinho até Monte Santo e lá contratar um guia para Canudos? Qualquer coisa, menos ficar aqui com as armas: a impaciência tornaria insuportável a espera e, além do mais, podia ser que, como temia Epaminondas Gonçalves, a expedição do major Brito chegasse antes a Queimadas.

— Não será por culpa sua que Rufino foi com o pessoal da Estrada de Ferro de Jacobina? — murmura Gall. Jurema está apagando o fogo com um pau. — Você nunca gostou da ideia de Rufino me levar a Canudos.

— Não mesmo — reconhece ela, com tanta segurança que Galileo, por um instante, percebe que sua raiva se eclipsa e sente vontade de rir. Mas ela está muito séria e o olha sem piscar. Seu rosto é comprido, sob a pele esticada se veem os ossos dos pômulos e do queixo. Serão assim, salientes, nítidos, eloquentes, delatores, os ossos que seu cabelo oculta? — Mataram aqueles soldados em Uauá — continua Jurema. — Todos dizem que vão mandar mais soldados para Canudos. Não quero que matem Rufino, nem que o prendam. Ele não pode ficar preso. Precisa estar em movimento o tempo todo. A mãe dele sempre diz: "Tem a doença de São Guido."

— Doença de São Guido? — pergunta Gall.

— Essa gente que não consegue ficar parada — explica Jurema. — Esses que andam como se estivessem dançando.

O cachorro late outra vez, com fúria. Jurema vai até a porta, abre e o enxota, empurrando-o com o pé. Ouvem-se os latidos lá fora e, de novo, o tilintar dos chocalhos. Galileo acompanha com uma expressão fúnebre os movimentos de Jurema, que volta para o fogão e revira as brasas com um galho. Um fiozinho de fumaça se dissolve em espirais.

— Além do mais, Canudos é do barão e o barão sempre nos ajudou — diz Jurema. — Esta casa, esta terra, estes carneiros, conseguimos tudo isso graças ao barão. O senhor defende os jagunços, quer ajudá-los. Se Rufino o levar até Canudos, é como se os ajudasse também. Acha que o barão ia gostar de ver Rufino ajudando os ladrões da sua fazenda?

— Claro que não — grunhe Gall, com ironia.

O tilintar dos carneiros começa de novo, com mais força, e, preocupado, Gall se levanta e dá dois passos até as estacas. Olha para fora: as árvores começando a se perfilar na superfície esbranquiçada, as moitas de cactos, as manchas das pedras. Lá está a carroça, com seus embrulhos cobertos com uma lona da cor do deserto, e, ao seu lado, amarrada numa estaca, a mula.

— Você acredita que o Conselheiro foi mandado pelo Bom Jesus? — pergunta Jurema. — Acredita nas coisas que ele profetiza? Que o mar vai virar sertão e o sertão, mar? Que as águas do Vaza-Barris vão se transformar em leite e as barrancas, em cuscuz de milho para os pobres comerem?

Não há um pingo de sarcasmo nas suas palavras, nem nos seus olhos, quando Galileo Gall a observa tentando adivinhar por sua expressão como ela encara esses falatórios. Não consegue: o rosto lustroso, alongado, impassível, é, pensa, tão inescrutável como o de um hindu ou um chinês. Ou como o do emissário de Canudos que encontrou no curtume de Itapicuru. Também era impossível saber, observando sua cara, o que sentia ou pensava aquele homem lacônico.

— Nos mortos de fome, o instinto costuma ser mais forte do que as crenças — murmura, depois de ingerir todo o líquido da tigela, avaliando as reações de Jurema. — Podem acreditar em disparates, ingenuidades, bobagens. Não interessa. Interessa o que fazem. Aboliram a propriedade, o casamento, as hierarquias sociais, negaram a autoridade da Igreja e do Estado, aniquilaram uma tropa. Enfrentaram as autoridades, o dinheiro, a farda, a batina.

O rosto de Jurema não diz nada, não mexe um músculo; seus olhos escuros, ligeiramente rasgados, olham para ele sem curiosidade, sem simpatia, sem surpresa. Seus lábios se franzem nas comissuras, úmidos.

— Eles retomaram a luta onde nós a deixamos, sem saber disso. Estão ressuscitando a Ideia — diz também Gall, perguntando-se o que Jurema deve pensar do que está ouvindo. — É por isso que estou aqui. É por isso que quero ajudá-los.

Está arfando, como se tivesse falado aos gritos. Agora, o cansaço dos dois últimos dias, agravado pela decepção de descobrir que Rufino não está em Queimadas, torna a se apoderar do seu corpo, e a vontade de dormir, de esticar-se, de fechar os olhos é tão grande que resolve deitar por algumas horas embaixo da carroça. Ou poderia dormir aqui, talvez, nesta rede? Será que Jurema vai achar escandaloso se pedir?

— O homem que veio de lá, que o santo mandou, aquele que o senhor viu, sabe quem era? — ouve-a dizer. — Era Pajeú. — E, como Gall não se impressiona, continua, desconcertada: — Nunca ouviu falar de Pajeú? O mais malvado de todo o sertão. Vivia roubando e matando. Cortava o nariz e as orelhas dos que tinham o azar de encontrá-lo pela frente.

O tilintar dos chocalhos começa outra vez, ao mesmo tempo que os latidos ansiosos na porta do barraco e os relinchos do jegue. Gall está se lembrando do emissário de Canudos, a cicatriz que lhe cortava a cara, sua estranha tranquilidade, sua indiferença. Cometeu um erro, talvez, ao não falar com ele sobre as armas? Não, pois não podia mostrá-las naquele momento: ele não iria acreditar, aumentaria sua desconfiança, pondo em risco todo o projeto. O cachorro late lá fora, frenético, e Gall vê que Jurema apanha o galho com que apagara o fogo e corre para a porta. Distraído, ainda está pensando no emissário de Canudos, dizendo para si mesmo que se soubesse que se tratava de um ex-bandido talvez fosse mais fácil dialogar com ele, quando vê Jurema puxar a tranca com força, levantando-a, e nesse instante uma coisa sutil, um ruído, uma intuição, o sexto sentido, o acaso lhe dizem o que vai acontecer. Porque, quando Jurema é subitamente jogada para trás pela violência da porta se abrindo — empurrada ou chutada de fora — e a silhueta do homem com uma carabina se desenha na soleira, Galileo já puxou o seu revólver e está apontando para o intruso. O estrondo da carabina acorda as galinhas, que batem as asas espavoridas num canto, enquanto Jurema, que caiu no chão sem ser atingida pelo tiro, grita. O atacante, ao ver uma mulher aos seus pés, vacila, leva alguns segundos para localizar Gall no meio do revoar assustado das galinhas, e, quando aponta a carabina, Galileo já atirou, olhando-o com uma expressão estúpida. O intruso larga a carabina e recua, bufando. Jurema grita de novo. Galileo afinal se recompõe e corre até a arma. Quando se abaixa para pegá-la, vê pelo vão da porta o ferido que se contorce no chão entre gemidos, um outro homem correndo com uma carabina em riste e gritando alguma coisa para o ferido, e, mais atrás, um terceiro homem atrelando a carroça das armas a um cavalo. Quase sem mirar, atira. O homem que vinha correndo tropeça, rola pelo chão rugindo e Galileo torna a atirar. Pensa: "Restam duas balas." Vê Jurema ao seu lado, empurrando a porta, vê que a fecha, passa o ferrolho e desaparece no fundo da casa. Levanta-se e pergunta a si mesmo em que momento caiu no chão. Está todo sujo de terra, suado, seus dentes batem. Os dedos ainda estão apertando o revólver com tanta força que chegam a doer. Espia por entre as estacas: a carroça das armas se perde na distância, no meio de uma nuvem de poeira, e, em frente ao barraco, o cachorro late furioso para os dois homens feridos que rastejam em direção ao curral dos carneiros. Apontando nessa direção, dispara as duas últimas balas e julga ouvir um rugido humano entre os latidos e os chocalhos. Sim, tinha acertado: estão imóveis, no meio do caminho entre o barraco e o curral. Jurema continua gritando e as galinhas cacarejam enlouquecidas, voam em todas as direções, derrubam objetos, batem nas estacas, esbarram no seu corpo. Ele as afasta com uns safanões e torna a espiar, à direita e à esquerda. Não fossem aqueles corpos caídos um quase em cima do outro, pareceria que ali não aconteceu nada. Resfolegando, avança aos trambolhões entre as galinhas, até a porta. Vê, pelas frestas, a paisagem solitária, a barafunda dos corpos. Pensa: "Levaram os fuzis." Pensa: "Seria pior estar morto." Ofega, de olhos arregalados. Afinal, puxa o ferrolho e empurra a porta. Nada, ninguém.

Quase encolhido, corre até onde estava a carroça, ouvindo os chocalhos dos carneiros que dão voltas e se cruzam e se descruzam entre as madeiras do curral. Sente angústia no estômago, na nuca: uma trilha de poeira se perde no horizonte, na direção do Riacho da Onça. Respira fundo, passa a mão na barbinha vermelha; seus dentes continuam batendo. A mula, amarrada no tronco, olha para ele com uma pachorra beatífica. Volta para a casa, devagar. Para diante dos corpos caídos: já são cadáveres. Examina as caras desconhecidas, queimadas, os esgares que as deixam crispadas. De repente, sua expressão fica amarga num acesso de fúria e começa a chutar aquelas formas inertes, com ferocidade, vociferando injúrias. Sua raiva contagia o cachorro que late, pula e morde as sandálias dos dois homens. Afinal Galileo se acalma. Volta para o barraco arrastando os pés. É recebido por uma revoada de galinhas que o obriga a levantar as mãos e proteger o rosto. Jurema está no meio do quarto: uma silhueta trêmula, com a túnica rasgada, a boca entreaberta, os olhos cheios de lágrimas, o cabelo desgrenhado. Olha abatida a confusão à sua volta, como se não entendesse o que estava acontecendo na sua casa, e, quando vê Gall, corre e se aperta contra o seu peito, balbuciando palavras que ele não entende. Fica rígido, com a mente em branco. Sente a mulher em seu peito, olha com desconcerto, com medo, esse corpo que se junta ao seu, esse pescoço que pulsa sob os seus olhos. Sente o cheiro e consegue pensar obscuramente: "É o cheiro de uma mulher." Suas têmporas estão fervendo. Com esforço levanta um braço, envolve Jurema pelos ombros. Solta o revólver que ainda tinha na mão e seus dedos alisam desajeitadamente o cabelo despenteado: "Eles queriam me matar", sussurra no ouvido de Jurema. "Não há mais perigo, já levaram o que queriam." A mulher vai se acalmando. Cessam seus soluços, o tremor do seu corpo, suas mãos soltam Gall. Mas ele a mantém agarrada, acaricia seu cabelo sem parar e a segura quando Jurema tenta se afastar. *"Don't be afraid"*, diz, piscando muito, *"They are gone. They..."*. Algo novo, equívoco, urgente, intenso, apareceu em seu rosto, algo que cresce por instantes e do qual não parece ter muita consciência. Seus lábios estão muito próximos do pescoço de Jurema. Ela dá um passo atrás, com força, enquanto cobre o peito. Agora faz esforços para se desprender de Gall, mas este não a solta e, apertando-a, sussurra várias vezes a mesma frase que ela não pode entender: *"Don't be afraid, don't be afraid."* Jurema bate nele com as duas mãos, arranha, consegue se livrar e foge. Mas Galileo corre pelo quarto atrás da mulher, consegue capturá-la e, depois de tropeçar num baú velho, cai com ela no chão. Jurema espernea, luta com todas as forças, mas sem gritar. Só se ouvem o resfolegar entrecortado de ambos, o rumor do embate, o cacarejo das galinhas, o latido do cachorro, o tilintar dos chocalhos. Entre nuvens cinzentas, o sol está nascendo.

Nasceu com as pernas muito curtas e a cabeça enorme, de modo que o povo de Natuba pensou que seria melhor para ele e para seus pais que o Bom Jesus o levasse logo, porque se sobrevivesse ficaria aleijado e retardado. Só se confirmou a primeira previsão. Pois o filho caçula do domador de potros Celestino Pardinas, embora nunca tenha podido andar como os outros homens, possuía uma inteligência penetrante, uma mente ávida de saber tudo e capaz de conservar para sempre qualquer conhecimento que entrasse naquela cabeçona que fazia as pessoas rirem. Tudo com ele tinha sido estranho: que nascesse disforme numa família normal como a dos Pardinas, que apesar de ser um aleijão grotesco não tenha morrido nem padecido enfermidades, que em vez de andar com os dois pés como os humanos o fizesse de quatro, e, por fim, que sua cabeça crescesse de tal maneira que parecia um milagre que aquele corpinho miúdo pudesse sustentá-la. Mas o que fez o povo de Natuba começar a cochichar que ele não tinha sido engendrado pelo amansador de potros, e sim pelo Diabo, foi que aprendeu a ler e escrever sem que ninguém lhe ensinasse.

Nem Celestino nem dona Gaudência tinham se incomodado — pensando, provavelmente, que era inútil — de levá-lo à casa do seu Asênio que, além de fabricar tijolos, ensinava português, latim e um pouco de religião. E o fato é que um dia chegou o homem do correio, pregou um edital nas tábuas da praça da Matriz, mas não se deu ao trabalho de ler aquilo em voz alta, alegando que precisava pregar em outras dez localidades antes do pôr do sol. O povo estava tentando decifrar os hieróglifos quando, do chão, ouviu-se a vozinha do Leão: "Diz que há perigo de epidemia para os animais, e é preciso desinfetar os estábulos com creolina, queimar o lixo e ferver a água e o leite antes de beber." Seu Asênio confirmou que era aquilo mesmo. Pressionado pelos vizinhos para contar quem o ensinara a ler, o Leão deu uma explicação que muitos acharam suspeita: tinha aprendido observando os que sabiam, como seu Asênio, o capataz Felisbelo, o curandeiro seu Abelardo ou o funileiro Zózimo. Nenhum deles lhe dera lições, mas os quatro se lembravam de ter visto muitas vezes a cabeçona hirsuta e os olhos inquisitivos do Leão junto ao tamborete em que liam ou escreviam as cartas que os vizinhos ditavam. O caso é que o Leão tinha aprendido, e desde essa época foi visto lendo e relendo, a qualquer hora, encolhido à sombra das árvores de jasmim-de-caiena de Natuba, os jornais, devocionários, missais, editais e qualquer outro tipo de impresso que lhe caísse nas mãos. Tornou-se a pessoa que, com uma pena de ave talhada por ele mesmo e uma tinta de cochonilha e vegetais, redigia, em letras grandes e harmoniosas, os cumprimentos de aniversário, avisos de falecimentos, bodas, nascimentos, doenças ou simples mexericos que os habitantes de Natuba comunicavam aos de outras vilas e que, uma vez por semana, o homem do correio vinha buscar. Leão também lia para eles as cartas que recebiam. Servia de escriba e de leitor dos vizinhos por simples entretenimento, sem cobrar um tostão, mas às vezes recebia presentes pelos serviços.

Não se chamava Leão e sim Felício, mas o apelido, como costumava ocorrer na região, uma vez conhecido, apagava o nome. Foi apelidado de Leão talvez por zombaria, decerto por causa da imensa cabeça que, mais tarde, como que dando razão aos brincalhões, de fato se cobriria com umas madeixas espessas que ocultavam as orelhas e balançavam com o movimento. Ou, talvez, por sua maneira de andar, animalesca sem a menor dúvida, apoiando-se ao mesmo tempo nos pés e nas mãos (que protegia com solas de couro, como garras ou cascos), embora sua figura, ao andar, com as pernas curtinhas e os braços compridos tocando no chão de maneira intermitente, lembrasse mais um símio que um predador. Nem sempre ficava assim, dobrado; podia manter-se em pé por alguns momentos e dar uns passos humanos com suas pernas ridículas, mas ambas as coisas o cansavam demais. Por sua maneira peculiar de se locomover, nunca usou calças, só túnicas, como as mulheres, os missionários e os penitentes do Bom Jesus.

Por mais que ele redigisse a sua correspondência, as pessoas nunca aceitaram o Leão. Se os próprios pais mal podiam disfarçar a vergonha que sentiam por serem seus progenitores, e certa vez até tentaram dá-lo, como poderiam as mulheres e os homens de Natuba considerar aquela criatura da mesma espécie que eles? A dúzia de irmãos e irmãs Pardinas o evitavam e sabia-se que não comia com eles à mesa, mas sim num caixotinho separado. Assim, não conheceu o amor parental, nem o fraternal (se bem que, parece, adivinhou alguma coisa do outro amor), nem a amizade, pois os meninos da sua idade primeiro tinham medo dele e, depois, repugnância. Costumavam atormentá-lo com pedradas, cusparadas e xingamentos quando tinha coragem de ir vê-los brincar. Coisa que, aliás, raramente tentava. Desde bem pequeno, sua intuição ou sua inteligência irretocável lhe ensinaram que, em relação a ele, os outros seriam sempre seres reticentes ou contrariados, e frequentemente cruéis, de modo que era melhor se manter afastado de todos. Assim fez, pelo menos até o episódio do açude, e as pessoas sempre ficavam a uma distância prudente dele, mesmo nas feiras e mercados. Quando vinha uma Santa Missão a Natuba, o Leão ouvia os sermões do telhado da igreja de Nossa Senhora da Conceição, como um gato. Mas nem mesmo essa tática de retraimento o salvou de sustos. E o Circo do Cigano lhe deu um dos piores. Passava por Natuba duas vezes por ano, com sua caravana de monstros: acrobatas, adivinhadores, cantadores, palhaços. O Cigano, numa dessas vezes, pediu ao domador de potros e a dona Gaudência para levar o Leão consigo e transformá-lo num homem de circo. "Meu circo é o único lugar do mundo onde ele não vai chamar a atenção", disse, "e se tornará útil". Concordaram. Ele então o levou, mas uma semana depois o Leão tinha fugido e estava de novo em Natuba. Desde então, toda vez que o Circo do Cigano aparecia, ele evaporava.

 Temia, acima de tudo, os bêbados, os bandos de peões que, depois de uma jornada encilhando, marcando, castrando ou tosquiando, voltavam ao povoado, apeavam e iam matar a sede na venda da dona Epifânia. Saíam abraçados, cantando, cambaleando, às vezes alegres, às vezes furiosos, e o procuravam pelas ruelas para se divertir ou se desafogar. Ele desenvolvera um ouvido extraordinariamente sensível e os detectava de longe, por suas gargalhadas ou seus palavrões, e então, pulando bem rente aos muros e fachadas para passar despercebido, corria de volta para casa ou, se estivesse longe, ia se esconder numa moita ou num telheiro, até o perigo passar. Nem sempre conseguia escapar. Às vezes, usando algum ardil — por exemplo, mandando um mensageiro dizer que fulano o chamava para escrever uma petição ao juiz do município —, eles o apanhavam. Então se divertiam horas com ele, despindo-o para saber se embaixo da túnica ocultava outras monstruosidades além das que tinha à vista, montando-o em cima de um cavalo ou pretendendo cruzá-lo com uma cabra para ver no que dava a mistura.

 Por uma questão mais de honra que de afeto, Celestino Pardinas e os seus intervinham quando tomavam conhecimento dessas coisas e ameaçavam os engraçadinhos, e certa vez os irmãos mais velhos do escriba foram salvá-lo na base de facadas e pauladas de um grupo de homens que, excitados pela cachaça, untaram o Leão de melaço, depois o arrastaram no lixo e o levavam assim pelas ruas, na ponta de uma corda, como animal de espécie desconhecida. Mas a parentela estava farta desses incidentes em que eram envolvidos por aquele membro da família que, sabendo disso melhor do que ninguém, nunca denunciava os agressores.

 O destino do caçula de Celestino Pardinas sofreu uma mudança decisiva no dia em que a filhinha do funileiro Zózimo, Almudia, a única sobrevivente de seis irmãos que nasceram mortos ou morreram poucos dias depois de nascer, apareceu com febre e vômitos. Os remédios e esconjuros de seu Abelardo foram ineficazes, assim como as orações dos pais. O curandeiro sentenciou que a menina estava com "mau-olhado" e que qualquer antídoto seria inútil enquanto não se identificasse a pessoa que a tinha "olhado". Desesperados pela sorte dessa filha que era a luz das suas vidas, Zózimo e sua mulher Eufrásia percorreram os ranchos de Natuba, investigando. E assim ouviram, por três bocas, o boato de que a menina tinha sido vista em um estranho conciliábulo com o Leão, na beira do açude que fica em direção à fazenda Mirandola. Interrogada, a enferma confessou, quase delirando, que naquela manhã, quando passou pelo canal, indo à casa do padrinho, seu Nautilo, o Leão lhe perguntou se podia cantar uma canção que tinha composto para ela. E cantou, antes que Almudia fugisse correndo. Foi a única vez que falou com ela, que antes, porém, já tinha notado que, por um estranho acaso, encontrava o Leão com muita frequência nas suas andanças pelo povoado, e alguma coisa, na sua maneira de se encolher quando passava, levou-a a adivinhar que queria lhe dizer alguma coisa.

Zózimo pegou a espingarda e, cercado de sobrinhos, cunhados e compadres, também armados, e seguido por uma multidão, foi à casa dos Pardinas, apanhou o Leão, encostou o cano da arma nos seus olhos e exigiu que ele repetisse a canção, para que seu Abelardo pudesse exorcizar a menina. O Leão ficou mudo, com os olhos esbugalhados, agitado. Depois de repetir várias vezes que se não revelasse o feitiço ia estourar sua cabeçona imunda, o funileiro engatilhou a arma. Um brilho de pânico enlouqueceu, por um segundo, os grandes olhos inteligentes. "Se você me matar, não vai saber o feitiço e Almudia morrerá", murmurou a vozinha, irreconhecível pelo terror. Fez-se um silêncio absoluto. Zózimo suava. Seus parentes mantinham, com as espingardas, Celestino Pardinas e seus filhos afastados. "Vai me deixar sair se eu disser?", ouviu-se de novo a vozinha do monstro. Zózimo disse que sim. Então, engasgando e com agudos de adolescente, o Leão começou a cantar. Cantou — comentariam, lembrariam, murmurariam os moradores de Natuba presentes e mesmo aqueles que, sem ter estado no local, juravam ter estado — uma canção de amor, em que aparecia o nome de Almudia. Quando terminou de cantar, o Leão estava com os olhos cheios de vergonha. "Solte-me agora", rugiu. "Só depois que minha filha ficar boa", respondeu o funileiro, com voz rouca. "E, se não melhorar, queimo você ao lado do túmulo dela. Juro pela sua alma." Olhou para os Pardinas — pai, mãe, irmãos imobilizados pelas espingardas — e acrescentou num tom que não admitia dúvidas: "Queimo você vivo, mesmo que os meus e os seus tenham que se matar durante séculos."

Almudia morreu nessa mesma noite, depois de um vômito em que expeliu sangue. Os vizinhos pensavam que Zózimo ia chorar, arrancar os cabelos, amaldiçoar Deus ou beber cachaça até cair para trás. Mas não fez nada disso. O aturdimento dos dias anteriores foi substituído pela fria determinação com que foi organizando, ao mesmo tempo, o enterro da filha e a morte de quem a enfeitiçou. Nunca tinha sido malvado, nem despótico, nem violento, sempre foi um homem serviçal e amistoso. Por isso todos se compadeciam dele, perdoavam de antemão o que ia fazer, e alguns até aprovavam.

Zózimo mandou fincar um poste ao lado do túmulo e juntar palha e galhos secos. Os Pardinas continuavam prisioneiros na própria casa. O Leão estava no curral do funileiro, com os pés e as mãos amarrados. Ali passou a noite, ouvindo as rezas do velório, os pêsames, as ladainhas, os choros. Na manhã seguinte, foi colocado numa carroça puxada por burros e seguiu o cortejo a distância, como sempre. No cemitério, enquanto baixavam o caixão e rezavam outra vez, dois sobrinhos do funileiro, seguindo suas instruções, amarraram o infeliz no poste e o rodearam de palha e galhos para ser queimado. Quase todo o povoado estava reunido em volta para ver a imolação.

Nesse momento apareceu o santo. Devia ter chegado a Natuba na noite anterior, ou naquela madrugada, e alguém lhe contara o que estava para acontecer. Mas esta explicação era simples demais para aquela gente, que achava o sobrenatural mais crível que o natural. Eles diriam que foi sua faculdade de adivinhar, ou o Bom Jesus, que trouxe o Conselheiro a essa paragem do sertão baiano, naquele instante, para corrigir um erro, evitar um crime ou, simplesmente, dar uma prova do seu poder. Não vinha sozinho, como na primeira vez que pregou em Natuba, anos atrás, nem acompanhado por dois ou três romeiros, como na segunda, quando, além de dar conselhos, reconstruiu a capela do convento jesuítico abandonado da praça da Matriz. Desta vez, pelo menos uns trinta seres vinham com ele, magros e pobres como ele, mas com os olhos felizes. Com seu séquito, abriu caminho entre a multidão até a cova onde estavam jogando as últimas pás de terra.

O homem de roxo dirigiu-se a Zózimo, que olhava para o chão, cabisbaixo. "Você a enterrou com o melhor vestido, num caixão bem-feito?", perguntou com uma voz gentil, embora não precisamente afetuosa. Zózimo confirmou, mexendo ligeiramente a cabeça. "Vamos rezar ao Pai, pedindo que a receba no céu com júbilo", disse o Conselheiro. E ele e os penitentes salmodiaram e cantaram em volta do túmulo. Só depois o santo apontou para o poste onde o Leão estava amarrado. "O que vai fazer com este garoto, irmão?", perguntou. "Vou queimá-lo", respondeu Zózimo. E explicou por quê, em meio a um silêncio que parecia retumbar. O santo assentiu, sem se alterar. Depois se aproximou do Leão e fez um gesto para que os outros se afastassem um pouco. Todos recuaram alguns passos. O santo se inclinou e falou no ouvido do manietado e depois chegou sua orelha à boca do Leão para ouvir o que este lhe dizia. E assim, com o Conselheiro movendo a cabeça do ouvido para a boca do outro, ficaram trocando segredos. Ninguém se mexia, à espera de alguma coisa extraordinária.

E, de fato, foi tão assombroso como ver um homem fritando numa pira. Porque, quando pararam de falar, o santo, com a tranquilidade que nunca perdia, sem dar um passo, disse: "Venha desamarrá-lo!" O funileiro se virou e olhou-o, pasmado. "É você mesmo quem tem que desamarrar", rugiu o homem de roxo, num tom de voz que fez as pessoas estremecerem. "Quer que sua filha vá para o inferno? As chamas de lá não são mais quentes, não duram mais tempo que essas que você quer acender?", tornou a rugir, parecendo assombrado com tanta insensatez. "Supersticioso, ímpio, pecador", repetiu. "Arrependa-se do que queria fazer, venha desamarrá-lo, peça perdão a ele e peça ao Pai que não mande a sua filha para o lugar do Cão, por causa da sua covardia e da sua maldade, da sua pouca fé em Deus." E assim ficou, insultando, acuando, aterrorizando Zózimo com a ideia de que, por sua culpa, Almudia iria para o inferno. Então os moradores viram como o homem, em vez de atirar no santo, esfaqueá-lo ou queimá-lo vivo junto com o monstro, obedecia e, soluçando, implorava de joelhos ao Pai, ao Bom Jesus, ao Divino, à Virgem, que a alminha de Almudia não fosse para o inferno.

Quando o Conselheiro, depois de duas semanas no lugar, rezando, pregando, consolando os enfermos e aconselhando os sãos, partiu em direção a Mocambo, Natuba ganhara um cemitério cercado com tijolos e cruzes novas em todas as sepulturas. Seu séquito, porém, tinha incorporado uma figurinha entre animal e humana que, vista enquanto a mancha de romeiros se perdia na terra coberta de mandacarus, parecia ir trotando entre os esfarrapados, como trotam os cavalos, as cabras, os jegues...

Pensava, sonhava? Estou nos arredores de Queimadas, é dia, e esta é a rede de Rufino. O resto parecia confuso. Principalmente a conjunção de circunstâncias que, naquele amanhecer, tinha transtornado mais uma vez a sua vida. Na sonolência, ainda sentia o assombro que se apoderou dele desde que, depois de fazer amor, adormeceu.

Sim, para alguém que acreditava que o destino era em boa parte inato e estava escrito na massa encefálica, onde mãos hábeis e olhos perspicazes podiam auscultá-lo, era duro constatar a existência desse terreno imprevisível, que outros seres podiam manipular com horrível prescindência da vontade própria, da aptidão pessoal. Há quanto tempo estava dormindo? O cansaço tinha desaparecido, em todo caso. Será que a moça também tinha desaparecido? Terá ido pedir socorro, chamar alguém para prendê-lo? Pensou ou sonhou: "Os planos se volatizaram quando deviam materializar-se." Pensou ou sonhou: "A adversidade é plural." Percebeu que mentia para si mesmo; não era verdade que esta inquietação e este pasmo fossem por não ter encontrado Rufino, por quase ter morrido, por ter matado os dois homens ou pelo roubo das armas que ia levar para Canudos. O que corroía os sonhos de Galileo Gall era aquele brusco arroubo, incompreensível, incontido, que o fez violar Jurema depois de dez anos sem tocar numa mulher.

Tinha amado algumas mulheres, na juventude, teve companheiras — lutadoras pelos mesmos ideais — com quem compartilhou trechos curtos do caminho; nos seus tempos de Barcelona viveu com uma operária que estava grávida na época do assalto ao quartel e de quem soube, depois da sua fuga da Espanha, que acabou se casando com um padeiro. As mulheres, porém, nunca ocuparam um lugar preponderante na vida de Galileo Gall, como a ciência ou a revolução. Para ele, o sexo, tal como o alimento, era algo que aplacava uma necessidade primária e depois dava tédio. A decisão mais secreta da sua vida fora tomada dez anos antes. Ou seriam onze? Ou doze? As datas dançavam na sua cabeça, mas não o lugar: Roma. Lá se refugiou, quando fugiu de Barcelona, na casa de um farmacêutico, colaborador da imprensa anarquista que conhecera a prisão. E ali estavam as imagens, vívidas, na memória de Gall. Primeiro desconfiou, depois comprovou: aquele companheiro arranjava prostitutas nos arredores do Coliseu, trazia para casa quando ele estava ausente e pagava para chicoteá-las. Ali estavam as lágrimas do pobre-diabo na noite em que o repreendeu, e ali estava sua confissão de que só sentia prazer infligindo castigo, de que só podia amar quando via um corpo machucado e amedrontado. Pensou ou sonhou que ouvia, outra vez, seus pedidos de ajuda e, na sonolência, como naquela noite, apalpou, sentiu a rotundidade da zona dos afetos inferiores, a temperatura do caroço onde Spurzheim localizou o órgão da sexualidade, e a deformação, na curva occipital inferior, já quase no pescoço, das cavidades que representam os instintos destrutivos. (E nesse instante reviveu a cálida atmosfera no gabinete de Mariano Cubí, e ouviu o exemplo que este costumava dar, o de Jobard le Joly, o incendiário de Genebra, cuja cabeça examinara após a decapitação: "Tinha esta região da crueldade tão aumentada que parecia um grande tumor, um crânio grávido.") Então lhe disse outra vez: "Não é o vício que você deve suprimir da sua vida, companheiro, é o sexo", e explicou que, quando o suprimisse, a potência destrutiva da sua natureza, vedada a via sexual, seria dirigida a fins éticos e sociais, multiplicando sua energia no combate pela liberdade e o aniquilamento da opressão. E, sem tremor na voz, olhando-o firme nos olhos, tornou a propor fraternalmente: "Vamos fazer isso juntos. Eu o acompanho na sua decisão, para provar que é possível. Vamos jurar nunca mais tocar numa mulher, irmão." Terá cumprido o farmacêutico? Lembrou o seu olhar consternado, a sua voz naquela noite, e pensou ou sonhou: "Era um fraco." O sol atravessava as pálpebras fechadas, feria suas pupilas.

Ele não era um fraco, ele tinha conseguido, até essa madrugada, cumprir o juramento. O raciocínio e o conhecimento deram base e vigor ao que foi, a princípio, mero impulso, um gesto de companheirismo. Por acaso a busca do prazer, a submissão ao instinto não eram um perigo para alguém envolvido numa guerra sem quartel? As necessidades sexuais não podiam desviá-lo do ideal? O que atormentou Gall durante todos esses anos não foi ter abolido as mulheres da sua vida, mas pensar que estava fazendo tal qual seus inimigos, os padres católicos, por mais que dissesse a si mesmo que no seu caso as razões não eram obscurantistas, preconceituosas, como no deles, só queria sentir-se mais leve, mais disponível, mais forte nessa luta para aproximar e unir o que eles tinham contribuído mais do que ninguém para manter em conflito: o céu e a terra, a matéria e o espírito. Sua decisão nunca se viu ameaçada, e Galileo Gall sonhou ou pensou: "Até hoje." Pelo contrário, estava convencido de que a abstinência lhe dera mais apetite intelectual e maior capacidade de ação. Não: estava mentindo outra vez para si mesmo. A razão tinha conseguido subjugar o sexo na vigília, mas não nos sonhos. Em muitas noites, durante esses anos, tentadoras formas femininas se introduziam em sua cama quando dormia, encostavam-se no seu corpo e lhe arrancavam carícias. Sonhou ou pensou que teve mais dificuldade para resistir a esses fantasmas que às mulheres de carne e osso, e recordou que, como os adolescentes ou os companheiros trancafiados nos cárceres do mundo inteiro, muitas vezes fizera amor com aquelas silhuetas impalpáveis que seu desejo fabricava.

Angustiado, pensou ou sonhou: "Como pude? Por que pude?" Por que tinha agarrado a moça? Ela resistiu, ele bateu nela e agora se pergunta, cheio de aflição, se continuou batendo quando ela ficou quieta e se deixou despir. O que tinha acontecido, companheiro? Sonhou ou pensou: "Você não se conhece, Gall." Não, a sua cabeça não lhe dizia nada. Mas outros o tinham examinado e encontrado nele, desenvolvidas, as tendências impulsivas, a curiosidade, a incapacidade para a contemplação, para a estética e, em geral, para tudo o que seja alheio à ação prática e à atividade corporal, e ninguém nunca percebeu, no receptáculo da sua alma, a menor anomalia sexual. Sonhou ou pensou uma coisa que já tinha pensado antes: "A ciência ainda é um candeeiro que tremula dentro de uma grande caverna escura."

De que forma esse acontecimento afetaria a sua vida? Ainda tinha sentido manter a decisão de Roma? Devia insistir nela depois desse acidente, ou reconsiderá-la? Tinha sido mesmo um acidente? Como explicar cientificamente o que houve nessa madrugada? Na sua alma — não, no seu espírito, pois a palavra alma estava contagiada de bobagem religiosa —, à revelia da sua consciência, foram se armazenando, durante aqueles anos, os apetites que pensava ter ceifado, as energias que imaginava desviadas para fins melhores que o prazer. E essa secreta acumulação explodiu naquela manhã, inflamada pelas circunstâncias, isto é, o nervosismo, a tensão, o susto, a surpresa do ataque, do roubo, do tiroteio, das mortes. Seria esta a explicação? Ah, se pudesse examinar tudo aquilo como um problema alheio, objetivamente, junto com alguém como o velho Cubí. E lembrou as conversas que o frenologista chamava de socráticas, caminhando pelo porto de Barcelona e pelos meandros do bairro gótico, e seu coração sentiu saudade. Não, seria imprudente, estúpido, infeliz persistir na decisão romana, significaria preparar para o futuro um fato idêntico ao desta madrugada, ou mais grave. Pensou ou sonhou, com um sarcasmo amargo: "Você tem que se resignar a fornicar, Galileo."

Pensou em Jurema. Será que era um ser pensante? Um bichinho doméstico, diria. Diligente, submisso, capaz de acreditar que as imagens de Santo Antônio fogem das igrejas para as grutas onde foram talhadas, adestrada como as outras servas do barão para cuidar de galinhas e carneiros, dar de comer ao marido, lavar-lhe a roupa e abrir as pernas só para ele. Pensou: "Agora, quem sabe, vai sair da sua letargia e descobrir a injustiça." Pensou: "Eu sou sua injustiça." Pensou: "Talvez lhe tenha feito um bem."

Pensou nos homens que o atacaram e levaram a carroça e nos dois sujeitos que matou. Seria gente do Conselheiro? Teriam vindo sob as ordens do homem do curtume de Queimadas, aquele Pajeú? Não estava dormindo, nem sonhando, mas continuava com os olhos fechados e imóvel. Não seria natural que ele, Pajeú, tomando-o por espião do Exército ou mercador ávido de enganar a sua gente, tivesse mandado vigiá-lo e, ao descobrir armas em seu poder, decidira levá-las para abastecer Canudos? Tomara que tenha sido isto, tomara que os fuzis estejam trotando, neste momento, para reforçar os jagunços nos acontecimentos que se anunciavam. Por que Pajeú iria confiar nele? Que confiança podia lhe inspirar um forasteiro que pronunciava mal a sua língua e tinha ideias obscuras? "Você matou dois companheiros, Gall", pensou. Estava acordado: este calor é o sol da manhã, estes ruídos, os chocalhos dos carneiros. E se estivessem nas mãos de simples meliantes? Na noite anterior podiam ter seguido o encourado e ele quando traziam as armas da fazenda de Epaminondas. Não se dizia que a região estava infestada de cangaceiros? Teria agido com precipitação, fora imprudente? Pensou: "Devia ter descarregado as armas, trazido para cá." Pensou: "Então você estaria morto, e eles as levariam do mesmo jeito." Sentia-se corroído pelas dúvidas: Devia retornar à Bahia? Iria para Canudos de qualquer maneira? Abriria os olhos? Levantaria desta rede? Enfrentaria, afinal, a realidade? Ouvia os chocalhos, ouvia latidos e agora ouviu, também, passos e uma voz.

VII

Quando as colunas da expedição do major Febrônio de Brito e o punhado de mulheres soldadescas que ainda as seguiam se concentraram na localidade de Mulungu, a duas léguas de Canudos, ficaram sem carregadores nem guias. Os rastreadores recrutados em Queimadas e em Monte Santo para guiar os pelotões de reconhecimento, que tinham ficado intratáveis desde que começaram a atravessar vilas fumegantes, desapareceram todos juntos ao anoitecer, enquanto os soldados, deitados ombro contra ombro, pensavam nas feridas e talvez na morte que os aguardavam atrás daqueles picos, recortados contra um céu azul anil que ia ficando preto.

Umas seis horas depois, os fugitivos chegavam a Canudos, ofegantes, pedindo perdão ao Conselheiro por terem servido ao Cão. Foram levados ao armazém dos Vilanova, e ali João Abade os interrogou, com todos os detalhes, sobre os soldados que estavam se aproximando e depois deixou-os com o Beatinho, que sempre recebia os recém-chegados. Os rastreadores tiveram que jurar que não eram republicanos, que não aceitavam a separação entre a Igreja e o Estado, nem o destronamento do imperador Pedro II, nem o casamento civil, nem os cemitérios laicos, nem o sistema métrico decimal, que não responderiam às perguntas do censo e que nunca mais roubariam, nem se embriagariam nem apostariam dinheiro. Depois, com suas facas, eles mesmos fizeram uma pequena incisão nos próprios corpos como prova da sua decisão de derramar seu sangue lutando contra o Anticristo. Só então foram levados, por homens armados, passando entre seres recém-acordados pela notícia da sua chegada e que lhes davam palmadas e apertavam suas mãos, para o Santuário. Na porta, surgiu o Conselheiro. Todos caíram de joelhos, fizeram o sinal da cruz, queriam tocar na sua túnica, beijar seus pés. Vários deles, tomados pela emoção, soluçavam. O Conselheiro, em vez de abençoá-los com um olhar que os perfurava, como fazia com os novos escolhidos, inclinou-se, foi levantando-os e encarou um por um com os seus olhos negros e ardentes que nenhum deles jamais esqueceria. Depois pediu a Maria Quadrado e às oito beatas do Coro Sagrado — de túnicas azuis amarradas com cordões de linho — que acendessem os lampiões do Templo do Bom Jesus, como faziam todas as tardes quando ele subia na torre para dar os conselhos.

Minutos depois aparecia no andaime, rodeado pelo Beatinho, o Leão de Natuba, a Mãe dos Homens e as beatas, e aos seus pés, aglomerados e ansiosos naquele amanhecer que despontava, estavam os homens e as mulheres de Canudos, conscientes de que aquela seria uma ocasião ainda mais extraordinária que as outras. O Conselheiro foi, como sempre, direto ao essencial. Falou da transubstanciação, do Pai e do Filho que eram dois e um, e três e um com o Divino Espírito Santo, e, para que o obscuro ficasse claro, explicou que Belo Monte também podia ser uma Jerusalém. Com o dedo indicador mostrou, na direção da Favela, o Jardim das Oliveiras, onde o Filho passou a noite cruel da traição de Judas e, um pouco mais à frente, na serra da Canabrava, o monte Calvário, onde os ímpios o crucificaram entre dois ladrões. Disse também que o Santo Sepulcro estava a um quarto de légua, no Grajaú, entre rochedos cinzentos, onde fiéis anônimos tinham fincado uma cruz. Depois detalhou, para os escolhidos silenciosos e maravilhados, as ruelas de Canudos por onde passava o caminho do Calvário, o ponto em que Cristo caiu pela primeira vez, onde encontrou sua Mãe, em que lugar a pecadora redimida limpou o seu rosto e de onde até onde Cireneu o ajudou a arrastar a cruz. Quando explicava que o vale da Ipueira era o vale de Josafá, ouviram-se tiros do outro lado dos morros que separam Canudos do mundo. Sem se apressar, o Conselheiro pediu à multidão — dividida entre o feitiço da sua voz e o som dos tiros — que cantasse um hino composto pelo Beatinho: "Em louvor do Querubim." Só depois, com João Abade e Pajeú, partiram grupos de homens para reforçar os jagunços que já combatiam a vanguarda do major Febrônio de Brito, ao pé da serra do Cambaio.

Quando chegaram correndo para tomar posição nas gretas, trincheiras e pedras salientes do morro que os soldados de uniformes rubro-anil e verde-anil tentavam subir, já havia mortos. Os jagunços situados por João Abade nessa passagem obrigatória observaram, ainda às escuras, as tropas se aproximando e, enquanto o grosso delas descansava em Rancho das Pedras — umas oito cabanas devoradas pelo fogo dos incendiários —, viram que uma companhia de infantes, comandada por um tenente montado num tordilho, avançava em direção ao Cambaio. Deixaram-na chegar bem perto e, a um sinal de

José Venâncio, dispararam uma chuva de tiros de carabina, espingarda, fuzil, pedradas, dardos de balesta e insultos: "cães", "maçons", "protestantes". Só então os soldados notaram sua presença. Deram meia-volta e fugiram, menos três, feridos, que foram alcançados e executados por jagunços saltitantes, e um cavalo que empinou, jogou seu cavaleiro no chão e rolou entre as pedras, quebrando as patas. O tenente conseguiu se refugiar atrás de umas pedras e começou a atirar, enquanto o animal continuava no mesmo lugar, estendido, relinchando lugubremente, depois de várias horas de tiroteio.

Muitos jagunços foram estraçalhados pelos tiros dos Krupp que, logo após a primeira escaramuça, começaram a bombardear o morro, provocando desmoronamentos e uma chuva de estilhaços. João Grande, que estava ao lado de José Venâncio, percebeu que aquele agrupamento era um suicídio e então, pulando entre as pedras, sacudindo os braços como hélices, gritou que se espalhassem, que não oferecessem um alvo compacto. Todos obedeceram, pulando de pedra em pedra ou jogando-se no chão, enquanto, mais embaixo, divididos em seções de combate sob o comando de tenentes, sargentos e cabos, os soldados, em meio à poeira e toques de corneta, subiam o Cambaio. Quando João Abade e Pajeú chegaram com os reforços, já estavam na metade do morro. Os jagunços que tentavam expulsá-los, embora dizimados, não tinham recuado. Os que tinham armas de fogo começaram a disparar, acompanhando os tiros com vociferações. Os que só tinham peixeiras e facas, ou aquelas balestas de soltar dardos que os sertanejos usam para caçar patos e veados, e que Antônio Vilanova mandara os carpinteiros de Canudos fabricarem às dezenas, contentavam-se em formar uma couraça em torno dos primeiros e abastecê-los de pólvora ou preparar as carabinas, esperando que o Bom Jesus os fizesse herdar uma arma ou aproximasse o inimigo o suficiente para atacá-lo com as mãos.

Os Krupp continuavam soltando obuses para o alto e os desprendimentos de pedras causavam tantas vítimas quanto as balas. Ao começar a anoitecer, quando as figuras rubro-azuladas e verde-azuladas começaram a perfurar as linhas dos escolhidos, João Abade convenceu os outros a recuarem para não serem cercados. Várias dezenas de jagunços tinham morrido e muitos mais estavam feridos. Os que conseguiram ouvir a ordem, recuaram e se insinuaram pela planície conhecida como Taboleirinho em direção a Belo Monte eram pouco mais da metade dos que, na véspera e nessa manhã, tinham percorrido o mesmo caminho na direção contrária. José Venâncio, que se retirava entre os últimos apoiado em um pedaço de pau, com a perna encolhida e ensanguentada, levou um tiro nas costas que o matou sem dar-lhe tempo de se benzer.

    O Conselheiro permanecia desde a madrugada no Templo inacabado, rezando, cercado pelas beatas, Maria Quadrado, Beatinho, o Leão de Natuba e uma multidão de fiéis, que também rezavam com os ouvidos atentos ao fragor, às vezes, muito nítido, que o vento do norte trazia até Canudos. Pedrão, os irmãos Vilanova, Joaquim Macambira e os outros que tinham ficado, preparando a cidade para o assalto, estavam espalhados ao longo do Vaza-Barris. Levaram para as margens todas as armas, pólvora e munição que encontraram. Quando o velho Macambira viu aparecer os jagunços que voltavam do Cambaio, murmurou que, pelo visto, o Bom Jesus queria que os cães entrassem em Jerusalém. Nenhum dos seus filhos percebeu que trocara a palavra.

    Mas não entraram. O combate foi decidido nesse mesmo dia, antes do anoitecer, no Taboleirinho, onde a essa altura estavam deitados no chão, tontos de fadiga e de felicidade, os soldados das três colunas do major Febrônio de Brito, depois de verem os jagunços fugindo das últimas posições no morro, e pressentindo logo ali, a menos de uma légua, a promíscua geografia de tetos de palha e as duas altíssimas torres de pedra daquilo que já consideravam o prêmio da sua vitória. Enquanto os jagunços sobreviventes entravam em Canudos — seu regresso provocara confusão, conversas muito excitadas, choro, gritos, rezas em voz alta —, os soldados se largavam no chão, abriam as jaquetas rubro-azuladas, verde-azuladas, tiravam as polainas, tão exaustos que não conseguiam sequer comentar entre si como estavam felizes com a derrota do inimigo. Reunidos em Conselho de Guerra, o major Febrônio e seus quatorze oficiais decidiam acampar naquele tabuleiro pelado, ao lado de uma inexistente lagoa que os mapas chamavam de lagoa do Cipó e que, a partir desse dia, seria chamada de lagoa do Sangue. Na manhã seguinte, com as primeiras luzes, assaltariam o covil dos fanáticos.

    Mas, em menos de uma hora, quando os tenentes, sargentos e cabos ainda passavam em revista as companhias prostradas, faziam listas de mortos, feridos e desaparecidos, e dentre as pedras ainda surgiam soldados da retaguarda, eles os atacaram. Sadios ou doentes, homens ou mulheres, crianças ou velhos, todos os escolhidos em condições de lutar avançaram contra eles, como um aluvião. João Abade os convencera de que deviam atacar agora mesmo, ali mesmo, todos juntos, pois não haveria um depois se não o fizessem. Saíram atrás dele num tropel tumultuado, atravessando o tabuleiro como um estouro de boiada. Vinham armados com todas as imagens do Bom Jesus, da Virgem, do Divino que havia na cidade, empunhavam todos os porretes, paus, foices, forquilhas, facas e facões de Canudos, além dos trabucos, escopetas, carabinas, espingardas e Mannlichers conquistados em Uauá, e, enquanto disparavam balas, pedaços de metal, pregos, dardos, pedras, davam urros, possuídos pela coragem temerária que era o ar que os sertanejos respiravam desde que nasciam, agora multiplicada pelo amor a Deus e o ódio ao Príncipe das Trevas que o santo soube lhes infundir. Não deram tempo aos soldados de sair do estupor ao avistarem de repente, na planície, aquela massa vociferante de homens e mulheres correndo em sua direção como se não tivessem sido derrotados. Quando o susto os despertou e os sacudiu e os fez levantar-se e pegar as armas, já era tarde. Os jagunços já estavam em cima deles, entre eles, atrás deles, diante deles, atirando neles, esfaqueando-os, apedrejando-os, espetando-os, mordendo-os, arrancando seus fuzis, as cartucheiras, os cabelos, os olhos, e, sobretudo, amaldiçoando-os com as palavras mais estranhas que já tinham ouvido. Primeiro uns, depois outros, atinaram em fugir, confusos, enlouquecidos, aterrorizados por aquela arremetida súbita, insensata, que não parecia humana. Nas sombras que caíam atrás da bola de fogo que acabava de mergulhar atrás dos picos, os soldados se dispersavam sós ou em grupos pelo sopé do Cambaio, o morro que com tanto esforço tinham escalado ao longo de toda a jornada, correndo em todas as direções, tropeçando, levantando-se, livrando-se aos safanões dos uniformes na esperança de passarem despercebidos e rogando que a noite chegasse logo e fosse escura.

Podiam ter morrido todos, não ter sobrado um único oficial ou soldado de infantaria para contar ao mundo a história dessa batalha já ganha e de repente perdida; podiam ter sido perseguidos, acossados e liquidados, cada um desse meio milhar de homens derrotados que corriam sem rumo, assolados pelo medo e pela confusão, se os vencedores soubessem que a lógica da guerra é a destruição total do adversário. Mas a lógica dos escolhidos do Bom Jesus não era a desta terra. A guerra que eles travavam só era aparentemente a mesma guerra do mundo exterior, a de fardados contra maltrapilhos, a do litoral contra o interior, a do novo Brasil contra o Brasil tradicional. Todos os jagunços tinham consciência de serem meros fantoches de uma guerra profunda, atemporal e eterna, a do bem contra o mal, que vem sendo travada desde o princípio dos tempos. Por isso os deixaram escapar, enquanto eles, à luz das lamparinas, resgatavam os irmãos mortos e feridos que jaziam no tabuleiro ou no Cambaio com esgares de dor ou de amor a Deus fixados no rosto (quando a balaceira preservara seus rostos). Passaram a noite transportando feridos para as casas de saúde de Belo Monte, e cadáveres que, vestidos com os melhores trajes e colocados em caixões fabricados às pressas, eram levados para o velório no Templo do Bom Jesus e na igreja de Santo Antônio. O Conselheiro decidiu que não seriam enterrados até que o padre de Cumbe viesse rezar uma missa por suas almas, e uma das beatas do Coro Sagrado, Alexandrinha Correa, foi buscá-lo.

Enquanto o esperavam, Antônio Fogueteiro preparou fogos de artifício e fizeram uma procissão. No dia seguinte, muitos jagunços voltaram ao local do combate. Tiraram as roupas dos soldados e abandonaram os cadáveres nus à putrefação. Em Canudos, queimaram essas jaquetas e calças com tudo o que continham, dinheiro da República, cigarros, fotografias, mechas de cabelo de amantes ou filhas, lembranças que lhes pareciam objetos de condenação. Preservaram, porém, os fuzis, as baionetas, as balas, porque João Abade, Pajeú e os Vilanova tinham pedido e porque entendiam que aquilo seria imprescindível se fossem atacados de novo. Como alguns resistiam, o próprio Conselheiro teve que pedir-lhes que deixassem esses Mannlichers, Winchesters, revólveres, caixas de pólvora, cartucheiras, latas de graxa sob os cuidados de Antônio Vilanova. Os dois canhões Krupp tinham ficado no sopé do Cambaio, no lugar de onde bombardearam a serra. Queimaram tudo o que podia ser queimado deles — as rodas e as carroças —, e os tubos de aço foram arrastados, com a ajuda de mulas, até a cidade, para que os ferreiros os fundissem.

Em Rancho das Pedras, local do último acampamento do major Febrônio de Brito, os homens de Pedrão encontraram, famintas e desgrenhadas, seis mulheres que tinham seguido os soldados, cozinhando, lavando sua roupa e dando-lhes amor. Foram levadas a Canudos e o Beatinho as expulsou, dizendo que quem servira deliberadamente ao Anticristo não podia permanecer em Belo Monte. Mas uma delas, que estava grávida, foi apanhada nos arredores por dois cafuzos, que tinham pertencido ao bando de José Venâncio e estavam desconsolados com sua morte; abriram-lhe a barriga a talhos de facão, arrancaram o feto e em seu lugar puseram um galo vivo, convencidos de que assim prestavam um serviço ao seu chefe no outro mundo.

Ouve duas ou três vezes o nome Caifás, entre palavras que não entende, e, fazendo um esforço, abre os olhos, e lá está a mulher de

Rufino, ao lado da rede, agitada, mexendo a boca, fazendo ruídos, e é já pleno dia e pela porta e pelas frestas das estacas o sol jorra dentro da casa. A luz o fere com tanta força que tem que piscar e esfregar as pálpebras quando se levanta. Imagens confusas lhe chegam através de uma água leitosa e, à medida que seu cérebro se reativa e o mundo clareia, o olhar e a mente de Galileo Gall descobrem uma metamorfose no quarto: foi cuidadosamente arrumado; chão, paredes, objetos apresentam um aspecto reluzente, como se tudo tivesse sido esfregado e encerado. Agora entende o que Jurema está dizendo: aí vem Caifás, aí vem Caifás. Nota que a mulher do rastreador trocou a túnica que ele tinha rasgado por uma blusa e uma saia escuras, que está descalça e assustada, e, enquanto tenta se lembrar onde seu revólver caíra de madrugada, diz a si mesmo que não há motivo para se preocupar, que quem se aproxima é o encourado que o levou até Epaminondas Gonçalves e o trouxe de volta com as armas, justamente a pessoa de quem mais precisa neste momento. Ali está o revólver, junto à sua maleta, embaixo da imagem da Virgem da Lapa pendurada num prego. Pega a arma e, quando pensa que está sem balas, vê Caifás na porta da casa.

— *They tried to kill me* — diz precipitadamente, e, percebendo seu engano, fala em português: — Tentaram me matar, levaram as armas. Preciso ver Epaminondas Gonçalves agora mesmo.

— Bom-dia — diz Caifás, levando dois dedos ao chapéu com tirinhas de couro, sem tirá-lo da cabeça, dirigindo-se a Jurema de uma maneira que Gall acha absurdamente solene. Depois se vira para ele, faz o mesmo movimento e repete: — Bom-dia.

— Bom-dia — responde Gall, sentindo-se, de repente, ridículo com o revólver na mão. Então o guarda na cintura, entre a calça e o corpo, e dá dois passos em direção a Caifás, notando a perturbação, a vergonha, o embaraço que se apoderaram de Jurema com sua chegada: não se mexe, olha para o chão, não sabe o que fazer com as mãos. Galileo aponta para fora:

— Viu aqueles dois homens mortos, lá fora? Havia outro mais, o que levou as armas. Preciso falar com Epaminondas, tenho que preveni-lo. Leve-me até ele.

— Vi — diz secamente Caifás. E se dirige a Jurema, ainda cabisbaixa, petrificada, mexendo os dedos como se estivesse com cãibra. — Chegaram soldados a Queimadas. Mais de quinhentos. Estão procurando guias para ir a Canudos. Levam à força quem não aceitar o trabalho. Vim avisar o Rufino.

— Não está — balbucia Jurema, sem levantar a cabeça. — Foi a Jacobina.
— Soldados? — Gall dá outro passo, até quase tocar no recém-chegado. — A expedição do major Brito já está aqui?
— Vai haver parada — confirma Caifás. — Estão formados na praça. Chegaram no trem desta manhã.

Gall se pergunta por que o homem não se surpreende com os mortos que viu lá fora, ao chegar à cabana, por que não indaga sobre o que aconteceu, como aconteceu, por que fica assim, tranquilo, imutável, inexpressivo, esperando o quê?, e pensa mais uma vez que as pessoas aqui são estranhas, impenetráveis, inescrutáveis, como lhe pareciam os chineses ou os hindus. É um homem muito magro esse Caifás, ossudo, lustroso, com pômulos saltados e uns olhos vinosos que provocam mal-estar porque nunca piscam, uma voz que ele mal conhece, pois quase não abriu a boca durante a dupla viagem que fez ao seu lado. Seu colete de couro, sua calça reforçada nos fundilhos e nas pernas com tiras também de couro, e até as alpercatas de cordão, parecem parte do seu corpo, uma áspera pele complementar, uma crosta. Por que sua chegada terá deixado Jurema em tal estado de confusão? Pelo que aconteceu há algumas horas entre eles dois? O cachorrinho peludo aparece de algum lugar e pula, corre e brinca entre os pés de Jurema, e nesse momento Galileo Gall percebe que as galinhas desapareceram.

— Só vi três, o homem que fugiu levou as armas — disse, ajeitando a cabeleira vermelha despenteada. — É preciso avisar Epaminondas o quanto antes, pode ser perigoso para ele. Vai me levar à fazenda?
— Ele não está mais lá — diz Caifás. — O senhor ouviu, ontem. Disse que ia para a Bahia.
— Sim — diz Gall. Não há mais remédio, ele também vai ter que voltar à Bahia. Pensa: "Os soldados já estão aqui." Pensa: "Virão buscar Rufino, vão encontrar os mortos, vão me encontrar." Tem que ir embora, sacudir essa languidez, essa modorra que o aflige. Mas não se mexe.
— Talvez fossem inimigos de Epaminondas, gente do governador Luis Viana, do barão — murmura, como se falasse com Caifás, mas na realidade fala para si mesmo. — Por que, então, não veio a Guarda Nacional? Aqueles três não eram guardas. Talvez cangaceiros, talvez quisessem as armas para as suas malfeitorias ou para vender.

Jurema continua imóvel, cabisbaixa, e a um metro dela, sempre quieto, tranquilo, inexpressivo, Caifás. O cachorrinho pula, ofega.

— Além disso, há uma coisa estranha — reflete Gall em voz alta, pensando "tenho que me esconder até os soldados partirem, e depois voltar para Salvador", pensando, ao mesmo tempo, que a expedição do major Brito já está aqui, a menos de dois quilômetros, que irá a Canudos e, sem dúvida, vai arrasar aquele foco de rebeldia cega em que vislumbrou, ou quis vislumbrar, a semente de uma revolução.
— Não queriam apenas as armas. Queriam me matar, isto é certo. Mas não entendo. Quem pode estar interessado em me matar, aqui em Queimadas?
— Eu, senhor — ouve Caifás dizer, com a mesma voz sem matizes, sentindo ao mesmo tempo o fio da faca no pescoço, mas seus reflexos são, sempre foram, rápidos e conseguiu afastar a cabeça, recuar uns milímetros no instante em que o homem encourado vinha contra ele, e a faca, em vez de se cravar em sua garganta, é desviada e o fere mais embaixo, à direita, no limite entre o pescoço e o ombro, deixando no seu corpo uma sensação mais de frio e surpresa que de dor. Caiu no chão, está tocando na ferida, consciente de que corre sangue entre seus dedos, de olhos arregalados, fitando enfeitiçado o encourado de nome bíblico, cuja expressão nem mesmo agora se alterou, exceto, talvez, suas pupilas, que estavam opacas e agora brilham. Empunha a faca ensanguentada com a mão esquerda e, na direita, tem um revólver pequeno, com empunhadura de madrepérola, que aponta para a sua cabeça, inclinado sobre ele, enquanto lhe dá uma espécie de explicação: — É uma ordem do coronel Epaminondas Gonçalves, senhor. Eu levei as armas esta manhã, sou eu o chefe desses homens que o senhor matou.
— Epaminondas Gonçalves? — ruge Galileo Gall e, agora sim, a dor na sua garganta é vivíssima.
— Ele precisa de um cadáver inglês — parece desculpar-se Caifás, ao mesmo tempo que aperta o gatilho, e Gall, que automaticamente desviou o rosto, sente um ardor na mandíbula, nos pelos, e a sensação de que lhe arrancaram a orelha.
— Sou escocês e odeio os ingleses — atina a murmurar, pensando que o segundo tiro acertará na sua testa, na boca ou no coração e ele vai perder os sentidos e morrer, pois o encourado está de novo estendendo o braço, porém o que vê mais parece um bólido, uma revoada, e é Jurema que se joga contra Caifás e se agarra a ele e o faz cambalear, e então para de pensar e, encontrando forças que já não imaginava ter, levanta-se e também avança na direção de Caifás, confusamente alerta para o fato de estar sangrando e febril, e, antes de voltar a pensar, de

tentar entender o que houve, o que o salvou, está batendo com a coronha do revólver, com toda a energia que lhe resta, no encourado, que Jurema continua segurando. Antes de vê-lo perder os sentidos, percebe que Caifás não olha para ele enquanto tenta defender-se dos seus golpes, e sim para Jurema, e que não há ódio, cólera, mas uma incomensurável estupefação nas suas pupilas vinosas, como se não conseguisse entender o que ela tinha feito, como se agarrá-lo, desviar seu braço, permitir que sua vítima se levantasse para atacá-lo fossem coisas que ela não pudesse sequer imaginar, sonhar. Mas quando Caifás, quase inerte, a cara inchada pelos golpes, ensanguentada também pelo próprio sangue ou pelo sangue de Gall, solta a faca e o diminuto revólver, e então Gall o apanha e vai atirar nele, é a mesma Jurema quem impede, prendendo-se à sua mão, como fizera antes com Caifás, e berrando histericamente.

— *Don't be afraid* — diz Gall, já sem forças para lutar. — Preciso sair daqui, os soldados vão chegar. Ajude-me a montar na mula, mulher.

Abre e fecha a boca, várias vezes, certo de que vai desabar no mesmo instante ao lado de Caifás, que parece se mexer. Com a cara desfigurada pelo esforço, sentindo que o ardor no pescoço aumentou e que agora também lhe doem os ossos, as unhas, os cabelos, sai esbarrando nos baús e nas tralhas do barraco, em direção àquela labareda de luz branca que é a porta, pensando "Epaminondas Gonçalves", pensando: "Sou um cadáver inglês."

    O novo pároco de Cumbe, padre Joaquim, chegou ao povoado sem foguetes nem sinos, numa tarde nublada que prometia temporal. Apareceu num carro de boi, com uma mala puída e uma sombrinha para chuva e sol. Tinha feito uma longa viagem, desde Bengalas, em Pernambuco, de onde fora padre durante dois anos. Nos meses seguintes diriam que o bispo o afastou de lá por ter abusado de uma menor.

As pessoas que encontrou na entrada de Cumbe o levaram até a praça da Igreja e lhe mostraram a casa destelhada em que o padre do lugar morava, no tempo em que Cumbe tinha padre. A casa era agora um aposento com paredes e sem teto, que servia de depósito de lixo e de refúgio para animais sem dono. O padre Joaquim entrou na pequena igreja de Nossa Senhora da Conceição e, arrastando os bancos utilizáveis, preparou uma cama e se deitou para dormir, tal como estava.

Era jovem, um pouco encurvado, baixo, ligeiramente barrigudo e tinha um jeito alegre que fez o povo simpatizar logo com ele. A não ser pela batina e a tonsura, ninguém o consideraria um homem que mantém um intercâmbio ativo com o mundo espiritual, pois bastava falar uma vez com ele para perceber que, na mesma medida, ou talvez mais, ele se interessava pelas coisas deste mundo (principalmente as mulheres). No próprio dia da chegada demonstrou a Cumbe que era capaz de conviver com seus moradores como se fosse um deles e que sua presença não ia estorvar substancialmente os costumes da população. Quando abriu os olhos, depois de várias horas de sono, quase todas as famílias estavam reunidas na praça da Igreja para lhe dar boas-vindas. Era noite fechada, tinha chovido e parado de chover, e na umidade cálida os grilos estridulavam e o céu fervilhava de estrelas. Começaram as apresentações, um longo desfile de mulheres que beijavam sua mão e homens que tiravam o chapéu ao passar por ele, murmurando o próprio nome. Pouco depois, o padre Joaquim interrompeu o beija-mão e explicou que estava morrendo de fome e de sede. Começou então algo semelhante ao percurso de Semana Santa, com o padre visitando casa por casa e sendo recebido com os melhores alimentos que o povo do lugar dispunha. A luz da manhã encontrou-o bem acordado, numa das duas tavernas de Cumbe, tomando ginja com cachaça e fazendo um desafio de décimas com o caboclo Matias de Tavares.

Começou logo a desempenhar suas funções, rezar missas, batizar os que nasciam, ouvir confissão dos adultos, dar os últimos sacramentos aos que morriam e casar os novos pares ou aqueles que, já convivendo, queriam se regularizar diante de Deus. Como era responsável por uma vasta comarca, viajava com frequência. Era ativo, até mesmo abnegado no cumprimento da sua tarefa paroquial. Cobrava qualquer serviço com moderação, aceitava que ficassem devendo ou que não pagassem porque, entre os pecados capitais, decididamente estava isento de cobiça. Dos outros, não, mas pelo menos os praticava sem discriminação. Agradecia com o mesmo regozijo o suculento cabrito assado de um fazendeiro e o pedaço de rapadura que um morador lhe oferecia, e para a sua garganta não havia diferenças entre a aguardente envelhecida e o rum de queimar diluído com água que bebia em tempos de escassez. Quanto às mulheres, não parecia recusar nada, anciãs remelentas, meninas impúberes, mulheres castigadas pela natureza com verrugas, lábios leporinos ou idiotice. Vivia elogiando todas elas e insistindo que viessem decorar o altar da igreja. Nas festas, quando seu rosto já estava avermelhado, costumava apalpá-las sem o menor constrangimento. Sua condição religiosa parecia sugerir a ideia de desvirilização aos pais, maridos e irmãos que, por isso, suportavam resignados essas audácias que em outro os fariam puxar a faca. De qualquer modo, suspiraram aliviados quando o padre Joaquim começou uma relação permanente com Alexandrinha Correa, a moça que, por ser rabdomante, tinha ficado para vestir os santos.

 Dizia a lenda que a milagrosa faculdade de Alexandrinha fora descoberta quando ela ainda era garotinha, no ano da grande seca, quando os habitantes de Cumbe, desesperados pela falta de água, abriam poços em toda parte. Divididos em equipes, cavavam desde o amanhecer, em todos os lugares onde alguma vez já existira uma vegetação espessa, pensando que era sinal de água no subsolo. As mulheres e crianças também participavam do trabalho extenuante. Mas a terra extraída, em vez de umidade, só revelava novas camadas de areia enegrecida ou de pedras inquebráveis. Até que um dia, falando com veemência, atontada, como se lhe estivessem ditando palavras que quase não tinha tempo de repetir, Alexandrinha interrompeu o grupo do seu pai, dizendo que em vez de cavar ali cavassem mais acima, no começo da trilha que vai para Massacará. Não lhe prestaram atenção. Mas a menina insistiu, batendo os pés e sacudindo as mãos como se estivesse inspirada. "Afinal, é só abrir mais um buraco", disse o pai. Foram tentar, na esplanada de pedras amareladas onde os caminhos de Carnaíba e Massacará se bifurcam. No segundo dia de retirada de terra e pedras, o subsolo começou a escurecer, a ficar úmido e, por fim, em meio ao entusiasmo dos moradores, transpirou água. Foram encontrados mais três poços nos arredores, que permitiram a Cumbe superar, melhor que outros lugares, aqueles dois anos de miséria e mortandade.

 Alexandrinha Correa se transformou, a partir de então, em objeto de reverência e curiosidade. Para seus pais, além disso, tornou-se um ser cuja intuição trataram logo de aproveitar, pedindo dinheiro aos povoados e moradores para que ela adivinhasse onde deviam procurar água. Entretanto, as habilidades de Alexandrinha não se adaptavam ao negócio. A menina se enganava mais do que acertava, e muitas vezes, depois de farejar o lugar com seu narizinho arrebitado, dizia: "Não sei, não tenho ideia." Mas nem essas ausências nem os erros, que sempre desapareciam sob a lembrança dos acertos, prejudicaram a fama que foi criando. Sua habilidade de rabdomante tornou-a famosa, mas não feliz. Desde que seu poder ficou conhecido, criou-se um muro à sua volta que a isolou das pessoas. As outras crianças não se sentiam à vontade na sua presença, os mais velhos não a tratavam com naturalidade. Olhavam para ela com insistência, perguntavam coisas estranhas sobre o futuro ou a vida depois da morte e a mandavam se ajoelhar à cabeceira dos doentes e tentar curá-los com o pensamento. Não funcionaram seus esforços para ser uma mulher igual às outras. Os homens sempre se mantinham a uma distância respeitosa. Não a tiravam para dançar nas feiras, não lhe faziam serenatas, nem jamais passou pela cabeça de nenhum deles casar-se com ela. Como se amá-la fosse uma profanação.

Até que o novo pároco chegou. O padre Joaquim não era homem que se deixasse intimidar por auréolas de santidade ou de bruxaria em relação a mulheres. Alexandrinha já passara dos vinte anos. Era espigada, com um nariz sempre curioso e olhos inquietos, e ainda morava com os pais, ao contrário das suas quatro irmãs mais moças, que já tinham marido e casa própria. Levava uma vida solitária, pelo respeito religioso que inspirava e que não conseguia evitar, apesar da sua simplicidade. Como a filha dos Correa só ia à igreja para a missa de domingo, e era convidada para poucas festas particulares (as pessoas temiam que sua presença, contaminada de sobrenatural, abafasse a alegria), o novo padre demorou a ter contato com ela.

O romance deve ter começado muito lentamente, sob as frondosas cajaranas da praça da Igreja, ou nas ruelas de Cumbe onde na certa o padrezinho e a rabdomante se cruzavam e descruzavam, e ele devia olhar para ela como se a estivesse examinando, com seus olhinhos impertinentes, vivazes, insinuantes, enquanto seu rosto atenuava a crueza do exame com um sorriso bonachão. E deve ter sido o primeiro a dizer alguma coisa, naturalmente, talvez perguntando sobre a festa do povoado, dia 8 de dezembro, ou por que não era vista nos rosários, ou que história de água era essa que contavam dela. E a moça deve ter respondido com o seu jeito rápido, direto, sem preconceito, encarando-o sem rubor. E assim devem ter acontecido os encontros casuais, outros menos casuais, conversas em que, além dos comentários sobre os bandidos e as volantes e as rixas e os namoricos locais, e das confidências recíprocas, pouco a pouco iriam aparecendo malícias e atrevimentos.

O fato é que um belo dia toda Cumbe comentava com ironia a transformação de Alexandrinha, uma paroquiana desinteressada que de repente se tornara a mais diligente. Sempre era vista, de manhã cedo, tirando a poeira dos bancos da igreja, arrumando o altar e varrendo a entrada. E começou a ser vista, também, na casa do padre que, com a ajuda dos vizinhos, tinha consertado os tetos, portas e janelas. Ficou evidente que havia algo mais entre ambos que ocasionais tentações no dia em que Alexandrinha entrou, com ar decidido, na venda onde o padre Joaquim estava refugiado com um grupo de amigos, depois de um batizado, para tocar violão e beber, cheio de felicidade. A entrada de Alexandrinha deixou-o mudo. Ela avançou na sua direção e soltou esta frase, com firmeza: "Venha comigo agora mesmo, você já bebeu bastante." Sem protestar, o padre a seguiu.

Na primeira vez que o santo foi a Cumbe, Alexandrinha Correa já morava na casa do padre há vários anos. Ela tinha se instalado lá para cuidar de uma ferida que o padre recebera em Rosário, onde se envolveu num tiroteio entre os cangaceiros de João Satã e os policiais do capitão Geraldo Macedo, o Caçabandidos, e ficou lá. Tiveram três filhos, aos quais todos só se referiam como filhos de Alexandrinha, e, a esta, como "guardiã" do padre Joaquim. Sua presença surtiu um efeito moderador na vida do padre, embora não tenha corrigido totalmente seus costumes. O povo a chamava quando o padre, mais bêbado que o recomendável, criava problemas, e sempre se mostrava dócil frente a ela, mesmo nos extremos da embriaguez. Talvez isto tenha contribuído para que os vizinhos tolerassem aquela união sem grandes melindres. Quando o santo veio a Cumbe pela primeira vez, era uma coisa tão aceita que até os pais e irmãos de Alexandrinha a visitavam na sua casa e tratavam seus filhos de netos e sobrinhos sem o menor constrangimento.

Por isso causou tanta comoção que, em sua primeira pregação no púlpito da igreja de Cumbe, onde o padre Joaquim, com um sorriso complacente, permitira que subisse, o homem alto, esquálido, de olhos crepitantes, cabelos nazarenos e com uma túnica roxa tenha soltado o verbo contra os maus pastores. Fez-se um silêncio sepulcral na nave repleta de gente. Ninguém fitava o padre que, sentado no primeiro banco, abriu os olhos um pouco sobressaltado e permaneceu imóvel, com o olhar fixo à sua frente, no crucifixo ou na sua humilhação. E ninguém tampouco fitava Alexandrinha Correa, sentada na terceira fila, que, ela sim, encarava o pregador, muito pálida. Parecia que o santo tinha vindo a Cumbe por instrução de inimigos do casal. Grave, inflexível, sua voz ricocheteava nas frágeis paredes e no teto côncavo, dizia coisas terríveis contra os escolhidos do Senhor que, apesar de terem sido ordenados e vestirem hábitos, convertiam-se em lacaios de Satã. Vituperava com fúria contra todos os pecados do padre Joaquim: a vergonha dos pastores que, em vez de dar um exemplo de sobriedade, bebiam cachaça até o desvario; a indecência daqueles que, em vez de jejuarem e serem frugais, preferiam se empanturrar sem perceber que viviam rodeados de gente que mal tinha o que comer; o escândalo dos que se esqueciam do seu voto de castidade e desfrutavam de mulheres que, em vez de orientarem espiritualmente, desencaminhavam presenteando suas pobres almas ao Cão dos infernos. Quando os fiéis se animavam a espiar com o rabo do olho, davam com o padre na mesma posição, ainda olhando para a frente, com o rosto avermelhado.

Esse fato, que foi o disse me disse do povo por muitos dias, não impediu que o Conselheiro continuasse pregando na igreja de Nossa Senhora da Conceição enquanto permaneceu em Cumbe ou que tornasse a fazê-lo quando voltou, meses depois, acompanhado por um séquito de bem-aventurados, nem que o fizesse de novo nos anos seguintes. A diferença foi que nas vezes seguintes o padre Joaquim costumava estar ausente. Alexandrinha, em contrapartida, não. Estava sempre lá, na terceira fila, com o nariz arrebitado, ouvindo as admoestações do santo contra a riqueza e os excessos, sua defesa dos costumes austeros e suas recomendações de preparar a alma para a morte mediante o sacrifício e a oração. A ex-rabdomante começou a demonstrar uma crescente religiosidade. Acendia velas nos nichos das ruas, permanecia muito tempo ajoelhada diante do altar em atitude de profunda concentração, organizava ações de graças, rogativas, rosários, novenas. Um dia apareceu com um pano preto na cabeça e um bentinho no peito com a imagem do Bom Jesus. Falou-se que, embora os dois continuassem sob o mesmo teto, nada mais havia entre o padre e ela que ofendesse a Deus. Quando os fiéis se aventuravam a perguntar por Alexandrinha ao padre Joaquim, ele mudava de assunto. Parecia assustado. Continuava vivendo alegremente, mas suas relações com a mulher com quem compartilhava sua casa e era mãe dos seus filhos mudaram. Pelo menos em público, os dois se tratavam com a cortesia de duas pessoas que mal se conhecem. O Conselheiro despertava sentimentos indefiníveis no padre de Cumbe. Seria medo, respeito, inveja, comiseração? O fato é que, cada vez que ele chegava, o padre abria a igreja, confessava, comungava e, enquanto permanecia em Cumbe, era um modelo de moderação e devoção.

Quando, na última visita do santo, Alexandrinha Correa partiu atrás dele, entre seus peregrinos, abandonando tudo o que tinha, o padre Joaquim foi a única pessoa do povoado que não pareceu se surpreender.

Pensou que nunca teve medo da morte e não tinha agora. Mas suas mãos tremiam, sentia calafrios e a cada instante se chegava mais à fogueira para aquecer o gelo das entranhas. E, apesar disso, suava. Pensou: "Você está morrendo de medo, Gall." Essas gotas de suor, esses calafrios, esse gelo e esse tremor eram o pânico de quem pressente a morte. Você se conhecia pouco, companheiro. Ou tinha mudado? Porque certamente não sentiu nada parecido quando era jovem, à espera de ser fuzilado, no calabouço de Paris, nem em Barcelona, na enfermaria, enquanto os estúpidos burgueses curavam suas feridas para estar saudável no patíbulo ao ser estrangulado com um aro de ferro. Ia morrer: tinha chegado a hora, Galileo.

Será que seu falo ficaria duro no instante supremo, como diziam que acontecia com os enforcados e os decapitados? Essa crença grotesca escondia alguma tortuosa verdade, alguma afinidade misteriosa entre o sexo e a consciência da morte. Não fosse assim, não aconteceria o que aconteceu esta madrugada e há um minuto atrás. Um minuto? Horas. Era noite fechada, e no firmamento havia miríades de estrelas. Lembrou que, durante a espera, na pensão de Queimadas, tinha planejado escrever uma carta a *l'Étincelle de la révolte* explicando que a paisagem do céu era imensamente mais variada que a da terra nesta região do mundo e que isso, sem dúvida, influía na disposição religiosa das pessoas. Ouviu a respiração de Jurema, misturada ao crepitar da fogueira declinante. Sim, pular sobre essa mulher, com o falo teso, duas vezes no mesmo dia, tinha sido farejar a morte de perto. "Estranha relação feita de susto, sêmen e mais nada", pensou. Por que ela o tinha salvado, interferindo quando Caifás ia lhe dar o tiro de misericórdia? Por que o ajudou a montar na mula e o acompanhou, tratou dele, trouxe-o até aqui? Por que se comportava assim com quem devia odiar?

Fascinado, lembrou a urgência súbita, premente, irrefreável, quando o animal caiu em pleno trote, jogando os dois no chão. "O coração deve ter arrebentado como uma fruta", pensou. A que distância estavam de Queimadas? O arroio onde tinha se lavado e enfaixado seria o rio do Peixe? Haviam deixado Riacho da Onça para trás, contornando o povoado, ou ainda não chegaram? Seu cérebro era um turbilhão de perguntas; mas o medo tinha se eclipsado. Sentira muito medo quando a mula desabou e ele a viu cair, rodar? Sim. Era esta a explicação: o medo. A imediata suspeita de que o animal tinha morrido, não de cansaço, mas de um tiro dos capangas que o perseguiam para transformá-lo em cadáver inglês. Deve ter sido isso, porque instintivamente buscou proteção pulando em cima da mulher que tinha rolado no chão com ele. Será que Jurema pensava que era louco, talvez o diabo? Possuí-la naquelas circunstâncias, naquele momento, naquele estado. Ali estava o desconcerto nos olhos da mulher, sua confusão, quando percebeu, pela forma como as mãos de Gall escarvavam suas roupas, o que pretendia dela. Dessa vez não resistiu, mas também não disfarçou seu desagrado, ou melhor, sua indiferença. Ali estava a quieta resignação do seu corpo, que ficou impressa na mente de Gall enquanto este jazia no chão, confuso, atordoado, repleto de algo que podia ser desejo, medo, angústia, incerteza, ou uma cega repulsa à armadilha em que caíra. Através de uma neblina de suor, com as feridas do ombro e do pescoço doendo como se estivessem reabertas e sua vida escorresse por elas, viu Jurema, na tarde que caía, examinar a mula, abrindo-lhe os olhos e a boca. Depois a viu, ainda no chão, juntar galhos, folhas, e acender uma fogueira. E a viu, com a faca que tirou do seu cinturão sem dizer uma palavra, cortar umas fatias avermelhadas dos flancos do animal, espetá-las e colocá-las no fogo. Dava a impressão de cumprir uma rotina doméstica, como se não houvesse nada de anormal, como se os acontecimentos desse dia não tivessem revolucionado sua existência. Pensou: "São as pessoas mais enigmáticas do planeta." Pensou: "Fatalistas, educadas para aceitar o que a vida lhes trouxer, seja bom, mau ou atroz." Pensou: "Para ela, você é o atroz."

Depois de algum tempo conseguiu se levantar, tomar uns goles de água e, com grande esforço, devido à ardência na garganta, mastigar. Os pedaços de carne tiveram o efeito de um manjar. Enquanto comiam, imaginando que Jurema devia estar perplexa com os acontecimentos, tentou lhe explicar quem era Epaminondas Gonçalves, sua proposta das armas, como tinha planejado o atentado na casa de Rufino para roubar seus próprios fuzis e matá-lo, pois precisava de um cadáver de pele clara e cabelo ruivo. Percebeu, porém, que ela não se interessava pelo que ouvia. Continuou mordiscando com uns dentinhos pequenos e regulares, espantando as moscas, sem concordar nem perguntar nada, encarando-o, vez por outra, com uns olhos que a escuridão engolia e que o faziam sentir-se um imbecil. Pensou: "E sou." Era, provou que era. Ele tinha a obrigação moral e política de desconfiar, de suspeitar que um burguês ambicioso, capaz de maquinar uma conspiração como a das armas contra seus adversários, podia maquinar outra contra ele. Um cadáver inglês! Ou seja, a história dos fuzis não tinha sido um engano, um lapso: o homem disse que eram franceses sabendo que eram ingleses. Galileo descobriu ao chegar à casa de Rufino, enquanto arrumava as caixas na carroça. A marca de fábrica, na culatra, estava à vista:

Liverpool, 1891. Brincou, consigo mesmo: "A França ainda não invadiu a Inglaterra, que eu saiba. Os fuzis são ingleses, não franceses." Fuzis ingleses, um cadáver inglês. O que pretendia? Podia imaginar: era uma ideia fria, cruel, audaz e, quem sabe, até eficiente. A angústia renasceu no seu peito, e pensou: "Vai me matar." Não conhecia o lugar, estava ferido, era um forasteiro cuja pista todo mundo podia indicar. Onde se esconder? "Em Canudos." Sim, sim. Lá se salvaria ou, no mínimo, não morreria com a lamentável sensação de ser um imbecil. "Canudos vai anistiar você, companheiro", pensou.

Estava tremendo de frio e sentia dor no ombro, no pescoço, na cabeça. Para esquecer as feridas tentou pensar nos soldados do major Febrônio de Brito: já teriam partido de Queimadas rumo a Monte Santo? Será que aniquilariam esse hipotético refúgio antes que ele pudesse chegar até lá? Pensou: "A bala não penetrou, nem tocou na pele, só a cortou ao roçar com seu calor. Além disso, a bala devia ser pequena, como o revólver, para matar pardais." O grave era a facada, não o tiro: tinha entrado profundamente, cortara veias, nervos, e dali a ardência e as pontadas subiam até a orelha, os olhos, a nuca. Os calafrios o faziam tremer dos pés à cabeça. Você vai morrer, Gall? Subitamente lembrou-se da neve na Europa, uma paisagem domesticada em comparação com esta natureza indômita. Pensou: "Haverá hostilidade geográfica parecida com esta em alguma região da Europa?" No sul da Espanha, na Turquia, sem dúvida, e na Rússia. Lembrou a fuga de Bakunin, depois de passar onze meses acorrentado à parede de uma prisão. Quem contava a história era seu pai, sentando-o nos joelhos: a épica travessia da Sibéria, o rio Amur, a Califórnia, novamente a Europa e, ao chegar a Londres, a formidável pergunta: "Há ostras neste país?" Lembrou dos albergues que pontilhavam os caminhos europeus, onde sempre havia uma lareira acesa, uma sopa quente e outros viajantes com quem fumar cachimbo e comentar o dia. Pensou: "A saudade é uma covardia, Gall."

Estava se deixando levar pela autocompaixão e a melancolia. Que vergonha, Gall! Você não aprendeu sequer a morrer com dignidade? Que importava a Europa, o Brasil ou qualquer outro pedaço de terra! O resultado não seria o mesmo? Pensou: "A desagregação, a decomposição, a putrefação, os vermes e, se os animais famintos não interferissem, um frágil arcabouço de ossos amarelados coberto por um pelame ressecado." Pensou: "Você está ardendo e morrendo de frio, isto se chama febre." Não era o medo, nem a bala de matar passarinhos, nem a facada: era uma doença. Porque o mal-estar tinha começado antes do ataque do encourado, quando estava naquela fazenda com Epaminondas Gonçalves; fora minando sigilosamente algum órgão e se estendendo pelo resto do seu organismo. Estava doente, não ferido. Outra novidade, companheiro. Pensou: "O destino quer completar a sua educação antes que morra, obrigando-o a passar por experiências desconhecidas." Primeiro estuprador, e agora doente! Porque não se lembrava de ter adoecido nem na mais remota infância. Ferido sim, várias vezes, e em Barcelona, gravemente. Mas doente, jamais. Tinha a sensação de que perderia os sentidos a qualquer momento. Por que este esforço insensato para continuar pensando? Por que esta intuição de que enquanto pensasse continuaria vivo? Pensou que Jurema tinha ido embora. Apavorado, apurou os ouvidos: sua respiração ainda estava ali, à direita. Não podia mais vê-la porque a fogueira se consumira por completo.

Tentou se animar, mesmo sabendo que era inútil, murmurando que as circunstâncias adversas estimulam o verdadeiro revolucionário, dizendo-se que escreveria uma carta a *l'Étincelle de la révolte* associando os acontecimentos de Canudos com a fala de Bakunin aos relojoeiros e artesãos de Chaux-de-Fonds e do vale Saint-Imier, quando este afirmou que as grandes sublevações não se produziriam nas sociedades mais industrializadas, como profetizava Marx, e sim nos países atrasados, agrários, cujas miseráveis massas camponesas não tinham nada a perder, como a Espanha, a Rússia e, por que não?, o Brasil, e tentou advertir Epaminondas Gonçalves: "Você vai se decepcionar, burguês. Devia ter me matado quando eu estava à sua mercê, na varanda da fazenda. Vou sarar, vou fugir." Ia sarar, fugir, a moça o guiaria, iam roubar um animal e, em Canudos, lutaria contra tudo o que você representa, burguês: o egoísmo, o cinismo, a avidez e...

Dois

I

O calor não cedeu com as sombras e, diferentemente de outras noites do verão, não corre um pingo de brisa. A cidade de Salvador se abrasa na escuridão. Já está às escuras, pois à meia-noite, por decreto municipal, apagam-se os lampiões das esquinas, e as luzes das casas dos noctâmbulos também se apagaram há muito. Só as janelas do *Jornal de Notícias*, lá no alto da cidade velha, continuam iluminadas, e seu clarão torna ainda mais intrincada a caligrafia gótica em que o nome do jornal está escrito nos vidros da entrada.

Há uma caleça ao lado da porta, com o cocheiro e o cavalo dormindo em uníssono. Mas os capangas de Epaminondas Gonçalves estão acordados, fumando, encostados no muro do barranco, junto ao prédio do jornal. Conversam em voz baixa, apontando para alguma coisa lá embaixo, onde quase não se vê o vulto da igreja de Nossa Senhora da Conceição da Praia e a orla de espuma do quebra-mar. A ronda montada já passou há algum tempo e não vai voltar até o amanhecer.

Lá dentro, na sala da Redação-Administração, está, sozinho, aquele jornalista jovem, magro, desajeitado, cujos grossos óculos de míope, seus espirros frequentes e sua mania de escrever com uma pena de ganso em vez de usar as de metal são motivos de piadas entre o pessoal do ofício. Inclinado sobre a mesa, a cabeça deselegante imersa no halo da lamparina, numa posição que o deixa corcunda, enviesado em relação à prancheta, ele escreve depressa, só parando para molhar a pena no tinteiro ou consultar uma caderneta de anotações, que aproxima dos óculos quase até tocar neles. O rangido da pena é o único ruído da noite. Hoje não se ouve o mar, e a sala da Diretoria, também iluminada, permanece em silêncio, como se Epaminondas Gonçalves houvesse dormido na sua escrivaninha.

Mas quando o jornalista míope põe o ponto final na sua crônica e, rápido, atravessa o amplo salão e entra no escritório, encontra o chefe do Partido Republicano Progressista de olhos abertos, à sua espera. Está com os cotovelos em cima da mesa e as mãos cruzadas. Ao vê-lo, seu rosto moreno, anguloso, com traços e ossos marcados pela energia interna que lhe permite passar noites em claro, em reuniões políticas, e depois trabalhar o dia inteiro sem aparentar cansaço, de repente se relaxa como quem diz "finalmente".

— Pronto? — murmura.

— Pronto — o jornalista míope lhe entrega o maço de papéis. Epaminondas Gonçalves, porém, não os aceita.

— Prefiro que você leia — diz. — Ouvindo, posso avaliar melhor como ficou. Sente-se aí, perto da luz.

Quando o jornalista vai começar a ler, é assaltado por um espirro, depois outro, e afinal uma rajada de espirros obriga-o a tirar os óculos e cobrir a boca e o nariz com um enorme lenço que tira da manga, como um prestidigitador.

— É a umidade do verão — se desculpa, limpando o rosto congestionado.

— Certo — interrompe Epaminondas Gonçalves. — Leia, por favor.

II

Um Brasil Unido, Uma Nação Forte

JORNAL DE NOTÍCIAS

(Proprietário: Epaminondas Gonçalves)

Bahia, 3 de janeiro de 1897

A derrota da expedição do major Febrônio de Brito no sertão de Canudos

Novos fatos

O PARTIDO REPUBLICANO PROGRESSISTA ACUSA O GOVERNADOR E O PARTIDO AUTONOMISTA DA BAHIA DE CONSPIRAREM CONTRA A REPÚBLICA PARA RESTAURAR A ORDEM IMPERIAL OBSOLETA

O cadáver do "agente inglês"
Comissão de republicanos viaja ao Rio para pedir uma intervenção do Exército Federal contra os fanáticos subversivos

TELEGRAMA DE PATRIOTAS BAIANOS AO CORONEL MOREIRA CÉSAR: "SALVE A REPÚBLICA!"

A derrota da expedição militar comandada pelo major Febrônio de Brito, composta por efetivos dos 9º, 26º e 33º batalhões de Infantaria, e os crescentes indícios de cumplicidade da Coroa inglesa e de latifundiários baianos de conhecida filiação autonomista e inclinações monárquicas com os fanáticos de Canudos provocaram, na noite de segunda-feira, uma nova crise na Assembleia Legislativa do Estado da Bahia.

O Partido Republicano Progressista, por intermédio de seu presidente, o Exmo. Sr. deputado Epaminondas Gonçalves, acusou formalmente o governador do estado da Bahia, Exmo. Sr. Luis Viana, e os grupos tradicionalmente vinculados ao barão de Canabrava — ex--ministro do Império e ex-embaixador do imperador Pedro II ante a coroa britânica — de ter incitado e armado a rebelião de Canudos, com a ajuda da Inglaterra, no intuito de provocar a queda da República e a restauração da monarquia.

Os deputados do Partido Republicano Progressista exigiram a imediata intervenção do governo federal no estado da Bahia para sufocar o que o Exmo. Sr. deputado Epaminondas Gonçalves chamou de "conjuração sediciosa do sangue azul nativo e da cobiça britânica contra a soberania do Brasil". Por outro lado, anunciou-se que uma comissão constituída por eminentes figuras da Bahia partiu para o Rio de Janeiro a fim de transmitir ao presidente Prudente de Morais o clamor baiano pedindo forças do Exército federal para aniquilar o movimento subversivo de Antônio Conselheiro.

Os republicanos progressistas lembraram que já se passaram duas semanas desde a derrota da expedição Brito, contra rebeldes muito superiores em número e em armas, e, apesar disso, e da descoberta de um carregamento de fuzis ingleses destinado a Canudos e do cadáver do agente inglês Galileo Gall na localidade de Ipupiará, as autoridades do estado, a começar pelo Exmo. Sr. governador Luis Viana, demonstraram uma passividade e uma apatia muito suspeitas, por não terem solicitado de imediato, como exigem os patriotas da Bahia, a intervenção do Exército federal para esmagar essa conjuração que ameaça a própria essência da nacionalidade brasileira.

O vice-presidente do Partido Republicano Progressista, Exmo. Sr. deputado Eliseu de Roque, leu um telegrama enviado ao herói do Exército brasileiro que aniquilou a sublevação monárquica de Santa Catarina e é um colaborador exímio do marechal Floriano Peixoto, coronel Moreira César, com este lacônico texto: "Venha e salve a República." Apesar dos protestos dos deputados da maioria, o Exmo. Sr. deputado leu os nomes dos 325 chefes de família e eleitores de Salvador que assinaram o telegrama.

Por sua vez, os Exmos. Srs. deputados do Partido Autonomista Baiano negaram energicamente as acusações e tentaram minimizá-las usando diversos pretextos. A veemência das réplicas, discussões, ironias, sarcasmos e ameaças de duelo causaram, ao longo da sessão, que durou mais de cinco horas, momentos de extrema tensão nos quais, diversas vezes, os Exmos. Srs. deputados estiveram a ponto de passar às vias de fato.

O vice-presidente do Partido Autonomista e presidente da Assembleia Legislativa, Exmo. cavalheiro Adalberto de Gumúcio, disse que era uma infâmia sugerir que alguém como o barão de Canabrava, pró-homem baiano, graças a quem este estado tem estradas, ferrovias, pontes, hospitais de beneficência, escolas e um sem-número de obras públicas, pudesse ser acusado, e ainda mais *in absentia*, de conspirar contra a soberania brasileira.

O Exmo. Sr. deputado Floriano Mártir disse que o presidente da Assembleia preferia tecer loas ao seu parente e chefe do Partido, o barão de Canabrava, em vez de falar do sangue dos soldados que caíram em Uauá e no Cambaio, vítimas dos sebastianistas degenerados, das armas inglesas confiscadas no sertão ou do agente inglês Gall, cujo cadáver foi encontrado pela Guarda Rural em Ipupiará. E perguntou: "Essa escamoteação se deve, talvez, ao mal-estar que tais temas provocam no Exmo. Sr. presidente da Assembleia?" O deputado do Partido Autonomista, Exmo. Sr. Eduardo Glicério, disse que os republicanos, na sua ânsia de poder, inventam grotescas conspirações de espiões carbonizados e cabeleiras albinas que são alvo de chacota das pessoas sensatas da Bahia. E perguntou: "Porventura o barão de Canabrava não é o mais prejudicado com a rebelião dos fanáticos desalmados? Porventura não ocuparam ilegalmente terras de sua propriedade?" Diante disso, o Exmo. Sr. deputado Dantas Horcadas interrompeu-o para dizer: "E se essas terras não foram usurpadas, e sim tomadas de empréstimo?" O Exmo. Sr. deputado Eduardo Glicério replicou perguntando ao Exmo. Sr. deputado Dantas Horcadas se não lhe haviam ensinado no Colégio Salesiano que não se interrompe um cavalheiro enquanto este fala. O Exmo. Sr. deputado Dantas Horcadas retrucou que não sabia que houvesse algum cavalheiro falando. O Exmo. Sr. deputado Eduardo Glicério exclamou que esse insulto teria uma resposta no campo de honra, a menos que lhe apresentassem desculpas *ipso facto*. O presidente da Assembleia, Exmo. cavalheiro Adalberto de Gumúcio exortou o Exmo. Sr. deputado Dantas Horcadas a apresentar desculpas ao seu colega, em nome da harmonia e da majestade da instituição. O Exmo. Sr. deputado Dantas Horcadas declarou que se limitara a dizer que desconhecia que, em sentido estrito, ainda existissem no Brasil cavalheiros, nem barões, nem viscondes, porque, desde o glorioso governo republicano do marechal Floriano Peixoto, benemérito da Pátria, cuja lembrança viverá para sempre no coração dos brasileiros, todos os títulos nobiliários haviam passado a ser papéis sem serventia. Mas que não tinha sido sua intenção ofender ninguém, e muito menos o Exmo. Sr. deputado Eduardo Glicério. Com o que este se deu por satisfeito.

O Exmo. Sr. deputado Rocha Seabra disse que não podia permitir que um homem que é a honra e a glória do estado, como o barão de Canabrava, fosse enlameado por ressentidos cujo passado não ostenta nem a centésima parte dos serviços prestados à Bahia pelo fundador do Partido Autonomista. E que não podia entender que se enviassem telegramas chamando à Bahia um jacobino como o coronel Moreira César, cujo sonho, a julgar pela crueldade com que reprimiu a revolta de Santa Catarina, era instalar guilhotinas nas praças do Brasil e ser o Robespierre nacional. O que motivou um irado protesto dos Exmos. Srs. deputados do Partido Republicano Progressista que, de pé, aclamaram o Exército, o marechal Floriano Peixoto e o coronel Moreira César, e exigiram satisfações pelo insulto desferido contra um herói da República. Retomando a palavra, o Exmo. Sr. deputado Rocha Seabra disse que sua intenção não fora injuriar o coronel Moreira César, cujas virtudes militares admirava, nem ofender a memória do falecido marechal Floriano Peixoto, cujos serviços à República reconhecia, mas deixar bem claro que se opunha à intervenção dos militares na política, pois não queria que o Brasil tivesse o destino desses países sul-americanos cuja história é uma mera sucessão de quarteladas. O Exmo. Sr. deputado Eliseu de Roque interrompeu-o para lembrar que foi o Exército do Brasil que deu fim à velha monarquia e proclamou a República, e, novamente em pé, os Exmos. Srs. deputados da oposição prestaram homenagem ao Exército, ao marechal Floriano Peixoto e ao coronel Moreira César. Retomando sua intervenção interrompida, o Exmo. Sr. deputado Rocha Seabra disse que era um absurdo pedir a intervenção federal quando Sua Excelência o governador Luis Viana já afirmara, repetidamente, que o estado da Bahia estava em condições de sufocar o foco de banditismo e loucura sebastianista localizado em Canudos. O Exmo. Sr. deputado Epaminondas Gonçalves recordou que os rebeldes já haviam dizimado duas expedições militares no sertão e perguntou ao Exmo. Sr. deputado Rocha Seabra quantas forças expedicionárias deviam ser massacradas, a seu ver, até que se justificasse uma intervenção federal. O Exmo. Sr. deputado Dantas Horcadas disse que o patriotismo o autorizava, assim como a qualquer outro, a jogar lama em quem quer que se dedicasse a enlamear o país, isto é, insuflar rebeliões restauradoras contra a República em cumplicidade com a Pérfida Albion. O Exmo. Sr. deputado Lelis Piedades disse que a prova mais cabal de que o barão de Canabrava não tinha a menor participação nos acontecimentos provocados pelos desalmados de Canudos era o fato de estar, há vários meses, longe do Brasil. O Exmo. Sr. deputado Floriano Mártir disse que a ausência podia culpá-lo em vez de desculpá-lo, e que tal álibi não enganava ninguém, pois toda a Bahia estava ciente de que não se mexia uma palha no Estado sem autorização ou ordem expressa do barão de Canabrava. O Exmo. Sr. deputado Dantas Horcadas disse que era muito suspeito e ilustrativo que os Exmos. Srs. deputados da maioria se negassem obstinadamente a debater a respeito do carregamento de armas inglesas e do agente inglês Gall, enviado pela Coroa britânica para assessorar os rebeldes em seus insolentes propósitos. O Exmo. Sr. Presidente da Assembleia, cavalheiro Adalberto de Gumúcio, disse que as especulações e fantasias ditadas pelo ódio e pela ignorância se desmancham ante a simples menção da verdade. E anunciou que o barão de Canabrava desembarcaria em terras baianas dentro de poucos dias, quando não apenas os autonomistas, mas todo o povo, lhe dariam a recepção triunfal que merecia, e que isso seria o melhor desagravo contra as mentiras daqueles que pretendiam associar seu nome, o do seu Partido e o das autoridades da Bahia com os lamentáveis episódios de banditismo e degeneração moral de Canudos. Ao ouvir isto, os Exmos. Srs. deputados da maioria se levantaram, gritaram em coro e aplaudiram o nome do seu presidente, barão de Canabrava, enquanto os Exmos. Srs. deputados do Partido Republicano Progressista permaneciam sentados e balançavam seus assentos em sinal de reprovação.

    A sessão foi interrompida durante alguns minutos para que os Exmos. Srs. deputados fizessem uma merenda e os ânimos serenassem. Mas, nesse intervalo, ouviram-se nos corredores da Assembleia discussões e insultos inflamados e os Exmos. Srs. deputados Floriano Mártir e Rocha Seabra precisaram ser separados por seus respectivos amigos porque estavam prestes a se agredir.

    Reiniciada a sessão, o Exmo. Sr. presidente da Assembleia, cavalheiro Adalberto de Gumúcio, propôs, tendo em vista a extensa ordem do dia, que se iniciasse a discussão de uma dotação orçamentária solicitada pelo governo para a construção de novas linhas ferroviárias rumo ao interior do estado. Esta proposta provocou a indignada reação dos Exmos. Srs. deputados do Partido Republicano Progressista que, de pé e aos gritos de "Traição!" "Manobra indigna!", exigiram que fosse retomado o debate sobre o mais candente dos problemas da Bahia e, agora, do país todo. O Exmo. Sr. deputado Epaminondas Gonçalves advertiu que, se a maioria pretendia escamotear o debate sobre a rebelião restauradora de Canudos e a intervenção da Coroa britânica nos assuntos brasileiros, ele e seus companheiros abandonariam a Assembleia, pois não iriam tolerar que se enganasse o povo com farsas. O Exmo. Sr. deputado Eliseu de Roque disse que os esforços do Exmo. Sr. presidente da Assembleia para impedir o debate eram uma demonstração palpável do constrangimento que a história do agente inglês Gall e das armas inglesas causava no Partido Autonomista, o que não era estranho, pois todos conheciam as nostalgias monárquicas e anglófilas do barão de Canabrava.

O Exmo. Sr. presidente da Assembleia, cavalheiro Adalberto de Gumúcio, disse que os Exmos. Srs. deputados da oposição não conseguiriam amedrontar ninguém com suas chantagens e que o Partido Autonomista Baiano era o mais interessado, por patriotismo, em esmagar os fanáticos sebastianistas de Canudos e restabelecer a paz e a ordem no sertão. E que, ao contrário de evitar alguma discussão, antes a desejavam.

O Exmo. Sr. deputado João Seixas de Pondé disse que só quem carecia de senso de ridículo podia continuar falando do suposto agente inglês Galileo Gall, cujo cadáver carbonizado supostamente encontrado em Ipupiará pela Guarda Rural Baiana, uma milícia, aliás, que, segundo a *vox populi*, era recrutada, financiada e controlada pelo Partido da oposição, palavras que motivaram furiosos protestos dos Exmos. Srs. deputados do Partido Republicano Progressista. Acrescentou o Exmo. Sr. deputado João Seixas de Pondé que o consulado britânico na Bahia declarou que, tendo tomado conhecimento dos maus antecedentes do elemento de sobrenome Gall, transmitira essa informação às autoridades do estado para que adotassem as medidas cabíveis, há cerca de dois meses, e que o delegado de Polícia da Bahia confirmou o fato, assim como revelou ao público que o referido elemento recebera uma ordem de expulsão do país, determinando que partisse no navio francês *La Marseillaise*. Que o tal Galileo Gall tenha desobedecido à ordem de expulsão e aparecido um mês depois, morto, ao lado de uns fuzis, no interior do estado, não provava qualquer conspiração política nem intervenção de potência estrangeira, e sim, no máximo, que o supracitado trapaceiro pretendia contrabandear armas para esses compradores certos, cheios de dinheiro por seus múltiplos latrocínios, que eram os fanáticos sebastianistas de Antônio Conselheiro. Como a intervenção do Exmo. Sr. deputado João Seixas de Pondé provocou hilaridade nos Exmos. Srs. deputados da oposição, que fizeram gestos de ter asas angélicas e auréola de santidade, o Exmo. Sr. presidente da Assembleia, cavalheiro Adalberto de Gumúcio, repreendeu o plenário. O Exmo. Sr. deputado João Seixas de Pondé disse que era uma hipocrisia fazer tal alvoroço pelo achado de uns fuzis no sertão, quando todos sabiam que, infelizmente, o tráfico e o contrabando de armas era coisa generalizada no interior, e que, se houvesse dúvidas, os Exmos. Srs. deputados da oposição deveriam explicar como o Partido Republicano Progressista pudera armar os capangas e cangaceiros com que formara um exército privado, a chamada Guarda Rural Baiana, que pretendia funcionar à margem das instituições oficiais do estado. Vaiado com indignação o Exmo. Sr. deputado João Seixas de Pondé pelos Exmos. Srs. deputados do Partido Republicano Progressista, por suas palavras injuriosas, o Exmo. Sr. presidente da Assembleia teve, mais uma vez, que impor a ordem.

  O Exmo. Sr. deputado Epaminondas Gonçalves disse que os Exmos. Srs. deputados da maioria estavam afundando cada vez mais em suas contradições e mentiras, como acontece fatalmente com quem caminha em areias movediças. E agradeceu aos céus por ter sido a Guarda Rural que capturou os fuzis ingleses e o agente inglês Gall, pois trata-se de um corpo independente, sadio e patriótico, genuinamente republicano, que alertou as autoridades do governo federal sobre a gravidade dos acontecimentos e fez o necessário para impedir que fossem ocultadas as provas da colaboração entre os monarquistas nativos e a Coroa britânica na conjuração contra a soberania brasileira cuja ponta de lança era Canudos. Pois, se não fosse a Guarda Rural, disse, a República jamais tomaria conhecimento da presença de agentes ingleses transportando pelo sertão carregamentos de fuzis para os restauradores de Canudos. O Exmo. Sr. deputado Eduardo Glicério interrompeu-o para dizer que do famoso agente inglês só havia um tufo de cabelo que podia pertencer a uma senhora ruiva ou ser as crinas de um cavalo, tirada que provocou risadas tanto na bancada da maioria como na da oposição. Retomando a palavra, o Exmo. Sr. deputado Epaminondas Gonçalves disse que saudava o bom humor do Exmo. Sr. deputado que o havia interrompido, mas que, quando os altos interesses da pátria se acham ameaçados, e ainda estava morno o sangue dos patriotas que caíram em defesa da República em Uauá e no Cambaio, o momento era possivelmente impróprio para brincadeiras, o que arrancou uma intensa ovação dos Exmos. Srs. deputados opositores.

O Exmo. Sr. deputado Eliseu de Roque lembrou que havia provas incontestáveis da identidade do cadáver encontrado em Ipupiará junto com os fuzis ingleses, dizendo que negá-las era como negar a luz do sol. Lembrou que duas pessoas que haviam conhecido o espião inglês Galileo Gall e convivido com ele enquanto morava na Bahia, o cidadão Jan van Rijsted e o eminente médico Dr. José Batista de Sá Oliveira, reconheceram as roupas do agente inglês, sua sobrecasaca, a correia da calça, suas botas e, sobretudo, a chamativa cabeleira avermelhada que os homens da Guarda Rural que encontraram o cadáver tiveram o bom tino de cortar. Lembrou que ambos os cidadãos também falaram em seus depoimentos sobre as ideias dissolventes do inglês e seus claros propósitos conspiratórios em relação a Canudos, e que nenhum dos dois se surpreendeu com o fato de seu cadáver ter sido encontrado naquela região. E, finalmente, lembrou que muitos cidadãos das localidades do interior declararam à Guarda Rural que tinham visto o estrangeiro de cabeleira rubra e português arrevezado tentando conseguir guias que o levassem a Canudos. O Exmo. Sr. deputado João Seixas de Pondé disse que ninguém negava que o elemento chamado Galileo Gall tivesse sido encontrado morto, e com os fuzis, em Ipupiará, e sim que fosse um espião inglês, pois sua condição de estrangeiro não indicava absolutamente nada por si mesma. Por que não podia ser um espião dinamarquês, sueco, francês, alemão ou da Conchinchina?

O Exmo. Sr. deputado Epaminondas Gonçalves disse que, ao ouvir as palavras dos Exmos. Srs. deputados da maioria que, em vez de tremer de ódio ante a evidência de que uma potência estrangeira queria se imiscuir nos assuntos internos do Brasil para solapar a República e restaurar a velha ordem aristocrática e feudal, tentavam desviar a atenção pública para questões subalternas e conseguir desculpas e atenuantes para os culpados, tinha-se a prova mais contundente de que o governo do estado da Bahia não ia mexer uma palha para exterminar a rebelião de Canudos porque, muito pelo contrário, estava intimamente satisfeito com ela. Mas as maquiavélicas maquinações do barão de Canabrava e dos Autonomistas não seriam bem-sucedidas porque o Exército do Brasil, assim como esmagara todas as insurreições monárquicas contra a República no sul do país, também esmagaria a revolta de Canudos. Disse que as palavras são supérfluas quando a soberania da pátria está em jogo e que amanhã mesmo o Partido Republicano Progressista iniciaria uma coleta de fundos para comprar armas que seriam entregues ao Exército federal. E propôs aos Exmos. Srs. deputados do Partido Republicano Progressista que deixassem o recinto da Assembleia entregue aos nostálgicos da velha ordem e fossem em romaria até Campo Grande, a fim de repetir o juramento de republicanismo em frente à placa de mármore em memória do marechal Floriano Peixoto. Coisa que fizeram logo em seguida, ante o espanto dos Exmos. Srs. deputados da maioria.

Minutos depois, o Exmo. Sr. presidente da Assembleia, cavalheiro Adalberto de Gumúcio, encerrou a sessão.

Amanhã informaremos sobre a cerimônia patriótica realizada em Campo Grande durante a madrugada, em frente à placa de mármore do Marechal de Ferro, pelos Exmos. Srs. deputados do Partido Republicano Progressista.

III

— Não há uma vírgula a tirar nem pôr — diz Epaminondas Gonçalves. Mais que satisfação, seu rosto revela alívio, como se temesse o pior da leitura que o jornalista acaba de fazer, num só fôlego, sem ser interrompido pelos espirros. — Parabéns.
— Verdadeira ou falsa, é uma história extraordinária — resmunga o jornalista, que parece não ouvi-lo. — Não é extraordinário que um charlatão de feira, que andava dizendo pelas ruas de Salvador que os ossos são o espelho da alma e que pregava a anarquia e o ateísmo nos botequins, fosse um emissário da Inglaterra que conspira com os sebastianistas para restaurar a monarquia e apareça queimado vivo no sertão?
— É, sim — concorda o chefe do Partido Republicano Progressista. — Mas é ainda mais extraordinário que aquilo que parecia ser um grupo de fanáticos dizime e ponha em debandada todo um batalhão armado com canhões e metralhadoras. Extraordinário, sim. Mas, acima de tudo, aterrador para o futuro deste país.
O calor aumentou e o rosto do jornalista míope está coberto de suor. Ele se enxuga com uma espécie de lençol que faz as vezes de lenço e depois esfrega os óculos embaçados no peitilho amassado da camisa.
— Eu mesmo levo isto para os tipógrafos e fico lá até montarem a página — diz, juntando as folhas espalhadas pela escrivaninha. — Não haverá erratas, não se preocupe. Vá descansar sossegado, senhor.
— Está mais contente trabalhando comigo do que no jornal do barão? — pergunta o chefe, à queima-roupa. — Sei que aqui ganha mais que no *Diário da Bahia*. Estou falando do trabalho. Gosta mais?
— Na verdade, sim — o jornalista põe os óculos e fica petrificado por um instante, esperando o espirro, com os olhos entrecerrados, a boca meio aberta e o nariz palpitante. Mas é um falso alarme. — A crônica política é mais divertida do que escrever sobre os danos que a pesca com explosivos causa na Ribeira de Itapagipe ou sobre o incêndio da Chocolataria Magalhães.

— E, além do mais, é pela pátria, é contribuir para uma boa causa nacional — diz Epaminondas Gonçalves. — Porque o senhor é dos nossos, certo?

— Não sei o que sou, senhor — responde o jornalista, com uma voz tão desigual quanto seu físico: às vezes aguda e às vezes grave, com eco. — Não tenho ideias políticas nem me interesso por política.

— Gosto da sua franqueza — ri o dono do jornal, levantando-se e apanhando a maleta. — Estou contente com o senhor. Suas crônicas são impecáveis, dizem exatamente o que se deve dizer e da maneira certa. Estou contente por lhe ter confiado a seção mais delicada.

Levanta a lamparina, apaga a chama com um sopro e sai do gabinete, seguido pelo jornalista que, na soleira da Redação-Administração, tropeça numa escarradeira.

— Então vou lhe pedir uma coisa, senhor — diz, de repente. — Se o coronel Moreira César for debelar a insurreição de Canudos, gostaria de ir com ele, como enviado do *Jornal de Notícias*.

Epaminondas Gonçalves deu meia-volta e o observa enquanto põe o chapéu.

— Suponho que é possível — diz. — Está vendo, o senhor é dos nossos, por mais que a política não lhe interesse. Para admirar o coronel Moreira César, é preciso ser um republicano da cabeça aos pés.

— Não sei se é admiração — explica o jornalista, abanando-se com os papéis. — Mas ver um herói de carne e osso, estar perto de alguém tão famoso é muito tentador. É como ver e tocar num personagem de romance.

— O senhor vai ter que se cuidar, o coronel não gosta de jornalistas — diz Epaminondas Gonçalves. Já está caminhando em direção à saída. — Começou sua vida pública matando a tiros, nas ruas do Rio, um escrevinhador que tinha insultado o Exército.

— Boa-noite — murmura o jornalista. Anda rápido até o outro extremo do local, onde um corredor soturno leva à oficina. Os tipógrafos, que estavam de plantão esperando sua crônica, certamente vão convidá-lo para tomar um café.

Três

I

O trem entra apitando na estação de Queimadas, toda engalanada com bandeirolas dando boas-vindas ao coronel Moreira César. Na estreita plataforma com um telhado vermelho, uma multidão se aglomera sob uma grande faixa branca que sobrevoa os trilhos, ondulante: "Queimadas saúda o heroico coronel Moreira César e seu glorioso regimento. Viva o Brasil!" Um grupo de crianças descalças sacode bandeirinhas e se vê meia dúzia de senhores endomingados, com as insígnias da Câmara Municipal no peito e chapéu na mão, rodeados por uma massa de gente esfarrapada e miserável que olha aquilo com grande curiosidade, por entre a qual circulam mendigos pedindo esmola e vendedores de rapadura e frituras.

Gritos e aplausos recebem o aparecimento, na escadinha do trem — as janelas foram ocupadas por soldados com fuzis —, do coronel Moreira César. Usando um uniforme azul com botões e esporas dourados, galões e debruns vermelhos e de espada na cinta, o coronel salta à plataforma. É pequeno, quase raquítico, muito ágil. O calor enrubesce todos os rostos, mas ele não está suando. Sua fraqueza física contrasta com a força que parece gerar à sua volta, graças à energia que brilha nos seus olhos ou à segurança dos seus movimentos. Olha como quem é dono de si, sabe o que quer e tem o costume de mandar.

Os aplausos e vivas correm pela plataforma e pela rua, onde o povo se protege do sol com pedaços de papelão. As crianças jogam punhados de papel picado para cima, e os que têm bandeiras as fazem tremular. As autoridades se aproximam, mas o coronel Moreira César não se detém para apertar suas mãos. É cercado por um grupo de oficiais. Faz uma vênia cortês e depois grita, em direção à multidão: "Viva a República! Viva o marechal Floriano!" Ante a surpresa dos vereadores que, sem dúvida, esperavam fazer discursos, falar com ele, acompanhá-lo, o coronel entra na estação, escoltado por seus oficiais. Tentam segui-lo, mas são barrados pelos sentinelas na porta que acaba de ser fechada. Ouve-se um relincho. Estão descendo do trem um belo cavalo branco, para a alegria da criançada. O animal desentorpece o corpo, sacode as crinas, relincha, feliz por sentir a proximidade do campo. Agora, pelas portas e janelas do trem descem filas de soldados, descarregam volumes, valises, caixas de munição, metralhadoras. Um rumor recebe o aparecimento dos canhões, que cintilam. Os soldados estão trazendo juntas de bois para arrastar os pesados artefatos. As autoridades, fazendo um gesto resignado, vão se juntar aos curiosos que, aglomerados em portas e janelas, espiam o interior da estação, tentando distinguir Moreira César entre o buliçoso grupo de oficiais, suboficiais, ordenanças.

A estação é um recinto único, grande, dividido por um tabique, atrás do qual está o telegrafista, trabalhando. Do lado oposto à plataforma, dá de frente para uma construção de dois andares, com um letreiro: Hotel Continental. Há soldados em toda parte, na desarborizada avenida Itapicuru, que sobe para a praça da Matriz. Atrás das dezenas de rostos que se espremem contra os vidros observando o interior da estação, prossegue o desembarque da tropa, de maneira febril. Quando aparece a bandeira do regimento, que um soldado tremula para a multidão, ouve-se uma nova salva de palmas. Na esplanada que há entre o Hotel Continental e a estação um soldado escova o cavalo branco de crina vistosa. Num canto da estação há uma mesa comprida, com jarras, garrafas e travessas de comida protegidas das miríades de moscas por retalhos de filó, da qual ninguém se aproxima. Bandeirolas e grinaldas caem do teto, entre cartazes do Partido Republicano Progressista e do Partido Autonomista Baiano com vivas ao coronel Moreira César, à República e ao Sétimo Regimento de Infantaria do Brasil.

Em meio a uma fervilhante animação, o coronel Moreira César troca o uniforme normal pela roupa de campanha. Dois soldados suspendem um cobertor diante do tabique do telégrafo e, desse refúgio improvisado, o coronel vai jogando as peças de roupa que um ajudante recebe e guarda num baú. Enquanto se veste, Moreira César fala com três oficiais que estão em posição de sentido à sua frente.

— Informe de efetivos, Cunha Matos.

O major bate ligeiramente os calcanhares quando começa a falar:

— Oitenta e três homens atacados de varíola e outras enfermidades — diz, consultando um papel. — Mil duzentos e trinta e cinco combatentes. Os quinze milhões de cartuchos e os setenta tiros de artilharia estão intactos, Excelência.

— Que a vanguarda parta para Monte Santo dentro de duas horas, no máximo. — A voz do coronel é retilínea, sem matizes, impessoal. — O senhor, Olímpio, transmita as minhas excusas à Câmara Municipal. Vou recebê-los mais tarde, por alguns minutos. Explique a eles que não podemos perder tempo com cerimônias nem recepções.

— Sim, Excelência.

Quando o capitão Olímpio de Castro se retira, o terceiro oficial dá um passo à frente. Tem galões de coronel e é um homem envelhecido, rechonchudo e de olhar pacífico:

— Estão aqui o tenente Pires Ferreira e o major Febrônio de Brito. Têm ordens de se incorporar ao regimento, como assessores.

Moreira César fica pensativo um instante.

— Que sorte para o regimento — murmura, de maneira quase inaudível. — Traga-os, Tamarindo.

Um ordenança, ajoelhado, vai ajudá-lo a calçar suas botas de montaria, sem esporas. Pouco depois, precedidos pelo coronel Tamarindo, Febrônio de Brito e Pires Ferreira estão em posição de sentido em frente ao cobertor. Batem os calcanhares, dizem seus nomes, os postos e "Às ordens". O cobertor cai no chão. Moreira César está com a pistola e a espada na cintura, as mangas da camisa arregaçadas e seus braços são curtos, magros e imberbes. Observa os recém-chegados da cabeça aos pés, sem dizer uma palavra, com um olhar gélido.

— Para nós é uma honra pôr nossa experiência na região a serviço do chefe mais prestigiado do Brasil, Excelência.

O coronel Moreira César olha fixamente nos olhos de Febrônio de Brito, até deixá-lo desconcertado.

— Experiência que não lhes serviu nem para enfrentar um punhado de bandidos — não elevou a voz, mas, no mesmo instante, o aposento parece ter ficado elétrico, paralisado. Examinando o major como se fosse um inseto, Moreira César aponta um dedo para Pires Ferreira: — Este oficial comandava uma companhia. Mas o senhor tinha meio milhar de homens e foi derrotado como um novato. Desprestigiaram o Exército e, portanto, a República. Sua presença não é grata ao Sétimo Regimento. Os dois estão proibidos de entrar em ação. Vão ficar na retaguarda, encarregados dos doentes e do gado. Podem se retirar.

Os oficiais estão lívidos. Febrônio de Brito sua copiosamente. Entreabre a boca, como se fosse dizer alguma coisa, mas opta por fazer uma continência e sai, cambaleando. O tenente continua petrificado no lugar, com os olhos de repente avermelhados. Moreira César passa ao seu lado, sem olhar para eles, e o enxame de oficiais e ordenanças volta aos seus afazeres. Em uma mesa há planos abertos e uma pilha de papéis.

— Os correspondentes podem entrar, Cunha Matos — ordena o coronel.

O major vai buscá-los. Vieram com o Sétimo Regimento, no mesmo trem, e parecem estar fatigados de tanto sacolejar. São cinco homens, de diferentes idades, usando polainas, boinas, calças de montaria, armados com lápis, cadernos e, um deles, com um aparelho fotográfico de fole e tripé. O mais conhecido é o jornalista jovem e míope do *Jornal de Notícias*. A barbicha rala de bode que deixou crescer combina com seu aspecto desmazelado, sua extravagante prancheta portátil, o tinteiro amarrado na manga e a pena de ganso que mordisca enquanto o fotógrafo instala a câmera. Quando bate a foto, sai uma nuvenzinha que provoca um berreiro entre as crianças escondidas atrás dos vidros. O coronel Moreira César responde aos cumprimentos dos jornalistas com uma inclinação da cabeça.

— Muita gente se surpreendeu porque não recebi os notáveis em Salvador — diz, sem solenidade e sem afeto, à guisa de cumprimento. — Não há mistério, senhores. É apenas uma questão de tempo. Cada minuto é preciso para a missão que nos trouxe à Bahia. E vamos cumpri-la. O Sétimo Regimento há de subjugar os rebeldes de Canudos, como fez com os sublevados das Fortalezas de Santa Cruz e de Laje, ou como derrotou os federalistas de Santa Catarina. Não haverá mais levantes contra a República.

As pessoas apinhadas contra os vidros, em silêncio, fazem esforços para ouvir o que ele diz, os oficiais e ordenanças estão imóveis, escutando, e os cinco jornalistas o olham com uma mistura de feitiço e descrença. Sim, é ele mesmo, está aqui, afinal, em carne e osso, como as caricaturas o pintam: miúdo, frágil, vibrante, com uns olhinhos que soltam faíscas ou perfuram o interlocutor e um movimento com as mãos, ao falar, que parece de esgrima. Já o tinham esperado dois dias antes, em Salvador, com a mesma curiosidade que centenas de baianos, e ele frustrou a todos, pois não aceitou os banquetes nem o baile que lhe haviam preparado, nem as recepções oficiais ou homenagens, e, com exceção de breves visitas ao clube Militar e ao governador Luis Viana, não falou com ninguém, pois dedicou todo o seu tempo a supervisar pessoalmente o desembarque dos soldados no porto e o transporte do equipamento e do arsenal à Estação da Calçada, para tomar no dia seguinte este trem que os trouxe ao sertão. Passou pela cidade de Salvador como se estivesse fugindo, como se temesse alguma contaminação, e só agora dava uma explicação para esse comportamento: o tempo. Mas os cinco jornalistas, atentos aos seus menores gestos, não pensam no que ele está dizendo naquele instante, mas recordando tudo o que se disse e se escreveu a seu respeito e confrontando esse personagem, o mito, odiado e endeusado, com a figura pequenina, severa, que fala como se eles não estivessem ali. Tentam imaginá-lo como voluntário, ainda menino, na Guerra do Paraguai, onde recebeu tantas feridas quanto medalhas, e em seus primeiros anos de oficial, no Rio de Janeiro, quando esteve a ponto de ser expulso do Exército e preso por seu republicanismo militante, ou nas conspirações que encabeçou contra a monarquia. Apesar da energia transmitida pelos seus olhos, seus gestos e sua voz, não é fácil imaginá-lo matando com cinco tiros de revólver, na rua do Ouvidor, aquele obscuro jornalista, mas não é difícil ouvi-lo declarar no julgamento que estava orgulhoso do que fez e que faria de novo se alguém tornasse a insultar o Exército. Mas, sobretudo, rememoram sua carreira pública, quando voltou de Mato Grosso, onde estivera exilado até a queda do Império. Lembram dele como braço direito do presidente Floriano Peixoto, esmagando com mão de ferro todas as sublevações dos primeiros anos da República e defendendo, nesse jornal incendiário, *O Jacobino*, suas teses a favor da República ditatorial, sem parlamento, sem partidos políticos e na qual o Exército seria, como a Igreja no passado, o centro nervoso de uma sociedade laica voltada furiosamente para o progresso científico. Será verdade, perguntam, que, quando o marechal Floriano Peixoto morreu, ele teve um desmaio nervoso no cemitério enquanto lia o elogio fúnebre do extinto? Dizia-se que com a chegada ao poder de um presidente civil, Prudente de Morais, o destino político do coronel Moreira César e dos chamados "jacobinos" estava traçado. Mas, pensam, não deve ser verdade, pois neste caso ele não estaria aqui em Queimadas, à frente do mais célebre corpo de Exército do Brasil, enviado pelo próprio governo para cumprir uma missão da qual, sem qualquer dúvida, voltará ao Rio com o prestígio incrementado.

— Não vim à Bahia para intervir nas disputas políticas locais — está dizendo, enquanto aponta, sem olhar, para os cartazes do Partido Republicano e do Partido Autonomista pendurados no teto. — O Exército está acima das querelas das facções, à margem da politicagem. O Sétimo Regimento está aqui para debelar uma conspiração monarquista. Porque por trás dos ladrões e loucos fanáticos de Canudos há uma conjuração contra a República. Esses pobres-diabos são um instrumento dos aristocratas, que não aceitam a perda de seus privilégios, não querem que o Brasil seja um país moderno. De certos padres fanáticos, que não se conformam com a separação entre Igreja e Estado porque não querem dar a César o que é de César. E até da própria Inglaterra, pelo visto, que quer restaurar o Império corrupto que lhe permitia apropriar-se de todo o açúcar brasileiro a preços irrisórios. Mas estão muito enganados. Nem os aristocratas, nem os padres, nem a Inglaterra voltarão a ditar a lei no Brasil. O Exército não vai permitir isso.

Foi levantando a voz e disse as últimas frases num tom inflamado, com a mão direita no coldre da pistola. Quando termina, nasce uma espera reverente no recinto e ouve-se o zumbido dos insetos, revoando enlouquecidos sobre as travessas de comida. O mais velho dos jornalistas, um homem que, apesar do clima escaldante, usa um casaco quadriculado, levanta timidamente a mão, com a intenção de comentar ou perguntar alguma coisa. Mas o coronel não lhe dá a palavra; faz um sinal, e dois ordenanças, previamente instruídos, levantam do chão uma caixa, que colocam na mesa e abrem: são fuzis.

Moreira César começa a caminhar, lentamente, com as mãos nas costas, na frente dos cinco jornalistas.

— Confiscados no sertão baiano, senhores — vai dizendo, com ironia, como se quisesse caçoar de alguém. — Estes, pelo menos, não chegaram a Canudos. De onde vêm? Nem se deram ao trabalho de tirar a marca da fábrica. Liverpool, nada menos! Nunca se viram fuzis assim no Brasil. Com um dispositivo especial para disparar balas explosivas, além do mais. Isto explica aqueles orifícios que surpreenderam os cirurgiões; orifícios de dez, doze centímetros de diâmetro. Não pareciam de bala, e sim de granada. Será possível que simples jagunços, simples ladrões de gado, conheçam esses refinamentos europeus, as balas explosivas? E, por outro lado, o que significam esses personagens de procedência misteriosa? O cadáver encontrado em Ipupiará? O sujeito que aparece em Capim Grosso com uma sacola repleta de libras esterlinas e confessa ter guiado um grupo a cavalo que falava inglês. Até em Belo Horizonte aparecem estrangeiros tentando levar carregamentos de víveres e pólvora para Canudos. Coincidências demais para não perceber, por trás, uma conspiração antirrepublicana. Eles não se rendem. Mas é inútil. Fracassaram no Rio, fracassaram no Rio Grande do Sul e também vão fracassar na Bahia, senhores.

Deu duas, três voltas, num passo curto e rápido, nervoso, diante dos cinco jornalistas. Agora está onde tinha começado, ao lado da mesa dos mapas. Sua voz, quando se dirige outra vez a eles, torna-se autoritária, ameaçadora:

— Permiti que os senhores acompanhem o Sétimo Regimento, mas terão que se submeter a certas normas. O material telegráfico que transmitirem daqui será previamente aprovado pelo major Cunha Matos ou pelo coronel Tamarindo. O mesmo em relação às crônicas que enviarem por mensageiros durante a campanha. Quero deixar bem claro que, se alguém tentar enviar um artigo sem a aprovação dos meus adjuntos, estará cometendo uma grave infração. Espero que entendam bem: qualquer deslize, erro ou imprudência pode servir ao inimigo. Estamos em guerra, não se esqueçam. Faço votos de que sua permanência com o Regimento lhes seja grata. Obrigado, senhores.

Vira-se para os oficiais do seu Estado-Maior, que imediatamente o cercam, e, no ato, como se um encanto tivesse sido quebrado, a atividade, o ruído e o movimento recomeçam na estação de Queimadas. Mas os cinco jornalistas continuam, no mesmo lugar, trocando olhares, surpresos, atarantados, decepcionados, sem entender por que o coronel Moreira César os trata como se fossem potenciais inimigos, por que não autorizou que fizessem nenhuma pergunta, por que não deu a menor demonstração de simpatia ou, pelo menos, de urbanidade. O grupo que rodeia o coronel se desfaz à medida que cada um dos oficiais, seguindo suas instruções, parte em diferentes direções batendo os calcanhares. Quando fica sozinho, o coronel lança um olhar em volta e, por um segundo, os cinco jornalistas pensam que vai se aproximar deles, mas estão enganados. Fica olhando, como se acabasse de descobri-las, as caras esfomeadas, queimadas, miseráveis que se espremem contra as portas e janelas. Observa aquilo com uma expressão indefinível, a testa franzida, o lábio inferior esticado. De repente, caminha decididamente até a porta mais próxima. Abre-a de par em par e faz um gesto de boas-vindas para o enxame de homens, mulheres, crianças e velhos, quase em farrapos, muitos deles descalços, que o fitam com respeito, medo ou admiração. Com gestos autoritários, obriga-os a entrar, depois os puxa, arrasta, incentiva, apontando para a mesa comprida onde, sob auréolas de insetos ávidos, definham as bebidas e os pratos que a Câmara Municipal de Queimadas preparou para homenageá-lo.

— Entrem, entrem — diz, guiando, empurrando, afastando ele mesmo os retalhos de filó. — Por conta do Sétimo Regimento. Vamos, não tenham medo. É para vocês. Estão precisando mais do que nós. Bebam, comam, bom apetite.

Agora não é mais preciso incentivar, eles já partiram, alvoroçados, ávidos, incrédulos, para cima dos pratos, copos, travessas, jarras, e se acotovelam, atropelam, empurram, disputam a comida e as bebidas diante do olhar entristecido do coronel. Os jornalistas continuam parados no mesmo lugar, boquiabertos. Uma velhinha, que já está se retirando com um pedaço mordido de comida na mão, para em frente a Moreira César, o rosto cheio de gratidão.

— Que Nossa Senhora o proteja, coronel — murmura, fazendo no ar o sinal da cruz.

— Esta é a senhora que me protege — os jornalistas ouvem Moreira César responder, batendo na espada.

Na sua melhor época, o Circo do Cigano tinha vinte pessoas, se é que se podia chamar de pessoas seres como a Mulher Barbuda, o Anão, o Homem-Aranha, o Gigante Pedrim e Julião, engolidor de sapos vivos. O circo se locomovia então numa carroça pintada de vermelho, com imagens de trapezistas, puxada pelos quatro cavalos com os quais os Irmãos Franceses faziam acrobacias. Tinha também um pequeno zoológico, gêmeo da coleção de curiosidades humanas que o Cigano vinha recolhendo em suas andanças: um carneiro de cinco patas, um macaquinho de duas cabeças, uma cobra (esta normal) que se alimentava de passarinhos e um cabrito com três fileiras de dentes, que Pedrim mostrava ao público abrindo-lhe a boca com suas manzorras. Nunca tiveram uma lona. Os espetáculos eram apresentados em praças, nos dias de feira ou na festa do padroeiro.

Havia números de força e equilibrismo, magia e adivinhação, o Negro Solimão engolia espadas, o Homem-Aranha subia suavemente pelo pau de sebo e oferecia um fabuloso conto de réis a quem conseguisse imitá-lo, o Gigante Pedrim quebrava correntes, a Mulher Barbuda fazia a cobra dançar e beijá-la na boca, e todos juntos, pintados de palhaços com rolha queimada e pó de arroz, dobravam o Idiota, que parecia não ter ossos, em dois, em quatro, em seis. Mas a estrela era o Anão, que contava romanceiros com delicadeza, veemência, lirismo e imaginação: o da princesa Magalona, filha do rei de Nápoles, raptada pelo cavalheiro Pierre e cujas joias um marinheiro encontra na barriga de um peixe; o da Bela Silvaninha, com quem o próprio pai quis casar--se; o de Carlos Magno e os Doze Pares da França; o da Duquesa estéril fornicada pelo Cão e que pariu Roberto, o Diabo; o de Oliveiros e Ferrabrás. Seu número era o último, porque estimulava a generosidade do público.

O Cigano devia ter contas a acertar com a polícia do litoral, pois nem mesmo nos tempos de seca descia para a costa. Era um homem violento e, a qualquer pretexto, soltava a mão e batia, sem misericórdia, em quem o irritasse, homem, mulher ou bicho. Mas, apesar dos maus-tratos, nenhum deles jamais pensaria em abandoná-lo. Era a alma do circo, seu criador, recrutando na terra aqueles seres que, em seus povoados e famílias, eram alvo de escárnio, anomalias que as pessoas olhavam como castigos de Deus e equívocos da espécie. Todos eles, o Anão, a Mulher Barbuda, o Gigante, o Homem-Aranha, e até o Idiota (que podia sentir essas coisas embora não as entendesse), encontraram no circo transumante um lar mais hospitaleiro que suas casas de origem. Na caravana, que subia, descia, borboleteava pelo sertão escaldante, deixaram de viver envergonhados e assustados e partilhavam uma anormalidade que os fazia se sentir normais.

Por isso, nenhum deles entendeu o rapaz do povoado de Natuba, com uma cabeleira longa e desgrenhada, vivíssimos olhos escuros, quase sem pernas, que andava de quatro. Tinham percebido, durante o espetáculo, que o Cigano o observava, interessado. Pois não havia dúvida de que os monstros — homens ou animais — o atraíam por alguma razão mais profunda que o proveito que podia tirar deles. Talvez se sentisse mais sadio, mais completo, mais perfeito nessa sociedade de marginalizados e esquisitos. O fato é que, terminado o espetáculo, perguntou onde ficava a sua casa e, quando a encontrou, apresentou-se aos pais e os convenceu a entregar-lhe o garoto trotador, para fazer dele um artista. O incompreensível é que, uma semana mais tarde, o garoto tenha fugido, quando o Cigano já começava a lhe ensinar um número de domador.

A má estrela começou com a grande seca, devido à teimosia do Cigano em não descer para o litoral, como implorava o pessoal do circo. Encontravam vilas desertas e fazendas transformadas em ossários; perceberam que podiam morrer de sede. Mas o Cigano não deu o braço a torcer e uma noite lhes disse: "Dou a liberdade a vocês. Podem ir embora. Mas, se não forem, nunca mais alguém vai me dizer o rumo que o circo deve tomar." Ninguém foi embora, sem dúvida porque temiam mais os outros homens que a catástrofe. Em Caatinga do Moura, Dádiva, a mulher do Cigano, teve febres delirantes e foi preciso enterrá-la em Taquarandi. Depois começaram a comer os animais. Quando as chuvas voltaram, um ano e meio depois, do zoológico só sobrevivia a cobra e, do circo, tinham morrido Julião e sua mulher Sabina, o Negro Solimão, o Gigante Pedrim, o Homem-Aranha e Estrelinha. Haviam perdido o veículo com figuras pintadas e agora carregavam seus pertences em duas carroças que eles mesmos puxavam, até que, com a volta das pessoas, da água, da vida, o Cigano pôde comprar dois burros.

Voltaram a fazer apresentações e a ganhar o suficiente para comer. Mas já não era como antes. O Cigano, enlouquecido com a perda dos filhos, perdeu também o interesse pelo espetáculo. Tinha deixado os três filhos com uma família de Caldeirão Grande, para que cuidasse deles, e quando foi buscá-los, depois da seca, ninguém no lugar sabia dar notícias da família Campinas nem das crianças. Não se conformou, e anos depois continuava indagando aos moradores se os tinham visto ou sabido notícias. O desaparecimento dos filhos — a quem todos davam por mortos — fez dele, que era a energia em pessoa, um ser apático e rancoroso, que se embebedava com frequência e se enfurecia por qualquer coisa. Certa tarde, estavam se apresentando na vila de Santa Rosa e o Cigano fazia o número que antes era do Gigante Pedrim: desafiar qualquer espectador a fazê-lo tocar as costas no chão. Um homem forte se propôs e o derrubou no primeiro empurrão. O Cigano se levantou, dizendo que tinha escorregado e que o homem devia tentar de novo. O fortão tornou a jogá-lo no chão. Levantando-se, o Cigano, com os olhos faiscantes, perguntou se ele repetiria a proeza com uma faca na mão. O outro não queria brigar, mas o Cigano, perdida a sensatez, provocou-o de tal maneira que o fortão não teve mais remédio e aceitou o desafio. Com a mesma facilidade com que o derrubara, jogou-o no chão, com o pescoço aberto e os olhos frágeis. Depois souberam que o dono do circo cometera a temeridade de desafiar o bandido Pedrão.

Apesar de tudo, sobrevivendo a si mesmo por simples inércia, como demonstração de que não morre nada que não deva morrer (a frase era da Mulher Barbuda), o circo não chegou a desaparecer. Agora, porém, era uma espécie de detrito espectral do velho circo, aglutinado em torno de uma carroça com um toldo mal-ajambrado, puxada por um burro, onde havia uma barraca dobrada, cheia de remendos, sob a qual dormiam os últimos artistas: a Mulher Barbuda, o Anão, o Idiota e a cobra. Ainda faziam apresentações, e os romances de amor e de aventuras do Anão faziam o mesmo sucesso de antes. Para não cansar o burro, andavam a pé e só quem desfrutava da carroça era a cobra, que vivia numa cesta de vime. Em seu perambular pelo mundo, os últimos artistas do circo viviam encontrando santos, bandidos, peregrinos, retirantes, os rostos e trajes mais imprevisíveis. Mas nunca, até aquela manhã, tinham topado com uma cabeleira masculina de cor vermelha, como aquela do homem estendido no chão que viram ao dobrar uma curva no caminho de Riacho da Onça. Estava imóvel, com uma roupa preta que a poeira branqueava de manchas. Poucos metros adiante, via-se o cadáver em decomposição de uma mula sendo comido pelos urubus e uma fogueira apagada. E, junto às cinzas, uma moça os observava com uma expressão que não parecia triste. O burro, como se tivesse recebido uma ordem, parou. A Mulher Barbuda, o Anão, o Idiota examinaram o homem e puderam ver, entre os pelos flamíferos, a ferida roxa no ombro e o sangue ressecado na barba, na orelha e no peitilho.

— Está morto? — perguntou a Mulher Barbuda.
— Ainda não — respondeu Jurema.

"O fogo vai queimar este lugar", disse o Conselheiro, levantando-se do catre. Só tinham descansado quatro horas, porque a procissão da véspera terminara depois de meia-noite, mas o Leão de Natuba, dono de um ouvido apuradíssimo, sentiu no sono a voz inconfundível e pulou para pegar a pena e o papel e anotar a frase que não se podia perder. O Conselheiro, de olhos fechados, mergulhado na visão, acrescentou: "Haverá quatro incêndios. Eu apagarei os três primeiros, e o quarto deixarei nas mãos do Bom Jesus." Desta vez, suas palavras também acordaram as beatas do quarto ao lado, pois o Leão de Natuba, enquanto escrevia, ouviu a porta se abrir e viu que, vestindo sua túnica azul, entrava Maria Quadrado, a única pessoa, além do Beatinho e ele, que podia entrar no Santuário de dia ou de noite sem pedir licença. "Louvado seja o Nosso Senhor Jesus Cristo", disse a Superiora do Coro Sagrado, benzendo-se. "Louvado seja", replicou o Conselheiro, abrindo os olhos. E, com uma leve inflexão de tristeza, ainda sonhou: "Vão me matar, mas não trairei o Senhor."

Enquanto escrevia, sem perder a concentração, consciente até a raiz dos cabelos da relevância da missão que o Beatinho lhe confiara e que lhe permitia compartilhar todos os instantes com o Conselheiro, o Leão de Natuba imaginava, no outro quarto, as beatas do Coro Sagrado, ansiosas, esperando a autorização de Maria Quadrado para entrarem. Eram oito e usavam, como ela, túnicas azuis com mangas e sem decote, amarradas com um cordão branco. Estavam descalças e cobriam a cabeça com um pano também azul. Tinham sido escolhidas pela Mãe dos Homens, por seu espírito de sacrifício e sua devoção, para se dedicarem exclusivamente ao Conselheiro, e as oito tinham feito o voto de viverem castas e de nunca voltarem para suas famílias. Dormiam no chão, do outro lado da porta, e acompanhavam o Conselheiro, como uma auréola, enquanto ele supervisionava a obra no Templo do Bom Jesus, rezava na igreja de Santo Antônio, presidia as procissões, os rosários, os enterros, ou quando visitava as casas de saúde. Com os hábitos frugais do santo, suas obrigações eram poucas: lavar e cerzir a túnica roxa, cuidar do cordeirinho branco, limpar o chão e as paredes do Santuário e sacudir o catre de varas. Estavam entrando; Maria Quadrado fechou a porta que acabara de abrir para elas. Alexandrinha Correa trazia o cordeirinho. As oito fizeram o sinal da cruz enquanto salmodiavam: "Louvado seja o Nosso Senhor Jesus Cristo." "Louvado seja", respondeu o Conselheiro, acariciando suavemente o animal. O Leão de Natuba estava de cócoras, com a pena na mão e o papel no banquinho que lhe servia de mesa, os olhos inteligentes — brilhando no meio da cabeleira imunda que circundava seu rosto — fixos na boca do Conselheiro. Este se preparava para as orações. Caiu de bruços, enquanto Maria Quadrado e as beatas se ajoelhavam ao seu redor, para rezarem com ele. Mas o Leão de Natuba não se prostrou nem se ajoelhou: sua missão o dispensava até mesmo das orações. O Beatinho lhe dissera que permanecesse alerta, talvez alguma das orações do santo fosse uma revelação. Mas nessa manhã o Conselheiro rezou em silêncio, num amanhecer que por segundos crescia e infiltrava no Santuário, pelas frestas do teto, dos tabiques e da porta, uns fiapos de ouro crivados de partículas de pó. Belo Monte acordava: ouviam-se os galos, os cachorros e as vozes humanas. Lá fora, sem dúvida, já começavam a formar-se grupos de romeiros e de moradores, que queriam ver o Conselheiro ou lhe pedir uma graça.

    Quando o Conselheiro se levantou, as beatas lhe ofereceram uma tigela com leite de cabra, um pedaço de pão, um prato de farinha de milho cozida na água e uma cesta com mangabas. Mas ele se satisfez com uns goles de leite. Então as beatas trouxeram um balde de água para lavá-lo. Silenciosas, diligentes, sem se estorvar, como se tivessem ensaiado os movimentos, elas circulavam em torno do catre e lhe molhavam as mãos, umedeciam o rosto e esfregavam os pés, enquanto o Conselheiro permanecia imóvel, concentrado nos seus pensamentos ou preces. Quando estavam calçando suas sandálias de pastor, que ele tirava para dormir, o Beatinho e João Abade entraram no Santuário.

Eram tão diferentes que aquele parecia ainda mais frágil e absorto e este mais corpulento quando estavam juntos. "Louvado seja o Bom Jesus", disse um deles, e o outro respondeu "Louvado seja o Nosso Senhor Jesus Cristo". "Louvado seja." O Conselheiro ofereceu a mão e, enquanto a beijavam, perguntou com ansiedade:
— Têm notícias do padre Joaquim?

O Beatinho disse que não. Embora miúdo, alquebrado e envelhecido, em seu rosto ainda se via a energia indomável com que organizava todas as atividades do culto, a recepção dos peregrinos, o trajeto das procissões, o cuidado dos altares, e ainda conseguia tempo para inventar hinos e ladainhas. Sua túnica marrom estava cheia de escapulários e também de buracos, pelos quais podia-se ver o cilício que, diziam, ele não tirava desde que, ainda menino, o Conselheiro o pôs em sua cintura. Adiantou-se para falar enquanto João Abade, a quem as pessoas começavam a chamar de Chefe do Povo e Comandante da Rua, recuava.

— João tem uma ideia que é uma inspiração, pai — disse o Beatinho, com a voz tímida e reverente com que sempre se dirigia ao Conselheiro. — Houve uma guerra, aqui mesmo, em Belo Monte. E, enquanto todos lutavam, você estava sozinho na torre. Ninguém o protegia.

— O Pai me protege, Beatinho — murmurou o Conselheiro. — Como a você e a todos os que creem.

— Mesmo que nós todos morramos, você deve viver — insistiu o Beatinho. — Por caridade aos homens, Conselheiro.

— Queremos organizar uma guarda para protegê-lo, pai — sussurrou João Abade. Falava com os olhos baixos, procurando as palavras. — Para que ninguém lhe faça nenhum mal. Vamos escolhê-los como a mãe Maria Quadrado escolheu o Coro Sagrado. Só os melhores e os mais valentes, os de toda confiança. Vão se consagrar ao seu serviço.

— Como os arcanjos do céu fizeram com o Bom Jesus — disse o Beatinho. Apontou para a porta, o rumor crescente. — Cada dia, cada hora, chega mais gente. Já há centenas aí fora, esperando. Não podemos conhecer todo o mundo. E se os cães entrarem aqui para lhe fazer algum mal? Eles vão ser o seu escudo. E se houver guerra, você nunca ficará sozinho.

As devotas permaneciam de cócoras, imóveis e mudas. Só Maria Quadrado estava em pé, ao lado dos recém-chegados. O Leão de

Natuba, enquanto os outros falavam, foi se arrastando até o Conselheiro e, como faria um cachorro de estimação, apoiou o rosto no joelho do santo.

— Não pense em você, pense nos outros — disse Maria Quadrado. — É uma ideia inspirada, pai. Aceite.

— Vai ser a Guarda Católica, a Companhia do Bom Jesus — disse o Beatinho. — Serão os cruzados, os fiéis soldados da verdade.

O Conselheiro fez um movimento quase imperceptível, mas todos entenderam que dera o seu consentimento.

— Quem vai comandar? — perguntou.

— João Grande, se for do seu agrado — informou o ex-cangaceiro. — O Beatinho também acha que poderia ser ele.

— É um bom fiel — o Conselheiro fez uma brevíssima pausa e, quando voltou a falar, sua voz se despersonalizou, não parecia mais dirigir-se a nenhum deles e sim a um auditório mais vasto e permanente. — Ele sofreu da alma e do corpo. E é o sofrimento da alma, principalmente, que torna bons os bons.

Antes que o Beatinho olhasse para ele, o Leão de Natuba tinha levantado a cabeça do joelho onde repousava e, com uma rapidez felina, pegou a pena e o papel e escreveu o que ouviram. Quando terminou e, sempre engatinhando, tornou a se aproximar do Conselheiro e a pousar a cabeça desgrenhada em seus joelhos, João Abade começava a relatar os acontecimentos das últimas horas. Alguns jagunços tinham saído para colher informações, outros voltaram com víveres e notícias e outros, ainda, incendiaram fazendas de gente que não queria ajudar o Bom Jesus. O Conselheiro ouvia? Estava com os olhos fechados e permanecia parado e mudo, da mesma maneira que as beatas, como se sua alma tivesse viajado para um daqueles colóquios celestiais — assim os chamava o Beatinho — dos quais traria revelações e verdades para os moradores de Belo Monte. Embora não houvesse indícios da chegada de novos soldados, João Abade postara gente nos caminhos que saíam de Canudos para Jeremoabo, Uauá, Cambaio, Rosário, Chorrochó e Curral dos Bois, e estava cavando trincheiras e construindo parapeitos à beira do Vaza-Barris. O Conselheiro não fez perguntas. Também não as fez quando o Beatinho o informou dos seus próprios combates. Num tom de ladainha, explicou quantos romeiros tinham chegado na véspera e neste amanhecer; vinham de Cabrobó, Jacobina, Bom Conselho, Pombal, e agora estavam na igreja de Santo Antônio, esperando o Conselheiro. Ele os veria de manhã, antes de ir visitar as obras do

Templo do Bom Jesus, ou à tarde, durante os conselhos? O Beatinho continuou falando sobre os trabalhos. A madeira para os arcos acabaram e não se podia começar o teto. Dois carpinteiros tinham ido comprar em Juazeiro. Como, felizmente, não faltavam pedras, os pedreiros continuavam reforçando as paredes.

— O Templo do Bom Jesus tem que ficar pronto logo — murmurou o Conselheiro, abrindo os olhos. — Isto é o mais importante.

— É, pai — disse o Beatinho. — Todos ajudam. O que faltam não são braços, e sim material. Tudo está acabando. Mas vamos conseguir a madeira e, se for preciso pagar, pagaremos. Todos querem dar o que têm.

— O padre Joaquim não vem há muitos dias — disse o Conselheiro, com certa aflição. — Ninguém reza missa em Belo Monte há muitos dias.

— Deve ser por causa dos pavios, pai — disse João Abade. — Já quase não temos mais, e ele se ofereceu para comprar nas minas de Caçabu. Na certa encomendou e deve estar esperando que entreguem. Quer que eu mande buscá-lo?

— Ele virá, o padre Joaquim não vai nos trair — replicou o Conselheiro. E procurou com os olhos Alexandrinha Correa que, desde que ele mencionara o padre de Cumbe, estava com a cabeça enfiada entre os ombros, visivelmente confusa: — Venha cá. Você não deve ter vergonha, minha filha.

Alexandrinha Correa — os anos a emagreceram e enrugaram, mas ela conservava o nariz arrebitado e um ar rebelde que contrastava com suas maneiras humildes — arrastou-se até o Conselheiro sem se atrever a olhá-lo. Ele pôs a mão em sua cabeça, dizendo:

— Desse mal saiu um bem, Alexandrinha. Ele era um mau pastor e, por ter pecado, sofreu, arrependeu-se, acertou as contas com o céu e agora é um bom filho do Pai. Você lhe fez um bem, afinal. E também aos seus irmãos de Belo Monte, porque graças a dom Joaquim ainda podemos ouvir missa de vez em quando.

Disse esta última frase com tristeza e talvez nem tenha percebido que a ex-rabdomante se inclinou para beijar-lhe a túnica antes de voltar para o seu canto. Nos primeiros tempos de Canudos, vários padres vinham rezar missa, batizar as crianças e sacramentar os casais. Mas desde aquela Santa Missão de capuchinhos de Salvador, que acabou tão mal, o arcebispo da Bahia proibiu que os padres prestassem serviços espirituais a Canudos. Só o padre Joaquim continuava vindo.

E não trazia apenas conforto religioso; trazia também papel e tinta para o Leão de Natuba, círios e incenso para o Beatinho e encomendas diversas para João Abade e os irmãos Vilanova. O que o impelia a desafiar a Igreja e, agora, a autoridade civil? Talvez Alexandrinha Correa, a mãe de seus filhos, com quem, em cada visita, mantinha uma austera conversa no Santuário ou na capela de Santo Antônio. Ou, talvez, o Conselheiro, diante de quem sempre parecia turbado e abalado internamente. Ou, talvez, a suspeita de que, vindo, pagava uma velha dívida contraída com o céu e com os sertanejos.

O Beatinho estava falando de novo, sobre o tríduo do Precioso Sangue que começaria nessa tarde, quando bateram à porta, em meio à agitação externa. Maria Quadrado foi abrir. Com o sol brilhando às suas costas e uma multidão de cabeças tentando espiar, o padre de Cumbe apareceu na soleira.

— Louvado seja o Nosso Senhor Jesus Cristo — disse o Conselheiro, levantando-se tão depressa que o Leão de Natuba teve que se afastar com um pulo. — Nós pensando no senhor e o senhor aparece.

Foi ao encontro do padre Joaquim, que estava com a batina toda empoeirada, assim como seu rosto. Inclinou-se à sua frente, pegou sua mão e beijou-a. A humildade e o respeito com que o Conselheiro o recebia sempre incomodavam o padre, mas hoje ele estava tão preocupado que não pareceu notar.

— Chegou um telegrama — disse, enquanto o Beatinho, João Abade, a Mãe dos Homens e as beatas beijavam sua mão. — Está vindo do Rio um regimento do Exército federal. O chefe é um militar famoso, um herói que ganhou todas as guerras.

— Ninguém jamais ganhou uma guerra contra o Pai — disse o Conselheiro, com a voz em êxtase.

O Leão de Natuba, encolhido, escrevia rapidamente.

Terminado o seu contrato com a Estrada de Ferro de Jacobina, em Itiúba, Rufino agora guia uns boiadeiros pelos meandros da serra de Bendengó, aquela onde uma vez caiu uma pedra do céu. Estão atrás dos ladrões de gado que roubaram meia centena de reses da fazenda de Pedra Vermelha, do coronel José Bernardo Murau, mas antes de encontrar os animais souberam da derrota da expedição do major Febrônio de Brito, no Cambaio, e decidiram suspender a perseguição para não topar com os jagunços ou com os soldados em retirada. Quando tinha acabado de se depedir dos boiadeiros, nos contrafortes da serra Grande, Rufino cai nas mãos de um grupo de desertores, comandado por um sargento pernambucano. Eles tomam sua espingarda, seu facão, as provisões e a bolsa com o dinheiro que tinha ganhado como rastreador. Mas não o machucam, e até o avisam de que não passe por Monte Santo, porque estão concentrados lá os soldados derrotados do major Brito, que poderiam recrutá-lo.

A região está agitada pela guerra. Na noite seguinte, perto do rio Cariacá, Rufino ouve um tiroteio e, ao amanhecer, descobre que gente de Canudos tinha queimado e saqueado a fazenda Santa Rosa, que ele conhece muito bem. A casa, antes ampla e fresca, com uma balaustrada de madeira e uma alameda de palmeiras, está toda chamuscada e em pedaços. Vê os estábulos vazios, a senzala e os barracos dos peões também queimados, e um velho das redondezas lhe diz que todos fugiram para Belo Monte, levando os animais e tudo o que se salvou do fogo.

Rufino faz um desvio para evitar Monte Santo e, no dia seguinte, uma família de peregrinos que se dirige a Canudos o avisa de que tenha cuidado, pois há grupos da Guarda Rural percorrendo a região em busca de jovens para o Exército. Ao meio-dia, chega a uma capela meio perdida entre as colinas amareladas da serra de Engorda onde, tradicionalmente, homens com as mãos manchadas de sangue vêm se arrepender dos seus crimes e outros vêm pagar promessas. É uma construção pequena, solitária, sem portas, com paredes brancas, pelas quais correm lagartixas, cobertas de ex-votos: tigelas com comida petrificada, figurinhas de madeira, braços, pernas, cabeças de cera, armas, roupas, todo tipo de objetos minúsculos. Rufino examina facas, facões, escopetas e escolhe uma faca pontuda, deixada ali há pouco tempo. Depois de ajoelhar-se diante do altar, onde há apenas uma cruz, explica ao Bom Jesus que está levando essa faca de empréstimo. Conta que roubaram tudo o que tinha e que precisa dela para voltar à sua casa. Garante que não quer tirar nada do que é dele e promete devolver a faca junto com outra, nova, de presente. Lembra que não é ladrão e que sempre cumpriu suas promessas. Faz o sinal da cruz e diz: "Obrigado, Bom Jesus."

Prossegue seu caminho, num ritmo regular, sem fadiga, subindo encostas ou descendo barrancos, cruzando caatingas ou pedregais. Nessa tarde caça um tatu, que cozinha numa fogueira. A carne dá para dois dias. No terceiro, está nas cercanias de Nordestina. Vai até o barraco de um morador, onde costuma pernoitar. A família o recebe com mais cordialidade que das outras vezes e a mulher lhe prepara comida. Ele conta como foi roubado por desertores, e então conversam sobre o que vai acontecer depois dessa batalha no Cambaio, na qual, ao que parece, houve muitos mortos. Enquanto conversam, Rufino nota que o casal troca olhares, como se tivessem alguma coisa a dizer e não se atrevessem. Fica calado e espera. Tossindo, o homem lhe pergunta há quanto tempo está sem notícias da família. Cerca de um mês. Sua mãe tinha morrido? Não. Jurema, então? O casal fica olhando para o seu rosto. Por fim, o homem fala: andam dizendo que houve um tiroteio e mortes na sua casa e que sua mulher fugiu com um forasteiro de cabelo vermelho. Rufino agradece a hospitalidade e se despede deles na hora.

Na madrugada seguinte, a silhueta do rastreador se desenha numa colina da qual se avista seu barraco. Atravessa o matinho de pedras e arbustos no qual teve o primeiro encontro com Galileo Gall e se aproxima do promontório em que fica sua casa na velocidade costumeira, um passinho apressado, entre a caminhada e a corrida. Em seu rosto há marcas da longa viagem, das adversidades e da má notícia da véspera: suas feições se afinaram, abateram, crisparam. A única bagagem que leva é a faca que o Bom Jesus lhe emprestou. A poucos metros da cabana, seu olhar parece temeroso. O curral está com a porteira aberta e completamente vazio. Mas não é o curral que Rufino examina com olhos sérios, inquisitivos, espantados, e sim a esplanada, onde antes não havia aquelas duas cruzes que agora estão ali, firmadas com pedregulhos. Quando entra, vê a lamparina, as vasilhas, o catre, a rede, o baú, a imagem da Virgem da Lapa, as panelas, as tigelas, a pilha de lenha. Tudo parece estar lá e, até, ter sido arrumado. Rufino olha tudo de novo, lentamente, tentando arrancar daqueles objetos um relato do que tinha acontecido na sua ausência. Sente o silêncio: a falta dos latidos, do cacarejo das galinhas, do chocalhar dos carneiros, da voz da sua mulher. Por fim, dá uns passos pelo quarto e começa a revistar tudo, com cuidado. Quando termina, seus olhos estão injetados. Sai, fechando a porta sem violência.

Vai então para Queimadas, que brilha ao longe sob um sol já vertical. A silhueta de Rufino se perde numa curva do promontório, e reaparece, apressada, entre pedras escuras, cactos, arbustos amarelados, a cerca pontuda de um curral. Meia hora depois, entra no povoado pela avenida Itapicuru e sobe por ela até a praça da Matriz. O sol se espelha nas casinhas caiadas com portas azuis ou verdes. Os soldados, em retirada depois da derrota do Cambaio, começaram a chegar, e agora estão ali, esfarrapados, estranhos, formando grupos nas esquinas, dormindo embaixo das árvores ou tomando banho no rio. Passa entre eles sem olhar, talvez sem vê-los, só pensando nos moradores: boiadeiros de pele curtida, mulheres dando de mamar aos filhos, cavaleiros que partem, velhos tomando banho de sol, crianças correndo. Todos lhe dão bom-dia e o chamam por seu nome, e o rastreador sabe que, assim que passar, vão virar-se, olhar, apontar para ele e começar a cochichar. Responde aos cumprimentos com uma inclinação da cabeça, olhando à frente, sem sorrir, para desanimar quem tentasse dirigir-lhe a palavra. Atravessa a praça da Matriz, densa de sol, de cães, de movimento, fazendo vênias e consciente dos murmúrios, dos olhares, dos gestos, dos pensamentos que suscita. Não para até chegar a uma pequena loja, em frente à capelinha de Nossa Senhora do Rosário, com velas e imagens religiosas penduradas na fachada. Tira o chapéu, respira como quem vai mergulhar e entra. Ao vê-lo, uma velhinha, que está entregando um pacote a um cliente, arregala os olhos e seu rosto se ilumina. Mas espera até o comprador sair para poder falar.

    A loja é um cubo esburacado pelo qual entram línguas de sol. Há círios e velas pendurados em pregos e enfileirados no balcão. As paredes estão cobertas de ex-votos e de santos, cristos, virgens e imagens. Rufino se ajoelha para beijar a mão da velha: "Bom-dia, mãe." Ela faz o sinal da cruz na sua testa com uns dedos nodosos, de unhas enegrecidas. É uma anciã esquelética, enrugada, de olhar duro, enrolada em uma manta apesar da atmosfera de calor sufocante. Segura na mão um rosário de contas grandes.

    — Caifás quer ver você, quer explicar — diz, com dificuldade, porque aquele assunto lhe dá angústia ou devido à falta de dentes. — Ele vem à feira no sábado. Tem vindo todos os sábados, para saber se você voltou. É uma viagem longa, mas ele vem sempre. É seu amigo, quer explicar.

    — Enquanto isso, explique a senhora o que sabe, mãe — sussurra o rastreador.

    — Não vieram matar você — responde a velhinha, imediatamente. — Nem ela. Iam matar só o forasteiro. Mas ele se defendeu e matou dois. Você viu as cruzes lá em cima, na frente da sua casa? — Rufino diz que sim. — Ninguém reconheceu os corpos, então os enterraram lá mesmo. — Faz o sinal da cruz. — Que estejam na santa glória do Senhor. A casa estava limpa? Tenho ido lá, de vez em quando. Para que você não a encontrasse toda suja.

    — Não devia ter ido — diz Rufino. Está cabisbaixo, com o chapéu na mão. — A senhora mal consegue andar. E, além disso, aquela casa está suja para sempre.

— Então já sabe — murmura a anciã, procurando seus olhos, que ele desvia, olhando fixamente para o chão. A mulher suspira. Após uma pausa, prossegue: — Vendi seus carneiros para que não fossem roubados, e também as galinhas. Seu dinheiro está ali na gaveta. — Faz outra pausa, tentando adiar o inevitável, o único assunto que lhe interessa, o único que interessa a Rufino. — As pessoas são ruins. Diziam que você não ia voltar. Que o mandaram para o Exército, talvez, que morreu na guerra, talvez. Viu quantos soldados há em Queimadas? Morreram muitos, parece. O major Febrônio de Brito está aqui também.

Mas Rufino interrompe:

— A senhora sabe quem os mandou? Os tais que vieram matá-lo?

— Caifás — diz a anciã. — Ele os levou. Mas vai explicar. Já me explicou tudo. É seu amigo. Não queriam matar você. Nem a ela. Só o de cabelo vermelho, o forasteiro.

Faz silêncio, Rufino também se cala, e naquele reduto escaldante, sombrio, ouve-se o zumbido das varejeiras, dos enxames de moscas revoando entre as imagens. Afinal a anciã resolve falar:

— Muita gente os viu — exclama, com a voz trêmula e os olhos subitamente faiscantes. — Caifás os viu. Quando ele me contou, pensei: eu pequei, é castigo de Deus. Desgracei o meu filho. Sim, Rufino: Jurema, Jurema. Ela salvou o forasteiro, segurou as mãos de Caifás. Foi embora com ele, abraçando-o, apoiada nele. — Estende o braço e aponta para a rua: — Todo mundo sabe. Não podemos mais viver aqui, filho.

O rosto anguloso, imberbe, escurecido pela penumbra do lugar não mexe um músculo, não pisca. A velhinha balança a mão de dedos pequeninos, nodosos, e cospe com desprezo na rua:

— Vinham me consolar, falar de você. Cada palavra deles era um punhal no meu coração. São umas víboras, meu filho! — Passa a manta escura pelos olhos como se tivesse chorado, mas estão secos. — Você vai limpar a mancha que ela deixou, não é mesmo? Foi pior que se tivesse arrancado seus olhos, pior que se tivesse me matado. Fale com Caifás. Ele conhece a ofensa, ele entende das coisas de honra. Ele vai explicar.

Torna a suspirar e agora beija as contas do rosário, com devoção. Olha para Rufino, que não se mexeu nem levantou a cabeça.

— Muita gente já foi para Canudos — diz, em voz mais suave.
— Vieram apóstolos. Eu também iria. Fiquei porque sabia que você ia

voltar. O mundo vai se acabar, meu filho. Por isso vemos o que vemos. Por isso aconteceu o que aconteceu. Agora posso ir embora. Será que as minhas pernas vão aguentar essa viagem tão longa? O Pai decidirá. Ele decide tudo.

Fica em silêncio, e, após um instante, Rufino se inclina e beija outra vez sua mão:

— É uma viagem muita longa, mãe, não vale a pena — diz. — Há guerra, incêndios, falta o que comer. Mas, se quer mesmo ir, vá. O que a senhora fizer sempre será bem-feito. E esqueça o que Caifás lhe contou. Não sofra nem tenha vergonha por isso.

Quando o barão de Canabrava e sua esposa desembarcaram no Arsenal de Marinha de Salvador, após vários meses de ausência, notaram, pela recepção, como diminuíra a força do outrora todo-poderoso Partido Autonomista Baiano e do seu chefe e fundador. Antigamente, quando era ministro do Império, ou plenipotenciário em Londres, e até mesmo nos primeiros anos da República, as viagens do barão à Bahia eram motivo de grandes festejos. Todos os homens ilustres da cidade e muitos fazendeiros iam ao porto levando seus criados e agregados com cartazes de boas-vindas. As autoridades também compareciam, e havia banda de música e crianças das escolas religiosas com flores para a baronesa Estela. O banquete de recepção se realizava no Palácio da Vitória, presidido pelo governador, e dezenas de comensais aplaudiam os brindes, discursos e o inevitável soneto que algum vate local recitava em homenagem aos recém-chegados.

Mas dessa vez não havia mais de duzentas pessoas no Arsenal de Marinha para aplaudir o barão e a baronesa, quando pisaram em terra, e entre elas nenhuma autoridade civil, nem militar, nem eclesiástica. As expressões do cavalheiro Adalberto de Gumúcio e dos deputados Eduardo Glicério, Rocha Seabra, Lelis Piedades e João Seixas de Pondé — a comissão designada pelo Partido Autonomista para recepcionar seu chefe — ao se aproximarem para apertar a mão do barão e beijar a da baronesa eram de enterro.

Estes, porém, não demonstraram notar a diferença. Seu comportamento foi o de sempre. Enquanto a baronesa, sorridente, mostrava os buquês de flores à sua inseparável aia Sebastiana, como se estivesse maravilhada por tê-los recebido, o barão distribuía tapinhas e abraços entre os correligionários, parentes e amigos que faziam fila para chegar até ele. Chamava-os por seus nomes, perguntava pelas esposas, agradecia por terem se dado ao trabalho de vir recebê-lo. E o tempo todo, parecendo impelido por uma necessidade íntima, repetia como era sempre bom voltar à Bahia, reencontrar este sol, este ar puro, este povo. Antes de entrar no veículo que os esperava no cais, conduzido por um cocheiro de libré que fez muitas reverências ao vê-los, o barão saudou seus amigos com os dois braços para o alto. Depois sentou-se em frente à baronesa e a Sebastiana, ambas com as saias cobertas de flores. Adalberto de Gumúcio se instalou ao seu lado e o carro começou a subir a ladeira da Conceição da Praia, que transbordava de verdor. Os viajantes logo puderam ver os saveiros da baía, o Forte de São Marcelo, o Mercado e muitos negros e mulatos na água pescando caranguejos.

— A Europa é sempre um licor de juventude — lisonjeou-os Gumúcio. — Estão dez anos mais jovens.

— Devo isto ao navio mais que à Europa — disse a baronesa. — Foram as três semanas mais repousantes da minha vida!

— Em compensação, você parece dez anos mais velho. — O barão observava pela janelinha o majestoso panorama do mar e da ilha que cresciam, à medida que o coche ia, agora pela ladeira de São Bento, rumo à cidade alta. — É tão grave?

O rosto do presidente da Assembleia Legislativa baiana se encheu de rugas:

— Pior do que tudo o que possa imaginar. — Apontou para o porto: — Queríamos fazer uma demonstração de força, um grande ato público. Todos prometeram trazer gente, até do interior. Calculávamos milhares de pessoas. Pois é.

O barão acenou para uns vendedores de peixe que, ao verem o coche passar em frente ao Seminário, tiraram os chapéus de palha. Censurou o amigo com ar zombeteiro:

— É falta de educação falar de política na presença de damas. Ou será que já não considera Estela uma dama?

A baronesa riu, um riso gracioso e despreocupado que a rejuvenescia. Tinha cabelos castanhos e pele muito branca, mãos com dedos longos que se moviam como pássaros. Ela e a mucama, uma mulher morena, de formas abundantes, olhavam entusiasmadas o escuro mar azul, o verde fosforescente das ribeiras e os telhados sanguíneos.

— A única ausência justificada é a do governador — disse Gumúcio, como se não tivesse ouvido. — Nós a decidimos. Ele queria vir, com o Conselho Municipal. Mas, da maneira como estão as coisas, é preferível mantê-lo *au-dessus de la mêlée*. Luis Viana continua leal.

— Trouxe um álbum de gravuras hípicas para você — quis animá-lo o barão. — Imagino que os desgostos políticos não diminuíram seu interesse pelos cavalos, Adalberto.

Ao entrarem na cidade alta, rumo ao bairro de Nazaré, os recém-chegados, mostrando seus melhores sorrisos, concentraram-se em devolver os cumprimentos dos pedestres. Vários veículos e um bom número de cavaleiros, alguns vindos do porto e outros que esperaram no alto do alcantilado, escoltaram o barão pelas ruelas de paralelepípedos, entre curiosos que se aglomeravam nas calçadas e apareciam nos alpendres ou nas janelas dos bondes puxados por burros para vê-los passar. Os Canabrava moravam num palácio com azulejos trazidos de Portugal, telhas vermelhas, varandas de ferro fundido apoiadas sobre cariátides de peitos robustos, e uma fachada arrematada por quatro figuras de cerâmica amarelo brilhante: dois leões hirsutos e duas pinhas. Os leões pareciam estar vigiando os navios que chegavam à baía, e as pinhas, anunciando aos navegantes o esplendor da cidade. Os jardins que rodeavam o prédio estavam cheios de flamboyants, mangas, crótons e figueiras, onde o vento rumorejava. O palácio tinha sido desinfetado com vinagre, perfumado com ervas aromáticas e enfeitado com vasos de flores para receber seus donos. Na porta, criados de macacão branco e negrinhas de avental vermelho e lenço na cabeça os aplaudiram. A baronesa foi conversar com eles enquanto o barão, esticando-se na soleira, aproveitava para se despedir dos seus acompanhantes. Apenas Gumúcio e os deputados Eduardo Glicério, Rocha Seabra, Lelis Piedades e João Seixas de Pondé entraram na casa com ele. Enquanto a baronesa subia ao primeiro andar, seguida pela aia, os homens atravessaram o vestíbulo, uma sala com móveis de madeira, e o barão abriu as portas de um aposento cheio de prateleiras com livros, de onde se viam os jardins. Uns vinte homens se calaram quando o viram. Os que estavam sentados se levantaram, e todos aplaudiram. O primeiro a abraçá-lo foi o governador Luis Viana:

— Não foi ideia minha não ter ido ao porto — disse. — Em todo caso, como vê, aqui estão o governo e o Conselho completos. Às suas ordens.

Era um homem enérgico, com uma calvície pronunciada e uma barriga avantajada, que não conseguia disfarçar sua preocupação. Enquanto o barão cumprimentava os presentes, Gumúcio fechou a porta. A fumaça raleava o ar. Havia jarros com refrescos de frutas numa mesa e, como faltavam cadeiras, alguns estavam sentados nos braços das poltronas e outros permaneciam encostados nas estantes. O barão demorou a concluir a rodada de cumprimentos. Quando se sentou, fez-se um silêncio glacial. Os homens olhavam para ele e em suas faces, além de preocupação, havia uma súplica muda, uma confiança angustiada. A expressão do barão, até então jovial, foi ficando grave enquanto passava em revista os rostos fúnebres.

— Pelo visto, a situação não permite que eu lhes conte se o carnaval de Nice é parecido com o nosso — disse, muito sério, dirigindo-se a Luis Viana. — Comecemos pelo pior. O que é o pior?

— Um telegrama que chegou junto com vocês — murmurou o governador, sentado em uma poltrona onde parece estar espremido. — O Rio decidiu intervir militarmente na Bahia, com voto unânime do Congresso. Vai mandar um regimento do Exército federal contra Canudos.

— Portanto, o governo e o Congresso oficializam a tese da conspiração — interrompeu Adalberto de Gumúcio. — Isto é, os fanáticos sebastianistas querem restaurar o Império com a ajuda do conde D'Eu, dos monarquistas, da Inglaterra e, naturalmente, do Partido Autonomista da Bahia. Todas as invencionices estúpidas da ralé jacobina transformadas na verdade oficial da República.

O barão não demonstrou a menor preocupação.

— A vinda do Exército federal não me surpreende — disse. — A esta altura, era inevitável. O que me surpreende é Canudos. Duas expedições derrotadas! — Fez um gesto de estupor, olhando para Viana. — Não entendo, Luis. Com esses loucos, tínhamos que deixá-los em paz ou então acabar com eles logo na primeira vez. Mas jamais fazer uma coisa tão malfeita, jamais permitir que se transformassem num problema nacional, nunca dar um presente desses aos nossos inimigos.

— Quinhentos soldados, dois canhões, duas metralhadoras, acha pouco para enfrentar um bando de sem-vergonhas e beatas? — replicou Luis Viana, energicamente. — Quem podia imaginar que, com essa força, Febrônio de Brito seria derrotado por aqueles pobres-diabos?

— A conspiração existe, mas não é nossa — voltou a interromper Adalberto de Gumúcio. Estava com a testa franzida e as mãos crispadas, e o barão pensou que nunca o tinha visto tão abalado por uma crise política. — O major Febrônio não é tão incompetente como quer nos fazer pensar. Sua derrota foi deliberada, negociada, decidida de antemão com os jacobinos do Rio de Janeiro, por intermédio de Epaminondas Gonçalves. Para fazer o escândalo nacional que eles perseguem desde que Floriano Peixoto deixou o poder. Por acaso não ficaram inventando conspirações monárquicas desde então, para que o Exército feche o Congresso e decrete a República Ditatorial?

— Deixe as conjecturas para depois, Adalberto — disse o barão. — Primeiro quero saber exatamente o que está acontecendo, os fatos.

— Não há fatos, apenas fantasias e as intrigas mais incríveis — interveio o deputado Rocha Seabra. — Eles nos acusam de incitar os sebastianistas, de enviar-lhes armas, de estar conspirando com a Inglaterra para restaurar o Império.

— O *Jornal de Notícias* nos acusa disso e de coisas bem piores, desde a queda de Dom Pedro II — sorriu o barão, fazendo um gesto desdenhoso.

— A diferença é que, agora, não é só o *Jornal de Notícias,* e sim meio Brasil — retrucou Luis Viana. O barão viu que se mexia no assento, nervoso, e passava a mão pela careca. — De repente, no Rio, em São Paulo, em Belo Horizonte, em toda parte começam a repetir as mesmas imbecilidades e baixezas inventadas pelo Partido Republicano Progressista.

Várias pessoas falaram ao mesmo tempo e o barão pediu, com um gesto, que não interrompessem umas às outras. Por entre as cabeças dos amigos ele podia ver os jardins e, embora interessado e preocupado com aquilo que ouvia, desde que entrou no gabinete não parou de perguntar-se se entre aquelas árvores e arbustos estaria escondido o camaleão, um animal ao qual se afeiçoara da mesma forma que outros se ligam aos cães ou aos gatos.

— Agora sabemos para que Epaminondas criou a Guarda Rural — dizia o deputado Eduardo Glicério. — Para fornecer as provas, no momento oportuno. Fuzis de contrabando para os jagunços, e até espiões estrangeiros.

— Ah, você ainda não soube disso — exclamou Adalberto de Gumúcio, ao ver a cara intrigada do barão. — O suprassumo do grotesco. Um agente inglês no sertão! Foi encontrado totalmente carbonizado, mas era inglês. Como souberam? Por seus cabelos vermelhos! Foram exibidos no Parlamento do Rio, junto com fuzis supostamente encontrados ao lado do cadáver, em Ipupiará. Ninguém nos dá ouvidos, até os nossos melhores amigos, no Rio, acreditam nesses disparates. O país inteiro pensa que a República está em perigo por causa de Canudos.

— Suponho que o gênio tenebroso da conspiração seja eu — murmurou o barão.

— Jogam mais lama no senhor que em ninguém — disse o diretor do *Diário da Bahia*. — O senhor entregou Canudos aos rebeldes e foi à Europa reunir-se com os exilados do Império e planejar a rebelião. Chegaram a dizer que foi criado um "fundo subversivo" do qual a metade do dinheiro é sua e a outra, da Inglaterra.

— Sócio da Coroa inglesa em partes iguais — murmurou o barão. — Caramba, eles me superestimam.

— Sabe quem vão mandar debelar a rebelião restauradora? — perguntou o deputado Lelis Piedades, sentado no braço da poltrona do governador. — O coronel Moreira César e o Sétimo Regimento.

O barão de Canabrava avançou um pouco a cabeça e piscou.

— O coronel Moreira César? — Ficou pensativo por um bom tempo, mexendo às vezes os lábios como se falasse em silêncio. Depois dirigiu-se a Gumúcio: — Talvez você tenha razão, Adalberto. Isto poderia ser uma operação audaz dos jacobinos. Desde a morte do marechal Floriano, o coronel Moreira César é o grande trunfo deles, o herói com que contam para recuperar o poder.

Ouviu todos disputarem novamente a palavra, mas dessa vez não interveio. Enquanto seus amigos opinavam e discutiam, ele, fingindo escutar, desligou-se da situação, coisa que fazia com grande facilidade quando um diálogo o entediava ou seus próprios pensamentos lhe pareciam mais importantes que o que estava ouvindo. O coronel Moreira César! Não era bom que ele viesse. Era um fanático e, como todos os fanáticos, perigoso. Lembrou como tinha reprimido de maneira implacável a revolução federalista de Santa Catarina, quatro anos antes, e como, quando foi convocado pelo Congresso Nacional para depor sobre os fuzilamentos que ordenara, respondeu com um telegrama que era um modelo de laconismo e de arrogância: "Não." Recordou que entre os fuzilados pelo coronel, lá no sul, havia um marechal, um barão e um almirante que ele conhecia e que, ao ser proclamada a República, o marechal Floriano Peixoto o encarregara de depurar o Exército de todos os oficiais conhecidos por suas ligações com a monarquia. O Sétimo Regimento de Infantaria contra Canudos! "Adalberto tem razão", pensou. "É o suprassumo do grotesco." Fazendo um esforço, voltou a escutar.

— Ele não vem liquidar os sebastianistas do sertão, e sim a nós — dizia Adalberto de Gumúcio. — Vem liquidar você, Luis Viana, o

Partido Autonomista, e entregar a Bahia a Epaminondas Gonçalves, que é o homem dos jacobinos aqui.

— Não é motivo para suicídio, senhores — interrompeu o barão, elevando um pouco o tom da voz. Já não estava risonho, e sim muito sério, e falava com firmeza. — Não é motivo para suicídio — repetiu. Passou-os em revista, certo de que sua serenidade acabaria contagiando os amigos. — Ninguém vai se apoderar do que é nosso. Não estão reunidos neste aposento o poder político da Bahia, a administração da Bahia, a justiça da Bahia, o jornalismo da Bahia? Não estão aqui a maioria das terras, dos bens, dos rebanhos da Bahia? Nem mesmo o coronel Moreira César pode mudar isso. Acabar conosco seria acabar com a Bahia, meus senhores. Epaminondas Gonçalves e seus seguidores são uma curiosidade extravagante nesta terra. Não têm meios, nem gente, nem experiência para segurar as rédeas da Bahia mesmo que as deixem nas suas mãos. O cavalo os jogaria no chão num segundo.

Fez uma pausa e alguém, solicitamente, deu-lhe um copo de refresco. Bebeu o líquido com fruição, reconhecendo o gosto adocicado de goiaba.

— Ficamos felizes com o seu otimismo, naturalmente — ouviu Luis Viana dizer. — De qualquer maneira, você há de reconhecer que nós sofremos reveses e que é preciso agir o quanto antes.

— Sem dúvida alguma — concordou o barão. — E vamos agir. Para começar, agora mesmo enviaremos um telegrama de congratulações ao coronel Moreira César por sua vinda, oferecendo-lhe o apoio das autoridades da Bahia e do Partido Autonomista. Por acaso não estamos interessados em que ele venha nos livrar dos ladrões de terra, dos fanáticos que saqueiam fazendas e não deixam os lavradores trabalharem em paz? E ainda hoje, também, vamos iniciar uma coleta de fundos que serão entregues ao Exército federal para ajudar na luta contra os bandidos.

Esperou que os murmúrios amainassem, tomando outro gole de refresco. Fazia calor, sua testa estava úmida.

— Não esqueça que, há muitos anos, toda a nossa política consiste em impedir que o governo central interfira nos assuntos da Bahia — disse afinal Luis Viana.

— Pois, agora, a única política que podemos adotar, a menos que escolhamos o suicídio, é demonstrar a todo o país que não somos inimigos da República nem da soberania do Brasil — disse o barão, secamente. — Precisamos desmontar imediatamente essa intriga, e não há outra maneira. Daremos uma grande recepção a Moreira César e ao Sétimo Regimento. Nós, não o Partido Republicano.

Enxugou a testa com o lenço e esperou novamente que o murmúrio, mais forte que antes, diminuísse.

— É uma mudança brusca demais — disse Adalberto de Gumúcio, e o barão viu que várias cabeças concordavam, atrás dele.

— Na Assembleia, nos jornais, toda a nossa atuação foi no sentido de tentar evitar a intervenção federal — disse o deputado Rocha Seabra.

— Para defender os interesses da Bahia temos que continuar no poder, e para continuar no poder temos que mudar de política, ao menos neste momento — replicou o barão, com suavidade. Então, como se as objeções que lhe faziam não tivessem a menor importância, continuou dando instruções: — Os fazendeiros têm que colaborar com o coronel. Alojar o regimento, fornecer guias, provisões. Somos nós, junto com Moreira César, quem acabará com os conspiradores monarquistas financiados pela rainha Vitória — esboçou um simulacro de sorriso, passando outra vez o lenço na testa. — É uma farsa ridícula, mas não temos alternativa. E quando o coronel liquidar os pobres cangaceiros e santarrões de Canudos, vamos comemorar com grandes festas a derrota do Império Britânico e dos Bragança.

Ninguém aplaudiu, ninguém sorriu. Todos estavam em silêncio e pouquíssimo à vontade. Mas, observando-os, o barão percebeu que alguns, embora contrariados, admitiam que não havia outra coisa a fazer.

— Vou para Calumbi — disse o barão. — Não estava nos meus planos ir agora, mas é necessário. Eu mesmo deixarei à disposição do Sétimo Regimento tudo o que precisarem. Todos os fazendeiros da região deveriam fazer o mesmo. Para que Moreira César veja a quem pertence aquela terra, quem manda lá.

O ambiente estava muito tenso e todos queriam fazer perguntas, responder. Mas o barão pensou que não era conveniente discutir agora. Depois de comer e beber, ao longo da tarde e da noite, seria mais fácil eliminar suas dúvidas, seus escrúpulos.

— Vamos almoçar e voltar para perto das damas — propôs, levantando-se. — Depois conversamos. Nem tudo na vida é política. Também deve haver lugar para as coisas agradáveis.

II

Queimadas, transformada em acampamento, é toda animação sob a ventania que a cobre de poeira: ouvem-se ordens, e as formações se acotovelam entre cavaleiros portando sabres que gritam e gesticulam. De repente, toques de corneta cortam a madrugada e os curiosos correm pela margem do Itapicuru para contemplar a caatinga ressecada que se perde na direção de Monte Santo: os primeiros corpos do Sétimo Regimento estão partindo, e o vento traz consigo o hino que os soldados cantam em altos brados.

No interior da estação, desde o alvorecer o coronel Moreira César estuda cartas topográficas, dá instruções, assina documentos e recebe relatórios dos diferentes batalhões. Sonolentos, os correspondentes preparam suas mulas, cavalos e a carreta da bagagem na porta da estação, exceto o mirrado jornalista do *Jornal de Notícias* que, com a prancheta sob o braço e o tinteiro preso na manga, ronda o local tentando aproximar-se do coronel. Embora ainda seja muito cedo, os seis membros da Câmara Municipal estão ali, para se despedirem do comandante do Sétimo Regimento. Esperam sentados num banco, e o enxame de oficiais e ajudantes que vai e vem à sua volta dá tão pouca atenção a eles quanto aos cartazes do Partido Republicano Progressista e do Partido Autonomista Baiano que ainda estão pendurados no teto. Mas se distraem, observando o jornalista com jeito de espantalho que, aproveitando um momento de calma, afinal consegue se aproximar de Moreira César.

— Posso lhe fazer uma pergunta, coronel? — articula sua vozinha fanhosa.

— A entrevista com os correspondentes foi ontem — responde o oficial, examinando-o como faria com um ser chegado de outro planeta. Mas a aparência extravagante ou a audácia do personagem o abrandam: — Diga. De que se trata?

— Dos presos — sussurram os dois olhos vesgos, fixos nele.

— Chamou minha atenção que vocês incorporem ladrões e assassinos ao regimento. Ontem à noite fui à cadeia, com os dois tenentes, e vi que recrutaram sete.

— Sim — diz Moreira César, examinando-o com curiosidade. — Qual é a pergunta?

— A pergunta é: por quê? Qual é a razão para prometer liberdade a esses delinquentes?

— Eles sabem lutar — diz o coronel Moreira César. E, depois de uma pausa: — O delinquente é um caso de energia humana excessiva que transborda na direção errada. A guerra pode dirigi-la para a correta. Sabem por que lutam e isso os torna corajosos, às vezes heroicos. Já comprovei isto. E o senhor também vai comprovar, se chegar até Canudos. Porque — torna a examiná-lo da cabeça aos pés — é evidente que não vai aguentar mais que uma jornada no sertão.

— Tentarei aguentar, coronel — o jornalista míope se retira, e o coronel Tamarindo e o major Cunha Matos, que esperavam atrás dele, dão um passo à frente.

— A vanguarda acaba de iniciar a marcha — diz o coronel Tamarindo.

O major explica que as patrulhas do capitão Ferreira Rocha fizeram o reconhecimento do trajeto até Tanquinho e não há sombra de jagunços, mas o caminho é cheio de desníveis e acidentes que vão dificultar a passagem da artilharia. Os batedores de Ferreira Rocha estão vendo como evitar esses obstáculos e, de qualquer maneira, uma seção de sapadores já se adiantou para aplainar o caminho.

— Distribuiu bem os presos? — pergunta Moreira César.

— Em companhias diferentes e com a proibição expressa de se verem ou falarem entre si — confirma o major.

— O comboio do gado também partiu — diz o coronel Tamarindo. E, depois de hesitar um instante: — Febrônio de Brito estava transtornado. Teve uma crise de choro.

— Qualquer outro teria se suicidado — é todo o comentário de Moreira César. Levanta-se, e um ordenança junta apressadamente os papéis que ficaram na mesa que lhe serviu de escrivaninha. O coronel, seguido por seus oficiais, caminha até a saída. Muita gente corre para vê-lo, mas, antes de chegar à porta, ele se lembra de alguma coisa, muda de direção e vai até o banco em que os vereadores de Queimadas estão à sua espera. Estes se levantam. São homens rústicos, agricultores ou comerciantes modestos, que vestiram suas melhores roupas e engraxaram seus sapatões em sinal de respeito. Estão com os chapéus nas mãos e parecem constrangidos.

— Obrigado pela hospitalidade e a colaboração, senhores — o coronel os engloba num único olhar convencional e quase cego. — O Sétimo Regimento não se esquecerá do afeto de Queimadas. Peço-lhes apoio para a tropa que vai ficar aqui.

Eles não têm tempo de responder, pois, em vez de se despedir de cada um, bate uma continência genérica, levando a mão direita ao quepe, e dá meia-volta rumo à saída.

A aparição de Moreira César e de sua comitiva na rua, onde o regimento está formado — as companhias se perdem na distância, alinhadas uma atrás da outra, junto aos trilhos da ferrovia —, provoca aplausos e vivas. As sentinelas contêm os curiosos que tentam se aproximar. O belo cavalo branco relincha, impaciente para partir. Tamarindo, Cunha Matos, Olímpio de Castro, a escolta e os correspondentes, já montados, cercam o coronel. Este relê o telegrama que ditou para o Supremo Governo: "O Sétimo Regimento inicia hoje, dia 8 de fevereiro, sua campanha em defesa da soberania brasileira. Não houve um único caso de indisciplina na tropa. Nosso único temor é que Antônio Conselheiro e os facciosos restauradores não nos esperem em Canudos. Viva a República!" Põe suas iniciais e diz ao telegrafista que o transmita imediatamente. Em seguida faz um sinal para o capitão Olímpio de Castro, que dá uma ordem aos corneteiros. Estes executam um toque penetrante e lúgubre que arrepia a madrugada.

— É o toque do regimento — diz Cunha Matos ao correspondente grisalho, que está ao seu lado.

— Tem um nome? — pergunta a vozinha irritante do homem do *Jornal de Notícias*. Ele tinha amarrado uma grande bolsa em sua mula, para a prancheta, que dá ao animal uma silhueta marsupial.

— Toque de Carga e Degola — diz Moreira César. — O regimento o toca desde a Guerra do Paraguai, quando era obrigado, por falta de munição, a atacar com sabre, baioneta e faca.

Dá a ordem de partida com a mão direita. Mulas, homens, cavalos, carroças, armas se põem em movimento, entre as nuvens de terra que uma ventania manda ao seu encontro. Ao sair de Queimadas, os diversos corpos da coluna marcham tão unidos que só as cores dos pendões das suas escoltas os diferenciam. Logo, os uniformes de oficiais e soldados vão sendo igualados pela poeira, que os obriga a baixar, todos, as viseiras de gorros e quepes e, muitos, a amarrar lenços na boca. Pouco a pouco, batalhões, companhias e seções vão se distanciando e o que parecia, ao deixar a estação, um organismo compacto, uma longa serpente ondulando pela terra gretada, entre troncos de favela ressecados, explode em membros independentes, serpentes-filhas que também se afastam umas das outras, perdendo-se de vista em alguns momentos e tornando a se avistar, ao sabor das anfractuosidades do terreno. Alguns homens a cavalo sobem e descem constantemente, formando um sistema circulatório de informações, ordens, inspeções entre as partes desse todo disperso cuja cabeça, em poucas horas de marcha, já pressente, a distância, o primeiro povoado do trajeto: Pau Seco. A vanguarda, como o coronel Moreira César verifica com seus binóculos, deixou lá, entre os casebres, rastros de sua passagem: um cabo e dois soldados estão à sua espera, sem dúvida, com mensagens.

    A escolta vai alguns metros à frente do coronel e seu Estado-Maior; atrás deles, como um remendo exótico nessa sociedade fardada, avançam os correspondentes que, como muitos oficiais, desmontaram e caminham conversando. Exatamente no meio da Coluna vai a bateria de canhões puxada por juntas de bois a cargo de uns vinte soldados, sob o comando de um oficial que ostenta nas mangas os losangos vermelhos da artilharia: o capitão José Agostinho Salomão da Rocha. Os gritos dos homens, para açular os animais ou fazê-los voltar quando se desviam do caminho, são os únicos sons que se ouvem. A tropa fala em voz baixa, para poupar energia, ou marcha em silêncio, esquadrinhando a paisagem plana e pelada que vê pela primeira vez. Muitos suam, por causa do sol, dos uniformes densos e do peso das mochilas e do fuzil, e, seguindo as instruções, procuram não levar os cantis à boca com muita frequência, pois sabem que já começou o primeiro dos combates: contra a falta de água. No meio da manhã alcançam e ultrapassam o comboio de abastecimento; toca os bois, as cabras e os cabritos uma companhia de soldados e de boiadeiros trazidos na véspera, à cuja frente, sombrio, mexendo os lábios como se refutasse ou admitisse alguma coisa num diálogo imaginário, está o major Febrônio de Brito. Fecha a marcha o esquadrão de cavalaria, comandado por um cavaleiro ágil e marcial: o capitão Pedreira Franco. Moreira César fica um bom tempo em silêncio e seus acompanhantes também se calam, para não interromper as reflexões do chefe. Ao entrar na reta de Pau Seco, o coronel consulta o relógio.

    — Neste ritmo, os fulanos de Canudos vão nos deixar de mãos abanando — diz, inclinando-se para Tamarindo e Cunha Matos. — Temos que deixar o equipamento pesado em Monte Santo e esvaziar as mochilas. A verdade é que temos munição de sobra. Seria triste ir até lá e só encontrar os abutres.

O regimento transporta quinze milhões de cartuchos e setenta tiros de artilharia em carroças puxadas por mulas, que são o que mais atrasa o avanço. O coronel Tamarindo observa que depois de Monte Santo talvez precisem ir ainda mais devagar, porque, segundo os engenheiros militares Domingo Alves Leite e Alfredo do Nascimento, a partir dali o terreno é muito mais acidentado.

— Além do mais, a essa altura já haverá combates — acrescenta. Está vermelho e inchado de calor, e enxuga o rosto com um lenço colorido. Já passou da idade de reforma e não tem obrigação de estar lá, mas fez questão de acompanhar o regimento.

— Não devemos dar-lhes tempo de fugirem — murmura o coronel Moreira César. Seus oficiais já o ouviram dizer aquilo muitas vezes, desde que embarcaram, no Rio. Não está suando, apesar do calor. Seu rosto pequeno, pálido, de olhos intensos e às vezes obsessivos, raramente sorri; sua voz quase não tem inflexões: é monocórdia, fina, parece guiada com rédeas curtas, como se recomenda com cavalo arisco. — Assim que souberem que nós estamos chegando vai começar a debandada, e a campanha será um grande fracasso. Não podemos permitir isso. — Torna a olhar para seus companheiros, que o ouvem sem dizer uma palavra: — O Brasil do sul já entendeu que a República é irreversível. Nós o fizemos entender. Mas aqui, na Bahia, ainda há muito aristocrata que não se conforma. Especialmente depois da morte do marechal; com um civil sem ideais no governo, acreditam que é possível voltar atrás. Não se conformarão até sofrerem um bom castigo. E esta é a ocasião, senhores.

— Estão assustados, Excelência — diz Cunha Matos. — Foi o Partido Autonomista quem promoveu os festejos pela sua chegada a Salvador e organizou uma coleta para defender a República: não é prova de que estão com o rabo entre as pernas?

— O toque de mestre foi o arco do triunfo na estação de Calçada, chamando-nos de salvadores — lembra Tamarindo. — Poucos dias antes, eles se opunham freneticamente à intervenção do Exército federal na Bahia, e agora nos jogam flores nas ruas e o barão de Canabrava manda avisar que vai a Calumbi pôr a fazenda à disposição do regimento.

Ri com vontade, mas seu bom humor não contagia Moreira César.

— Isto significa que o barão é mais inteligente que os seus amigos — diz. — Ele não podia impedir que o Rio interviesse num caso flagrante de insurreição. Então opta pelo patriotismo, para que os republicanos não ocupem seu lugar. Distrair e confundir agora, para depois tentar outro golpe. O barão vem de boa escola: a escola inglesa, senhores.

Encontram Pau Seco deserta de gente, de coisas, de animais. Dois soldados, ao lado do tronco sem galhos em que tremula a bandeirola deixada pela vanguarda, batem continência. Moreira César freia o cavalo e passa a vista pelos casebres de barro, cujo interior se divisa através das portas abertas ou arrancadas. De um deles emerge uma mulher banguela, descalça, com uma túnica por cujos buracos se vê sua pele escura. Duas crianças raquíticas, de olhos vidrados, uma das quais nua e com a barriga inchada, estão agarradas em seu corpo. Olham espantadas para os soldados. Moreira César, do alto do cavalo, também as observa: parecem a encarnação do desamparo. Seu rosto se contrai numa expressão em que se misturam tristeza, cólera e rancor. Sem tirar os olhos do trio, ordena a um dos membros da escolta:

— Deem de comer a eles. — E virando-se para seus lugares-tenentes: — Estão vendo em que estado mantêm o povo do seu país?

Há uma vibração em sua voz, os olhos soltam faíscas. Num gesto intempestivo, puxa a espada do cinto e a leva ao rosto, como se fosse beijá-la. Os correspondentes veem então, esticando o pescoço, que antes de reiniciar a marcha o comandante do Sétimo Regimento faz com sua espada, em direção aos três miseráveis habitantes de Pau Seco, a saudação que se faz nos desfiles à bandeira e à autoridade suprema.

As palavras incompreensíveis tinham brotado, em jorros, desde que o encontraram junto com a mulher triste e o cadáver de mula bicado pelos urubus. Esporádicas, veementes, trovejantes, ou abafadas, sussurradas, em segredo, brotavam dia e noite, às vezes assustando o Idiota, que tremia. Depois de examinar o homem de cabeleira vermelha, a Mulher Barbuda disse a Jurema: "Ele está com febre delirante, igual à que matou Dádiva. Vai morrer hoje, na certa." Mas não morreu, se bem que às vezes seus olhos ficavam brancos e o estertor final parecia chegar. Depois de permanecer algum tempo imóvel, voltava a se contorcer fazendo esgares e a dizer as palavras que, para eles, não passavam de ruídos. De vez em quando, abria os olhos e os fitava, atordoado. O Anão teimou que ele falava a língua dos ciganos e a Mulher Barbuda, que se parecia com o latim das missas.

Quando Jurema perguntou se podia ir com eles, a Barbuda permitiu, talvez por compaixão, talvez por simples inércia. Os quatro puseram o forasteiro na carroça, ao lado do cesto da cobra, e continuaram o trajeto. Os novos acompanhantes trouxeram sorte, pois ao entardecer, no sítio do Quererá, foram convidados para comer. Uma velhinha soprou fumaça em Galileo Gall, pôs ervas nas suas feridas e lhe deu uma infusão dizendo que ficaria curado. Nessa noite a Mulher Barbuda distraiu os boiadeiros com a cobra, o Idiota fez palhaçadas e o Anão contou histórias dos cavaleiros. Prosseguiram a viagem e, de fato, o forasteiro começou a engolir os alimentos que lhe davam. A Barbuda perguntou a Jurema se era mulher dele. Não, não era: ele a tinha desgraçado na ausência do marido e, depois disso, não podia fazer outra coisa a não ser ficar com ele. "Agora entendo por que você é triste", comentou o Anão com simpatia.

Seguiram rumo ao norte, guiados por uma boa estrela, pois diariamente encontravam o que comer. No terceiro dia se apresentaram na feira de um povoado. O que fez mais sucesso foram as barbas da Mulher Barbuda: as pessoas pagavam para confirmar que não eram postiças e aproveitavam para tocar nos seus seios e conferir que era mulher. O Anão, enquanto isso, contava a sua vida desde que ela era uma menina normal, lá no Ceará, e como se transformou em vergonha da família no dia que começaram a sair pelos nas suas costas, nos braços, nas pernas e no rosto. Começaram a dizer que aquilo devia ser coisa de pecado, que ela era filha do sacristão ou do Cão. A menina engoliu vidro moído de matar cachorro raivoso. Não morreu e foi alvo de chacotas até que chegou o Rei do Circo, o Cigano, que a acolheu e fez dela uma artista. Jurema pensou que aquilo era fantasia do Anão, mas ele garantiu que era pura verdade. Às vezes sentavam-se para conversar e, como o Anão era gentil e lhe inspirava confiança, ela lhe contou sua infância na fazenda Calumbi, a serviço da esposa do barão de Canabrava, uma mulher muito bonita e muito boa. Tinha ficado muito triste quando Rufino, seu marido, em vez de permanecer com o barão, foi para Queimadas como guia, um ofício odioso que o mantinha sempre viajando. E ainda mais triste por não ter podido dar-lhe um filho. Por que Deus a tinha castigado, impedindo-a de engendrar? "Sabe-se lá", murmurou o Anão. As decisões de Deus eram, às vezes, difíceis de entender.

Dias depois acamparam em Ipupiará, uma encruzilhada de caminhos. Acabava de ocorrer uma desgraça. Um morador, num ataque de loucura, tinha matado seus filhos e depois também se matou, com um facão. Como era o dia do enterro das crianças-mártires, o circo não se apresentou, mas anunciou um espetáculo para a noite seguinte. O povoado era pequeno, mas tinha um armazém que abastecia toda a região.

De manhã chegaram os capangas. Vinham a cavalo e seu tropel, acelerado e aos coices, acordou a Mulher Barbuda, que se espremeu sob a barraca para ver quem era. Em todas as casas de Ipupiará havia curiosos, espantados como ela com aquela aparição. Viu seis cavaleiros armados; eram capangas, e não cangaceiros ou guardas rurais, pela maneira como estavam vestidos e porque, nas garupas dos seus animais, via-se nitidamente a marca de uma fazenda. O homem que vinha à frente — um encourado — se apeou e a Mulher Barbuda viu que se encaminhava em sua direção. Jurema acabava de sair da coberta. Sentiu que tremia e viu sua face desfigurada, de boca entreaberta. "É seu marido?", perguntou. "É Caifás", disse a moça. "Vai matar você?", insistiu a Barbuda. Mas, em vez de responder, Jurema saiu de quatro da barraca, levantou-se e foi ao encontro do capanga. Ele parou e a esperou. O coração da Mulher Barbuda pulava no peito, pensando que o encourado — era um homem ossudo e queimado, de olhar frio — ia bater nela, chutá-la e talvez esfaqueá-la, antes de esfaquear o homem de cabelo vermelho que ouvia se mexer na carroça. Mas, não, não bateu. Em vez disso, tirou o chapéu e cumprimentou-a com todo respeito. Montados em seus cavalos, os cinco homens assistiam àquele diálogo que, para eles, assim como para a Mulher Barbuda, era apenas um movimento de lábios. O que diziam? O Anão e o Idiota tinham acordado e também olhavam. Após um instante, Jurema virou-se e apontou a carroça onde estava o forasteiro ferido.

O homem de couro, seguido pela moça, foi até a carroça, passou a cabeça sob o toldo, e a Mulher Barbuda viu que examinava com indiferença aquele homem que, dormindo ou acordado, continuava falando com seus fantasmas. O chefe dos capangas tinha uns olhos imóveis como aqueles que sabem matar, os mesmos olhos que a Mulher Barbuda vira no bandido Pedrão quando este derrotou e matou o Cigano. Jurema, muito pálida, esperava que o capanga terminasse a inspeção. Afinal, ele se virou, disse alguma coisa, Jurema concordou e o homem ordenou que os cavaleiros desmontassem. Jurema se aproximou da Mulher Barbuda e pediu a tesoura. Enquanto a procurava, a Barbuda sussurrou: "Não vai matar você?" Jurema disse que não. Então, com a tesoura que tinha sido de Dádiva nas mãos, ela subiu na carroça. Os capangas, puxando os cavalos pelas rédeas, dirigiram-se ao armazém de Ipupiará. A Mulher Barbuda se aventurou a chegar perto para ver o que Jurema fazia, e atrás dela veio o Anão, e atrás deste o Idiota.

Ajoelhada ao seu lado — ambos mal cabiam no espaço apertado —, a moça cortava, rente ao crânio, o cabelo do forasteiro. Cortava segurando os tufos vermelhos e crespos, enquanto a tesoura chiava. Havia manchas de sangue coagulado na levita preta de Galileo Gall, rasgões, poeira e excremento de pássaros. Ele estava de costas, entre panos e caixas coloridas, argolas, fuligem e chapeuzinhos de papelão com estrelas e meias-luas. Estava de olhos fechados, a barba crescida e também com sangue ressecado, e, como haviam tirado suas botas, os dedos dos pés apareciam pelos buracos das meias, grandes, branquíssimos e com as unhas sujas. A ferida no pescoço desaparecia sob as ataduras e as ervas da curandeira. O Idiota começou a rir, a Mulher Barbuda deu-lhe uma cotovelada, mas continuou rindo. Imberbe, esquálido, com o olhar perdido, a boca aberta e um fio de baba pendurado nos lábios, ele se contorcia, às gargalhadas. Jurema não lhe prestou atenção, mas o forasteiro, em contrapartida, abriu os olhos. Seu rosto se contraiu numa expressão de surpresa, de dor ou de terror pelo que lhe faziam, mas a fraqueza não lhe permitia levantar-se, só conseguiu se agitar no lugar e emitir sons incompreensíveis para o pessoal do circo.

Jurema levou bastante tempo para concluir sua tarefa. Tanto que, quando terminou, soube que os capangas tiveram tempo de entrar no armazém, ouvir a história das crianças assassinadas pelo louco e ir ao cemitério para cometer um sacrilégio que deixou estupefatos os moradores de Ipupiará: desenterraram o cadáver do filicida e o amarraram com caixão e tudo em cima de um dos cavalos, para levá-lo. Agora estavam ali, a poucos metros dos artistas do circo, esperando. Quando o crânio de Gall ficou tosquiado, coberto por uma irisação desigual, furta-cor, a risada do Idiota explodiu de novo. Jurema juntou num feixe as mechas de cabelo que tinha deixado sobre a saia, amarrou-as com o cordão que prendia seu próprio cabelo e a Mulher Barbuda viu-a revistando os bolsos do forasteiro para tirar um saquinho onde este lhe dissera que havia dinheiro, caso precisassem. Com a juba numa das mãos e a bolsinha na outra, desceu da carroça e passou entre eles.

O chefe dos capangas veio ao seu encontro. A Mulher Barbuda viu-o receber o cabelo do forasteiro das mãos de Jurema e, quase sem olhar, guardá-lo no alforje. Suas pupilas imóveis eram ameaçadoras, embora tratasse Jurema de maneira calculadamente cortês, cerimoniosa, enquanto futucava os dentes com o dedo indicador. Agora sim, a Mulher Barbuda podia ouvir o que diziam.

— Tinha isto no bolso — disse Jurema, oferecendo o saquinho. Mas Caifás não aceitou.

— Não posso — disse, como que repelido por algo invisível.

— Isto também é de Rufino.

Jurema, sem fazer a menor objeção, escondeu o dinheiro entre as roupas. A Mulher Barbuda pensou que ela fosse se afastar, mas a moça, olhando Caifás nos olhos, perguntou-lhe suavemente:

— E se o Rufino morreu?

Caifás pensou um pouco, sem alterar a expressão, sem piscar.

— Se ele morreu, sempre haverá alguém que lave a sua honra — a Mulher Barbuda ouviu-o dizer, e era como ouvir o Anão e suas histórias de príncipes e cavaleiros. — Um parente, um amigo. Eu mesmo posso fazer, se for preciso.

— E se contarem ao seu patrão o que você fez? — perguntou ainda Jurema.

— Ele é só meu patrão — retrucou Caifás, com convicção. — Rufino é mais do que isso. Ele quer o forasteiro morto e o forasteiro vai morrer. Talvez por suas feridas, talvez por Rufino. Em breve a mentira será verdade, e estes serão os cabelos de um morto.

Deu as costas a Jurema para montar no cavalo. Esta, ansiosa, pôs a mão nos arreios:

— Vai me matar também?

A Mulher Barbuda notou que o encourado a fitava sem compaixão e talvez com algum desprezo.

— Se eu fosse Rufino, mataria, porque você também tem culpa, talvez mais que ele — disse Caifás, do alto da sua montaria. — Mas como não sou Rufino, não sei. Ele há de saber.

Esporeou o cavalo e os capangas partiram, com a sua estranha, pestilenta carga, na mesma direção de onde tinham vindo.

Assim que terminou a missa rezada pelo padre Joaquim na capela de Santo Antônio, João Abade foi buscar o caixote com as encomendas que tinha deixado no Santuário. Na sua cabeça pairava uma pergunta: "Quantos soldados tem um regimento?" Pôs o caixote no ombro e desceu aos trancos pela terra desnivelada de Belo Monte, desviando-se das pessoas que vinham lhe perguntar se era verdade que outro exército estava chegando. Respondia que sim, sem interromper os passos, pulando para não pisar nas galinhas, nas cabras, nos cachorros e nas crianças que se metiam entre seus pés. Chegou à antiga casa-grande, transformada em armazém, com o ombro doendo pelo peso do caixote.

As pessoas aglomeradas na porta lhe abriram passagem e, lá dentro, Antônio Vilanova interrompeu o que estava dizendo à sua mulher Antônia e à sua cunhada Assunção para vir ao seu encontro. Num balanço, um papagaio repetia, frenético: "Felicidade, felicidade."

— Está vindo um regimento — disse João Abade, deixando sua carga no chão. — Quantos homens são?

— Trouxe os pavios! — exclamou Antônio Vilanova. Acocorado, examinava laboriosamente o conteúdo do caixote. Seu rosto foi se iluminando de satisfação, enquanto descobria, além dos pacotes de pavios, comprimidos para diarreia, desinfetante, ataduras, calomelanos, óleo e álcool.

— Não há como pagar o que o padre Joaquim faz por nós — disse, levantando o caixote para deixá-lo no balcão. As prateleiras transbordavam de latas e frascos, gêneros e todo tipo de roupa, de sandálias a chapéus, e havia, espalhados por toda parte, sacos e caixas entre os quais circulavam as Sardelinhas e outras pessoas. No balcão, uma tábua apoiada sobre barris, viam-se uns livros pretos, parecidos com os livros-caixas das fazendas.

— O padre também trouxe notícias — disse João Abade. — Um regimento, serão mil?

— Sim, já ouvi, um exército está vindo — confirmou Antônio Vilanova, colocando as encomendas em cima do balcão. — Um regimento? Mais de mil. Talvez dois mil.

João Abade percebeu que não lhe interessava saber quantos eram os soldados que o Cão mandava desta vez contra Canudos. Ligeiramente calvo, gordo, com uma barba cerrada, Antônio arrumava os pacotes e frascos com sua energia característica. Não havia em sua voz a menor preocupação, nem sequer interesse. "É ocupado demais", pensou João Abade, enquanto explicava ao comerciante que era preciso mandar alguém a Monte Santo, agora mesmo. "Está certo, é melhor que ele não se encarregue da guerra." Porque Antônio era talvez a pessoa em Canudos que, há vários anos, dormia menos e trabalhava mais. No começo, logo após a chegada do Conselheiro, continuara suas atividades de comprador e vendedor de mercadorias, mas, pouco a pouco, com o tácito consentimento de todos, seu trabalho foi sendo sobrepujado, e até substituído, pela organização da sociedade nascente. Sem ele teria sido difícil comer, dormir, sobreviver, quando as ondas de romeiros, de todos os confins, começaram a estourar em Canudos. Foi ele quem distribuiu os terrenos para as pessoas construírem suas casas e plantarem, dizendo-lhes o que era bom cultivar e que animais criar, e era ele quem ia aos povoados trocar o que Canudos produzia pelo que necessitava, e, quando começaram a chegar os donativos, era ele quem separava o que iria para o tesouro do Templo do Bom Jesus do que se empregaria em armas e provisões. Uma vez que o Beatinho autorizava a permanência dos recém-chegados, estes procuravam Antônio Vilanova para que os ajudasse a se instalar. Era sua a ideia das casas de saúde, para anciãos, doentes e necessitados, e, após os combates de Uauá e do Cambaio, foi ele quem se encarregou de armazenar e distribuir as armas capturadas, com a anuência de João Abade. Quase todos os dias se reunia com o Conselheiro, para prestar contas e ouvir seus desejos. Não viajava mais, e João Abade ouviu Antônia Sardelinha dizer que aquilo era o sinal mais extraordinário da mudança sofrida pelo marido, um homem antes possuído pelo demônio das viagens. Agora Honório fazia as expedições, e ninguém sabia dizer se aquele desejo de enraizamento do mais velho dos Vilanova se devia ao tamanho de suas obrigações em Belo Monte ou ao fato de que estas lhe permitiam, quase diariamente, ainda que por alguns minutos, estar com o Conselheiro. Voltava desses encontros com ânimo renovado e uma profunda paz no coração.

— O Conselheiro aceitou uma guarda para protegê-lo — disse João Abade. — E também que João Grande seja o chefe.

Desta vez Antônio Vilanova demonstrou interesse e olhou-o com alívio. O papagaio gritou de novo: "Felicidade."

— Diga a João Grande que venha me ver. Posso ajudar na escolha das pessoas. Eu conheço todo mundo. Enfim, se ele quiser.

Antônia Sardelinha se aproximou:

— Esta manhã Catarina veio perguntar por você — disse a João Abade. — Tem tempo para vê-la agora?

João negou com a cabeça: não, não tinha. De noite, talvez. Sentiu-se envergonhado, por mais que os Vilanova compreendessem que ele preteria a família por Deus: por acaso não faziam isso também? Mas, no fundo do coração, ele se sentia atormentado porque as circunstâncias, ou a vontade do Bom Jesus, deixavam-no cada vez mais afastado de sua mulher.

— Vou ver Catarina e digo a ela — Antônia Sardelinha sorriu.

João Abade saiu do armazém pensando como eram estranhas as coisas em sua vida ou, provavelmente, em todas as vidas. "Como nas histórias dos cantadores", pensou. Ele, que ao encontrar o Conselheiro imaginou que o sangue ia desaparecer da sua vida, agora estava envolvido numa guerra pior do que todas as que já tinha conhecido. Foi para isso que o Pai o fez se arrepender de seus pecados? Para continuar matando e vendo morrer? Sim, sem dúvida, foi para isso. Mandou dois meninos da rua irem dizer a Pedrão e ao velho Joaquim Macambira que se encontrassem com ele na saída para Jeremoabo e, antes de falar com João Grande, foi procurar Pajeú, que estava cavando trincheiras no caminho de Rosário. Encontrou-o a algumas centenas de metros das últimas casas, disfarçando com moitas de espinheiros uma valeta que atravessava a estrada. Um grupo de homens, alguns com espingardas, traziam e fincavam os galhos, enquanto as mulheres davam pratos de comida a outros homens, sentados no chão, que pareciam ter largado há pouco o seu turno de trabalho. Ao vê-lo chegar, todos se aproximaram. Ele se viu no centro de uma roda de caras inquisitivas. Uma mulher, sem dizer nada, pôs em suas mãos uma tigela com carne de cabrito frita polvilhada com farinha de milho; outra lhe ofereceu uma jarra de água. Estava tão cansado — viera correndo — que precisou respirar fundo e beber um longo gole antes de poder falar. Falou enquanto comia, sem que lhe passasse pela cabeça a ideia de que as pessoas que o ouviam, poucos anos antes — quando seu bando e o de Pajeú se destroçavam um ao outro —, dariam qualquer coisa para tê-lo assim, à sua mercê, e submetê-lo às piores torturas antes de matá-lo. Felizmente aqueles tempos de inquietude tinham ficado para trás.

Pajeú não se alterou quando soube do novo exército anunciado pelo padre Joaquim. Não fez nenhuma pergunta. Será que Pajeú sabia quantos homens tem um regimento? Não, ele não sabia; nem os outros. João Abade lhe pediu, então, o que viera pedir: que fosse em direção ao sul, para vigiar e hostilizar essa tropa. Seu cangaço tinha andado anos a fio por aquela região, ele a conhecia melhor que ninguém: era a pessoa mais indicada para vigiar a rota dos soldados, infiltrar guias e carregadores entre eles e atrasá-los com emboscadas, para dar tempo de Belo Monte preparar-se.

Pajeú concordou, ainda sem abrir a boca. Vendo sua palidez amarelo-acinzentada, a grande cicatriz que fendia sua cara e sua figura maciça, João Abade se perguntou que idade ele teria, se não seria um homem velho que disfarça bem o passar dos anos.

— Está bem — ouviu-o dizer. — Mandarei mensagens todos os dias. Quantos homens vou levar?

— Quantos quiser — disse João Abade. — São seus homens.

— Eram — grunhiu Pajeú, dando uma espiada, com seus olhinhos fundos e severos em que brilhava uma luz quente, nos homens que o cercavam. — Agora são do Bom Jesus.

— Somos todos Dele — disse João Abade. E, com súbita urgência: — Antes de partir, pegue munição e explosivos com Antônio Vilanova. Já temos pavios. Você pode ficar aqui, Taramela?

Este deu um passo à frente: era um homenzinho minúsculo, com olhos orientais, cicatrizes, rugas e costas largas, que tinha sido lugar-tenente de Pajeú.

— Também quero ir para Monte Santo — disse, com voz amarga. — Sempre protegi você. Sou a sua sorte.

— Cuide agora de Canudos, vale mais do que eu — respondeu Pajeú, asperamente.

— Sim, seja a nossa sorte — disse João Abade. — Vou mandar mais gente, para você não se sentir só. Louvado seja o Bom Jesus.

— Louvado seja — responderam vários.

João Abade já tinha dado as costas e estava correndo de novo, a campo aberto, cortando caminho rumo à serra do Cambaio, onde estava João Grande. Enquanto corria, lembrou-se da sua mulher. Não a via desde que decidiram cavar esconderijos e trincheiras em todos os caminhos, atividade que o mantinha transitando dia e noite num círculo do qual Canudos também era o centro, assim como era o centro do mundo. João Abade conheceu Catarina quando participava do pequeno grupo de homens e mulheres — que crescia e diminuía como a água do rio — que entrava nos povoados com o Conselheiro e de noite se espalhava à sua volta, depois de jornadas cansativas, para rezar com ele e ouvir seus conselhos. Havia nesse grupo uma figura tão magra que parecia um espírito, envolta numa túnica branca como um sudário. O ex-cangaceiro tinha se deparado muitas vezes com os olhos dessa mulher, fixos nele, durante as marchas, as rezas, os descansos. Esse olhar o deixava constrangido e, em alguns momentos, assustado. Eram olhos devastados pela dor, que pareciam ameaçá-lo com castigos que não eram deste mundo.

Uma noite, quando os peregrinos já estavam dormindo em volta de uma fogueira, João Abade se arrastou até a mulher cujos olhos podia ver, no clarão das chamas, fixos nele. "Quero saber por que me olha sempre", sussurrou. Ela fez um esforço, como se a fraqueza ou a repugnância fossem muito grandes. "Eu estava em Custódia na noite em que o senhor foi se vingar", disse, em voz quase inaudível. "O primeiro homem que matou, aquele que gritou, era o meu pai. Vi como enfiou a faca na sua barriga." João Abade permaneceu calado, sentindo o crepitar do fogo, o zumbido dos insetos, a respiração da mulher, tentando se lembrar desses olhos naquela madrugada tão distante. Após uma pausa, em voz também baixíssima, perguntou: "Não morreram todos em Custódia, nesse dia?" "Não morremos três", sussurrou a mulher: "Seu Matias, que se escondeu na palha do teto. Dona Rosa, que sarou das feridas mas ficou lunática. E eu. Também quiseram me matar, e também me curei." Falavam como se se tratasse de outras pessoas, de outros acontecimentos, de uma vida diferente e mais pobre. "Quantos anos a senhora tinha?", perguntou o cangaceiro. "Uns dez ou doze, mais ou menos", disse ela. João Abade olhou-a: então devia ser bem jovem, mas a fome e o sofrimento a tinham envelhecido. Sempre em voz muito baixa, para não acordar os peregrinos, o homem e a moça recordaram gravemente os pormenores daquela noite, que conservavam límpida na memória. Ela tinha sido violada por três homens, e mais tarde alguém mandou-a ficar de joelhos diante de umas calças com cheiro de bosta, e umas mãos calosas lhe enfiaram na boca um membro duro que mal cabia, e ela teve que chupá-lo até receber um escarrada de sêmen, que o homem mandou engolir. Quando um dos bandidos lhe fez um corte com a faca, Catarina sentiu uma grande serenidade. "Fui eu quem cortou a senhora?", sussurrou João Abade. "Não sei", sussurrou ela. "A essa altura, embora fosse dia, eu não distinguia as caras nem sabia onde estava."

Desde essa noite, o ex-cangaceiro e a sobrevivente de Custódia costumavam rezar e andar juntos, contando-se episódios dessas vidas que agora pareciam incompreensíveis. Ela se unira ao santo num povoado de Sergipe, onde vivia da caridade alheia. Era a mais esquálida dos peregrinos, depois do Conselheiro, e um dia, durante a caminhada, caiu desmaiada. João Abade pegou-a nos braços e continuou assim a jornada, até o entardecer. Durante vários dias levou-a carregada, e também se dispôs a dar-lhe os pedacinhos de alimento que seu estômago aceitava. À noite, depois de ouvirem o Conselheiro, da mesma forma que faria com uma criança, ele lhe contava as histórias dos cantadores da sua infância, e que agora — talvez porque sua alma tinha recuperado a pureza da meninice — voltavam à sua memória com todos os detalhes. Ela o ouvia sem interromper e, dias depois, com sua voz quase perdida, fazia perguntas sobre os sarracenos, Ferrabrás e Roberto, o Diabo, e assim ele descobriu que esses fantasmas tinham se incorporado à vida de Catarina, como antes à sua.

Ela estava recuperada e já andava com seus próprios pés quando, uma noite, tremendo de vergonha, João Abade se acusou diante de todos os peregrinos de ter sentido muitas vezes o desejo de possuí-la. O Conselheiro chamou Catarina e lhe perguntou se estava ofendida pelo que ouvira. Ela fez que não com a cabeça. Diante do círculo silencioso, o Conselheiro lhe perguntou se ainda sentia rancor pelo que aconteceu em Custódia. Ela tornou a dizer que não. "Você está purificada", disse o Conselheiro. Mandou-os dar as mãos e pediu que todos rezassem ao Pai por eles. Uma semana depois, o padre de Xiquexique os casou. Há quanto tempo? Quatro ou cinco anos? Sentindo o coração quase explodir, João viu, afinal, no sopé do Cambaio, as sombras dos jagunços. Parou de correr e continuou no passo curto e rápido em que tanto andara pelo mundo.

Uma hora depois estava ao lado de João Grande, contando-lhe as novidades, enquanto bebia água fresca e comia um prato à base de milho. Estavam sozinhos porque, logo depois de anunciar a chegada do regimento — ninguém soube dizer quantos soldados eram —, pediu que os outros se afastassem. O ex-escravo estava, como sempre, descalço, com uma calça toda desbotada, amarrada com um cordão do qual pendiam uma faca e uma peixeira, e uma camisa sem botões, que deixava à mostra o peito cabeludo. Levava uma carabina nas costas e duas cartucheiras como colares. Quando ouviu que se formaria uma Guarda Católica para proteger o Conselheiro e que ele seria o chefe, sacudiu a cabeça com força.

— Por que não? — perguntou João Abade.

— Não sou digno — resmungou o negro.

— O Conselheiro diz que é — respondeu João Abade. — Ele sabe mais.

— Não sei mandar — protestou o negro. — E também não quero aprender a mandar. É melhor que o chefe seja outro.

— Vai ser você — disse o Comandante da Rua. — Não há tempo para discutir, João Grande.

O negro ficou observando, pensativo, os grupos de homens distribuídos nos penhascos e rochedos do morro, sob um céu agora cor de chumbo.

— Proteger o Conselheiro é coisa demais para mim — resmungou afinal.

— Escolha os melhores, os que estão há mais tempo aqui, os que você viu lutar bem em Uauá e aqui no Cambaio — disse João Abade. — Quando esse exército chegar, a Guarda Católica deve estar pronta para ser o escudo de Canudos.

João Grande ficou em silêncio, mastigando, embora de boca vazia. Olhava para os picos em torno como se visse neles os guerreiros resplandecentes do Rei Dom Sebastião: atemorizado e deslumbrado com a surpresa.

— Você me escolheu, não foi o Beatinho nem o Conselheiro — disse, numa voz abafada. — Não me fez nenhum favor.

— Não mesmo — reconheceu João Abade. — Mas não o escolhi para fazer um favor, nem para fazer um mal, e sim porque você é o melhor. Vá para Belo Monte e comece a trabalhar.

— Louvado seja o Bom Jesus Conselheiro — disse o negro. Levantou-se da pedra em que estava sentado e se afastou pela planície coberta de cascalho.

— Louvado seja — disse João Abade. Poucos segundos depois viu que o ex-escravo começava a correr.

— Ou seja, você faltou ao seu dever duas vezes — diz Rufino. — Não o matou, como queria Epaminondas. E mentiu, fazendo-o acreditar que o homem estava morto. Duas vezes.

— Só a primeira é grave — diz Caifás. — Eu entreguei os cabelos dele e um cadáver. Era de outro, mas ninguém podia saber. E o forasteiro logo será um cadáver, se já não for. Essa falta é leve.

Na margem avermelhada do Itapicuru, no lado oposto aos curtumes de Queimadas, nesse sábado, como todos os sábados, espalham-se bancas e barracas com vendedores, vindos de toda a região, apregoando suas mercadorias. As discussões entre feirantes e fregueses se elevam acima do mar de cabeças com ou sem chapéus que enegrece a feira e se misturam com relinchos, latidos, zurros, gritaria de crianças e brindes de bêbados. Os mendigos estimulam a generosidade das pessoas exagerando nas contorções dos seus membros aleijados, e há cantores com violões, diante de pequenos grupos, entoando histórias de amor e de guerras entre hereges e cruzados cristãos. Sacudindo as saias, todas enfeitadas e com braceletes, ciganas jovens e velhas adivinham o futuro.

— De toda forma, eu agradeço — diz Rufino. — Você é um homem de honra, Caifás. Por isso sempre o respeitei. Por isso todos o respeitam.

— Qual é o dever maior? — diz Caifás. — Com o patrão ou com o amigo? Até um cego veria que minha obrigação era fazer o que fiz.

Muito sérios, caminham lado a lado, indiferentes à paisagem heteróclita, promíscua, multicolorida. Abrem caminho sem pedir licença, afastando as pessoas com o olhar ou a pressão dos ombros. Às vezes alguém os cumprimenta, de uma banca ou barraca, e ambos respondem de maneira tão fria que ninguém se aproxima. Como se tivessem combinado, dirigem-se a uma birosca de bebidas — bancos de madeira, tábuas e uma enramada — onde há menos gente.

— Se eu o liquidasse em Ipupiará, ofenderia você — diz Caifás, parecendo enunciar uma coisa pensada e repensada. — Estaria impedindo você de lavar sua honra.

— Por que vieram matá-lo aqui, na primeira vez? — interrompe Rufino. — Por que na minha casa?

— Epaminondas queria que morresse na sua casa — diz Caifás. — Mas nem você nem Jurema deviam morrer. E, para não machucá-la, meus homens morreram. — Cospe para cima, pelo canto da boca, e fica pensando. — Talvez tenham morrido por minha culpa. Não pensei que ele ia se defender, que sabia lutar. Não parecia.

— Não — diz Rufino. — Não parecia.

Sentam-se e juntam as cadeiras para conversar sem ser ouvidos. A mulher do balcão lhes dá dois copos e pergunta se querem cachaça. Sim, querem. Traz uma garrafa que está pela metade, o rastreador serve e os dois bebem, sem brindar. Agora é Caifás quem enche os copos. É mais corpulento que o rastreador e os seus olhos, sempre imóveis, não têm brilho. Está usando uma roupa de couro, como de costume, empoeirada de alto a baixo.

— Ela salvou o inglês? — pergunta Rufino, afinal, baixando os olhos. — Segurou o braço dele?

— Foi assim que soube que ela se tornara sua mulher — confirma Caifás. Em seu rosto ainda há sinais da surpresa que teve aquela manhã. — Quando pulou e desviou o meu braço, quando me atacou junto com ele. — Encolhe os ombros e cospe. — Já era mulher dele, o que podia fazer senão defendê-lo?

— Sim — diz Rufino.

— Não entendo por que não me mataram — diz Caifás. — Perguntei isso a Jurema, em Ipupiará, e ela não soube explicar. Esse forasteiro é esquisito.

— É — diz Rufino.

Entre o povo da feira, ainda há soldados. São os remanescentes da expedição do major Brito, que continuam aqui, esperando, dizem, a chegada de um exército. Estão com os uniformes esfarrapados, vagabundeiam feito almas penadas, dormem na praça da Matriz, na estação, nas barrancas do rio. Também andam entre as bancas, em grupos de dois, de quatro, olhando com cobiça as mulheres, a comida, o álcool à sua volta. Os moradores do lugar se obstinam em não falar com eles, não ouvi-los, não vê-los.

— As promessas deixam a gente de mãos amarradas, não é mesmo? — diz Rufino, tímido. Uma ruga profunda corta a sua testa.

— Deixam — assente Caifás. — Mas como se desamarrar de uma promessa feita ao Bom Jesus ou à Virgem?

— E de uma promessa ao barão? — diz Rufino, adiantando a cabeça.

— Essa, o barão pode desamarrar — responde Caifás. Volta a encher os copos, e bebem. Em meio ao rumor da feira explode uma discussão violenta, distante, que termina em risadas. O céu está encoberto, como se fosse chover.

— Sei o que você está sentindo — diz Caifás, de repente. — Sei que não dorme, que tudo na vida morreu para você. E até quando convive com os outros, como agora, comigo, está se vingando. É assim, Rufino, é assim quando se tem honra.

Um grupo de formigas percorre a mesa em fila indiana, contornando a garrafa já vazia. Rufino vê como avançam e desaparecem. Está com o copo na mão, apertando com força.

— Há uma coisa que você não pode esquecer — continua Caifás. — A morte não é o suficiente, não lava a afronta. Só a mão, ou um chicote na cara. Isso sim. Porque a cara é tão sagrada como a mãe, ou a mulher.

Rufino se levanta. A dona da barraca se aproxima e Caifás mete a mão no bolso, mas o rastreador interrompe o seu gesto e paga a conta. Esperam o troco em silêncio, distanciados pelos pensamentos.

— É verdade que sua mãe foi para Canudos? — pergunta Caifás. E, quando Rufino confirma: — Muitos estão indo. Epaminondas contratou mais homens para a Guarda Rural. Vai chegar um exército e ele quer ajudá-lo. Também tem gente da minha família com o santo. É difícil fazer guerra contra a própria família, não é mesmo, Rufino?

— Minha guerra é outra — murmura Rufino, guardando as moedas que a mulher lhe entrega.

— Espero que você o encontre, que a doença não o tenha matado — diz Caifás.

Suas silhuetas se desvanecem no tumulto da feira de Queimadas.

— Há uma coisa que não entendo, barão — repetiu o coronel José Bernardo Murau, espreguiçando-se na cadeira de balanço, que ele fazia oscilar devagarinho, impulsionada pelo pé. — O coronel Moreira César nos odeia e nós o odiamos. Sua chegada é uma grande vitória de Epaminondas e uma derrota do que nós defendemos, isto é, que o Rio não se intrometa nos nossos assuntos. No entanto, o Partido Autonomista o recebe em Salvador como um herói, e agora disputamos com Epaminondas para ver quem ajuda mais o Cortapescoços.

O aposento, fresco, caiado, velho, com rachaduras na parede, parecia descuidado; num vaso de cobre havia um ramo de flores murchas e o assoalho estava todo solto. Pelas janelas viam-se os canaviais, acesos pelo sol, e, bem perto da casa, um grupo de homens selando uns cavalos.

— As coisas estão muito confusas, meu querido José Bernardo — sorriu o barão de Canabrava. — Agora, nem as pessoas inteligentes se orientam bem na selva em que nós vivemos.

— Inteligente nunca fui, isso não é virtude de fazendeiros — resmungou o coronel Murau. Fez um gesto vago para o lado de fora. — Passei meio século aqui para depois, na velhice, ver tudo desmoronar. Meu consolo é que vou morrer logo e sem assistir à ruína total desta terra.

Era, de fato, um homem velhíssimo, ossudo, com uma pele lustrosa e umas mãos calejadas que não paravam de coçar o rosto mal barbeado. Vestia, como um peão, uma calça desbotada, a camisa aberta e, em cima, um colete de couro cru que tinha perdido os botões.

— Os maus tempos vão passar logo — disse Adalberto de Gumúcio.

— Para mim, não — o fazendeiro estalou os ossos dos dedos. — Sabem quanta gente saiu destas terras nos últimos anos? Centenas de famílias. A seca de 1877, os sonhos dos cafezais no Sul, da borracha na Amazônia, e, agora, essa maldita Canudos. Sabem a quantidade de pessoas que está indo para Canudos? Abandonando casas, animais, trabalho, tudo? Para esperar lá o Apocalipse e a chegada do rei Dom Sebastião? — Olhou-os, arrasado pela imbecilidade humana. — Digo a vocês o que vai acontecer, mesmo não sendo muito inteligente. Moreira César deve impor Epaminondas como governador da Bahia e ele e seus achegados vão nos hostilizar de tal maneira que precisaremos vender nossas fazendas a qualquer preço ou dá-las, e ir embora também.

Na frente do barão e de Gumúcio havia uma mesinha com refrescos e uma cesta de biscoitos, que ninguém tinha provado. O barão abriu uma caixinha de rapé, ofereceu aos amigos e aspirou com deleite. Ficou de olhos fechados por um instante.

— Não vamos dar o Brasil de presente aos jacobinos, José Bernardo — disse, abrindo os olhos. — Eles prepararam esta operação com muita astúcia, mas não vão ter sucesso.

— O Brasil já é deles — interrompeu Murau. — Prova disso é que Moreira César vem para cá, mandado pelo governo.

— Ele foi nomeado por pressão do Clube Militar do Rio, um pequeno reduto jacobino, aproveitando a doença do presidente Prudente de Morais — disse o barão. Na realidade, é uma conspiração contra Morais. O plano é claríssimo. Canudos é um pretexto para que o seu homem se engrandeça, com mais glória e prestígio. Moreira César esmaga uma conspiração monarquista! Moreira César salva a República! Não é a melhor prova de que só o Exército pode garantir a segurança nacional? O Exército ao poder, então. Uma República Ditatorial. — Antes estava sorridente, mas agora ficou sério. — Não vamos permitir isto, José Bernardo. Porque não vão ser os jacobinos, nós é que vamos esmagar a conspiração monarquista. — Fez uma careta de nojo. — Não podemos agir como cavalheiros, querido. A política é uma atividade de rufiões.

A frase tocou em algum ponto íntimo do velho Murau, porque sua fisionomia se animou e todos o viram rir de novo.

— Está bem, eu me rendo, senhores rufiões — exclamou. — Vou mandar fornecer ao Cortapescoços mulas, guias, provisões e o que mais for preciso. Também vou ter que alojar aqui o Sétimo Regimento?

— Com certeza absoluta nem passará pelas suas terras — agradeceu-lhe o barão. — Nem vai precisar ver sua cara.

— Não podemos deixar que o Brasil pense que estamos sublevados contra a República, e até conspirando com a Inglaterra para restaurar a monarquia — disse Adalberto de Gumúcio. — Você não percebe, José Bernardo? Precisamos desmanchar essa intriga, e rápido. Com o patriotismo não se brinca.

— Epaminondas brincou, e bem — resmungou Murau.

— É verdade — admitiu o barão. — Eu, você, Adalberto, Viana, todos nós pensávamos que não era preciso levá-lo a sério. Mas a verdade é que Epaminondas demonstrou ser um adversário perigoso.

— Toda essa intriga contra nós é uma coisa barata, grotesca, de uma vulgaridade total — disse Gumúcio.

— Mas tem dado bons resultados, por enquanto. — O barão deu uma olhada para fora: sim, os cavalos estavam prontos. Disse aos amigos que era melhor seguir viagem de uma vez, pois já atingira o seu objetivo: convencer o fazendeiro mais teimoso da Bahia. Iria ver se Estela e Sebastiana podiam partir. José Bernardo Murau lhe recordou então que um homem, vindo de Queimadas, já o esperava há duas horas. O barão tinha se esquecido completamente dele. "É verdade, é verdade", murmurou. E mandou que o deixassem entrar.

Um instante depois o perfil de Rufino se recortou na porta. Todos o viram tirar o chapéu de palha, cumprimentar o dono de casa e Gumúcio, dirigir-se até o barão, inclinar-se e beijar sua mão.

— Que alegria vê-lo, afilhado — disse este, batendo com afeto em suas costas. — Que bom que veio nos ver. Como vai Jurema? Por que não a trouxe? A Estela gostaria de vê-la.

Notou que o guia permanecia cabisbaixo, torcendo o chapéu, e em seguida viu-o terrivelmente envergonhado. Suspeitou então qual podia ser o motivo da visita do seu antigo peão.

— Houve alguma coisa com a sua mulher? — perguntou. — Jurema está doente?

— Quero que me dê licença para quebrar a promessa, padrinho — disse Rufino, de supetão. Gumúcio e Murau, que estavam distraídos, logo ficaram interessados no diálogo. Naquele silêncio, que agora estava enigmático e tenso, o barão custou a entender o significado do que ouvia, a descobrir o que lhe pediam.

— Jurema? — disse, piscando, recuando, vasculhando a memória. — Ela lhe fez alguma coisa? Não abandonou você, não é mesmo, Rufino? Então quer dizer que sim, que ela foi embora com outro homem?

A moita de cabelos murchos e sujos que tinha à sua frente confirmou quase imperceptivelmente. O barão entendeu por que Rufino escondia os olhos, e captou o esforço que estava fazendo e como sofria. Sentiu compaixão por ele.

— Para quê, Rufino? — disse, fazendo um gesto de pesar. — O que você ganharia com isso? Vai se desgraçar duas vezes em vez de uma. Se ela foi embora, de certa forma morreu, ela mesma se matou. Esqueça Jurema. Esqueça Queimadas por algum tempo, também. Logo vai arranjar outra mulher, que seja fiel. Venha conosco para Calumbi, onde tem tantos amigos.

Gumúcio e José Bernardo Murau esperavam curiosos a resposta de Rufino. O primeiro tinha servido refresco num copo que segurava junto aos lábios, sem beber.

— Quero que me dê licença para quebrar a promessa, padrinho — disse afinal o rastreador, sem levantar os olhos.

Um sorriso cordial, de aprovação, brotou em Adalberto de Gumúcio, muito atento à conversa entre o barão e seu ex-empregado. José Bernardo Murau, em contrapartida, bocejava. O barão disse a si mesmo que qualquer argumentação seria inútil, que tinha que aceitar o inevitável e dizer sim ou não, mas não se iludir tentando fazer Rufino mudar sua decisão. Mesmo assim, quis ganhar tempo:

— Quem a roubou? — murmurou. — Com quem ela foi embora?

Rufino esperou um segundo antes de falar.

— Um estrangeiro que esteve em Queimadas — disse. Fez outra pausa e, com sábia lentidão, acrescentou: — Tinha ido me procurar. Queria ir a Canudos, levar armas para os jagunços.

O copo caiu das mãos de Adalberto de Gumúcio e se estilhaçou aos seus pés, mas nem o ruído, nem os salpicos, nem a chuva de cacos distraiu os três homens que, com os olhos esbugalhados, olhavam surpresos o rastreador. Este permanecia imóvel, cabisbaixo, calado, parecendo ignorar o efeito que acabava de provocar. O barão foi o primeiro a se recompor.

— Um estrangeiro queria levar armas para Canudos? — o esforço que fazia para parecer natural alterava ainda mais a sua voz.

— Queria mas não levou — disse a moita de cabelos sujos. Rufino mantinha a postura respeitosa e olhava o tempo todo para o chão. — O coronel Epaminondas mandou matá-lo. E pensa que está morto. Mas não está. Jurema o salvou. E agora Jurema e ele estão juntos.

Gumúcio e o barão se olharam, maravilhados, enquanto José Bernardo Murau fazia esforços para se levantar da cadeira de balanço, resmungando qualquer coisa. O barão se ergueu antes. Estava pálido e suas mãos tremiam. Rufino continuava sem notar a agitação que provocara nos três homens.

— Quer dizer que Galileo Gall está vivo — articulou, afinal, Gumúcio, dando um soco na palma da mão. — Quer dizer que o cadáver queimado, a cabeça cortada e toda aquela truculência...

— Não cortaram, não, senhor — interrompeu Rufino, e mais uma vez reinou um silêncio elétrico na salinha desarrumada. — Cortaram o cabelo dele. O cadáver era de um maluco que assassinou os próprios filhos. O estrangeiro está vivo.

Calou-se e, por mais que Adalberto de Gumúcio e José Bernardo Murau lhe fizessem várias perguntas ao mesmo tempo, e lhe pedissem detalhes e exigissem que falasse, Rufino permaneceu em silêncio. O barão conhecia bastante bem o povo da sua terra para saber que o guia já dissera o que tinha a dizer e que mais ninguém nem coisa alguma ia tirar dele uma palavra a mais.

— Alguma outra coisa para nos contar, afilhado? — pusera a mão no seu ombro e não escondia o quanto estava comovido.

Rufino balançou a cabeça.

— Obrigado por ter vindo — disse o barão. — Você me fez um grande favor, filho. A todos nós. Ao país também, mesmo sem saber.

Ouviu-se a voz de Rufino outra vez, mais insistente que antes:

— Quero quebrar a promessa que lhe fiz, padrinho.

O barão fez que sim, pesaroso. Pensou que ia ditar uma sentença de morte contra alguém que talvez fosse inocente, ou tinha razões poderosas e respeitáveis, e que iria se sentir mal e repugnado pelo que estava a ponto de dizer, mas não podia fazer outra coisa.

— Aja como a sua consciência mandar — murmurou. — Que Deus o acompanhe e o perdoe.

Rufino ergueu a cabeça, suspirou, e o barão viu que seus olhinhos estavam injetados e úmidos, seu rosto era o de um homem que sobreviveu a uma terrível provação. Ajoelhou-se, e o barão fez o sinal da cruz em sua testa e lhe deu a mão outra vez para beijar. O rastreador se levantou e saiu do aposento sem sequer olhar para as outras duas pessoas.

O primeiro a falar foi Adalberto de Gumúcio:

— Eu me rendo, presto a minha homenagem — disse, examinando os cacos de vidro espalhados aos seus pés. — Epaminondas é um homem de grandes recursos. Realmente, estávamos errados a respeito dele.

— Pena que não seja dos nossos — acrescentou o barão. Mas, apesar da extraordinária descoberta que tinha feito, não pensava em Epaminondas Gonçalves, pensava em Jurema, a moça que Rufino ia matar, e na tristeza de sua mulher se chegasse a saber disso.

III

— O decreto está aí desde ontem — diz Moreira César, apontando com o chicote para o cartaz que obriga a população civil a declarar ao Sétimo Regimento todas as armas de fogo em seu poder. — E foi proclamado antes da revista, hoje de manhã, quando a coluna chegou. Eles sabiam o risco que corriam, senhores.

Os prisioneiros estão amarrados de costas, e não há marcas de violência em seus rostos nem nos corpos. Descalços, sem chapéu, poderiam ser pai e filho, tio e sobrinho, ou dois irmãos, pois os traços do jovem repetem os do mais velho e ambos têm uma maneira parecida de olhar para a mesinha de campanha do tribunal que acaba de julgá-los. Dos três oficiais que serviram de juízes, dois já estão saindo, com a mesma pressa com que chegaram e sentenciaram, ao encontro das companhias que continuam chegando a Cansanção e se agregam às que já estão acampadas no povoado. Só Moreira César continua lá, junto ao corpo de delito: duas carabinas, uma caixa de balas, um saquinho de pólvora. Os prisioneiros, além de ocultarem as armas, atacaram e feriram um dos soldados que foi prendê-los. Toda a população de Cansanção — umas poucas dezenas de camponeses — está no descampado, atrás de soldados com baioneta calada que os impedem de se aproximar.

— Por este lixo, não valia a pena — a bota do coronel toca nas carabinas. Não há a menor animosidade na sua voz. Vira-se para um sargento que está ao seu lado e, como se perguntasse a hora, diz: — Dê a eles um gole de cachaça.

Quase ao lado dos prisioneiros, apinhados, silenciosos, com caras de estupefação ou de susto, estão os correspondentes. Os que vieram sem chapéu se protegem do mormaço com os lenços. Para além do descampado, ouvem-se os sons de rotina: botinas e botas batendo na terra, cascos e relinchos, vozes de comando, rangidos e risadas. Dir-se-ia que os soldados que chegam já estão descansando e não dão a mínima para o que vai acontecer. O sargento abre uma garrafa e a coloca na boca dos prisioneiros. Ambos bebem um gole prolongado.

— Quero morrer de tiro, coronel — suplica, de repente, o mais jovem.

Moreira César sacode a cabeça.

— Não gasto munição com traidores da República — diz. — Coragem. Morram como homens.

Faz um sinal, e dois soldados desembainham as facas do cinto e avançam. Agem com precisão, com movimentos idênticos: cada qual agarra com a mão esquerda a cabeleira de um prisioneiro, joga a cabeça para trás com um puxão e degolam os dois ao mesmo tempo, com um talho profundo, que corta bruscamente o gemido animal do jovem e o urro do velho:

— Viva o Bom Jesus Conselheiro! Viva Belo...!

Os soldados avançam para impedir a passagem dos moradores do lugar, que não tinham se mexido. Alguns correspondentes baixaram os olhos, outro olha arrasado tudo aquilo, e o jornalista míope do *Jornal de Notícias* faz uma careta. Moreira César olha os corpos caídos, tingidos de sangue.

— Que fiquem expostos embaixo do decreto — diz, suavemente.

E, no mesmo instante, parece se esquecer da execução. Num passo nervoso, rápido, avança pelo descampado, em direção à barraca em que prepararam a sua rede. O grupo de jornalistas se desloca, atrás dele, e o alcança. Prossegue junto com eles, sério, tranquilo, com a pele enxuta, ao contrário dos correspondentes, congestionados pelo calor e a comoção. Não se recuperaram do impacto daquelas gargantas seccionadas a poucos passos deles: o significado de certas palavras, guerra, crueldade, sofrimento, destino, abandonou o domínio abstrato em que vivia e adquiriu uma materialidade mensurável, tangível, que os deixa mudos. Chegam à porta da barraca. Um ordenança entrega uma bacia e uma toalha ao coronel. O comandante do Sétimo Regimento enxágua as mãos e refresca o rosto. O correspondente que vive agasalhado balbucia:

— Podemos dar a notícia dessa execução, Excelência?

Moreira César não ouve ou não se digna a responder.

— No fundo, o homem só teme a morte — diz, enquanto se seca, sem grandiloquência, com naturalidade, como nas conversas que costuma ter à noite com grupos de oficiais. — Por isso, é o único castigo eficaz. Desde que seja aplicada com justiça. Educa a população civil e desmoraliza o inimigo. Parece duro, eu sei. Mas é assim que se ganham as guerras. Hoje foi seu batismo de fogo. Agora já sabem do que se trata, senhores.

Despede-se com o cumprimento rapidíssimo, glacial, que eles aprenderam a reconhecer como final irreversível da entrevista. Vira as costas e entra na barraca, onde podem divisar uma agitação de uniformes, um mapa aberto e um punhado de auxiliares que batem os calcanhares. Confusos, atormentados, desorientados, voltam pelo descampado até o posto da intendência, onde, cada qual em seu lugar, recebem uma ração idêntica à dos oficiais. Mas hoje certamente não vão conseguir comer nada.

Os cinco estão muito cansados, devido ao ritmo da marcha da coluna. Seus traseiros estão doloridos, as pernas entumecidas, a pele queimada pelo sol desse deserto arenoso, arrepiado de cactos e favela, que separa Queimadas de Monte Santo. Perguntam-se como os que marcham a pé, a imensa maioria do regimento, podem aguentar. Mas muitos não aguentam: já os viram desabar como fardos e ser levados nos braços para as carretas do Serviço de Saúde. Agora sabem que esses homens exaustos, uma vez reanimados, são repreendidos com toda a severidade. "Isto é a guerra?", pensa o jornalista míope. Porque, antes daquela execução, não tinham visto nada parecido com a guerra. Por isso não entendem a veemência do comandante do Sétimo Regimento ao apressar os homens. Será uma corrida rumo a alguma miragem? Não havia tantos boatos sobre a violência dos jagunços no interior? Onde eles estão? Só encontraram povoados semidesertos, cuja população empobrecida os vê passar com indiferença e só responde às suas perguntas com evasivas. A coluna não foi atacada, não se ouviu um tiro. Será verdade que os bois desaparecidos foram roubados pelo inimigo, como garante Moreira César? Aquele homem pequeno e agitado não conquistou sua simpatia, mas os impressiona por sua segurança, pelo fato de quase não comer nem dormir, e por sua energia que não decai um só instante. Quando, à noite, eles se enrolam em cobertores para tentar cochilar, ainda o veem de pé, sem desabotoar a farda nem arregaçar as mangas, percorrendo as fileiras de soldados, parando para trocar umas palavras com os sentinelas ou discutindo com seu Estado-Maior. E, ainda de madrugada, quando soa o clarim e, bêbados de sono, os jornalistas abrem os olhos, ele já está ali, limpo e barbeado, consultando os mensageiros da vanguarda ou examinando as peças de artilharia, como se não tivesse dormido. Até a execução de momentos antes, a guerra, para eles, era só ele. Era o único que falava permanentemente da guerra, e com tal convicção que chegava a convencê-los, a fazer com que se sentissem sitiados, acossados por ela. Convenceu-os de que muitos daqueles seres impassíveis, famintos — idênticos aos executados —, que vêm observá-los quando passam são cúmplices do inimigo e que, atrás desses olhares embaçados, há inteligências que contam, medem, calculam, registram, e que essas informações estão sempre adiante deles, correndo em direção a Canudos. O jornalista míope lembra que o velho deu vivas ao Conselheiro antes de morrer e pensa: "Talvez seja verdade. Talvez todos eles sejam o inimigo."

Desta vez, ao contrário de outros descansos, nenhum dos correspondentes vai deitar-se. Permanecem, solidários na confusão e na angústia, ao lado da barraca dos ranchos, fumando, pensando, e o correspondente do *Jornal de Notícias* não tira os olhos dos cadáveres estendidos ao pé do tronco em que tremula o decreto que desobedeceram. Uma hora depois estão novamente na dianteira da coluna, logo atrás dos estandartes e do coronel Moreira César, rumo a essa guerra que, para eles, agora sim começou.

Têm outra surpresa antes de chegar a Monte Santo, na encruzilhada em que um cartazinho meio apagado indica o desvio para a fazenda de Calumbi; a coluna chega lá seis horas depois de retomar a marcha. Dos cinco correspondentes, só o mirrado cara de espantalho do *Jornal de Notícias* testemunhará o fato de perto. Uma curiosa relação se estabeleceu entre ele e o comandante do Sétimo Regimento, que seria incorreto chamar de amizade ou mesmo de simpatia. Trata-se, antes, de uma curiosidade nascida da mútua repugnância, da atração que os antípodas exercem entre si. Mas o fato é que aquele homem que parece uma caricatura de si mesmo, não apenas quando escreve na insólita prancheta que apoia nas pernas ou nos arreios, molhando a pena num tinteiro portátil que lembra esses recipientes nos quais os caboclos levam o veneno para os dardos de suas balestras de caça, mas também quando caminha ou cavalga, dando sempre a impressão de estar a ponto de desmoronar, parece absorvido, enfeitiçado, obcecado pelo nanico coronel. Não para de observá-lo, não perde uma oportunidade para se aproximar dele e, nas conversas com os colegas, Moreira César é o único assunto que lhe interessa, ainda mais, parece, que Canudos e a guerra. E o que pode ter despertado o interesse do coronel pelo jovem jornalista? Talvez sua excentricidade indumentária e física, essa debilidade óssea, essa desproporção dos membros, essa proliferação de cabelos e pelos, essas unhas compridas que agora estão pretas, essas maneiras suaves, esse conjunto em que não há nada que o coronel chamaria de viril, de marcial. Mas o caso é que há algo nessa figurinha disforme, de voz antipática, que seduz, talvez apesar de si mesmo, o pequeno oficial de ideias fixas e olhos enérgicos. É o único a quem costuma dirigir-se quando conversa com os correspondentes, e algumas vezes dialoga com ele a sós, depois do rancho da tarde. Durante as jornadas, o representante do *Jornal de Notícias*, supostamente por iniciativa de sua cavalgadura, costuma se adiantar e se emparelhar com o coronel. Foi o que aconteceu dessa vez, depois que a coluna partiu de Cansanção. O míope, balançando como um títere, está entre os oficiais e ordenanças que rodeiam o cavalo branco de Moreira César quando este, chegando ao desvio para Calumbi, levanta a mão direita: o sinal de alto.

A escolta se afasta correndo, levando ordens, e o corneteiro dá o toque que vai fazer todas as companhias do regimento pararem. Moreira César, Olímpio de Castro, Cunha Matos e Tamarindo se apeiam; o jornalista míope escorrega até o chão. Atrás, os correspondentes e muitos soldados vão molhar o rosto, braços e pés num poço de água parada. O major e Tamarindo examinam um mapa e Moreira César observa o horizonte com os binóculos. O sol desaparece atrás de uma montanha distante e solitária — Monte Santo —, dando-lhe uma forma espectral. Quando guarda os binóculos, o coronel empalidece. Parece tenso.

— Qual é sua preocupação, Excelência? — pergunta o capitão Olímpio de Castro.

— O tempo — Moreira César fala como se tivesse um corpo estranho na boca. — Que eles fujam antes da nossa chegada.

— Não vão fugir — replica o jornalista míope. — Acham que Deus está do seu lado. E o povo desta terra gosta de briga.

— Para inimigo fugindo, uma salva de palmas — brinca o capitão.

— Não neste caso — articula com dificuldade o coronel. — É preciso dar uma lição aqui que acabe com todas as ilusões monárquicas. E, também, vingar a afronta que fizeram ao Exército.

Fala com misteriosas pausas entre sílaba e sílaba, desafinando. Abre a boca para acrescentar alguma coisa, mas não o faz. Está lívido e com as pupilas irritadas. Senta-se num tronco caído e tira o quepe, lentamente. O correspondente do *Jornal de Notícias* também se senta, quando vê Moreira César pôr as mãos no rosto. Seu quepe cai no chão, o coronel se levanta com um pulo e começa a cambalear, congestionado, enquanto arranca os botões da camisa, aos safanões, como se estivesse sufocado. Gemendo, soltando espuma pela boca, tomado por contorções, rola até os pés do capitão Olímpio de Castro e do jornalista, que não atinam o que fazer. Quando se inclinam, Tamarindo, Cunha Matos e vários ordenanças já estão correndo para lá.

— Não toquem nele — grita o coronel, com um gesto enérgico. — Rápido, um cobertor. Chamem o doutor Souza Ferreiro. Ninguém se aproxime! Para trás, para trás.

O major Cunha Matos puxa o jornalista, obrigando-o a recuar, e, junto com os ordenanças, vai ao encontro dos correspondentes. Afastam-nos dali, sem muita conversa. Enquanto isso, alguém joga um cobertor em cima de Moreira César, e Olímpio de Castro e Tamarindo dobram suas jaquetas para servirem de travesseiro.

— Abra a boca e puxe a língua — diz o velho coronel, perfeitamente consciente do que tem que fazer. Vira-se para dois soldados da escolta e manda armarem uma barraca.

O capitão abre a boca de Moreira César à força. As convulsões continuam, por um bom tempo. O doutor Souza Ferreiro chega, afinal, numa carreta do Serviço de Saúde. Já haviam armado a barraca e Moreira César está deitado num catre de campanha. Tamarindo e Olímpio de Castro permanecem ao seu lado, revezando-se para manter sua boca aberta e o corpo agasalhado. Com a cara suada, de olhos fechados, tomado de inquietação, emitindo um gemido entrecortado, o coronel, de quando em quando, solta uma golfada de espuma. O doutor e o coronel Tamarindo trocam um olhar, e nenhuma palavra. O capitão explica como foi o ataque, quanto tempo faz, enquanto Souza Ferreiro vai tirando a jaqueta e dizendo a um ajudante que leve o estojo de primeiros socorros ao catre. Os oficiais saem da barraca para que o médico examine o paciente com liberdade.

Sentinelas armadas isolam a barraca do resto da coluna. Ali perto, espiando entre os fuzis, estão os correspondentes. Atacaram o jornalista míope com perguntas, e este já contou tudo o que viu. Entre as sentinelas e o acampamento há uma terra de ninguém que nenhum oficial ou soldado atravessa sem ter sido chamado pelo major Cunha Matos, que passeia de um lado para o outro de mãos nas costas. O coronel Tamarindo e o capitão Olímpio de Castro se juntaram a ele e os correspondentes os veem caminhando em volta da barraca. Seus rostos vão escurecendo à medida que se apaga o grande fogo do crepúsculo. Vez por outra Tamarindo entra na barraca, sai, e os três recomeçam o passeio. Transcorrem assim muitos minutos, talvez meia hora, talvez uma hora, pois quando, subitamente, o capitão Castro se dirige aos jornalistas e pede ao correspondente do *Jornal de Notícias* que o acompanhe, já acenderam uma fogueira e, lá atrás, soa a corneta do rancho. As sentinelas deixam o míope passar, e o capitão o leva até o coronel e o major.

— O senhor conhece a região, pode ajudar-nos — murmura Tamarindo, sem o tom bonachão que lhe é característico, vencendo talvez uma repugnância íntima de tocar no assunto com um estranho. — O doutor insiste que o coronel deve ser levado para um lugar com certas comodidades, onde possa ser bem atendido. Há alguma fazenda aqui perto?

— Claro que há — diz a vozinha aguda. — O senhor sabe disso tão bem quanto eu.

— Quer dizer, além de Calumbi — corrige o coronel Tamarindo, embaraçado. — O coronel recusou terminantemente o convite do barão para hospedar o regimento. Não é o lugar adequado para levá-lo.

— Não há nenhuma outra fazenda — diz, enérgico, o jornalista míope, que vasculha as penumbras na direção da barraca de campanha, de onde sai um clarão esverdeado. — Tudo o que a vista alcança entre Cansanção e Canudos pertence ao barão de Canabrava.

O coronel olha para ele, compungido. Nesse momento o doutor Souza Ferreiro sai da barraca, enxugando as mãos. É um homem grisalho e com grandes entradas na testa, usando farda. Os oficiais o rodeiam, esquecendo o jornalista que, no entanto, permanece ali e aproxima irreverentemente seus olhos ampliados pelas lentes dos óculos.

— Foi o desgaste físico e nervoso dos últimos dias — queixa-se o doutor, pondo um cigarro entre os lábios. — Já faz dois anos, e foi se repetir justamente agora. Culpa do azar, armadilha do Diabo, sei lá. Fiz uma sangria, para a congestão. Mas ele precisa de banhos, fricções, o tratamento completo. A decisão é dos senhores.

Cunha Matos e Olímpio de Castro olham para o coronel Tamarindo. Este pigarreia, sem dizer nada.

— O senhor insiste que o levemos para Calumbi, mesmo sabendo que o barão está lá? — diz, afinal.

— Eu não falei de Calumbi — replica Souza Ferreiro. — Só digo o que o paciente precisa. E permitam-me acrescentar uma coisa. É uma verdadeira temeridade deixá-lo aqui, nestas condições.

— O senhor conhece o coronel — intervém Cunha Matos. — Vai se sentir ofendido e humilhado na casa de um dos chefes da subversão monarquista.

O doutor Souza Ferreiro encolhe os ombros:

— Acato sua decisão. Sou um subordinado. Mas não posso assumir a responsabilidade.

Uma agitação às suas costas faz os quatro oficiais e o jornalista olharem para a barraca de campanha. Moreira César, visível sob a luz fraca que vem do interior, está rugindo algo que não se entende. Seminu, apoiado na lona com as duas mãos, tem umas formas escuras e imóveis no peito que devem ser sanguessugas. Só se aguenta em pé por alguns segundos. Depois o veem desabar no chão, gemendo. O doutor se ajoelha para abrir sua boca enquanto os oficiais o pegam pelos pés, pelos braços, pelas costas, para deitá-lo de novo no catre dobrável.

— Eu assumo a responsabilidade de levá-lo para Calumbi, Excelência — diz o capitão Olímpio de Castro.

— Está bem — admite Tamarindo. — Acompanhe Souza Ferreiro com uma escolta. Mas o regimento não vai para a fazenda do barão. Acampa aqui.

— Posso ir com ele, capitão? — diz, na penumbra, a voz intrusa do jornalista míope. — Conheço o barão. Trabalhei no jornal dele antes de entrar no *Jornal de Notícias*.

Ainda ficaram dez dias em Ipupiará após a visita dos capangas a cavalo que, como único butim, levaram uma cabeleira vermelha. O forasteiro começou a melhorar. Uma noite, a Mulher Barbuda ouviu-o conversar, num português arrevezado, com Jurema, perguntando-lhe que país era este, que mês e que dia. Na tarde seguinte, desceu da carroça e conseguiu dar uns passos cambaleantes. E duas noites depois estava no armazém de Ipupiará, sem febre, abatido, bem-disposto, acossando o dono (que se divertia observando sua cabeça) com perguntas sobre Canudos e a guerra. Quis confirmar várias vezes, numa espécie de frenesi, que um exército de meio milhar de homens que viera da Bahia sob o comando do major Febrônio foi derrotado no Cambaio. A notícia o excitou de tal forma que Jurema, a Mulher Barbuda e o Anão pensaram que ia começar de novo a delirar em língua estranha. Mas Gall, depois de tomar um copinho de cachaça com o dono do armazém, caiu num sono profundíssimo que durou dez horas.

Voltaram à estrada por iniciativa de Gall. Os artistas do circo prefeririam ficar mais tempo em Ipupiará, onde, mal ou bem, podiam comer, divertindo os moradores com suas histórias e palhaçadas. Mas o forasteiro receava que os capangas voltassem para levar, dessa vez, a sua cabeça. Estava curado: falava com tanta energia que a Mulher Barbuda, o Anão e até o Idiota o ouviam embevecidos. Precisavam adivinhar parte do que dizia e ficavam intrigados com sua mania de falar dos jagunços. A Mulher Barbuda perguntou a Jurema se ele era um desses apóstolos do Bom Jesus que percorrem o mundo. Não, não era: não estava em Canudos, não conhecia o Conselheiro, nem mesmo acreditava em Deus. Jurema também não entendia essa mania. Quando Gall disse que ia partir para o norte, o Anão e a Mulher Barbuda decidiram segui-lo. Não sabiam explicar por quê. Talvez a causa tenha sido a gravidade, os corpos fracos imantados pelos fortes, ou, simplesmente, o fato de não terem nada melhor a fazer, nenhuma alternativa, nenhuma vontade a opor à vontade de quem, ao contrário deles, parecia possuir um itinerário na vida.

Partiram ao amanhecer e andaram o dia inteiro entre pedras e mandacarus afiados, sem trocar uma palavra, na frente a carroça, aos lados a Mulher Barbuda, o Anão e o Idiota, Jurema logo atrás das rodas e, fechando a caravana, Galileo Gall. Para se proteger do sol, estava usando um chapéu que tinha sido do Gigantão Pedrim. Havia emagrecido tanto que suas calças pareciam folgadas e a camisa escorregava para baixo. O raspão incandescente da bala lhe deixara uma mancha violácea atrás da orelha, e a faca de Caifás, uma cicatriz sinuosa entre o pescoço e o ombro. A magreza e a palidez pareciam ter exacerbado a turbulência dos seus olhos. No quarto dia de caminhada, numa curva do chamado Sítio das Flores, encontraram um bando de homens famintos que se apoderou do burro. Estavam numa capoeira de cardos e mandacarus, cortada por um leito seco de rio. Ao longe, viam-se as encostas da serra da Engorda. Os bandidos eram oito, alguns com roupas de couro, os chapéus enfeitados com moedas e armados de facas, carabinas e cartucheiras. O chefe, baixo e barrigudo, com um perfil de ave de rapina e olhos cruéis, era chamado de Barbadura, apesar de ser imberbe. Deu algumas instruções lacônicas, e seus homens mataram o animal num abrir e fechar de olhos e depois cortaram, esfolaram e assaram sua carne em pedaços que, mais tarde, devoraram com avidez. Deviam estar sem comer há vários dias porque, de tão felizes com o festim, alguns começaram a cantar.

Vendo aquilo, Galileo se perguntava quanto tempo os abutres e o clima demorariam para transformar aquele cadáver nos montinhos de ossos polidos que costumava encontrar pelo sertão, ossaturas, rastros, memórias de homem ou de animal que mostravam ao viajante seu destino em caso de desmaio ou de morte. Estava sentado na carroça, junto com a Mulher Barbuda, o Anão, o Idiota e Jurema. Barbadura tirou o chapéu, em cuja aba dianteira brilhava uma libra esterlina, e fez um gesto aos artistas do circo para que também comessem. O primeiro a tomar coragem foi o Idiota, que se ajoelhou e alongou os dedos por entre a fumaça. Foi imitado pela Mulher Barbuda, o Anão e Jurema. Logo depois todos eles comiam com apetite, misturados com os bandoleiros. Gall se aproximou do fogo. A intempérie o tinha queimado e curtido como um sertanejo. Desde que viu Barbadura tirar o chapéu, não parava de olhar sua cabeça. E continuava olhando-a enquanto dava a primeira mordida. Ao tentar engolir, teve ânsias de vômito.

— Só pode comer coisas macias — explicou Jurema aos homens. — Esteve doente.

— É estrangeiro — acrescentou o Anão. — Fala línguas.

— Só os inimigos me olham assim — disse o chefe, com rudeza. — Tire os olhos de mim, não estou gostando.

Porque Gall, nem mesmo enquanto vomitava, tinha parado de observá-lo. Todos se viraram em sua direção. Galileo, sem parar de olhar, avançou alguns passos até ficar ao alcance de Barbadura.

— Só me interessa a sua cabeça — disse, bem devagar. — Deixe-me tocar nela.

O bandido levou a mão à faca, como se fosse atacá-lo. Gall o acalmou, sorrindo.

— Deixe ele tocar — grunhiu a Mulher Barbuda. — Vai dizer os seus segredos.

O bandoleiro examinou Gall com curiosidade. Estava com um pedaço de carne na boca, mas não mastigava.

— Você é sábio? — perguntou, e a crueldade dos seus olhos tinha evaporado subitamente.

Gall tornou a sorrir e deu mais um passo à frente, quase encostando nele. Era mais alto que o cangaceiro, cuja cabeça hirsuta mal lhe passava dos ombros. Os artistas do circo e os cangaceiros assistiam, intrigados. Barbadura, ainda com a mão na faca, parecia inquieto e ao mesmo tempo curioso. Galileo levantou as duas mãos, pousou-as na cabeça do jagunço e começou a apalpar.

— Já houve um tempo em que quis ser sábio — declarou, enquanto seus dedos se moviam, devagar, afastando as mechas, explorando com arte o couro cabeludo. — A polícia não me deu tempo.

— As volantes? — entendeu Barbadura.

— Nisso nós nos parecemos — disse Gall. — Temos o mesmo inimigo.

Os olhinhos de Barbadura se encheram subitamente de pânico: parecia encurralado, sem escapatória.

— Quero saber como vai ser a minha morte — sussurrou, violentando-se.

Os dedos de Gall escarvavam a pelame do cangaceiro, detendo-se, principalmente, acima e atrás das orelhas. Estava muito sério, com o olhar febril que tinha nos momentos de euforia. A ciência não errava: o órgão da Agressividade, o dos propensos a atacar, o dos que se deleitam lutando, o dos indômitos e dos imprudentes, vinha ao encontro dos seus dedos, rotundo, insolente, em ambos os hemisférios. Mas era sobretudo o órgão da Destrutividade, o dos vingativos, dos intemperantes e dos desalmados, aquele que cria os grandes sanguinários quando os poderes morais e intelectuais não se contrapõem, que sobressaía anormalmente: dois inchaços duros, incandescentes, acima das orelhas. "O homem predador", pensou.

— Não escutou? — rugiu Barbadura, afastando-se com um movimento brusco que quase o fez tropeçar. — Como vou morrer?

Gall balançou a cabeça, desculpando-se:

— Não sei — disse. — Não está escrito nos seus ossos.

Os homens do bando se dispersaram, voltaram para as brasas em busca de comida. Mas os do circo ficaram ao lado de Gall e de Barbadura, que estava pensativo.

— Não tenho medo de nada — disse, gravemente. — Quando estou acordado. Mas de noite é diferente. Às vezes vejo o meu esqueleto. Parece que está me esperando, sabe?

Fez um gesto de contrariedade, passou a mão na boca, cuspiu. Parecia perturbado e todos ficaram um instante em silêncio, ouvindo o zumbido das moscas, vespas e varejeiras nos restos do burro.

— Não é um sonho novo — prosseguiu o bandoleiro. — Já sonhava isso quando era menino, no Cariri, muito antes de vir para a Bahia. E, também, quando andava com Pajeú. Às vezes fico anos sem sonhar. E, de repente, começa outra vez, todas as noites.

— Pajeú? — disse Gall, fitando Barbadura com ansiedade. — O da cicatriz? O que...?

— Pajeú — confirmou o cangaceiro. — Fiquei cinco anos com ele, e nunca tivemos uma discussão. Era o melhor de todos na luta.

Um anjo tocou nele e o converteu. Agora é escolhido de Deus, lá em Canudos.

Encolheu os ombros, como se aquilo fosse difícil de entender ou não lhe interessasse.

— Já esteve em Canudos? — perguntou Gall. — Conte. O que está acontecendo lá? Como é?

— Dizem muitas coisas por aí — respondeu Barbadura, cuspindo. — Que mataram muitos soldados de um tal Febrônio. Penduraram nas árvores. Se não enterram, o Cão leva o cadáver, parece.

— Estão bem armados? — insistiu Gall. — Podem resistir a outro ataque?

— Podem — grunhiu Barbadura. — Têm mais gente, além de Pajeú. Também estão lá João Abade, Taramela, Joaquim Macambira e os filhos, Pedrão. Os cabras mais terríveis destas terras. Eles se odiavam e se matavam uns aos outros. Agora são irmãos e só lutam pelo Conselheiro. Vão para o céu, apesar das maldades que fizeram. O Conselheiro os perdoou.

A Mulher Barbuda, o Idiota, o Anão e Jurema estavam sentados no chão e ouviam, maravilhados.

— O Conselheiro beija a testa dos romeiros — acrescentou Barbadura. — O Beatinho manda ficarem ajoelhados e o Conselheiro os levanta e os beija. É o ósculo dos escolhidos. As pessoas choram de felicidade. Você já é um escolhido, sabe que vai para o céu. Que importância tem a morte, depois disso?

— Você também deveria estar em Canudos — disse Gall. — São seus irmãos, também. Lutam para que o céu desça à terra. Para que esse inferno que você tanto teme desapareça.

— Não tenho medo do inferno, e sim da morte — corrige Barbadura, sem irritação. — Ou melhor, do pesadelo, do sonho da morte. É diferente, percebe?

Cuspiu de novo, com uma expressão atormentada. De repente se dirigiu a Jurema, apontando para Gall:

— Seu marido alguma vez sonha com o próprio esqueleto?

— Não é meu marido — replicou Jurema.

João Grande entrou correndo em Canudos, a cabeça ainda aturdida pela responsabilidade que acabavam de dar-lhe e que, a cada segundo, considerava mais imerecida para a sua pobre pessoa pecadora que um dia pensou estar possuída pelo Cão (era um temor que voltava, como as estações). Havia aceitado, não podia voltar atrás. Parou perto das primeiras casas, sem saber o que fazer. Tinha a intenção de falar com Antônio Vilanova, pedir que ele lhe explicasse como organizar a Guarda Católica. Mas, agora, seu coração atônito lhe disse que necessitava neste momento, antes que ajuda prática, socorro espiritual. A noite caía; logo o Conselheiro iria subir à torre; se andasse depressa talvez o alcançasse no Santuário. Começou a correr, novamente, por vielas tortuosas apinhadas de homens, mulheres e crianças que saíam das suas casas, choças, cavernas, buracos, como todas as tardes, rumo ao Templo do Bom Jesus, para ouvir os conselhos. Quando passou em frente ao armazém dos Vilanova, viu que Pajeú e uns vinte homens, equipados para uma viagem longa, despediam-se de grupos de familiares. Não foi fácil abrir caminho por entre a massa que lotava o descampado vizinho às igrejas. Começava a escurecer e, aqui e acolá, já titilavam algumas lamparinas.

O Conselheiro não estava no Santuário. Tinha ido despedir-se do padre Joaquim na saída para Cumbe e depois, com o carneirinho branco em um braço e um cajado de pastor no outro, foi visitar as casas de saúde, confortando doentes e anciãos. Devido à multidão que sempre se formava à sua volta, esses deslocamentos do Conselheiro por Belo Monte eram cada dia mais difíceis. Dessa vez foi em companhia do Leão de Natuba e das beatas do Coro Sagrado, mas o Beatinho e Maria Quadrado ficaram no Santuário.

— Não sou digno, Beatinho — disse o ex-escravo, engasgando, ainda na porta. — Louvado seja o Bom Jesus.

— Preparei um juramento para a Guarda Católica — respondeu o Beatinho, com doçura. — Mais profundo que o juramento daqueles que vêm se salvar. Foi o Leão que escreveu. — Deu-lhe um papel, que sumiu nas manzorras escuras. — Aprenda de cor e faça todos os que escolher jurarem também. Quando a Guarda Católica estiver formada, todos vão fazer juntos o juramento no Templo e seguir em procissão.

Maria Quadrado, que estava num canto do aposento, foi até eles com um pano e uma vasilha de água.

— Sente-se, João — disse, com ternura. — Beba, primeiro. Deixe-me limpar você.

O negro obedeceu. Era tão alto que, sentado, ficava da mesma altura que a superiora do Coro Sagrado. Bebeu com avidez. Estava suado, agitado e fechou os olhos enquanto Maria Quadrado lhe refrescava o rosto, o pescoço e a carapinha já cheia de cãs. De repente, esticou o braço e se agarrou à beata.

— Ajude-me, mãe Maria Quadrado — implorou, transido de medo. — Não sou digno disso.

— Você foi escravo de um homem — disse a beata, acariciando-o como uma criança. — Não vai aceitar a escravidão do Bom Jesus? Ele ajudará você, João Grande.

— Juro que nunca fui republicano, que não aceito a expulsão do imperador nem sua substituição pelo Anticristo — recitou o Beatinho, com intensa devoção. — Que não aceito o casamento civil, a separação entre a Igreja e o Estado, nem o sistema métrico decimal. Que não responderei às perguntas do censo. Que nunca mais vou roubar nem fumar nem me embriagar nem apostar nem fornicar por vício. E darei a vida pela minha religião e pelo Bom Jesus.

— Vou decorar, Beatinho — balbuciou João Grande.

Então chegou o Conselheiro, precedido por um forte rumor. Uma vez que o personagem alto, escuro e cadavérico entrou no Santuário, seguido pelo cordeirinho, o Leão de Natuba — um vulto de quatro patas que parecia dar cambalhotas — e as beatas, o rumor continuou, impaciente, do outro lado da porta. O cordeirinho foi lamber os tornozelos de Maria Quadrado. As beatas se acocoraram, encostadas na parede. O Conselheiro caminhou em direção a João Grande que, de joelhos, olhava para o chão. Parecia estar tremendo da cabeça aos pés; fazia quinze anos que estava com o Conselheiro e, mesmo assim, continuava se transformando, ao seu lado, em um ser nulo, quase numa coisa. O santo segurou seu rosto com as duas mãos e obrigou-o a levantar a cabeça. As pupilas incandescentes se cravaram nos olhos devastados de choro do ex-escravo.

— Está sempre sofrendo, João Grande — murmurou.

— Não sou digno de cuidar de você — soluçou o negro. — Mande-me fazer qualquer outra coisa. Se for preciso, mate-me. Não quero que lhe aconteça nada de ruim por minha culpa. Eu tive o Cão no corpo, pai, não se esqueça.

— Você vai formar a Guarda Católica — retrucou o Conselheiro. — E comandá-la. Já sofreu muito, está sofrendo agora. Por isto é digno. O Pai disse que o justo lavará as mãos no sangue do pecador. Você agora é um justo, João Grande.

Deixou-o beijar sua mão e, com o olhar ausente, esperou que o negro desabafasse chorando. Pouco depois, seguido por todos eles, tornou a sair do Santuário e subiu à torre para aconselhar o povo de Belo Monte. No meio da multidão, João Grande ouviu-o rezar e, depois, contar o milagre da serpente de bronze que, por ordem do Pai, Moisés fabricou para curar das mordidas das cobras que atacavam os judeus todo aquele que a olhasse, e ouviu-o profetizar uma nova invasão de serpentes que viriam a Belo Monte exterminar os fiéis de Deus. Porém, ouviu-o dizer, quem conservasse a fé sobreviveria às mordidas. Quando o povo começou a se retirar, ele estava sereno. Lembrou que, durante a seca, anos atrás, o Conselheiro tinha contado esse milagre pela primeira vez, e aquilo provocou outro milagre nos sertões ameaçados pelas cobras. Essa recordação lhe deu segurança.

Era outro quando foi bater na porta de Antônio Vilanova. Quem abriu foi Assunção Sardelinha, a mulher de Honório, e João viu que o comerciante, sua mulher e vários filhos e ajudantes dos dois irmãos estavam comendo sentados ao balcão. Abriram um espaço para ele, deram-lhe um prato fumegante e João comeu sem saber o que comia, com a sensação de estar perdendo tempo. Quase não ouviu Antônio contando que Pajeú tinha preferido levar, em vez de pólvora, apitos de madeira, balestras e dardos envenenados, pois pensava que assim poderia hostilizar melhor os soldados que iam chegar. O negro mastigava e engolia, desinteressado de tudo o que não fosse sua missão.

Terminada a refeição, os outros foram dormir, nos quartos vizinhos ou em catres, redes e cobertores estendidos entre as caixas e as estantes, em volta deles. Então, à luz de uma lamparina, João e Antônio conversaram. Falaram muito, às vezes em voz baixa, outras levantando-a, às vezes concordando e às vezes furiosos. Enquanto isso, o armazém foi se enchendo de vaga-lumes que cintilavam pelos cantos. Volta e meia Antônio abria um dos grandes livros-caixa em que anotava a chegada dos romeiros, os falecimentos e os nascimentos, e mencionava alguns nomes. Mas João não deixou o comerciante descansar. Desdobrando um papel que trouxe na mão, passou-o a Antônio e o mandou ler, várias vezes, até decorar. Quando já mergulhava no sono, tão exausto que nem tirara as botas, Antônio Vilanova ouviu o ex-escravo, deitado num espaço vazio embaixo do balcão, repetir o juramento concebido pelo Beatinho para a Guarda Católica.

Na manhã seguinte, os filhos e ajudantes dos Vilanova se espalharam por Belo Monte anunciando, onde houvesse um grupo de gente, que quem não tivesse medo de dar a vida pelo Conselheiro podia ser aspirante à Guarda Católica. De imediato, os candidatos se aglomeravam em frente à antiga casa-grande e obstruíram a Campo Grande, única rua reta de Canudos. João Grande e Antônio Vilanova os recebiam individualmente, sentados em caixotes de mercadorias, e o comerciante indagava quem era e há quanto tempo estava na cidade. João perguntava se o candidato aceitaria doar o que tinha, abandonar a família como os apóstolos fizeram por Cristo e submeter-se a um batismo de resistência. Todos concordaram, com fervor.

Foram preferidos os que tinham lutado em Uauá e Cambaio e eliminados os incapazes de limpar a alma de um fuzil, carregar uma espingarda ou esfriar uma escopeta superaquecida. Também os muito velhos ou jovens demais e os que tinham alguma deficiência para a luta, como os lunáticos e as mulheres grávidas. Ninguém que tivesse sido guia de volante ou arrecadador de impostos ou empregado do censo foi aceito. De quando em quando, João Grande levava os escolhidos para um descampado e os mandava atacá-lo como se fosse um inimigo. Os que hesitavam eram eliminados. Os outros eram obrigados a atacar-se e a rolar no chão para medir sua coragem. Ao anoitecer, a Guarda Católica tinha dezoito membros, um dos quais era uma mulher do bando de Pedrão. João Grande tomou-lhes o juramento no armazém, antes de mandar que fossem para casa se despedir, pois a partir de amanhã já não teriam qualquer outra obrigação além de proteger o Conselheiro.

No segundo dia a seleção foi mais rápida, pois os escolhidos ajudavam João nas provas dos aspirantes e controlavam a agitação que tudo aquilo causava. As Sardelinhas, enquanto isso, tinham conseguido panos azuis, para os escolhidos usarem como braceletes ou na cabeça. No segundo dia, João juramentou mais trinta, no terceiro, cinquenta, e, ao terminar a semana, contava com quase quatrocentos membros. Vinte e cinco eram mulheres que sabiam atirar, preparar explosivos e usar a faca e até a peixeira.

No domingo seguinte, a Guarda Católica percorreu as ruas de Canudos em procissão, por entre um muro duplo de gente que os aplaudia e invejava. A procissão começou ao meio-dia e, como nas grandes festividades, desfilaram as imagens da igreja de Santo Antônio e do Templo em construção, o povo levou aquelas que tinha em casa, soltou foguetes, e o ar se encheu de incenso e orações. Ao anoitecer, no Templo do Bom Jesus ainda destelhado, sob um céu repleto de estrelas precoces que pareciam ter saído para espiar o regozijo, os membros da Guarda Católica repetiram em coro o juramento do Beatinho.

E na madrugada seguinte João Abade recebia um mensageiro de Pajeú informando que o exército do Cão tinha mil e duzentos homens, vários canhões e que o coronel que o comandava era conhecido como Cortapescoços.

Com gestos rápidos, precisos, Rufino termina os preparativos para uma nova viagem, mais incerta que as anteriores. Trocou a calça e a camisa que tinha usado para ver o barão na fazenda da Pedra Vermelha por outras idênticas, e leva consigo um facão, uma carabina, duas facas e um alforje. Dá uma espiada na cabana, vê as tigelas, a rede, os bancos, a imagem de Nossa Senhora da Lapa. Sua cara está transfigurada, piscando sem parar. Mas logo a seguir seu rosto anguloso recupera a expressão inescrutável. Com movimentos exatos, faz seus preparativos. Quando acaba, acende com um isqueiro os objetos que colocou em diversos pontos. O casebre começa a queimar. Sem pressa, vai até a porta, levando apenas as armas e o alforje. Lá fora, acocorado junto ao curral vazio, contempla o vento suave atiçando as chamas que devoram o seu lar. A fumaça chega até ele e o faz tossir. Fica em pé. Põe a carabina a tiracolo, o facão na cintura, junto com as facas, e pendura o alforje no ombro. Dá meia-volta e se afasta, sabendo que nunca mais voltará a Queimadas. Ao passar pela estação, nem nota que estão pendurando bandeirolas e cartazes de boas-vindas ao Sétimo Regimento e ao coronel Moreira César.

Cinco dias depois, ao entardecer, sua silhueta seca, flexível, empoeirada, entra em Ipupiará. Tinha feito um desvio para devolver a faca que pedira emprestada ao Bom Jesus e andou, em média, dez horas diárias, descansando nos momentos de maior escuridão e de mais calor. Exceto um dia, em que pagou para comer, conseguiu seu alimento com armadilhas ou tiros. Sentados na porta do armazém, há um punhado de velhos idênticos, fumando um mesmo cachimbo. O rastreador vai até eles e cumprimenta, tirando o chapéu. Devem conhecê-lo, porque perguntam sobre Queimadas e todos querem saber se viu soldados e o que se fala sobre a guerra. Responde o que sabe, sentado entre eles, e pede notícias das pessoas de Ipupiará. Algumas morreram, outras foram para o Sul em busca de fortuna e duas famílias acabam de partir para Canudos. Ao escurecer, Rufino e os velhos entram no armazém para tomar um copinho de cachaça. Uma tepidez agradável substituiu a atmosfera escaldante. Rufino, então, com os devidos circunlóquios, leva a conversa para onde eles sempre souberam que levaria. Usa as formas mais impessoais para interrogá-los. Os velhos ouvem sem fingir surpresa. Todos assentem e falam, em ordem. Sim, passou por aqui, era mais um fantasma de circo que um circo, tão empobrecido que era difícil acreditar que algum dia tenha sido aquela caravana suntuosa conduzida pelo Cigano. Rufino, respeitosamente, ouve-os rememorar os velhos espetáculos. Afinal, durante uma pausa, volta aonde os tinha levado e, dessa vez, os velhos, como se considerassem que as formalidades tinham sido cumpridas, contam o que ele veio saber ou confirmar: o tempo que acamparam aqui, como a Mulher Barbuda, o Anão e o Idiota ganhavam a vida lendo a sorte, contando histórias e fazendo palhaçadas, as perguntas malucas do forasteiro sobre os jagunços e como um bando de capangas veio cortar o seu cabelo vermelho e roubar o cadáver do filicida. Ele não pergunta, e os outros não mencionam a pessoa que não era do circo nem era forasteira. Mas esta, ausência presentíssima, ronda em torno da conversa sempre que algum dos velhos lembra como o estrangeiro era tratado e alimentado. Será que eles sabem que essa sombra é a mulher de Rufino? Na certa sabem ou adivinham, assim como sabem ou adivinham o que se pode dizer e o que se deve calar. De maneira aparentemente casual, no fim da conversa Rufino se informa em que direção partiu o grupo do circo. Dorme no armazém, num catre que o dono lhe oferece, e parte ao amanhecer, no seu trotezinho metódico.

Sem acelerar nem diminuir o ritmo, a silhueta de Rufino atravessa uma paisagem em que a única sombra é a do seu corpo, seguindo-o primeiro, depois precedendo-o. Com o rosto franzido, os olhos entrecerrados, ele caminha sem vacilar, embora o vento tenha apagado a trilha em alguns trechos. Já está escurecendo quando chega a um rancho com um roçado. O morador, sua mulher e umas crianças seminuas o recebem com familiaridade. Come e bebe com eles, dando notícias de Queimadas, Ipupiará e outros lugares. Fala da guerra e dos temores que ela provoca, dos peregrinos que passam rumo a Canudos e filosofam sobre a possibilidade do fim do mundo. Só depois Rufino pergunta sobre o circo e o forasteiro sem cabelo. Sim, passaram por aqui e seguiram para a serra de Olhos d'Água, rumo a Monte Santo. A mulher lembra principalmente do homem magro e imberbe, de olhos amarelados, que se movia como um animal sem ossos e soltava risadas sem qualquer motivo. O casal cede uma rede a Rufino e, na manhã seguinte, enchem seus alforjes sem aceitar remuneração.

Rufino boa parte do dia avança sem ver ninguém, numa paisagem refrescada por matagais onde bandos de papagaios fazem algazarra. Nessa tarde começa a encontrar pastores de cabras, com quem às vezes conversa. Pouco depois do Sítio das Flores — nome que parece ironia, pois ali só se veem pedras e terra ressecada —, faz um desvio até uma cruz de troncos rodeada de ex-votos, que são figurinhas talhadas em madeira. Uma mulher sem pernas vela junto ao calvário, estendida no chão como uma cobra. Rufino se ajoelha e a mulher o abençoa. O rastreador lhe dá algo de comer e conversam. Ela não sabe quem são, não os viu. Antes de partir, Rufino acende uma vela e se inclina diante da cruz.

Durante três dias perde o rastro. Indaga a camponeses e boiadeiros e conclui que, em vez de seguir para Monte Santo, o circo se desviou ou recuou. Talvez à procura de uma feira, para poder comer? Dá voltas em torno do Sítio das Flores, ampliando o círculo, perguntando sobre cada um dos seus componentes. Alguém viu uma mulher com pelos na cara? Um anão de cinco palmos? Um idiota de corpo mole? Um forasteiro com uma penugem avermelhada na cabeça que fala uma língua difícil de entender? A resposta é sempre não. Faz suposições, deitado em refúgios eventuais. E se já o mataram, ou então morreu por causa das feridas? Desce até Tanquinho e sobe outra vez, sem reencontrar a pista. Uma tarde se deitou para dormir, extenuado, e homens armados se aproximaram sigilosos como fantasmas. Acorda com uma alpargata no seu peito. Vê que os homens, além de carabinas, portam facões, apitos de madeira, facas, cartucheiras, e que não são bandidos ou, em todo caso, não são mais. Custa a convencê-los de que não é guia do Exército, não vê um soldado desde Queimadas. Parece tão desinteressado na guerra que pensam que está mentindo, e, a certa altura, um deles encosta a faca em sua garganta. Por fim, o interrogatório vira conversa. Rufino passa a noite com eles, ouvindo-os falar do Anticristo, do Bom Jesus, do Conselheiro e de Belo Monte. Entende que já sequestraram, mataram, roubaram e viveram escondidos no mato, mas agora são santos. Contam que um exército está avançando feito uma peste, confiscando as armas, levando os homens e passando a faca no pescoço dos que se negarem a cuspir no crucifixo e amaldiçoar Cristo. Quando lhe perguntam se quer se juntar a eles, Rufino responde que não. Explica por quê, e eles compreendem.

Na manhã seguinte, chega a Cansanção quase ao mesmo tempo que os soldados. Rufino visita o ferreiro, que já conhecia. O homem, suando junto à forja faiscante, aconselha que ele vá embora o quanto antes, porque os diabos estão recrutando à força todos os guias. Quando Rufino lhe explica, ele também compreende. Sim, pode ajudá-lo; há pouco tempo passou por aqui Barbadura, que esteve com os tais que está procurando. E falou do forasteiro que lê cabeças. Onde os encontrou? O homem explica, e o rastreador fica na ferraria, conversando, até o anoitecer. Então, sai da vila sem que os sentinelas notem e poucas horas depois está novamente com os apóstolos de Belo Monte. Diz a eles que, de fato, a guerra chegou a Cansanção.

O doutor Souza Ferreiro passava álcool nos copos e os entregava à baronesa Estela, que estava com um lenço amarrado na cabeça. Ela acendia o copo e o aplicava com destreza nas costas do coronel. Este se mantinha tão imóvel que os lençóis quase não se mexiam.

— Aqui em Calumbi tive que me fazer de médico e de parteira muitas vezes — dizia a voz cantarina, dirigindo-se talvez ao doutor, talvez ao doente. — Mas, de fato, não aplico ventosas há anos. Estou fazendo o senhor sofrer muito, coronel?

— Em absoluto, senhora — Moreira César se esforçava para esconder o mal-estar, mas não conseguia. — Peço-lhe que aceite minhas desculpas e as transmita ao seu esposo, por esta invasão. Não foi ideia minha.

— Estamos encantados com sua visita — a baronesa já terminara de aplicar as ventosas e agora ajeitava os travesseiros. — Sempre tive muita vontade de conhecer pessoalmente um herói. Bem, sem dúvida, preferiria que não fosse uma doença o motivo da sua vinda a Calumbi...

Sua voz era amável, encantadora, superficial. Ao lado da cama, havia uma mesa com jarros e bacias de porcelana com pinturas de pavões, ataduras, algodão, um recipiente com sanguessugas, copos para as ventosas e muitos vidros. No quarto fresco, limpo, com cortinas brancas, entrava o amanhecer. Sebastiana, a aia da baronesa, permanecia ao lado da porta, imóvel. O doutor Souza Ferreiro examinou as costas do doente, borbulhante de copos de vidro, com olhos que delatavam a noite maldormida.

— Bem, agora basta esperar meia hora para o banho e as fricções. Não vai me negar que se sente melhor, Excelência: já voltou a ter cores.

— O banho está pronto e eu vou ficar por perto, para o que precisarem — disse Sebastiana.

— Eu também estou às ordens — emendou a baronesa. — Agora me retiro. Ah, estava esquecendo. Pedi licença ao doutor para que venha tomar chá conosco, coronel. Meu marido quer vê-lo. O senhor também está convidado, doutor. E o capitão Castro e aquele jovem, tão original, como se chama?

O coronel tentou sorrir para ela, mas assim que a esposa do barão de Canabrava cruzou a soleira, seguida por Sebastiana, fulminou o médico:

— Eu deveria fuzilá-lo por me meter nesta armadilha.

— Se tiver um ataque de fúria, eu o sangro e vai acabar ficando de cama mais um dia — o doutor Souza Ferreiro deixou-se cair numa cadeira de balanço, bêbado de cansaço. — E agora deixe-me descansar também, pelo menos meia hora. Não se mexa, por favor.

Meia hora depois, abriu os olhos, esfregou-os e começou a tirar as ventosas. Os copos se desprendiam facilmente e formavam um círculo roxo onde haviam estado presos. O coronel continuava de bruços, com a cabeça entre os braços cruzados, e só abriu a boca quando o capitão Olímpio de Castro entrou para dar notícias da coluna. Souza Ferreiro levou Moreira César ao banheiro, onde Sebastiana tinha preparado tudo seguindo suas instruções. O coronel tirou a roupa — ao contrário do rosto e dos braços queimados, seu corpinho era muito branco —, entrou na banheira sem fazer um gesto e permaneceu bastante tempo, apertando os dentes. Em seguida, o doutor esfregou-o vigorosamente com álcool e emplastro de mostarda e o fez inalar fumaça de umas ervas que ferviam num braseiro. O tratamento transcorreu em silêncio mas, ao terminar as inalações, o coronel, para descontrair o ambiente, murmurou que tinha a sensação de estar sendo submetido a práticas de bruxaria. Souza Ferreiro comentou que as fronteiras entre a ciência e a magia eram indetermináveis. Tinham feito as pazes. No quarto encontraram uma bandeja com frutas, leite fresco, pães, geleia e café. Moreira César comeu sem apetite e adormeceu. Quando acordou, era meio-dia e o jornalista do *Jornal de Notícias* estava ao seu lado com um baralho, propondo ensiná-lo a jogar voltarete, que estava na moda entre os boêmios da Bahia. Ficaram jogando sem trocar uma palavra até que Souza Ferreiro, limpo e barbeado, veio dizer ao coronel que podia se levantar. Quando este entrou na sala, para tomar o chá com os donos de casa, lá estavam o barão e a esposa, o doutor, o capitão Castro e o jornalista, único que não tomara banho desde a véspera.

O barão de Canabrava foi apertar a mão do coronel. Na ampla sala de ladrilhos vermelhos e brancos havia móveis de jacarandá, cadeiras de madeira e palha conhecidas como austríacas, mesinhas com lampiões de querosene, retratos, cristaleiras com cristais e porcelanas e borboletas espetadas em caixas de veludo. Nas paredes, aquarelas campestres. O barão perguntou pela saúde do hóspede e ambos trocaram amabilidades; mas o fazendeiro jogava esse jogo melhor que o oficial. Pelas janelas, abertas para o crepúsculo, viam-se as colunas de pedra da entrada, um poço de água e, aos lados da principal alameda, com tamarindos e palmeiras imperiais, o que tinha sido a senzala dos escravos e agora eram moradias dos trabalhadores. Sebastiana e uma empregada de avental quadriculado arrumavam os bules, xícaras, bolos e biscoitos. A baronesa explicava ao doutor, ao jornalista e a Olímpio de Castro como foi difícil, ao longo dos anos, transportar até Calumbi todos os materiais e objetos da casa, e o barão, mostrando a Moreira César um herbário, dizia que quando era jovem sonhava com a ciência e queria passar a vida em laboratórios e anfiteatros. Mas o homem faz e Deus desfaz; afinal, acabou se dedicando à agricultura, à diplomacia e à política, coisas que jamais lhe interessaram quando era jovem. E o coronel? Sempre quis ser militar? Sim, almejava a carreira das armas desde que começou a fazer uso da razão, e talvez antes, lá no povoado paulista onde nasceu: Pindamonhangaba. O jornalista se afastara do outro grupo e agora estava junto a eles, ouvindo sem a menor cerimônia.

— Foi uma surpresa ver este jovem chegar com o senhor — sorriu o barão, apontando para o míope. — Ele lhe contou que já trabalhou para mim? Naquele tempo admirava Victor Hugo e queria ser dramaturgo. Falava muito mal do jornalismo, na época.

— Ainda falo — disse a vozinha antipática.

— Pura mentira! — exclamou o barão. — Na verdade, sua vocação é a bisbilhotice, a influência, a calúnia, o ataque rasteiro. Era protegido meu, e quando passou para o jornal do meu adversário, transformou-se no mais vil dos meus críticos. Tome cuidado, coronel. É perigoso.

O jornalista míope estava radiante, como se lhe tivessem feito um elogio.

— Todos os intelectuais são perigosos — concordou Moreira César. — Fracos, sentimentais e capazes de usar as melhores ideias para justificar as piores safadezas. O país precisa deles, mas deve tratá-los como os bichos fazem com estranhos.

O jornalista míope começou a rir com tanta alegria que a baronesa, o doutor e Olímpio de Castro olharam para ele. Sebastiana servia o chá. O barão pegou Moreira César pelo braço e levou-o até um armário:

— Tenho um presente para o senhor. É um costume do sertão: oferecer um presente aos hóspedes. — Tirou uma garrafa de brandy empoeirada e mostrou a etiqueta, com uma piscadela: — Já sei que o senhor quer extirpar toda influência europeia no Brasil, mas imagino que seu ódio não inclui também o brandy.

Depois que se sentaram, a baronesa serviu uma xícara de chá ao coronel e pôs dois torrões de açúcar.

— Meus fuzis são franceses e meus canhões, alemães — disse Moreira César, tão sério que os outros interromperam a conversa. — Não odeio a Europa, nem o brandy. Mas como não bebo álcool, não vale a pena desperdiçar assim um presente com alguém que não pode apreciá-lo.

— Guarde de lembrança, então — interveio a baronesa.

— Odeio os latifundiários locais e os mercadores ingleses que mantiveram esta região na pré-história — prosseguiu o coronel, num tom gelado. — Odeio quem se interessa mais pelo açúcar do que pelo povo do Brasil.

A baronesa servia seus convidados, imutável. O dono da casa, em compensação, tinha parado de sorrir. Mas sua voz continuou cordial:

— Os comerciantes norte-americanos que o Sul recebe de braços abertos se interessam pelo povo, ou só pelo café? — perguntou.

Moreira César tinha a resposta pronta:

— Com eles chegam as máquinas, a técnica e o dinheiro que o Brasil necessita para progredir. Porque progresso quer dizer indústria, trabalho, capital, como os Estados Unidos da América do Norte demonstraram. — Seus olhinhos frios piscaram ao acrescentar: — Isto é uma coisa que os donos de escravos nunca hão de entender, barão de Canabrava.

No silêncio que se seguiu a estas palavras ouviram-se as colherzinhas batendo nas xícaras e os goles do jornalista míope, que parecia fazer gargarejos.

— Não foi a República, foi a monarquia que aboliu a escravidão — recordou a baronesa, risonha como se tivesse dito uma piada, enquanto oferecia biscoitos aos convidados. — A propósito, sabia que nas fazendas do meu marido os escravos foram libertados cinco anos antes da lei?

— Não sabia — replicou o coronel. — Coisa louvável, sem dúvida.

Sorriu, forçado, e bebeu um gole. O ambiente agora estava tenso e não se relaxava com os sorrisos da baronesa, o súbito interesse do doutor Souza Ferreiro pelas borboletas da coleção, ou a história do capitão Olímpio de Castro sobre um advogado do Rio assassinado pela esposa. A tensão se acentuou ainda mais com um elogio do doutor Souza Ferreiro:

— Os fazendeiros daqui estão abandonando suas terras porque os jagunços ateiam fogo nelas — disse. — O senhor, em contraste, dá o exemplo voltando a Calumbi.

— Voltei para pôr a fazenda à disposição do Sétimo Regimento — disse o barão. — Pena que a minha ajuda não tenha sido aceita.

— Ninguém diria, vendo esta paz, que a guerra está tão perto — murmurou o coronel Moreira César. — Os jagunços não lhe fizeram nada. O senhor é um homem de muita sorte.

— As aparências enganam — retrucou o barão, sem perder a calma. — Muitas famílias de Calumbi foram embora e as plantações se reduziram à metade. Por outro lado, sou o dono de Canudos, não é verdade? Paguei minha cota de sacrifício, mais do que qualquer pessoa na região.

O barão conseguiu disfarçar a cólera que as palavras do coronel deviam lhe provocar; mas a baronesa era outra pessoa quando tornou a falar:

— Imagino que o senhor não leva a sério essa calúnia de que meu marido entregou Canudos aos jagunços — disse, com o rosto crispado de indignação.

O coronel tomou outro gole, sem admitir nem negar.

— Então o convenceram dessa infâmia — murmurou o barão. — Acredita mesmo que eu ajudo esses hereges dementes, incendiários e ladrões de fazendas?

Moreira César pôs a xícara na mesa. Encarou o barão com um olhar gélido e passou rapidamente a língua nos lábios.

— Esses dementes matam soldados com balas explosivas — soletrou, como se temesse que alguém pudesse perder alguma sílaba. — Esses incendiários têm fuzis muito modernos. Esses ladrões recebem ajuda de agentes ingleses. Quem, a não ser os monarquistas, poderiam insuflar uma insurreição contra a República?

Estava pálido e a xicrinha começou a tremer nas suas mãos. Todos, exceto o jornalista, olhavam para o chão.

— Essa gente não rouba nem mata nem incendeia quando sente que há ordem, quando veem que o mundo está organizado, porque ninguém sabe respeitar a hierarquia melhor do que eles — disse o barão, com firmeza. — Mas a República destruiu o nosso sistema com leis impraticáveis, substituindo o princípio da obediência pelo princípio dos entusiasmos infundados. Foi um erro do marechal Floriano, coronel, porque o ideal social reside na tranquilidade, não no entusiasmo.

— Está se sentindo mal, Excelência? — interrompeu o doutor Souza Ferreiro, levantando-se.

Mas um olhar de Moreira César não o deixou aproximar-se. Estava lívido, com a testa úmida e os lábios roxos, como se os tivesse mordido. Levantou-se e se dirigiu à baronesa, com uma voz que se enroscava nos dentes:

— Peço-lhe que me desculpe, senhora. Sei que minhas maneiras deixam muito a desejar. Venho de um meio humilde, minha única sociedade foi o quartel.

Saiu da sala equilibrando-se nos móveis e cristaleiras. Às suas costas, a voz indisciplinada do jornalista pediu outra xícara de chá. Olímpio de Castro e ele permaneceram na sala, mas o doutor foi atrás do comandante do Sétimo Regimento e o encontrou na cama, respirando com ansiedade, em estado de extrema fadiga. Ajudou-o a tirar a roupa, deu-lhe um calmante e ouviu-o dizer que ia se reincorporar ao regimento assim que amanhecesse: não toleraria discussão a respeito. Dito isto, prestou-se a outra sessão de ventosas e mergulhou de novo numa banheira de água fria, de onde saiu tremendo. Umas fricções de terebintina e mostarda lhe devolveram o calor. Comeu no quarto, mas depois se levantou de roupão e ficou alguns minutos na sala, agradecendo ao barão e à baronesa pela hospitalidade. Acordou às cinco da madrugada. Garantiu ao doutor Souza Ferreiro, enquanto tomavam um café, que nunca se sentira melhor e voltou para avisar ao jornalista míope, todo despenteado e aos bocejos, ainda acordando ao seu lado, que o consideraria responsável se algum jornal publicasse qualquer notícia sobre a sua doença. Quando estava saindo, um criado veio lhe dizer que o barão pedia que ele passasse em seu gabinete. Levou-o a um aposento pequeno, com uma ampla escrivaninha de madeira em que se destacava um artefato de enrolar charutos, em cujas paredes havia, além de estantes com livros, facas, chicotes, luvas e chapéus de couro, selas. A saleta dava para fora e, sob a luz nascente, viam-se os homens da escolta conversando com o jornalista baiano. O barão estava de roupão e chinelos.

— Apesar das nossas discrepâncias, eu o considero um patriota que deseja o melhor para o Brasil, coronel — disse, à guisa de cumprimento. — Não, não quero conquistar sua simpatia com lisonjas. Nem lhe fazer perder tempo. Preciso saber se o Exército, ou pelo menos o senhor, está a par das manobras forjadas por nossos adversários contra mim e meus amigos.

— O Exército não se envolve em disputas políticas locais — interrompeu Moreira César. — Vim à Bahia sufocar uma insurreição que põe a República em perigo. Nada mais.

Estavam de pé, muito próximos, e se olhavam fixamente.

— Nisto consiste a manobra — disse o barão. — Em ter feito o Rio, o governo e o Exército acreditarem que Canudos significa todo esse perigo. Aqueles miseráveis não têm armas modernas de nenhum tipo. As balas explosivas são projéteis de limonita, ou hematita parda, se preferir o nome técnico, um mineral abundante na serra de Bendengó que os sertanejos usam em suas escopetas há muito tempo.

— As derrotas sofridas pelo Exército em Uauá e no Cambaio também são uma manobra? — perguntou o coronel. — E os fuzis trazidos de Liverpool e contrabandeados por agentes ingleses, também?

O barão examinou meticulosamente o rosto miúdo e impávido do oficial, seus olhos hostis, a pose de desprezo. Seria um cínico? Não se podia saber, ainda: a única coisa certa era que Moreira César o odiava.

— Os fuzis ingleses, sim — disse. — Quem os trouxe foi Epaminondas Gonçalves, seu mais fervoroso partidário na Bahia, para nos acusar de cumplicidade com uma potência estrangeira e com os jagunços. E, quanto ao espião inglês de Ipupiará, ele também o fabricou, mandando assassinar um pobre-diabo que, por desgraça, era ruivo. O senhor sabia disso?

Moreira César não pestanejou, não mexeu um músculo; tampouco abriu a boca. Continuou sustentando o olhar do barão, dizendo-lhe, com mais eloquência que com palavras, o que pensava dele e das coisas que dizia.

— Então sabe, então o senhor é cúmplice e talvez a eminência parda de tudo isso. — O barão desviou o olhar e ficou um instante cabisbaixo, como se refletisse, mas, na verdade, estava com a mente em branco, um aturdimento do qual afinal se recuperou. — Acha que vale a pena? Quero dizer, tanta mentira, intriga, até crimes, para estabelecer a República Ditatorial? Acha que uma coisa nascida assim será a panaceia de todos os males do Brasil?

Durante alguns segundos, Moreira César ficou em silêncio. Lá fora, um mormaço avermelhado precedia o sol, ouviam-se o relinchar dos cavalos e vozes; no andar de cima, alguém arrastava os pés.

— Há uma rebelião de pessoas que não aceitam a República e que derrotaram duas expedições militares — disse de repente o coronel, sem alterar sua voz firme, seca, impessoal. — Objetivamente, essas pessoas são instrumentos daqueles que, como o senhor, aceitaram a República apenas para traí-la melhor, apoderar-se dela e, trocando alguns nomes, manter o sistema tradicional. E estavam conseguindo, é verdade. Agora há um presidente civil, um regime de partidos que divide e paralisa o país, um Parlamento onde qualquer esforço para mudar as coisas pode ser atrasado e desvirtuado pelas artimanhas em que vocês são hábeis. Já cantavam vitória, não é verdade? Falara-se até em reduzir à metade os efetivos do Exército, não é mesmo? Que vitória! Pois bem, estão muito enganados. O Brasil não vai continuar sendo o feudo que vocês exploram há séculos. Para isto serve o Exército. Para impor a unidade nacional, trazer o progresso, estabelecer a igualdade entre os brasileiros e construir um país moderno e forte. Vamos remover os obstáculos, sim: Canudos, o senhor, os comerciantes ingleses, todo aquele que se intrometer no nosso caminho. Não vou lhe explicar a República como os verdadeiros republicanos a veem. Não iria entender, porque o senhor é o passado, alguém que olha para trás. Não percebe como é ridículo ser barão faltando quatro anos para começar o século XX? O senhor e eu somos inimigos mortais, nossa guerra é sem quartel e não temos mais nada a conversar.

Fez uma vênia, deu meia-volta e caminhou para a porta.

— Agradeço a sua franqueza — murmurou o barão. Sem dar um passo, viu-o sair do gabinete e, depois, aparecer lá fora. Viu-o montar no cavalo branco que seu ordenança segurava e partir, seguido pela escolta, em meio a uma nuvem de poeira.

IV

O som dos apitos se parece com o de certos pássaros, é um lamento descompassado que transpassa os ouvidos e vai se incrustar nos nervos dos soldados, acordando-os à noite ou surpreendendo-os em uma marcha. Preludia a morte, vem seguido de balas ou dardos que, num assobio rasante, brilham contra o céu luminoso ou estrelado antes de acertar no alvo. Cessa então o som dos apitos e se ouve o resfolegar dolorido das reses, dos cavalos, das mulas, das cabras e dos cabritos. Vez por outra um soldado cai ferido, mas não é normal, porque, assim como os apitos são destinados aos ouvidos — às mentes, às almas — dos soldados, os projéteis buscam obsessivamente os animais. Bastaram os dois primeiros para se descobrir que essas vítimas não são mais comestíveis, nem mesmo por quem, em todas as campanhas que viveram juntos, aprendeu a comer pedras. Os homens que provaram dessa carne começaram a vomitar tanto e a sofrer tais diarreias que, antes do diagnóstico médico, souberam que os dardos dos jagunços matam duplamente os animais, tirando-lhes a vida e a possibilidade de ajudar a sobreviver aqueles que os vinham conduzindo. Desde então, assim que cai um boi, o major Febrônio de Brito espalha querosene no cadáver e ateia fogo. Abatido, com as pupilas irritadas, nos poucos dias que transcorreram desde a saída de Queimadas o major tornou-se um ser amargurado e solitário. É provavelmente a pessoa da coluna em quem os apitos fazem mais efeito, deixando-o inquieto e martirizado. O acaso faz com que seja ele o responsável por esses quadrúpedes que caem em meio a elegias sonoras, que seja ele quem tem que ordenar que os executem e queimem, mesmo sabendo que essas mortes significam fome no futuro. Fez o que estava ao seu alcance para reduzir o efeito dos dardos, deixando patrulhas em volta dos rebanhos e protegendo os animais com couros e lonas, mas, na altíssima temperatura do verão, isto os faz suar, ficam mais lentos e, às vezes, desabam no chão. Os soldados veem o major à frente das patrulhas que, assim que começa a sinfonia, saem para dar batidas. São incursões exaustivas, deprimentes, que só servem para atestar que seus atacantes são inencontráveis, metafóricos, fantasmais. O som poderoso dos apitos sugere que são muitos, mas isto é impossível, pois como poderiam permanecer invisíveis neste terreno plano, de vegetação escassa? O coronel Moreira César já explicou: são bandos pequenos, enquistados em pontos-chave, que ficam horas e dias à espreita, em cavernas, bocainas, tocas, matagais, e o som dos apitos é enganosamente ampliado pelo silêncio astral da paisagem que atravessam. Esses truques não devem distraí-los, não são capazes de afetar a coluna. E, quando ordenou que recomeçassem a marcha, depois de receber o informe dos animais perdidos, comentou:

— Isto é bom, ficamos mais leves, vamos chegar antes.

Sua serenidade impressiona os correspondentes, diante dos quais, toda vez que recebe notícias de novas mortes, ainda se permite alguma brincadeira. Eles estão cada vez mais nervosos com esses adversários que espionam seus movimentos e que ninguém vê. Não têm outro assunto. Acossam o jornalista míope do *Jornal de Notícias*, perguntando-lhe o que o coronel pensa realmente desse fustigamento contínuo dos nervos e das reservas da coluna, e o jornalista responde, sempre, que Moreira César não fala desses dardos nem ouve esses apitos porque vive entregue de corpo e alma a uma única preocupação: chegar a Canudos antes que o Conselheiro e os insurretos tenham tempo de fugir. Ele sabe, tem certeza, que esses dardos e apitos têm o único objetivo de distrair o Sétimo Regimento para dar tempo aos bandidos de prepararem a retirada. Mas o coronel é um soldado experiente e não se deixa enganar, não vai perder um dia em batidas inúteis nem se desviar um milímetro da sua rota. Ele disse aos oficiais preocupados com o abastecimento futuro que, também desse ponto de vista, o que interessa é chegar o mais cedo possível a Canudos, onde o Sétimo Regimento encontrará, nos armazéns, chácaras e estábulos do inimigo, tudo o que lhe fizer falta.

Quantas vezes os correspondentes viram, desde que recomeçaram a marchar, um jovem oficial ir até a cabeça da coluna, com um punhado de dardos ensanguentados na mão, trazendo notícias de novos atentados? Mas, nesse meio-dia, poucas horas antes de entrar em Monte Santo, o oficial enviado pelo major Febrônio de Brito traz, além de dardos, um apito de madeira e uma balestra. A coluna está parada numa bocaina, sob um sol que deixa os rostos encharcados de suor. Moreira César examina cuidadosamente a balestra. É uma versão muito primitiva, fabricada com madeira bruta e cordas ordinárias, de uso simples. O coronel Tamarindo, Olímpio de Castro e os correspondentes o rodeiam. O coronel apanha um dos dardos, coloca-o na balestra, mostra aos jornalistas como funciona. Em seguida, leva à boca o apito feito de bambu, com orifícios, e todos ouvem o lamento lúgubre. Só então o mensageiro faz a grande revelação:

— Temos dois prisioneiros, Excelência. Um está ferido, mas o outro pode falar.

Faz-se um silêncio, enquanto Moreira César, Tamarindo e Olímpio de Castro se entreolham. O jovem oficial explica que três patrulhas estão sempre prontas para sair assim que começam os apitos, e que, duas horas antes, quando estes soaram, as três partiram em direções diferentes, antes de caírem os dardos, e que um deles viu os flecheiros escapando para trás de umas pedras. Então os perseguiram e alcançaram, tentando capturá-los vivos, mas um dos prisioneiros atacou os soldados e acabou ferido. Moreira César parte imediatamente para a retaguarda, seguido pelos correspondentes, superexcitados com a ideia de finalmente verem a cara do inimigo. Mas não vão conseguir de imediato. Quando chegam, uma hora depois, à retaguarda, os prisioneiros estão isolados no interior de uma barraca vigiada por soldados com baionetas caladas. Não os deixam chegar perto. Perambulam pelos arredores, assistem ao ir e vir dos oficiais, ouvem evasivas daqueles que os viram. Duas ou talvez três horas mais tarde, Moreira César reassume seu posto à frente da coluna. Por fim vão saber alguma coisa.

— Um deles está bastante grave — explica o coronel. — Talvez não chegue a Monte Santo. É uma pena. Devem ser executados lá, para que sua morte tenha serventia. Aqui, seria inútil.

Quando o jornalista mais velho, que parece estar sempre convalescendo de um resfriado, pergunta se os prisioneiros forneceram informações úteis, o coronel faz um gesto cético:

— A conversa de Deus, o Anticristo, o fim do mundo. Sobre isso, dizem tudo. Mas não sobre seus cúmplices e incitadores. É possível que não saibam grande coisa, são uns pobres-diabos. Pertencem ao bando de Pajeú, um cangaceiro.

A coluna volta imediatamente a marchar, num ritmo infernal, e entra em Monte Santo ao anoitecer. Não acontece como em outros povoados, onde o regimento faz apenas uma rápida revista em busca de armas. Aqui, os correspondentes, quando ainda estão desmontando na praça quadrangular, sob os tamarindos, no sopé da montanha das capelas, rodeados de crianças, velhos e mulheres com um olhar que já aprenderam a reconhecer — indolentes, desconfiados, distantes, que se esforçam para parecer estúpidos e desinformados —, veem os soldados entrar, em duplas ou trincas, nos casebres de barro, com os fuzis apontados como se fossem encontrar resistência. Para todos os lados, à frente, por toda parte, ao compasso de ordens e gritos, as patrulhas arrebentam portas e janelas a coronhadas e pontapés, e logo depois começam a ver filas de moradores sendo arrastados até quatro currais emoldurados por sentinelas. Lá são interrogados. Do lugar onde estão, ouvem os insultos, os protestos, os rugidos, somados ao choro e o forcejar das mulheres que tentam se aproximar. Em poucos minutos, toda Monte Santo se torna cenário de uma estranha luta, sem tiros nem cargas. Abandonados, sem que nenhum oficial explique a eles o que está acontecendo, os correspondentes perambulam de um lado para outro na aldeia dos calvários e das cruzes. Vão de um curral para o outro e veem sempre a mesma coisa: filas de homens entre soldados com baionetas e às vezes um prisioneiro sendo levado aos empurrões ou arrancado de um casebre, tão maltratado que mal se mantém em pé. Andam em grupo, atemorizados por se verem no interior da engrenagem deste mecanismo que range ao seu redor, sem entender o que se passa, mas suspeitando que é consequência do que os prisioneiros disseram esta manhã.

  E isto é confirmado pelo coronel Moreira César, com quem podem conversar nessa mesma noite, depois que os prisioneiros são executados. Antes da execução, entre os tamarindos, um oficial lê uma ordem do dia, afirmando que a República tem a obrigação de se defender daqueles que, por cobiça, fanatismo, ignorância ou astúcia atentam contra ela e servem aos apetites de uma casta retrógrada, interessada apenas em manter o Brasil no atraso para melhor explorá-lo. Chegará esta mensagem aos moradores da vila? Os correspondentes intuem que tais palavras, proferidas em voz de trovão pelo pregoeiro, passam por esses seres silenciosos, atrás das sentinelas, como mero ruído. Terminada a execução, quando os moradores podem se aproximar dos degolados, os jornalistas acompanham o comandante do Sétimo Regimento até a casa onde vai passar a noite. O míope do *Jornal de Notícias*, como de costume, consegue ficar ao seu lado.

  — Era necessário transformar toda Monte Santo em inimigo, com esses interrogatórios? — pergunta ele.

— Já são, toda a vila é cúmplice — responde Moreira César. — O cangaceiro Pajeú esteve por aqui outro dia, com uns cinquenta homens. Foram recebidos com festas e ganharam provisões. Estão vendo? A subversão tomou conta desta pobre gente, graças a um terreno adubado pelo fanatismo religioso.

Não parece assustado. Em toda parte ardem tochas, velas, fogueiras e, nas sombras, circulam, espectrais, as patrulhas do regimento.

— Para executar todos os cúmplices, seria preciso passar pela faca Monte Santo inteira. — Moreira César chegou a uma casinhola onde o coronel Tamarindo, o major Cunha Matos e um grupo de oficiais estão à sua espera. Despede-se dos correspondentes com um gesto e, sem transição, pergunta a um tenente: — Quantos bois ainda temos?

— Entre quinze e dezoito, Excelência.

— Antes que os envenenem, vamos dar um banquete à tropa. Diga a Febrônio que os sacrifique de uma vez. — O oficial sai correndo e Moreira César se volta para seus outros subordinados. — A partir de amanhã, temos que apertar os cintos.

Desaparece no casebre e os correspondentes se dirigem à barraca do rancho. Lá tomam café, fumam, trocam impressões e ouvem as ladainhas que descem das capelas, no morro, onde o povo vela os dois mortos. Mais tarde, veem a distribuição de carne e os soldados saboreando essa refeição suntuosa, e os ouvem animar-se, tocar violão, cantar. Eles também comem carne e tomam cachaça, mas não participam da efervescência que se apoderou dos soldados, causada por algo que é, para eles, a proximidade da vitória. Pouco depois, o capitão Olímpio de Castro vem perguntar-lhes se vão permanecer em Monte Santo ou continuar até Canudos. Os que continuarem terão dificuldade para retornar, pois não vai haver outro acampamento intermediário. Dos cinco, dois decidem ficar em Monte Santo e um outro prefere voltar para Queimadas, porque não se sente bem. Aos que vão prosseguir com o regimento — o velho agasalhado e o míope — o capitão sugere que durmam logo, porque a partir de agora haverá marchas forçadas.

No dia seguinte, quando os dois jornalistas acordam — está amanhecendo e ouvem-se cocorocós —, ficam sabendo que Moreira César já saiu, pois houve um incidente na vanguarda: três soldados violaram uma menina. Partem na mesma hora, com uma companhia em que vai o coronel Tamarindo. Quando chegam à frente da expedição, os estupradores estão sendo açoitados, um ao lado do outro, amarrados em troncos de árvores. Um deles ruge a cada chicotada; um outro parece rezar, e o terceiro se mantém numa atitude arrogante enquanto suas costas ficam rubras e se cobrem de sangue.

Estão num clareira, rodeada de mandacarus, crótons e dormideiras. Entre os arbustos e as moitas, as companhias da vanguarda observam o castigo. Reina um silêncio absoluto entre os homens, que não tiram os olhos dos que estão sendo castigados. Ouvem-se às vezes gritarias de papagaios e soluços de mulher. Quem está chorando é uma menina albina, meio corcunda, descalça, cujas roupas rasgadas revelam hematomas em seu corpo. Ninguém lhe presta atenção, e quando o jornalista míope pergunta a um oficial se foi ela a violada, este confirma. Moreira César está ao lado do major Cunha Matos. Seu cavalo branco passeia alguns metros adiante, sem sela, fresco e limpo como se tivessem acabado de escová-lo.

Ao final das chicotadas, dois dos punidos perderam os sentidos, mas o outro, o arrogante, ainda faz a bravata de ficar em posição de sentido para ouvir o coronel.

— Que isto lhes sirva de exemplo, soldados — grita este. — O Exército é e deve ser a instituição mais pura da República. Somos obrigados a comportar-nos sempre, do mais graduado ao mais humilde, de maneira tal que os cidadãos respeitem a nossa farda. Todos conhecem a tradição do regimento: as infrações são castigadas com o máximo rigor. Estamos aqui para proteger a população civil, não para competir com os bandidos. O próximo caso de estupro será castigado com pena de morte.

Nenhum murmúrio, movimento, responde às suas palavras. Os corpos dos desmaiados pendem em posições absurdas, cômicas. A menina albina parou de chorar. Está com um olhar extraviado e às vezes sorri.

— Deem de comer a esta infeliz — diz Moreira César, apontando para ela. E, aos jornalistas que se aproximaram: — É maluquinha. Acham que foi um bom exemplo para uma população que tem preconceito contra nós? Não é a melhor maneira de dar razão a quem nos chama de Anticristo?

Um ordenança sela o cavalo branco e a clareira se enche de ordens, movimentos. As companhias partem, em diferentes direções.

— Estão começando a aparecer os cúmplices importantes — diz Moreira César, subitamente esquecido do estupro. — Sim, senhores. Sabem quem é fornecedor de Canudos? O padre de Cumbe, um tal de padre Joaquim. O hábito, um salvo-conduto ideal, um abre-portas, uma imunidade. Um sacerdote católico, senhores!

Sua expressão é mais satisfeita que colérica.

O povo do circo avançava entre as macambiras e o pedregulho, revezando-se para puxar a carroça. A paisagem já estava seca, às vezes, e eles realizavam longas jornadas sem nada para comer. A partir do Sítio das Flores, começaram a encontrar peregrinos que iam para Canudos, gente mais miserável que eles mesmos, com todos os pertences nas costas, muitas vezes arrastando inválidos. Onde podiam, a Mulher Barbuda, o Idiota e o Anão liam a sorte, contavam romances e faziam palhaçadas, mas as pessoas que encontravam no caminho tinham pouco para dar em troca. Como corriam rumores de que, em Monte Santo, a Guarda Rural baiana barrava a passagem em direção a Canudos e recrutava todo homem em idade de lutar, escolheram o caminho mais longo para Cumbe. De vez em quando viam nuvens de fumaça; segundo as pessoas, eram obra dos jagunços que arrasavam a terra para que os exércitos do Cão morressem de fome. Eles também podiam ser vítimas dessa devastação. O Idiota, muito fraco, perdera o riso e a voz.

Puxavam a carroça em duplas; o aspecto dos cinco era desastroso, pareciam estar passando grandes padecimentos. Sempre que fazia o papel de besta de carga, o Anão resmungava com a Mulher Barbuda:

— Você sabe que é uma loucura ir para lá, e estamos indo. Não há o que comer, as pessoas morrem de fome em Canudos — apontou para Gall, com uma expressão de raiva: — Por que vai atrás dele?

O Anão estava suando e assim, encolhido e inclinado para falar, parecia ainda menor. Que idade podia ter? Nem ele sabia. Já apareciam rugas em seu rosto; a magreza acentuava as pequenas corcundas das costas e do peito. A Mulher Barbuda olhou para Gall:

— Porque ele é um homem de verdade — exclamou. — Já cansei de andar com monstros.

O Anão teve um ataque de riso.

— E você é o quê? — disse, contorcendo-se de rir. — Sim, já sei o que é. Uma escrava, Mulher Barbuda. Você gosta de obedecer, como fazia antes com o Cigano.

A Mulher Barbuda, que também tinha começado a rir, tentou dar-lhe um tapa, mas o Anão se esquivou.

— Você gosta de ser escrava — gritava. — Foi conquistada no dia em que ele tocou na sua cabeça e disse que seria uma mãe perfeita. Você acreditou, ficou com os olhos cheios de lágrimas.

Soltava gargalhadas e precisou correr para que a Mulher Barbuda não o alcançasse. Esta ficou jogando pedras, por um tempo. Logo depois, o Anão já caminhava de novo ao seu lado. As brigas deles eram assim, mais pareciam brincadeiras ou um jeito especial de comunicação.

Andavam em silêncio, sem um sistema de turnos para puxar a carroça ou descansar. Paravam quando alguém não aguentava mais de cansaço, ou quando encontravam um riacho, um poço ou algum lugar sombreado para as horas de mais calor. Caminhavam de olhos abertos, explorando os arredores em busca de alimento, e assim vez por outra capturavam alguma presa comestível. Mas era raro, e geralmente precisavam contentar-se com mastigar qualquer coisa que fosse verde. Buscavam principalmente cajazeiras, árvore que Galileo Gall tinha aprendido a apreciar: o gosto adocicado, aquoso, refrescante de suas raízes lhe parecia um verdadeiro manjar.

Nessa tarde, depois de Algodones, encontraram um grupo de peregrinos fazendo um alto. Largaram a carroça e se juntaram a eles. Na maioria eram moradores do povoado que tinham decidido ir para Canudos. Eram conduzidos por um apóstolo, um homem já velho que usava alpargatas e uma túnica sobre as calças. Tinha um enorme escapulário, e os seres que o seguiam olhavam para ele com veneração e timidez, como se fosse alguém vindo de outro mundo. Galileo Gall, acocorado ao seu lado, fez algumas perguntas. Mas o apóstolo olhou-o de longe, sem entender, e continuou conversando com sua gente. Mais tarde, entretanto, o velho falou de Canudos, dos livros santos e do que foi anunciado pelo Conselheiro, a quem chamava de mensageiro de Jesus. Eles iam ressuscitar, exatamente três meses e um dia depois da morte. Os do Cão, em contrapartida, morreriam para sempre. Esta era a diferença: entre a vida e a morte, o céu e o inferno, a condenação e a salvação. O Anticristo podia mandar soldados para Canudos: de que adiantaria? Eles iam apodrecer, desaparecer para sempre. Os fiéis podiam morrer, mas, três meses e um dia depois, estariam de volta, completos de corpo e purificados de alma devido ao convívio com os anjos e a inspiração do Bom Jesus. Gall o observava com os olhos acesos, esforçando-se para não perder uma sílaba. Numa pausa do velho, disse que as guerras se ganhavam não só com fé, mas também com armas. Canudos estava em condições de se defender contra o exército dos ricos? Os olhares dos peregrinos se desviaram na direção de quem falava e depois voltaram ao apóstolo. Ele tinha ouvido, sem olhar para Gall.

No fim da guerra não haveria mais ricos, ou melhor, nem se perceberia, pois todos seriam ricos. Estas pedras se transformariam em rios, estes morros, em campos férteis e o areal que era Algodões, num jardim de orquídeas como as que cresciam nas alturas de Monte Santo. A cobra, a tarântula, a suçuarana seriam amigas do homem, como deveria acontecer se este não tivesse sido expulso do Paraíso. Para recordar estas verdades, o Conselheiro estava no mundo.

Alguém, na penumbra, começou a chorar. Sentidos, profundos, baixinhos, os soluços se sucederam por um longo tempo. O velho voltou a falar, com uma espécie de ternura. O espírito era mais forte que a matéria. O espírito era o Bom Jesus, e a matéria era o Cão. Os tão esperados milagres aconteceriam: iam desaparecer a miséria, a doença, a feiura. Suas mãos tocaram no Anão, encolhido ao lado de Galileo. Também ele seria alto e belo, como todos. Agora outras pessoas choravam, contagiadas pelo pranto da primeira. O apóstolo apoiou a cabeça no corpo mais próximo e adormeceu. As pessoas foram sossegando e, um depois do outro, todos o imitaram. O pessoal do circo voltou para a carroça. Logo depois ouviu-se o Anão, que costumava falar em sonhos, roncando.

Galileo e Jurema dormiam separados, na lona da barraca que não voltaram a armar desde Ipupiará. A lua, redonda e luminosa, presidia um séquito de incontáveis estrelas. A noite era fresca, clara, sem rumores, cheia de sombras de mandacarus e mangabeiras. Jurema fechou os olhos e sua respiração foi ficando pausada, enquanto Gall, ao seu lado, de costas, as mãos sob a cabeça, olhava para o céu. Seria um absurdo acabar neste deserto, sem ter visto Canudos. Aquilo podia ser primitivo, ingênuo, contaminado de superstição, mas não havia dúvida: também era uma coisa diferente. Uma cidadela libertária, sem dinheiro, sem patrões, sem policiais, sem padres, sem banqueiros, sem fazendeiros, um mundo construído com a fé e o sangue dos pobres mais pobres. Se vingasse, o resto viria por si só: os tabus religiosos, a miragem do além murchariam, por serem obsoletos e imprestáveis. O exemplo se espalharia, surgiriam outros Canudos e, quem sabe... Estava sorrindo. Coçou a cabeça. Seu cabelo estava crescendo, sentia os fios com as pontas dos dedos. Tinha ansiedade, tremores de medo, por estar com a cabeça raspada. Por quê? Foi daquela vez, em Barcelona, enquanto curavam seu corpo só para mandá-lo para o garrote. No pavilhão da enfermaria, os loucos da prisão. Estavam de cabeça raspada, em camisas de força. Os vigias eram presos comuns; comiam as rações dos doentes, batiam neles sem misericórdia e se divertiam dando-lhes banhos de água gelada com mangueiras. Era este o fantasma que ressuscitava toda vez que um espelho, riacho ou poça d'água lhe mostrava a sua cabeça: o fantasma daqueles dementes supliciados pelos vigias e médicos. Escreveu nessa época um artigo que o deixou orgulhoso: "Contra a opressão da doença." A revolução não apenas livraria o homem do jugo do capital e da religião, mas também dos preconceitos que envolvem as doenças na sociedade classista; o enfermo, principalmente o alienado mental, é uma vítima social não menos sofrida e desprezada que o operário, o camponês, a prostituta e a criada. O velho santarrão não tinha dito, pouco antes, pensando falar de Deus quando na realidade falava da liberdade, que em Canudos a miséria, a doença, a feiura iriam desaparecer? Não era este, afinal, o ideal revolucionário? Jurema estava de olhos bem abertos, fixos nele. Andara pensando em voz alta?

— Daria qualquer coisa para estar com eles quando derrotaram o Febrônio de Brito — sussurrou, como se dissesse palavras de amor. — Passei a vida lutando e só vi traições, divisões e derrotas no nosso campo. Gostaria de ver uma vitória, nem que fosse uma única vez. Saber o que se sente, como é, que cheiro tem uma vitória nossa.

Viu que Jurema o fitava, como outras vezes, distante e intrigada. Estavam a poucos milímetros um do outro, mas não se tocavam. O Anão tinha começado a desvairar, suavemente.

— Você não me entende, eu não entendo você — disse Gall. — Por que não me matou quando eu estava inconsciente? Por que não convenceu os capangas a levarem a minha cabeça, em vez dos cabelos? Por que está comigo? Você não acredita nas coisas em que acredito.

— É Rufino quem tem que matar você — sussurrou Jurema, sem ódio, como que explicando uma coisa muito simples. — Matando você, eu teria feito mais mal a ele do que você fez.

"Isto é o que não entendo", pensou Gall. Tinham falado outras vezes do mesmo assunto, e ele continuava na ignorância. A honra, a vingança, essa religião tão rigorosa, códigos de conduta tão exigentes, como explicar tudo isso neste fim do mundo, entre gente que só possuía seus farrapos e os piolhos que tinha no corpo? A honra, o juramento, a palavra, esses luxos e brincadeiras de ricos, de desocupados e parasitas, como entender essas coisas aqui? Lembrou que, em Queimadas, ouvira da janela do quarto, na Pensão Nossa Senhora das Graças, um cantor ambulante narrar, num dia de feira, uma história que, embora distorcida, era uma lenda medieval que tinha lido na infância e visto, quando jovem, transformada em *vaudeville* romântico: Roberto, o Diabo. Como tinha chegado até aqui? O mundo era mais imprevisível do que parecia.

— Também não entendo os capangas que levaram o meu cabelo — murmurou. — Esse Caifás, quero dizer. Deixar-me vivo só para não tirar do amigo o prazer da vingança? Isso não é coisa de camponês, e sim de aristocrata.

Jurema tinha tentado explicar outras vezes, mas nessa noite ficou calada. Talvez já estivesse convencida de que o forasteiro jamais entenderia essas coisas.

Na manhã seguinte recomeçaram a andar, antecipando-se aos peregrinos de Algodões. Levaram um dia para atravessar a serra da França e, quando anoiteceu, estavam tão cansados e famintos que desabaram. O Idiota desmaiou duas vezes no trajeto, e na segunda estava tão pálido e imóvel que o julgaram morto. O entardecer os recompensou pelos sacrifícios da jornada com um poço de água verdosa. Beberam, afastando o capim, e a Mulher Barbuda ofereceu a concavidade das suas mãos ao Idiota e refrescou a cobra, borrifando-lhe gotas de água. O animal não passava privações, sempre havia folhinhas ou algum verme para alimentá-lo. Uma vez saciada a sede, arrancaram raízes, talos, folhas, e o Anão preparou armadilhas. A brisa que corria era um bálsamo depois do terrível calor do dia todo. A Mulher Barbuda sentou-se ao lado do Idiota e o fez encostar a cabeça em seus joelhos. O destino do Idiota, da cobra e da carroça a preocupavam tanto quanto o próprio; parecia acreditar que sua própria sobrevivência dependia da sua capacidade de proteger aquela pessoa, aquele animal e aquela coisa que eram todo o seu mundo.

Gall, Jurema e o Anão mastigavam devagar, sem alegria, cuspindo os galhinhos e as raízes uma vez que extraíam o suco. Aos pés do revolucionário havia uma forma dura, meio enterrada. Sim, era uma caveira, amarelada e partida. No tempo que passou no sertão ele tinha visto ossos humanos ao longo dos caminhos. Alguém lhe contou que certos sertanejos desenterravam seus inimigos e os deixavam à intempérie, como alimento para os predadores, pois assim julgavam mandar suas almas para o inferno. Examinou a caveira, num sentido e no outro.

— Para o meu pai, as cabeças eram livros, espelhos — disse, com saudade. — O que ele pensaria se soubesse que estou neste lugar, neste estado? Eu tinha dezesseis anos quando o vi pela última vez. E o decepcionei dizendo que a ação era mais importante que a ciência. Foi um rebelde, à sua maneira. Os médicos zombavam dele e o chamavam de bruxo.

O Anão ouvia, tentando entender, assim como Jurema. Gall continuou mastigando e cuspindo, pensativo.

— Por que você veio? — murmurou o Anão. — Não tem medo de morrer longe da sua pátria? Aqui não tem família, nem amigos, ninguém vai se lembrar de você.

— Vocês são minha família — disse Gall. — E também os jagunços.

— Você não é santo, não reza, não fala de Deus — disse o Anão. — Por que essa teimosia com Canudos?

— Eu não poderia viver no meio de gente diferente — disse Jurema. — Não ter pátria é como ser órfão.

— Um dia a palavra pátria vai desaparecer — replicou no mesmo instante Galileo. — As pessoas vão olhar para trás, para nós, cercados de fronteiras, matando-nos por causa de linhas nos mapas, e dizer: como eram estúpidos.

O Anão e Jurema se entreolharam e Gall sentiu que pensavam que estúpido era ele. Mastigavam e cuspiam, às vezes fazendo cara de nojo.

— Você acredita no que disse o apóstolo de Algodões? — perguntou o Anão. — Que um dia vai haver um mundo sem maldade, sem doenças...

— E sem feiura — acrescentou Gall. Fez que sim, várias vezes: — Acredito nisso como outros acreditam em Deus. Faz tempo que muita gente dá a vida para que seja possível. É por isso que insisto tanto em Canudos. Lá, no pior dos casos, morrerei por algo que vale a pena.

— Rufino é quem vai matar você — balbuciou Jurema, olhando para o chão. Sua voz se animou: — Pensa que ele esqueceu a ofensa? Está nos procurando e, mais cedo ou mais tarde, vai se vingar.

Gall segurou-a pelo braço.

— E você continua comigo para ver essa vingança, não é verdade? — perguntou. E encolheu os ombros. — Rufino também não iria entender. Eu não quis ofendê-lo. O desejo leva tudo de roldão: a vontade, a amizade. Não depende só de nós, está nos ossos, no que outros chamam de alma — voltou a se aproximar do rosto de Jurema: — Não me arrependo, foi... instrutivo. Estava errado aquilo que eu pensava: o prazer não entra em conflito com o ideal. Não há por que se envergonhar do corpo, entende? Não, você não entende.

— Então, pode ser verdade? — interrompeu o Anão. Estava com a voz trêmula e os olhos implorantes: — Dizem que ele fez os cegos verem, os surdos ouvirem, fechou as feridas dos leprosos. Se eu lhe disser: "Vim porque sei que pode fazer o milagre", será que vai tocar em mim e me fazer crescer?

Gall olhou-o, desconcertado, e não encontrou nenhuma verdade ou mentira para responder. Nesse momento, a Mulher Barbuda começou a chorar, com pena do Idiota. "Ele não aguenta mais", dizia. "Já não sorri, nem se lamenta, morre aos pouquinhos, a cada segundo." Ouviram como gemia por um bom tempo, antes de dormir. Ao amanhecer, uma família de Carnaíba acordou-os com más notícias. Patrulhas da Guarda Rural e capangas de fazendeiros da região tinham fechado as saídas de Cumbe, à espera do Exército. A única maneira de chegar a Canudos seria dando uma grande volta para o norte por Massacará, Angicos e Rosário.

Um dia e meio depois chegaram a Santo Antônio, minúscula estação de águas termais às margens verdosas do Massacará. Os artistas do circo haviam estado no povoado, anos antes, e se lembravam da grande afluência de pessoas que vinham curar seus males da pele naquelas poças borbulhantes e fedorentas. Santo Antônio também era vítima constante dos bandidos, que vinham assaltar os doentes. Agora parecia deserta. Não encontraram lavadeiras no rio e não se via, nas ruelas empedradas cheias de coqueiros, ficus e cactos, qualquer ser vivo — humano, cachorro ou pássaro. Apesar disso, o Anão estava de bom humor. Apanhou um cornetim e soprou, arrancando dele um som cômico, e começou a anunciar o espetáculo. A Mulher Barbuda riu, e até o Idiota, apesar da sua fraqueza, procurava apressar a carroça, com os ombros, as mãos, a cabeça; estava de boca entreaberta, e dela escorriam fios de saliva. Afinal, avistaram um velhinho disforme, fixando uma armela numa porta. Olhou-os como se não os visse, mas sorriu quando a Mulher Barbuda lhe jogou um beijo.

Afinal instalaram a carroça numa pracinha cheia de trepadeiras; as janelas e portas começaram a se abrir, e delas surgiam rostos atraídos pelo cornetim. O Anão, a Mulher Barbuda e o Idiota remexeram em panos e artefatos e, instantes depois, estavam se pintando, lambuzando, vestindo peças coloridas, e nas suas mãos apareciam os vestígios de um equipamento já extinto: a jaula da cobra, aros, varinhas mágicas, um acordeão de papel. O Anão soprava com força e rugia: "Vai começar o espetáculo!". Pouco a pouco, formou-se em torno deles um auditório de pesadelo. Esqueletos humanos, de idade e sexo indefiníveis, a maioria com caras, braços e pernas comidos por gangrenas, feridas, brotoejas, espinhas, saíam das casas e, vencendo uma apreensão inicial, apoiando-se uns nos outros, engatinhando ou se arrastando, vinham engrossar o círculo. "Não dão a impressão de agonizantes", pensou Gall, "mas de terem morrido faz tempo". Todos, principalmente as crianças, pareciam velhíssimos. Alguns sorriam para a Mulher Barbuda, que enroscava a cobra em volta do corpo, beijava a sua boca e a fazia contorcer-se em seus braços. O Anão usou o Idiota para imitar o número da Mulher Barbuda e o animal: fazia-o dançar, torcer-se e se enrolar. Os moradores e os doentes de Santo Antônio olhavam, sérios ou risonhos, balançando as cabeças em sinal de aprovação e, às vezes, aplaudindo. Alguns se viravam para espiar Gall e Jurema, como se perguntassem quando iriam se apresentar. O revolucionário os observava, fascinado, e Jurema tinha o rosto transfigurado numa careta de repugnância. Fazia esforços para se controlar, mas, de repente, sussurrou que não podia mais olhar para eles, queria ir embora. Galileo não a acalmou. Seus olhos foram se iluminando e, intimamente, estava revoltado. A saúde era egoísta, tal como o amor, a riqueza e o poder: enclausura as pessoas dentro de si mesmas, abole os outros. Sim, era preferível não ter nada, não amar, mas como renunciar à saúde para ser solidário com os irmãos doentes? Havia tantos problemas, a hidra tinha tantas cabeças, a injustiça aparecia por toda parte. Percebeu o nojo e o temor de Jurema e apertou seu braço:

— Olhe, olhe — disse com febre, com indignação. — Olhe só as mulheres. Eram jovens, fortes, bonitas. Quem as deixou assim? Deus? Os canalhas, os malvados, os ricos, os sadios, os egoístas, os poderosos.

Estava com uma expressão exaltada, fervilhante e, soltando Jurema, avançou para o centro do círculo, sem perceber que o Anão tinha começado a contar a singular história da princesa Magalona, filha do rei de Nápoles. Os espectadores viram aquele homem de penugem e barba vermelhas, calças rasgadas e cicatriz no pescoço entrando em ação:

— Não percam a coragem, irmãos, não sucumbam diante do desespero. Vocês não estão assim, apodrecendo em vida, porque um fantasma escondido atrás das nuvens decidiu, e sim porque a sociedade tem uma deformação. Estão assim porque não comem, porque não têm médicos nem remédios, porque ninguém se ocupa de vocês, porque são pobres. O seu mal se chama injustiça, abuso, exploração. Não se resignem, irmãos. Do fundo da sua desgraça, rebelem-se, como os seus irmãos de Canudos. Ocupem as terras, as casas, apoderem-se dos bens daqueles que se apoderaram da sua juventude, que roubaram sua saúde, sua humanidade...

A Mulher Barbuda não o deixou continuar. Congestionada de fúria, sacudiu-o, vociferando:

— Burro! Burro! Ninguém está entendendo nada! Você está deixando-os tristes, entediados, assim não vão nos dar nada de comer! Toque nas cabeças deles, diga o seu futuro, qualquer coisa, para que fiquem contentes!

O Beatinho, de olhos ainda fechados, ouviu o galo cantar e pensou: "Louvado seja o Bom Jesus." Sem se mexer, rezou e pediu forças ao Pai para aquela jornada. Seu corpo miúdo não suportava bem a intensa atividade; nos últimos dias, com o aumento do número de peregrinos, volta e meia tinha vertigens. À noite, quando se deitava no enxergão, atrás do altar da capela de Santo Antônio, a dor que sentia nos ossos e nos músculos não o deixava descansar; às vezes permanecia horas e horas com os dentes apertados, antes que o sono o livrasse daquele suplício secreto. Porque o Beatinho, apesar de frágil, tinha um espírito forte o bastante para que ninguém notasse as fraquezas da sua carne, nesta cidade em que exercia as mais altas funções espirituais depois do Conselheiro.

Abriu os olhos. O galo tinha tornado a cantar e a madrugada já despontava pela claraboia. Dormia com a túnica que Maria Quadrado e as beatas do Coro haviam cerzido inúmeras vezes. Calçou as alpargatas, beijou o escapulário e o bentinho que usava no peito e ajeitou na cintura o cilício enferrujado que o Conselheiro lhe dera quando ainda era menino, lá em Pombal. Enrolou o enxergão e foi acordar o porteiro e zelador, que dormia na entrada da igreja. Era um velho de Chorrochó; ao abrir os olhos, murmurou: "Louvado seja o Nosso Senhor Jesus Cristo." "Louvado seja", respondeu o Beatinho. Entregou-lhe o chicote que usava, todas as manhãs, para oferecer ao Pai o sacrifício da dor. O ancião pegou o chicote — o Beatinho se ajoelhara — e o açoitou dez vezes, nas costas e nas nádegas, com toda a força dos seus braços. Não deu um gemido. Depois se persignaram outra vez. Assim iniciavam as tarefas do dia.

Enquanto o porteiro ia limpar o altar, o Beatinho foi até a porta. Ao se aproximar, já ouviu o som dos romeiros que tinham chegado a Belo Monte durante a noite, que os homens da Guarda Católica vigiavam à espera de que ele decidisse se podiam ficar ou eram indignos. O medo de errar, recusando um bom cristão ou admitindo alguém cuja presença pudesse causar um mal ao Conselheiro, dilacerava o seu coração. Era o que pedia ao Pai com mais angústia. Abriu a porta, ouviu um rumor e viu dezenas de seres acampados na frente do portão. Entre eles havia membros da Guarda Católica, com braçadeiras ou lenços azuis e carabinas, que disseram em coro: "Louvado seja o Bom Jesus." "Louvado seja", murmurou o Beatinho. Os romeiros se persignavam, os que não eram aleijados ou doentes se levantavam. Em seus olhos havia fome e felicidade. O Beatinho calculou que somavam, no mínimo, cinquenta.

— Bem-vindos a Belo Monte, terra do Pai e do Bom Jesus — entoou. — O Conselheiro pede duas coisas a quem chega, ouvindo o chamado: fé e verdade. Nenhum infiel ou mentiroso se hospedará nesta terra do Senhor.

Disse à Guarda Católica que começasse a fazê-los entrar. Antes, conversava com cada peregrino a sós; agora tinha que recebê-los em grupos. O Conselheiro não queria que ninguém o ajudasse: "Você é a porta, Beatinho", respondia, toda vez que ele lhe implorava para dividir essa função.

Entraram um cego, sua filha, o marido desta e dois filhos. Vinham de Querará e a viagem levara um mês. No trajeto haviam morrido a mãe do marido e dois filhos gêmeos do casal. Tiveram enterro cristão? Sim, em caixões e com responso. Enquanto o ancião de pálpebras caídas contava a viagem, o Beatinho os observava. Pensou que era uma família unida, que respeitava os mais velhos, os quatro ouviam o cego sem interrompê-lo, concordando com tudo o que dizia. Os cinco rostos mostravam uma mistura da fadiga provocada pela fome e o sofrimento físico com o regozijo da alma que invadia os peregrinos ao colocarem os pés em Belo Monte. Sentindo o toque do anjo, o Beatinho decidiu que eram bem-vindos. Perguntou ainda se algum deles tinha servido ao Anticristo. Depois de tomar-lhes o juramento de que não eram republicanos, não aceitavam a expulsão do imperador, a separação entre Igreja e Estado, o casamento civil, os novos pesos e medidas, nem as perguntas do censo, abraçou-os e mandou-os com alguém da Guarda Católica à casa de Antônio Vilanova. Na porta, a mulher ainda murmurou alguma coisa no ouvido do cego. Este, temeroso, perguntou quando veriam o Bom Jesus Conselheiro. Havia tanta ansiedade na família enquanto esperava sua resposta que o Beatinho pensou: "São escolhidos." Iriam vê-lo esta tarde, no Templo; lá o ouviriam dar conselhos e dizer que o Pai estava feliz por recebê-los no rebanho. Viu-os sair, atordoados de tanta felicidade. Era purificadora a presença da graça neste mundo condenado à perdição. Essa gente — o Beatinho sabia — já tinha esquecido os seus três mortos e todos os sofrimentos, que passaram, e agora sentia que a vida vale a pena ser vivida. Porque agora Antônio Vilanova os inscreveria em seus livros, mandaria o cego para uma casa de saúde, a mulher iria ajudar as Sardelinhas e o marido e os dois filhos trabalhariam como aguadeiros.

Enquanto ouvia outro casal — a mulher tinha um embrulho nas mãos —, o Beatinho pensou em Antônio Vilanova. Era um homem de fé, um escolhido, uma ovelha do Pai. Ele e o irmão eram gente instruída, tiveram negócios, gado, dinheiro; poderiam ter dedicado sua vida a enriquecer e possuir casas, terras, empregados. Mas preferiram compartilhar a servidão de Deus com seus irmãos mais humildes. Não era uma graça do Pai ter aqui alguém como Antônio Vilanova, cuja sabedoria solucionava tantos problemas? Ele acabava, por exemplo, de organizar a distribuição da água: depois de tirada do Vaza-Barris e das nascentes da Fazenda Velha, era fornecida gratuitamente. Os aguadeiros passaram a ser peregrinos recém-chegados; deste modo, iam sendo conhecidos, sentiam-se úteis ao Conselheiro e ao Bom Jesus, e os outros lhes davam de comer.

O Beatinho entendeu, pela fala arrevesada do homem, que o embrulho era uma menina recém-nascida, morta na véspera, quando desciam a serra de Canabrava. Levantou uma ponta do pano e olhou: o cadáver estava rígido, cor de pergaminho. Explicou à mulher que era uma graça do céu que sua filha houvesse morrido no único pedaço de terra que permanecia a salvo do demônio. Não a tinham batizado, e ele o fez, chamando-a de Maria Eufrásia e rogando ao Pai que levasse aquela alminha para o seu Reino de Glória. Ouviu o juramento do casal e mandou-os procurar os Vilanova, para enterrar a filha. Devido à escassez de madeira, os sepultamentos agora eram um problema em Belo Monte. Sentiu um calafrio. Era o que mais temia: seu corpo enterrado numa cova, sem nada para cobri-lo.

Enquanto atendia os novos romeiros, umas beatas do Coro Sagrado entraram para arrumar a capela e Alexandrinha Correa lhe trouxe uma panelinha de barro com um recado de Maria Quadrado: "Para você comer sozinho." Porque a Mãe dos Homens sabia que ele dava suas refeições aos famintos. Enquanto ouvia os peregrinos, o Beatinho agradeceu a Deus por ter força de alma suficiente para não padecer de fome nem de sede. Um gole, uma mordida lhe bastavam; nem durante a peregrinação pelo deserto sofrera como outros irmãos os tormentos da falta de comida. Por isso, só o Conselheiro tinha oferecido mais jejuns ao Bom Jesus do que ele. Alexandrinha Correa também lhe disse que João Abade, João Grande e Antônio Vilanova o esperavam no Santuário.

Ainda ficou quase duas horas recebendo peregrinos e só vetou a permanência de um comerciante de cereais de Pedrinhas, que antes fora coletor de impostos. O Beatinho não recusava ex-soldados, guias nem os fornecedores do Exército. Mas os cobradores de impostos tinham que ir embora e não voltar, sob ameaça de morte. Haviam espoliado os pobres, confiscado as colheitas, roubado animais, eram implacáveis em sua cobiça: podiam ser o verme que deteriora a fruta. O Beatinho explicou ao homem de Pedrinhas que, para obter a misericórdia do Céu, tinha que lutar contra o Cão, sozinho, por sua própria conta e risco. Depois de dizer aos romeiros que o esperassem no descampado, foi para o Santuário. Era manhã alta, o sol fazia as pedras reverberarem. Muita gente tentou interromper seus passos, mas ele explicava com gestos que estava com pressa. Ia escoltado pela Guarda Católica. A princípio tinha recusado a escolta, mas agora entendia que era indispensável. Sem esses irmãos, levaria horas para atravessar os poucos metros entre a capela e o Santuário, por causa das pessoas que o acossavam com pedidos e perguntas. Ia pensando que entre os peregrinos dessa manhã havia alguns de Alagoas e do Ceará. Não era extraordinário? A multidão aglomerada em torno do Santuário era tão compacta — gente de todas as idades, esticando as cabeças na direção da portinhola de madeira pela qual o Conselheiro apareceria em algum momento do dia —, que ele e seus quatro guardas católicos ficaram imobilizados. Sacudiram então seus panos azuis e os companheiros que cuidavam do Santuário abriram passagem para o Beatinho. Enquanto avançava, inclinado, pelo beco formado por corpos, este pensava que sem a Guarda Católica o caos dominaria Belo Monte: seria a porta de entrada do Cão.

"Louvado seja o Nosso Senhor Jesus Cristo", disse, e ouviu: "Louvado seja." Sentiu a paz que o Conselheiro instaurava à sua volta. Até o barulho da rua, aqui, era música.

— Estou envergonhado por ter feito me esperarem, pai — murmurou. — Cada vez chegam mais peregrinos e não consigo falar com todos, nem me lembro dos seus rostos.

— Todos têm o direito de salvar-se — disse o Conselheiro. — Alegre-se por eles.

— Meu coração exulta vendo que cada dia são mais — disse o Beatinho. — Minha irritação é contra mim mesmo, porque não consigo conhecê-los bem.

Sentou-se no chão, entre João Abade e João Grande, ambos com as carabinas nos joelhos. Também se encontrava lá, além de Antônio Vilanova, seu irmão Honório, que pela roupa empoeirada parecia ter chegado de viagem. Maria Quadrado deu-lhe um copo d'água, que ele bebeu, saboreando. O Conselheiro, sentado no catre, permanecia ereto, com sua túnica roxa, e, aos seus pés, o Leão de Natuba, lápis e caderno nas mãos e a cabeçona encostada nos joelhos do santo; uma das mãos deste estava mergulhada nos seus cabelos retintos e embaraçados. Mudas e imóveis, as beatas estavam de cócoras junto à parede, e o cordeirinho branco dormia. "É o Conselheiro, o Mestre, o Rebento, o Amado", pensou o Beatinho com devoção. "Somos seus filhos. Não éramos nada e ele nos transformou em apóstolos." Sentiu uma onda de felicidade: outro toque do anjo.

Percebeu que havia uma diferença de opiniões entre João Abade e Antônio Vilanova. Este dizia que era contra queimar Calumbi, como queria o outro, que Belo Monte, e não o Maligno, seria prejudicada se a fazenda do barão de Canabrava desaparecesse, pois era a sua melhor fonte de abastecimento. Falava como se receasse magoar alguém ou dizer uma coisa gravíssima, com uma voz tão tênue que era preciso apurar os ouvidos. Como a aura do Conselheiro era indiscutivelmente sobrenatural, até um homem como Antônio Vilanova ficava perturbado assim na sua presença, pensou o Beatinho. Na vida diária, o comerciante era uma força da natureza, cuja energia desconcertava a todos e cujas opiniões eram manifestadas com uma convicção contagiante. E esse vozeirão retumbante, esse trabalhador incansável, essa fonte de ideias virava uma criança diante do Conselheiro. "Mas não está sofrendo", pensou, "está sentindo o bálsamo". Ele mesmo lhe dissera isto muitas vezes, antes, quando passeavam, conversando, depois dos conselhos. Antônio queria saber tudo sobre o Conselheiro, a história de suas peregrinações, as lições já dadas, e o Beatinho lhe contava. Pensou com saudade naqueles primeiros tempos de Belo Monte, na disponibilidade perdida.

Podiam meditar, rezar, dialogar. Ele e o comerciante conversavam todos os dias, caminhando de uma ponta à outra do lugar, ainda pequeno e despovoado. Antônio Vilanova abriu-lhe o coração, revelando como o Conselheiro tinha mudado a sua vida. "Eu vivia agitado, com os nervos em frangalhos e a sensação de que minha cabeça ia estourar. Agora, basta saber que ele está por perto para sentir uma serenidade que nunca tive. É um bálsamo, Beatinho." Agora não podiam mais conversar, cada qual escravizado por suas obrigações. Que fosse feita a vontade do Pai.

Estava tão abstraído nas suas recordações que nem notou em que momento Antônio Vilanova se calara. Agora, João Abade respondia. As notícias eram categóricas e Pajeú as confirmava: o barão de Canabrava servia ao Anticristo, mandava os fazendeiros darem capangas, mantimentos, guias, cavalos e mulas ao Exército, e Calumbi estava se transformando num acampamento de militares. Essa fazenda era a mais rica, a maior, a que tinha os melhores depósitos e podia abastecer até dez exércitos. Era preciso arrasá-la, não deixar nada que servisse aos cães, caso contrário seria muito mais difícil defender Belo Monte quando eles chegassem. Ficou com os olhos fixos nos lábios do Conselheiro, como Antônio Vilanova. Não havia nada mais a discutir: o santo saberia se Calumbi devia ser salva ou queimada. Apesar das divergências — o Beatinho já os vira divergir muitas vezes —, a fraternidade entre eles não seria afetada. Mas antes que o Conselheiro abrisse a boca, bateram na porta do Santuário. Eram homens armados, vinham de Cumbe. João Abade foi ver que notícias traziam.

Quando ele saiu, Antônio Vilanova tomou a palavra outra vez, mas para falar das mortes. Estavam aumentando, com a invasão dos peregrinos, e o cemitério velho, atrás das igrejas, não tinha mais espaço para tantos túmulos. Por isso, mandara limpar e cercar um terreno no Taboleirinho, entre Canudos e o Cambaio, para construir um novo. O Conselheiro aprovava isso? O santo fez um brevíssimo sinal de assentimento. Enquanto João Grande, sacudindo suas manzorras, confuso, com o cabelo crespo brilhando de suor, dizia que a Guarda Católica estava cavando, desde ontem, uma trincheira com um muro duplo de pedras que começava na margem do Vaza-Barris chegaria até a Fazenda Velha, João Abade voltou. Até o Leão de Natuba levantou sua cabeça enorme, de olhos inquisitivos.

— Os soldados chegaram a Cumbe esta madrugada. Entraram perguntando pelo padre Joaquim, procurando-o. Parece que cortaram o pescoço dele.

O Beatinho ouviu um soluço, mas não olhou: sabia que era Alexandrinha Correa. Os outros também não olharam, mas os soluços aumentaram e agora já tomavam todo o Santuário. O Conselheiro não se mexeu.

— Vamos rezar pelo padre Joaquim — disse, afinal, com uma voz calorosa. — Agora ele está junto com o Pai. E de lá continuará nos ajudando, mais do que neste mundo. Alegremo-nos por ele e por nós. A morte é uma festa para o justo.

O Beatinho, ajoelhando-se, invejou intensamente o padre de Cumbe, já a salvo do Cão, lá em cima, naquele lugar privilegiado para onde só vão os mártires do Bom Jesus.

Rufino entra em Cumbe ao mesmo tempo que duas patrulhas de soldados que agem como se os moradores fossem o inimigo. Revistam as casas, agridem com as culatras os que protestam, afixam uma proclama prometendo a morte a quem esconder armas de fogo, e chamam a atenção com um rufar de tambor. Estão à procura do padre. Contam a Rufino que por fim o descobriram e não tiveram escrúpulos em entrar na igreja e tirá-lo aos empurrões. Depois de percorrer Cumbe inteira perguntando pelos artistas do circo, Rufino se instala na casa de um oleiro. A família comenta as batidas e os maus-tratos, que os impressionam menos que o sacrilégio: invadir a igreja e bater num ministro de Deus! Deve ser verdade, então, o que dizem: essa gente infiel serve ao Cão.

Rufino sai do povoado com a certeza de que o forasteiro não passou por ali. Estará, talvez, em Canudos? Ou em poder dos soldados? Quase foi preso numa barreira de guardas rurais que bloqueia a estrada para Canudos. Mas é reconhecido por alguns, que intercedem junto aos outros; logo depois lhe permitem seguir viagem. Segue por um atalho rumo ao norte e, pouco depois, ouve um tiro. Quando vê que estão disparando contra ele, pela areia levantada aos seus pés, imediatamente se joga no chão e, arrastando-se, localiza os agressores: dois guardas escondidos numa elevação. Gritam que jogue longe a carabina e a faca. Mas ele se precipita, veloz, correndo em zigue-zague, até um ângulo morto. Chega ao refúgio, ileso, e de lá consegue se afastar pelos rochedos. Mas perde o rumo e, quando tem certeza de que não está sendo seguido, sente-se tão exausto que dorme como um tronco. O sol o orienta na direção de Canudos. Grupos de peregrinos chegam de todos os lados à trilha apagada que, há alguns anos, só era percorrida por tropas de bois e comerciantes paupérrimos. Ao anoitecer, acampando entre uns romeiros, ouve um velhinho cheio de furúnculos, vindo de Santo Antônio, evocar um espetáculo do circo. O coração de Rufino bate com força. Deixa o velho falar sem interrompê-lo e, um instante depois, sabe que recuperou a pista.

Quando chega a Santo Antônio ainda está escuro, e então se senta junto a um dos poços, à beira do Massacará, para esperar a luz. A impaciência não o deixa pensar. Com o primeiro raio de sol, começa a percorrer as casinhas idênticas. A maioria está vazia. O primeiro morador que encontra lhe indica por onde ir. Entra num lugar escuro e fedorento e para, até seus olhos se acostumarem com a penumbra. Vão aparecendo as paredes, com listras, desenhos e um Coração de Jesus. Não há móveis, quadros, nem sequer um candeeiro, mas resta uma reminiscência das coisas que seus ocupantes levaram.

A mulher está no chão e se levanta ao vê-lo entrar. À sua volta há panos coloridos, uma cesta de vime e um braseiro. Vê uma coisa na sua saia que custa a reconhecer. Sim, é a cabeça de um ofídio. O rastreador nota agora a penugem que sombreia a cara e os braços da mulher. Entre ela e a parede há alguém deitado, de quem só vê meio corpo e os pés. Percebe a desolação que devasta os olhos da Mulher Barbuda. Rufino se inclina e, em atitude respeitosa, pergunta pelo circo. Ela continua olhando para ele sem vê-lo e por fim lhe entrega a cobra, com ar de desânimo: pode comer. Rufino, acocorado, explica que não quer tirar a sua comida, só quer perguntar uma coisa. A Mulher Barbuda fala do morto. Agonizou aos pouquinhos e na noite anterior morreu. Ele a ouve, assentindo. A mulher se recrimina, está com a consciência pesada, talvez devesse ter matado a Idílica antes, para dar de comer a ele. Será que o salvaria, neste caso? Ela mesma responde que não. A cobra e o defunto compartilhavam a sua vida desde o começo do circo. A memória devolve a Rufino imagens do Cigano, do Gigante Pedrim e de outros artistas que viu atuar quando era criança, em Calumbi. A mulher ouviu dizer que os mortos que não são enterrados num caixão vão para o inferno; isto a angustia. Rufino se oferece para fabricar um ataúde e fazer uma cova para o seu amigo. Ela pergunta de supetão o que ele quer. Rufino — sua voz treme — lhe diz. O forasteiro?, repete a Mulher Barbuda, Galileo Gall? Sim, ele. Foi levado por uns homens a cavalo, quando saíam do povoado. E fala outra vez do defunto, não conseguia arrastá-lo, ficou com pena, preferiu ficar cuidando dele. Eram soldados? Guardas rurais? Bandidos? Não sabe. Eram os mesmos que cortaram o cabelo do homem em Ipupiará? Não, não eram aqueles.

Procuravam por ele? Sim, deixaram em paz o pessoal de circo. Foram para Canudos? Também não sabe.

Rufino faz uma mortalha para o defunto com as tábuas da janela, que amarra com os panos coloridos. Põe o falso ataúde no ombro e sai, seguido pela mulher. Uns vizinhos o guiam até o cemitério e emprestam uma pá. Ele faz uma cova, torna a fechá-la e fica por ali enquanto a Mulher Barbuda reza. Ao voltar para o povoado, ela agradece, efusivamente. Rufino, que até então estava com o olhar perdido, pergunta: levaram a mulher também? A Mulher Barbuda pisca. Você é Rufino, diz. Ele confirma. Ela conta que Jurema sabia que ia aparecer. E ela, também foi levada? Não, foi embora com o Anão, para Canudos. Um grupo de doentes e gente sã ouve a conversa, todos muito atentos. O cansaço faz Rufino cambalear de repente. Oferecem-lhe hospitalidade e ele aceita dormir na casa ocupada pela Barbuda. Dorme até a noite. Quando acorda, a mulher e um casal lhe dão uma tigela com uma substância espessa. Conversa com eles sobre a guerra e os transtornos do mundo. Quando o casal sai, interroga a Barbuda sobre Galileo e Jurema. Ela conta o que sabe e, também, que vai para Canudos. Não tem medo de se meter na boca do lobo? Não, tem mais medo de ficar sozinha; lá, talvez encontre o Anão e os dois possam continuar juntos.

Na manhã seguinte se despedem. O rastreador vai para o Oeste, pois os moradores garantem que os capangas seguiram nessa direção. Caminha entre arbustos, espinhos e matagais e, na metade da manhã, se esquiva de uma patrulha de exploradores que vasculha a caatinga. Frequentemente para e estuda as pistas. Nesse dia não captura nenhuma presa e só mastiga mato. Passa a noite no Riacho da Varginha. Logo após reiniciar a travessia, divisa o exército do Cortapescoços, o tal que está em todas as bocas. Vê as baionetas brilharem no meio da poeira, ouve o ranger das carretas rodando no caminho. Recomeça o seu trotezinho, mas não entra em Zélia até o anoitecer. O povo do lugar lhe conta que, além dos soldados, os jagunços de Pajeú também estiveram lá. Ninguém se lembra de um bando de capangas com uma pessoa como Gall. Rufino ouve ao longe o ulular dos apitos de madeira que, intermitentemente, irão soar a noite toda.

Entre Zélia e Monte Santo o terreno é plano, seco e pontiagudo, sem trilhas. Rufino avança com o receio de ver, a qualquer momento, uma patrulha. Encontra água e comida no meio da manhã. Pouco depois, tem a sensação de não estar sozinho. Olha em volta, examina a caatinga, vai e vem: nada. Entretanto, um pouco mais tarde já não tem dúvida: está sendo observado, e são muitos. Tenta despistá-los, muda de rumo, esconde-se, corre. Inútil: são rastreadores que conhecem o ofício, estão sempre lá, invisíveis e próximos. Resignado, agora anda sem tomar precauções, esperando que o matem. Pouco depois ouve balidos de cabras. Por fim, avista uma clareira. Antes de ver os homens armados, nota a menina, albina, corcunda, com o olhar perdido. Por suas roupas rasgadas aparecem hematomas. Ela está distraída, olhando um punhado de chocalhos e um apito de madeira que os pastores usam para tocar o rebanho. Os homens, uns vinte, deixam que ele se aproxime sem lhe dirigir a palavra. Seu aspecto é mais de camponeses que de cangaceiros, mas estão armados com facões, carabinas, cartucheiras, facas, polvorinhos. Quando Rufino chega, um deles chega perto da menina, sorrindo para não assustá-la. Ela arregala os olhos e fica imóvel. O homem, tranquilizando-a com gestos, tira os chocalhos e o apito das suas mãos e volta para onde estão seus companheiros. Rufino vê que todos eles têm chocalhos e apitos pendurados no pescoço.

Estão sentados em círculo, comendo, a certa distância. Não parecem dar a menor importância à sua chegada, é como se o estivessem esperando. O rastreador põe a mão no chapéu de palha: "Boa-tarde." Alguns continuam comendo, outros mexem a cabeça e um deles murmura, de boca cheia: "Louvado seja o Bom Jesus." É um caboclo fortão, amarelento, com uma cicatriz que quase o deixou sem nariz. "É Pajeú", pensa Rufino. "Vai me matar." Está triste, pois morrerá sem ter metido a mão na cara do homem que o desonrou. Pajeú começa a lhe fazer perguntas. Sem animosidade, sem nem mesmo pedir suas armas: de onde vem, para quem trabalha, aonde vai, o que viu. Rufino responde sem vacilar, só se calando quando uma nova pergunta o interrompe. Os outros continuam comendo; quando Rufino explica o que procura e por quê, todos os rostos se voltam e o examinam, dos pés à cabeça. Pajeú manda repetir quantas vezes ele guiou as volantes que perseguiam cangaceiros, para ver se entra em contradição. Mas como, desde o princípio, Rufino decidira dizer a verdade, não erra. Sabia que uma dessas volantes estava perseguindo Pajeú? Sim, sabia. O ex-bandido diz então que se lembra da volante do capitão Geraldo Macedo, o Caçabandidos, pois teve muito trabalho para escapar dela. "Você é bom rastreador", diz. "Sou", responde Rufino. "Mas os seus são melhores. Eu não pude me livrar deles." Vez por outra, surge uma figura sigilosa de dentro do mato para dizer qualquer coisa a Pajeú; depois some, com a mesma discrição fantasmal. Sem impaciência, sem perguntar qual será a sua sorte,

Rufino os vê acabar a refeição. Os jagunços se levantam, enterram as brasas da fogueira, apagam os rastros da sua presença com ramos de icó. Pajeú olha para ele. "Não quer se salvar?", pergunta. "Primeiro preciso salvar minha honra", diz Rufino. Ninguém ri. Pajeú hesita, por uns segundos. "Levaram o forasteiro que você procura para Calumbi, a fazenda do barão de Canabrava", murmura entre os dentes. Parte logo em seguida, com seus homens. Rufino vê a menina albina, sentada no chão, e dois urubus, na copa de um imbuzeiro, pigarreando como velhos.

Então se afasta imediatamente da clareira, mas não tinha andado meia hora quando um torpor invade o seu corpo, uma fadiga que o derruba onde está. Acorda com a cara, o pescoço e os braços cheios de picadas. Pela primeira vez, desde Queimadas, sente uma amarga decepção, convencido de que tudo é inútil. Recomeça a andar, na direção contrária. Mas agora, embora atravesse uma zona que percorreu tantas vezes, desde que aprendeu a andar, onde conhece os atalhos, as nascentes, o melhor lugar para colocar armadilhas, a jornada parece interminável; ele precisa lutar o tempo todo contra o desânimo. Volta e meia um sonho que teve essa tarde volta à sua cabeça: a terra é uma fina crosta que, a qualquer momento, pode rachar e engoli-lo. Deixa Monte Santo para trás, sigilosamente, e de lá leva menos de dez horas para chegar a Calumbi. Não parou para descansar durante toda a noite e, de quando em quando, correu. Não percebe, ao atravessar a fazenda onde nasceu e passou sua infância, o estado calamitoso dos roçados, a escassez de homens, a deterioração generalizada. Passa por alguns peões que o cumprimentam, mas não responde, nem ouve suas perguntas. Nenhum deles barra a sua passagem, e alguns o seguem, de longe.

No terreiro que cerca a casa-grande, entre palmeiras imperiais e tamarindeiras, há homens armados, além dos peões que circulam pelos estábulos, depósitos e dependências da criadagem. Fumam, conversam. As janelas estão com as persianas baixas. Rufino avança, devagar, atento às atitudes dos capangas. Sem qualquer ordem, sem dizer uma palavra, estes vêm ao seu encontro. Não há gritos, ameaças, nem mesmo diálogo entre eles e Rufino. Quando o rastreador está ao seu alcance, seguram-no pelos braços. Não o agridem, não tiram sua carabina, seu facão ou sua faca e evitam ser rudes. Limitam-se a impedir que avance. Ao mesmo tempo, dão-lhe palmadas, tapinhas, e o conselho de não ser teimoso e entender seus motivos. O rastreador está com o rosto empapado de suor. Ele tampouco os agride, mas tenta se soltar. Quando se livra de dois e dá um passo, já há outros dois obrigando-o a recuar. O empurra-empurra continua assim, por um bom tempo. Afinal, Rufino para de pelejar e abaixa a cabeça. Os homens o soltam. Ele olha para a fachada de dois andares, a cobertura de telhas, a janela do gabinete do barão. Dá um passo e no mesmo instante a barreira de homens se reconstitui. A porta da casa-grande se abre e sai alguém conhecido: Aristarco, o capataz, que comanda os capangas.

— Se quiser falar com ele, o barão recebe você agora mesmo — diz, com amizade.

O peito de Rufino sobe e desce:

— Vai me entregar o forasteiro?

Aristarco nega com a cabeça:

— Vai entregar ao Exército. O Exército vai vingar você.

— Esse sujeito é meu — murmura Rufino. — O barão sabe disso.

— Não é seu, ele não vai entregar esse homem a você — repete Aristarco. — Quer que ele explique por quê?

Rufino, lívido, diz que não. Está com as veias da testa e do pescoço inchadas, os olhos esbugalhados, suando muito.

— Diga ao barão que ele não é mais meu padrinho — articula sua voz trêmula. — E ao forasteiro, que agora vou matar aquela que ele me roubou.

Cospe no chão, dá meia-volta e se afasta, por onde veio.

Pela janela do gabinete, o barão de Canabrava e Galileo Gall viram Rufino se afastar e os capangas e peões retornarem aos seus postos. Galileo estava arrumado, tinham lhe dado uma camisa e uma calça em melhor estado que as que usava. O barão voltou à escrivaninha, sob uma panóplia de facas e chicotes. Lá havia uma taça de café, fumegante, da qual bebeu um gole com o olhar distraído. Depois, voltou a examinar Gall, como um entomólogo fascinado por uma espécie rara. Olhava para ele desse jeito desde que o viu entrar, extenuado e faminto, entre Aristarco e os capangas, e, mais ainda, desde que o ouviu falar.

— O senhor mandaria matar Rufino? — perguntou Galileo, em inglês. — Se ele teimasse em entrar, se ficasse insolente? Sim, não duvido, mandaria matá-lo.

— Não se matam os mortos, senhor Gall — disse o barão. — Rufino já está morto. O senhor o matou, quando roubou Jurema. Eu teria feito um favor a ele mandando matá-lo, eu o teria livrado da angústia da desonra. Não existe pior suplício para um sertanejo.

Abriu uma caixa de charutos e, enquanto acendia um, imaginou uma manchete do *Jornal de Notícias*: "Agente inglês guiado por assecla do barão." Tinha sido bem planejado, Rufino servir-lhe de guia: que prova melhor de cumplicidade com ele?

— Eu só não entendia como Epaminondas tinha feito para atrair o suposto agente para o sertão — disse, movimentando os dedos como se tivesse cãibras. — Não me passou pela cabeça que o céu ia ajudá-lo pondo um idealista nas suas mãos. Raça curiosa, a dos idealistas. Eu não conhecia nenhum até agora, e em poucos dias lidei com dois. O outro é o coronel Moreira César. Sim, ele também é um sonhador. Por mais que os sonhos dele não coincidam com os seus...

Do lado de fora, uma forte agitação interrompeu suas palavras. Foi à janela e, através dos quadradinhos da tela metálica, viu que não era Rufino de volta, e sim quatro homens armados com carabinas, já cercados por Aristarco e os capangas. "É Pajeú, o de Canudos", ouviu a voz de Gall, esse homem que nem ele mesmo sabia se era seu prisioneiro ou seu hóspede. Examinou os recém-chegados. Três deles permaneciam mudos, enquanto o quarto falava com Aristarco. Era um caboclo, baixo, maciço, já não tão jovem, com uma pele que parecia couro de vaca. Uma cicatriz cortava a sua cara: sim, podia ser Pajeú. Aristarco fez que sim várias vezes e o barão viu-o caminhar para a casa.

— Este é um dia cheio de acontecimentos — murmurou, chupando o charuto.

Aristarco vinha com a cara impenetrável de sempre, mas o barão adivinhou a preocupação que o dominava.

— Pajeú — disse, laconicamente. — Quer falar com o senhor.

O barão, em vez de responder, virou-se para Gall:

— Peço-lhe que se retire agora. Eu o vejo na hora do jantar. Aqui na fazenda comemos cedo. Às seis.

Quando o outro saiu, perguntou ao capataz se só tinham vindo aqueles quatro. Não, nos arredores havia pelo menos uns cinquenta jagunços. Tinha certeza de que o caboclo era Pajeú? Sim, era.

— O que pode acontecer se atacarem Calumbi? — disse o barão. — Podemos resistir?

— Podemos deixar-nos matar — replicou o capanga, como se já tivesse dado antes esta resposta a si mesmo. — Não confio mais em muitos dos nossos homens. Eles também podem se bandear para Canudos a qualquer momento.

O barão suspirou.

— Traga-o — disse. — Quero que assista à nossa conversa.

Aristarco saiu, e pouco depois estava de volta com o recém-chegado. O homem de Canudos tirou o chapéu quando estacou, a um metro do dono da casa. O barão tentou identificar naqueles olhinhos pertinazes, naquelas feições curtidas, todas as maldades e crimes que lhe atribuíam. A cicatriz feroz, que podia ser de bala, faca ou garra, recordava a violência em sua vida. Não fosse aquilo, podia ser confundido com um morador local. Mas estes, quando olhavam para o barão, costumavam piscar, baixar a vista. Pajeú sustentava o olhar, sem humildade.

— Você é Pajeú? — perguntou por fim.

— Sim — confirmou o homem. Aristarco permanecia atrás dele, como uma estátua.

— Fez tantos estragos nesta terra quanto a seca — disse o barão. — Com seus roubos, matanças e pilhagens.

— Os tempos eram outros — retrucou Pajeú, sem ressentimento, com uma recôndita comiseração. — Tenho que prestar contas desses pecados em vida. Agora não sirvo mais ao Cão, sirvo ao Pai.

O barão reconheceu aquela entonação: era igual à dos pregadores capuchinhos das Santas Missões, à dos profetas errantes que chegavam a Monte Santo, à de Moreira César e de Galileo Gall. "A entonação da certeza absoluta", pensou, "daqueles que não duvidam". E, pela primeira vez, sentiu curiosidade de ouvir o Conselheiro, aquele sujeito capaz de converter um malfeitor em fanático.

— O que o traz aqui?

— Vamos incendiar Calumbi — disse a voz sem inflexões.

— Incendiar Calumbi? — o estupor alterou a fisionomia, a voz, a postura do barão.

— Para purificá-la — explicou o caboclo, devagar. — Depois de tanto transpirar, esta terra merece descanso.

Aristarco não tinha se mexido e o barão, que recuperara o aprumo, examinava o ex-cangaceiro como, em tempos mais tranquilos, costumava fazer com as borboletas e as plantas do seu herbário, com a ajuda de uma lente de aumento. Sentiu, de repente, o desejo de penetrar na intimidade daquele homem, de conhecer as raízes secretas do que dizia. E, ao mesmo tempo, imaginava Sebastiana escovando os cabelos claros de Estela, em meio a uma roda de fogo. Ficou pálido.

— O infeliz Conselheiro não percebe o mal que está fazendo? — fazia esforços para conter a indignação. — Não vê que as fazendas queimadas significam fome e morte para centenas de famílias? Não entende que essas loucuras já trouxeram a guerra para a Bahia?

— Está na Bíblia — explicou Pajeú, sem se alterar. — A República vai chegar, o Cortapescoços virá, vai haver um cataclismo. Mas os pobres se salvarão, graças a Belo Monte.

— Pelo menos você já leu a Bíblia? — murmurou o barão.

— Ele leu — disse o caboclo. — O senhor e sua família podem ir embora. O Cortapescoços esteve aqui e levou rastreadores, gado. Calumbi está amaldiçoada, passou para o lado do Cão.

— Não vou permitir que você destrua a fazenda — disse o barão. — Não é só por mim. É pelas centenas de pessoas para as quais esta terra representa a sobrevivência.

— O Bom Jesus vai cuidar delas melhor que o senhor — disse Pajeú. Era evidente que não queria ser ofensivo; falava fazendo esforços para parecer respeitoso; estava surpreso com a incapacidade do barão de admitir as verdades mais óbvias. — Quando o senhor partir, todos vão para Belo Monte.

— Nessa altura Moreira César já vai ter destruído o lugar — disse o barão. — Você não percebe que escopetas e facas não podem resistir a um exército?

Não, nunca entenderia isso. Tentar raciocinar junto com ele era tão inútil como com Moreira César ou com Gall. O barão estremeceu; era como se o mundo tivesse perdido o juízo e só crenças cegas, irracionais, governassem a vida.

— Foi para isto que eu lhes mandei comida, animais, carregamentos de grãos? — disse. — O compromisso de Antônio Vilanova era de que vocês não tocariam em Calumbi nem incomodariam a minha gente. É assim que o Conselheiro cumpre a sua palavra?

— Ele tem que obedecer ao Pai — explicou Pajeú.

— Quer dizer então que foi Deus quem mandou incendiar a minha casa? — perguntou o barão.

— O Pai — corrigiu o caboclo, com vivacidade, para evitar um gravíssimo mal-entendido. — O Conselheiro não quer causar nenhum mal ao senhor nem à sua família. Podem ir embora todos os que quiserem.

— Muita gentileza a sua — replicou o barão, com sarcasmo. — Não deixarei que incendeie esta casa. Não vou embora.

Uma sombra anuviou os olhos do caboclo e a cicatriz de sua cara se crispou.

— Se o senhor não sair, vou ter que atacar e matar gente que pode se salvar — explicou, com pesar. — Matar o senhor e sua família. Não quero que essas mortes pesem na minha alma. Além disso, quase não haveria luta — apontou com a mão, para trás: — Pergunte ao Aristarco.

Esperou, implorando com o olhar, uma resposta tranquilizadora.

— Pode me dar uma semana? — murmurou afinal. — Não posso partir...

— Um dia — interrompeu Pajeú. — Leve o que quiser. Não posso esperar mais. O Cão vai chegar a Belo Monte e eu também tenho que estar lá — pôs o chapéu, deu meia-volta e disse, de costas, à guisa de despedida, já atravessando a soleira da porta seguido por Aristarco: — Louvado seja o Bom Jesus.

O barão notou que o charuto estava apagado. Jogou fora a cinza, acendeu-o de novo e, dando uma baforada, calculou que não tinha a menor possibilidade de pedir ajuda a Moreira César antes de cumprir-se o prazo. Então, com fatalismo — ele também, afinal de contas, era um sertanejo —, imaginou como Estela receberia a destruição dessa casa e dessa terra tão ligadas às suas vidas.

Meia hora depois estava na sala de jantar, com Estela à sua direita e Galileo Gall à esquerda, os três sentados nas cadeiras austríacas de espaldar alto. Ainda não caíra a noite, mas os empregados tinham acendido os lampiões. O barão observou Gall: metia o garfo na boca a contragosto com a expressão atormentada de sempre. Já lhe dissera que, se quisesse esticar as pernas, podia dar uma volta, mas Gall, exceto nos momentos que passava conversando com ele, permanecia trancado no quarto — o mesmo que Moreira César tinha ocupado —, escrevendo. O barão lhe pediu um relato de tudo o que aconteceu desde o seu encontro com Epaminondas Gonçalves. "Em troca recupero a liberdade?", perguntou Gall.

O barão negou com a cabeça: "O senhor é a melhor arma que tenho contra os meus inimigos." O revolucionário ficou mudo, e o barão duvidava que estivesse escrevendo essa confissão. O que era então que rabiscava, dia e noite? Sentiu curiosidade, em meio a tanta aflição.

— Um idealista? — a voz de Gall surpreendeu-o. — Um homem de quem se dizem tantas atrocidades?

Percebeu que o escocês, sem avisar, voltava à conversa do gabinete.

— Parece estranho que o coronel seja um idealista? — replicou, em inglês. — Mas é, sem nenhuma dúvida. Não se interessa por dinheiro, por honras, e talvez não queira sequer o poder para ele. É movido por coisas abstratas: um nacionalismo doentio, a idolatria do progresso técnico, a crença de que só o Exército pode impor a ordem e salvar este país do caos e da corrupção. Um idealista à maneira de Robespierre...

Calou-se, enquanto um criado recolhia os pratos. Brincou com o guardanapo, distraído, pensando que na noite seguinte tudo o que estava à sua volta seria apenas escombros e cinzas. Desejou por um instante que ocorresse um milagre, que o exército do seu inimigo Moreira César aparecesse em Calumbi e impedisse o crime.

— Como acontece com tantos idealistas, ele é implacável quando quer materializar seus sonhos — prosseguiu, sem que seu rosto expressasse o que sentia. Sua esposa e Gall o observavam. — Sabe o que fez na Fortaleza de Anhato Miram, durante a revolta federalista contra o marechal Floriano? Mandou executar cento e oitenta e cinco pessoas. Elas tinham se rendido, mas isso pouco lhe importou. Queria dar um castigo.

— Degolou-as — disse a baronesa. Falava inglês sem a desenvoltura do barão, devagar, pronunciando cada sílaba com certo receio. — Sabe como os camponeses o chamam? Cortapescoços.

O barão soltou uma risadinha; olhava, sem ver, o prato que acabavam de lhe servir.

— Imagine o que vai acontecer quando esse idealista tiver à sua mercê os insurretos monarquistas e anglófilos de Canudos — disse, num tom lúgubre. — Ele sabe que não são nem uma coisa nem outra, mas é útil para a causa jacobina que a coisa seja assim, de modo que dá no mesmo. Por que faz isso? Pelo bem do Brasil, naturalmente. E acredita, com toda a sua alma, que está certo.

Engoliu com dificuldade e pensou nas chamas que iam arrasar Calumbi. Viu-as devorando tudo, ouviu-as crepitar.

— Conheço muito bem esses pobres-diabos de Canudos — disse, sentindo que suas mãos estavam úmidas. — São ignorantes, supersticiosos, e um charlatão pode fazê-los acreditar que está chegando o fim do mundo. Mas são também uma gente corajosa, sofrida, com um instinto preciso da dignidade. Não é absurdo? Vão ser sacrificados por serem monarquistas e anglófilos, eles que confundem o imperador Pedro II com um dos apóstolos, eles que não têm ideia de onde fica a

Inglaterra e esperam que o rei Dom Sebastião saia do fundo do mar para defendê-los.

Voltou a levar o garfo à boca e mordeu algo que tinha gosto de fuligem.

— Moreira César dizia que se deve desconfiar dos intelectuais — continuou. — Principalmente dos idealistas, senhor Gall.

A voz de Gall chegou aos seus ouvidos como se ele falasse de muito longe:

— Deixe-me ir para Canudos — tinha uma expressão deslumbrada, os olhos brilhantes, e parecia comovido até os ossos: — Quero morrer pelo que há de melhor em mim, pelas coisas em que acredito, pelas lutas que travei. Não quero acabar como um imbecil. Esses pobres-diabos representam o que há de mais digno na terra, o sofrimento que se rebela. Apesar do abismo que nos separa, o senhor pode me entender.

A baronesa, com um gesto, pediu ao criado que retirasse os pratos e saísse.

— Não lhe sou útil para coisa nenhuma — continuou Gall. — Sou ingênuo, talvez, mas não sou fanfarrão. Isto não é uma chantagem, é um fato. De nada adiantará entregar-me às autoridades, ao Exército. Não vou dizer uma palavra. E, se for preciso, mentirei, jurarei que fui pago pelo senhor para acusar Epaminondas Gonçalves de uma coisa que não fez. Porque, embora ele seja um rato e o senhor um cavalheiro, sempre vou preferir um jacobino a um monarquista. Somos inimigos, barão, não se esqueça.

A baronesa fez menção de levantar-se.

— Não é preciso que saia — o barão a reteve. Ouvia as palavras de Gall, mas só pensava no fogo que ia queimar Calumbi. Como contar a Estela?

— Deixe-me ir para Canudos — repetiu Gall.

— Mas para quê? — exclamou a baronesa. — Os jagunços vão matar o senhor, pensando que é inimigo. Não disse que é ateu, anarquista? O que isso tem a ver com Canudos?

— Os jagunços e eu concordamos em muitas coisas, senhora, embora eles não saibam — disse Gall. Fez uma pausa e perguntou: — Posso ir?

O barão, quase sem se dar conta, disse à esposa em português:

— Precisamos ir embora, Estela. Vão incendiar Calumbi. Não há mais remédio. Não tenho homens para resistir e não vale a pena morrer — viu que a mulher ficava imóvel, empalidecia de repente, mordia os lábios. Pensou que ia desmaiar. Voltou-se para Gall: — Como vê, Estela e eu temos um assunto grave para discutir. Irei ao seu quarto, mais tarde.

Gall se retirou imediatamente. Os donos da casa permaneceram em silêncio. A baronesa em atitude de espera, sem abrir a boca. O barão contou-lhe a conversa com Pajeú. Sentiu que ela fazia um esforço para parecer serena, mas não conseguia: estava pálida, tremendo. Ele sempre a amara, mas, nos momentos de crise, também a admirava. Nunca a viu fraquejar; atrás da sua aparência delicada, graciosa, decorativa, havia um ser forte. Pensou que desta vez ela também seria a sua melhor defesa contra a adversidade. Explicou que não poderiam levar quase nada, precisavam guardar as coisas mais valiosas em baús e enterrá-los, e o resto, era melhor distribuir entre os criados e peões.

— Não há nada a fazer? — sussurrou a baronesa, como se algum inimigo fosse ouvi-la.

O barão balançou a cabeça: nada.

— Na verdade, não querem nos fazer nenhum mal, só pretendem matar o Diabo, e que esta terra descanse. Não se pode argumentar com eles. — Encolheu os ombros e, sentindo que começava a ficar comovido, encerrou o diálogo: — Vamos partir amanhã, ao meio-dia. Foi o prazo que me deram.

A baronesa assentiu. Suas feições se afilaram, apareceram rugas em sua testa, seus dentes batiam.

— Então, vamos ter que trabalhar a noite inteira — disse, levantando-se.

O barão viu-a sair e soube que, antes de qualquer outra coisa, fora contar tudo a Sebastiana. Mandou chamar Aristarco e discutiu com ele os preparativos da viagem. Em seguida, trancou-se em seu gabinete e durante um longo tempo rasgou cadernos, papéis, cartas. O que levaria consigo cabia em duas maletas. Quando se dirigia ao quarto de Gall, viu que Estela e Sebastiana já tinham entrado em ação. A casa estava tomada por uma atividade febril, criadas e empregados circulavam de um lado para o outro, carregando coisas, dependurando objetos, enchendo cestas, caixas, baús e cochichando com cara de pânico. Entrou sem bater: Gall estava escrevendo, numa mesinha, e ao vê-lo, ainda com a pena na mão, interrogou-o com os olhos.

— Sei que é uma loucura deixar o senhor ir embora — disse o barão, com um meio sorriso que era, na verdade, uma careta. — Eu deveria exibi-lo em Salvador, no Rio, como fizeram com o seu cabelo, com o falso cadáver, com os falsos fuzis ingleses...

Deixou a frase inacabada, vencido pelo desânimo.

— Não se iluda — disse Galileo. Estava muito próximo do barão, os joelhos quase se tocando. — Não vou ajudá-lo a resolver os seus problemas, nunca serei seu colaborador. Estamos em guerra, e todas as armas valem.

Falava sem agressividade e o barão o via distante: pequeno, pitoresco, inofensivo, absurdo.

— Todas as armas valem — murmurou. — É a definição desta época, do século XX que se aproxima, senhor Gall. Não é de estranhar que esses loucos pensem que chegou o fim do mundo.

Via tanta angústia no rosto do escocês que, subitamente, sentiu compaixão por ele. Pensou: "Tudo o que deseja é ir morrer feito um cão entre pessoas que não o entendem e que ele não entende. Pensa que vai acabar como um herói e, na verdade, vai acabar como mais teme: como um imbecil." O mundo inteiro parecia vítima de um mal-entendido sem remédio.

— Pode ir — disse. — Vou lhe dar um guia. Se bem que duvido que consiga chegar a Canudos.

Viu que o rosto de Gall se iluminava e ouviu-o balbuciar um agradecimento.

— Não sei por que o deixo ir embora — acrescentou. — Tenho fascinação pelos idealistas, mas simpatia, não. Nenhuma. Talvez sinta alguma pelo senhor, que é um homem inevitavelmente perdido e cujo fim vai ser o resultado de um equívoco.

Mas percebeu que Gall não o ouvia. Estava juntando as páginas escritas que havia na mesinha, e afinal entregou-as a ele:

— É um resumo do que sou, do que penso — seu olhar, suas mãos, sua pele pareciam estar em efervescência. — Talvez não seja o senhor a pessoa mais indicada para receber isto, mas não há outra à mão. Leia e, depois, fico grato se enviar para este endereço, em Lyon. É de uma revista, publicada por amigos meus. Não sei se continua saindo... — calou-se, parecendo constrangido. — A que horas posso partir?

— Agora mesmo — disse o barão. — Não preciso avisá-lo dos riscos que corre, imagino. O mais provável é que caia nas mãos do Exército. E o coronel vai matá-lo de qualquer maneira.

— Não se matam os mortos, barão, como o senhor disse — replicou Gall. — Lembre-se de que já me mataram em Ipupiará...

V

O grupo de homens avança pelo caminho arenoso, os olhos cravados no matagal. Há esperança nas faces, mas não na do jornalista míope que, desde que saíram do acampamento, pensa: "Vai ser inútil." Não disse uma palavra que revelasse o derrotismo contra o qual luta desde que a água foi racionada. A pouca comida não é problema para ele, eterno inapetente. Em contrapartida, não suporta a sede. Volta e meia tira o chapéu e conta o tempo que falta para beber um gole d'água, segundo o rígido horário estabelecido. Talvez por isto tenha acompanhado a patrulha do capitão Olímpio de Castro. O mais sensato seria aproveitar essas horas no acampamento, descansando. Como péssimo cavaleiro, essa incursão vai acabar fatigando-o e, naturalmente, aumentará sua sede. Mas não, no acampamento a angústia tomaria conta dele e o inundaria de suposições lúgubres. Aqui, pelo menos, é obrigado a concentrar-se no esforço que significa, para ele, não cair da sela. Sabe que seus óculos, suas roupas, seu corpo, sua prancheta e seu tinteiro são alvo de chacota entre os soldados. Mas não se incomoda com isso.

O rastreador que guia a patrulha indica um poço. Para o jornalista, basta ver a expressão do homem para saber que os jagunços também tinham obstruído aquele poço. Os soldados se precipitam com seus recipientes, empurrando-se; ouve o ruído das latas batendo nas pedras e vê a decepção, a amargura dos homens. O que está fazendo aqui? Por que não está na sua casinha desarrumada, em Salvador, entre seus livros, fumando um cachimbo de ópio, sentindo uma grande paz?

— Bem, era de se esperar — murmura o capitão Olímpio de Castro. — Quantos poços ainda existem por perto?

— Falta ver dois — o guia faz um gesto cético: — Acho que não vale a pena.

— De qualquer modo, verifiquem — interrompe o capitão. — Estejam de volta antes de escurecer, sargento.

O oficial e o jornalista acompanham o resto da patrulha por um trecho e, quando já estão longe do matagal, novamente no terreno calcinado, ouvem o guia murmurar que está se cumprindo a profecia do Conselheiro: o Bom Jesus vai fazer um círculo em torno de Canudos, fora do qual desaparecerá a vida vegetal, animal e, por último, humana.

— Se acredita nisso, o que faz conosco? — pergunta Olímpio de Castro.

O rastreador passa a mão na garganta:

— Tenho mais medo do Cortapescoços que do Cão.

Alguns soldados riem. O capitão e o jornalista míope se separam da patrulha. Cavalgam algum tempo até que o oficial, com pena do companheiro, faz seu cavalo andar a passo. O jornalista, aliviado, violando seu horário, toma um gole d'água. Três quartos de hora depois divisam as barracas do acampamento.

Acabam de passar pelas primeiras sentinelas quando são alcançados pela nuvem de terra de outra patrulha, que vem do norte. O tenente que está no comando, muito jovem, coberto de poeira, parece contente.

— E então? — diz Olímpio de Castro, à guisa de cumprimento. — Encontrou-o?

O tenente aponta, com o queixo. O jornalista míope descobre o prisioneiro. Está de mãos amarradas, com uma expressão de terror e um camisolão que deve ter sido sua batina. É baixinho, robusto, barrigudo, com mechas brancas nas têmporas. Mexe os olhos em todas as direções. A patrulha continua sua marcha, seguida pelo capitão e o jornalista. Quando chegam em frente à barraca do comandante do Sétimo Regimento, dois soldados limpam a roupa do prisioneiro com as mãos. Sua chegada provoca agitação, muitos se aproximam para vê-lo. O homenzinho bate os dentes e os encara apavorado, como se temesse uma agressão. O tenente leva-o para dentro da barraca e o jornalista míope se insinua atrás deles.

— Missão cumprida, Excelência — diz o jovem oficial, batendo os calcanhares.

Moreira César se levanta de uma mesinha dobrável, onde estava sentado entre o coronel Tamarindo e o major Cunha Matos. Aproxima-se e examina o prisioneiro, com seus olhinhos frios. Seu rosto não demonstra qualquer emoção, mas o jornalista míope nota que morde o lábio inferior, como costuma fazer quando algo o impressiona.

— Bom trabalho, tenente — diz, estendendo-lhe a mão. — Vá descansar, agora.

O jornalista míope vê que os olhos do coronel se fixam por um instante nos seus e receia que o mande sair também. Mas não o faz. Moreira César estuda o prisioneiro com atenção. São quase da mesma altura, mas o oficial é muito mais magro.

— O senhor está morto de medo.

— Sim, Excelência, estou — gagueja o prisioneiro. Mal consegue falar, devido ao tremor. — Fui maltratado. Minha condição de sacerdote...

— Não o impediu de servir os inimigos da Pátria — o coronel o silencia. Dá uns passos na frente do padre de Cumbe, que baixou a cabeça.

— Sou um homem pacífico, Excelência — geme.

— Não, o senhor é um inimigo da República, a serviço da subversão restauradora e de uma potência estrangeira.

— Uma potência estrangeira? — balbucia o padre Joaquim, com tanto estupor que esqueceu o medo.

— Não admito no senhor o álibi da superstição — prossegue Moreira César, com a voz suave, as mãos nas costas. — As bobagens do fim do mundo, do Diabo e de Deus.

As outras pessoas assistem, mudas, à movimentação do coronel. O jornalista míope sente no nariz a comichão que precede o espirro e isto, não sabe por quê, deixa-o assustado.

— O seu medo me revela que está bem informado, senhor padre — diz Moreira, com aspereza. — Na verdade, temos meios para fazer falar até o mais bravo dos jagunços. De maneira que não nos faça perder tempo.

— Não tenho nada a esconder — balbucia o padre, tremendo de novo. — Não sei se fiz bem ou mal, estou confuso...

— Em primeiro lugar, os cúmplices externos — interrompe o coronel, e o jornalista míope nota que o oficial, nervoso, movimenta os dedos enlaçados nas costas. — Latifundiários, políticos, assessores militares, nativos ou ingleses.

— Ingleses? — exclama o padre, de olhos esbugalhados. — Nunca vi um estrangeiro em Canudos, só gente muito humilde e pobre. Nenhum fazendeiro, nenhum político poria os pés em tanta miséria. Garanto, senhor. Há gente que veio de longe, é claro. De Pernambuco, do Piauí. É uma das coisas que me surpreendem. Como tanta gente pôde...

— Quanta? — interrompe o coronel, e o padre resmunga.

— Milhares — murmura. — Cinco, oito mil, não sei. Os mais pobres, os mais desamparados. Quem lhe diz isto é alguém que já viu muita miséria. Aqui não faltam, com a seca, as epidemias. Mas, lá, parece que marcaram encontro, que Deus os congregou. Doentes, inválidos, só gente sem esperança, vivendo uns em cima dos outros. Minha obrigação de sacerdote não era ficar com eles?

— A política da Igreja Católica sempre foi estar onde julga que está a sua conveniência — diz Moreira César. — Foi o seu bispo quem lhe ordenou ajudar os revoltosos?

— E, apesar de tudo, apesar da miséria, aquela gente é feliz — balbucia o padre Joaquim, como se não tivesse ouvido. Seus olhos se deslocam de Moreira César para Tamarindo e depois para Cunha Matos. — A comunidade mais feliz que já vi, senhor. É difícil admitir isto, até para mim. Mas é verdade, é verdade. Ele lhes deu uma paz de espírito, uma resignação às privações, ao sofrimento, que é uma coisa milagrosa.

— Vamos falar das balas explosivas — diz Moreira César. — Entram no corpo e explodem como uma granada, abrindo crateras. Os médicos nunca tinham visto feridas assim no Brasil. De onde saíram? Algum milagre, também?

— Não sei nada sobre armas — balbucia o padre Joaquim. — O senhor não acredita, mas é verdade, Excelência. Juro pela batina que estou vestindo. Nesse lugar está acontecendo uma coisa extraordinária. Essa gente vive na graça de Deus.

O coronel o encara com sarcasmo. Mas, no seu canto, o jornalista míope tinha esquecido a sede e está concentrado nas palavras do padre, como se aquilo fosse assunto de vida ou morte para ele.

— Santos, justos, bíblicos, escolhidos de Deus? É isto que eu preciso engolir? — diz o coronel. — São os mesmos que incendeiam fazendas, assassinam gente e chamam a República de Anticristo?

— Não estou sendo claro, Excelência — grunhe o prisioneiro. — Eles cometeram atos terríveis, naturalmente. Mas, mas...

— Mas o senhor é cúmplice — murmura o coronel. — Que outros padres também os ajudam?

— É difícil explicar — baixa a cabeça o padre de Cumbe. — No começo, eu ia rezar a missa para eles e nunca vi fervor igual, nem tanta participação. A fé dessa gente é extraordinária, senhor. Não seria pecado virar as costas para eles? Por isso continuei indo, apesar da proibição do arcebispo. Não seria pecado deixar sem sacramentos gente que crê como nunca vi ninguém crer? Para eles, a religião é tudo na vida. Estou abrindo minha consciência, senhor. Sei que não sou um sacerdote digno.

O jornalista míope pensou, de repente, que gostaria de ter à mão sua prancheta, sua pena, seu tinteiro, seus papéis.

— Tive uma concubina, mantive vida conjugal durante muitos anos — balbucia o padre de Cumbe. — Tenho filhos, senhor.

Fica cabisbaixo, tremendo e, sem dúvida, pensa o jornalista míope, não nota o risinho do major Cunha Matos. Pensa que na certa ele está vermelho de rubor debaixo da camada de poeira que cobre o seu rosto.

— Pouco me importa que um padre tenha filhos ou não — diz Moreira César. — Mas sim, e muito, que a Igreja Católica ajude os revoltosos. Que outros sacerdotes ajudam Canudos?

— E ele me deu uma lição — diz o padre Joaquim. — Mostrou como era capaz de viver prescindindo de tudo, consagrado ao espírito, ao que é, de fato, mais importante. Será que Deus, a alma, não devem ter a primazia?

— O Conselheiro? — pergunta Moreira César, com sarcasmo. — Um santo, com certeza?

— Não sei, Excelência — diz o prisioneiro. — É o que me pergunto todos os dias, desde que o vi entrar em Cumbe, há muitos anos. Um louco, pensava a princípio, como as autoridades da Igreja. Vieram uns padres capuchinhos, mandados pelo arcebispo, para investigar. Não entenderam nada, ficaram assustados, também disseram que ele era louco. Mas então como se explica, senhor? Essas conversões, essa paz de espírito, a felicidade de tantos miseráveis.

— E como se explicam os crimes, a destruição de propriedades, os ataques ao Exército? — interrompe o coronel.

— Certo, certo, isso não tem desculpa — admite o padre Joaquim. — Mas eles não se dão conta do que fazem. Ou seja, são crimes cometidos de boa-fé. Pelo amor de Deus, senhor. Há uma grande confusão, sem dúvida.

Aterrorizado, olha em volta, como se tivesse dito algo que poderia provocar uma tragédia.

— Quem inculcou na cabeça desses infelizes que a República é o Anticristo? Quem transformou essas loucuras religiosas num movimento militar contra o regime? Isto é o que quero saber, senhor padre. — Moreira César levanta o tom da voz, que soa destemperada:

— Quem pôs essa pobre gente a serviço dos políticos que querem restaurar a monarquia no Brasil?

— Eles não são políticos, não entendem nada de política — grita o padre Joaquim. — São contra o casamento civil, por isso falam de Anticristo. São cristãos puros, senhor. Não podem entender o casamento civil quando existe um sacramento criado por Deus...

Mas emudece, depois de dar um grunhido, porque Moreira César tirou a pistola do coldre, que engatilha, com calma, e aponta para a têmpora do prisioneiro. O coração do jornalista míope parece um bombo, sua cabeça dói com o esforço de conter o espirro.

— Não me mate! Não me mate, pelo amor de Deus, Excelência, senhor! — grita caindo de joelhos.

— Apesar do meu aviso, está nos fazendo perder tempo, senhor padre — diz o coronel.

— É verdade, levei remédios e provisões para eles, fiz favores — geme o padre Joaquim. — Também explosivos, pólvora, cartuchos de dinamite. Comprava essas coisas para eles nas minas de Caçabu. Foi um erro, sem dúvida. Não sei, senhor, não pensei. Eles me dão tanto constrangimento, tanta inveja, por essa fé, essa paz de espírito que nunca tive. Não me mate!

— Quem os ajuda? — pergunta o coronel. — Quem fornece armas, provisões, dinheiro?

— Não sei quem, não sei — choraminga o padre. — Quer dizer, sei, muitos fazendeiros. É o costume, senhor, como se faz com os bandidos. Dar alguma coisa para que eles não ataquem, para que procurem outras terras.

— Também recebem ajuda da fazenda do barão de Canabrava? — interrompe Moreira César.

— Sim, imagino que de Calumbi também, senhor. É o costume. Mas isso mudou, muitos já foram embora. Nunca vi um latifundiário, um político ou um estrangeiro em Canudos. Só os miseráveis, senhor. Estou contando tudo o que sei. Eu não sou como eles, não quero ser mártir, não me mate.

Sua voz se corta e o homem começa a chorar, encolhendo-se.

— Nesta mesa há papel — diz Moreira César. — Quero um mapa detalhado de Canudos. Ruas, entradas, como são as defesas.

— Sim, sim — o padre Joaquim engatinha até a mesinha dobrável. — Tudo o que eu souber, não tenho por que mentir.

Senta-se no banco e começa a desenhar. Moreira César, Tamarindo e Cunha Matos o rodeiam. No seu canto, o correspondente do *Jornal de Notícias* sente um alívio. Não vai ver a cabeça do padre voar em pedaços. Examina seu perfil ansioso enquanto desenha o mapa que pediram. Ouve-o responder atropeladamente às perguntas sobre trincheiras, armadilhas, caminhos cortados. O jornalista míope se senta no chão e espirra duas, três, dez vezes. Sua cabeça começa a girar e ele volta a sentir, compulsiva, a sede. O coronel e os outros oficiais falam com o prisioneiro sobre ninhos de artilheiros e postos de avançada — o padre parece não entender bem o que são essas coisas —, e ele abre o cantil e bebe um gole prolongado, pensando que transgrediu novamente seu horário. Distraído, aturdido, desinteressado, ouve os oficiais discutindo sobre as informações confusas que o padre lhes dá e, em seguida, o coronel explicando onde irão instalar as metralhadoras, os canhões, e de que maneira as companhias devem se deslocar para cercar os jagunços numa pinça. Ouve-o dizer:

— Temos que impedir qualquer possibilidade de fuga.

O interrogatório terminou. Dois soldados vêm buscar o prisioneiro. Antes que este saia, Moreira César lhe diz:

— Como conhece esta terra, vai ajudar os guias. E nos ajudará a identificar os chefes, quando chegar a hora.

— Pensei que o senhor ia matá-lo — diz, sentado no chão, o jornalista míope, depois que levaram o padre.

O coronel olha-o como se só o descobrisse agora.

— O senhor padre vai ser muito útil em Canudos — responde. — E, além do mais, é bom que se saiba que a adesão da Igreja à República não é tão sincera como alguns acreditam.

O jornalista míope sai da barraca. Já anoiteceu, e a lua, grande e amarela, banha o acampamento. Enquanto caminha para a tenda que divide com o jornalista velho e friorento, a corneta anuncia o rancho. O som se repete, a distância. Acenderam-se, aqui e ali, fogueiras, e ele passa entre grupos de soldados que vão buscar as reduzidas rações. No alojamento encontra o colega. Como sempre, está com o cachecol enrolado no pescoço. Na fila da comida, o jornalista do *Jornal de Notícias* lhe conta tudo o que viu e ouviu na barraca do coronel. Comem, sentados no chão, conversando. O rancho é uma substância espessa, com um remoto sabor de mandioca, um pouco de farinha e dois torrões de açúcar. Também lhes dão café, que tem um sabor maravilhoso.

— O que o impressionou tanto? — pergunta o colega.

— Nós não entendemos o que está acontecendo em Canudos — responde ele. — É mais complicado, mais confuso do que eu pensava.

— Bem, eu nunca acreditei que os emissários de Sua Majestade britânica tenham estado no sertão, se está falando disso — grunhe o jornalista mais velho. — Mas também não posso acreditar na conversa do padre de que só existe amor a Deus atrás de tudo isso. Há fuzis demais, estragos demais, uma tática bem concebida demais para que tudo seja obra de uns sebastianistas analfabetos.

O jornalista míope não diz nada. Voltam para a tenda e o velho imediatamente se cobre e dorme. Mas ele permanece acordado, escrevendo em cima dos joelhos na sua prancheta portátil, à luz de um candeeiro. Quando ouve o toque de silêncio, desaba sobre o cobertor. Imagina os soldados que dormem à intempérie, vestidos, ao lado dos fuzis, em linhas de quatro, e os cavalos, no curral, junto às peças de artilharia. Fica muito tempo acordado, pensando nas sentinelas percorrendo o perímetro do acampamento que, ao longo da noite, vão se comunicar com assobios. Mas, ao mesmo tempo, subjacente, incitante, perturbadora, há outra preocupação em sua consciência: o padre prisioneiro, seus balbucios, suas palavras. Teria razão o seu colega, quem sabe o coronel? Será que Canudos pode ser explicada com conceitos familiares como conjuração, rebeldia, conspiração, intrigas de políticos que desejam a restauração monárquica? Hoje, ouvindo o apavorado padre, teve certeza de que não. Trata-se de uma coisa mais difusa, desatualizada, incomum, algo que seu ceticismo não lhe permite chamar de divino, diabólico ou simplesmente espiritual. O que é, então? Passa a língua pelo cantil vazio e, pouco depois, está dormindo.

Quando a primeira luz raia no horizonte, ouve-se, numa extremidade do acampamento, o tilintar de uns chocalhos e balidos. Uma pequena moita de arbustos começa a se mexer. Algumas cabeças se levantam, no setor que guarda esse flanco do regimento. A sentinela, que estava se afastando, volta ligeiro. Os que foram acordados pelo som aguçam o olhar, levam as mãos ao ouvido. Sim: balidos, sinetas. Em seus rostos sonolentos, sedentos, famintos, há ansiedade, alegria. Esfregam os olhos, fazem gestos de silêncio, levantam-se sigilosamente e correm em direção aos arbustos. Ali, continuam os balidos, o tilintar. Os primeiros que chegam às moitas veem os carneiros, esbranquiçados na sombra azulácea: choccc, chocccc... Já tinham apanhado um dos animais quando começa o tiroteio e se ouvem os gritos de dor dos que rolam pelo chão, atingidos por disparos de carabina ou dardos de balestra.

Na outra ponta do acampamento soa a alvorada, anunciando à coluna que a marcha recomeça.

O saldo da emboscada não é muito grave — dois mortos, três feridos — e as patrulhas que foram perseguir os jagunços, embora não os tenham capturado, trazem uma dúzia de carneiros que reforçam o rancho. Mas, talvez pelas crescentes dificuldades com alimento e água, talvez pela proximidade de Canudos, a reação da tropa diante da emboscada revela um nervosismo que até então não se manifestara. Os soldados da companhia a que pertenciam as vítimas pedem a Moreira César que o prisioneiro seja executado, em represália. O jornalista míope nota uma atitude diferente nos homens aglomerados em volta do cavalo branco do comandante do Sétimo Regimento: rostos transfigurados, ódio nas pupilas. O coronel deixa-os vociferar, ouve, concorda, enquanto os outros se atropelam para falar. Afinal, explica que este prisioneiro não é um jagunço qualquer, e sim alguém cujos conhecimentos serão preciosos para o regimento, lá em Canudos.

— Vocês vão se vingar — diz. — Falta pouco. Guardem essa raiva, não a desperdicem.

Nesse mesmo meio-dia, porém, os soldados têm a vingança que desejam. O regimento está passando junto a um promontório pedregoso, onde se vê — o espetáculo é frequente — o couro e a cabeça de um boi do qual os urubus já arrancaram tudo o que puderam comer. Um palpite faz um soldado murmurar que o animal morto é um posto de vigilância. Ao ouvir isto, vários soldados rompem a formação, correm e, com uivos de entusiasmo, veem sair do buraco onde estava escondido, debaixo do boi, um jagunço esquelético. Investem contra ele, enfiam-lhe facas, baionetas. Em seguida o decapitam e vão mostrar a cabeça a Moreira César, dizendo que pretendem dispará-la contra Canudos, com um canhão, para que os rebeldes saibam o que os espera. O coronel comenta com o jornalista míope que a tropa está em excelente forma para o combate.

Embora tivesse passado a noite viajando, Galileo Gall não sentia sono. Os animais eram velhos e magros, mas não deram sinais de cansaço até alta manhã. Não era fácil a comunicação com o guia Ulpino, um homem de traços fortes e pele acobreada que não parava de mascar fumo. Quase não trocaram palavras até meio-dia, quando fizeram um alto para comer. Quanto tempo iam demorar até Canudos? O guia, cuspindo o tabaco que mordiscava, não deu uma resposta precisa. Se os cavalos aguentassem, dois ou três dias. Mas isto em tempos normais, não agora... Agora não utilizariam o caminho reto, iriam ziguezagueando para evitar os jagunços e os soldados, porque tanto uns como outros iriam tomar seus animais. Gall de repente sentiu um grande cansaço e adormeceu quase imediatamente.

Algumas horas mais tarde reiniciaram a marcha. Logo adiante se refrescaram num minúsculo arroio de água salobra e, enquanto avançavam, entre colinas de cascalho e ásperas planícies de cardos e palmatórias, a impaciência angustiava Gall. Lembrou daquele amanhecer em Queimadas, quando quase morreu e o sexo voltou à sua vida. Estava perdido no fundo da sua memória. Descobriu, espantado, que não tinha a menor ideia da data: nem o dia nem o mês. O ano só podia continuar sendo 1897. Era como se, nessa região que percorria incessantemente, pulando de um lado para o outro, o tempo tivesse sido abolido, ou fosse um tempo diferente, com seu ritmo próprio. Tentou se lembrar do que observara, nas cabeças que tinha apalpado aqui, em relação ao senso da cronologia. Existia um órgão específico vinculado à relação do homem com o tempo? Sim, naturalmente. Seria um ossinho, uma concavidade imperceptível, uma temperatura? Não se lembrava do lugar, mas sim, em compensação, das aptidões ou inépcias que revelava: pontualidade ou impontualidade, previsão do futuro ou improvisação contínua, capacidade para organizar a vida com método ou uma existência solapada pela desordem, devorada pela confusão... "Como a minha", pensou. Sim, ele era um caso típico de personalidade cujo destino é o tumulto crônico, uma vida que se desmancha em caos, esteja onde estiver... Constatou isto em Calumbi, quando tentava febrilmente resumir as coisas em que acredita e os fatos centrais da sua biografia. Sentiu a desmoralizante sensação de que era impossível ordenar, hierarquizar essa vertigem de viagens, paisagens, gente, convicções, perigos, exaltações, infortúnios. E, provavelmente, aqueles papéis que entregara ao barão de Canabrava não refletiam suficientemente o que de fato era uma constante em sua vida, a lealdade que nunca abandonou, que podia dar uma aparência de ordem à desordem: sua paixão revolucionária, seu ódio à infelicidade e à injustiça que tantos homens padeciam, sua vontade de contribuir de algum modo para mudar essa situação. "Nada do que o senhor acredita é verdade, seus ideais não têm nada a ver com o que se passa em Canudos." A frase do barão vibrou de novo em seus ouvidos e o irritou. O que podia entender dos seus ideais um aristocrata latifundiário que vivia como se a Revolução Francesa não tivesse acontecido? Alguém que considerava "idealismo" um palavrão? O que podia entender de Canudos a pessoa de quem os jagunços tinham tomado uma fazenda e estavam incendiando outra? Calumbi, neste momento, certamente estava em chamas. Ele, sim, podia entender esse fogo, sabia muito bem que não era obra do fanatismo nem da loucura. Os jagunços estavam destruindo o símbolo da opressão. Obscura, sabiamente, intuíam que séculos de regime de propriedade privada tinham se enraizado de tal modo nas mentes dos explorados que esse sistema podia parecer-lhes um direito divino e os latifundiários, seres de natureza superior, semideuses. O fogo não era a melhor maneira de provar a falsidade desses mitos, de dissipar os temores das vítimas, de mostrar às massas de famintos que o poder dos proprietários é destrutível, que os pobres têm a força necessária para acabar com ele? O Conselheiro e seus homens, apesar das suas balelas religiosas, sabiam onde deviam atacar. Nos próprios fundamentos da opressão: a propriedade, o Exército, a moral obscurantista. Teria cometido um engano ao escrever aquelas páginas autobiográficas que deixou com o barão? Não, elas não prejudicariam a causa. Mas não era absurdo confiar uma coisa tão pessoal a um inimigo? Porque o barão era seu inimigo. Apesar disso, não lhe tinha antipatia. Talvez porque, graças a ele, pôde sentir que entendia tudo o que ouvia e que entendiam tudo o que ele dizia: era uma coisa que não lhe acontecia desde que saíra de Salvador. Por que tinha escrito aquelas páginas? Porque sabia que ia morrer? Foi um rompante de fraqueza burguesa, porque não queria desaparecer sem deixar marcas no mundo? De repente pensou que talvez tivesse engravidado Jurema. Sentiu uma espécie de pânico. A ideia de ter filhos sempre lhe causou uma repulsa visceral, e isto talvez tenha influído na sua decisão de Roma, de abstinência sexual. Sempre afirmou que seu horror à paternidade era consequência da sua convicção revolucionária. Como um homem pode estar disponível para a ação se tem a responsabilidade de alimentar, vestir, cuidar de um apêndice? Também nisso tinha sido constante: nem mulher, nem filhos, nem nada que pudesse limitar sua liberdade e enfraquecer sua rebeldia.

Quando as estrelas já faiscavam, apearam num bosquezinho de velame e macambira. Comeram sem falar nada e Galileo adormeceu antes de tomar café. Teve um sono sobressaltado, com imagens de morte. Quando Ulpino o acordou, ainda era noite fechada e ouvia-se um lamento que podia ser de raposa. O guia tinha esquentado café e selado os cavalos. Tentou falar com Ulpino. Há quanto tempo trabalhava para o barão? O que pensava dos jagunços? O guia respondia com tantas evasivas que não insistiu. Seria seu sotaque estrangeiro o que provocava a desconfiança dessa gente? Ou era uma incomunicação mais profunda, na maneira de sentir e de pensar?

Nesse momento, Ulpino disse algo que ele não entendeu. Pediu que repetisse, e desta vez as palavras soaram claras: por que ia para Canudos? "Porque lá estão acontecendo coisas pelas quais lutei toda a minha vida", respondeu. "Estão criando um mundo sem opressores nem oprimidos, onde todos são livres e iguais." Explicou, nos termos mais simples que pôde, por que Canudos era importante para o mundo, como certas coisas que os jagunços faziam coincidiam com um velho ideal pelo qual muitos homens tinham dado a vida. Ulpino não o interrompeu nem olhou para ele enquanto falava, e Gall não pôde deixar de sentir que suas palavras batiam no guia como o vento nas pedras, sem marcá-lo. Quando terminou, Ulpino, inclinando um pouco a cabeça, de um jeito que Gall achou estranho, murmurou que pensava que ele ia a Canudos salvar a sua mulher. E, ante a surpresa de Gall, insistiu: Rufino não disse que ia matá-la? Não se importava que ele a matasse? Por acaso não era sua mulher? Para que a tinha roubado, então? "Eu não tenho mulher, não roubei ninguém", replicou Gall, com força. Rufino falava de outra pessoa, era vítima de um mal-entendido. O guia voltou à sua mudez.

Não voltaram a falar até horas mais tarde, ao encontrarem um grupo de peregrinos, com carretas e talhas, que lhes deram de beber. Quando os deixaram para trás, Gall sentiu-se abatido. Eram as perguntas de Ulpino, tão inesperadas, e seu tom repreensivo. Para não se lembrar de Jurema nem de Rufino, pensou na morte. Não a temia e por isso a desafiara tantas vezes. Se os soldados o capturassem antes de chegar a Canudos, ele os enfrentaria até que o matassem, para não passar pela humilhação da tortura e, talvez, da covardia.

Notou que Ulpino parecia inquieto. Fazia meia hora que atravessavam uma caatinga fechada, em meio a lufadas de ar quente, quando o guia começou a esquadrinhar a folhagem. "Estamos cercados", sussurrou. "É melhor esperar que se aproximem." Desceram dos cavalos. Gall não conseguia distinguir nada que indicasse seres humanos nos arredores. Mas, pouco depois, uns homens com escopetas, balestras, peixeiras e facas surgiram de entre as árvores. Um negro, já de certa idade, enorme, seminu, cumprimentou-os de um modo que

Gall não entendeu e perguntou de onde vinham. Ulpino respondeu que de Calumbi, que iam para Canudos, e descreveu a rota que tinham seguido para, afirmou, não esbarrar nos soldados. O diálogo era difícil mas não lhe parecia hostil. Então viu que o negro segurava as rédeas do cavalo do guia e montava, enquanto um outro fazia a mesma coisa com o seu. Deu um passo em direção ao negro e no mesmo instante todos os que tinham escopetas apontaram na sua direção. Fez gestos de paz e pediu que o ouvissem. Explicou que precisava chegar logo a Canudos, falar com o Conselheiro, dizer-lhe uma coisa importante, que os ajudaria contra os soldados... mas se calou, derrotado pelas caras distantes, apáticas, zombeteiras daqueles homens. O negro esperou um pouco, mas vendo que Gall permanecia em silêncio, disse algo que este também não entendeu. E num segundo, tão discretos como tinham aparecido, partiram.

— O que foi que ele disse? — murmurou Gall.

— Que o Pai, o Bom Jesus e o Divino defendem Belo Monte e o Conselheiro — respondeu Ulpino. — Não precisam de mais ajuda.

E acrescentou que não estavam muito longe, de maneira que não precisava se preocupar com os cavalos. Começaram a caminhar, imediatamente. E, na verdade, com o emaranhado da caatinga, avançavam no mesmo ritmo que montados. Mas a perda dos cavalos implicava também a perda dos alforjes com provisões e, a partir de então, mataram a fome com frutas secas, caules e raízes. Como Gall notou que, desde que saíram de Calumbi, lembrar os incidentes da última etapa da sua vida abria as portas do seu ânimo para o pessimismo, tentou — era um velho recurso — mergulhar em reflexões abstratas, impessoais. "A ciência contra a má consciência." Canudos não era uma interessante exceção à lei histórica segundo a qual a religião sempre serviu para adormecer os povos e impedi-los de se rebelar contra os poderosos? O Conselheiro utilizava a superstição religiosa para sublevar os camponeses contra a ordem burguesa e a moral conservadora, e dirigi-los contra aqueles que tradicionalmente usaram as crenças religiosas para mantê-los submetidos e espoliados. A religião era, no melhor dos casos, o que David Hume escreveu — um sonho de homens doentes. Sem dúvida, mas em certos casos, como no de Canudos, podia servir para tirar as vítimas sociais da sua passividade e levá-las à ação revolucionária, no decorrer da qual as verdades científicas, racionais, substituiriam os mitos e fetiches irracionais. Teria oportunidade de enviar uma carta sobre este tema a *L'Étincelle de la révolte*? Tentou outra vez iniciar uma conversa com o guia. O que Ulpino pensava de Canudos? Este ficou um bom tempo mascando, sem responder. Por fim, com um fatalismo tranquilo, como se aquilo não lhe dissesse respeito, disse: "Vão cortar o pescoço de todos." Gall pensou que não tinham mais nada a se dizer.

Ao saírem da caatinga, entraram num tabuleiro cheio de xiquexiques, que Ulpino cortava com a faca; lá dentro havia uma polpa agridoce que matava a sede. Nesse dia encontraram novos grupos de peregrinos indo em direção a Canudos. Essas pessoas que deixavam para trás, em cujos olhos fatigados ele podia vislumbrar um recôndito entusiasmo, mais forte que sua miséria, fizeram bem a Gall. Devolveram-lhe o otimismo, a euforia. Tinham abandonado suas casas e optado por um lugar ameaçado pela guerra. Isto não significava que o instinto popular era certeiro? Iam para Canudos porque intuíam que aquilo encarnava sua fome de justiça e emancipação. Perguntou a Ulpino quando chegariam. Ao anoitecer, se não houvesse contratempos. Que contratempos? Por acaso ainda tinham alguma coisa para ser roubada? "Podem nos matar", disse Ulpino. Mas Gall não se deixou abater. Pensou, sorrindo, que os cavalos perdidos eram, afinal de contas, uma contribuição à causa.

Descansaram num sítio deserto, com marcas de incêndio. Não havia vegetação nem água. Gall massageou as pernas, entumescidas pela caminhada. Ulpino, de repente, murmurou que tinham atravessado o círculo. Apontava na direção onde existiram estábulos, animais, boiadeiros, e agora só havia desolação. O círculo? Sim, o círculo que separava Canudos do resto do mundo. Eles diziam que lá dentro o Bom Jesus mandava e, fora, o Cão. Gall não disse nada. Em última instância, os nomes não tinham importância, eram envoltórios e, se serviam para que as pessoas sem instrução identificassem mais facilmente os conteúdos, era indiferente que em vez de dizer justiça e injustiça, liberdade e opressão, sociedade emancipada e sociedade classista, falassem de Deus e o Diabo. Pensou que ao chegar a Canudos veria o que, ainda adolescente, tinha visto em Paris: um povo em efervescência, defendendo sua dignidade com unhas e dentes. Se conseguisse que o ouvissem e entendessem, então sim, poderia ajudá-los, pelo menos compartilhando com eles aquelas coisas que desconheciam e que ele tinha aprendido nas suas andanças pelo mundo.

— É verdade que não se importa se Rufino matar a sua mulher? — ouviu Ulpino dizer. — Para que a roubou, então?

Sentiu que a raiva o sufocava. Rugiu, gaguejando, que não tinha mulher: como se atrevia a perguntar de novo o que já tinha respondido? Sentiu ódio contra o guia, vontade de xingá-lo.

— É uma coisa que não dá para entender — ouviu Ulpino resmungar.

Suas pernas doíam e os pés estavam tão inchados que, logo após recomeçar a caminhada, disse que precisava descansar mais. Pensou, deitando-se: "Não sou mais o mesmo." Tinha emagrecido muito, também: olhava como se fosse de outro o antebraço ossudo em que apoiava a cabeça.

— Vou ver se arranjo alguma coisa para comer — disse Ulpino. — Durma um pouco.

Gall viu-o desaparecer atrás de umas árvores sem folhas. Quando estava fechando os olhos, percebeu, num tronco, meio solta, uma tábua com uma inscrição meio apagada: Caracatá. O nome ficou girando em sua cabeça enquanto dormia.

Aguçando o ouvido, o Leão de Natuba pensou: "Vai falar comigo." Seu corpinho estremeceu de felicidade. O Conselheiro estava mudo em seu catre, mas o escriba de Canudos sabia se estava acordado ou dormindo por sua respiração. Tornou a escutar, na escuridão. Sim, estava acordado. Devia estar com seus olhos profundos fechados, vendo sob as pálpebras uma dessas aparições que desciam para falar com ele ou que ele subia para visitar nas altas nuvens: os santos, a Virgem, o Bom Jesus, o Pai. Ou então estaria pensando nas coisas sábias que ia dizer amanhã e que ele anotaria nas folhas trazidas pelo padre Joaquim e que no futuro os fiéis leriam como hoje se leem os Evangelhos.

Pensou que, já que o padre Joaquim não viria mais a Canudos, o papel ia acabar em breve e ele precisaria escrever naquelas folhas do armazém dos Vilanova que borravam a tinta. O padre Joaquim lhe dirigira a palavra em poucas ocasiões e, desde que o viu pela primeira vez — na manhã que entrou trotando em Cumbe, atrás do Conselheiro —, notava também em seus olhos, muitas vezes, a mesma surpresa, o desconforto, a repugnância que sua pessoa sempre provocava e aquele movimento rápido, de desviar a vista e esquecê-lo. Mas a prisão do padre pelos soldados do Cortapescoços e sua provável morte o deixavam triste pelo efeito que provocaram no Conselheiro. "Alegremo-nos, filhos", dissera nessa tarde, durante os conselhos, na torre do novo Templo: "Belo Monte tem o seu primeiro santo." Mas depois, no Santuário, o Leão de

Natuba testemunhou a tristeza que o embargava. Recusou os alimentos que Maria Quadrado lhe trouxe e, enquanto as beatas o limpavam, não fez os carinhos que costumava fazer no cordeirinho que Alexandrinha Correa (com os olhos inchados de tanto chorar) mantinha ao seu alcance. Quando encostou a cabeça em seus joelhos, o Leão não sentiu a mão do Conselheiro e, mais tarde, ouviu-o suspirar: "Não vamos mais ter missas, ficamos órfãos." O Leão teve um pressentimento de catástrofe.

Por isso ele também não conseguia dormir. O que ia acontecer? A guerra estava próxima outra vez e, agora, seria pior do que quando os escolhidos e os cães se enfrentaram no Taboleirinho. Lutariam nas ruas, haveria mais feridos e mortos, e ele seria um dos primeiros a morrer. Ninguém viria salvá-lo, como o Conselheiro o salvara de morrer queimado em Natuba. Por gratidão partiu com ele, e por gratidão continuava ao lado do santo, mundo afora, apesar do esforço sobre-humano que aquelas prolongadas travessias significavam para ele, deslocando-se em quatro patas. O Leão entendia que muitos sentissem saudades dessas aventuras. Eram poucos e tinham o Conselheiro para eles com exclusividade. Como as coisas tinham mudado! Pensou nos milhares de pessoas que o invejavam por estar noite e dia junto ao santo. Entretanto, nem mesmo ele tinha a oportunidade de falar a sós com o único homem que sempre o tratara como igual aos outros. Porque o Leão jamais notou o mais ligeiro indício de que o Conselheiro visse nele aquele ser de espinhaço curvo e cabeça gigantesca que parecia um estranho animal nascido entre os homens por engano.

Lembrou aquela noite, nas proximidades de Tepidó, há muitos anos. Quantos peregrinos havia em torno do Conselheiro? Depois das orações, tinham começado a se confessar em voz alta. Quando chegou a sua vez, o Leão de Natuba, num arroubo impensado, de repente disse uma coisa que ninguém o ouvira dizer antes: "Eu não acredito em Deus nem na religião. Só em você, pai, porque você me faz sentir humano." Houve um grande silêncio. Trêmulo depois dessa temeridade, sentiu que os olhares espantados dos peregrinos se voltavam para ele. Tornou a ouvir as palavras do Conselheiro, naquela noite: "Você sofreu tanto que até os diabos fogem de tanta dor. O Pai sabe que sua alma é pura porque você está expiando o tempo todo. Não tem do que se arrepender, Leão: sua vida é penitência."

Repetiu, mentalmente: "Sua vida é penitência." Mas nela também havia momentos de felicidade incomparável. Por exemplo, encontrar alguma coisa nova para ler, um pedaço de livro, uma página de revista, um fragmento impresso qualquer, e aprender aquelas coisas fabulosas que as letras diziam. Ou imaginar que Almudia estava viva, ainda era a bela menina de Natuba, que cantava para ela e, em vez de enfeitiçá-la e matá-la, suas canções a faziam sorrir. Ou encostar a cabeça nos joelhos do Conselheiro e sentir seus dedos abrindo caminho entre as madeixas, desenredando-as, coçando o couro cabeludo. Era relaxante, uma sensação cálida que o atravessava da cabeça aos pés; ele sentia que, graças a essa mão em seu cabelo e àqueles ossos contra sua bochecha, os maus pedaços da vida eram recompensados.

Era injusto, não devia ser grato apenas ao Conselheiro. Quando já estava sem forças, os outros não o tinham carregado? Não rezaram tanto, sobretudo o Beatinho, para que ele começasse a crer? Maria Quadrado não era boa, caridosa, generosa com ele? Tentou pensar com carinho na Mãe dos Homens. Ela tinha feito o impossível para conquistá-lo. Nas peregrinações, quando o via extenuado, massageava por longo tempo o seu corpo, como fazia com as extremidades do Beatinho. E, quando teve as febres, adormecia o Leão em seus braços, para lhe dar calor. Era ela quem conseguia a roupa que vestia e tinha inventado as engenhosas luvas-sapatos de madeira e couro com que andava. Por que, então, não a amava? Sem dúvida porque também tinha ouvido, nos descansos noturnos do deserto, a superiora do Coro Sagrado confessar ter sentido nojo do Leão de Natuba e pensado que sua feiura provinha do Maligno. Maria Quadrado chorava ao se acusar desses pecados e, batendo no peito, pedia perdão por ser tão pérfida. Ele dizia que a perdoava e a chamava de mãe. Mas, no fundo, não era verdade. "Sou rancoroso", pensou. "Se houver um inferno, vou queimar por séculos e séculos." Em outros momentos, a ideia do fogo o apavorava. Hoje, deixou-o indiferente.

Perguntou-se, pensando na última procissão, se devia participar de mais alguma. Que medo tinha sentido! Quantas vezes esteve por um triz de ser sufocado, pisoteado pela multidão que tentava se aproximar do Conselheiro! A Guarda Católica fazia esforços inauditos para não ser superada pelos fiéis que, entre as tochas e o incenso, estendiam as mãos para tocar no santo. O Leão foi sacudido, arremessado no chão, teve que berrar para que a Guarda Católica o levantasse quando a maré humana já ia envolvê-lo. Ultimamente quase não se aventurava fora do Santuário, pois as ruas tinham se tornado perigosas. As pessoas corriam para tocar nas suas costas, acreditando que isso lhes daria sorte, ou o arrastavam feito um boneco e o mantinham horas nas suas casas, fazendo-lhe perguntas sobre o Conselheiro. Precisaria passar o resto dos seus dias trancado entre essas paredes de barro? Não havia limite para a infelicidade, as reservas de sofrimento eram inextinguíveis.

Sentiu, pela respiração, que agora o Conselheiro estava dormindo. Apurou o ouvido na direção do cubículo em que as beatas se amontoavam: também dormiam, até Alexandrinha Correa. Será que ele permanecia acordado por causa da guerra? Era iminente, nem João Abade, nem Pajeú, nem Macambira, nem Pedrão, nem Taramela, nem aqueles que vigiavam os caminhos e as trincheiras tinham vindo para os conselhos, e o Leão vira gente armada atrás dos parapeitos construídos em volta das igrejas e muitos homens indo e vindo com trabucos, espingardas, cartucheiras, balestras, porretes, ancinhos, como se esperassem o ataque a qualquer momento.

Ouviu o galo cantar, por entre os bambus; amanhecia. Quando já soavam as cornetas dos aguadeiros anunciando a distribuição de água, o Conselheiro acordou e se estendeu no chão para rezar. Maria Quadrado entrou logo a seguir. O Leão já estava levantado, apesar da noite em claro, disposto a registrar os pensamentos do santo. O Conselheiro rezou durante um longo tempo e, enquanto as beatas umedeciam seus pés e lhe calçavam as sandálias, permaneceu com os olhos fechados. Entretanto, bebeu a tigela de leite que Maria Quadrado lhe serviu e comeu um pãozinho de milho. Mas não acariciou o cordeirinho. "Não é só pelo padre Joaquim que ele está tão triste", pensou o Leão de Natuba. "É também pela guerra."

Nesse momento entraram João Abade, João Grande e Taramela. Era a primeira vez que o Leão via este último no Santuário. Quando o Comandante da Rua e o chefe da Guarda Católica se levantaram, depois de beijar a mão do Conselheiro, o lugar-tenente de Pajeú continuou ajoelhado.

— Pai, esta noite Taramela recebeu notícias — disse João Abade.

O Leão pensou que, provavelmente, o Comandante da Rua tampouco tinha pregado os olhos. Estava suado, sujo, preocupado. João Grande bebia com fruição da tigela que Maria Quadrado acabava de entregar-lhe. O Leão imaginou os dois correndo, a noite toda, de trincheira em trincheira, de uma entrada à outra, transportando pólvora, examinando armas, discutindo. Pensou: "Vai ser hoje." Taramela continuava de joelhos, com o chapéu de couro amassado nas mãos. Estava com duas espingardas, e tantos colares de balas que pareciam enfeites de carnaval. Mordia os lábios, incapaz de falar. Afinal, balbuciou que Cíntio e Cruzes tinham chegado, a cavalo. Um dos animais morreu. O outro talvez já não estivesse vivo, porque o deixou suando torrencialmente. Os cabras tinham galopado dois dias sem parar. Quase morreram também. Calou-se, confuso, e seus olhinhos achinesados pediram socorro a João Abade.

— Conte ao nosso pai Conselheiro o recado de Pajeú que Cíntio e Cruzes trouxeram — instruiu o ex-cangaceiro. Maria Quadrado também lhe servira uma tigela de leite e um pãozinho. Falava de boca cheia.

— A ordem foi cumprida, pai — recordou Taramela. — Calumbi ficou em chamas. O barão de Canabrava foi embora para Queimadas, com sua família e alguns capangas.

Lutando contra a timidez por estar na presença do santo, explicou que, depois de incendiar a fazenda, em vez de se adiantar aos soldados, Pajeú tomou posição atrás do Cortapescoços, para atacá-lo pela retaguarda quando este avançasse contra Belo Monte. E, sem transição, voltou a falar do cavalo morto. Tinha dado ordem de que o comessem na trincheira e, se o outro animal morresse, que o entregassem a Antônio Vilanova, para ele decidir... mas como nesse momento o Conselheiro abriu os olhos, emudeceu. O olhar profundo, escuríssimo, aumentou o nervosismo do lugar-tenente de Pajeú: o Leão viu a força com que espremia o chapéu nas mãos.

— Está bem, filho — murmurou o Conselheiro. — O Bom Jesus vai premiar a fé e a valentia de Pajeú e dos que estão com ele.

Estendeu a mão e Taramela a beijou, prendendo-a um instante entre as suas e olhando-a com devoção. O Conselheiro lhe deu a bênção e ele se persignou. João Abade fez um gesto de que fosse embora. Taramela recuou, fazendo uns movimentos reverentes com a cabeça, e, antes de sair, Maria Quadrado lhe deu a mesma tigela em que tinham bebido João Abade e João Grande. O Conselheiro interrogou os dois com o olhar.

— Estão muito perto, pai — disse o Comandante da Rua, acocorando-se. Falou num tom tão grave que o Leão de Natuba se assustou e sentiu que as beatas também estremeciam. João Abade puxou a faca, traçou um círculo e agora fazia linhas que eram os caminhos por onde os soldados se aproximavam.

— Por este lado não vem ninguém — disse, indicando a saída para Jeremoabo. — Os Vilanova estão levando muitos velhos e doentes para lá, a salvo dos tiros.

Fitou João Grande, para que este continuasse. O negro apontou o círculo.

— Construímos um refúgio para você, entre os estábulos e o Mocambo — murmurou. — Fundo e com muitas pedras, para resistir às balas. Aqui não pode ficar, porque eles vêm por este lado.

— Trouxeram canhões — disse João Abade. — Eu os vi esta noite. Os rastreadores me levaram até dentro do acampamento do Cortapescoços. São grandes, soltam fogo a uma distância enorme. O Santuário e as igrejas vão ser o primeiro alvo.

O Leão de Natuba sentiu tanto sono que a pena escorregou dos seus dedos. Empurrou os braços do Conselheiro e conseguiu apoiar a cabeçona, que continuava zumbindo, em seus joelhos. Quase não ouvia as palavras do santo:

— Quando chegam aqui?

— Esta noite, no mais tardar — respondeu João Abade.

— Vou para as trincheiras, então — disse suavemente o Conselheiro. — Que o Beatinho tire os santos e os cristos e a urna com o Bom Jesus, e mande levar todas as imagens e cruzes para os caminhos por onde vem o Anticristo. Vão morrer muitos, mas não devemos chorar, a morte é a felicidade para o bom fiel.

Para o Leão de Natuba, a felicidade chegou nesse instante: a mão do Conselheiro acabava de pousar em sua cabeça. Caiu no sono, reconciliado com a vida.

Quando dá as costas para a casa-grande de Calumbi, Rufino se sente mais leve: ter rompido o vínculo que o ligava ao barão lhe dá, de repente, a sensação de dispor de mais recursos para atingir seus objetivos. A meia légua, aceita a hospitalidade de uma família que conhece desde criança. Eles, sem perguntarem por Jurema nem pela razão de sua presença em Calumbi, recebem-no com muitas demonstrações de afeto e, na manhã seguinte, despedem-se dele com mantimentos para o caminho.

Viaja o dia todo, encontrando, aqui e acolá, peregrinos que vão para Canudos e que, sempre, pedem algo de comer. Por isso, ao anoitecer, já está sem provisões. Dorme ao lado de umas cavernas em que costumava, com outros meninos de Calumbi, queimar morcegos com tochas. No dia seguinte, um morador o avisa de que uma patrulha de soldados passou por lá e que há jagunços rondando em toda a região. Prossegue seu caminho, com um pressentimento sombrio na alma.

Ao entardecer, chega às imediações de Caracatá, um punhado de casas espalhadas entre arbustos e cactos, ao longe. Depois do sol sufocante, a sombra das mangabeiras e dos cipós parece benfeitora. Nesse momento sente que não está sozinho. Várias silhuetas o cercam, saindo felinamente da caatinga. São homens armados de carabinas, balestras e peixeiras, empunhando sinetas e apitos de madeira. Reconhece alguns jagunços que andavam com Pajeú, mas não vê o caboclo entre eles. O homem descalço com cara de índio que está no comando põe um dedo nos lábios e ordena com um gesto que os siga. Rufino hesita, mas o olhar do jagunço lhe diz que deve ir com eles, que está lhe fazendo um favor. Nesse instante pensa em Jurema, e sua expressão o delata, pois o jagunço confirma. Entre árvores e arbustos divisa outros homens emboscados. Vários deles se cobrem com umas mantas de folhagens. Inclinados, de cócoras, deitados, vigiam o caminho e o povoado. Indicam a Rufino que se esconda. Um instante depois, o rastreador ouve um rumor.

É uma patrulha de dez soldados de uniformes cinza e vermelhos, comandada por um sargento jovem e louro. São guiados por um rastreador que, sem dúvida, pensa Rufino, é cúmplice dos jagunços. Como que pressentindo alguma coisa, o sargento começa a tomar precauções. Está com o dedo no gatilho do fuzil e corre de uma árvore para outra, seguido por seus homens que também avançam protegendo-se nos troncos. O rastreador caminha no meio da estrada. Em volta de Rufino, os jagunços parecem ter evaporado. Não se mexe uma folha na caatinga.

A patrulha chega à primeira casa. Dois soldados derrubam a porta e entram, cobertos pelos outros. O rastreador se acocora atrás dos soldados e Rufino nota que começa a recuar. Pouco depois os dois soldados reaparecem e, com as mãos e as cabeças, indicam ao sargento que lá não há ninguém. A patrulha avança para a próxima casa e se repete a operação, com o mesmo resultado. Mas, de repente, na porta de uma casa maior que as outras, aparece uma mulher descabelada, e depois outra, que observam, assustadas. Quando os soldados as veem e apontam os fuzis, as mulheres fazem gestos de paz, dando gritinhos. Rufino sente um aturdimento parecido com o que teve quando ouviu a Mulher Barbuda mencionar Galileo Gall. O rastreador, aproveitando a distração, some no mato.

Os soldados cercam a casa e Rufino percebe que falam com as mulheres. Afinal, dois homens entram atrás delas, enquanto o resto fica de fora, com os fuzis preparados. Pouco depois, voltam os que entraram, fazendo gestos obscenos e encorajando os outros a imitá-los. Rufino ouve risos, vozes e vê que todos os soldados, com expressões exultantes, avançam para a casa. Mas o sargento determina que dois fiquem de guarda, na porta.

A caatinga começa a se mexer, em volta. Os homens emboscados se arrastam, engatinham, levantam-se, e o rastreador vê que são trinta, no mínimo. Vai atrás deles, depressa, até alcançar o chefe: "Aquela que era minha mulher está aí?", ouve-se dizendo. Um Anão está com ela, não é mesmo? Sim. "Deve ser ela, então", confirma o jagunço. Nesse instante uma rajada derruba os dois soldados que estão de guarda, enquanto, no interior da casa, irrompem gritos, alaridos, corridas, um tiro. Enquanto corre entre os jagunços, Rufino puxa a faca, única arma que lhe resta, e pela porta e as janelas da casa vê aparecerem soldados atirando ou tentando fugir. Quando conseguem avançar alguns passos, são atingidos pelos dardos ou pelas balas, ou então são chacinados pelos jagunços que os liquidam com suas facas e facões. Rufino escorrega e cai no chão. Ao levantar-se, ouve o ulular dos apitos e vê que estão jogando por uma janela o cadáver ensanguentado de um soldado cuja roupa arrancaram. O corpo se espatifa no chão com uma batida seca.

Quando Rufino entra na casa, a violência do espetáculo o deixa atônito. Vê soldados agonizando no chão e, sobre eles, aglomerações de homens e mulheres, armados de facas, paus, pedras, se encarniçam, batendo e ferindo sem misericórdia, com a ajuda de outros que continuam invadindo o lugar. As mulheres, quatro ou cinco, são as que mais berram, e também retalham as fardas das vítimas para, mortos ou moribundos, afrontá-los como homens. Há sangue, pestilência e, no chão, uns buracos, onde provavelmente os jagunços estavam escondidos, à espera da patrulha. Uma mulher, toda torta embaixo de uma mesa, está ferida na testa e geme.

Enquanto os jagunços despem os soldados e apanham seus fuzis e embornais, Rufino, certo de que não está naquela sala o que procura, abre caminho em direção aos quartos. São três, em linha, um deles aberto, onde não vê ninguém. Pelas frestas do segundo enxerga um catre de tábuas e umas pernas de mulher, estendidas no chão. Empurra a porta e vê Jurema. Está viva, e quando o vê, seu rosto se contrai e toda ela se encolhe, abalada pela surpresa. Ao lado da mulher, transtornado de medo, minúsculo, o rastreador vê o Anão, que parece conhecer há muito tempo, e, em cima da cama, o sargento louro que, apesar de inerte, dois jagunços continuam esfaqueando: ambos rugem a cada golpe e os salpicos de sangue atingem Rufino. Jurema, imóvel, olha-o com a boca entreaberta; está desfigurada, seu nariz mais agudo, e em seus olhos há pânico e resignação. O rastreador nota que o jagunço descalço com cara de índio voltou e está ajudando os outros a levantar o sargento e a jogá-lo na rua, pela janela. Saem, levando a farda, o fuzil e o embornal do morto. Ao passar ao lado de Rufino, o chefe, apontando para Jurema, murmura: "Está vendo? Era ela." O Anão começa a proferir umas frases que Rufino ouve mas não entende. Continua na porta, quieto, agora novamente com o rosto inexpressivo. Seu coração se acalma, e a vertigem do princípio é substituída por uma total serenidade. Jurema continua no chão, sem forças para se levantar. Pela janela se veem os jagunços, homens e mulheres, partindo para a caatinga.

— Estão indo embora — balbucia o Anão, e os olhos pulam de um lado para o outro. — Precisamos ir também, Jurema.

Rufino sacode a cabeça.

— Ela fica — diz, com suavidade. — Vá você.

Mas o Anão não sai. Confuso, indeciso, amedrontado, corre pela casa vazia, entre a pestilência e o sangue, amaldiçoando sua sorte, procurando a Mulher Barbuda, persignando-se e implorando alguma coisa a Deus. Enquanto isso, Rufino revista os quartos, encontra dois colchões de palha e os arrasta até a sala da entrada, de onde pode ver a única rua e as casas de Caracatá. Puxou os colchões maquinalmente, sem saber com que objetivo, mas, agora que estão ali, sabe: dormir. Seu corpo é como uma esponja macia que a água foi enchendo, afundando. Apanha umas cordas penduradas num gancho, vai onde está Jurema e diz: "Venha." Ela o segue, sem curiosidade, sem temor. Ele manda que se sente nos colchões e amarra suas mãos e seus pés. O Anão está ali, transtornado de terror.

"Não a mate, não a mate!", grita. O rastreador deita-se de costas e, sem olhar para ele, ordena:

— Fique aí e me acorde se vier alguém.

O Anão pisca, desconcertado, mas, um segundo depois, aceita e dá um pulo até a porta. Rufino fecha os olhos. Pergunta-se, antes de mergulhar no sono, se ainda não matou Jurema porque quer vê-la sofrer ou porque, agora que a tem, seu ódio amainou. Sente que ela, a um metro dali, está deitada no outro colchão. Disfarçadamente, por entre as pestanas, espia: está muito mais magra, com os olhos fundos e resignados, a roupa em frangalhos e os cabelos desgrenhados. Tem um arranhão no braço.

Quando Rufino acorda, pula do colchão, como que fugindo de um pesadelo. Mas não se lembra de ter sonhado. Sem olhar para Jurema, passa ao lado do Anão, que continua na porta e o olha entre assustado e esperançoso. Pode ir com ele? Rufino diz que sim. Não trocam uma palavra enquanto o rastreador procura, nas últimas luzes, algo para aplacar a fome e a sede. Quando estão voltando, o Anão pergunta: "Você vai matá-la?" Ele não responde. Tira do alforje mato, raízes, folhas, caules e deixa no colchão. Não olha para Jurema enquanto a desamarra, ou a olha como se não estivesse ali. O Anão mete na boca um punhado de mato e mastiga com esforço. Jurema também começa a mastigar e engolir, mecanicamente; de vez em quando esfrega os pulsos e os tornozelos. Comem em silêncio, enquanto lá fora a noite cai e aumentam os sons dos insetos. Rufino pensa que aquele fedor é parecido com o da noite que passou dentro de uma armadilha, junto com o cadáver de uma onça. De repente, escuta a voz de Jurema:

— Por que não me mata de uma vez?

Ele continua olhando para o vazio, como se não a ouvisse. Mas está atento a essa voz que vai se exasperando, dilacerando:

— Pensa que tenho medo de morrer? Não tenho. Ao contrário, só estava esperando você para isso. Pensa que não estou farta, que não estou exausta? Eu já teria me matado se Deus não proibisse, se não fosse pecado. Quando vai me matar? Por que não me mata de uma vez?

— Não, não — balbucia o Anão, intrometendo-se.

O rastreador continua sem se mexer, nem responder. Estão quase na penumbra. Um instante depois, Rufino sente que ela se arrasta até tocá-lo. Seu corpo se crispa todo, numa sensação que mistura nojo, desejo, despeito, raiva, saudade. Mas não deixa que nada disso se perceba.

— Esqueça, esqueça o que aconteceu, pela Virgem, pelo Bom Jesus — ouve-a implorar, sente que está tremendo. — Foi à força, eu não tive culpa, só me defendi. Não sofra mais, Rufino.

Abraça-o e, imediatamente, o rastreador a repele, sem violência. Levanta-se, tateia procurando as cordas e, sem dizer uma palavra, torna a amarrá-la. Depois se senta de novo em seu lugar.

— Estou com fome, estou com sede, estou cansada, não quero mais viver — ouve-a soluçar. — Por que não me mata de uma vez?

— Vou matar — diz ele. — Mas não aqui, lá em Calumbi. Para que todos a vejam morrer.

Passa um bom tempo, os soluços de Jurema vão diminuindo até se extinguirem.

— Você não é mais o Rufino de antes — ouve-a murmurar.

— Você também não é a mesma — diz ele. — Agora tem um leite que não é meu aí dentro. Agora já sei por que Deus castigava você desde antes, não me deixando fecundá-la.

O luar entra, repentina, obliquamente pelas portas e janelas, e ilumina a poeira suspensa no ar. O Anão se encolhe aos pés de Jurema e Rufino também se deita. Quanto tempo passou, com os dentes apertados, refletindo, recordando? Quando os ouve falar, é como se estivesse acordando, mas não tinha pregado os olhos.

— Por que continua aqui, se não tem nenhuma obrigação? — diz Jurema. — Como suporta este cheiro, tudo o que vai acontecer? Vá para Canudos, é melhor.

— Tenho medo de ir, e de ficar — geme o Anão. — Não sei ficar sozinho, nunca fiquei desde que o Cigano me comprou. Sinto medo de morrer, como todo o mundo.

— As mulheres que esperavam os soldados não sentiram medo — diz Jurema.

— Porque tinham a certeza de que iam ressuscitar — guincha o Anão. — Eu também não sentiria, se tivesse tanta certeza.

— Eu não tenho medo de morrer, e não sei se vou ressuscitar — afirma Jurema, e o rastreador entende que agora está falando com ele, não com o Anão.

Alguma coisa o acorda completamente, quando o amanhecer não passa de um fulgor azul-esverdoso. Os rangidos do vento? Não, algo mais. Jurema e o Anão abrem os olhos ao mesmo tempo e este começa a se espreguiçar, mas Rufino pede silêncio: "Psiu, psiu."

Escondido atrás da porta, espia. Uma silhueta masculina, alta, sem arma, vem pela única rua de Caracatá, enfiando a cabeça nas casas. Só o reconhece quando já está perto: é Ulpino, de Calumbi, que agora o chama com as duas mãos na boca: "Rufino! Rufino!" Ele aparece na porta e se deixa ver. Ulpino, ao reconhecê-lo, abre os olhos, aliviado, e o chama. Vai ao seu encontro, com a mão no cabo da faca. Não faz qualquer saudação a Ulpino. Percebe, por seu aspecto, que andou muito.

— Estou à sua procura desde ontem à tarde — exclama Ulpino, em voz amigável. — Ouvi falar que tinha ido para Canudos.

Mas encontrei os jagunços que mataram os soldados. Passei a noite caminhando.

Rufino ouve de boca fechada, muito sério. Ulpino olha-o com simpatia, para que não se esquecesse de que eram amigos.

— Eu o trouxe para você — murmura, devagar. — O barão me mandou levá-lo a Canudos, mas Aristarco e eu decidimos que, se encontrássemos você, ele era seu.

No rosto de Rufino há assombro, incredulidade.

— Você o trouxe? O forasteiro?

— É um cabra sem honra — Ulpino, exagerando o nojo, cospe no chão. — Não se importa que você mate sua mulher, a que ele roubou. Nem queria falar disso. Mentia que não era dele.

— Onde está? — Rufino pisca e passa a língua nos lábios. Pensa que não é verdade, que não o trouxe.

Mas Ulpino lhe explica com todos os detalhes onde pode encontrá-lo.

— Sei que não é da minha conta, mas gostaria de saber uma coisa — acrescenta. — Você matou Jurema?

Não faz nenhum comentário quando Rufino, sacudindo a cabeça, responde que não. Parece, por um instante, envergonhado de sua curiosidade. Aponta para a caatinga atrás de si.

— Um pesadelo — diz. — Penduraram nas árvores os soldados que mataram aqui. Os urubus estão bicando os corpos. É de ficar de cabelo em pé.

— Quando o deixou lá? — corta Rufino, atropelando-se.

— Ontem, bem tarde — diz Ulpino. — Nem deve ter saído do lugar. Estava morto de cansaço. Nem teria para onde ir. Não lhe falta apenas honra, falta também resistência, e não sabe se orientar na terra...

Rufino segura o seu braço. Aperta.

— Obrigado — diz, olhando-o nos olhos.

Ulpino assente e solta o braço. Não se despedem. O rastreador volta aos pulos para a casa, com os olhos brilhando. O Anão e Jurema o recebem de pé, atônitos. Desamarra os pés de Jurema, mas não suas mãos e, com movimentos rápidos, destros, passa a mesma corda por seu pescoço. O Anão grita e tapa o rosto. Mas ele não a está enforcando, está fazendo um laço, para arrastá-la. Então a obriga a segui-lo para fora. Ulpino já foi. O Anão vai atrás, pulando. Rufino se vira e diz: "Não faça barulho." Jurema tropeça nas pedras, enreda-se nos matagais, mas não abre a boca e segue o ritmo de Rufino. Atrás deles, vez por outra o Anão delira sobre os soldados pendurados que os urubus estão comendo.

— Vi muitas desgraças na vida — disse a baronesa Estela, olhando para o assoalho esburacado do lugar. — Lá, no campo. Coisas que horrorizariam os homens de Salvador. — Observou o barão, oscilando na cadeira de balanço, contagiado pelo dono da casa, o velho coronel José Bernardo Murau, que também se balançava. — Não se lembra do touro que enlouqueceu e investiu contra as crianças que saíam do catecismo? Por acaso desmaiei? Não sou uma mulher fraca. Na grande seca, por exemplo, vimos coisas terríveis, não foi mesmo?

O barão concordou. José Bernardo Murau e Adalberto de Gumúcio — que viera de Salvador para encontrar os Canabrava na fazenda da Pedra Vermelha e que estava com eles há poucas horas — ouviam as palavras da baronesa fazendo um esforço para demonstrar naturalidade, mas não conseguiam disfarçar o embaraço que sua inquietação lhes causava. Essa mulher discreta, invisível atrás de suas maneiras corteses, cujo sorriso erguia uma sutil muralha entre ela e os outros, agora divagava, queixava-se, monologava sem trégua como se tivesse a doença da fala. Nem mesmo Sebastiana, que vinha a cada instante umedecer sua testa com água-de-colônia, conseguia fazê-la calar. E nem o seu marido, nem o dono da casa, nem Gumúcio tinham conseguido convencê-la a ir descansar.

— Estou preparada para as desgraças — repetiu, estendendo suas brancas mãos, como se estivesse implorando. — Ver Calumbi incendiada foi pior que a agonia da minha mãe, ouvi-la uivar de dor, aplicar eu mesma o ópio que a ia matando. Aquelas chamas continuam queimando aqui dentro. — Tocou na própria barriga e se encolheu, tremendo. — Era como se carbonizassem aqui os filhos que perdi ao nascerem.

Seu rosto girou para olhar o barão, o coronel Murau e Gumúcio, implorando que acreditassem nela. Adalberto de Gumúcio deu-lhe um sorriso. Tinha tentado desviar a conversa para outros assuntos, mas a baronesa sempre voltava ao incêndio de Calumbi. Procurou, de novo, afastá-la dessa lembrança:

— E, apesar de tudo, Estela querida, as pessoas se resignam às piores tragédias. Já lhe contei alguma vez o que foi para mim o assassinato de Adelinha Isabel, por dois escravos? O que senti quando encontramos o cadáver da minha irmã já decomposto, irreconhecível de tantas punhaladas? — Pigarreou, mexendo-se na poltrona. — Por isso prefiro os cavalos aos negros. Nas classes e nas raças inferiores há restos de barbárie e de ignomínia que me dão vertigem. E, apesar de tudo, Estela querida, as pessoas acabam aceitando a vontade de Deus, afinal se resignam e descobrem que, com todas as suas vias-crúcis, a vida está cheia de coisas belas.

A mão direita da baronesa pousou sobre o braço de Gumúcio:

— Sinto muito tê-lo feito lembrar de Adelinha Isabel — disse, com carinho. — Perdoe-me.

— Não me fez lembrar dela, porque não a esqueço nunca — sorriu Gumúcio, segurando as mãos da baronesa entre as suas. — Já se passaram vinte anos e é como se tivesse sido esta manhã. Só falei de Adelinha Isabel para que veja que a destruição de Calumbi é uma ferida que vai cicatrizar.

A baronesa tentou sorrir, mas o sorriso acabou em cara de choro. Nesse momento entrou Sebastiana, com um vidro nas mãos. Veio refrescar a testa e as bochechas da baronesa, tocando em sua pele com grande cuidado, enquanto, com a outra mão, arrumava o cabelo despenteado.

"Desde Calumbi, ela deixou de ser a mulher jovem, bela, corajosa que sempre foi", pensou o barão. Tinha olheiras profundas, uma ruga sombria na testa, suas feições estavam caídas e a vivacidade e a segurança que sempre viu em seus olhos tinham fugido. Tinha exigido demais dela? Sacrificara sua mulher pelos interesses políticos? Lembrou que, quando decidiu voltar para Calumbi, Luis Viana e Adalberto de Gumúcio o aconselharam a não levar Estela, pois a região estava convulsionada por causa de Canudos. Sentiu um mal-estar intenso. Por inconsciência e egoísmo, tinha causado um dano talvez irreparável à pessoa que mais amava no mundo. E, apesar de tudo, quando Aristarco, galopando ao seu lado, veio avisar — "Vejam, já tocaram fogo em Calumbi" —, Estela manteve uma compostura extraordinária. Estavam no alto de uma chapada de onde o barão gostava de observar suas terras quando ia caçar, o lugar aonde levava os visitantes para mostrar a fazenda, a atalaia onde iam avaliar os estragos das inundações ou das pragas. Agora, na noite sem vento mas estrelada, viam ondular — vermelhas, azuis, amarelas — as chamas, destruindo a casa-grande a que estava ligada a vida de todos os presentes. O barão ouviu Sebastiana soluçar na escuridão e viu os olhos de Aristarco devastados pelas lágrimas. Mas Estela não chorou, tinha certeza de que não. Ficou bem ereta, apertando o seu braço, e em determinado momento ouviu-a murmurar: "Não estão queimando apenas a casa. Também os estábulos, os currais, o armazém." Na manhã seguinte começou a recordar o incêndio, em voz alta, e desde então não havia maneira de tranquilizá-la. "Não vou me perdoar nunca", pensou.

— Se fosse comigo, eu estaria lá, morto — disse de repente o coronel Murau. — Eles teriam que me queimar também.

Sebastiana saiu do cômodo, murmurando: "Com licença." O barão pensou que o gênio do velho devia ter sido terrível, pior que o de Adalberto, e que, no tempo da escravidão, certamente supliciava os rebeldes e fujões.

— Não é que Pedra Vermelha ainda valha grande coisa — grunhiu, olhando as paredes maltratadas da sua sala. — Uma vez até pensei em tocar fogo na fazenda, pelas amarguras que me dá. Uma pessoa pode destruir a sua propriedade, se tiver vontade. Mas vir um bando de ladrões infames e dementes me dizer que decidiram queimar a minha terra para que ela descanse, porque transpirou muito, isso não. Teriam que me matar.

— Não lhe dariam a chance de escolher — tentou brincar o barão. — Queimariam você antes da sua fazenda.

Pensou: "São como escorpiões. Queimar as fazendas é cravar o aguilhão, antecipar-se à morte. Mas a quem eles oferecem esse sacrifício de si mesmos, de todos nós?" Percebeu, feliz, que a baronesa bocejava. Ah, se pudesse dormir, seria o melhor remédio para os seus nervos. Nesses últimos dias, Estela não tinha pregado os olhos. Na parada em Monte Santo, não quis sequer deitar-se no catre da paróquia e ficou sentada a noite toda, chorando nos braços de Sebastiana. Foi quando o barão começou a ficar assustado, porque Estela não costumava chorar.

— É curioso — disse Murau, trocando olhares de alívio com o barão e Gumúcio, pois a baronesa tinha fechado os olhos. — Quando você passou por aqui, a caminho de Calumbi, meu maior ódio era contra Moreira César. Agora, sinto até simpatia por ele. Meu ódio contra os jagunços é mais forte que o ódio contra Epaminondas e os jacobinos.
— Quando estava agitado, fazia um movimento circular com as mãos e coçava o queixo: o barão estava esperando que o fizesse. Mas o velho permanecia de braços cruzados, em atitude hierática. — O que fizeram com Calumbi, com Poço da Pedra, com Suçurana, com Juá e Curral Novo, com Penedo e Lagoa é injusto, inconcebível. Destruir as fazendas

que lhes dão de comer, os focos de civilização neste país! Isto não tem o perdão de Deus. É coisa de diabos, de monstros.

"Ora, finalmente", pensou o barão: ele acabava de fazer o gesto. Uma circunferência veloz com a mão nodosa e o indicador esticado, e agora coçava a pele do queixo com fúria.

— Não levante tanto a voz, José Bernardo — interrompeu Gumúcio, apontando para a baronesa. — Vamos levá-la para o quarto?

— Quando seu sono estiver mais profundo — respondeu o barão. Tinha se levantado e ajeitava a almofada para que a esposa se recostasse nela. Em seguida, ajoelhando-se, pôs seus pés sobre um banquinho.

— Pensei que seria melhor levá-la o quanto antes para Salvador — sussurrou Adalberto de Gumúcio. — Mas talvez seja imprudente submetê-la a outra viagem tão longa.

— Vamos ver como acorda amanhã. — O barão, de novo na cadeira de balanço, embalava-se no mesmo compasso do dono da casa.

— Incendiar Calumbi! Gente que deve tanto a você! — Murau voltou a fazer um, dois círculos e a coçar-se. — Espero que Moreira César os faça pagar caro. Eu gostaria de estar presente, quando passar a faca neles.

— Ainda não há notícias? — tornou a interromper Gumúcio. — Ele deveria ter liquidado Canudos há um bom tempo.

— Sim, já fiz esse cálculo — admitiu o barão. — Mesmo que tivesse pés de chumbo, deveria ter chegado a Canudos há dias. A menos que... — Viu que seus amigos o olhavam intrigados. — Quero dizer, outro ataque, como aquele que o obrigou a refugiar-se em Calumbi. Talvez tenha tido outro.

— Agora só falta Moreira César morrer dessa doença antes de acabar com aquela degeneração — resmungou José Bernardo Murau.

— Também é possível que não haja mais nenhuma linha de telégrafos funcionando na região — disse Gumúcio. — Se eles queimam as terras para dar-lhes um descanso, na certa destroem os fios e postes para que não sintam dor de cabeça. O coronel pode estar sem comunicação.

O barão sorriu, com tristeza. Na última vez que estiveram juntos, aqui, a chegada de Moreira César era como um atestado de óbito para os autonomistas da Bahia. E agora morriam de impaciência para conhecer os detalhes da sua vitória contra aqueles que o coronel queria fazer passar por restauradores e agentes da Inglaterra. Refletia sem deixar de observar o sono da baronesa: estava pálida, com a expressão tranquila.

— Agentes da Inglaterra — exclamou de repente. — Gente que queima fazendas para que a terra repouse. Eu não posso acreditar. Um cangaceiro como Pajeú, assassino, estuprador, ladrão, cortador de orelhas, saqueador de vilas, transformado em cruzado da fé. Estes olhos viram. Ninguém diria que eu nasci e passei boa parte da minha vida aqui. Esta terra agora é estrangeira para mim. Esta gente não é aquela com quem sempre lidei. Talvez o escocês anarquista a entenda melhor. Ou o Conselheiro. É possível que só os loucos entendam os loucos...

Fez um gesto de desespero e deixou a frase sem terminar.

— A respeito do escocês anarquista — disse Gumúcio. O barão sentiu um desgosto íntimo: sabia que a pergunta viria, ele a esperava há duas horas. — Você sabe muito bem que nunca questionei a sua sensatez política. Mas deixar o escocês ir embora assim, eu não entendo. Era um prisioneiro importante, a melhor arma contra o nosso inimigo número um — olhou para o barão, piscando. — Não era, por acaso?

— Nosso inimigo número um não é mais Epaminondas, nem qualquer outro jacobino — murmurou o barão, desanimado. — São os jagunços. A falência da Bahia. É o que vai acontecer se não terminarmos de uma vez com essa loucura. As terras acabarão ficando inutilizáveis, e tudo vai à breca. Eles comem os animais, o gado desaparece. E, o que é pior, uma região onde a falta de braços sempre foi um problema vai acabar despovoada. Nunca traremos de volta as pessoas que estão fugindo em massa. É preciso acabar de qualquer maneira com a desgraça que Canudos está causando.

Viu os olhares, surpresos e repreensivos, de Gumúcio e José Bernardo, e sentiu-se um pouco constrangido.

— Sei que não respondi à sua pergunta sobre Galileo Gall — murmurou. — Aliás, ele nem mesmo se chama assim. Por que o deixei ir? Talvez seja um outro sinal da loucura dos tempos, minha contribuição à insensatez geral — sem perceber, fez um círculo com a mão, igual aos de Murau. — Duvido que ele tivesse alguma utilidade, mesmo que a nossa guerra com Epaminondas fosse continuar...

— Continuar? — pulou Gumúcio. — Não se interrompeu um segundo, que eu saiba. Em Salvador, os jacobinos estão cheios de si como nunca estiveram, com a chegada de Moreira César. O *Jornal de Notícias* pede que o Parlamento processe Viana e crie um Tribunal Especial para julgar as nossas conspirações e negociatas.

— Não esqueci o mal que os republicanos progressistas nos fizeram — interrompeu o barão. — Mas agora as coisas tomaram outro rumo.

— Você está enganado — disse Gumúcio. — Só estão esperando que Moreira César e o Sétimo Regimento entrem na Bahia com a cabeça do Conselheiro para depor Viana, fechar o Parlamento e começar a caçada contra nós.

— Epaminondas Gonçalves perdeu alguma coisa para os restauradores monárquicos? — sorriu o barão. — Eu, além de Canudos, perdi Calumbi, a mais antiga e próspera fazenda do interior. Tenho mais motivos que ele para receber Moreira César como nosso salvador.

— De qualquer maneira, nada disso explica seu gesto de soltar tão alegremente o cadáver inglês — disse José Bernardo. O barão entendeu imediatamente o enorme esforço que o ancião fazia para pronunciar essas frases. — Ele não era uma prova viva da falta de escrúpulos de Epaminondas? Não era uma testemunha de ouro para demonstrar o desprezo que aquele ambicioso sente pelo Brasil?

— Na teoria — concordou o barão. — No terreno das hipóteses.

— Nós o exibiríamos nos mesmos lugares onde eles exibiram a famosa cabeleira — murmurou Gumúcio. Sua voz também estava enérgica, magoada.

— Mas na prática, não — continuou o barão. — Gall não é um louco comum. Sim, não riam, ele é um louco especial: um fanático. Não faria declarações a nosso favor, e sim contra nós. Confirmaria as acusações de Epaminondas e nos faria cair no ridículo.

— Tenho que discordar outra vez, sinto muito — disse Gumúcio. — Há meios até demais para fazer um homem dizer a verdade, seja ele são, seja louco.

— Não os fanáticos — replicou o barão. — Não aqueles cujas crenças são mais fortes que o medo de morrer. A tortura não faria efeito em Gall, só reforçaria suas convicções. A história da religião oferece muitos exemplos...

— Neste caso, seria preferível dar-lhe um tiro e trazer o seu cadáver — murmurou Murau. — Mas soltá-lo...

— Tenho curiosidade de saber o que aconteceu com ele — disse o barão. — Quem o matou. O guia, para não levá-lo a Canudos? Os jagunços, para roubá-lo? Ou Moreira César?

— O guia? — Gumúcio arregalou os olhos. — Além de tudo, você lhe deu um guia?

— E um cavalo — confirmou o barão. — Tive uma fraqueza por ele. O homem me inspirou compaixão, simpatia.

— Simpatia? Compaixão? — repetiu o coronel José Bernardo Murau, balançando-se mais rápido. — Por um anarquista cujo sonho é cobrir o mundo de sangue e fogo?

— E com alguns cadáveres nas costas, a julgar por seus escritos — disse o barão. — A menos que sejam invenções, o que também é possível. O pobre-diabo estava convencido de que Canudos é a fraternidade universal, o paraíso materialista, falava dos jagunços como de correligionários políticos. Era impossível não sentir ternura por ele.

Notou que seus amigos o olhavam cada vez mais abismados.

— Estou com o seu testamento — disse. — Uma leitura difícil, com muitos disparates, mas interessante. Inclui detalhes da tramoia de Epaminondas: como o contratou, depois tentou matá-lo etc.

— Seria melhor que ele contasse ao mundo pessoalmente — disse Adalberto de Gumúcio, indignado.

— Ninguém acreditaria — replicou o barão. — A fantasia inventada por Epaminondas Gonçalves, com seus agentes secretos e contrabandistas de armas, é mais verossímil que a história real. Vou traduzir alguns parágrafos para vocês, depois do jantar. Está em inglês, sim. — Calou-se por alguns segundos, observando a baronesa, que tinha suspirado no sono. — Sabem por que ele me deu esse testamento? Para que o envie a um pasquim anarquista de Lyon. Imaginem só, agora não conspiro mais com a monarquia inglesa, e sim com os terroristas franceses que lutam pela revolução universal.

Riu, notando que a irritação dos amigos aumentava por alguns segundos.

— Como vê, não podemos compartilhar o seu bom humor — disse Gumúcio.

— E olhe que fui eu que perdi Calumbi, incendiada.

— Deixe de brincadeiras e explique de uma vez — censurou-o Murau.

— Não se trata mais de fazer algum mal a Epaminondas, seu camponês burro — disse o barão de Canabrava. — E sim de chegar a um acordo com os republicanos. A guerra entre nós acabou, e com ela acabaram as circunstâncias. Não se podem travar duas guerras ao mesmo tempo. O escocês não nos servia para nada e, com o tempo, teria sido um estorvo.

— Um acordo com os republicanos progressistas, você falou? — Gumúcio olhava para ele atônito.

— Disse acordo, mas pensei numa aliança, um pacto — disse o barão. — É difícil de entender, e ainda mais de fazer, mas não há outro caminho. Bem, acho que agora podemos levar Estela para o quarto.

VI

Empapado até os ossos, encolhido em cima de um cobertor que se confunde com a lama, o correspondente míope do *Jornal de Notícias* ouve o canhão trovejar. Em parte pela chuva, em parte pela iminência do combate, ninguém está dormindo. Aguça os ouvidos: os sinos de Canudos continuam badalando na escuridão? Ouve apenas, espaçados, os tiros de canhão e as cornetas, tocando o Toque de Carga e Degola. Será que os jagunços também batizaram a sinfonia de apitos que martirizou o Sétimo Regimento desde Monte Santo? Está inquieto, assustado, tremendo de frio. A água umedece seus ossos. Pensa no colega, o velho friorento que, quando ficou para trás com os soldados mirins seminus, disse: "Dei com os burros n'água, meu jovem amigo." Terá morrido? Será que tiveram, ele e aqueles garotos, a mesma sorte que o sargento louro e sua patrulha que encontrou de tarde, nos contrafortes desta serra? Nesse momento, lá embaixo, os sinos respondem às cornetas do regimento, um diálogo nas trevas chuvosas que preludia o outro diálogo que as escopetas e fuzis travarão quando o dia clarear.

Ele poderia ter tido o mesmo destino que o sargento louro e sua patrulha: esteve a ponto de dizer que sim quando Moreira César sugeriu que fosse com eles. Tinha sido salvo pelo cansaço? Um palpite? O acaso? Aconteceu na véspera, mas na sua memória parece muito distante, porque ainda ontem sentia Canudos como inatingível. A vanguarda da coluna faz um alto e o jornalista míope lembra que seus ouvidos estão zumbindo, as pernas tremendo, seus lábios estão feridos. O coronel vai puxando o cavalo pelas rédeas e os oficiais se confundem com os soldados e os rastreadores, porque a lama os iguala. Nota o cansaço, a sujeira, as privações à sua volta. Uma dúzia de soldados se separa das fileiras e, num passo ligeiro, vem se perfilar diante do coronel e do major Cunha Matos. Quem está no comando é o jovem oficial que trouxera preso o padre de Cumbe. Ouve-o bater os calcanhares, repetir as instruções:

— Reunir minhas forças em Caracatá, cobrir a bocaina com fogo cruzado assim que começar o ataque. — Está com o mesmo ar decidido, saudável, otimista que tinha em todos os momentos da marcha. — Não se preocupe, Excelência, nenhum bandido vai fugir pelos lados de Caracatá.

Aquele rastreador que se colocou ao lado do sargento não era o mesmo que guiava as patrulhas para procurar água? Foi ele quem levou os soldados à emboscada, e o jornalista míope pensa que está aqui, encharcado, confuso e fantasiando, por puro milagre. O coronel Moreira César o vê sentado no chão, exausto, cheio de cãibras, com a prancheta portátil em cima dos joelhos:

— Quer ir com a patrulha? Em Caracatá vai estar mais seguro que conosco.

O que o fez dizer que não, após alguns segundos de hesitação? Lembra de ter conversado várias vezes com o jovem sargento: ele lhe fazia perguntas sobre o *Jornal de Notícias* e o seu trabalho, Moreira César era a pessoa que mais admirava no mundo — "Ainda mais que o marechal Floriano" — e, tal como ele, pensava que os políticos civis eram uma catástrofe para a República, uma fonte de corrupção e de divisão, e que só os homens de espada e uniforme podiam regenerar a Pátria humilhada pela monarquia.

Tinha parado de chover? O jornalista míope vira-se de costas, sem abrir os olhos. Sim, não pinga mais, essas alfinetadas de água são obra do vento que varre a encosta. Os canhões também se calaram e a imagem do velho jornalista friorento substitui em sua mente a do jovem sargento: seus cabelos entre brancos e amarelados, sua bondosa cara devastada, seu cachecol, as unhas que ele ficava contemplando como se estimulassem a meditação. Estará pendurado numa árvore, também? Algum tempo depois da saída da patrulha, um mensageiro vem dizer ao coronel que está havendo alguma coisa com as crianças. "A companhia dos garotos!", pensa. Está escrito, no fundo do bolsão sobre o qual se debruçou para proteger da chuva, quatro ou cinco folhas relatam a história desses adolescentes, quase meninos, que o Sétimo Regimento recruta sem perguntar a idade. Por que faz isso? Porque, segundo Moreira César, os garotos têm pontaria melhor, nervos mais firmes que os adultos. Ele viu, falou com esses soldados de quatorze ou quinze anos que todos chamam de crianças. Por isso, quando ouve o mensageiro dizer que houve alguma coisa com eles, o jornalista míope vai com o coronel para a retaguarda. Meia hora depois os encontram.

Nas trevas úmidas, um calafrio percorre seu corpo da cabeça aos pés. Soam novamente, muito fortes, as cornetas e os sinos, mas ele continua vendo, ao sol do entardecer, os oito ou dez meninos soldados, de cócoras ou deitados no cascalho do chão. As companhias da retaguarda os vão deixando para trás. São os mais jovens de todos, parecem fantasiados, vê-se que estão mortos de fome e de cansaço. Assombrado, o jornalista míope descobre seu colega entre eles. Um capitão de bigode, que parece vítima de sentimentos contraditórios — piedade, cólera, indecisão —, espeta o coronel: eles se negavam a continuar, Excelência, o que devia fazer? O jornalista se esforça para persuadir o colega: que se levante, que faça um esforço. "Não eram razões o que lhe fazia falta", pensa, "se tivesse um átomo de energia, continuaria". Lembra-se das suas pernas esticadas, a lividez da sua cara, a respiração canina. Um dos meninos choraminga: eles preferem que os mande matar, Excelência, estão com os pés inflamados, com as cabeças zumbindo, não vão dar um passo mais. O garoto soluça, as mãos como que rezando, e, pouco a pouco, os que não estavam chorando também começam a chorar, escondendo os rostos e abaixando-se aos pés do coronel. Lembra do olhar de Moreira César, seus olhinhos frios passando e repassando pelo grupo:

— Pensei que nas fileiras vocês se tornariam homens mais depressa. Vão perder o melhor da festa. Vocês me decepcionaram, rapazes. Para não considerá-los desertores, vou dar-lhes a baixa. Entreguem suas armas e seus uniformes.

O jornalista míope cede meia ração de água ao seu colega, e aí está o sorriso com que ele agradece, enquanto os meninos, apoiando-se uns nos outros, com mãos frouxas, tiram as jaquetas e os quepes e devolvem os fuzis aos armeiros.

— Não fiquem aqui, é muito descoberto — diz Moreira César. — Tentem chegar ao penhasco onde paramos esta manhã. Fiquem escondidos lá até que passe alguma patrulha. Na verdade, vocês têm poucas probabilidades.

Dá meia-volta e retorna à frente da coluna. Seu colega lhe sussurra, à maneira de despedida: "Dei com os burros n'água, meu jovem amigo." Aí está o velho, com seu cachecol absurdo no pescoço, ficando para trás, sentado como um monitor entre aqueles meninos seminus que choram aos berros. Pensa: "Lá também choveu." Imagina a surpresa, a felicidade, a ressurreição que deve ter sido para o velho e os meninos aquele súbito aguaceiro que o céu mandou segundos depois de se engolfar e escurecer com grossas nuvens. Imagina a incredulidade, os sorrisos, as bocas se abrindo ávidas, gozosas, as mãos formando conchas para reter a água, imagina os rapazes se abraçando, levantando-se, descansados, encorajados, recuperados. Terão recomeçado a marchar, chegado talvez à retaguarda? Encolhendo-se até quase encostar os joelhos no queixo, o jornalista míope responde a si mesmo que não: o abatimento e a ruína física deles eram tais que nem sequer a chuva deve ter sido capaz de levantá-los.

Há quantas horas está chovendo? Começou ao anoitecer, quando a vanguarda chega às alturas de Canudos. Há uma explosão de alegria indescritível em todo o regimento, soldados e oficiais pulam, trocam palmadas, bebem nos seus quepes, expõem-se com os braços abertos às cascatas do céu, o cavalo branco do coronel relincha, agita a crina, bate os cascos na lama que começa a se formar. O jornalista míope só atina a levantar a cabeça, fechar os olhos, abrir a boca, aspirar, incrédulo, extasiado com essas gotas que salpicam nos seus ossos, e está assim, tão absorto, tão feliz, que não ouve os tiros, nem os gritos do soldado que rola no chão, ao seu lado, gritando de dor e segurando o rosto. Quando percebe o tumulto, agacha-se, levanta a prancheta e o bolsão e cobre a cabeça. Desse pobre refúgio vê o capitão Olímpio de Castro atirando com seu revólver e soldados que correm em busca de abrigo ou se jogam na lama. E, entre as pernas enlameadas que se cruzam e descruzam à sua frente, vê — a imagem está gravada em sua memória como um daguerreótipo — o coronel Moreira César puxando as rédeas do cavalo, pulando sobre o animal com o sabre desembainhado, investindo, sem saber se era seguido por alguém, em direção à caatinga de onde vieram os tiros. "Gritava Viva a República", pensa, "Viva o Brasil". Sob a luz cinzenta, entre as pancadas de água e o vento que balança as árvores, oficiais e soldados correm, repetindo os gritos do coronel, e — esquecendo-se por um instante do frio e da adversidade, o jornalista do *Jornal de Notícias* ri ao se lembrar — ele se vê, de repente, também correndo no meio deles, também em direção ao mato, também ao encontro do inimigo invisível. Lembra-se de ter pensado, enquanto avançava tropeçando, que corria estupidamente em direção a um combate que não ia travar. Com que iria lutar? Com a prancheta portátil? Com o bolsão de couro em que leva suas mudas de roupa e seus papéis? Com seu tinteiro vazio? Mas o inimigo, claro, não aparece.

"O que apareceu foi pior", pensa, e outro calafrio o percorre, como uma lagartixa andando em suas costas. Na tarde cinzenta que começa a virar noite, revê a paisagem adquirindo, de repente, um perfil fantasmagórico, com uns estranhos frutos humanos pendurados nas umburanas e mandioqueiras e umas botas, bainhas de sabres, perneiras, quepes dançando entre os galhos. Alguns cadáveres já são esqueletos esvaziados de olhos, ventres, nádegas, coxas, sexos, pelas bicadas das aves de rapina ou dentadas dos roedores, e sua nudez ressalta contra o cinza-esverdeado, espectral, das árvores e a cor parda da terra. Paralisado pelo espetáculo insólito, caminha aturdido entre esses restos de homens e de uniformes que adornam a caatinga. Moreira César se apeou e é cercado pelos oficiais e soldados que correram atrás dele. Estão petrificados. Um silêncio profundo, uma tensa imobilidade substituiu a gritaria e as correrias de instantes antes. Todos olham e, em suas caras, a tristeza e a cólera vão substituindo o estupor e o medo. O jovem sargento louro está com a cabeça intacta — embora sem olhos — e o corpo devastado, com cicatrizes roxas, ossos expostos, buracos tumefactos que, com o pingar da chuva, parecem estar sangrando. Balança, suavemente. Nesse momento, antes mesmo do espanto e da piedade, o jornalista míope começou a pensar naquilo em que não consegue parar de pensar, naquilo que agora mesmo o rói e não o deixa dormir: a sorte, o milagre que o salvou de também estar lá, nu, cortado, castrado pelas facas dos jagunços ou bicos dos urubus, pendurado entre os cactos. Alguém soluça. É o capitão Olímpio de Castro que, com a pistola ainda na mão, põe o braço no rosto. Na penumbra, o jornalista míope vê que outros oficiais e soldados também choram pelo sargento louro e seus soldados, que começaram a tirar das árvores. Moreira César permanece ali, presenciando a operação que se realiza às escuras, com o rosto contraído numa expressão áspera que não vira nele até então. Enrolados em cobertores, um ao lado do outro, os cadáveres são imediatamente enterrados, por soldados que apresentam armas na escuridão e disparam uma salva de tiros em sua homenagem. Depois do toque de clarim, Moreira César aponta a espada para as encostas que tem à sua frente e faz uma brevíssima arenga:

— Os assassinos não fugiram, soldados. Estão ali, esperando o castigo. Agora eu me calo para deixar as baionetas e os fuzis falarem.

Ouve novamente o rugido do canhão, desta vez mais perto, que o faz saltar, já bem acordado. Lembra que nos últimos dias quase não espirrou, nem mesmo nesta umidade chuvosa, e pensa que a expedição lhe serviu ao menos para isto: o pesadelo da sua vida, aqueles espirros que enlouqueciam os colegas de redação e que o deixavam acordado a noite inteira, diminuíram, quem sabe desapareceram. Lembra que começou a fumar ópio não tanto para sonhar, mas para dormir sem espirros e pensa: "Que mediocridade." Vira-se e olha o céu: é uma mancha sem fagulhas. Está tão escuro que não distingue os rostos dos soldados deitados ao seu lado, à direita e à esquerda. Mas ouve seus roncos, as palavras que dizem. Vez por outra, alguns deles se levantam e outros vêm descansar enquanto os primeiros os substituem no ponto mais alto. Pensa: vai ser terrível. Algo que nunca poderá reproduzir fielmente por escrito. Pensa: estão cheios de ódio, intoxicados pelo desejo de vingança, de fazer o inimigo pagar caro pela fadiga, a fome, a sede, os cavalos e o gado perdidos e, acima de tudo, pelos cadáveres destroçados, ultrajados, desses companheiros que viram partir há poucas horas para ocupar Caracatá. Pensa: era só o que precisavam para chegar ao paroxismo. Foi esse ódio que os fez subir as encostas pedregosas num ritmo frenético, apertando os dentes, e que deve deixá-los agora insones, de armas na mão, espreitando obsessivamente das alturas as sombras lá embaixo, aquelas presas que, se a princípio odiavam por dever, agora odeiam pessoalmente, como inimigos de quem querem cobrar uma dívida de honra.

Devido ao ritmo alucinado em que o Sétimo Regimento subiu a encosta, ele não conseguiu continuar na dianteira, junto com o coronel, o Estado-Maior e a escolta. Foi impedido pela falta de luz, os tropeções, os pés inchados, o coração que parecia sair pela boca e as têmporas latejando. O que o fez resistir, levantar-se tantas vezes, continuar subindo? Pensa: o medo de ficar sozinho, a curiosidade de saber o que vai acontecer. Numa das quedas perdeu a prancheta, mas um soldado de cabeça raspada — raspam os que são infestados por piolhos — devolve-a pouco depois. Não tem mais como usá-la, a tinta acabou e a última pena de ganso se partiu na véspera. Agora que a chuva parou, ouve sons variados, um rumor de pedras, e se pergunta se, à noite, as companhias continuam se espalhando para um lado e para o outro, se estão arrastando os canhões e metralhadoras para uma nova localização, ou se a vanguarda já se lançou morro abaixo, sem esperar o dia.

Não ficou para trás, chegou antes de muitos soldados. Sente uma alegria infantil, a sensação de ter vencido uma aposta. Essas silhuetas sem feições já não avançam, estão trabalhosamente abrindo pacotes, arriando as mochilas. Sua fadiga, sua angústia desaparecem. Pergunta onde está o comando, anda de um grupo de soldados para outro, vai e vem até dar com uma lona sustentada por estacas, iluminada por uma frágil lamparina. Já é noite fechada, continua chovendo a cântaros, e o jornalista míope se lembra da segurança, do alívio que sentiu ao se aproximar engatinhando da lona e ver Moreira César. Está recebendo informes, dando instruções, reina uma atividade febril em volta da mesinha sobre a qual tremula a chama. O jornalista míope se deixa cair no chão, na entrada, como outras vezes, pensando que sua posição, sua presença, ali, é como de um cachorro, e é a um cachorro, sem dúvida, que o coronel Moreira César mais deve associá-lo. Vê oficiais sujos de lama entrando e saindo, ouve o coronel Tamarindo discutir com o major Cunha Matos, dar ordens a Moreira César. O coronel está com uma capa preta e, sob a luz oleosa, parece deformado. Terá sofrido um novo ataque da sua misteriosa doença? Porque ao seu lado está o doutor Souza Ferreiro.

— Que a artilharia abra fogo — ouve-o dizer. — Que os Krupp mandem nossos cartões de visita, para amaciá-los até a hora do assalto.

Quando os oficiais começam a sair da barraca, tem que se afastar para que não o pisem.

— Que escutem o toque do regimento — diz o coronel ao capitão Olímpio de Castro.

Pouco depois o jornalista míope ouve o toque longo, lúgubre, funeral, que já ouvira quando a coluna saiu de Queimadas. Moreira César se levanta e vai, um pouco perdido em sua capa, para a saída. Caminha apertando mãos e desejando boa sorte aos oficiais que se despedem.

— Ora, afinal o senhor chegou a Canudos — diz ao vê-lo.
— Confesso que me surpreende. Nunca pensei que fosse o único dos correspondentes a chegar conosco até aqui.

E, no mesmo instante, já sem interesse por ele, vira-se para o coronel Tamarindo. O Toque de Carga e Degola ecoa em diversos pontos das imediações, sobrepondo-se à chuva. Num momento de silêncio, o jornalista míope ouve subitamente um repicar de sinos. Lembra o que pensou que todos deviam estar pensando: "A resposta dos jagunços." "Amanhã vamos almoçar em Canudos", ouve o coronel dizer. Seu coração se atordoa, amanhã já é hoje.

Acordou sentindo uma forte ardência: fileiras de formigas percorriam seus dois braços, deixando uma trilha de pontos vermelhos na pele. Esmagou-as com tapas enquanto sacudia a cabeça ainda embotada. Observando o céu cinzento, a luz rala, Galileo Gall tentou calcular a hora. Sempre tinha invejado em Rufino, em Jurema, na Mulher Barbuda, em toda a gente daqui, a segurança com que podiam saber, dando uma simples olhada no sol ou nas estrelas, a altura do dia ou da noite em que se encontravam. Quanto tempo tinha dormido? Não muito, pois Ulpino ainda não voltara. Quando viu as primeiras estrelas, ficou preocupado. Teria acontecido alguma coisa com ele? Será que fugiu, com medo de levá-lo a Canudos? Sentiu frio, uma sensação que lhe parecia não ter há séculos.

Horas depois, na noite clara, teve certeza de que Ulpino não voltaria. Levantou-se e, sem saber o que queria, começou a andar na direção apontada pela tábua que dizia Caracatá. O caminho se dissolvia num labirinto de espinhos que o arranharam. Voltou à clareira. Conseguiu dormir, angustiado, com pesadelos que, ao amanhecer, só recordava confusamente. Estava com tanta fome que ficou um bom tempo, esquecido do guia, mastigando ervas, até acalmar o vazio do estômago. Depois, explorou os arredores, convencido de que não lhe restava outro remédio, tinha que se orientar sozinho. Afinal de contas, não devia ser difícil; bastava encontrar o primeiro grupo de peregrinos e segui-los. Mas onde estavam? A ideia de que Ulpino o tivesse desviado deliberadamente do caminho lhe causava tanta angústia que, mal lhe vinha à cabeça, ele expulsava essa suspeita. Para abrir caminho no mato, levava um porrete grosso e, preso ao ombro, seu alforje. De repente, começou a chover. Ébrio de excitação, estava lambendo as gotas que lhe caíam na cara, quando viu umas silhuetas entre as árvores. Gritou, chamando, correu até elas, chapinhando, pensando até que enfim, quando reconheceu Jurema. E Rufino. Parou de supetão. Através de uma cortina de água, notou a calma do rastreador, levando Jurema amarrada pelo pescoço, como um animal. Viu-o soltar a corda e percebeu a cara assustada do Anão. Os três o fitavam e ele se sentiu embaraçado, irreal. Rufino tinha uma faca na mão; seus olhos pareciam brasas.

— Sozinho você não viria defender a sua mulher — entendeu que ele lhe dizia, com mais desprezo que raiva. — Você não tem honra, Gall.

Sentiu se acentuar a sensação de irrealidade. Levantou a mão livre e fez um gesto pacificador, amistoso:

— Não há tempo para isto, Rufino. Posso explicar o que houve. O urgente agora é outra coisa. Há milhares de homens e mulheres que podem ser sacrificados por um punhado de ambiciosos. Seu dever...

Mas percebeu que estava falando em inglês. Rufino andava em sua direção e Galileo começou a recuar. O chão já era pura lama. Atrás, o Anão tentava desamarrar Jurema. "Não vou matar você agora", pensou ouvir, e também que o rastreador ia bater-lhe na cara para atingir sua honra. Sentiu vontade de rir. A distância entre os dois diminuía rapidamente e pensou: "Ele não entende nem jamais entenderá argumentos." O ódio, tal como o desejo, anula a inteligência e faz do homem puro instinto. Será que morreria por essa estupidez, o orifício de uma mulher? Continuava fazendo gestos apaziguadores com uma cara amedrontada, implorante. Ao mesmo tempo, calculava a distância e, quando já estava próximo, bateu subitamente em Rufino com o porrete que empunhava. O rastreador caiu no chão. Ouviu Jurema gritar, mas quando ela chegou ao seu lado, já tinha atingido Rufino duas vezes mais, e este, aturdido, soltara a faca, que Gall apanhou. Tranquilizou Jurema, indicando com um gesto que não ia matá-lo. Enfurecido, mostrando o punho para o homem caído, rugiu:

— Cego, egoísta, traidor da própria classe, mesquinho, você não pode sair do seu mundinho vaidoso? A honra dos homens não está nas próprias caras nem na boceta das suas mulheres, seu insensato. Há milhares de inocentes em Canudos. A sorte dos seus irmãos está em jogo, entenda isto.

Rufino balançava a cabeça, voltando do desmaio.

— Tente fazê-lo entender — Gall gritou para Jurema, antes de se afastar. Ela o encarava como se estivesse louco ou não o conhecesse. Teve novamente uma sensação de absurdo e de irrealidade. Por que não tinha matado Rufino? Aquele imbecil o perseguiria até o fim do mundo, isso era certo. Estava correndo, ofegante, arranhando a pele na caatinga, atravessando trombas-d'água, enlameado, sem saber aonde ia. Conservava o porrete e o alforje, mas tinha perdido o chapéu e sentia os pingos na cabeça. Algum tempo depois, que podia ser minutos ou uma hora, parou. Começou a andar, devagar. Não havia nenhum caminho, nenhum ponto de referência entre o matagal e os cactos, e seus pés afundavam na lama, freando o movimento. Sentia que suava debaixo da água. Amaldiçoou sua sorte, em silêncio. A luz foi esmaecendo, e ele custava a acreditar que já ia anoitecer. Afinal, pensou que estava olhando para os lados como quem vai implorar ajuda àquelas árvores cinzentas, estéreis, cheias de pontas afiadas em vez de folhas. Fez um gesto, misto de compaixão e desespero, e correu novamente. Mas poucos metros adiante se deteve e ficou parado, crispado pela impotência. Deu um soluço:

— Rufinoooo! Rufinoooo! — gritou, pondo as mãos na boca.
— Venha, venha, estou aqui, preciso de você! Ajude-me, leve-me para Canudos, vamos fazer algo útil, não sejamos estúpidos. Depois você vai poder se vingar, matar-me, esbofetear-me. Rufinoooo!

Ouviu o eco dos seus gritos, em meio ao chapinhar da chuva. Estava ensopado, hirto de frio. Continuou andando, sem rumo, mexendo a boca, batendo as pernas no porrete. Estava entardecendo, logo seria noite, tudo aquilo talvez fosse um simples pesadelo, mas o chão cedeu sob os seus pés. Antes de bater no fundo, entendeu que tinha pisado numa ramagem que disfarçava um buraco. A pancada não o fez perder os sentidos: a terra estava macia com a chuva. Levantou-se, tocou nos braços, nas pernas, nas costas doloridas. Procurou a faca de Rufino que caíra da cintura e pensou que podia ter se ferido nela. Tentou escalar o buraco, mas seus pés escorregavam e sempre voltava a cair. Sentou-se no chão enlameado, apoiou as costas na lateral e, com uma espécie de alívio, dormiu. Foi acordado por um tênue murmúrio de galhos e folhas pisadas. Ia gritar quando sentiu um sopro junto ao seu ombro e, na penumbra, viu um dardo de madeira cravar-se na terra.

— Não atirem! Não atirem! — gritou. — Sou um amigo, amigo.

Ouviu murmúrios, vozes e continuou gritando até que uma acha de lenha acesa mergulhou no buraco e, atrás da chama, adivinhou cabeças humanas. Eram homens armados, cobertos com grandes mantos de folhagem. Estenderam várias mãos e o içaram até a superfície. Havia exaltação, felicidade no rosto de Galileo Gall, que os jagunços examinavam dos pés à cabeça à luz de suas tochas, faiscantes na umidade da chuva recente. Os homens pareciam fantasiados, com suas carapaças de folhas, os apitos de madeira enroscados no pescoço, as carabinas, os facões, as balestras, as cartucheiras, os andrajos, os escapulários e bentinhos com o Coração de Jesus. Enquanto o olhavam, cheiravam com expressões que revelavam sua surpresa diante desse ser que não conseguiam identificar dentro das variedades de homens conhecidos, Galileo Gall pedia com veemência que o levassem para Canudos: podia ser útil, ajudar o Conselheiro, explicar as maquinações de que eram vítimas por obra de políticos e militares corrompidos pela burguesia. Gesticulava, para dar ênfase e eloquência às suas palavras e preencher as lacunas de sua meia-língua, olhando para uns e para outros com os olhos esbugalhados: tinha uma longa experiência revolucionária, camaradas, havia combatido muitas vezes ao lado do povo, queria partilhar sua sorte.

— Louvado seja o Bom Jesus — pensou entender que alguém dizia.

Zombavam dele? Balbuciou, engasgou, lutou contra a sensação de impotência ao perceber que as coisas que dizia não eram exatamente as que queria dizer, as que eles poderiam entender. O que mais o abatia era ver que, sob a luz indecisa das tochas, os jagunços trocavam olhares e gestos significativos e sorriam piedosamente, mostrando suas bocas onde faltavam ou sobravam dentes. Sim, pareciam disparates, mas tinham que acreditar nele! Estava aqui para ajudá-los, enfrentara muitas dificuldades até chegar a Canudos. Graças a eles, havia renascido um fogo que o opressor pensava ter extinguido no mundo. Calou-se de novo, espantado, desesperado com a atitude benevolente dos homens de mantos de folhagem nos quais só adivinhava curiosidade e compaixão. Permaneceu com os braços abertos e sentiu os olhos rasos de lágrimas. O que fazia ali? Como tinha caído nessa armadilha, da qual não sairia, pensando que assim dava sua contribuição à grande empreitada de civilizar o mundo? Alguém o aconselhava a não ter medo: eram só maçons, protestantes, criados do Anticristo, o Conselheiro e o Bom Jesus valiam mais. O homem que falava com ele tinha um rosto alongado e olhos diminutos, e articulava cada palavra: quando chegasse a hora, um rei chamado Sebastião iria sair do mar e subir até Belo Monte. Ele não devia chorar, os inocentes tinham sido tocados pelo anjo e o Pai os ressuscitaria se os hereges os matassem. Queria responder que sim, que, sob a roupagem enganosa daquelas palavras, era capaz de ouvir a contundente verdade de uma luta em andamento, entre o bem, representado pelos pobres, sofredores e espoliados, e o mal, que eram os ricos e seus exércitos, e que, no final dessa luta, começaria uma era de fraternidade universal, mas não encontrava as palavras apropriadas e sentia que agora lhe davam palmadas no ombro, consolando-o, pois o viam soluçar. Às vezes entendia frases soltas, o beijo dos escolhidos, um dia seria rico, e que devia rezar.

— Quero ir para Canudos — conseguiu dizer, segurando o braço do homem que falava. — Levem-me com vocês. Posso segui-los?

— Não pode — respondeu outro, apontando para cima. — Os cães estão lá. Vão cortar o seu pescoço. Esconda-se. Vá depois, quando estiverem mortos.

Fizeram gestos de paz e se volatilizaram à sua volta, deixando-o sozinho no meio da noite, atordoado, com uma frase que soava em seus ouvidos como uma zombaria: Louvado seja o Bom Jesus. Deu uns passos, tentando acompanhá-los, mas um bólido se interpôs, derrubando-o. Entendeu que era Rufino quando já estava lutando com ele e, enquanto batia e apanhava, pensou que aqueles brilhos azougados atrás dos jagunços eram os olhos do rastreador. Teria esperado que eles partissem para atacá-lo? Não trocavam xingamentos enquanto se machucavam, resfolegando na lama da caatinga. Chovia de novo e Gall ouviu um trovão, o chapinhar da água e, de certo modo, aquela violência animal o tirava do desespero e dava um momentâneo sentido à sua vida. Enquanto mordia, chutava, arranhava, cabeceava, ouviu os gritos de uma mulher, que, sem dúvida, era Jurema chamando Rufino, e, junto com eles, o berro do Anão chamando Jurema. Mas, de repente, todos os sons foram submersos por uma explosão de cornetas, multiplicada, que vinha do alto, e por um repique de sinos respondendo. Foi como se aquelas cornetas e sinos, cujo sentido pressentia, viessem em sua ajuda, agora lutava com mais brio, sem sentir cansaço nem dor. Caía e se levantava, sem saber se o que sentia jorrar em sua pele era suor, chuva ou sangue de feridas. Subitamente, Rufino escapou das suas mãos, caiu, e então ouviu o ruído do seu corpo batendo no fundo do buraco. Continuou deitado, ofegante, passando a mão na borda que tinha decidido a luta, pensando que era a primeira coisa favorável que lhe acontecia em vários dias.

— Preconceituoso! Insensato! Vaidoso! Teimoso! — gritou, quase sufocado. — Eu não sou seu inimigo, seus inimigos são aqueles que tocam essas cornetas. Não está ouvindo? Isto é mais importante que o meu sêmen, que a boceta da sua mulher, onde você imagina que está a sua honra, feito um burguês imbecil.

Percebeu, de novo, que tinha falado em inglês. Fazendo um esforço, ficou em pé. Chovia a cântaros, e a água que absorvia com a boca aberta lhe fazia bem. Mancando, porque, talvez ao cair no poço, talvez na luta, machucara uma perna, avançou pela caatinga, sentindo os galhos e as lascas das árvores, tropeçando. Tentava orientar-se pelos toques elegíacos, mortuários, das cornetas, ou pelos sinos solenes, mas os sons pareciam itinerantes. Então, alguma coisa prendeu seus pés e o fez rolar no chão, com gosto de lama nos dentes. Chutou, tentando escapar, e ouviu o Anão gemer. Agarrado a ele, apavorado, berrava:

— Não me abandone, Gall, não me deixe sozinho. Não ouve esses toques? Não vê o que são, Gall?

Voltou a ter a sensação de pesadelo, de fantasia, de absurdo. Lembrou que o Anão andava na escuridão e que, às vezes, a Mulher Barbuda o chamava de gato ou coruja. Estava tão exausto que ficou deitado, sem afastar o Anão, ouvindo-o choramingar que não queria morrer. Pôs a mão em suas costas e massageou-as, enquanto fazia um esforço para escutar. Não havia dúvida: eram tiros de canhão. Ele os ouvira, espaçados, pensando que eram rufos de tambor, mas agora tinha certeza de que se tratava de explosivos. Canhões pequenos, sem dúvida, talvez morteiros, mas que certamente destruiriam Canudos. O cansaço era grande demais e, por desmaio ou por sono, perdeu a consciência.

Acordou tremendo de frio, sob uma claridade esmaecida. Ouviu o Anão bater os dentes e viu seus olhos girando nas órbitas, aterrorizados. O homenzinho devia ter dormido apoiado em sua perna direita, que sentia intumescida. Foi recuperando a consciência, piscou, olhou: pendurados nas árvores, viu restos de fardas, quepes, botas, capotes, cantis, mochilas, bainhas de sabres e de baionetas, e umas toscas cruzes. Era para as coisas penduradas nas árvores que o Anão olhava enfeitiçado, como se não estivesse vendo esses objetos e sim os fantasmas daqueles que os tinham usado. "Estes, pelo menos, eles derrotaram", pensou.

Ouviu. Sim, outro tiro de canhão. Tinha parado de chover havia horas, pois em volta tudo estava seco, mas o frio mordia seus ossos. Fraco, dolorido, conseguiu levantar-se. Quando se deparou com a faca na sua cintura, pensou que nem tinha lhe passado pela cabeça usá-la na luta com o rastreador. Por que também não quis matá-lo desta segunda vez? Ouviu, agora muito claro, outro tiro, e uma algaravia de cornetas, num som lúgubre que parecia um toque de defuntos. Como num sonho, viu Rufino e Jurema aparecerem entre os arbustos. O rastreador estava gravemente ferido, ou exausto, pois se apoiava nela, e Gall soube que Rufino tinha passado a noite procurando-o, incansável, na escuridão do mato. Sentiu ódio dessa teimosia, dessa decisão retilínea e inabalável de matá-lo. Olhavam-se nos olhos, ele estava tremendo. Puxou a faca e apontou para onde vinha o toque das cornetas:

— Está ouvindo? — disse. — Seus irmãos são metralhados, morrem como moscas. Você me impediu de chegar lá e morrer com eles. Você fez de mim um palhaço estúpido...

Rufino tinha uma espécie de punhal de madeira na mão. Viu-o largar Jurema, empurrá-la, abaixar-se para investir:

— Que tipo de gente você é, Gall — ouviu-o dizer. — Fala muito dos pobres, mas trai o amigo e ofende a casa onde lhe dão hospitalidade.

Silenciou-o, jogando-se contra ele, cego de raiva. Tinham começado a se destroçar e Jurema os olhava, imbecilizada de angústia e cansaço. O Anão se dobrou em dois.

— Não vou morrer pelas misérias que há em mim, Rufino — rugia Gall. — Minha vida vale mais que um pouco de sêmen, seu infeliz.

Estavam rolando no chão quando apareceram dois soldados, correndo. Pararam abruptamente ao vê-los. Estavam com as fardas um pouco rasgadas, um deles sem sapatos, com os fuzis engatilhados. O Anão escondeu a cabeça. Jurema correu até eles e se interpôs, implorando:

— Não atirem, não são jagunços...

Mas os soldados dispararam à queima-roupa nos dois adversários e depois se lançaram contra ela, bufando, e a arrastaram para uns arbustos secos. Feridos, o rastreador e o frenólogo continuavam lutando.

"Eu devia estar contente, pois significa que o sofrimento do corpo vai terminar, vou ver o Pai e a Virgem Santíssima", pensou Maria Quadrado. Mas o medo a transpassava e ela fazia esforços para que as beatas não notassem. Elas podiam se contagiar se percebessem o seu medo, e a estrutura montada para cuidar do Conselheiro desapareceria. E nas próximas horas, tinha certeza, o Coro Sagrado seria mais necessário que nunca. Pediu perdão a Deus por sua covardia e tentou rezar, como fazia, e ensinara as beatas a fazer, enquanto o Conselheiro se reunia com os apóstolos. Mas não conseguiu concentrar-se na oração. João Abade e João Grande não insistiam mais em levá-lo para o refúgio, mas o Comandante da Rua tentava dissuadir o santo de percorrer as trincheiras: a guerra podia surpreendê-lo ao ar livre, sem proteção alguma, pai.

O Conselheiro nunca discutia, e agora tampouco fez isso. Tirou a cabeça do Leão de Natuba dos seus joelhos e a pôs no chão, onde o escriba continuou dormindo. Levantou-se, e João Abade e João Grande também se levantaram. Tinha emagrecido ainda mais nos últimos dias e parecia mais alto. Maria Quadrado estremeceu ao ver como estava abatido, com os olhos enrugados, a boca entreaberta, e nesse ricto havia como que uma premonição terrível. No mesmo instante decidiu acompanhá-lo. Nem sempre o fazia, principalmente nas últimas semanas, quando, devido à aglomeração de gente nas ruas estreitas, a Guarda Católica precisava formar uma muralha em torno do Conselheiro que dificultava que ela e as beatas ficassem perto dele. Mas agora sentiu, de maneira peremptória, que devia ir. Fez um sinal e as beatas se juntaram à sua volta. Saíram atrás dos homens, deixando o Leão de Natuba adormecido no Santuário.

O aparecimento do Conselheiro na porta do Santuário surpreendeu tanto as pessoas que lá estavam amontoadas que não tiveram tempo de barrar a sua passagem. Vendo um sinal de João Grande, os homens de braceletes azuis que estavam na esplanada entre a igrejinha de Santo Antônio e o Templo em construção, controlando os peregrinos recém-chegados, correram para rodear o santo que já avançava pela travessa dos Mártires rumo à baixada de Umburanas. Enquanto corria, cercada pelas beatas, atrás do Conselheiro, Maria Quadrado recordou sua travessia de Salvador a Monte Santo e aquele rapaz que a estuprou, pelo qual sentira compaixão. Era um mau sinal: só se lembrava do maior pecado da sua vida quando estava muito abalada. Já se arrependeu desse pecado inúmeras vezes, confessou-o em público e nos ouvidos dos padres, e por causa dele fez todo tipo de penitências. Mas a culpa estava sempre no fundo da sua memória, de onde vinha torturá-la periodicamente.

Distinguiu que, entre os vivas ao Conselheiro, havia vozes que a chamavam — mãe Maria Quadrado! Mãe dos Homens! —, perguntavam por ela e a apontavam. Essa popularidade lhe parecia uma armadilha do Diabo. A princípio, pensou que aqueles que lhe pediam para interceder eram romeiros de Monte Santo, que a conheciam de lá. Mas afinal entendeu que essa veneração se devia aos anos que passou servindo ao Conselheiro, que as pessoas achavam que este a impregnara com a sua santidade.

O movimento febril, os preparativos que observava nos becos e casebres lotados de Belo Monte foram tirando a Superiora do Coro Sagrado de suas preocupações. Aquelas pás e enxadas, aquelas marteladas eram preparativos para a guerra. O povoado estava se transformando, como se fossem combater de casa em casa. Notou que havia homens construindo sobre os tetos aqueles palanquezinhos suspensos que vira na caatinga, entre as árvores, de onde os atiradores espreitavam as onças. Mesmo dentro das casas, homens, mulheres e crianças, às vezes interrompendo o trabalho para se benzer, cavavam fossos ou enchiam sacos de terra. E todos tinham carabinas, trabucos, picaretas, paus, facas, cartucheiras, ou carregavam pedras, ferros, cascalho.

A baixada de Umburanas, que se abria em ambas as margens de um riacho, estava irreconhecível. Os homens da Guarda Católica tiveram que guiar as beatas por aquele campo esburacado, entre os fossos que se sucediam. Porque, além da trincheira que tinha visto quando a última procissão chegou até lá, havia agora, por toda parte, buracos cavados na terra, com um ou dois ocupantes e parapeitos de pedra para proteger as cabeças e apoiar o fuzil.

A chegada do Conselheiro causou grande alvoroço. Os que cavavam ou carregavam terra correram para ouvi-lo. Maria Quadrado, ao pé da carroça onde o santo subiu, atrás de uma barreira dupla da Guarda Católica, podia ver dezenas de homens armados na trincheira, alguns dormindo em posições absurdas e que não acordavam apesar do tumulto. Imaginou-os a noite inteira despertos, vigiando, trabalhando, preparando a defesa de Belo Monte contra o Grande Cão, e sentiu ternura por todos, vontade de enxugar suas testas, dar-lhes água e pães recém-feitos, e dizer a todos eles que, por essa abnegação, a Santíssima Mãe e o Pai perdoariam todas as suas culpas.

O Conselheiro começou a falar, aplacando os ruídos. Não falava dos cães nem dos escolhidos, e sim das tempestades de dor que se desencadearam no Coração de Maria quando, respeitosa da lei dos judeus, levou seu filho ao Templo oito dias depois de nascer, para que sangrasse na cerimônia da circuncisão. O Conselheiro estava descrevendo, num tom que chegava à alma de Maria Quadrado — e podia ver que todos estavam igualmente comovidos —, como o Menino Jesus, recém-circuncidado, estendia seus braços para a Santíssima pedindo consolo, e como seus balidos de cordeirinho penetravam na alma de Nossa Senhora e a supliciavam, quando começou a chover. O murmúrio, as pessoas que caíram de joelhos diante dessa prova de que os elementos também se enterneciam com o que o Conselheiro evocava, convenceram Maria Quadrado de que os irmãos e as irmãs tinham compreendido que acabava de acontecer um milagre. "É um sinal, mãe?", murmurou Alexandrinha Correa. Ela confirmou. O Conselheiro estava dizendo que era preciso ouvir como Maria gemeu ao ver aquela flor tão linda batizada de sangue no despertar da sua preciosa vida, e que esse choro era o símbolo daquele que Nossa Senhora diariamente vertia pelos pecados e covardias dos homens que, como o sacerdote do Templo, fazem Jesus sangrar. Então chegou o Beatinho, seguido por um cortejo, trazendo as imagens das igrejas e a urna com o rosto do Bom Jesus. Entre os recém-chegados vinha, quase perdido, curvo como uma foice, ensopado, o Leão de Natuba. O Beatinho e o escriba foram erguidos e conduzidos pela Guarda Católica até o lugar que lhes correspondia.

Quando a procissão voltou a andar, na direção do Vaza-Barris, a chuva tinha transformado a terra num lodaçal. Os escolhidos chapinhavam e se enlameavam, e, em pouco tempo, as imagens, estandartes, pálios e bandeiras não passavam de manchas e volumes cinzentos. Encarapitado num altar de barris, o Conselheiro falou, enquanto a chuva encrespava a superfície do rio, numa voz que só os mais próximos conseguiam ouvir, mas que estes repetiam aos que estavam atrás e estes aos de mais atrás numa cadeia de ondas concêntricas, sobre algo que era, talvez, a guerra.

Referindo-se a Deus e à sua Igreja, disse que o corpo devia estar totalmente unido à cabeça, senão não seria um corpo vivo nem viveria a vida da cabeça, e Maria Quadrado, com os pés afundados na lama morna, sentindo nos joelhos o cordeirinho que Alexandrinha Correa puxava por uma corda, entendeu que falava da união indissolúvel que devia existir entre os escolhidos, ele e o Pai, o Filho e o Divino na batalha. E bastava ver os rostos à sua volta para saber que todos entendiam, como ela mesma, que estava pensando neles quando dizia que o bom fiel tem a prudência da serpente e a simplicidade da pomba. Maria Quadrado tremeu ao ouvi-lo salmodiar: "Eu me derramo como água, todos os meus ossos se desconjuntaram. Meu coração se transformou em cera e está derretendo nas minhas entranhas." Ela o ouvira cantarolar esse mesmo salmo há quatro, cinco anos?, perto de Masseté, no dia do confronto que encerrou as peregrinações.

A multidão continuou atrás do Conselheiro ao longo do Vaza-Barris, pelos campos que os escolhidos tinham cultivado, cheios de milho, de mandioca, de pasto, de cabras, de bodes, de ovelhas, de vacas. Tudo isso iria desaparecer, arrasado pela heresia? Também viu fossos no meio dos campos, com homens armados. O Conselheiro, em cima de um montículo, falava explicitamente da guerra. Vomitariam água em vez de balas os fuzis dos maçons? Ela sabia que as palavras do Conselheiro não deviam ser tomadas ao pé da letra, porque frequentemente eram comparações, símbolos difíceis de decifrar, que só podiam se identificar claramente com os fatos quando estes ocorriam. Tinha parado de chover, e acenderam tochas. Um aroma fresco dominava a atmosfera. O Conselheiro explicou que o cavalo branco do Cortapescoços não era novidade para o fiel, pois não estava escrito no apocalipse que ele viria, e que seu cavaleiro teria um arco e uma coroa para vencer e conquistar? Mas suas conquistas terminariam às portas de Belo Monte por intercessão de Nossa Senhora.

E assim prosseguiu, da saída de Jeremoabo à de Uauá, do Cambaio à entrada de Rosário, da rua do Chorrochó ao Curral dos Bois, levando o fogo da sua presença aos homens e às mulheres. Parou em todas as trincheiras e em todas elas foi recebido e despedido com vivas e aplausos. Era a mais longa das procissões que Maria Quadrado podia recordar, entre temporais e períodos de calma, contrastes que correspondiam aos do seu espírito que, com o transcorrer do dia, passou, como o céu, do pânico à serenidade e do pessimismo ao entusiasmo.

Já era noite, e na saída de Cocorobó o Conselheiro diferenciou Eva, em quem preponderavam a curiosidade e a desobediência, de Maria, toda amor e servidão, que nunca teria sucumbido à tentação do fruto proibido que desgraçou a humanidade. Na luz escassa, Maria Quadrado via o Conselheiro, entre João Abade, João Grande, o Beatinho, os Vilanova, e pensava que, tal como ela, Maria Madalena deve ter visto, na Judeia, o Bom Jesus e seus discípulos, homens tão humildes e bons quanto estes, e deve ter pensado, como ela neste instante, como era generoso o Senhor que escolheu, para fazer a história mudar de rumo, não os ricos, donos de terras e de capangas, e sim um punhado de seres muito humildes. Notou que o Leão de Natuba não estava entre os apóstolos. Seu coração deu um pulo. Tinha caído, fora pisoteado, estaria agora no chão, todo enlameado, com seu corpinho de criança e seus olhos de sábio? Amaldiçoou-se por não ter cuidado dele e ordenou às beatas que o procurassem. Mas, naquela multidão, quase não conseguiam sair do lugar.

Na volta, Maria Quadrado conseguiu se aproximar de João Grande, e estava lhe dizendo que precisavam encontrar o Leão de Natuba quando explodiu o primeiro tiro de canhão. A multidão parou para ouvir e muitos exploravam o céu, desconcertados. Mas outro tiro retumbou e todos viram voar, em lascas e brasas, uma casa no setor do cemitério. Na correria que começou à sua volta, Maria Quadrado sentiu que alguma coisa informe procurava refúgio contra o seu corpo. Reconheceu o Leão de Natuba pela cabeleira e a ossatura minúscula. Abraçou-o, apertou-o, beijou-o com ternura, sussurrando: "Meu filho, filhinho, pensei que tinha perdido você, sua mãe está feliz, feliz." Um toque de clarins, ao longe, longo e lúgubre, tumultuava ainda mais a noite. O Conselheiro continuava avançando, no mesmo passo, para o coração de Belo Monte. No intuito de defender o Leão de Natuba dos empurrões, Maria Quadrado tentou se incorporar ao anel de homens que, após o primeiro momento de confusão, tinha circundado de novo o Conselheiro. Mas as quedas e os esbarrões os atrasaram e acabaram chegando à esplanada das igrejas quando já estava repleta de gente. Sobressaindo entre os gritos dos que se chamavam ou pediam a proteção do céu, o vozeirão de João Abade ordenou que todos os candeeiros de Canudos fossem apagados. Logo, a cidade virou um poço de trevas onde Maria Quadrado não distinguia sequer as feições do escriba.

"Perdi o medo", pensou. A guerra tinha começado, a qualquer momento outro tiro de canhão podia cair aqui mesmo e transformar ela e o Leão na massa informe de músculos e ossos que deviam ser agora os habitantes da casa destruída. E, no entanto, não tinha mais medo. "Obrigado, Pai, Nossa Senhora", rezou. Abraçando o escriba, deitou-se no chão, como tantas outras pessoas. Tentou acompanhar o tiroteio. Mas não havia disparos. Por que esta escuridão, então? Tinha falado em voz alta, pois a voz viva do Leão de Natuba lhe respondeu: "Para que não possam mirar em nós, Mãe."

Os sinos do Templo do Bom Jesus repicaram e sua palavra metálica abafou os clarins com que o Cão pretendia atemorizar Belo Monte. Foi como um vendaval de fé, de alívio, aquele revoar de sinos que duraria o resto da noite. "Ele está lá em cima, no campanário", disse Maria Quadrado. Houve um rugido de reconhecimento, de afirmação, na multidão reunida na praça, ao sentir-se banhada pelo tangido desafiante, revitalizador, dos sinos. E Maria Quadrado pensou na sabedoria do Conselheiro, que soube, no meio do horror, transmitir ordem e esperança aos fiéis.

Um novo tiro de canhão iluminou o espaço da praça com uma luz amarela. A explosão levantou Maria Quadrado e a devolveu ao chão, ecoando no seu cérebro. No instante de luz, conseguiu ver os rostos das mulheres e crianças que olhavam o céu como se vissem o inferno. De repente, pensou que os fragmentos e objetos que tinha visto pelos ares eram a casa do sapateiro Eufrásio, de Chorrochó, que morava perto do cemitério com um enxame de filhas, enteados e netos. Um silêncio seguiu-se ao estampido, e desta vez não houve correrias. Os sinos repicavam com a mesma alegria. Sentia-se bem com o Leão de Natuba comprimindo-se como se quisesse se esconder dentro do seu velho corpo.

Houve uma agitação, sombras que pediam passagem gritando "Aguadeiros! Aguadeiros!" Reconheceu Antônio e Honório Vilanova e entendeu aonde iam. Dois ou três dias antes, o ex-comerciante explicara ao Conselheiro que, entre os preparativos, tinha instruído os aguadeiros para que recolhessem os feridos e os levassem às casas de saúde, em caso de combate, e arrastassem os mortos até um estábulo, usado como necrotério, para dar-lhes depois um enterro cristão. Transformados em enfermeiros e coveiros, os distribuidores de água começavam a trabalhar. Maria Quadrado rezou por eles, pensando: "Tudo está acontecendo como foi anunciado."

Alguém chorava, não muito longe. Na praça, pelo visto, só havia crianças e mulheres. Onde estavam os homens? Certamente correram para subir aos palanques, esconder-se nas trincheiras e parapeitos, e agora deviam estar atrás de João Abade, Macambira, Pajeú, João Grande, Pedrão, Taramela e os outros chefes, com suas carabinas e fuzis, com suas lanças, facas, facões e paus, esquadrinhando as trevas à espera do Anticristo. Sentiu gratidão, amor por esses homens que se expuseram a receber a mordida do Cão e, talvez, morressem. Rezou por eles, embalada pelos sinos da torre.

E assim transcorreu a noite, entre rápidos aguaceiros, cujos trovões silenciavam o campanário e os tiros de canhão espaçados que deviam destruir um ou dois barracos e provocar um incêndio que o aguaceiro seguinte extinguia. Uma nuvem de fumaça, que fazia as gargantas e os olhos arderem, estendeu-se pela cidade, e Maria Quadrado, em seu sono entrecortado, com o Leão de Natuba nos braços, ouvia as pessoas tossindo e cuspindo. De repente, foi sacudida. Quando abriu os olhos, viu-se rodeada pelas beatas do Coro Sagrado, sob uma luz ainda fraca, que lutava com a sombra. O Leão de Natuba estava dormindo, apoiado nos seus joelhos. Os sinos continuavam tocando. As beatas a abraçavam, tinham estado à sua procura, chamando-a na escuridão, e ela não as ouvia por causa da fadiga e do entorpecimento. Acordou o Leão: seus grandes olhos a fitaram, brilhantes, por trás da selva de madeixas. A muito custo, os dois se levantaram.

Parte da praça estava deserta e Alexandrinha Correa explicou que Antônio Vilanova dera a ordem de que as mulheres que não coubessem nas igrejas fossem para as suas casas, esconder-se nos fossos, porque quando o dia raiasse, as explosões iriam varrer a esplanada. Rodeados pelas beatas, o Leão de Natuba e Maria Quadrado caminharam até o Templo do Bom Jesus. A Guarda Católica deixou-os entrar. Na urdidura de vigas e paredes inacabadas ainda estava escuro. A superiora do Coro Sagrado viu, além de mulheres e crianças acocoradas, muitos homens com armas e João Grande, correndo com uma carabina e a cartucheira nos ombros. Sentiu-se empurrada, arrastada, guiada para os andaimes cheios de gente espiando para fora. Subiu, ajudada por braços musculosos, ouvindo que a chamavam de Mãe, sem soltar o Leão, que em alguns momentos se desprendia de sua mão. Antes de chegar ao campanário, ouviu outra explosão, muito distante.

Por fim, no patamar dos sinos, viu o Conselheiro. Estava de joelhos, rezando, atrás de uma barreira de homens que barravam a passagem pela escadinha. Mas ela e o Leão conseguiram entrar. Caiu no chão e beijou os pés do Conselheiro, que estavam sem sandálias e eram uma crosta de lama seca. Quando se levantou, notou que amanhecia rapidamente. Caminhou até o batente de pedra e madeira e, piscando, viu, nos morros, uma mancha cinza, azulada, avermelhada, com brilhos, que descia em direção a Canudos. Não perguntou aos homens carrancudos e silenciosos que se revezavam para tocar os sinos o que era aquela mancha, porque seu coração lhe disse que eram os cães. Já chegavam, cheios de ódio, a Belo Monte, para perpetrar uma nova matança de inocentes.

"Não vão me matar!", pensa Jurema. Ela se deixa arrastar pelos soldados que a prendem ferreamente pelos pulsos e a enfiam, aos empurrões, no labirinto de galhos, espinhos, troncos, lama. Escorrega e se levanta, com um olhar de desculpas para os homens de fardas esfarrapadas, em cujos olhos e lábios entreabertos percebe aquilo que aprendeu a conhecer na manhã em que sua vida mudou, em Queimadas, quando, após o tiroteio, Galileo Gall se atirou sobre ela. Pensa, com uma serenidade que a surpreende: "Enquanto tiverem esse olhar, enquanto quiserem isso, não me matarão." Esquece de Rufino e de Gall e só pensa em salvar-se, em atrasá-los, agradar-lhes, implorar-lhes, fazer o que for preciso para que não a matem. Torna a escorregar e desta vez um soldado a solta e cai sobre ela, de joelhos, com as pernas abertas. O outro também a solta e dá um passo atrás para olhar, excitado. O que está montado em cima dela brande o fuzil, mostrando que vai esmagar sua cara se gritar, e ela, lúcida, obediente, no mesmo instante se abranda e permanece quieta e move a cabeça suavemente, para tranquilizá-lo. É o mesmo olhar, a mesma expressão bestial, faminta, daquela vez. Com os olhos entrecerrados, ela o vê mexer na calça, abri-la, enquanto tenta levantar sua saia com a mão que acaba de soltar o fuzil. Então o ajuda, encolhendo-se, esticando uma perna, mas ainda assim o homem se atrapalha e acaba dando puxões. Em sua cabeça faíscam todo tipo de ideias, e também ouve trovões, cornetas, sinos por trás do resfolegar do soldado. Este continua em cima dela, golpeando-a com o cotovelo, até que ela entende e afasta a perna que o estorva, e agora sente, entre as coxas, o cacete duro, molhado, lutando para penetrá-la. Está asfixiada pelo peso do homem, cada movimento parece quebrar-lhe um osso. Faz um esforço imenso para não demonstrar a repugnância que sente quando a cara com barba se esfrega na sua e uma boca, toda esverdeada pelo mato que ainda está mastigando, comprime sua boca e empurra, obrigando-a a abrir os lábios, para enfiar avidamente uma língua que se esfrega na sua. Está tão preocupada em não fazer nada que possa irritá-lo que não vê a chegada dos homens com mantos de folhagem, nem percebe que põem uma faca no pescoço do soldado e o tiram, com um pontapé, de cima dela. Só os vê quando já está respirando de novo e se sente livre. São vinte, trinta, talvez mais, e ocupam toda a caatinga ao redor. Eles se inclinam, arrumam sua saia, cobrem seu corpo, ajudam-na a sentar, a levantar-se. Ouve palavras afetuosas, vê rostos que se esforçam para ser amáveis.

 Parece que está acordando, voltando de uma longuíssima viagem, mas só se passaram poucos minutos desde que os soldados a agarraram. O que aconteceu com Rufino, com Gall, com o Anão? Em sonhos, lembra a briga dos dois, lembra os soldados alvejando-os. O soldado que tiraram de cima do seu corpo está sendo interrogado, a poucos passos, por um caboclo baixo e maciço, já maduro, cujos traços amarelo-acinzentados são cortados brutalmente por uma cicatriz, entre a boca e os olhos. Pensa: Pajeú. Sente medo, pela primeira vez nesse dia. O soldado está com uma expressão de terror, responde a toda velocidade o que lhe perguntam e implora, roga, com os olhos, com a boca, com as mãos, pois enquanto Pajeú o interroga, outros o estão despindo. Tiram a jaqueta esfarrapada, a calça rasgada, sem maltratá-lo, e Jurema — nem alegre nem triste, como se ainda estivesse sonhando — vê que, uma vez nu, após um simples gesto desse caboclo de quem se ouvem histórias tão terríveis, os jagunços lhe enfiam várias facas, na barriga, nas costas, no pescoço, e o soldado desaba sem tempo sequer de gritar. Vê que um dos jagunços se inclina, pega o sexo agora plano e minúsculo, corta-o com um talho e, no mesmo movimento, o enfia em sua boca. Depois limpa a faca no cadáver e guarda no cinto. Não sente pena, nem alegria, nem nojo. Percebe que o caboclo sem nariz lhe pergunta:

— Vem sozinha para Belo Monte ou com outros peregrinos? — pronuncia lentamente, como se ela não fosse entendê-lo, ouvi-lo. — De onde você é?

Ela sente dificuldade para falar. Balbucia, com uma voz que parece ser de outra mulher, que vem de Queimadas.

— Longa viagem — diz o caboclo, examinando-a de cima a baixo, com curiosidade. — E pelo mesmo caminho que os soldados, além do mais.

Jurema concorda. Teria que agradecer, dizer alguma coisa gentil por tê-la salvado, mas Pajeú lhe inspira muito medo. Todos os outros jagunços a rodeiam e, com seus mantos de folhagem, suas armas, seus apitos, dão a impressão de não serem de carne e osso, e sim de conto ou de pesadelo.

— Você não vai poder entrar em Belo Monte por aqui — diz Pajeú, com uma careta que deve ser seu sorriso. — Há protestantes nestes morros. Faça a volta pelo caminho de Jeremoabo, é melhor. Por lá não há soldados.

— Meu marido — murmura Jurema, apontando para o bosque.

A voz se interrompe num soluço. Começa a andar, angustiada, de volta para o que estava acontecendo quando os soldados chegaram, e de repente reconhece o outro homem, aquele que olhava, esperando a sua vez: é o corpo nu, sanguinolento, pendurado numa árvore, dançando junto ao uniforme também preso nos galhos. Jurema sabe para onde ir porque um rumor a orienta e, de fato, pouco depois encontra, naquele setor da caatinga decorado com uniformes, Galileo Gall e Rufino. Têm cor de terra lamacenta, devem estar moribundos, mas continuam lutando. São dois frangalhos, entrelaçados, que batem um no outro com a cabeça, com os pés, mordem e se arranham, mas tão devagar que parecem estar brincando. Jurema para na frente dos dois, enquanto o caboclo e os jagunços formam um círculo e observam a luta. É um combate no final, duas formas enlameadas, irreconhecíveis, inseparáveis, que quase não se mexem e não dão sinais de perceber que estão cercados por dúzias de recém-chegados. Ofegam, sangram, arrastam farrapos de roupas.

— Você é Jurema, você é a mulher do guia de Queimadas — diz ao seu lado Pajeú, com animação. — Então ele encontrou você. Então encontrou o pobre de espírito que estava em Calumbi.

— É o lunático que caiu ontem à noite na armadilha — diz alguém, do outro lado do círculo. — Aquele que tinha tanto pavor dos soldados.

Jurema sente uma mão entre as suas, pequenina, gordinha, que aperta com força. É o Anão, olhando-a com alegria e esperança, como se ela fosse salvar a sua vida. Está todo enlameado e se aperta contra seu corpo.

— Pare-os, pare-os, Pajeú — diz Jurema. — Salve meu marido, salve o...

— Quer que salve os dois? — zomba Pajeú. — Quer ficar com os dois?

Jurema ouve os outros jagunços rindo do que disse o caboclo sem nariz.

— É coisa de homens, Jurema — explica Pajeú, com calma. — Você os meteu nisso. Deixe-os onde estão, resolvendo o problema feito dois homens. Se o seu marido se salvar, vai matar você. Se ele morrer, essa morte vai cair nas suas costas, você terá que prestar contas ao Pai. Em Belo Monte o Conselheiro vai lhe aconselhar que se redima. Agora saia daqui, porque aqui a guerra está começando. Louvado seja o Bom Jesus Conselheiro!

A caatinga se mexe e, em segundos, os jagunços desaparecem no meio da favela. O Anão continua apertando a sua mão e assistindo, como ela. Jurema vê que Gall tem uma faca meio enfiada no corpo, na altura das costelas. Ouve, ainda, clarins, sinos, apitos. De repente, a luta para, porque Gall, dando um rugido, rola a alguns metros de Rufino. Jurema o vê apertar o cabo da faca e arrancá-la com um novo rugido. Olha para Rufino, que o olha também, na lama, com a boca aberta e uma expressão sem vida.

— Ainda não botou a mão na minha cara — ouve Galileo dizer, chamando Rufino com a mão que empunha a faca.

Jurema vê que Rufino concorda e pensa: "Eles se entendem." Não sabe o que significa o que pensou, mas sente que é muito certo. Rufino se arrasta até Gall, bem devagar. Chegará até ele? Desloca seu corpo com os cotovelos, com os joelhos, esfrega a cara na lama, como uma minhoca, e Gall o anima, mexendo a faca. "Coisa de homens", pensa Jurema. Pensa: "A culpa vai cair sobre mim." Rufino chega até Gall, que tenta lhe enfiar a faca, enquanto o guia bate em sua cara. Mas o tapa perde a força ao tocá-lo, seja porque Rufino já não tem energia, seja por um abatimento íntimo. A mão se mantém na cara de Gall, numa espécie de carícia. Gall bate também, uma, duas vezes, e sua mão se aquieta na cabeça do rastreador. Agonizam abraçados, entreolhando-se. Jurema tem a impressão de que as duas caras, a milímetros uma da outra, estão sorrindo. Os toques de corneta e os apitos foram substituídos por um tiroteio pesado. O Anão diz algo que ela não entende.

"Você já botou a mão na cara dele, Rufino", pensa Jurema. "O que ganhou com isso, Rufino? De que adianta a vingança se morreu, se me deixou sozinha no mundo, Rufino?" Não chora, não se mexe, não tira os olhos dos homens imóveis. Aquela mão na cabeça de Rufino lhe faz lembrar que, em Queimadas, quando, para desgraça de todos, Deus fez com que o forasteiro viesse oferecer trabalho ao seu marido, ele apalpou a cabeça de Rufino e leu os seus segredos, como o bruxo Porfírio lia nas folhas de café e dona Cacilda numa tigela cheia d'água.

— Já lhes contei quem apareceu em Calumbi, no séquito de Moreira César? — disse o barão de Canabrava. — Aquele jornalista que trabalhou comigo e que Epaminondas levou para o *Jornal de Notícias*. Aquela coisa que usava uns óculos que pareciam escafandro de mergulhador, que caminhava fazendo trejeitos e se vestia de palhaço. Lembra-se dele, Adalberto? Escrevia poesias, fumava ópio.

Mas nem o coronel José Bernardo Murau nem Adalberto de Gumúcio o ouviam. Este último relia os papéis que o barão acabava de traduzir, aproximando-os do candelabro que iluminava a mesa da sala de jantar, de onde ainda não tinham levado as xícaras vazias de café. O velho Murau, oscilando em seu lugar na cabeceira como se continuasse na cadeira de balanço da salinha, parecia ter adormecido. Mas o barão sabia que estava pensando no que tinha lido para eles.

— Vou ver Estela — disse, levantando-se.

Enquanto atravessava a casa-grande desmantelada, mergulhada na penumbra, rumo ao dormitório onde tinham deixado a baronesa pouco antes do jantar, ia calculando a impressão que aquela espécie de testamento do aventureiro escocês tinha causado em seus amigos. Pensou, tropeçando numa lajota quebrada do corredor que levava para os quartos: "As perguntas vão continuar, em Salvador. E toda vez que explicar por que o deixei partir, terei a mesma sensação de estar mentindo." Por que deixara Galileo Gall ir embora? Por estupidez? Por cansaço? Por fastio de tudo? Por simpatia? Pensou, lembrando-se de Gall e do jornalista míope: "Tenho fraqueza pelos espécimes raros, pelo anormal."

Da soleira da porta viu, no débil clarão avermelhado da lamparina de óleo que iluminava a mesinha, o perfil de Sebastiana. Estava sentada ao pé da cama, numa poltrona com almofadinhas, e, embora não fosse habitualmente uma mulher risonha, agora sua expressão era tão grave que o barão se assustou. Levantou-se ao vê-lo entrar.

— Continua dormindo, tranquila? — perguntou o barão, levantando o mosquiteiro e inclinando-se para examinar. Sua esposa estava de olhos fechados e, na semipenumbra, seu rosto, embora muito pálido, parecia sereno. Os lençóis subiam e desciam suavemente, ao ritmo da respiração.

— Dormindo, sim, mas não tão tranquila — murmurou Sebastiana, voltando com ele à porta do quarto. Baixou ainda mais a voz, e o barão viu a inquietação empoçada nos olhos negros, muito vivos, da criada. — Está sonhando. Fala em sonhos, e sempre da mesma coisa.

"Tem medo de dizer incêndio, fogo, chamas", pensou o barão, com o peito oprimido. Será que virariam tabu, deveria então ordenar que nunca mais se pronunciassem no seu lar as palavras que Estela associava ao holocausto de Calumbi? Segurou o braço de Sebastiana tentando tranquilizá-la, mas não atinava a dizer nada. Sentiu nos dedos a pele morna e lisa da mucama.

— A patroa não pode ficar aqui — sussurrou ela. — Leve-a para Salvador. Precisa de um médico, que lhe dê alguma coisa para tirar essas ideias da cabeça. Não pode continuar com essa angústia, dia e noite.

— Eu sei, Sebastiana — concordou o barão. — Mas a viagem é tão longa, tão dura. Acho arriscado submetê-la a outra expedição, neste estado. Mas talvez seja mesmo mais perigoso ficar sem cuidados. Amanhã veremos. Agora, você deve ir descansar. Também não prega os olhos há dias.

— Vou passar a noite aqui, com a patroa — respondeu Sebastiana, desafiante.

O barão, vendo-a instalada novamente ao lado de Estela, pensou que continuava sendo uma mulher de formas duras e belas, admiravelmente conservadas. "Igual a Estela", disse para si mesmo. E, numa brisa de saudade, lembrou que nos primeiros anos de casados chegara a sentir ciúmes intensos, reveladores, da camaradagem, da intimidade inatingível que existia entre aquelas duas mulheres. Quando voltou à sala de jantar, viu, por uma janela, que a noite estava forrada de nuvens que ocultavam as estrelas. Lembrou, sorrindo, que seus ciúmes o fizeram pedir a Estela que despedisse Sebastiana, e que tiveram por este motivo a briga mais séria de toda a sua vida conjugal. Entrou na sala de jantar com a imagem vívida, intacta, dolorosa, da baronesa, com as bochechas incandescentes, defendendo sua aia e repetindo que, se Sebastiana fosse embora, ela também iria. Essa lembrança, que durante muito tempo foi uma fagulha que inflamava o seu desejo, agora o comoveu até a medula. Sentiu vontade de chorar. Encontrou seus amigos ocupados em fazer conjeturas sobre o que ele tinha lido.

— Um fanfarrão, um imaginativo, um patife fantasiado, um embusteiro de luxo — dizia o coronel Murau. — Nem nos romances um sujeito passa por tantas peripécias. Só acredito no acordo com Epaminondas para levar armas a Canudos. Um contrabandista, que inventou essa história de anarquismo como desculpa e justificativa.

— Desculpa e justificativa? — Adalberto de Gumúcio pulou no seu assento. — É mais um agravante.

O barão sentou-se ao seu lado e fez esforço para se interessar.

— Querer acabar com a propriedade, com a religião, com o casamento, com a moral, você considera atenuantes? — insistia Gumúcio. — É mais grave que traficar armas.

"O casamento, a moral", pensou o barão. E se perguntou se Adalberto admitiria no seu lar uma cumplicidade tão estreita como a de Estela e Sebastiana. Seu coração voltou a se oprimir quando pensou na esposa. Decidiu partir na manhã seguinte. Serviu-se um cálice de Porto e tomou um longo gole.

— Eu me inclino a acreditar que a história é verdadeira — disse Gumúcio —, pela naturalidade com que ele se refere a essas coisas extraordinárias, fugas, assassinatos, viagens clandestinas, jejum sexual. Não entende que são coisas fora do comum. Isto me leva a pensar que as viveu e que acredita nas barbaridades que diz contra Deus, a família e a sociedade.

— Que acredita nelas, disso não há dúvida — respondeu o barão, saboreando o ardor adocicado do Porto. — Eu as ouvi muitas vezes, em Calumbi.

O velho Murau tornou a encher os cálices. Durante a refeição não tinham bebido, mas depois do café o fazendeiro trouxe essa garrafa de Porto que agora já estava quase vazia. Embriagar-se até perder a consciência seria o remédio que necessitava para não pensar na saúde de Estela?

— Ele confunde a realidade com a ilusão, não sabe onde termina uma e começa a outra — disse. — Pode ser que conte essas coisas com sinceridade e acredite nelas ao pé da letra. Não importa. Porque não as vê com os olhos e sim com as ideias, com as crenças. Veja só o que diz de Canudos, dos jagunços. Deve ser igual em todo o resto. É possível que uma briga de cafetões em Barcelona ou a prisão de contrabandistas pela polícia de Marselha sejam para ele batalhas entre oprimidos e opressores, na guerra para romper os grilhões da humanidade.

— E o sexo? — disse José Bernardo Murau: estava inchado, com os olhinhos faiscantes e a voz amolecida. — Esses dez anos de castidade, vocês engolem? Dez anos de castidade para acumular energias e utilizá-las na revolução?

Falava de um jeito tal que o barão supôs que a qualquer momento ia começar a contar histórias apimentadas.

— E os sacerdotes? — perguntou. — Não vivem castos por amor a Deus? Gall é uma espécie de sacerdote.

— José Bernardo julga os homens por si mesmo — brincou Gumúcio, virando-se para o dono da casa. — Para você, seria impossível suportar dez anos de castidade.

— Impossível — o fazendeiro soltou uma gargalhada. — Não é uma estupidez renunciar a uma das poucas compensações que a vida nos dá?

Uma das velas do candelabro começava a faiscar, soltando um fiozinho de fumaça, e Murau se levantou para apagá-la. Aproveitou para servir uma nova rodada de Porto, que deixou vazia a garrafa.

— Nesses anos de abstinência, eu acumularia energia suficiente para engravidar uma burra — disse, com o olhar deslumbrado. Riu da vulgaridade e, num passo vacilante, foi buscar outra garrafa de Porto num armário. As outras velas do candelabro estavam no fim, o ambiente ficou sombrio. — Como é a mulher do guia, a tal que o tirou da castidade?

— Não a vejo faz tempo — disse o barão. — Era uma menina magrinha, dócil e tímida.

— Belas ancas? — balbuciou o coronel Murau, levantando o cálice com a mão trêmula. — É o que têm de melhor, nestas terras. São baixinhas, enfermiças, envelhecem rápido. Mas as ancas, sempre de primeira.

Adalberto de Gumúcio mudou rapidamente de assunto:

— Vai ser difícil fazer as pazes com os jacobinos, como você sugere — ele se dirigia ao barão. — Nossos amigos não vão se resignar a trabalhar com essa gente que vem nos atacando há tantos anos.

— Claro que vai ser difícil — replicou o barão, agradecido a Adalberto. — Especialmente convencer Epaminondas, que se considera triunfador. Mas afinal todos vão compreender que não há outro caminho. É uma questão de sobrevivência...

Cascos e relinchos muito próximos interromperam a conversa e, um instante depois, soaram fortes batidas na porta. José Bernardo Murau fechou a cara, aborrecido. "Que diabos está acontecendo?", grunhiu, levantando-se com dificuldade. Saiu da sala arrastando os pés. O barão tornou a encher os cálices.

— Você bebendo, veja que novidade — disse Gumúcio. — É por causa do incêndio de Calumbi? Não foi o fim do mundo. Apenas um revés.

— É por causa da Estela — disse o barão. — Não vou me perdoar jamais. Foi culpa minha, Adalberto. Exigi demais dela. Não devia ter levado minha mulher para Calumbi, como você e Viana aconselharam. Fui um egoísta, um insensato.

Na porta de entrada, ouviu-se o deslizar de uma tranca e vozes de homens.

— É uma crise passageira, ela vai se recuperar logo — disse Gumúcio. — É absurdo que você se culpe.

— Decidi viajar amanhã para Salvador — disse o barão. — Mantê-la aqui, sem cuidados médicos, é mais perigoso.

José Bernardo Murau reapareceu na porta. Parecia ter curado a bebedeira de repente e estava com uma expressão tão insólita que o barão e Gumúcio foram ao seu encontro.

— Notícias de Moreira César? — o barão segurou-o pelo braço, tentando fazê-lo falar.

— Incrível, incrível — murmurava o velho fazendeiro, entre os dentes, como se tivesse visto fantasmas.

VII

A primeira coisa que o jornalista míope percebe, no dia que desponta, enquanto sacode da roupa as crostas de lama, é que seu corpo dói mais que na véspera, como se tivesse levado uma surra de pauladas durante a noite passada em claro. A segunda é a febril atividade, o movimento de uniformes, que se desenvolve sem qualquer ordem, num silêncio que contrasta com os tiros de canhão, sinos e clarins que bombardearam seus ouvidos a noite inteira. Põe o bolsão de couro no ombro, a prancheta debaixo do braço e, sentindo agulhadas nas pernas e a ameaça de um espirro iminente, começa a subir a encosta rumo à barraca do coronel Moreira César. "A umidade", pensa, sacudido por um ataque de espirros que o faz esquecer a guerra e tudo o que não sejam essas explosões internas que marejam seus olhos, tampam seus ouvidos, aturdem seu cérebro e transformam seu nariz em formigueiro. Esbarram nele, empurrando, os soldados que passam com mochilas, empunhando fuzis, e, agora sim, ouve vozes de comando.

No pico, encontra Moreira César, cercado de oficiais, encarapitado em alguma coisa, observando morro abaixo com uns binóculos. Reina um grande tumulto nas cercanias. O cavalo branco, agora com os arreios, corcoveia entre soldados e corneteiros que esbarram nos oficiais que chegam ou partem às pressas, vociferando frases que os ouvidos do jornalista, ainda zumbindo por causa dos espirros, não entendem. Ouve a voz do coronel: "O que há com a artilharia, Cunha Matos?" A resposta se perde entre toques de clarim. O jornalista, desembaraçando-se do bolsão e da prancheta, avança para contemplar Canudos.

Na noite anterior não a viu, e pensa que dentro de minutos ou horas ninguém poderá mais ver esse lugar. Limpa rapidamente o vidro embaçado dos óculos com a ponta da camiseta e examina o panorama lá embaixo. A luz azul-acinzentada que banha as montanhas ainda não chegou à depressão em que se situa Canudos. Não distingue bem onde terminam as encostas, os roçados, os terreiros de cascalho dos casebres e ranchos que se amontoam e se misturam numa vasta extensão. Mas vê imediatamente as duas igrejas, uma pequena e outra muito alta, com torres imponentes, separadas por um descampado quadrangular. Está forçando os olhos para observar, à meia-luz, a área delimitada por um rio que parece cheio d'água, quando explode um bombardeio que o faz pular e tampar os ouvidos. Mas não fecha os olhos que, fascinados, veem uma súbita labareda e vários casebres indo pelos ares, transformados em fagulhas de madeiras, tijolos, latas, esteiras, objetos indiferenciáveis que explodem e se desintegram, desaparecem. O bombardeio aumenta e Canudos é coberta por uma nuvem de fumaça que sobe as encostas dos morros e se abre, aqui e ali, em crateras pelas quais são expelidos pedaços de tetos e de paredes atingidos por novas explosões. Estupidamente pensa que se aquela nuvem continuar subindo vai chegar até o seu nariz e o fará espirrar de novo.

— O que o sétimo está esperando! E o nono! E o décimo sexto! — diz Moreira César, tão perto que o jornalista míope se vira para olhar e, de fato, o coronel e seu grupo estão praticamente ao seu lado.

— Ali o sétimo começa a atacar, Excelência — responde em seu flanco o capitão Olímpio de Castro.

— E o nono, e o décimo sexto — atropela-se alguém, às suas costas.

— O senhor está testemunhando um espetáculo que vai deixá-lo famoso — o coronel Moreira César lhe dá uma palmada ao passar junto a ele. Não chegou a responder, porque o oficial e seu séquito o ultrapassam e vão se instalar, um pouco mais abaixo, num pequeno promontório.

"O sétimo, o nono, o décimo sexto", pensa. "Batalhões? Pelotões? Companhias?" Mas entende na hora. Por três lados, nos morros ao redor, descem corpos do regimento — as baionetas cintilam — em direção à baixada enfumaçada de Canudos. Os canhões pararam de disparar e, no silêncio, de repente o jornalista míope ouve sinos. Os soldados correm, escorregam, pulam pelas encostas dos morros, atirando. As elevações também começam a se encher de fumaça. O quepe rubro-azul de Moreira César se mexe, em sinal de aprovação. Ele apanha o bolsão e a prancheta e desce os metros que o separam do chefe do Sétimo Regimento; lá se acomoda numa fenda, entre eles e o cavalo branco, que um ordenança segura pela rédea. Sente-se estranho, hipnotizado, e lhe passa pela cabeça a absurda ideia de que não está vendo aquilo que vê.

Uma brisa começa a dissipar as massas cinzentas que escondem a cidade; afinal vê como se aligeiram, desmancham e se afastam, empurradas pelo vento em direção ao terreno descampado onde deve passar o caminho de Jeremoabo. Agora pode acompanhar o deslocamento dos soldados. Os que avançam à sua direita chegaram à beira do rio e o estão atravessando; as figurinhas vermelhas, verdes e azuis ficam cinzentas, desaparecem e reaparecem do outro lado das águas, até que, subitamente, entre elas e Canudos se ergue uma parede de poeira. Várias figurinhas caem.

— Trincheiras — diz alguém.

O jornalista míope decide aproximar-se do grupo que rodeia o coronel, que deu alguns passos morro abaixo e observa a situação, trocando os binóculos por uma luneta. A bola vermelha do sol ilumina o teatro de operações há instantes. Quase sem se dar conta, o correspondente do *Jornal de Notícias*, que não parou de tremer, sobe numa pedra mais alta para ver melhor. Adivinha então o que está acontecendo. As primeiras fileiras de soldados a vadear o rio foram alvejadas por uma sucessão de defesas escondidas, e, agora, há um tiroteio cerrado naquele ponto. Um corpo de assalto que, quase aos seus pés, avança disseminado, também é detido por uma súbita balaceira, que se eleva do chão. Os atiradores estão entrincheirados em esconderijos. Vê os jagunços. São aquelas cabeças — usando chapéus? lenços? — que brotam de repente da terra, soltando fumaça, e por mais que a nuvem de poeira apague seus traços e silhuetas, pode-se ver que há homens atingidos pelos tiros ou escorregando para os buracos onde, certamente, já se combate corpo a corpo.

É sacudido por uma saraivada de espirros tão prolongada que, em determinado momento, pensa que vai desmaiar. Dobrado em dois, de olhos fechados, os óculos na mão, espirra e abre a boca e tenta desesperadamente levar ar aos pulmões. Afinal consegue se erguer, respirar e sente que alguém bate nas suas costas. Põe os óculos e vê o coronel.

— Pensamos que estivesse ferido — diz Moreira César, que parece de excelente humor.

Está rodeado de oficiais e ele não sabe o que dizer, pois a ideia de que o julgassem ferido o deixa maravilhado, como se não lhe tivesse passado pela cabeça que ele também faz parte desta guerra, também está à mercê das balas.

— O que houve, o que houve? — gagueja.

— O nono entrou em Canudos e agora está entrando o sétimo — diz o coronel, sem tirar os binóculos do rosto.

Com as têmporas palpitando, ofegante, o jornalista míope tem a sensação de que tudo está mais próximo, de que pode tocar na guerra.

Nos limites de Canudos há casas em chamas, e duas fileiras de soldados entram na cidade, em meio a nuvenzinhas que devem ser tiros. Desaparecem, engolidos por um labirinto de tetos de telhas, de palha, de lata, de troncos, onde vez por outra surgem chamas. "Estão atirando em todos os que se salvaram do bombardeio", pensa. E imagina o furor com que oficiais e soldados devem estar se vingando pelos cadáveres pendurados na caatinga, desforrando-se das emboscadas e apitos que não os deixam dormir desde Monte Santo.

— Há focos de atiradores nas igrejas — ouve o coronel dizer.
— O que Cunha Matos está esperando para ocupá-las?

Os sinos continuavam batendo e ele os ouve, entre os tiros de canhão e de fuzil, como uma música de fundo. Entre os dédalos de casebres distingue figuras que correm, uniformes que se cruzam e se descruzam. "Cunha Matos está nesse inferno", pensa. "Correndo, tropeçando, matando." Tamarindo e Olímpio de Castro também? Procura-os e não vê o velho coronel, mas o capitão está entre os acompanhantes de Moreira César. Sente alívio, não sabe por quê.

— Que a retaguarda e a polícia baiana ataquem pelo outro flanco — ouve o coronel ordenar.

O capitão Olímpio de Castro e três ou quatro homens da escolta correm morro acima, e vários corneteiros começam a tocar até que, ao longe, respondem toques parecidos. Só agora descobre que as ordens se transmitem com cornetas. Gostaria de anotar para não esquecer. Mas vários oficiais exclamam alguma coisa, em uníssono, e ele torna a olhar. No descampado entre as igrejas, dez, doze, quinze uniformes rubro-azuis correm com dois oficiais à frente — distingue seus sabres desembainhados, tenta reconhecer esses tenentes ou capitães que deve ter visto muitas vezes —, com o propósito evidente de capturar aquele templo com altíssimas torres brancas rodeadas de andaimes, quando uma descarga cerrada sai de toda a construção e derruba a maioria; poucos deles dão meia-volta e desaparecem na fumaça.

— Deviam ter se protegido com cargas de fuzilaria — ouve Moreira César dizer, num tom frio. — Há um reduto ali...

Das igrejas saem muitas silhuetas, que correm até os caídos e se atiram sobre eles. "Estão liquidando, castrando, arrancando os olhos dos soldados", pensa, e nesse instante ouve o coronel murmurar: "Loucos, dementes, eles os estão despindo." "Despindo?", repete, mentalmente. E torna a ver os corpos do sargento louro e seus soldados pendurados nas árvores. Está morto de frio. O descampado desaparece sob a poeira. Os olhos do jornalista se movem em várias direções, na tentativa de descobrir o que está havendo lá embaixo. Os soldados dos dois corpos que entraram em Canudos, um à sua esquerda e outro aos seus pés, sumiram naquela teia de aranha crispada, enquanto um terceiro corpo, à sua direita, continua avançando cidade adentro, e se vê que mantém sua progressão pelos redemoinhos de poeira que o precedem e se propagam nas passagens, becos, meandros, esquinas onde adivinha os confrontos, os golpes, as coronhadas que derrubam portas, derrubam tábuas, estacas, derrubam tetos, episódios desta guerra que, ao se fragmentar em mil casebres, torna-se um conflito confuso, violência de um contra um, um contra dois, dois contra três.

Esta manhã não bebeu sequer um gole d'água, assim como não tinha comido coisa alguma na noite anterior e, além do vazio no estômago, sente um nó nas tripas. O sol brilha no centro do céu. É possível que seja meio-dia, que já tenham passado tantas horas? Moreira César e seus oficiais descem mais alguns metros e o jornalista míope, tropeçando, vai se unir a eles. Segura Olímpio de Castro pelo braço e pergunta o que está havendo, quantas horas já dura o combate.

— A retaguarda e a polícia baiana chegaram lá — diz Moreira César, de binóculos no rosto. — Não vão poder fugir por esse lado.

O jornalista míope distingue, no outro lado das casinhas esmaecidas pela poeira, umas manchas azuis, esverdeadas, douradas que avançam naquele setor até então incontaminado, sem fumaça, sem incêndios, sem gente. As operações foram se expandindo por Canudos, há casas em chamas por toda parte.

— Está demorando demais — diz o coronel, e o jornalista míope nota a sua repentina impaciência, sua indignação. — Que o esquadrão de cavalaria vai ajudar Cunha Matos.

Detecta no ato — pelas caras de surpresa, de contrariedade, dos oficiais — que a ordem do coronel é inesperada, arriscada. Ninguém protesta, mas os olhares de uns e de outros são mais eloquentes que as palavras.

— O que há com vocês? — Moreira César passeia os olhos pelos oficiais. Encara Olímpio de Castro: — Qual é a objeção?

— Nenhuma, Excelência — diz o capitão. — Só que...

— Prossiga — increpa Moreira César. — É uma ordem.

— O esquadrão de cavalaria é a nossa única reserva, Excelência — conclui o capitão.

— E para que precisamos dele aqui? — Moreira César aponta para baixo. — A luta não está lá? Quando virem os cavaleiros, os que ainda estiverem vivos vão sair espavoridos e nós os liquidamos. Que ataquem imediatamente!

— Peço que me deixe avançar com o esquadrão — balbucia Olímpio de Castro.

— Preciso do senhor aqui — responde o coronel, secamente.

Ouve então novos toques de corneta e minutos depois aparecem, na elevação onde se encontram, os cavaleiros, em pelotões de dez ou quinze com um oficial à frente que, ao passarem por Moreira César, fazem uma saudação levantando o sabre.

— Desocupem as igrejas, vamos empurrá-los para o norte — grita ele.

Está pensando que essas caras tensas, jovens, brancas, morenas, negras, indígenas vão entrar naquele turbilhão quando é sacudido por outro ataque de espirros, mais forte que o anterior. Seus óculos saem voando e ele pensa, com pavor, sentindo asfixia, explosões no peito e nas têmporas, comichão no nariz, que se quebraram, que alguém pode pisá-los, que seus dias vão ser uma névoa perpétua. Quando o ataque para, cai de joelhos, tateia com angústia ao redor até encontrá-los. Constata, feliz, que estão intactos. Depois de limpá-los, coloca no nariz e olha. A centena de cavaleiros já desceu o morro. Como podem ter chegado tão rápido? Mas está acontecendo alguma coisa com eles, no rio. Não terminam de atravessar. Os cavalos entram na água e parecem se encabritar, rebeldes, apesar da fúria com que são urgidos, espancados, por mãos, botas, sabres. É como se o rio os espantasse. Ficam agitados no meio da corrente e alguns se livram dos seus cavaleiros.

— Devem ter colocado armadilhas — diz um oficial.

— Estão atirando neles daquele ângulo morto — murmura outro.

— Meu cavalo! — grita Moreira César, e o jornalista míope o vê entregar os binóculos a um ordenança. Enquanto monta no animal, acrescenta, irritado: — Os rapazes precisam de estímulo. Assuma o comando, Olímpio.

Seu coração se acelera ao ver que o coronel desembainha o sabre, esporeia o animal e começa a descer a encosta, rapidamente. Mas ainda não avançou cinquenta metros quando se encolhe na sela e abraça o pescoço do cavalo, que para de repente. Vê que o coronel o faz girar, será para retornar ao posto de comando?, mas, como se recebesse ordens contraditórias do cavaleiro, o animal gira em redondo, duas, três vezes. Agora entende por que oficiais e soldados soltam exclamações, gritos, e correm morro abaixo, de revólveres em punho. Moreira César desaba no chão e quase ao mesmo tempo fica oculto pelo capitão e os outros que o levantaram e o estão subindo, em sua direção, às pressas. Há uma gritaria ensurdecedora, tiros, sons diversos.

Fica aturdido, sem iniciativa, vendo aquele grupo de homens subir a encosta correndo, seguidos pelo cavalo branco, que arrasta as rédeas. Está sozinho. O terror que se apodera dele o impulsiona encosta acima, caindo, levantando-se, engatinhando. Quando chega ao pico e corre até a barraca de lona, percebe vagamente que o lugar está quase vazio de soldados. Exceto um grupo aglomerado na entrada da barraca, só divisa um ou outro sentinela, olhando assustado em sua direção. "O senhor pode ajudar o doutor Souza Ferreiro?", ouve, e embora seja o capitão quem está falando, não reconhece sua voz e com muita dificuldade identifica seu rosto. Aceita, e Olímpio de Castro o empurra com tanta força que tropeça num soldado. Lá dentro, vê as costas do doutor Souza Ferreiro, inclinado sobre o catre, e os pés do coronel.

— Enfermeiro? — Souza Ferreiro se vira e, ao dar com ele, fica com uma expressão azeda.

— Já lhe disse, não há enfermeiros — grita o capitão Castro, sacudindo o jornalista míope. — Estão com os batalhões, lá embaixo. Ele vai ajudá-lo.

O nervosismo de ambos o contagia e ele sente vontade de gritar, de espernear.

— Temos que extrair os projéteis, senão a infecção acaba com ele num piscar de olhos — choraminga o doutor Souza Ferreiro, olhando para um lado e para o outro, como quem busca um milagre.

— Faça o impossível — diz o capitão, saindo. — Não posso largar o comando, tenho que informar o coronel Tamarindo para que tome...

Sai, sem terminar a frase.

— Arregace as mangas, friccione as mãos com este desinfetante — ruge o doutor.

Ele obedece com toda a velocidade que sua falta de jeito permite e pouco depois se vê, no aturdimento que o dominou, de joelhos no chão, aplicando uns tubos de éter, que lhe recordam as festas e carnavais no Politeama, numas ataduras que pressiona no nariz e na boca do coronel Moreira César, para mantê-lo adormecido enquanto o médico opera. "Não trema, não seja imbecil, mantenha o éter no nariz", diz o doutor algumas vezes. Concentra-se na sua função — abrir o tubo, embeber o pano, colocá-lo nesse nariz agudo, nesses lábios que se contorcem numa careta de angústia interminável — e pensa na dor que deve sentir esse homenzinho sobre cujo abdome aberto o doutor Souza Ferreiro afunda o rosto como se estivesse cheirando ou lambendo. De vez em quando dá uma olhada, a contragosto, nas manchas espalhadas pela camisa, nas mãos e na roupa do médico, no cobertor da maca e na sua própria calça. Quanto sangue armazena um corpo tão pequeno! O cheiro do éter o enjoa e lhe provoca náuseas. Pensa: "Não tenho o que vomitar." Pensa: "Por que não sinto fome, sede?" O ferido permanece com os olhos fechados, mas às vezes se mexe no lugar e então o médico grita: "Mais éter, mais éter." Porém o último tubo já está quase vazio e ele diz isto, com um sentimento de culpa.

    Entram ordenanças trazendo umas bacias fumegantes e o doutor lava os bisturis, agulhas, fios, tesouras, com uma mão só. Várias vezes, enquanto aplica as ataduras no ferido, ouve o doutor Souza Ferreiro falando sozinho, palavrões, injúrias, maldições, insultos contra sua própria mãe por tê-lo parido. Uma sonolência está se apoderando dele e o doutor o recrimina: "Não seja imbecil, não é hora para a sesta." Balbucia uma desculpa e, na próxima vez que trazem a bacia, implora que lhe deem de beber.

    Percebe que já não estão sozinhos na barraca; a sombra que lhe põe um cantil na boca é o capitão Olímpio de Castro. Também estão, encostados na lona, com os rostos amargurados, os uniformes em frangalhos, o coronel Tamarindo e o major Cunha Matos. "Mais éter?", pergunta, e se sente estúpido, porque o tubo está vazio há um bom tempo. O doutor Souza Ferreiro enfaixa Moreira César e agora o está agasalhando. Assombrado, pensa: "Já é noite." Há sombras, e alguém pendura um lampião numa das estacas que sustentam a lona.

    — Como está ele? — murmura o coronel Tamarindo.

    — Abdome destroçado — bufa o doutor. — Temo que...

    Enquanto abaixa as mangas da camisa, o jornalista míope pensa: "Mas agora mesmo estava amanhecendo, era meio-dia, como é possível que o tempo voe deste jeito."

    — Duvido, até, que recupere os sentidos — acrescenta Souza Ferreiro.

    Como se quisesse dar uma resposta, o coronel Moreira César começa a se mexer. Todos se aproximam. As ataduras estão incomodando? Pisca. O jornalista míope imagina-o vendo silhuetas, ouvindo sons, tentando entender, recordar, e, por sua vez, recorda, como uma coisa de outra vida, certos amanheceres depois de uma noite serenada pelo ópio. Assim deve ser, lento, difícil, impreciso, o retorno do coronel à realidade. Moreira César está com os olhos abertos e observa com ansiedade Tamarindo, vê sua farda rasgada, os arranhões no pescoço, seu desânimo.

— Tomamos Canudos? — articula, roncando.

O coronel Tamarindo baixa os olhos e diz que não. Moreira César percorre as caras abatidas do major, do capitão, do doutor Souza Ferreiro, e o jornalista míope vê que também o examina, como se o autopsiasse.

— Tentamos três vezes, Excelência — balbucia o coronel Tamarindo. — Os homens combateram até o limite de suas forças.

O coronel Moreira César ergue o corpo — empalideceu ainda mais — e balança a mão crispada, iracunda:

— Um outro ataque, Tamarindo. Imediatamente! É uma ordem!

— As baixas são muito grandes, Excelência — murmura o coronel, envergonhado, como se tudo fosse culpa sua. — Nossa posição é insustentável. Temos que nos retirar para um lugar seguro e pedir reforços...

— O senhor vai responder ante uma Corte Marcial por isto — interrompe Moreira César, levantando a voz. — O Sétimo Regimento retirar-se diante de malfeitores? Entregue sua espada a Cunha Matos.

"Como pode se mexer, como pode se contorcer assim com a barriga aberta", pensa o jornalista míope. No silêncio que se prolonga, o coronel Tamarindo olha, pedindo ajuda, para os outros oficiais. Cunha Matos vai até a maca de campanha:

— Há muitas deserções, Excelência, a unidade está em frangalhos. Se os jagunços atacarem, vão tomar o acampamento. Ordene a retirada.

O jornalista míope vê, por entre o doutor e o capitão, que Moreira César se deixa cair de costas na maca.

— O senhor também vai nos trair? — murmura, desesperado. — Vocês sabem o que esta campanha significa para a nossa causa. Quer dizer que comprometi a minha honra em vão?

— Todos nós comprometemos as nossas honras, Excelência — murmura o coronel Tamarindo.

— Sabem que tive que me resignar a conspirar com politiqueiros corruptos — Moreira César fala com entonações bruscas, absurdas. — Quer dizer que mentimos ao país em vão?

— Ouça o que está havendo lá fora, Excelência — grita o major Cunha Matos, e ele pensa que esteve ouvindo essa sinfonia, essa balbúrdia, essa correria, esse estrondo, mas não quis tomar consciência do seu significado para não sentir mais medo. — É a debandada. Podem acabar com o regimento se não nos retirarmos em ordem.

O jornalista míope distingue os apitos de madeira e os sinos das correrias e vozes. O coronel Moreira César olha-os um por um, desfigurado, boquiaberto. Diz alguma coisa que não se ouve. O jornalista míope percebe que os olhos faiscantes dessa cara lívida estão fixos nele:

— Você, você — ouve. — Papel e pena, não me entende? Quero lavrar ata desta infâmia. Vamos, escreva, está preparado?

Nesse momento o jornalista míope se lembra da sua prancheta, seu bolsão, enquanto, como se uma cobra o tivesse mordido, procura por todos os lados. Sua sensação é de ter perdido parte do próprio corpo, um amuleto que o protegia, lembra que não subiu o morro com eles, ficaram jogados no chão, mas não pode pensar mais porque Olímpio de Castro — com os olhos rasos de lágrimas — põe em suas mãos umas folhas de papel e um lápis, e o major Cunha Matos ilumina com o lampião.

— Estou pronto — diz, pensando que não vai conseguir escrever, suas mãos vão tremer.

— Eu, comandante em chefe do Sétimo Regimento, no uso de todas as minhas faculdades, declaro por este instrumento que a retirada do sítio de Canudos é uma decisão tomada contra a minha vontade, por subalternos que não estão à altura da sua responsabilidade histórica. — Moreira César se ergue por um segundo na maca e volta a cair de costas. — As futuras gerações hão de julgar. Confio que haja republicanos que me defenderão. Toda a minha conduta foi norteada pela defesa da República, que deve impor a sua autoridade em todos os rincões se quiser que o país progrida.

Quando a voz, que quase não ouvia de tão baixa, desaparece, ele demora a perceber, porque estava atrasado no ditado. Escrever, um trabalho manual, como apertar panos embebidos de éter no nariz do ferido, é algo que lhe faz bem, pois o livra da tortura de perguntar-se como é possível que o Sétimo Regimento não tenha tomado Canudos, que precise se retirar. Quando levanta os olhos, o doutor está com a orelha no peito do coronel enquanto lhe toma o pulso. Levanta-se e faz um gesto expressivo. Um tumulto irrompe na mesma hora e Cunha Matos e Tamarindo discutem aos berros enquanto Olímpio de Castro diz a Souza Ferreiro que os restos mortais do coronel não podem ser desonrados.

— A retirada agora, na escuridão, é uma insensatez — grita Tamarindo. — Para onde? Por onde? Vou mandar para o sacrifício homens extenuados, que combateram o dia inteiro? Amanhã...

— Amanhã, nem os mortos estarão aqui — gesticula Cunha Matos. — Não vê que o regimento está se desintegrando, não há comando, e se não os reagruparmos agora serão caçados como coelhos?

— Agrupe-os, faça o que quiser, eu vou permanecer aqui até o dia clarear, para organizar uma retirada em ordem — o coronel Tamarindo vira-se para Olímpio de Castro: — Tente chegar até a artilharia. Aqueles quatro canhões não devem cair nas mãos do inimigo. Que Salomão da Rocha os destrua.

— Sim, Excelência.

O capitão e Cunha Matos saem juntos da barraca, e o jornalista míope os segue, como um autômato. Ouve o que dizem e não acredita nos seus ouvidos:

— Esperar é uma loucura, Olímpio. A retirada deve ser agora, senão ninguém vai acordar vivo amanhã.

— Vou tentar chegar à artilharia — corta Olímpio de Castro. — É uma loucura, talvez, mas minha obrigação é obedecer ao novo comandante.

O jornalista míope puxa seu braço, sussurra: "Seu cantil, estou morrendo de sede." Bebe com avidez, engasgando, enquanto e capitão lhe aconselha:

— Não fique conosco, o major tem razão, a coisa está mal. Vá embora.

Ir embora? Ele sozinho, pela caatinga, na escuridão? Olímpio de Castro e Cunha Matos desaparecem, deixando-o confuso, assustado, petrificado. Vê à sua volta gente correndo ou andando com pressa. Dá uns passos numa direção, depois na contrária, volta à barraca de campanha, mas alguém o empurra e faz mudar de rumo. "Deixem-me ir com vocês, não vão embora", grita, e um soldado o anima, sem olhar para trás: "Corra, corra, já estão subindo, não ouve os apitos?" Sim, ouve. Corre atrás deles, mas tropeça, várias vezes, e se atrasa. Encosta-

-se numa sombra que parece árvore, mas quando a toca sente que se mexe. "Desamarre-me, pelo amor de Deus", ouve. E reconhece a voz do padre de Cumbe, aquele que respondia ao interrogatório de Moreira César, agora gritando também, com o mesmo pânico: "Desamarre-me, desamarre-me, as formigas estão me comendo."

— Sim, sim — gagueja o jornalista míope, sentindo-se feliz, acompanhado. — Já vou desamarrar.

— Vamos de uma vez — implorou o Anão. — Vamos, Jurema, vamos embora. Agora que não há mais tiros de canhão.

Jurema tinha permanecido ali, olhando para Rufino e Gall, sem perceber que o sol dourava a caatinga, secava as gotas e evaporava a umidade do ar e dos arbustos. O Anão a sacudia.

— Para onde vamos? — respondeu, sentindo muito cansaço e um peso no estômago.

— Para Cumbe, Jeremoabo, qualquer lugar — insistiu o Anão, puxando-a.

— E por onde se vai para Cumbe, Jeremoabo? — murmurou Jurema. — Por acaso nós sabemos? Você sabe?

— Não faz mal! Não faz mal! — gritou o Anão, arrastando-a. — Não escutou os jagunços? Vão combater aqui, vai haver tiros aqui, vão nos matar.

Jurema se levantou e deu uns passos até o manto de folhagem trançada com que os jagunços a cobriram quando a resgataram dos soldados. Sentiu que estava molhado. Jogou-o em cima dos cadáveres do rastreador e do forasteiro, tentando cobrir suas partes mais machucadas: torsos e cabeças. Depois, com uma brusca decisão de vencer o torpor, dirigiu-se para onde se lembrava de ter visto Pajeú sair. Imediatamente, sentiu em sua mão direita a mão pequenina e gordinha.

— Para onde vamos? — disse o Anão. — E os soldados?

Ela deu de ombros. Os soldados, os jagunços, pouco lhe importavam. Estava farta de tudo e de todos; seu único desejo era esquecer o que tinha visto. Ia arrancando folhas e galhinhos para chupar a umidade.

— Tiros — disse o Anão. — Tiros, tiros.

Eram descargas cerradas, que em poucos segundos impregnaram toda a caatinga densa, serpenteante, que parecia multiplicar as rajadas e salvas. Mas não se via um ser vivo nas redondezas: só uma terra escarpada, coberta de sarças e folhas arrancadas das árvores pela chuva, poças lamacentas e uma vegetação de macambiras com galhos que parecem garras e mandacarus e xiquexiques de pontas afiadas. Havia perdido as sandálias em algum momento da noite e, embora tivesse andado descalça boa parte da sua vida, sentia os pés feridos. O morro era cada vez mais íngreme. O sol batia de frente em seu rosto e parecia restaurar, ressuscitar seus membros. Percebeu que estava acontecendo alguma coisa pelas unhas do Anão, que se incrustaram em sua mão. A quatro metros, uma espingarda de cano curto e boca larga apontava para eles, nas mãos de um homem arbóreo, com pele de cortiça, extremidades ramosas e pelos que pareciam penachos de folhagem.

— Fora daqui — disse o jagunço, tirando a cara do manto. — Pajeú não lhe disse que fosse para a entrada de Jeremoabo?

— Não sei como ir — respondeu Jurema.

"Shh, shh", ouviu em seguida, de vários lados, como se os arbustos e os cactos começassem a falar. Viu aparecerem cabeças de homens, por entre a ramagem.

— Esconda os dois — ouviu Pajeú ordenar, sem saber de onde saía a voz, e viu-se empurrada para o chão, esmagada pelo corpo de um homem que, enquanto a envolvia em seu manto de folhagem, dizia: "Shh, shh." Permaneceu imóvel, com os olhos entrecerrados, espiando. Sentia a respiração do jagunço no ouvido e se perguntava se o Anão também estava como ela. Chegaram os soldados. Seu coração pulou ao vê-los tão perto. Vinham em coluna de dois, com suas calças de faixas vermelhas e suas casacas azuis, suas botinas pretas e o fuzil de baioneta calada. Prendeu a respiração, fechou os olhos, esperando os tiros, mas, como não vinham, tornou a abri-los, e lá estavam os soldados, ainda passando. Podia ver seus olhos anuviados pela ansiedade ou devastados pela falta de sono, as caras impávidas ou sobressaltadas, e ouvir palavras soltas dos seus diálogos. Não era incrível que tantos soldados passassem sem notar que por ali havia jagunços quase tocando, quase pisando neles?

E, nesse momento, a caatinga se acendeu numa explosão de pólvora que a fez lembrar por um segundo da festa de Santo Antônio, em Queimadas, quando o circo chegava e soltavam foguetes. Chegou a ver, no meio do tiroteio, uma chuva de silhuetas vegetais, que caíam ou se jogavam contra os fardados e, entre a fumaça e o trovejar dos tiros, viu-se livre do homem que a prendia, içada, arrastada, enquanto lhe diziam: "Agache-se, agache-se." Obedeceu, encolhendo-se, afundando a cabeça, e correu com todas as forças que tinha, esperando o impacto dos tiros nas suas costas a qualquer momento, quase os desejando. A corrida deixou-a empapada de suor, com o coração saltando pela boca. E nesse momento viu o caboclo sem nariz ali, ao seu lado, olhando-a com certa ironia:

— Quem ganhou a briga? Seu marido ou o lunático?

— Os dois morreram — respirou fundo.

— Melhor para você — comentou Pajeú, com um sorriso. — Agora vai poder procurar outro marido, em Belo Monte.

O Anão continuava ao seu lado, também ofegante. Jurema divisou Canudos, estendida à sua frente, ao largo e ao longo, sacudida por explosões, línguas de fogo, rolos de fumaça, debaixo de um céu que contradizia esse tumulto, tão limpo e azul, com o sol reverberando. Seus olhos se encheram de lágrimas, teve um rompante de ódio contra essa cidade e esses homens, morrendo naquelas ruazinhas que mais pareciam tocas. Sua desgraça tinha começado por causa desse lugar; o forasteiro foi à sua casa atrás de Canudos, e assim tiveram início as desventuras que a deixaram sem nada nem ninguém no mundo, perdida no meio de uma guerra. Desejou com toda a sua alma que houvesse um milagre, que não tivesse acontecido nada daquilo e que ela e Rufino estivessem como antes, em Queimadas.

— Não chore, moça — disse o caboclo. — Não sabe? Os mortos vão ressuscitar. Você não ouviu? A ressurreição da carne existe.

Falava com calma, como se ele e seus homens não tivessem acabado de travar um tiroteio com os soldados. Jurema limpou as lágrimas com a mão e deu uma espiada, para reconhecer o lugar. Era um atalho entre dois morros, uma espécie de túnel. À sua esquerda havia um teto de pedras e rochas sem vegetação que ocultava a montanha e, à sua direita, a caatinga, bastante rala, descia até desaparecer numa extensão pedregosa que, para além de um rio de leito bem largo, transformava-se numa confusão de casinhas de telhas avermelhadas e fachadas tortas. Pajeú pôs algo em sua mão que ela, sem ver o que era, meteu na boca. Devorou lentamente a fruta de polpa macia e ácida. Os homens com mantos de folhagem foram se espalhando, colados nos arbustos, e mergulharam em esconderijos cavados na terra. A mão gordinha procurou outra vez a sua. Sentiu pena e carinho por essa presença familiar. "Entrem aí", ordenou Pajeú, afastando uns galhos. Quando se acocoraram no fosso, explicou, apontando para os rochedos: "Ali estão os cães." No buraco havia outro jagunço, um homem sem dentes que se afastou para dar lugar a eles. Tinha uma balestra e uma aljava cheia de dardos.

— O que vai acontecer? — sussurrou o Anão.

— Cale a boca — disse o jagunço. — Não ouviu? Os hereges estão acima de nós.

Jurema espiou por entre os galhos. Os tiros prosseguiam, dispersos, intermitentes, e também as nuvenzinhas e as chamas dos incêndios, mas do seu esconderijo ela não conseguia localizar as figurinhas fardadas que tinha visto atravessando o rio e desaparecendo no povoado. "Quietos", disse o jagunço, e, pela segunda vez no dia, os soldados saíram do nada. Dessa vez eram cavaleiros, em filas duplas, montando animais pardos, negros, baios, tordilhos, relinchantes, que, a uma distância incrivelmente próxima, surgiam da parede de rochas à sua esquerda e se precipitavam a galope para o rio. Pareciam a ponto de tropeçar nessa descida quase vertical, mas mantinham o equilíbrio, e ela os via passar, velozes, usando as patas traseiras como freios. Estava tonta com os sucessivos rostos dos cavaleiros e os sabres que os oficiais empunhavam, em riste, quando começou uma agitação na caatinga. Os mantos de folhagem saíam dos buracos, dos galhos e atiravam com suas espingardas ou, como o jagunço que estivera com eles e agora rastejava morro abaixo, alvejavam os soldados com aqueles dardos que faziam um som sibilante de cobras. Ouviu, claríssima, a voz de Pajeú: "Atacar os cavalos, todos os que tiverem facões." Ela não podia ver os cavaleiros, mas os imaginava, chapinhando no rio — entre a fuzilaria e um remoto repicar de sinos, distinguia relinchos — e recebendo nas costas, sem saber de onde, os dardos e balas que via e ouvia os jagunços dispararem, esparramados à sua volta. Alguns, em pé, apoiavam as carabinas ou balestras nos galhos dos mandacarus. O caboclo sem nariz não atirava. Com as mãos ia orientando os mantos de folhagem para a direita e para baixo. Então lhe apertaram a barriga. O Anão quase não a deixava respirar. Sentiu que tremia. Sacudiu-o com as duas mãos: "Já passaram, foram embora, olhe." Mas quando ela também olhou, havia outro cavaleiro, num animal branco que descia a colina com a crina alvoroçada. O pequeno oficial segurava as rédeas com uma das mãos e brandia um sabre na outra. Estava tão perto que ela pôde ver sua cara crispada, seus olhos incendiados, e, um segundo depois, viu-o encolher. Sua cara se apagou de repente. A arma de Pajeú estava apontando para ele, e pensou que tinha atirado. Viu o cavalo branco empinar, girar numa pirueta dessas que os vaqueiros exibiam nas feiras e, com o cavaleiro pendurado no pescoço, viu-o desandar o caminho, subir o morro e, quando estava quase desaparecendo, tornou a ver Pajeú apontando a arma e, sem dúvida, atirando.

— Vamos, vamos, estamos no meio da guerra — choramingou o Anão, apertando-se de novo contra ela.

Jurema xingou: "Cale a boca, estúpido, covarde." O Anão ficou mudo, afastou-se e olhou para ela assustado, implorando perdão com os olhos. Continuava o som de explosões, tiros, clarins, sinos e os homens com mantos de folhagem desapareciam, correndo ou se arrastando, na descida coberta de vegetação que se perdia no rio e em Canudos. Procurou Pajeú, e o caboclo não estava. Tinham ficado sozinhos. O que fazer? Permanecer ali? Seguir os jagunços? Procurar um caminho para longe de Canudos? Sentiu cansaço, dores nos músculos e nos ossos, como se o seu corpo protestasse contra a simples ideia de se mexer. Encostou-se na parede úmida do fosso e fechou os olhos. Flutuou, caiu no sono.

Quando, sacudida pelo Anão, ouviu que este pedia desculpas por acordá-la, não conseguia se mover. Seus ossos doíam, precisou esfregar o pescoço. Viu que já era tarde, pelas sombras inclinadas e a luz esmaecida. Aquele ruído ensurdecedor não era do sonho. "O que está havendo?", perguntou, sentindo a língua seca e inchada. "Estão se aproximando, não ouve?", murmurou o Anão, apontando para a subida. "Precisamos ver", disse Jurema. O Anão apertou-a, tentando impedir, mas, quando saiu do fosso, seguiu-a engatinhando. Ela desceu até as pedras e sarças em que tinha visto Pajeú e se acocorou. Apesar da poeira, divisou nas faldas dos morros fronteiros um fervilhar de formigas escuras e pensou que eram mais soldados descendo para o rio, mas logo entendeu que não desciam, estavam subindo, fugiam de Canudos. Sim, não havia dúvida, eles estavam saindo do rio, corriam, tentavam chegar aos picos, e então viu, na outra margem, grupos de homens atirando e correndo atrás de soldados isolados que surgiam por entre os casebres, tentando alcançar a margem. Sim, os soldados estavam fugindo, e agora eram os jagunços que os perseguiam. "Eles vêm para cá", choramingou o Anão, e ela sentiu o corpo gelar quando notou que, enquanto observava os morros em frente, não se dera conta de que a guerra também estava aos seus pés, nas duas margens do Vaza-Barris. Dali vinha o barulho que pensava fazer parte do seu sonho.

Meio apagados pela poeira e a fumaça que deformavam corpos e rostos, divisou, numa confusão vertiginosa, cavalos caídos e atolados nas margens do rio, alguns agonizando, pois mexiam seus longos pescoços como se pedissem ajuda para sair daquela água lamacenta onde morreriam afogados ou exangues. Um animal sem cavaleiro pulava enlouquecido em três patas, querendo morder o próprio rabo, entre soldados que vadeavam o rio com os fuzis sobre as cabeças, enquanto outros surgiam às carreiras, gritando, por entre as paredes de Canudos. Irrompiam em grupos de dois ou de três, correndo, às vezes de costas feito escorpiões, e se jogavam na água com a intenção de chegar à encosta em que estavam ela e o Anão. Eram alvejados de algum lugar, porque alguns caíam rugindo, uivando, enquanto outros começavam a subir pelas pedras.

— Vão nos matar, Jurema — choramingou o Anão.

"Sim", pensou ela, "vão nos matar". Levantou-se, puxou o Anão e gritou: "Vamos, vamos." Partiu morro acima, pela parte mais densa da caatinga. Pouco depois se cansou, mas encontrou ânimo para prosseguir na lembrança do soldado que caíra sobre ela de manhã. Quando não pôde correr mais, continuou andando. Imaginava, com pena, como o Anão devia estar extenuado, com suas pernas curtinhas, e que, apesar de tudo, não se queixara, tinha corrido segurando sua mão com firmeza. Quando pararam, já escurecia. Estavam na outra vertente, o terreno era cada vez mais plano, e a vegetação, mais emaranhada. Ouvia-se ao longe o ruído da guerra. Desabou no chão e, às cegas, pegou ervas, pôs na boca e mastigou, devagar, até sentir o suquinho ácido no paladar. Cuspiu, pegou outro punhado e assim foi enganando a sede. O Anão, um vulto imóvel, fazia o mesmo. "Corremos horas", disse, mas não ouviu a própria voz e pensou que certamente ele tampouco tinha forças para falar. Tocou em seu braço e ele fez pressão com a mão, agradecido. Assim ficaram, respirando, mastigando e cuspindo folhinhas, até que, entre a ramagem rala da favela, as estrelas se acenderam. Ao vê-las, Jurema se lembrou de Rufino, de Gall. Ao longo do dia os urubus deviam tê-los bicado, e também as formigas e as lagartixas, e na certa já tinham começado a apodrecer. Nunca mais veria aqueles restos que, talvez, estavam a poucos metros dali, abraçados. Lágrimas molharam o seu rosto. Nesse instante ouviu vozes, bem perto, e procurou e encontrou a mão apavorada do Anão, em quem uma das duas silhuetas acabava de esbarrar. O Anão gritou como se o tivessem esfaqueado.

— Não atirem, não nos matem — ululou uma voz muito próxima. — Sou o padre Joaquim, sou o padre de Cumbe. Somos gente de paz!

— Nós somos uma mulher e um anão, padre — disse Jurema, sem se mexer. — Também somos gente de paz.

Desta vez, sim, sua voz saiu.

* * *

Quando o primeiro tiro de canhão explodiu nessa noite, a reação de Antônio Vilanova, passado o aturdimento, foi proteger o santo com seu corpo. Fizeram a mesma coisa João Abade, João Grande, o Beatinho, Joaquim Macambira e seu irmão Honório, de modo que de repente estavam unidos pelos braços em volta do Conselheiro, calculando a trajetória da granada, que devia ter caído perto da São Cipriano, a ruela dos curandeiros, bruxos, raizeiros e defumadores de Belo Monte. Qual ou quais daquelas cabanas de velhas que curavam o mau-olhado com poções medicinais ou mágicas de jurema e manacá, ou dos osseiros que consertavam o corpo com puxões, tinham voado pelos ares? O Conselheiro tirou-os da inércia: "Vamos para o Templo." Enquanto se internavam, de braços dados, pela Campo Grande em direção às igrejas, João Abade começou a gritar que apagassem as luzes das casas, pois lampiões e fogos acesos serviam de chamariz para o inimigo. Suas ordens eram repetidas, espalhadas e obedecidas: à medida que deixavam para trás as vielas e os barracos das ruas Espírito Santo, Santo Agostinho, Santo Cristo, dos Papas e Maria Madalena, que se ramificavam às margens de Campo Grande, as casas desapareciam nas sombras. Em frente à ladeira dos Mártires, Antônio Vilanova ouviu João Grande dizer ao Comandante da Rua: "Vá comandar a guerra, nós o levaremos são e salvo." Mas o ex-cangaceiro ainda estava com eles quando explodiu o segundo tiro que os separou e fez ver tábuas e pedregulhos, telhas, restos de animais e pessoas suspensos no ar, em meio às labaredas que iluminaram Canudos. As granadas pareciam ter explodido em Santa Inês, onde os camponeses trabalhavam nos pomares, ou então naquela aglomeração adjacente, onde viviam muitos cafuzos, mulatos e negros, chamada Mocambo.

O Conselheiro separou-se do grupo na porta do Templo do Bom Jesus, onde entrou seguido por uma multidão. Nas trevas, Antônio Vilanova sentiu que o descampado se lotava de gente que tinha acompanhado a procissão e que não cabia mais nas igrejas. "Estarei com medo?", pensou, surpreso com sua inércia, esse desejo de ajoelhar-se ali, junto com os homens e as mulheres que o rodeavam. Não, não era medo. Em seus tempos de comerciante, cruzando o sertão com mercadorias e dinheiro, tinha enfrentado muitos riscos sem se assustar. E aqui, em Canudos, como lhe dizia o Conselheiro, tinha aprendido a pensar, a encontrar sentido nas coisas, uma razão última para tudo o que fazia, e isto o libertou do temor que, antes, em certas noites de insônia, cobria suas costas de suor gelado. Não era medo, era tristeza. Uma mão resoluta o sacudiu:

— Não está escutando, Antônio Vilanova? — ouviu João Abade dizer. — Não vê que eles já estão aqui? Não nos preparamos para recebê-los? O que está esperando?

— Desculpe — murmurou, passando a mão pela cabeça quase calva. — Estou atordoado. Sim, sim, já vou.

— Precisamos tirar essa gente daqui — disse o ex-cangaceiro, balançando-o. — Se não, vão morrer despedaçados.

— Já vou, já vou, não se preocupe, vai dar tudo certo — disse Antônio. — Não falharei.

Chamou o irmão aos gritos, tropeçando entre a multidão, e pouco depois o encontrou: "Estou aqui, compadre." Mas, enquanto ele e Honório começavam a agir, exortando as pessoas a irem para os refúgios cavados nas casas, chamando os aguadeiros para buscarem as macas, e depois voltavam ao armazém pela Campo Grande, Antônio continuava lutando contra uma tristeza que dilacerava sua alma. Já havia muitos aguadeiros à sua espera. Distribuiu entre eles as macas de gravatá e casca de árvore, mandou alguns na direção das explosões e ordenou a outros que esperassem. Sua mulher e sua cunhada tinham ido para as casas de saúde e os filhos de Honório estavam nas trincheiras de Umburanas. Abriu o depósito que antes servira de cavalariça e agora era o arsenal de Canudos, e seus ajudantes levaram para os fundos as caixas de explosivos e de balas. Determinou que só entregassem munição a João Abade ou a emissários dele. Deixou Honório encarregado da distribuição de pólvora e correu com três ajudantes pelos meandros das ruas Santo Elói e São Pedro até a ferraria do Menino Jesus, onde os ferreiros, por indicação sua, tinham deixado de forjar ferraduras, enxadas, foices, facas há uma semana para, dia e noite, transformar em projéteis de trabucos e bacamartes os pregos, latas, ferros, ganchos e todo tipo de objetos de metal que fosse possível reunir. Encontrou os ferreiros confusos, sem saber se a ordem de apagar os lampiões e as fogueiras também os incluía. Ele mandou acenderem a forja e voltarem à tarefa, depois de ajudá-los a vedar as fendas nas paredes voltadas para os morros. Quando voltava ao armazém, com um caixote de munição cheirando a enxofre, dois obuses atravessaram o céu e foram estourar longe, perto dos currais. Pensou que vários cabritos deviam estar despedaçados e eviscerados, e talvez algum pastor também, e muitas cabras deviam ter fugido apavoradas e quebrado as patas e se arranhado nas brenhas e nos cactos. Então percebeu por que estava triste. "Tudo vai ser destruído outra vez, vai se perder tudo", pensou. Sentiu um gosto de cinza na boca. Pensou: "É como na peste em Assaré, na seca em Juazeiro, na inundação da Caatinga do Moura." Mas estes que bombardeavam Belo Monte esta noite eram piores que os elementos adversos, mais nocivos que as pragas e as catástrofes. "Obrigado por me fazer sentir tanta certeza na existência do Cão", rezou. "Obrigado, porque assim sei que você existe, Pai." Ouviu os sinos, muito fortes, e o repicar lhe fez bem.

Encontrou João Abade com vinte homens, carregando munição e pólvora: eram seres sem rosto, vultos que se moviam silenciosamente enquanto a chuva caía outra vez, deslocando o teto. "Está levando tudo?", perguntou, estranhando, pois o próprio João Abade tinha insistido que o armazém fosse o centro distribuidor de armas e equipamento. O Comandante da Rua levou o ex-comerciante ao lamaçal em que Campo Grande se transformara. "Estão se espalhando daquela ponta até ali", mostrou, apontando para os morros da Favela e do Cambaio. "Vão atacar por esses dois lados. Se o pessoal de Joaquim Macambira não resistir, este setor vai ser o primeiro a cair. É melhor distribuir as balas desde agora." Antônio concordou. "Onde você vai estar?", disse. "Em toda parte", respondeu o ex-cangaceiro. Os homens estavam esperando com os caixotes e sacos nos braços.

— Boa sorte, João — disse Antônio. — Vou às casas de saúde. Alguma coisa para Catarina?

O ex-cangaceiro vacilou. Depois, disse devagar:

— Se me matarem, ela precisa saber que, embora tenha perdoado o que houve em Custódia, eu não perdoei.

Desapareceu na noite úmida, onde acabava de explodir mais um tiro de canhão.

— Você entendeu a mensagem de João para Catarina, compadre? — disse Honório.

— É uma história antiga, compadre — respondeu.

À luz de uma vela, sem se falar, ouvindo o diálogo dos sinos e dos clarins e, de vez em quando, o bramido do canhão, ficaram arrumando víveres, ataduras, remédios. Pouco depois um menino veio dizer, de parte de Antônia Sardelinha, que tinham chegado muitos feridos à casa de saúde Santa Ana. Pegou uma das caixas com iodofórmio, substrato de bismuto e calomelano, trazidas pelo padre Joaquim, e foi levá-la, dizendo ao seu irmão que descansasse um pouco, pois o pior viria ao amanhecer.

A casa de saúde da ladeira de Santa Ana era uma loucura. Ouviam-se prantos e gemidos e Antônia Sardelinha, Catarina e as outras mulheres que iam cozinhar para os anciãos, inválidos e doentes quase não podiam se deslocar entre os parentes e amigos dos feridos que as puxavam exigindo que atendessem as suas vítimas. Estas estavam umas em cima das outras, no chão, e às vezes eram pisoteadas. Antônio obrigou os intrusos a saírem do local, com a ajuda dos aguadeiros, e deixou estes últimos cuidando da porta enquanto ajudava a medicar e enfaixar os feridos. As explosões tinham destroçado dedos e mãos, feito buracos nos corpos e arrancado a perna de uma mulher. Como podia estar viva?, perguntava-se Antônio, enquanto a fazia aspirar álcool. Seus sofrimentos deviam ser tão terríveis que o melhor que podia acontecer a ela seria morrer o quanto antes. O boticário chegou quando a mulher expirava nos seus braços. Vinha da outra casa de saúde, onde, disse, havia tantas vítimas quanto nesta e ordenou que levassem imediatamente os cadáveres, que reconhecia com um simples olhar, para o galinheiro. Era a única pessoa de Canudos com algum conhecimento médico, e sua presença acalmou o ambiente. Antônio Vilanova encontrou Catarina molhando a testa de um rapaz com braçalete da Guarda Católica que tivera um olho furado e o pômulo aberto por um estilhaço. Estava fixado com uma avidez infantil na mulher, que cantarolava para ele entre os dentes.

— João me deu um recado — disse Antônio. E repetiu as palavras do cangaceiro. Catarina limitou-se a fazer um ligeiro gesto com a cabeça. Aquela mulher magra, triste e calada constituía um mistério para ele. Era serviçal, devota e parecia distante de tudo e de todos. Ela e João Abade viviam na rua do Menino Jesus, numa cabaninha esmagada por duas casas de tábuas, e preferiam andar sozinhos. Antônio os tinha visto, muitas vezes, passeando pelos roçados atrás do Mocambo, mergulhados numa conversa interminável. "Você vai ver o João?", perguntou ela. "Talvez. O que quer que lhe diga?" "Que, se ele se condena, quero me condenar também", disse suavemente Catarina.

O ex-comerciante passou o resto da noite instalando enfermarias em duas casas no caminho de Jeremoabo, cujos moradores precisaram se transferir para residências de vizinhos. Enquanto evacuava o lugar com seus ajudantes e mandava trazer estrados, catres, mantas, baldes d'água, remédios, ataduras, sentiu-se invadido de novo pela tristeza. Tinha sido tão difícil fazer esta terra produzir outra vez, marcar e cavar canais, arar e adubar o pedregal para aclimatar o milho e o feijão, as favas e a cana, os melões e as melancias, e tinha sido tão difícil trazer, criar, fazer as cabras e os cabritos reproduzirem. Fora preciso tanto trabalho, tanta fé, tanta dedicação de tanta gente para que estes campos e currais se tornassem o que são. E agora os canhões estavam acabando com eles e viriam os soldados acabar com uma gente que se reuniu ali para viver em amor a Deus e ajudar-se a si mesma, já que nunca tinha sido ajudada. Fez um esforço para afastar esses pensamentos que lhe provocavam aquela raiva contra a qual o Conselheiro pregava. Um ajudante veio avisar que os cães estavam descendo dos morros.

  Amanhecia, ouviu-se uma algazarra de cornetas, as encostas se agitavam com formas rubro-anis. Tirando o revólver do coldre, Antônio Vilanova correu até o armazém da rua Campo Grande, aonde chegou a tempo de ver, cinquenta metros à frente, que as linhas de soldados tinham atravessado o rio e ultrapassavam a trincheira do velho Joaquim Macambira, atirando à direita e à esquerda.

  Honório e meia dúzia de ajudantes tinham se entrincheirado lá, atrás de barris, balcões, catres, caixotes e sacos de terra, que Antônio e seus auxiliares escalaram a quatro mãos, puxados pelos de dentro. Ofegante, acomodou-se de maneira que pudesse ter um bom ponto de mira para fora. O tiroteio era tão intenso que não ouvia o irmão, apesar de estar ao seu lado. Espiou pela trincheira de entulho: umas nuvens terrosas avançavam, procedentes do rio, pela Campo Grande e os morros de São José e Santana. Viu fumaça, chamas. Estavam queimando as casas, queriam torrá-los. Pensou que sua mulher e sua cunhada estavam lá embaixo, em Santana, talvez se asfixiando e ardendo junto com os feridos da casa de saúde e voltou a sentir raiva. Vários soldados surgiram da fumaça e da poeira, olhando enlouquecidos para a direita e para a esquerda. As baionetas de seus longos fuzis cintilavam, estavam usando casacas azuis e calças vermelhas. Um deles jogou uma tocha por cima da trincheira. "Apague", rugiu Antônio para o rapaz que estava ao seu lado, enquanto mirava no peito do soldado mais próximo. Atirou, quase sem ver, através da poeira densa, com os tímpanos a ponto de arrebentar, até que seu revólver ficou sem balas. Enquanto o recarregava, encostado num barril, viu que Pedrim, o rapaz que tinha mandado apagar a tocha, estava deitado sobre o pau untado de piche, com as costas sangrando. Mas não pôde chegar até ele porque, à sua esquerda, a trincheira desmoronou e dois soldados se introduziram por ali, atrapalhando-se mutuamente. "Cuidado, cuidado", gritou, atirando, até sentir que o gatilho golpeava de novo no percussor vazio. Os dois soldados tinham caído e, quando chegou até eles, com a faca na mão, três ajudantes já os rasgavam com seus punhais, amaldiçoando-os.

Procurou Honório e sentiu alegria ao vê-lo ileso, sorrindo para ele. "Tudo bem, compadre?", perguntou, e o irmão disse que sim. Foi ver Pedrim. Não estava morto, mas, além da ferida nas costas, queimara as mãos. Carregou-o para o quarto ao lado e o deixou sobre umas mantas. Estava com a cara ensopada. Era um órfão, que ele e Antônia tinham acolhido logo depois de chegarem a Canudos. Ouvindo o tiroteio recomeçar, agasalhou-o e se despediu, dizendo: "Volto logo para cuidar de você, Pedrim."

Na trincheira, seu irmão atirava com um fuzil dos soldados e os ajudantes já tinham tapado a abertura. Tornou a carregar o revólver e se instalou ao lado de Honório, que lhe disse: "Acabam de passar uns trinta." O tiroteio, ensurdecedor, parecia cercá-los. Observou o que se passava na subida de Santana e ouviu Honório dizer: "Você acha que Antônia e Assunção estão vivas, compadre?" Nesse instante viu, caído na lama, em frente à trincheira, um soldado meio abraçado ao seu fuzil e com um sabre na outra mão. "Precisamos dessas armas", disse. Abriram um buraco e ele saiu. Quando se abaixava para pegar o fuzil, o soldado tentou levantar o sabre. Sem vacilar, enfiou-lhe o punhal na barriga deixando todo o seu peso cair sobre ele. Embaixo do seu corpo, o soldado exalou uma espécie de arroto, grunhiu alguma coisa, amoleceu e ficou imóvel. Enquanto tirava o seu punhal, o sabre, o fuzil e a mochila, e examinava sua cara cinzenta, meio amarela, uma cara que tinha visto muitas vezes entre os camponeses e boiadeiros, teve uma sensação amarga. Honório e os ajudantes também estavam do lado de fora, desarmando outro soldado. Então reconheceu a voz de João Abade. O Comandante da Rua chegou como que expulso pelo vento. Vinha seguido por dois homens, e os três tinham manchas de sangue.

— Quantos são vocês? — perguntou, enquanto fazia gestos de que se aproximassem da fachada da casa da fazenda.

— Nove — disse Antônio. — E lá dentro está Pedrim, ferido.

— Venham — disse João Abade, dando meia-volta. — Cuidado, há muitos soldados nas casas.

Mas o cangaceiro não tinha o menor cuidado, pois caminhava ereto, a passo rápido, pelo meio da rua, enquanto explicava que os soldados estavam atacando as igrejas e o cemitério pelo rio, e era preciso impedir que também se aproximassem por este lado, pois o Conselheiro ficaria isolado. Queria fechar a Campo Grande com uma barreira na altura da rua dos Mártires, já quase na esquina da capela de Santo Antônio.

Uns trezentos metros os separavam de lá, e Antônio ficou surpreso ao ver os estragos. Havia casas destruídas, esburacadas, escombros, pilhas de entulhos, telhas partidas, madeira carbonizada no meio da qual às vezes aparecia um cadáver e nuvens de poeira e fumaça que ocultavam tudo, misturavam tudo, dissolviam tudo. Aqui e ali, como marcos do avanço dos soldados, línguas de fogo. Chegando ao lado de João Abade, deu-lhe o recado de Catarina. O cangaceiro assentiu, sem se virar. Intempestivamente, toparam com uma patrulha de soldados na esquina de Maria Madalena, e Antônio viu que João pulava, corria e jogava a faca pelo ar como nas apostas de tiro ao alvo. Ele também correu, atirando. As balas assobiavam ao seu redor, e um instante depois tropeçou e caiu no chão. Mas conseguiu se levantar, esquivar uma baioneta já próxima e arrastar para a lama o soldado que se agarrara a ele. Dava e recebia golpes sem saber se estava com a faca na mão. De repente sentiu que o homem se encolhia. João Abade o ajudou a levantar-se.

— Peguem as armas dos cães — ordenava, ao mesmo tempo. — As baionetas, as mochilas, as balas.

Honório e dois ajudantes estavam inclinados sobre Anastácio, enquanto outro ajudante tentava levantá-lo.

— Não adianta, está morto — interrompeu João Abade. — Arrastem os corpos, para fechar a rua.

E deu o exemplo, segurando o pé do cadáver mais próximo e andando em direção aos Mártires. Na esquina, muitos jagunços montavam a barricada com tudo o que houvesse à mão. Antônio Vilanova começou na hora a trabalhar com eles. Ouviram tiros, rajadas, e logo apareceu um rapaz da Guarda Católica para avisar a João Abade, que estava carregando as rodas de uma carreta junto com Antônio, que os heréticos vinham outra vez em direção ao Templo do Bom Jesus. "Todos para lá", gritou João Abade, e os jagunços correram atrás dele. Entraram na praça ao mesmo tempo que, pelo lado do cemitério, desembocavam vários soldados, comandados por um jovem louro que brandia um sabre e atirava com um revólver. Foram recebidos por um pesado tiroteio, vindo da capela e das torres e tetos do Templo em construção. "Atrás deles, atrás deles", ouviu João Abade rugir. Das igrejas saíram dezenas de homens para se integrar à perseguição. Viu João Grande, enorme, descalço, alcançar o Comandante da Rua e falar com ele enquanto corria. Os soldados tinham se protegido atrás do cemitério e, quando entraram em São Cipriano, os jagunços foram recebidos com uma chuva de balas. "Vão matá-lo", pensou Antônio, estendido no chão, ao ver João Abade, em pé no meio da rua, indicando com gestos aos que o seguiam que se refugiassem nas casas ou se jogassem no solo. Depois se aproximou de Antônio e disse, acocorando-se ao seu lado:

— Volte para a barricada e aguente firme. Precisamos tirá-los daqui e empurrá-los para onde Pajeú os espera. Vá, não deixe que entrem pelo outro lado.

Antônio assentiu e, instantes depois, corria de volta, seguido por Honório, os ajudantes e outros dez homens, para a esquina de Mártires e Campo Grande. Parecia que, finalmente, recuperava a consciência, saía do atordoamento. "Você sabe organizar", disse para si mesmo. "E, agora, é isto o que faz falta, isto." Determinou que os cadáveres e escombros do descampado fossem levados à barricada e ajudou nos trabalhos até que, subitamente, ouviu gritos dentro de uma casa. Foi o primeiro a entrar, abrindo a porta com um pontapé e atirando no uniforme agachado. Estupefato, viu que o soldado que mataram estava comendo; tinha na mão o pedaço de carne-seca que, sem dúvida, acabava de tirar do fogão. Ao seu lado, o dono da casa, um velho, agonizava com a baioneta fincada na barriga e três meninos choravam desesperados. "Que fome devia ter", pensou, "para se esquecer de tudo e deixar-se matar só para engolir um pedaço de carne-seca". Acompanhado por cinco homens, foi revistando as casas, entre a esquina e o descampado. Todas pareciam um campo de batalha: bagunça, tetos esburacados, paredes rachadas, objetos pulverizados. Mulheres, anciãos, meninos armados com paus e forcados faziam gestos de alívio ao vê-los ou irrompiam numa tagarelice frenética. Numa casa encontrou dois baldes d'água e, depois de beber e dar aos outros, arrastou-os para a barricada. Viu a felicidade com que Honório e os outros bebiam.

Subindo na barricada, espiou por entre o entulho e os cadáveres. A única rua reta de Canudos, Campo Grande, estava deserta. À sua direita, o tiroteio se intensificava entre incêndios. "A coisa está feia no Mocambo, compadre", disse Honório. Estava com o rosto vermelho e coberto de suor. Sorria. "Não vão nos tirar daqui, não é mesmo?", disse. "Claro que não, compadre", respondeu Honório. Antônio sentou-se numa carroça e, enquanto recarregava o revólver — quase já não restavam balas nos cinturões presos em sua cintura —, viu que a maioria dos jagunços estava armada com fuzis dos soldados. Estavam ganhando a guerra. Pensou nas Sardelinhas, lá embaixo, na ladeira de Santana.

— Fique aqui e diga ao João que fui à casa de saúde ver o que está acontecendo — disse ao irmão.

Pulou para o outro lado da barricada, pisando nos cadáveres assaltados por infinidades de moscas. Quatro jagunços o seguiram. "Quem mandou vocês virem?", gritou. "João Abade", disse um deles. Não teve tempo de responder, pois na São Pedro se viram no meio de um tiroteio: lutava-se nas portas, nos tetos e no interior das casas. Voltaram à Campo Grande e por lá puderam descer até Santana, sem encontrar soldados. Mas em Santana havia tiros. Esconderam-se atrás de uma casa que fumegava e o comerciante observou a situação. Na altura da casa de saúde havia mais fumaça; dali atiravam. "Vou me aproximar, esperem aqui", disse, mas, quando rastejava, viu os jagunços rastejando ao seu lado. Poucos metros adiante, afinal divisou meia dúzia de soldados, atirando não contra eles, mas contra as casas. Levantou-se e correu na sua direção com toda a velocidade das suas pernas, o dedo no gatilho, mas só atirou quando um dos soldados virou a cabeça. Descarregou nele os seis tiros e jogou a faca em outro que vinha atacá-lo. Caiu no chão e ali se agarrou às pernas do mesmo soldado ou de outro e, de repente, sem saber como, estava apertando o pescoço, com toda a força. "Você matou dois cães, Antônio", disse um jagunço. "Os fuzis, as balas, tirem tudo", respondeu ele. As casas se abriam e saíam grupos, tossindo, sorrindo, dando adeusinhos. Ali estava Antônia, sua mulher, e Assunção, e, mais atrás, Catarina, a mulher de João Abade.

— Olhe — disse um dos jagunços, sacudindo-o. — Olhe só, estão se jogando no rio.

À direita e à esquerda, por cima dos tetos ásperos da subida de Santana, havia outras figuras de uniforme, apressadas, subindo a encosta, e outras se atiravam no rio, às vezes jogando fora seus fuzis. Mas o que mais o surpreendeu foi perceber que estava caindo a noite. "Vamos tirar as armas", gritou com toda a força. "Vamos, cabras, não se deixa o trabalho sem terminar." Vários jagunços correram com ele para o rio e alguém gritou abaixo a República e o Anticristo e viva o Conselheiro e o Bom Jesus.

Nesse sono que é e não é, sonolência que dissolve a fronteira entre a vigília e o sono e lhe recorda certas noites de ópio na sua casinha desarrumada de Salvador, o jornalista míope do *Jornal de Notícias* tem a sensação de não haver dormido, e sim falado e ouvido a noite toda, dito a essas presenças sem rosto que partilham com ele a caatinga, a fome e a incerteza que, para ele, o mais terrível não é estar extraviado, ignorando o que vai acontecer quando o dia despontar, mas ter perdido seu bolsão de couro e os rolos de papéis rabiscados que metera entre suas poucas mudas de roupa. Tem certeza de que também contou coisas que lhe dão vergonha: que, há dois dias, quando a tinta acabou e a última pena de ganso se partiu, teve um ataque de choro como se alguém da sua família tivesse morrido. E tem certeza — certeza da maneira incerta, desconexa, macia em que tudo acontece, em que tudo é dito e ouvido no mundo do ópio — de que mastigou a noite inteira, sem nojo, punhados de ervas, folhas, raminhos, talvez insetos, as indecifráveis matérias, secas ou úmidas, viscosas ou sólidas, que ele e seus companheiros passaram de mão em mão. E tem certeza de que ouviu tantas confissões íntimas como as que pensa ter feito. "Menos ela, todos nós sentimos um medo incomensurável", pensa. Foi o que reconheceu o padre Joaquim, a quem serviu de travesseiro e que foi o seu: só hoje tinha descoberto o verdadeiro medo, lá, amarrado naquela árvore, esperando que um soldado viesse cortar seu pescoço, ouvindo o tiroteio, vendo as idas e vindas, a chegada dos feridos, um medo infinitamente maior que o que já sentira de coisa ou pessoa alguma, incluindo o Demônio e o inferno. Terá mesmo o padre dito estas coisas, gemendo e, de quando em quando, pedindo perdão a Deus por dizê-las? Mas quem sente ainda mais medo é aquele que ela disse que é anão. Porque, com uma vozinha tão disforme como deve ser seu corpo, ele não parou de choramingar e de delirar sobre mulheres barbudas, ciganos fortões e um homem sem ossos que podia se dobrar em quatro. Como será o Anão? Ela é sua mãe? O que faz aqui esta dupla? Como é possível que ela não tenha medo? O que tem, que é pior que o medo? Pois o jornalista míope percebeu algo ainda mais corrosivo, destrutivo, dilacerante no murmúrio suave, esporádico, em que a mulher não falou da única coisa que faz sentido, o medo de morrer, e sim da teimosia de alguém que está morto, sem enterrar, molhando-se, gelando-se, mordido por todo tipo de bichos. Será uma louca, alguém que não tem mais medo porque já teve tanto que enlouqueceu?

Sente que o sacodem. Pensa: "Meus óculos." Vê uma claridade esverdeada, sombras móveis. E, enquanto apalpa seu corpo, seu entorno, ouve o padre Joaquim: "Acorde, já está amanhecendo, vamos tentar encontrar o caminho de Cumbe." Por fim encontra os óculos, entre suas pernas, intactos. Limpa-os enquanto se levanta, balbucia "vamos, vamos" e, postos os óculos e definido o mundo, vê o Anão: de fato, é pequenino como uma criança de dez anos e tem um rosto cheio de rugas.

Está segurando a mão dela, uma mulher sem idade, de cabelo solto, tão magra que a pele parece superposta aos seus ossos. Ambos estão cobertos de lama, com as roupas rasgadas, e o jornalista míope se pergunta se ele também está dando, como eles e como o padre fortão, que caminha decidido em direção ao sol, essa impressão de desgrenhamento, de abandono, de desproteção. "Estamos do outro lado da Favela", diz o padre Joaquim. "Por aqui deveríamos sair no caminho de Bendengó. Deus queira que não haja soldados..." "Mas haverá", pensa o jornalista míope. Ou, em vez de soldados, jagunços. Pensa: "Não somos nada, não estamos em um nem no outro lado. Vão nos matar." Caminha, surpreso por não estar cansado, vendo à sua frente a silhueta filiforme da mulher e o Anão pulando para não se atrasar. Andam um bom tempo, sem dizer uma palavra, na mesma ordem. No amanhecer ensolarado ouvem cantos de pássaros, zumbir de insetos e sons variados, confusos, desiguais, crescentes: tiros isolados, sinos, o ulular de uma corneta, talvez uma explosão, talvez vozes humanas. O padre não se desvia, parece saber aonde vai. A caatinga começa a ralear e os arbustos e cactos a diminuir, até transformar-se em terra escarpada, descoberta. Andam paralelos a uma linha rochosa que esconde a visão da direita. Meia hora depois alcançam o cimo desse horizonte rochoso e, ao mesmo tempo que ouve a exclamação do padre, o jornalista míope vê o que a causa: quase junto a eles estão os soldados e atrás, à frente, dos lados, os jagunços. "Milhares", murmura o jornalista míope. Sente vontade de sentar-se, de fechar os olhos, de esquecer. O Anão grita: "Jurema, olhe, olhe." O padre cai de joelhos, para ficar menos exposto, e seus companheiros também se abaixam. "Justamente, tínhamos que cair no meio da guerra", sussurra o Anão. "Não é a guerra", pensa o jornalista míope. "É a fuga." O espetáculo ao pé dessas encostas, que observam do alto, suspende o seu medo. Então não deram crédito ao major Cunha Matos, não se retiraram ontem à noite e só o faziam agora, como queria o coronel Tamarindo.

    As massas de soldados que se aglomeram, sem ordem nem cuidado, numa ampla extensão lá embaixo, apinhados em alguns pontos e em outros mais esparsos, num estado calamitoso, arrastando as carroças da enfermaria e carregando macas, os fuzis pendurados de qualquer maneira ou transformados em bengalas e muletas, não se parecem nem um pouco com o Sétimo Regimento do coronel Moreira César que ele conhecia, aquele corpo disciplinado, rigoroso com o traje e as formas. Será que o enterraram lá em cima? Ou seus restos estão numa dessas macas, dessas carroças?

— Fizeram as pazes? — murmura o padre, ao seu lado. — Um armistício, talvez?

A ideia de uma reconciliação lhe parece extravagante, mas de fato uma coisa estranha está acontecendo lá embaixo: não há luta. E, no entanto, soldados e jagunços estão próximos, a cada instante mais próximos. Os olhos míopes, ávidos, alucinados, saltam entre os grupos de jagunços, uma população indescritível com trajes estrambóticos, panos na cabeça, armada de espingardas, carabinas, paus, facões, ancinhos, balestras, pedras, que parecem encarnar a desordem, a confusão, tal como aqueles que estão perseguindo, ou melhor, escoltando, acompanhando.

— Será que os soldados se renderam? — pergunta o padre Joaquim. — Estão sendo levados como prisioneiros?

Os grandes grupos de jagunços avançam pelas encostas dos morros, de um lado e do outro da corrente ébria e desconjuntada de soldados, aproximando-se e comprimindo-os cada vez mais. Mas não há tiros. Não, pelo menos, como ontem em Canudos, aquelas rajadas e explosões, embora às vezes cheguem aos seus ouvidos alguns disparos isolados. E ecos de insultos e injúrias: que outra coisa esses fiapos de vozes podem dizer? Na retaguarda da desastrada coluna, o jornalista míope reconhece de repente o capitão Salomão da Rocha. O grupinho de soldados que vai atrás, afastado dos outros, com quatro canhões puxados por mulas que chicoteiam sem misericórdia, fica completamente isolado quando um grupo de jagunços dos flancos começa a correr e se interpõe entre eles e o resto dos soldados. Os canhões não se mexem mais e o jornalista míope tem certeza de que aquele oficial — que está armado com sabre e pistola, falando com cada um dos soldados espremidos contra as mulas e os canhões, certamente dando ordens, ânimo, enquanto os jagunços os acossam — é Salomão da Rocha. Recorda seu bigodinho bem aparado — seus companheiros o chamavam de Figurino — e sua mania de falar das novidades anunciadas no catálogo dos Comblain, da precisão dos Krupp e de outros canhões aos quais deu nome e sobrenome. Ao ver pequenas explosões de fumaça, percebe que estão trocando tiros à queima-roupa, só que eles, ele, não ouvem nada porque o vento sopra em outra direção. "Passaram todo esse tempo se alvejando, matando, insultando, sem que pudéssemos ouvi-los", pensa e para de pensar, pois subitamente o grupo de soldados e canhões é engolfado pelos jagunços que o cercavam. Abrindo e fechando os olhos, piscando, abrindo a boca, o jornalista míope vê o oficial de sabre resistir por alguns segundos à chuva de paus, lanças, enxadas, foices, facões, baionetas ou o que quer que aqueles objetos escuros fossem, antes de desaparecer, junto com os soldados, sob a massa de atacantes que agora estão dando pulos e, certamente, gritos que não chega a ouvir. Ouve, em contrapartida, o relincho das mulas, que tampouco vê.

Percebe que ficou sozinho nesse parapeito de onde viu a captura da artilharia do Sétimo Regimento e a morte certa dos soldados e do oficial que a escoltavam. O padre de Cumbe corre morro abaixo, a uns vinte ou trinta metros, seguido pela mulher e pelo Anão, direto rumo aos jagunços. Todo o seu ser vacila. Mas o medo de ficar ali sozinho é pior, e então se ergue e sai correndo também, morro abaixo. Tropeça, escorrega, cai, levanta, tenta se equilibrar. Muitos jagunços já o viram, há rostos que se inclinam para o lado da encosta por onde ele desce, sentindo-se ridículo por sua dificuldade de pisar e manter-se erguido. O padre de Cumbe, agora dez metros adiante, diz alguma coisa, grita e faz sinais, gesticula para os jagunços. Será que o está denunciando, delatando? Para cair nas suas graças, dirá que ele é soldado, fará que...?, e volta a cair, estrepitosamente. Dá cambalhotas, roda feito um barril, sem sentir dor nem vergonha, pensando apenas nos seus óculos, que milagrosamente continuam firmes nas orelhas quando, por fim, para e tenta se levantar. Mas está tão machucado, aturdido, apavorado que não consegue, até que uns braços o levantam do solo. "Obrigado", murmura, e vê o padre Joaquim cumprimentado, abraçado, sua mão beijada por jagunços que sorriem e demonstram surpresa, excitação. "Eles o conhecem", pensa, "se o padre pedir, não me matarão".

— Eu mesmo, eu mesmo, João, de corpo e alma — diz o padre Joaquim a um homem alto, forte, de pele curtida, todo enlameado, no meio de uma roda de homens com cartucheiras penduradas no pescoço. — Não sou um espírito, não me mataram, eu fugi. Quero voltar a Cumbe, João Abade, sair daqui, ajude-me...

— Impossível, padre, é perigoso, não vê que há tiros em toda parte? — diz o homem. — Vá para Belo Monte, até a guerra passar.

"João Abade?", pensa o jornalista míope. "João Abade também em Canudos?" Ouve descargas de fuzis, súbitas, fortes, ubíquas, e seu sangue se congela: "Quem é o cabra quatro-olhos?", ouve João Abade perguntar, apontando para ele. "Ah, sim, um jornalista, ele me ajudou a fugir, não é soldado. E essa mulher e esse...", mas não conclui a frase por causa do tiroteio. "Volte para Belo Monte, padre, lá está desimpedido", diz João Abade enquanto corre morro abaixo, seguido pelos jagunços que estavam à sua volta. No chão, o jornalista míope vê de repente, ao longe, o coronel Tamarindo com as mãos na cabeça em meio à debandada dos soldados. Há uma desordem e uma confusão totais, a coluna parece disseminada, pulverizada. Os soldados correm em tropel, aterrorizados, perseguidos e, no chão, com a boca cheia de terra, o jornalista míope vê a mancha de gente que vai se espalhando, dividindo, misturando, figuras que desabam, que resistem, e seus olhos voltam uma e outra vez ao lugar onde o velho Tamarindo caiu. Alguns jagunços estão abaixados, talvez liquidando-o? Mas demoram demais, acocorados em volta dele, e os olhos do jornalista míope, ardendo de tanto esforço, afinal distinguem que o estão despindo.

Sente um gosto amargo, um começo de engasgo, e percebe que, como um autômato, está mastigando a terra que entrou em sua boca quando caiu no chão. Cospe, sem parar de olhar, em meio ao gigantesco terral que começou a soprar, a debandada dos soldados. Correm em todas as direções, alguns atirando, outros jogando no chão, ou para cima, armas, caixas, macas e, embora já estejam mais longe, consegue ver que, em sua carreira frenética, atordoada, também jogam fora os quepes, as perneiras, os correames, as cartucheiras. Por que eles também estão se despindo, que loucura é essa que vê? Intui que estão se desfazendo de tudo o que possa identificá-los como soldados, querem se passar por jagunços no meio do tumulto. O padre Joaquim levanta-se e, como antes, volta a correr. Desta vez de um modo estranho, mexendo a cabeça, as mãos, falando e gritando com os fugitivos e os perseguidores. "Vai para o meio das balas, onde todos estão se esfaqueando, todos estão se destroçando", pensa. Seus olhos encontram os da mulher, que o encara assustada, pedindo conselho. E então, num impulso, também se levanta, gritando: "Precisamos ficar com ele, é a única pessoa que pode nos salvar." Ela fica em pé e começa a correr, arrastando o Anão que, de olhos esbugalhados, a cara cheia de terra, berra enquanto corre. O jornalista míope os perde de vista logo a seguir, pois suas pernas longas ou seu medo lhe dão vantagem. Corre veloz, encurvado, desancado, a cabeça encolhida, pensando hipnoticamente que uma dessas balas que queimam e assobiam em volta está destinada a ele, que está correndo em sua direção, e que uma dessas facas, foices, facões, baionetas que entrevê o espera para interromper aquela correria. Mas continua às pressas entre nuvens de terra, vendo e perdendo de vista e recuperando a figurinha parruda, que parecia dotada de pás de moinho, do padre de Cumbe. De repente o perde completamente. Enquanto o amaldiçoa e o odeia, pensa: "Aonde ele vai, por que corre desse jeito, por que quer morrer e matar-nos." Não tem mais fôlego — está com a língua de fora, engolindo poeira, quase não enxerga nada porque seus óculos estão cobertos de terra —, mas continua correndo, manquitolando: as poucas forças que lhe restam dizem que sua vida depende do padre Joaquim.

Quando cai no chão, porque tropeça ou porque o cansaço dobra as suas pernas, tem uma curiosa sensação de bem-estar. Apoia a cabeça nos braços, tenta puxar ar para os pulmões, ouve o coração. Melhor morrer que continuar correndo. Pouco a pouco vai se recuperando, sente que a palpitação nas têmporas se acalma. Está enjoado, com náuseas, mas não vomita. Tira os óculos e os limpa. Põe de novo. Está cercado de gente. Não sente medo, já nem lhe importa. O cansaço o livrou de temores, incertezas, imaginação. Além do mais, ninguém parece reparar nele. Estão apanhando os fuzis, a munição, as baionetas, mas seus olhos não se enganam e sabe desde o primeiro momento que, além disso, esses grupos de jagunços, aqui, ali, mais adiante, estão decapitando os cadáveres com seus facões, como se fossem bois ou cabritos, e jogando as cabeças em sacos, espetando-as em lanças ou nas baionetas que esses defuntos trouxeram para furá-los, ou então as levam pelos cabelos, enquanto outros acendem fogueiras onde os cadáveres descabeçados começam a faiscar, crepitar, saltar, estalar, chamuscar. Há uma bem perto e ele vê que, em cima de dois corpos assando, uns homens com panos azuis na cabeça jogam outros restos. "Agora é a minha vez", pensa, "vão cortar a minha, espetá-la num pau e jogar meu corpo nesta fogueira". Continua amodorrado, vacinado contra tudo pela fadiga infinita. Os jagunços falam, mas ele não entende.

Nisso vê o padre Joaquim. Sim, o padre Joaquim. Ele não vai, vem. Não corre, anda. Com os pés muito abertos, sai do vento terral que já começou a provocar em seu nariz a comichão que precede os espirros, sempre fazendo gestos, caretas, sinais para ninguém e para todos, incluindo esses cadáveres queimados. Vem todo enlameado, rasgado, o cabelo desgrenhado. Quando passa à sua frente, o jornalista míope se levanta, dizendo: "Não vá embora, leve-me, não deixe que arranquem a minha cabeça, não deixe que me queimem..." Será que o padre de Cumbe está ouvindo? Fala sozinho ou com fantasmas, repete coisas incompreensíveis, chama desconhecidos, gesticula. Ele anda ao seu lado, bem perto, sentindo que essa proximidade o ressuscita. Percebe que à sua direita caminham, junto com eles, a mulher descalça e o Anão. Abatidos, sujos, esfarrapados, parecem sonâmbulos.

Nada do que vê e ouve o surpreende, assusta ou desperta. Será isto o êxtase? Pensa: "Nem mesmo o ópio, em Salvador..." Vê, de passagem, que os jagunços estão pendurando, nas árvores de favela espalhadas pelas margens do caminho, quepes, jaquetas, cantis, capas, mantas, correame, botas, como se estivessem decorando as árvores para a noite de Natal, mas não se importa. E quando, na descida para o mar de tetos e escombros que é Canudos, vê aos dois lados da trilha, alinhadas, encarando-se, corroídas por insetos, as cabeças dos soldados, seu coração também não dispara, nem retornam seu medo e sua fantasia. Não se altera sequer quando uma figura absurda, como um espantalho desses que se põem nas plantações, barra a sua passagem e ele reconhece, na forma nua, adiposa, empalada num galho seco, o corpo e a cara do coronel Tamarindo. Mas, instantes depois, para de repente e, com a serenidade recém-adquirida, fica examinando uma das cabeças aureoladas por enxames de moscas. Não há dúvida: é a cabeça de Moreira César.

O espirro é tão imprevisível que não tem tempo de levar as mãos ao rosto, de segurar os óculos: saem voando e ele, curvado pela salva de espirros, ouve claramente o barulho que fazem nas pedras. Assim que pode, fica de cócoras e apalpa em volta. Encontra-os imediatamente. Agora sim, ao tocar e sentir que as lentes estão em pedaços, retorna o pesadelo da noite, do amanhecer, de instantes atrás.

— Parem, parem — grita, pondo os óculos, vendo um mundo estilhaçado, rachado, rendilhado. — Não vejo nada, eu lhes imploro.

Sente na mão direita uma mão que só pode ser — pelo tamanho, pela pressão — da mulher descalça. Ela o puxa, sem dizer nada, orientando-o nesse mundo subitamente inacessível, cego.

O que surpreendeu primeiro Epaminondas Gonçalves, ao entrar no palácio do barão de Canabrava, onde nunca tinha posto os pés, foi o cheiro a vinagre e ervas aromáticas que impregnava os aposentos, por onde um empregado negro o conduzia, clareando o caminho com um candeeiro. Introduziu-o num gabinete cheio de estantes de livros, iluminado por um lustre de vidros esverdeados que dava uma aparência silvestre à escrivaninha de quinas ovaladas e às poltronas e mesinhas com bibelôs. Estava espiando um mapa antigo, onde conseguiu ler, escrito em letras capitulares, o nome Calumbi, quando o barão entrou. Apertaram-se as mãos sem calor, como pessoas que mal se conhecem.

— Agradeço-lhe por ter vindo — disse o barão, oferecendo um assento. — Talvez fosse melhor fazer esta reunião num lugar neutro, mas me permiti propor a minha casa porque minha esposa não está bem de saúde e prefiro não sair.

— Espero que se recupere logo — disse Epaminondas Gonçalves, recusando a caixa de charutos que o barão lhe ofereceu. — Toda a Bahia espera vê-la saudável outra vez e bela como sempre.

O barão estava mais magro e muito envelhecido, e o dono do *Jornal de Notícias* se perguntou se aquelas rugas e aquele abatimento seriam fruto da velhice ou dos últimos acontecimentos.

— Na verdade, Estela fisicamente está bem, seu organismo se recuperou — disse o barão, com vivacidade. — É o seu espírito que continua dolorido, pelo choque que teve com o incêndio de Calumbi.

— Uma desgraça que atinge todos os baianos — murmurou Epaminondas. Levantou os olhos para acompanhar o barão, que estava servindo duas taças de conhaque. — Eu já disse na Assembleia e no *Jornal de Notícias*. A destruição de propriedades é um crime que afeta aliados e adversários da mesma maneira.

O barão concordou. Deu uma taça a Epaminondas e brindaram em silêncio, antes de beber. Epaminondas deixou a taça na mesinha e o barão conservou a sua na mão, aquecendo e girando o líquido avermelhado.

— Pensei que deveríamos conversar — disse, devagar. — O sucesso das negociações entre o Partido Republicano e o Partido Autonomista depende de nós dois nos entendermos.

— Quero deixar bem claro que não fui autorizado pelos meus amigos políticos a negociar nada esta noite — interrompeu Epaminondas Gonçalves.

— Não precisa dessa autorização — sorriu o barão, com ironia. — Meu querido Epaminondas, não brinquemos de teatro de sombras. Não há tempo. A situação é gravíssima e o senhor sabe disso. No Rio, em São Paulo, estão atacando os jornais monarquistas e linchando os donos. As mulheres estão rifando suas joias e cabeleiras para ajudar o exército que vem à Bahia. Vamos pôr as cartas na mesa. Não podemos fazer outra coisa, a menos que queiramos nos suicidar.

Bebeu outro gole de conhaque.

— Já que quer franqueza, confesso que, não fosse o que aconteceu com Moreira César em Canudos, eu não estaria aqui nem haveria conversações entre os nossos partidos — admitiu Epaminondas Gonçalves.

— Estamos de acordo quanto a isso — disse o barão. — Suponho que também em relação ao que significa politicamente para a Bahia essa mobilização militar em grande escala que o governo federal organiza em todo o país.

— Não sei se a vemos da mesma maneira. — Epaminondas levantou sua taça, bebeu, saboreou e concluiu, friamente: — Para o senhor e seus amigos é, certamente, o fim.

— Pior ainda para vocês, Epaminondas — retrucou amavelmente o barão. — Não percebeu? Com a morte de Moreira César, os jacobinos sofreram um golpe mortal. Perderam a única figura de prestígio que tinham. Sim, meu amigo, os jagunços fizeram um favor ao presidente Prudente de Morais e ao parlamento, a esse governo de bacharéis e cosmopolitas que vocês queriam derrubar para instalar a República Ditatorial. Morais e os paulistas vão usar esta crise para enxotar os jacobinos do Exército e da administração. Sempre foram poucos, e agora estão acéfalos. O senhor também vai ser varrido na limpeza. Por isto o chamei. Ficaremos em apuros com o exército gigantesco que vem à Bahia. O governo federal vai nomear um chefe militar e político no estado, alguém de confiança de Prudente de Morais, e a Assembleia perderá toda a sua força, se não for fechada por falta de uso. Qualquer forma de poder local irá desaparecer na Bahia, seremos um simples apêndice do Rio. Por mais partidário do centralismo que vocês sejam, imagino que não cheguem a ponto de aceitar sua própria expulsão da vida política.

— É uma maneira de ver as coisas — murmurou Epaminondas, imperturbável. — Pode me dizer como essa frente comum que me propõe enfrentaria o perigo?

— Nossa união pode obrigar Prudente de Morais a negociar e pactuar conosco, e salvar a Bahia de cair sob o controle férreo de um vice-rei militar — disse o barão. — E dará ao senhor, além do mais, a possibilidade de chegar ao poder.

— Acompanhado... — disse Epaminondas Gonçalves.

— Sozinho — retificou o barão. — O governo é seu. Luis Viana não vai se candidatar e o senhor será o nosso candidato. Teremos listas conjuntas para a Assembleia e os Conselhos Municipais. Não é por isso que luta há tanto tempo?

Epaminondas Gonçalves enrubesceu. Teria sido por causa do conhaque, do calor, do que acabava de ouvir ou do que pensava? Permaneceu em silêncio por alguns segundos, abstraído.

— Seus seguidores concordam? — perguntou afinal, em voz baixa.

— Vão concordar quando entenderem que é o que devem fazer — disse o barão. — Eu me comprometo a convencê-los. Está satisfeito?

— Preciso saber o que me pede em troca — disse Epaminondas Gonçalves.

— Que ninguém toque nas propriedades agrícolas nem nos comércios urbanos — respondeu o barão de Canabrava, sem hesitar. — Vocês e nós lutaremos contra qualquer tentativa de confiscar, expropriar, intervir ou taxar desmesuradamente as terras ou os comércios. É a única condição.

Epaminondas Gonçalves respirou fundo, como se estivesse com falta de ar. Bebeu o resto do conhaque num gole só.

— E o senhor, barão?

— Eu? — murmurou o barão, como se falasse de um espírito. — Vou me afastar da vida política. Não serei um estorvo, de maneira nenhuma. E depois, como já sabe, viajo à Europa na semana que vem. Vou ficar lá por um tempo indefinido. Isto o tranquiliza?

Epaminondas Gonçalves, em vez de responder, levantou-se e andou pelo aposento, de mãos nas costas. O barão parecia ausente. O dono do *Jornal de Notícias* não tentava esconder o sentimento indefinível que o embargava. Estava sério, exaltado, e nos seus olhos, além da inquieta energia de sempre, também havia inquietação, curiosidade.

— Não sou mais criança, apesar de não ter a sua experiência — disse, olhando desafiante para o dono da casa. — Sei que está me enganando, que há alguma armadilha no que me propõe.

O barão assentiu, sem demonstrar a menor contrariedade. Levantou-se e serviu um dedo de conhaque nas taças vazias.

— Eu entendo sua desconfiança — disse, com a taça na mão, iniciando um trajeto pelo cômodo que terminou na janela do pomar. Abriu-a: uma lufada de ar morno entrou no gabinete junto com a algaravia dos grilos e um violão distante. — É natural. Mas não há armadilha nenhuma, garanto. A verdade é que, como andam as coisas, cheguei à conclusão de que o senhor é a pessoa com os dotes necessários para dirigir a política baiana.

— Devo considerar isto um elogio? — perguntou Epaminondas Gonçalves, com um ar sarcástico.

— Acho que acabou um estilo, uma maneira de fazer política — explicou o barão, como se não tivesse ouvido. — Reconheço que fiquei obsoleto. Eu funcionava melhor no velho sistema, quando se procurava conquistar a obediência das pessoas às instituições negociando, persuadindo, usando a diplomacia e as regras. E fazia essas coisas bastante bem. Isso acabou, naturalmente. Estamos no tempo da ação, da audácia, da violência, e mesmo dos crimes. Agora se pretende dissociar totalmente a política da moral. Sendo assim, a pessoa mais bem preparada para manter a ordem neste estado é o senhor.

— Já desconfiava que não estava me elogiando — murmurou Epaminondas Gonçalves, enquanto se sentava.

O barão se acomodou ao seu lado. Junto com a algazarra dos grilos, também entravam no aposento ruídos de veículos, a cantilena de um vigia, uma buzina, latidos.

— Em certo sentido, eu o admiro — o barão o encarou com um brilho fugaz nas pupilas. — Notei como é arrojado, a complexidade e a frieza das suas operações políticas. Sim, ninguém na Bahia tem condições como as suas de enfrentar o que vem por aí.

— Vai dizer de uma vez por todas o que quer de mim? — disse o dirigente do Partido Republicano. Na sua voz havia algo de dramático.

— Que me substitua — declarou o barão, com ênfase. — Sua desconfiança deixa de existir se eu lhe disser que me sinto derrotado pelo senhor? Não nos fatos, pois nós temos mais possibilidades que os jacobinos da Bahia de entender-nos com Prudente de Morais e os paulistas do governo federal. Mas psicologicamente sim, estou derrotado, Epaminondas.

Tomou um gole de conhaque e seus olhos se arrastaram dali.

— Aconteceram coisas que eu nunca imaginaria — disse, falando sozinho. — O melhor regimento do Brasil derrotado por um bando de mendigos fanáticos. Quem pode entender? Um grande estrategista militar estraçalhado no primeiro encontro...

— Não há como entender, realmente — admitiu Epaminondas Gonçalves. — Estive com o major Cunha Matos esta tarde. Foi muito pior do que se disse oficialmente. Está informado dos números? São incríveis: entre trezentas e quatrocentas baixas, um terço dos homens. Dezenas de oficiais massacrados. Perderam todo o armamento, dos canhões às facas. Os sobreviventes chegam a Monte Santo nus, de cuecas, delirando. O Sétimo Regimento! O senhor estava perto, em Calumbi, o senhor os viu. O que está havendo em Canudos, barão?

— Não sei, não entendo — disse o barão, pesaroso. — Supera tudo o que imaginava. No entanto, eu achava que conhecia aquela terra, essa gente. Essa derrota não pode mais ser explicada pelo fanatismo de uns mortos de fome. Tem que haver alguma outra coisa — olhou-o outra vez, ainda atônito. — Cheguei a pensar que esse fantástico embuste divulgado por vocês, de que em Canudos havia oficiais ingleses e armamento monarquista, podia ter um fundo de verdade. Não, não vamos tocar no assunto, é uma história velha. Só falei disso para que veja como fico abismado pelo que houve com Moreira César.

— Eu, pelo contrário, fico assustado — disse Epaminondas. — Se esses homens podem esfacelar o melhor regimento do Brasil, também podem espalhar a anarquia por todo o estado, pelos estados vizinhos, chegar até aqui...

Encolheu os ombros e fez um gesto vago, catastrófico.

— A única explicação é que milhares de camponeses, desta e de outras regiões, tenham se incorporado ao bando de sebastianistas — disse o barão. — Levados pela ignorância, pela superstição, pela fome. Porque não existem mais os freios que atenuavam a loucura, como antes. Isto significa uma guerra, o Exército brasileiro se instalando aqui, a ruína da Bahia — segurou o braço de Epaminondas Gonçalves. — Por isso o senhor tem que me substituir. Nesta situação, é preciso alguém com as suas aptidões para unificar os elementos valiosos e defender os interesses baianos, no meio do cataclismo. No resto do Brasil há ressentimento contra a Bahia, pelo que houve com Moreira César. Dizem que as massas que assaltaram os jornais monarquistas no Rio gritavam: "Abaixo a Bahia!"

Fez uma longa pausa, balançando apressado a taça de conhaque.

— Muitos já se arruinaram, no interior — disse. — Eu perdi duas fazendas. Essa guerra civil vai quebrar e matar muita gente. Se nós continuarmos a nos destruir, qual será o resultado? Vamos perder tudo. Aumentará o êxodo para o sul e para o Maranhão... E a Bahia, em que se transformará? É hora de fazer as pazes, Epaminondas. Esqueça as divergências jacobinas, pare de atacar os pobres portugueses, de pedir a nacionalização dos estabelecimentos comerciais, seja prático. O jacobinismo morreu com Moreira César. Assuma o governo e defendamos juntos, nesta hecatombe, a ordem civil. Evitemos que a República se transforme aqui, como aconteceu em tantos países latino-americanos, num grotesco festival de bruxaria em que tudo é caos, quartelada, corrupção, demagogia...

Ficaram em silêncio por um bom tempo, com as taças nas mãos, pensando ou escutando. Às vezes se ouviam passos, vozes no interior da casa. Um relógio bateu nove badaladas.

— Obrigado por ter me convidado — disse Epaminondas, levantando-se. — Levo comigo tudo o que o senhor me disse, para digerir. Não posso responder agora.

— Claro que não — disse o barão, levantando-se também. — Reflita e depois conversamos. Gostaria de vê-lo antes da minha partida, naturalmente.

— Terá minha resposta depois de amanhã — disse Epaminondas, caminhando para a porta. Quando já estava atravessando os salões, apareceu o empregado negro com o candeeiro. O barão acompanhou Epaminondas até a rua. Já na grade, perguntou:

— Soube notícias do seu jornalista, aquele que foi com Moreira César?

— O excêntrico? — disse Epaminondas. — Não apareceu. Deve ter morrido, imagino. Como o senhor sabe, não era um homem de ação. — Despediram-se fazendo uma saudação.

Quatro

I

Quando um empregado lhe informou quem o procurava, o barão de Canabrava, em vez de mandar dizer, como agia com todos os que chegavam ao solar, que ele não fazia nem recebia visitas, precipitou-se escada abaixo, atravessou as amplas salas que o sol da manhã iluminava e foi à porta da rua conferir se não tinha ouvido mal: era mesmo ele. Deu-lhe a mão, sem dizer uma palavra, e mandou-o entrar. A memória lhe devolveu, de supetão, aquilo que há meses tentava esquecer: o incêndio de Calumbi, Canudos, a crise de Estela, sua retirada da vida pública.

Em silêncio, recuperando-se da surpresa pela visita e a ressurreição desse passado, levou o recém-chegado ao aposento onde fazia todas as reuniões importantes: seu gabinete. Embora ainda fosse cedo, fazia calor. Ao longe, por sobre os crótons e os galhos das mangueiras, dos ficus, das goiabeiras e das pitangueiras do pomar, o sol branqueava o mar como uma lâmina de aço. O barão fechou a cortina e o quarto ficou nas sombras.

— Eu sabia que minha visita ia surpreendê-lo — disse o visitante, e o barão reconheceu a vozinha de comediante falando em falsete. — Soube que o senhor voltou da Europa e tive... este impulso. Vou dizer logo. Vim lhe pedir trabalho.

— Sente-se — disse o barão.

Ele o ouvia como um sonâmbulo, sem prestar atenção nas palavras, concentrado em examinar seu físico e confrontando-o com a lembrança da última vez, aquele espantalho que viu partir de Calumbi certa manhã, junto com o coronel Moreira César e sua pequena escolta. "É ele e não é ele", pensou. Porque o jornalista que trabalhou no *Diário da Bahia* e depois no *Jornal de Notícias* era um rapazinho, enquanto este homem de óculos grossos que, quando se sentava, parecia dividir-se em quatro ou seis partes, era um velho. Sua cara estava marcada de estrias, mechas grisalhas salpicavam seus cabelos, seu corpo dava impressão de coisa dobrável. Usava uma camisa meio desabotoada, um colete sem mangas com manchas de velho ou de gordura, uma calça desfiada na bainha e botinas de vaqueiro.

— Agora lembro — disse o barão. — Alguém me escreveu que o senhor estava vivo. Soube na Europa. "Apareceu um fantasma", escreveram. De qualquer modo, eu continuava pensando que estivesse desaparecido, morto.

— Não morri nem desapareci — disse, sem sinal de humor, a vozinha nasal. — Mas, depois de ouvir dez vezes por dia o que o senhor acaba de me dizer, percebi que as pessoas ficam decepcionadas ao ver que continuo neste mundo.

— Para ser franco, pouco me importa se está vivo ou morto — ouviu-se dizer o barão, surpreso com a própria crueldade. — Talvez fosse melhor que estivesse morto. Odeio tudo que me lembre de Canudos.

— Soube de sua esposa — disse o jornalista míope, e o barão adivinhou a inevitável impertinência. — Que ela perdeu a razão, que é uma grande desgraça na sua vida.

Olhou-o de tal modo que o outro se calou, assustado. Pigarreou, piscou e tirou os óculos para desembaçá-los com a ponta da camisa. O barão se alegrou por ter reprimido o impulso de mandá-lo embora.

— Agora lembro bem — disse, amavelmente. — Foi uma carta de Epaminondas Gonçalves, há um par de meses. Soube por ele que o senhor tinha voltado a Salvador.

— Ainda se corresponde com aquele miserável? — vibrou a vozinha nasal. — É verdade, agora são aliados.

— Fala assim do governador da Bahia? — sorriu o barão. — Ele não quis contratá-lo de novo para o *Jornal de Notícias*?

— Ofereceu até aumentar meu salário — replicou o jornalista míope. — Com a condição de que me esquecesse da história de Canudos.

Riu, uma risada de pássaro exótico, e o barão viu essa risada transformar-se numa explosão de espirros que o faziam pular no assento.

— Quer dizer que Canudos fez do senhor um jornalista íntegro — disse, zombeteiro. — Quer dizer que mudou. Porque meu aliado Epaminondas continua sendo como sempre foi, ele não mudou nem um pouco.

Esperou que o jornalista assoasse o nariz num pano azul que puxou do bolso aos safanões.

— Na carta, Epaminondas contava que o senhor apareceu junto com um estranho personagem. Um anão, ou coisa assim?

— É meu amigo — confirmou o jornalista míope. — Tenho uma dívida com ele. Salvou a minha vida. Quer saber como? Falando de Carlos Magno, dos Doze Pares da França, da Rainha Magalona. Cantando a Terrível e Exemplar História de Roberto, o Diabo.

Falava com sofreguidão, esfregando as mãos, contorcendo-se na cadeira. O barão se lembrou do professor Thales de Azevedo, um amigo acadêmico que o visitara em Calumbi, anos atrás: ficava horas, fascinado, ouvindo os cantadores das feiras, pedia que lhe ditassem as letras que ouvia cantar e contar, e afirmava que eram romances medievais, trazidos pelos primeiros portugueses e conservados pela tradição sertaneja. Notou a expressão de angústia do seu visitante.

— Ele ainda pode se salvar — ouviu-o dizer, implorar, com seus olhos ambíguos. — Está tuberculoso, mas a operação é possível. O doutor Magalhães, do Hospital Português, salvou muita gente. Quero fazer isso por ele. Preciso de trabalho também por isto. Mas, principalmente... para comer.

O barão viu que ficava envergonhado, como se tivesse confessado uma coisa vexaminosa.

— Não vejo por que eu tenho que ajudar esse anão — murmurou. — Nem o senhor.

— Não há motivo algum, é claro — respondeu imediatamente o míope, puxando os dedos. — Simplesmente, decidi tentar a sorte. Pensei que poderia comovê-lo. Tinha fama de ser generoso, antes.

— Uma tática banal de políticos — disse o barão. — Não preciso mais, já me afastei da política.

E nesse momento viu, pela janela do pomar, o camaleão. Raramente o via, ou melhor, raramente o reconhecia, pois sempre se identificava tanto com as pedras, a grama ou os arbustos e folhagens do jardim que um dia quase o pisou. Na véspera, à tarde, tinha levado Estela e Sebastiana para tomarem ar fresco, embaixo das mangueiras e dos fícus do pomar, e o camaleão foi um divertimento maravilhoso para a baronesa que, sentada na cadeira de balanço de palhinha, ficou apontando o animal, que reconhecia com a mesma facilidade de antes, entre as folhas e cascas de árvore. O barão e Sebastiana viram que sorria ao ver o camaleão correndo quando se aproximavam para verificar se era ele mesmo. Agora estava ali, embaixo de uma das mangueiras, meio esverdeado, meio marrom, furta-cor, quase indistinguível da grama, com sua papada palpitante. Mentalmente, falou com ele: "Camaleão querido, bichinho escorregadio, meu bom amigo. Muito obrigado, de todo coração, por fazer a minha mulher rir."

— Só possuo a roupa que estou vestindo — disse o jornalista míope. — Quando voltei de Canudos vi que a proprietária da casa tinha vendido todas as minhas coisas para pagar o aluguel. O *Jornal de Notícias* não quis assumir as despesas. — Fez uma pausa e acrescentou: — Vendeu também meus livros. Às vezes encontro algum, no Mercado de Santa Bárbara.

O barão pensou que a perda dos livros devia ter magoado muito esse homem que dez ou doze anos antes lhe dissera que algum dia seria o Oscar Wilde brasileiro.

— Está bem — disse. — Pode voltar ao *Diário da Bahia*. Afinal de contas, o senhor não era um mau redator.

O jornalista míope tirou os óculos e balançou a cabeça várias vezes, muito pálido, incapaz de agradecer de outro jeito. "Que importância tem?", pensou o barão. "Por acaso faço isto por ele ou pelo tal anãozinho? Eu faço é pelo camaleão." Olhou pela janela, à sua procura, e sentiu-se frustrado: não estava mais lá, ou, intuindo que o espiavam, tinha adotado perfeitamente as cores à sua volta.

— É um homem que tem um grande terror da morte — murmurou o jornalista míope, recolocando os óculos. — Não é amor à vida, entenda bem. Sua vida sempre foi abjeta. Quando era criança, seus pais o venderam a um cigano para ser curiosidade de circo, monstro público. Mas seu medo da morte é tão grande, tão fabuloso, que o fez sobreviver. E a mim, também.

O barão se arrependeu imediatamente de ter-lhe dado o emprego, porque isso estabelecia de algum modo um vínculo entre ele e esse sujeito. E não queria ter vínculos com alguém tão ligado à lembrança de Canudos. Mas, em vez de comunicar ao visitante que a reunião terminara, disse, sem pensar:

— O senhor deve ter visto coisas terríveis — pigarreou, incomodado por ter cedido à curiosidade, mas, mesmo assim, concluiu: — Lá, quando estava em Canudos.

— Na verdade, não vi nada — respondeu de imediato o esquelético personagem, dobrando-se e erguendo-se. — Quebrei os óculos no dia que destruíram o Sétimo Regimento. Fiquei lá quatro meses, vendo sombras, vultos, fantasmas.

Sua voz era tão irônica que o barão se perguntou se dizia aquilo para irritá-lo, ou era sua maneira dura, antipática, de dar a entender que não queria falar.

— Não sei por que o senhor não riu — ouviu-o falar, aguçando o tonzinho provocativo. — Todos riem quando eu digo que não vi o que aconteceu em Canudos porque os meus óculos quebraram. Sem dúvida é engraçado.

— De fato — disse o barão, levantando-se. — Mas o assunto não me interessa. De modo que...

— Mas, embora não tenha visto, senti, ouvi, apalpei, cheirei as coisas que aconteceram lá — disse o jornalista, fitando-o detrás de seus óculos. — E o resto, adivinhei.

O barão viu-o rir outra vez, agora com uma espécie de malícia, olhando impavidamente nos seus olhos. Sentou-se de novo.

— Veio mesmo pedir-me trabalho e falar desse anão? — perguntou. — Existe mesmo esse anão tuberculoso?

— Está cuspindo sangue e eu quero ajudá-lo — disse o visitante. — Mas vim também por outra coisa.

Inclinou a cabeça, e o barão, ao ver aquela moita de cabelos desgrenhados e quase grisalhos, polvilhados de caspa, imaginou os olhos aquosos cravados no chão. Teve a fantástica suspeita de que o visitante lhe trazia um recado de Galileo Gall.

— Estão se esquecendo de Canudos — disse o jornalista míope, com uma voz que parecia eco. — As últimas lembranças do que aconteceu vão se evaporar com o éter e a música do próximo carnaval, no Teatro Politeama.

— Canudos? — murmurou o barão. — Epaminondas faz bem em não querer que se fale mais no assunto. Esqueçamos, é melhor. Foi um episódio infeliz, obscuro, confuso. Não serve. A história deve ser instrutiva, exemplar. Dessa guerra ninguém saiu com glória. E ninguém entende o que aconteceu. As pessoas decidiram baixar uma cortina. É sábio, é saudável.

— Não vou deixar que esqueçam — disse o jornalista, olhando-o com a dúbia firmeza do seu olhar. — É uma promessa que fiz a mim mesmo.

O barão sorriu. Não pela súbita solenidade do visitante, mas porque o camaleão acabava de se materializar, atrás da mesa e das cortinas, no verde brilhante da grama do jardim, sob os ramos nodosos da pitangueira. Alongado, imóvel, verdoso, com sua orografia de picos pontiagudos, quase transparente, reluzia como uma pedra preciosa. "Bem-vindo, amigo", pensou.

— Como? — perguntou, sem saber por quê, para preencher o vazio.

— Da única maneira que se conservam as coisas — ouviu o visitante grunhir. — Escrevendo.

— Também me lembro disso — disse o barão. — O senhor queria ser poeta, dramaturgo. Vai escrever essa história de Canudos que não viu?

"Que culpa tem este pobre-diabo de que Estela não seja mais aquele ser lúcido, a inteligência clara que sempre foi?", pensou.

— Desde que me livrei dos impertinentes e dos curiosos, passei a frequentar o gabinete de leitura da Academia Histórica — disse o míope. — Para reler os jornais, todas as notícias de Canudos. O *Jornal de Notícias*, o *Diário da Bahia*, o *Republicano*. Li tudo o que se escreveu, o que eu escrevi. É uma coisa... difícil de explicar. Irreal demais, entende? Parece uma conspiração da qual todo mundo participava, um mal-entendido generalizado, total.

— Não entendi — o barão se esquecera do camaleão, até mesmo de Estela, para observar intrigado o personagem que, todo encolhido, parecia querer cair em prantos: seu queixo quase tocava no joelho.

— Hordas de fanáticos, sanguinários abjetos, canibais do sertão, degenerados da raça, monstros desprezíveis, escória humana, infames lunáticos, filicidas, aleijados da alma — recitou o visitante, detendo-se em cada sílaba. — Alguns desses adjetivos são meus. Não apenas os escrevi. Acreditava neles, também.

— Vai fazer uma apologia de Canudos? — perguntou o barão. — O senhor sempre me pareceu um pouco maluco. Mas não acredito que chegue ao cúmulo de me pedir que o ajude nisso. Sabe o que Canudos me custou, não é mesmo? Que perdi a metade dos meus bens? Que por causa de Canudos sofri a pior desgraça, porque Estela...

Sentiu que sua voz vacilava e parou. Olhou pela janela, pedindo ajuda. E encontrou: continuava lá, quieto, belo, pré-histórico, eterno, no intervalo entre os reinos animal e vegetal, sereno na manhã resplandecente.

— Mas esses adjetivos ainda eram preferíveis, pelo menos as pessoas pensavam no assunto — disse o jornalista, como se não houvesse escutado. — Agora, nem uma palavra. Fala-se de Canudos nos cafés da rua Chile, nos mercados, nos botequins? Fala-se é das órfãs desvirginadas pelo diretor do Hospício Santa Rita de Cássia. Ou da pílula antissifilítica do doutor Silva Lima, ou da última remessa de sabonetes russos e sapatos ingleses que as Lojas Clark receberam — olhou no fundo dos olhos do barão, e este viu que havia fúria e pânico naquelas bolinhas míopes. — A última notícia sobre Canudos saiu nos jornais há doze dias. Sabe qual foi?

— Desde que deixei a política, não leio mais os jornais — disse o barão. — Nem mesmo o meu.

— O retorno ao Rio de Janeiro da comissão que o Centro Espírita da capital mandou à Bahia para ajudar as forças da ordem, valendo-se dos seus poderes mediúnicos, a acabarem com os jagunços. Pois bem, já voltaram ao Rio, no navio *Rio Vermelho,* com suas mesas de três pés, suas bolas de cristal e tudo o mais. Desde então, nem uma linha. E não se passaram três meses.

— Não quero continuar ouvindo — disse o barão. — Já lhe disse que Canudos é um assunto doloroso para mim.

— Preciso saber o que o senhor sabe — interrompeu o jornalista, numa voz rápida, conspiratória. — O senhor sabe muitas coisas, mandou várias cargas de farinha para lá, e também gado. Teve contatos com eles, falou com Pajeú.

Uma chantagem? Vinha ameaçá-lo, tirar-lhe dinheiro? O barão ficou decepcionado de que a explicação para tanto mistério e tanto palavrório fosse uma coisa tão vulgar.

— Mandou mesmo aquele recado por Antônio Vilanova? — pergunta João Abade, acordando da sensação cálida que os dedos magérrimos de Catarina lhe provocam quando se afundam em suas madeixas, à caça de lêndeas.

— Não sei o que Antônio Vilanova lhe disse — responde Catarina, sem parar de explorar a cabeça.

"Está contente", pensa João Abade. Ele a conhece o suficiente para perceber, por furtivas inflexões em sua voz ou faíscas nos seus olhos pardos, quando está contente. Sabe que as pessoas falam da tristeza mortal da Catarina, aquela que ninguém jamais viu rir e, muito poucos, falar. Para que tirá-los do seu engano? Ele, sim, já a vira sorrir e falar, mas sempre em segredo.

— Que, se eu me condeno, também quer se condenar — murmura.

Os dedos da sua mulher se imobilizam, como fazem quando encontram um piolho aninhado entre as mechas e suas unhas vão triturá-lo. Em seguida, reiniciam a tarefa e João volta a mergulhar na placidez benfazeja que é ficar assim, descalço, com o torso nu, no catre de bambu do minúsculo casebre de tábuas e barro na rua do Menino Jesus, com sua mulher ajoelhada atrás dele, catando seus piolhos. Sente pena da cegueira das pessoas. Sem necessidade de falar, Catarina e ele se dizem mais coisas que os papagaios mais desbocados de Canudos. A manhã já vai pela metade, o sol alegra o único aposento do casebre, entrando pelas ranhuras da porta de tábuas e pelos buraquinhos do pano azul que cobre a única janela. Lá fora, ouvem-se vozes, crianças correndo, ruídos de gente atarefada, como se fosse um mundo de paz, como se não houvesse morrido tanta gente que Canudos levou uma semana para enterrar seus mortos e arrastar os cadáveres dos soldados até fora da cidade, para os urubus comerem.

— É verdade — Catarina fala em seu ouvido, a respiração lhe faz cócegas. — Se você for para o inferno, quero ir junto.

João estende o braço, puxa Catarina pela cintura e a senta em seus joelhos. Age com a maior delicadeza, como faz toda vez que encosta nela, porque, seja por sua extrema magreza, seja por causa do remorso, sempre tem a sensação angustiante de que vai machucá-la, e pensa que vai ter que soltá-la num instante, porque encontrará aquela resistência que surge toda vez que tenta tocar até mesmo em seu braço. Ele sabe que o contato físico lhe é insuportável e aprendeu a respeitá-la, violentando a si mesmo, porque a ama. Apesar de viverem juntos há tantos anos, poucas vezes fizeram amor, pelo menos de forma completa, pensa João Abade, sem as interrupções que o deixam ofegante, suado, com o coração em disparada. Mas esta manhã, para sua surpresa, Catarina não o repele. Pelo contrário, encolhe-se em seus joelhos e ele sente aquele corpo frágil, com as costelas salientes, quase sem peito, apertando-se contra o seu.

— Na casa de saúde, tive medo pensando em você — diz Catarina. — Enquanto nós cuidávamos dos feridos, enquanto víamos os soldados passar, atirando e jogando tochas neles. Tive medo. Pensando em você.

Não fala de maneira febril, apaixonada, e sim de um modo impessoal, em todo caso frio, como se falasse de outras pessoas. Mas João Abade sente uma emoção profunda e, de repente, desejo. Sua mão se introduz sob a túnica de Catarina e acaricia suas costas, os quadris, os mamilos pequeninos, enquanto sua boca sem dentes dianteiros desce pelo pescoço, pela bochecha, procurando os lábios. Catarina deixa que ele a beije, mas não abre a boca e, quando João tenta deitá-la no catre, fica rígida. Ele a solta imediatamente, respirando fundo, fechando os olhos. Catarina se levanta, ajeita a túnica, repõe na cabeça o lenço azul que tinha caído no chão. O teto do casebre é tão baixo que precisa ficar inclinada, no canto onde se guardam (quando há) as provisões: carne-seca, farinha, feijão, rapadura. João a observa preparando a comida e calcula há quantos dias — ou semanas? — não tinha a felicidade de ficar assim, sozinho com ela, ambos esquecidos da guerra e do Anticristo.

Pouco depois Catarina vem sentar-se ao seu lado no catre, trazendo uma tigela de madeira com feijão e farinha. Na outra mão, uma colher de pau. Comem passando-se a colher, duas ou três vezes para ele, uma para ela.

— É verdade que Belo Monte se salvou do Cortapescoços graças aos índios de Mirandela? — sussurra Catarina. — Foi Joaquim Macambira quem falou.

— E também graças aos negros de Mocambo e aos outros — diz João Abade. — Mas, é verdade, eles foram valentes. Os índios de Mirandela não usavam carabinas nem fuzis.

Não quiseram, por capricho, superstição, desconfiança ou sabe-se lá. Ele, os Vilanova, Pedrão, João Grande, os Macambira tinham tentado várias vezes dar a eles armas de fogo, petardos, explosivos. O cacique sacudia a cabeça energicamente, estendendo os braços com uma espécie de nojo. Ele mesmo se ofereceu, pouco antes da chegada do Cortapescoços, a ensiná-los a carregar, limpar e disparar as escopetas, espingardas, fuzis. A resposta foi não. João Abade concluiu que desta vez os cariris tampouco lutariam. Não tinham ido enfrentar os cães em Uauá e, durante a expedição que entrou pelo Cambaio, nem sequer saíram das suas cabanas, como se aquela guerra também não fosse com eles. "Aquele lado Belo Monte não está defendido", dissera João Abade. "Vamos pedir ao Bom Jesus que não venham por lá." Mas também tinham vindo por lá. "O único lado por onde não conseguiram entrar", pensa João Abade. Foram aquelas criaturas ásperas, distantes, incompreensíveis, lutando apenas com arcos e flechas, lanças e facas, que impediram a invasão. Um milagre, talvez? Procurando os olhos de sua mulher, João pergunta:

— Lembra quando entramos em Mirandela pela primeira vez, com o Conselheiro?

Ela diz que sim. Já terminaram de comer, e Catarina leva a tigela e a colher para o canto do fogão. Depois João a vê aproximar-se

— magrinha, séria, descalça, a cabeça roçando no teto cheio de fuligem — e se deitar ao seu lado no catre. Passa o braço em suas costas e a ajeita, com cuidado. Permanecem quietos, ouvindo os sons de Canudos, próximos e longínquos. Podem ficar horas assim, e esses são talvez os momentos mais profundos da vida que compartilham.
— Naquele tempo, eu o odiava da mesma forma que você tinha odiado Custódia — sussurra Catarina.
Mirandela, aldeia de índios agrupados ali no século XVIII pelos missionários capuchinhos da missão de Massacará, era um estranho território no sertão de Canudos, separada do Pombal por quatro léguas de terreno arenoso, uma caatinga espessa e espinhosa, às vezes impenetrável, com uma atmosfera tão quente que cortava os lábios e apergaminhava a pele. O povoado dos índios cariris, situado no alto de uma montanha, no meio da paisagem rebelde, desde tempos imemoriais era cenário de disputas sangrentas, e às vezes carnificinas, entre os indígenas e os brancos da comarca pela posse das melhores terras. Os índios viviam na aldeia, em cabanas espalhadas em volta da igreja do Senhor da Ascensão, uma construção de pedra de dois séculos com teto de palha e porta e janelas azuis, e do descampado de terra que era a praça, onde só havia um punhado de coqueiros e uma cruz de madeira. Os brancos permaneciam em suas fazendas nos arredores e essa proximidade não era coexistência, e sim uma guerra surda que estourava periodicamente em forma de incursões recíprocas, incidentes, saques e assassinatos. As poucas centenas de índios de Mirandela viviam seminus, falando uma língua vernácula enfeitada com cuspidas e caçando com dardos e flechas envenenadas. Eram uma gente áspera e miserável, que ficava aquartelada em seu círculo de cabanas cobertas com folhas de icó e nas suas roças de milho, e tão pobres que nem os bandidos nem as volantes iam saquear Mirandela. Tinham se tornado hereges novamente. Fazia anos que os padres capuchinhos e lazaristas não conseguiam rezar uma Santa Missa na aldeia, pois, assim que os missionários despontavam na área, os índios, com suas mulheres e crianças, desapareciam na caatinga até que os religiosos, resignados, celebravam a missa só para os brancos. João Abade não se lembra de quando o Conselheiro decidiu ir a Mirandela. O tempo da peregrinação não é linear para ele, um dia antes e outro depois, e sim circular, uma repetição de dias e fatos equivalentes. Lembra, em compensação, como foi. Logo depois de reformar a capela de Pombal, certa madrugada o Conselheiro seguiu para o norte, por uma sucessão de encostas escarpadas e compactas que

conduziam diretamente para esse reduto de índios onde uma família de brancos acabava de ser massacrada. Ninguém lhe disse uma palavra, pois ninguém jamais questionava suas decisões. Mas muitos pensaram, como João Abade, durante a jornada escaldante em que o sol parecia trepanar seus crânios, que seriam recebidos por uma aldeia deserta ou por uma chuva de flechas.

Não aconteceu nem uma coisa nem outra. O Conselheiro e os peregrinos subiram o morro ao entardecer e entraram na aldeia, em procissão, fazendo louvações a Maria. Foram recebidos pelos índios sem espanto, sem hostilidade, com uma atitude que aparentava indiferença. Estes viram como se instalaram no descampado em frente as suas cabanas, acenderam uma fogueira e se reuniram ao redor. Depois os viram entrar na igreja do Senhor da Ascensão, rezar as estações do Calvário e, mais tarde, em suas cabanas, currais e roças, aqueles homens com incisões e riscos brancos e verdes no rosto ouviram o Conselheiro dar os conselhos da tarde. Ouviram-no falar do Espírito Santo, que é a liberdade, das aflições de Maria, louvar as virtudes da frugalidade, da pobreza e do sacrifício, e explicar que cada sofrimento consagrado a Deus se transforma em prêmio na outra vida. Depois ouviram os peregrinos do Bom Jesus rezando um rosário para a Mãe de Cristo. E, na manhã seguinte, ainda sem aproximar-se deles, ainda sem lhes dar um único sorriso ou um gesto amistoso, viram que partiam pelo caminho do cemitério, onde pararam para limpar os túmulos e cortar a grama.

— Foi por inspiração do Pai que o Conselheiro foi a Mirandela naquela vez — diz João Abade. — Plantou uma semente que acabou florescendo.

Catarina não diz nada, mas João sabe que está se lembrando, como ele, da surpreendente aparição em Belo Monte de mais de uma centena de índios, com seus pertences, seus velhos, alguns em padiolas, suas mulheres e crianças, pelo caminho de Bendengó. Já haviam transcorrido vários anos, mas ninguém teve dúvida de que a chegada dessa gente seminua e toda lambuzada de tinta era a devolução da visita do Conselheiro. Os cariris entraram em Canudos, acompanhados por um branco de Mirandela — Antônio Fogueteiro —, como se entrassem na própria casa, e se instalaram no descampado ao lado do Mocambo, que Antônio Vilanova destinou a eles. Ali montaram suas cabanas e entre elas fizeram seus roçados. Iam ouvir os conselhos e arranhavam um português suficiente para entender-se com os outros, mas eram um mundo à parte. O Conselheiro costumava ir visitá-los — era recebido com um sapateado na terra, uma estranha maneira de dançar —, e também os irmãos Vilanova, com quem comerciavam seus produtos. João Abade sempre pensara neles como forasteiros. Agora não. Porque, no dia da invasão do Cortapescoços, ele viu como resistiam a três cargas de infantaria que, duas pelo lado do Vaza-Barris e a outra pelo caminho de Jeremoabo, avançaram diretamente sobre o bairro. Quando ele, com uns vinte homens da Guarda Católica, foi reforçar o setor, ficou assombrado com o número de atacantes que circulavam entre as cabanas e a tenacidade com que os índios resistiam, flechando-os de cima dos tetos e atacando-os com suas tochas de pedra, seus estilingues e suas lanças de madeira. Os cariris lutavam embolados com os invasores, e também suas mulheres, que os atacavam, mordiam, arranhavam tentando arrancar seus fuzis e baionetas, ao mesmo tempo que rugiam coisas que seguramente eram esconjuros e maldições. Pelo menos um terço deles estava morto ou ferido ao terminar o combate.

Uma batida na porta tira João Abade de seus pensamentos. Catarina tira a tábua, presa com um arame, e aparece um dos meninos de Honório Vilanova no meio de uma nuvem de poeira, luz branca e ruído.

— Meu tio Antônio quer ver o Comandante da Rua — diz.
— Diga que já vou — responde João Abade.

Tanta felicidade não podia durar, pensa, e pela expressão da sua mulher percebe que ela pensa o mesmo. Enfia a calça de tiras de couro cru, as alpargatas, a camisa e vai para a rua. A luz brilhante do meio-dia o cega. Como sempre, as crianças, as mulheres, os velhos sentados nas portas das casas o saúdam, e ele os vai cumprimentando. Avança entre mulheres que moem milho em seus pilões formando rodas, homens que conversam em voz alta enquanto montam estruturas de bambu que vão preenchendo com barro, para reerguer as paredes caídas. Ouve até um violão, em algum lugar. Não precisa vê-las para saber que neste momento outras centenas de pessoas estão, às margens do Vaza-Barris e na saída para Jeremoabo, de cócoras, escavando a terra, limpando os pomares e os currais. Quase não há escombros nas ruas, muitos barracos incendiados estão novamente em pé. "É Antônio Vilanova", pensa. A procissão comemorando o triunfo de Belo Monte contra os apóstatas da República mal tinha terminado, e Antônio Vilanova, à frente de patrulhas de voluntários e homens da Guarda Católica, já estava organizando o enterro dos mortos, a remoção dos escombros, a reconstrução dos casebres, das oficinas, o resgate das ovelhas, cabras e cabritos em debandada. "São também eles", pensa João Abade. "São resignados. São heróis." Lá estão, tranquilos, cumprimentando, sorrindo, e esta tarde irão ao Templo do Bom Jesus ouvir o Conselheiro, como se nada tivesse ocorrido, como se em todas essas famílias não houvessem alguém baleado, esfaqueado ou queimado na guerra e algum ferido entre aqueles seres que gemem apinhados nas casas de saúde e na igreja de Santo Antônio transformada em enfermaria.

De repente, algo o faz parar. Fecha os olhos para ouvir. Não foi um engano, não é um sonho. A voz, monótona, afinada, continua recitando. Do fundo da sua memória, como uma cachoeira que cresce e vira rio, uma coisa grandiosa toma forma e se cristaliza num tropel de espadas e um resplandecer de palácios e alcovas luxuosíssimas. "A batalha do cavaleiro Oliveiros com Ferrabrás", pensa. É um dos episódios que mais o seduz nas histórias dos Doze Pares da França, um duelo que ele não ouvia há muitíssimo tempo. A voz do cantador vem da encruzilhada da rua Campo Grande com o Beco do Divino, onde há muita gente. As pessoas o reconhecem e abrem passagem quando se aproxima. Quem conta a prisão de Oliveiros e seu duelo com o Ferrabrás é uma criança. Não, um anão. Minúsculo, magrinho, faz como se tocasse um violão e vai imitando também o choque das lanças, o galope dos cavaleiros, as vênias cortesãs ao grande Carlos Magno. Sentada no chão, com uma lata entre as pernas, há uma mulher de cabelo comprido e, ao seu lado, um ser ossudo, torto, todo enlameado, com um olhar de cego. Afinal os reconhece: são os três que vieram com o padre Joaquim, e que Antônio Vilanova autorizou a dormir no armazém. Estende a mão e toca no homenzinho, que se cala no ato.

— Conhece a Terrível e Exemplar História de Roberto, o Diabo? — pergunta.

O Anão, após um instante de vacilação, diz que sim.

— Gostaria de ouvir algum dia — o Comandante da Rua o tranquiliza. E sai correndo, para recuperar o tempo perdido. Aqui e ali, na Campo Grande, há crateras de obuses. A antiga casa-grande está com a fachada toda perfurada de balas.

— Louvado seja o Bom Jesus — murmura João Abade, sentando-se num barril, ao lado de Pajeú. A expressão do caboclo é inescrutável, mas Antônio e Honório Vilanova, o velho Macambira, João Grande e Pedrão parecem preocupados. O padre Joaquim está no meio deles, em pé, empoeirado da cabeça aos pés, com o cabelo despenteado e a barba crescida.

— Descobriu alguma coisa em Juazeiro, padre? — pergunta. — Vêm mais soldados?

— Como se esperava, o padre Maximiliano me trouxe de Queimadas a lista completa — pigarreia o padre Joaquim. Tira um papel do bolso e lê, arfando: — Primeira Brigada: Sétimo, Décimo Quarto e Terceiro batalhões de Infantaria, sob o comando do coronel Joaquim Manuel do Medeiros. Segunda Brigada: Décimo Sexto, Vigésimo Quinto e Vigésimo Sétimo batalhões de Infantaria, sob o comando do coronel Inácio Maria Gouveia. Terceira Brigada: Quinto Regimento de Artilharia e Quinto e Nono batalhões de Infantaria, sob o comando do coronel Olímpio da Silveira. Chefe da Divisão: general João da Silva Barboza. Chefe da expedição: general Artur Oscar.

Interrompe a leitura e olha para João Abade, exausto e atônito.

— O que quer dizer isto em soldados, padre? — pergunta o ex-cangaceiro.

— Uns cinco mil, parece — balbucia o religioso. — Mas esses são apenas os que estão em Queimadas e Monte Santo. Vêm mais pelo norte, por Sergipe — lê de novo, em voz trêmula: — Coluna sob o comando do general Cláudio do Amaral Savaget. Três brigadas: Quarta, Quinta e Sexta, integradas pelos Décimo Segundo, Trigésimo Primeiro e Trigésimo Terceiro batalhões de Infantaria, por uma Divisão de Artilharia e pelos Trigésimo Quarto, Trigésimo Quinto, Quadragésimo, Vigésimo Sexto e Trigésimo Segundo batalhões e por outra Divisão de Artilharia. Mais quatro mil homens, aproximadamente. Desembarcaram em Aracaju e vêm para Jeremoabo. O padre Maximiliano não conseguiu saber os nomes dos comandantes. Eu disse que não importava. Não importa mesmo, não é, João?

— Claro que não, padre Joaquim — diz João Abade. — O senhor conseguiu boa informação por lá. Deus vai lhe pagar.

— O padre Maximiliano é um bom fiel — murmura o padre. — Ele me confessou que tinha muito medo de fazer isso. Eu lhe disse que tenho mais que ele. — Faz um simulacro de riso e depois continua: — Eles estão cheios de problemas lá em Queimadas, pelo que me contou. Muitas bocas para alimentar. Não resolveram a questão do transporte. Não têm carros, animais, para aquele equipamento enorme. Diz que podem demorar semanas para começar a avançar.

João Abade assente. Ninguém fala. Todos parecem concentrados no zumbido das moscas e nas acrobacias de uma vespa que termina pousando no joelho de João Grande. O negro a afasta com um peteleco. João Abade sente falta, de repente, da tagarelice do papagaio dos Vilanova.

— Estive também com o doutor Aguiar do Nascimento — continua o padre Joaquim. — Pediu para avisar a vocês que a única saída era se dispersar e voltarem todos para seus povoados, antes que esse cepo blindado chegue aqui. — Faz uma pausa e dá uma olhada temerosa nos sete homens que o ouvem com respeito e atenção. — Mas se, apesar de tudo, decidirem enfrentar os soldados, sim, ele pode oferecer alguma coisa.

Abaixa a cabeça, como se o cansaço ou o medo não lhe permitissem dizer mais nada.

— Cem fuzis Comblain e vinte e cinco caixas de munição — diz Antônio Vilanova. — Sem uso, do Exército, na embalagem de fábrica. Podem ser trazidos via Uauá e Bendengó, o caminho está livre — ele sua copiosamente e enxuga a testa enquanto fala. — Mas não há couros nem bois nem cabras em Canudos para pagar o que ele pede.

— Há joias de prata e ouro — diz João Abade, lendo nos olhos do comerciante o que este deve ter dito ou pensado antes que ele chegasse.

— São da Virgem e do Filho — murmura o padre Joaquim, em voz quase inaudível. — Não é sacrilégio?

— O Conselheiro sabe, padre — diz João Abade. — Vamos perguntar a ele.

"Sempre se pode sentir mais medo", pensou o jornalista míope. Era a grande lição daqueles dias sem horas, de figuras sem rosto, de luzes veladas por nuvens que seus olhos se esforçavam para perfurar até sentir uma ardência tão intensa que precisava fechá-los e permanecer algum tempo às escuras, entregue ao desespero: descobrir como era covarde. O que diriam seus colegas do *Jornal de Notícias*, do *Diário da Bahia*, de *O Republicano*? Tinha fama de corajoso entre eles, porque sempre estava em busca de experiências novas: tinha sido um dos primeiros a frequentar o candomblé, em qualquer terreiro ou beco secreto, numa época em que as práticas religiosas dos negros provocavam repugnância e temor nos brancos da Bahia; era frequentador habitual de bruxos e feiticeiras e um dos primeiros a fumar ópio. Não foi por espírito de aventura que se ofereceu para ir a Juazeiro entrevistar os sobreviventes da expedição do tenente Pires Ferreira, não foi ele mesmo quem pediu a Epaminondas Gonçalves que o mandasse acompanhar Moreira César?

"Sou o homem mais covarde do mundo", pensou. O Anão continuava enumerando as aventuras, desventuras e feitos galantes de Oliveiros e Ferrabrás. Aqueles vultos, que ele não distinguia se eram homens ou mulheres, permaneciam imóveis, e era evidente que estavam absortos com o relato, fora do tempo e de Canudos. Como era possível ouvir aqui, neste fim do mundo, recitado por um Anão que seguramente não sabia ler, um romance dos Cavaleiros da Távola Redonda que na certa chegara a este lugar há séculos, nos alforjes de algum navegante ou algum bacharel de Coimbra? Que surpresas não lhe traria esta terra?

Sentiu um forte espasmo no estômago e se perguntou se o público lhes daria algo de comer. Era outra de suas descobertas, naqueles dias instrutivos: que a comida podia ser uma preocupação absorvente, capaz de escravizar sua consciência por horas a fio, e, vez por outra, uma fonte de angústia maior que a quase cegueira a que foi condenado pela perda dos óculos, o que o deixou numa condição de homem que tropeça em tudo e em todos e vive com o corpo cheio de hematomas causados pelas topadas nos contornos daquelas coisas imprecisas que se interpunham à sua frente e o obrigavam a pedir desculpas, dizendo não vejo, sinto muito, para prevenir qualquer possível irritação.

O Anão fez uma pausa e disse que, para continuar a história — imaginou os trejeitos implorantes —, seu corpo exigia sustento. Todos os órgãos do jornalista entraram em atividade. Sua mão direita se deslocou em direção a Jurema e tocou nela. Fazia esse gesto muitas vezes por dia, sempre que ocorria algum fato novo, pois era nos umbrais do novo e do imprevisível que o medo — sempre represado — recuperava o seu império. Era apenas um toque rápido, para apaziguar o espírito, pois aquela mulher era sua última esperança, agora que o padre Joaquim parecia definitivamente fora de alcance, porque era ela quem via por ele e atenuava o seu desamparo. Ele e o Anão eram um estorvo para Jurema. Por que não ia embora e os deixava? Por generosidade? Não, certamente por descuido, pela terrível indolência em que parecia estar sempre imersa. Mas o Anão pelo menos conseguia, com suas palhaçadas, aqueles punhados de farinha de milho ou de carne de cabrito seca ao sol que os mantinha vivos. Só ele era o inútil absoluto de quem, mais cedo ou mais tarde, a mulher iria se desembaraçar.

O Anão, depois de umas piadas que não provocaram risos, voltou à história de Oliveiros. O jornalista míope pressentiu a mão de Jurema e, instantaneamente, abriu os dedos. Em seguida pôs na boca uma forma que parecia um pedaço de pão duro. Mastigou firme, avidamente, com o espírito totalmente concentrado no mingau que ia se formando em sua boca e que engolia com dificuldade, com felicidade. Pensou: "Se eu sobreviver, vou odiá-la, vou amaldiçoar até as flores que se chamam como ela." Porque Jurema sabia a que ponto chegava a sua covardia, os extremos a que podia levá-lo. Enquanto mastigava, lento, avaro, feliz, assustado, lembrou sua primeira noite em Canudos, o homem exausto, de pernas bambas, quase cego que era, tropeçando, caindo, com os ouvidos aturdidos pelos vivas ao Conselheiro. De repente foi invadido por uma intensíssima confusão de odores, pontos faiscantes, oleosos, e o rumor crescente das ladainhas. Da mesma maneira súbita, tudo emudeceu. "É ele, é o Conselheiro." Sua mão apertou com tanta força aquela mão que não tinha largado durante todo o dia, que a mulher lhe pediu "solte, solte". Mais tarde, quando a voz rouca parou de falar e as pessoas começaram a se dispersar, ele, Jurema e o Anão deitaram-se ali mesmo, no descampado. Tinham se separado do padre de Cumbe na entrada de Canudos, arrebatado pela massa. Durante a pregação, o Conselheiro agradeceu ao céu por tê-lo feito voltar, ressuscitar, e o jornalista míope imaginou que o padre Joaquim estava lá, ao lado do santo, na tribuna, andaime ou torre de onde falava. Afinal de contas, Moreira César tinha razão: o padre era jagunço, era um deles. Foi então que começou a chorar. Soluçou como não se lembrava de ter feito nem quando criança, implorando à mulher que o ajudasse a sair de Canudos. Ofereceu roupas, casa, qualquer coisa para que não o abandonasse, meio cego e meio morto de fome. Sim, ela sabia que o medo o transformava num capacho capaz de qualquer coisa para despertar compaixão.

O Anão tinha terminado. Ouviu alguns aplausos e o público começou a se dispersar. Tenso, tentou distinguir se estendiam um braço, se davam alguma coisa, mas teve a desoladora impressão de que ninguém o fazia.

— Nada? — sussurrou, quando sentiu que estavam sozinhos.

— Nada — respondeu a mulher, com a indiferença de sempre, levantando-se.

O jornalista míope também se ergueu e, ao perceber que ela — uma figurinha alongada, de cujos cabelos soltos e túnica esfarrapada se lembrava — começava a andar, imitou-a. O Anão estava ao seu lado, com a cabeça à altura do cotovelo.

— Estão mais pele e osso do que nós — ouviu-o murmurar.
— Lembra de Cipó, Jurema? Aqui ainda estão mais acabados. Já tinha

visto antes tantos manetas, cegos, entrevados, tremedores, albinos, sem orelhas, sem nariz, sem cabelo, com tantas crostas e manchas? Você nem notou, Jurema. Eu, sim. Porque aqui me sinto normal.

Riu, bem-humorado, e por um bom tempo o jornalista míope ouviu-o assobiar uma toada alegre.

— Será que hoje também vão nos dar farinha de milho? — perguntou de repente, ansioso. Mas estava pensando em outra coisa e acrescentou com amargura: — Se for verdade que o padre Joaquim viajou, não temos mais quem nos ajude. Por que ele fez isso, por que nos abandonou?

— E por que não iria nos abandonar? — disse o Anão. — Por acaso somos alguma coisa dele? Por acaso nos conhecia? E ainda bem que, graças a ele, temos teto para dormir.

Era verdade, já os tinha ajudado, graças a ele tinham teto. Quem, a não ser o padre Joaquim, podia ter mandado, no dia seguinte, depois de dormirem na intempérie, com os ossos e músculos doloridos, uma voz poderosa, eficiente, que parecia corresponder a um vulto sólido, a um rosto barbado, dizer a eles:

— Venham, vocês podem dormir no depósito. Mas não saiam de Belo Monte.

Estavam presos? Nem ele, nem Jurema nem o Anão perguntaram nada àquele homem que sabia mandar e que, com uma simples frase, organizou seu mundo. Levou-os sem dizer qualquer outra palavra para um lugar que o jornalista míope adivinhou grande, sombrio, abafado e repleto, e, antes de desaparecer — sem perguntar quem eram, o que faziam ali nem o que queriam fazer —, repetiu que não podiam deixar Canudos e que tivessem cuidado com as armas. O Anão e Jurema lhe explicaram que estavam cercados de fuzis, pólvora, morteiros, cartuchos de dinamite. Calculou que eram as armas tomadas do Sétimo Regimento. Não era absurdo que eles dormissem ali, no meio desse butim de guerra? Não, a vida tinha deixado de ser lógica e, por isso, nada podia ser absurdo. Era apenas a vida: tinha que aceitá-la, ou então se matar.

Pensava assim, que, aqui, algo diferente da razão comandava as coisas, os homens, o tempo, a morte, algo que seria injusto chamar de loucura e excessivamente genérico chamar de fé, superstição, desde a tarde em que ouviu pela primeira vez o Conselheiro, no meio de uma multidão que, ao escutar aquela voz profunda, alta, estranhamente impessoal, optou por uma imobilidade granítica, um silêncio em que se podia tocar. Mais que pelas palavras ou o tom majestoso do homem, o jornalista sentiu-se tocado, abalado, invadido por aquela quietude e silêncio em que o escutavam. Era como... era como... Buscou desesperadamente a semelhança com algo que sabia estar lá no fundo da memória, porque, com certeza, se viesse à consciência, poderia esclarecer o que estava sentindo. Sim: o candomblé. Uma vez, naqueles humildes terreiros dos negros de Salvador, ou nos becos atrás da estação da Calçada, assistindo aos ritos frenéticos daquelas seitas que cantavam em línguas africanas já perdidas, captou uma organização da vida, um conluio entre as coisas e os homens, o tempo, o espaço e a experiência humana tão totalmente prescindente da lógica, do senso comum, da razão como este que, na noite veloz que começava a desmanchar as silhuetas, sentia agora nesses seres que recebiam consolo, forças e sentido daquela voz profunda, cavernosa, dilacerada, tão despojada das necessidades materiais, tão orgulhosamente concentrada no espírito, em tudo o que não se come nem se veste nem se usa, os pensamentos, as emoções, os sentimentos, as virtudes. Enquanto ouvia, o jornalista míope pensou intuir o porquê de Canudos e por que perdurava essa aberração que era Canudos. Mas, quando a voz silenciou e se dissolveu o êxtase das pessoas, sua confusão voltou a ser a mesma de antes.

— Ali tem um pouco de farinha — ouviu dizer a esposa de Antônio Vilanova, ou a de Honório: suas vozes eram idênticas. — E leite.

Parou de pensar, de divagar, e tornou-se apenas um ser ávido que metia com as pontas dos dedos punhadinhos de farinha de milho na boca, molhava-os com saliva e os conservava muito tempo entre o paladar e a língua antes de engolir, um organismo que sentia gratidão toda vez que um sorvo de leite de cabra levava aquela sensação benfazeja à intimidade do seu corpo.

Quando terminaram, o Anão arrotou e o jornalista míope ouviu-o rir, alegre. "Se ele come, fica contente. Se não, fica triste", pensou. Ele também: sua felicidade ou infelicidade em boa parte dependiam agora das suas tripas. Esta verdade elementar era a que reinava em Canudos, mas, apesar disso, aquela gente podia ser chamada de materialista? Porque outra ideia que o perseguia nesses dias era que aquela sociedade tinha chegado, por caminhos obscuros e talvez equívocos e acidentais, a livrar-se das preocupações do corpo, da economia, da vida imediata, de tudo aquilo que era primordial no mundo do qual ele vinha. Seu túmulo iria ser este sórdido paraíso de espiritualidade e miséria? Nos primeiros dias em Canudos ainda tinha ilusões, imaginava que o padre de Cumbe se lembraria dele, contrataria guias, um cavalo, e então poderia regressar a Salvador. Mas não voltou a ver o padre Joaquim, e agora diziam que estava viajando. Não aparecia mais à tarde nos andaimes do Templo em construção, de manhã já não rezava missa. Nunca pôde se aproximar dele, atravessar aquela massa compacta e armada de homens e mulheres com panos azuis que rodeava o Conselheiro e seu séquito, e agora ninguém sabia se o padre Joaquim iria voltar. Sua sorte seria diferente se tivesse falado com ele? O que lhe diria? "Padre Joaquim, tenho medo de ficar entre os jagunços, tire-me daqui, leve-me para onde haja militares e policiais que me ofereçam alguma segurança"? Imaginou, então, ouvir a resposta do religioso: "E a mim, que segurança eles me dão, senhor jornalista? Já esqueceu que me salvei por milagre de ser morto pelo Cortapescoços? Acha que eu poderia voltar para onde haja militares e policiais?" Começou a rir, de maneira descontrolada, histérica. Ouviu-se rindo, assustado, pensando que suas risadas podiam ofender os esvaídos seres desta terra. O Anão, contagiado, ria também, às gargalhadas. Imaginou-o pequenino, disforme, contorcendo-se. Ficou irritado ao ver que Jurema continuava séria.

— Veja só, o mundo é pequeno, voltamos a nos encontrar — disse uma voz áspera, viril, e o jornalista míope distinguiu umas silhuetas que se aproximavam. Uma delas, a mais baixa, com uma mancha vermelha que devia ser um lenço, parou na frente de Jurema. — Eu pensava que os cães tinham matado você lá em cima, no mato.

— Não me mataram — respondeu Jurema.

— Fico contente — disse o homem. — Seria uma pena.

"Ele a quer, vai levá-la consigo", pensou o jornalista míope, na hora. Suas mãos ficaram úmidas. Ele a levaria e o Anão iria atrás. Ficou tremendo, imaginando-se sozinho, entregue à sua quase cegueira, agonizando de inanição, de topadas, de terror.

— Além do anãozinho, tem outro acompanhante — ouviu o homem dizer, entre adulador e zombeteiro. — Bem, depois nos veremos. Louvado seja o Bom Jesus.

Jurema não respondeu e o jornalista míope permaneceu encolhido, atento, esperando — não sabia por quê — levar um chute, um bofetão, uma cuspida.

— Não estão todos aí — disse uma voz diferente da que tinha falado, e ele, após um segundo, reconheceu a voz de João Abade. — Há mais no depósito de couros.

— São muitos — disse a voz do primeiro homem, agora neutra.
— Não — disse João Abade. — Não são muitos, se for verdade que estão chegando oito ou nove mil por aí. Nem o dobro ou o triplo seriam suficientes.
— Certo — disse o primeiro.

Ouviu que se mexiam, circulavam na frente e atrás deles, e adivinhou que estavam manuseando fuzis, levantando-os, apalpando-os, levando-os ao rosto para ver se as miras estavam alinhadas e as almas, limpas. Oito, nove mil? Estavam chegando oito, nove mil soldados?

— E nem todos estão em boas condições, Pajeú — disse João Abade. — Vê? O canhão torto, o gatilho quebrado, a culatra partida.

Pajeú? Aquele que estava ali, andando, conversando, o que tinha falado com Jurema, era Pajeú. Diziam algo sobre as joias da Virgem, mencionavam um doutor chamado Aguiar do Nascimento, as vozes se afastavam e voltavam junto com seus passos. Todos os bandidos do sertão estavam aqui, todos tinham se tornado beatos. Quem podia entender uma coisa dessas? Passavam diante dele, e o jornalista míope podia ver os dois pares de pernas ao alcance da sua mão.

— Quer ouvir agora a Terrível e Exemplar História de Roberto, o Diabo? — ouviu o Anão perguntar. — Eu a conheço, já contei mil vezes. Quer que a recite, senhor?

— Agora não — disse João Abade. — Outro dia. Por que me chama de senhor? Por acaso não sabe o meu nome?

—Sei, sim — murmurou o Anão. — Desculpe...

Os passos dos homens se abafaram. O jornalista míope pensou: "Aquele que cortava orelhas, narizes, que castrava os inimigos e tatuava suas iniciais neles; aquele que assassinou um povoado inteiro para provar que era Satã. E Pajeú, o carniceiro, o ladrão de gado, o assassino, o patife." Tinham estado ali, ao seu lado. Sentiu-se aturdido e com vontade de escrever.

— Viu como olhou, como falou com você? — ouviu o Anão perguntar. — Que sorte, Jurema. Vai levá-la para viver com ele, você vai ter casa e comida. Porque Pajeú é um dos que mandam aqui.

O que ia ser dele?

"Não são dez moscas por habitante, são mil", pensa o tenente Pires Ferreira. "Sabem que são indestrutíveis." Por isso não se abalam quando um ingênuo tenta enxotá-las. Eram as únicas moscas do mundo que não se mexiam quando uma mão revoava a milímetros delas, querendo afugentá-las. Seus muitos olhos observavam o infeliz, desafiando-o. E ele podia esmagá-las, sim, sem qualquer trabalho. Mas o que ganhava fazendo essa porcaria? Dez, vinte outras se materializavam imediatamente no lugar da mosca estraçalhada. É melhor resignar-se à sua vizinhança, como fazem os sertanejos. Eles as deixavam passear em suas comidas e roupas, sujar suas casas e mantimentos, fazer ninhos nos corpos dos recém-nascidos, e se limitavam a tirá-las da rapadura que mordiam ou cuspi-las se entrassem na boca. Eram maiores que as de Salvador, os únicos seres gordos desta terra onde homens e animais pareciam reduzidos à sua mínima expressão.

Está deitado, nu, na sua cama do Hotel Continental. Pela janela vê a estação e a placa: Vila Bela de Santo Antônio das Queimadas. Odeia mais as moscas ou Queimadas, onde tem a sensação de que vai passar o resto dos seus dias, doente de tédio, decepcionado, dedicando seu tempo a filosofar sobre as moscas? É um desses momentos em que a amargura o faz esquecer que é um privilegiado, pois tem um quartinho só para ele, neste Hotel Continental, que é a inveja dos milhares de soldados e oficiais apinhados, de dois em dois, de quatro em quatro, nas casas requisitadas ou alugadas pelo Exército e também daqueles — a grande maioria — que dormem em barracas armadas nas margens do Itapicuru. Ele tem a sorte de ocupar um quarto no Hotel Continental por direito de chegada. Está aqui desde que o Sétimo Regimento passou por Queimadas e o coronel Moreira César lhe destinou a humilhante função de ocupar-se dos doentes, na retaguarda. Desta janela viu os acontecimentos que convulsionaram o sertão, a Bahia, o Brasil nos últimos três meses: a partida de Moreira César para Monte Santo e a volta precipitada dos sobreviventes do desastre, com os olhos ainda ofuscados pelo pânico e a estupefação; depois, semana após semana, viu o trem de Salvador vomitar militares profissionais, corpos de polícia e regimentos de voluntários que chegam de todas as regiões do país a este povoado dominado pelas moscas para vingar os patriotas mortos, salvar as instituições humilhadas e restaurar a soberania da República. E, deste mesmo Hotel Continental, o tenente Pires Ferreira viu essas dezenas e dezenas de companhias, tão entusiasmadas, tão ávidas de ação, aprisionadas numa teia que as mantém inativas, imobilizadas, distraídas em preocupações que nada têm a ver com os ideais generosos que as trouxeram: as brigas, os roubos, a falta de moradia, comida, transporte, inimigos, mulher. Na véspera, o tenente Pires Ferreira participou de uma reunião de oficiais do Terceiro Batalhão de Infantaria para examinar um escândalo graúdo — o desaparecimento de cem fuzis Comblain e vinte e cinco caixas de munição —, e o coronel Joaquim Manuel de Medeiros, após ler uma proclamação advertindo que, a menos que houvesse uma devolução imediata, os autores do roubo seriam sumariamente executados, disse que o grande problema — transportar até Canudos o enorme equipamento do corpo expedicionário — ainda não tinha sido resolvido e, portanto, ainda não havia nada decidido sobre a partida.

Batem na porta do quarto e o tenente Pires Ferreira diz "entre". É seu ordenança, que vem lembrá-lo do castigo do soldado Queluz. Enquanto se veste, bocejando, tenta evocar a cara desse soldado que, com certeza, faz uma semana ou um mês, já açoitou, talvez pela mesma infração. Qual? Conhece todas: furtos no regimento ou de famílias que ainda não saíram de Queimadas, briga com soldados de outros corpos, tentativas de deserção. O capitão da companhia o encarrega frequentemente dos açoites com que se tenta manter a disciplina, cada vez mais abalada pelo tédio e as privações. Não é coisa que agrade muito ao tenente Pires Ferreira, isso de dar varadas. Mas agora também não lhe desagrada, passou a fazer parte da rotina de Queimadas, como dormir, vestir-se, tirar a roupa, comer, ensinar aos soldados a manipular as peças de um Mannlicher ou de um Comblain, o que é um quadrado de defesa e de ataque, ou pensar sobre as moscas.

Ao sair do Hotel Continental, o tenente Pires Ferreira sobe pela avenida de Itapicuru, nome da ladeira pedregosa que leva à igreja de Santo Antônio, observando, acima dos tetos das casinhas pintadas de verde, branco ou azul, as colinas de arbustos ressecados que rodeiam Queimadas. Pobres daquelas companhias de infantes, em plena instrução nesses morros tórridos. Ele já se internara lá mais de cem vezes com os recrutas e os vira empapados de suor, às vezes, até perder os sentidos. São os voluntários de terras frias, principalmente, que desabam feito pintinhos pouco depois de começarem a marchar pelo deserto, com a mochila nas costas e o fuzil ao ombro.

As ruas de Queimadas, a essa hora, não são o formigueiro de uniformes, a vitrine de sotaques do Brasil em que se transformam todas as noites, quando os soldados e oficiais se encontram para conversar, tocar violão, ouvir canções de suas terras e saborear a dose de cachaça conseguida a preços exorbitantes. Há, aqui e ali, grupos de soldados com camisas desabotoadas, mas ele não vê um único morador no trajeto até a praça da Matriz, cheia de graciosas palmeiras ouricuris, sempre fervilhantes de pássaros. Quase não há gente do lugar. Exceto um ou outro boiadeiro velho, doente ou apático demais, que os observa com ódio mal disfarçado da porta da casa que precisa compartilhar com os intrusos, todos foram desaparecendo.

Na esquina da Pensão Nossa Senhora das Graças — em cuja fachada se lê: "Proibida a entrada de pessoas sem camisa" — o tenente Pires Ferreira reconhece, no jovem oficial com o rosto apagado pelo sol que vem ao seu encontro, o tenente Pinto Souza, do seu batalhão. Está aqui há apenas uma semana e conserva a fogosidade dos recém-chegados. Tornaram-se amigos e, à noite, costumam passear juntos.

— Li o informe que você escreveu sobre Uauá — diz, caminhando ao lado de Pires Ferreira na direção do acampamento. — É terrível.

O tenente Pires Ferreira olha-o, protegendo-se do mormaço com a mão:

— Para nós que vivemos aquilo, sim, sem dúvida. Principalmente para o coitado do doutor Antônio Alves dos Santos — diz. — Mas o que aconteceu em Uauá não foi nada comparado com o que houve com o major Febrônio e o coronel Moreira César.

— Não estou falando dos mortos, mas do que você escreveu sobre os uniformes e as armas — corrige o tenente Pinto Souza.

— Ah, isso — murmura o tenente Pires Ferreira.

— Não entendo — exclama seu amigo, consternado. — O comando não fez nada.

— A segunda e a terceira expedições tiveram a mesma sorte que nós — diz Pires Ferreira. — Também foram derrotadas pelo calor, os espinhos e a poeira, mais que pelos jagunços.

Dá de ombros. Tinha escrito o informe assim que chegou a Juazeiro, depois da derrota, com lágrimas nos olhos, desejoso de que sua experiência fosse útil para seus companheiros de armas. Com riqueza de detalhes, explicou que os uniformes ficaram em frangalhos devido ao sol, à chuva e à poeira, que as casacas de flanela e as calças de brim se transformavam em cataplasmas e se rasgavam nos galhos da caatinga. Contou que os soldados perderam os gorros e sapatos e tiveram que andar descalços a maior parte do tempo. Mas, especialmente, foi explícito, escrupuloso, insistente em relação às armas: "Apesar da sua magnífica pontaria, o Mannlicher se danifica com extrema facilidade; bastam uns grãos de areia na recâmara para que o ferrolho deixe de funcionar. Ao ser disparado continuamente, por outro lado, o calor dilata o cano, a recâmara se estreita e os carregadores de seis cartuchos não entram mais nela. O extrator, pelo efeito do calor, também se danifica e é preciso tirar os cartuchos usados com a mão. Por último, a culatra é tão frágil que se quebra no primeiro golpe." Não apenas escreveu; disse o mesmo a todas as comissões que o convocaram e repetiu em dezenas de conversas particulares. E de que adiantou?

— A princípio, pensei que não acreditavam em mim — diz. — Que pensavam que escrevi aquilo para justificar minha derrota. Agora já sei por que o comando não faz nada.

— Por quê? — pergunta o tenente Pinto Souza.

— Eles vão trocar os uniformes de todos os corpos do Exército do Brasil? Não são todos de flanela e brim? Vão jogar no lixo todos os sapatos? Afundar no mar todos os Mannlichers que temos? Precisaremos continuar usando-os, sirvam ou não.

Chegam ao acampamento do Terceiro Batalhão de Infantaria, na margem direita do Itapicuru. Fica perto do povoado, enquanto os demais estão mais distantes de Queimadas, rio acima. As barracas se alinham em frente às encostas de terra vermelha, com grandes pedras escuras, a cujos pés correm as águas negro-verdosas. Os soldados da companhia estão à sua espera; os castigos sempre têm muito público porque são uma das poucas distrações do batalhão. O soldado Queluz, já preparado, está com as costas nuas, no meio de uma roda de soldados que lhe fazem pilhérias. Ele responde rindo. Ao chegarem os dois oficiais, todos ficam sérios e Pires Ferreira vê, nos olhos do castigado, um súbito temor, que disfarça tentando conservar a expressão brincalhona e rebelde.

— Trinta varas — lê, no informe do dia. — São muitas. Quem o castigou?

— O coronel Joaquim Manuel de Medeiros, Excelência — murmura Queluz.

— O que fez? — pergunta Pires Ferreira. Está pondo a luva de couro, para que a fricção das varas não faça bolhas em sua mão. Queluz pisca, constrangido, olhando com o rabo do olho à direita e à esquerda. Brotam risinhos, murmúrios.

— Nada, Excelência — diz, engasgando.

Pires Ferreira interroga com os olhos a centena de soldados que formam o círculo.

— Ele quis violar um corneteiro do Quinto Regimento — diz o tenente Pinto Souza, com desgosto. — Um cabra que ainda não fez quinze anos. Foi o próprio coronel quem o surpreendeu. Você é um depravado, Queluz.

— Não é verdade, Excelência, não é verdade — diz o soldado, negando com a cabeça. — O coronel interpretou mal minhas intenções. Estávamos tomando banho no rio sem maldade. Juro.

— E por isso o corneteiro começou a pedir socorro? — diz Pinto Souza. — Não seja cínico.

— É que o corneteiro também interpretou mal minhas intenções, Excelência — diz o soldado, muito sério. Mas, como explode uma gargalhada geral, ele mesmo acaba rindo.

— Quanto antes começarmos, mais depressa terminamos — diz Pires Ferreira, pegando a primeira vara, das várias que um ordenança mantém ao seu alcance. Experimenta no ar e, com o movimento ondulante que produz um zumbido de enxame, a roda de soldados recua.

— Quer que o amarremos ou vai aguentar feito um valente?

— Feito um valente, Excelência — diz o soldado Queluz, empalidecendo.

— Feito um valente que tenta comer os corneteiros — esclarece alguém, e há outro coro de risos.

— Meia-volta, então, e segure suas bolas — ordena o tenente Pires Ferreira.

Dá os primeiros golpes com força, vendo o outro cambalear quando a vara marca suas costas de vermelho; depois, à medida que o esforço também o deixa empapado de suor, bate de modo mais suave. O grupo de soldados conta as varadas. Não chegaram a vinte quando os traços roxos nas costas de Queluz começam a sangrar. Com a última, o soldado cai de joelhos, mas se levanta na hora e se dirige ao tenente, cambaleando:

— Muito obrigado, Excelência — murmura, com a cara liquefeita e os olhos injetados.

— Console-se pensando que estou tão cansado como você — ofega Pires Ferreira. — Vá à enfermaria, para que lhe passem desinfetante. E deixe os corneteiros em paz.

A roda se desmancha. Alguns soldados se afastam com Queluz, que alguém cobriu com uma toalha, enquanto outros descem a barranca argilosa para se refrescar no Itapicuru. Pires Ferreira molha o rosto num balde d'água que seu ordenança lhe oferece. Assina o documento declarando que executou o castigo. Enquanto isso, responde às perguntas do tenente Pinto Souza, ainda obcecado com seu informe sobre Uauá. Aqueles fuzis eram antigos ou comprados recentemente?

— Não eram novos — diz Pires Ferreira. — Tinham sido usados em 1894, na campanha de São Paulo e do Paraná. Mas o tempo não explica suas imperfeições. O problema é a constituição do Mannlicher. Foi concebido na Europa, para ambientes e climas muito diferentes, para um Exército com uma capacidade de manutenção que o nosso não tem.

É interrompido pelo toque simultâneo de muitas cornetas, em todos os acampamentos.

— Reunião geral — diz Pinto Souza. — Não estava prevista.

— Deve ser por causa do roubo desses cem fuzis Comblain, que está enlouquecendo o Comando — diz Pires Ferreira. — Talvez tenham encontrado os ladrões e vão fuzilá-los.

— Talvez o ministro da Guerra tenha chegado — diz Pinto Souza. — Foi anunciado.

Dirigem-se ao ponto de reunião do Terceiro Batalhão, mas lá são informados de que vão se juntar também com os oficiais do Sétimo e do Décimo Quarto, ou seja, toda a Primeira Brigada. Correm para o posto de comando, instalado num curtume, a um quarto de légua Itapicuru acima. No trajeto, notam um movimento inusitado em todos os acampamentos, a algazarra das cornetas aumentou tanto que é difícil decifrar suas mensagens. No curtume já se encontram várias dezenas de oficiais, alguns dos quais devem ter sido surpreendidos em plena sesta, pois ainda estão vestindo as camisas ou abotoando as jaquetas. O comandante da Primeira Brigada, coronel Joaquim Manuel de Medeiros, em cima de uma bancada, fala, gesticulando, mas Pires Ferreira e Pinto Souza não escutam o que diz, porque ao seu redor ouvem-se aclamações, vivas ao Brasil, hurras à República, e alguns oficiais manifestam sua alegria jogando os quepes para o alto.

— O que está havendo? — pergunta o tenente Pinto Souza.

— Partimos para Canudos dentro de duas horas! — grita, eufórico, um capitão da Artilharia.

II

— Loucura, mal-entendidos? Não basta, não explica tudo — murmurou o barão de Canabrava. — Também houve burrice e crueldade.

De repente se lembrou da cara mansa de Gentil de Castro, com seus pômulos corados e suas costeletas ruivas, inclinando-se para beijar a mão de Estela em alguma festa no Palácio, quando ele integrava o gabinete do imperador. Era delicado como uma dama, ingênuo como um menino, bondoso, serviçal. Que outra coisa além de imbecilidade e maldade podiam explicar o que aconteceu com Gentil de Castro?

— Acho que não se trata apenas de Canudos, toda a história é feita do mesmo material — repetiu, fazendo uma expressão de desgosto.

— A menos que se acredite em Deus — interrompeu o jornalista míope, e aquela voz petrificada fez o barão lembrar-se de sua existência. — Como eles, lá. Tudo era transparente. A fome, os bombardeios, os estripados, os mortos de inanição. O Cão ou o Pai, o Anticristo ou o Bom Jesus. Sabiam instantaneamente o que vinha de um ou do outro, se era benéfico ou maléfico. Não tem inveja? Tudo fica mais fácil se você for capaz de identificar o mal e o bem atrás de cada coisa que acontece.

— De repente me lembrei de Gentil de Castro — murmurou o barão de Canabrava. — Como deve ter ficado estupefato ao saber por que estavam arrasando seus jornais, destruindo sua casa.

O jornalista míope esticou o pescoço. Estavam sentados frente a frente, nas poltronas de couro, separados por uma mesinha em que havia um jarro de suco de mamão e banana. A manhã transcorria depressa, a luz que atravessava o pomar já era a de meio-dia. Vozes de ambulantes oferecendo comidas, papagaios, rezas ou serviços atravessavam as paredes.

— Essa parte da história tem explicação — retiniu o homem que parecia dobrável. — O que aconteceu no Rio de Janeiro, em São Paulo, é lógico e racional.

— Lógico e racional que o povo vá para as ruas e comece a destruir jornais, assaltar casas, assassinar pessoas incapazes de apontar no mapa onde fica Canudos, porque uns fanáticos derrotaram uma expedição a milhares de quilômetros de distância? Lógico e racional?

— Estavam intoxicados pela propaganda — insistiu o jornalista míope. — O senhor não leu os jornais, barão.

— Sei o que houve no Rio por intermédio de uma das próprias vítimas — disse este. — Ele se salvou por um triz de ser morto também.

O barão tinha visto o visconde de Ouro Preto em Lisboa. Passou uma tarde inteira com o velho líder monarquista, refugiado em Portugal depois de fugir às pressas do Brasil, após as terríveis jornadas que o Rio de Janeiro viveu ao receber a notícia da derrota do Sétimo Regimento e a morte de Moreira César. Incrédulo, confuso, espantado, o velho ex-dignitário viu desfilar na rua Marquês de Abrantes, sob as varandas da casa da baronesa da Guanabara, onde estava de visita, uma manifestação, iniciada no Clube Militar, que levava cartazes pedindo sua cabeça como responsável pela derrota da República em Canudos. Pouco depois, um mensageiro veio lhe avisar que sua casa tinha sido saqueada, assim como as residências de outros conhecidos monarquistas, e que a *Gazeta de Notícias* e *A Liberdade* estavam sendo queimados.

— O espião inglês de Ipupiará — recitou o jornalista míope, batendo com os nós dos dedos na mesa. — Os fuzis encontrados no sertão, que iam para Canudos. Os projéteis Kropatchek dos jagunços que só navios britânicos podiam ter trazido. E as balas explosivas. Mentiras marteladas dia e noite acabam virando verdades.

— O senhor superestima o público do *Jornal de Notícias* — sorriu o barão de Canabrava.

— O Epaminondas Gonçalves do Rio do Janeiro se chama Alcindo Guanabara, e seu jornal, *A República* — disse o jornalista míope. — Desde a derrota do major Febrônio, *A República* não deixou um único dia de apresentar provas irrefutáveis da cumplicidade do Partido Monarquista com Canudos.

O barão não o ouvia completamente, porque estava escutando o que o visconde de Ouro Preto, enrolado num cobertor que só lhe deixava a boca livre, um dia lhe dissera: "O patético é que nunca levamos o Gentil de Castro a sério. Ele nunca foi nada durante o Império. Jamais recebeu um título, uma distinção, um cargo. Seu monarquismo era sentimental, não tinha nada a ver com a realidade."

— Por exemplo, a prova irrefutável do gado e das armas em Sete Lagoas, Minas Gerais — continuava dizendo o jornalista míope. — Por acaso não iam para Canudos? Não eram levados pelo conhecido chefe de capangas de caudilhos monarquistas, Manuel João Brandão? E este não tinha trabalhado para Joaquim Nabuco, para o visconde de Ouro Preto? Alcindo publica os nomes dos policiais que prenderam Brandão, reproduz suas declarações confessando tudo. Que importa que Brandão não existisse e o tal carregamento nunca tenha sido descoberto? Estava escrito, era verdade. A história do espião de Ipupiará repetida, multiplicada. Vê como é lógico, racional? Não o lincharam porque em Salvador não há jacobinos, barão. Os baianos só se exaltam no carnaval, a política não lhes interessa nem um pouco.

— Realmente, agora pode trabalhar no *Diário da Bahia* — brincou o barão. — Já conhece as infâmias dos nossos adversários.

— Vocês não são melhores que eles — sussurrou o jornalista míope. — Esqueceu que agora Epaminondas é seu aliado e os seus velhos amigos são membros do governo?

— Está descobrindo um pouco tarde que a política é uma coisa suja — disse o barão.

— Não para o Conselheiro — disse o jornalista míope. — Para ele, era limpa.

— Para o pobre Gentil de Castro também — suspirou o barão.

Ao voltar da Europa, tinha encontrado uma carta na sua escrivaninha, despachada do Rio havia vários meses, em que o próprio Gentil de Castro, com caligrafia estudada, perguntava: "O que é Canudos, meu caríssimo barão? O que está acontecendo nas suas queridas terras nordestinas? Atribuem a nós todo tipo de disparates conspiratórios e não podemos sequer nos defender, pois não entendemos do assunto. Quem é Antônio Conselheiro? Existe? Quem são esses depredadores sebastianistas com quem os jacobinos pretendem nos vincular? Ficarei muito grato se me esclarecer a respeito..." Agora, o ancião a quem o nome Gentil correspondia tão bem estava morto por ter armado e financiado uma rebelião que pretendia restaurar o Império e escravizar o Brasil à Inglaterra. Anos antes, quando começou a receber números de *A Gazeta de Notícias* e *A Liberdade*, o barão de Canabrava escreveu ao visconde de Ouro Preto perguntando que absurdo era aquele de imprimir dois jornais nostálgicos da monarquia, àquela altura, quando era óbvio para todo o mundo que o Império estava definitivamente enterrado. "O que você quer, meu querido... Não foi ideia minha, nem de João Alfredo, de Joaquim Nabuco ou qualquer outro dos seus amigos daqui, e sim, exclusivamente, do coronel Gentil de Castro. Ele decidiu gastar seu dinheiro nessas publicações com o objetivo de defender o nome dos que servimos ao Imperador desses ataques. Todos nós consideramos um tanto extemporâneo reivindicar a monarquia a essa altura, mas como cortar este arroubo do pobre Gentil de Castro? Não sei se você se lembra dele. Um bom homem, nunca apareceu muito..."

— Ele não estava no Rio, estava em Petrópolis quando chegaram as notícias da capital — contou o visconde de Ouro Preto. — Por intermédio do meu filho, Afonso Celso, mandei dizer que ele nem pensasse em voltar, que seus jornais tinham sido arrasados, sua casa, destruída, e que uma multidão, na rua do Ouvidor e no largo de São Francisco, pedia a sua morte. Foi o bastante para que Gentil de Castro decidisse voltar.

O barão o imaginou, corado, fazendo a mala e dirigindo-se à estação, enquanto no Rio, no Clube Militar, uns vinte oficiais misturavam gotas do próprio sangue diante de um compasso e de um esquadro e juravam vingar a morte de Moreira César, elaborando uma lista de traidores que deviam ser executados. O primeiro nome: Gentil de Castro.

— Na estação de Meriti, Afonso Celso lhe comprou os jornais — prosseguiu o visconde de Ouro Preto. — Gentil de Castro leu tudo o que tinha acontecido na véspera, na capital federal. Os comícios, o fechamento do comércio e dos teatros, as bandeiras a meio pau e os panos pretos nas janelas, as investidas contra os jornais, os ataques. E, naturalmente, a notícia sensacional em *A República*: "Os fuzis descobertos nos jornais *A Gazeta de Notícias* e *A Liberdade* são da mesma marca e do mesmo calibre que os de Canudos." Qual imagina que foi sua reação?

— Não tenho alternativa senão mandar meus padrinhos visitarem Alcindo Guanabara — murmurou o coronel Gentil de Castro, alisando o bigode branco. — Levou a baixeza longe demais.

O barão riu. "Queria bater-se em duelo", pensou. "A única coisa que lhe passou pela cabeça foi desafiar o Epaminondas Gonçalves carioca para um duelo. Enquanto a multidão o procurava para linchá-lo, ele pensava em padrinhos vestidos de preto, em espadas, em disputas até o primeiro sangramento ou a morte." O riso marejava seus olhos e o jornalista míope olhava-o com espanto. Enquanto aquilo acontecia, ele estava viajando para Salvador, estupefato, sim, com a derrota de Moreira César, mas, na verdade, obcecado com Estela, contando as horas que faltavam para que os médicos do Hospital Português e da Faculdade de Medicina o tranquilizassem, garantindo que era uma crise passageira, que a baronesa voltaria a ser uma mulher alegre, lúcida, vital. Estava tão atordoado com o que ocorria com sua mulher que se lembrava como um sonho das negociações com Epaminondas Gonçalves e dos seus sentimentos ao saber da grande mobilização nacional para punir os jagunços, o envio de batalhões de todos os estados, a formação de corpos de voluntários, as quermesses e rifas públicas em que as damas leiloavam suas joias e suas cabeleiras para equipar novas companhias e defender a República. Voltou a sentir a vertigem que teve ao entender a magnitude daquilo tudo, desse labirinto de equívocos, desvarios, crueldades.

— Quando desceram no Rio, Gentil de Castro e Afonso Celso conseguiram chegar a uma casa amiga, perto da estação São Francisco Xavier — continuou o visconde de Ouro Preto. — Lá me encontrei com eles, às escondidas. Naqueles dias me levavam de um lado para o outro, escondido, para me proteger das turbas que continuavam nas ruas. Todo o nosso grupo de amigos demorou um bom tempo até convencer Gentil de Castro de que só nos restava fugir o quanto antes do Rio e do Brasil.

Decidiram levar o visconde e o coronel à estação, disfarçados, poucos segundos antes das seis e meia da tarde, hora da partida do trem para Petrópolis. Ali ficariam numa fazenda enquanto os outros preparavam a sua fuga para o estrangeiro.

— Mas o destino estava do lado dos assassinos — murmurou o visconde. — O trem atrasou meia hora. Nesse intervalo, o nosso grupo de homens embuçados acabou chamando a atenção. Começaram a chegar manifestantes que percorriam a plataforma gritando vivas ao marechal Floriano e morte a mim. Tínhamos acabado de subir no vagão quando fomos cercados por uma multidão com revólveres e punhais. No instante em que o trem partiu ouviram-se vários tiros. Todas as balas acertaram em Gentil de Castro. Não sei como estou vivo.

O barão imaginou aquele ancião de bochechas coradas com a cabeça e o peito abertos, tentando se benzer. Talvez essa morte não lhe tenha desagradado. Foi uma morte de cavalheiro, não foi?

— Talvez — disse o visconde de Ouro Preto. — Mas tenho certeza de que o enterro não lhe agradaria.

Foi enterrado às escondidas, a conselho das autoridades. O ministro Amaro Cavalcanti avisou aos parentes que, devido à agitação nas ruas, o governo não poderia garantir a segurança dos familiares e amigos se tentassem fazer uma cerimônia pomposa. Nenhum monarquista acompanhou o funeral, e Gentil de Castro foi levado ao cemitério numa carreta comum, seguida por uma carruagem de quatro portas com seu jardineiro e dois sobrinhos. Estes não deixaram que o padre terminasse o responso, com medo de que os jacobinos aparecessem.

— Vejo que a morte desse homem, lá no Rio, deixou o senhor muito impressionado — o jornalista míope tornou a tirá-lo de suas reflexões. — Mas todas as outras, não. Porque houve outras mortes, lá em Canudos.

Em que momento o visitante tinha se levantado? Agora estava em frente às estantes de livros, inclinado, torto, um quebra-cabeça humano, olhando-o, com fúria?, por trás de seus grossos óculos.

— É mais fácil imaginar a morte de uma pessoa que a de cem ou de mil — murmurou o barão. — Multiplicado, o sofrimento fica abstrato. Não é fácil comover-se por coisas abstratas.

— A menos que se veja passar de um a dez, a cem, a mil, a vários milhares — disse o jornalista míope. — Se a morte de Gentil de Castro foi absurda, em Canudos morreu muita gente por motivos não menos absurdos.

— Quanta gente? — murmurou o barão. Ele sabia que nunca haveria resposta, sabia que, como todo o resto da história, o número de mortos seria uma informação que historiadores e políticos reduziriam e aumentariam ao compasso de suas doutrinas e do proveito que pudessem tirar. Mas não pôde deixar de perguntar:

— Tentei saber — disse o jornalista, aproximando-se do outro com seu andar dúbio e desabando na poltrona. — Não há cálculo exato.

— Três mil? Cinco mil mortos? — sussurrou o barão, procurando seus olhos.

— Entre vinte e cinco e trinta mil.

— Está contando os feridos, os doentes? — objetou o barão.

— Não incluí os mortos do Exército — disse o jornalista. — Sobre eles, sim, há estatísticas precisas. Oitocentos e vinte e três, considerando as vítimas de epidemias e acidentes.

Houve um silêncio. O barão baixou os olhos. Serviu-se um pouco de suco, que mal provou e deixou de lado, porque estava morno e parecia um caldo.

— Em Canudos não podia haver trinta mil almas — disse. — Nenhum povoado do sertão pode abrigar essa quantidade de gente.

— O cálculo é relativamente simples — disse o jornalista. — O general Oscar mandou contar as casas. Não sabia? Está nos jornais: 5.783. Quanta gente vivia em cada casa? No mínimo, cinco ou seis. Quer dizer, entre vinte e cinco e trinta mil mortos.

Houve outro silêncio, longo, só interrompido pelo zumbido das mutucas.

— Em Canudos não houve feridos — disse o jornalista. — Os chamados sobreviventes, essas mulheres e crianças que o Comitê Patriótico do seu amigo Lélis Piedades distribuiu pelo Brasil, não estavam em Canudos, mas em localidades vizinhas. Do cerco só escaparam sete pessoas.

— Como sabe disso? — o barão levantou os olhos.

— Eu era um dos sete — disse o jornalista míope. E, como se quisesse evitar uma pergunta, emendou rapidamente: — A estatística que preocupava os jagunços era outra. Quantos morreriam de bala e quantos de faca.

Ficou em silêncio por bastante tempo; espantou um inseto com a cabeça.

— É um cálculo que não há maneira de fazer, naturalmente — continuou, espremendo as mãos. — Mas uma pessoa poderia nos dar pistas. Um homem interessante, barão. Participou do regimento de Moreira César e depois voltou com a quarta expedição, no comando de uma companhia do Rio Grande do Sul. O alferes Maranhão.

O barão o fitava, quase adivinhando o que ia dizer.

— Sabia que degolar é uma especialidade gaúcha? O alferes Maranhão e seus homens eram especialistas. Nele, a destreza se aliava com o gosto pela coisa. Com a mão esquerda pegava o jagunço pelo nariz, levantava a cabeça e com a outra fazia o corte. Um talho de vinte e cinco centímetros, que abria a carótida: a cabeça caía como se fosse de um fantoche.

— Está tentando me comover? — perguntou o barão.

— Se o alferes Maranhão nos dissesse quantos ele e seus homens degolaram, poderíamos saber quantos jagunços foram para o céu e quantos para o inferno — espirrou o míope. — A degola tinha esse outro problema. Despachava a alma para o inferno, ao que parece.

 Na noite em que sai de Canudos, à frente de trezentos homens armados — muito mais do que já havia comandado —, Pajeú se impõe a ordem de não pensar na mulher. Sabe da importância desta missão, assim como seus companheiros, escolhidos entre os melhores andarilhos de Canudos (porque vão precisar caminhar muito). No sopé da Favela fazem um alto. Indicando os contrafortes do morro, pouco visível na escuridão ferida pelos grilos e rãs, Pajeú lembra aos homens que é para lá que devem empurrá-los, fazê-los subir e impedir que regressem, para que João Abade, João Grande e todos os que não foram com Pedrão e os Vilanova para Jeremoabo, ao encontro dos soldados que vêm por esse lado, possam alvejá-los dos morros e campos vizinhos, onde os jagunços já tomaram posições em trincheiras cheias de munição. João Abade tem razão, é a maneira certa de dar um golpe mortal nas corjas malditas: levá-las para aquele morro pelado. Lá não haverá onde se proteger, e os atiradores vão poder apontar sem sequer serem vistos. "Ou os soldados caem nessa armadilha e acabamos com eles", disse o Comandante da Rua, "ou caímos nós, pois, se cercarem Belo Monte, não temos homens nem armas para impedir que entrem. Só depende de vocês, cabras". Pajeú recomenda aos seus homens que sejam avaros com a munição, que mirem sempre nos cães com insígnias nos braços ou nos que usam sabres e vêm montados, e que não se deixem ver. Divide-os em quatro corpos e marca um encontro para a tarde seguinte, na Lagoa da Laje, não muito distante da serra de Aracati, onde, calcula, também estará chegando a vanguarda da tropa que partiu ontem de Monte Santo. Nenhum dos corpos deve lutar se encontrarem patrulhas; têm que se esconder, deixá-las passar e, quando muito, mandar um rastreador segui-las. Por nada deste mundo devem esquecer sua obrigação: atrair os cães para a Favela.

 O grupo de oitenta homens que fica com ele é o último a iniciar a marcha. Mais uma vez rumo à guerra... Ele já saiu tantas vezes assim, desde que faz uso da razão, de noite, escondendo-se, para dar um bote ou evitar outro, que não está mais preocupado que das outras vezes. Para Pajeú, a vida é isto: fugir ou ir ao encontro de algum inimigo, sabendo que atrás e à frente há, e sempre haverá, no espaço e no tempo, balas, feridos e mortos.

 O rosto da mulher aparece outra vez — teimosa, intrusa — na sua cabeça. O caboclo faz um esforço para expulsar aquela tez pálida, os olhos resignados, o cabelo liso que cai solto pelas costas, e busca ansiosamente outra coisa em que pensar. Ao seu lado caminha Taramela, pequeno, enérgico, mastigando, feliz por acompanhá-los, como nos tempos do cangaço. Pergunta precipitadamente se ele trouxe aquele emplastro de gema de ovo que é o melhor remédio para mordidas de cobra. Taramela lembra que, quando se separaram dos outros grupos, ele mesmo dividira com Joaquim Macambira, Mané Quadrado e Felício um pouco de emplastro. "Verdade", diz Pajeú. E como Taramela se cala e olha para ele, Pajeú quer saber se os outros grupos têm suficientes tigelinhas, aquelas lamparinas de barro com que se comunicam a distância, de noite, quando é necessário. Taramela, rindo, lembra que ele verificou pessoalmente a distribuição das lamparinas no armazém dos Vilanova. Pajeú grunhe que tantos esquecimentos significam que está ficando velho. "Ou que está se apaixonando", brinca Taramela. Pajeú sente um calor nos pômulos e o rosto da mulher, que tinha conseguido expulsar, retorna. Com uma estranha vergonha de si mesmo, pensa: "Não sei o seu nome, não sei de onde ela é." Quando voltar a Belo Monte, perguntará.

Os oitenta jagunços caminham atrás dele e de Taramela em silêncio, ou falando tão baixo que suas vozes são abafadas pelo rolar das pedrinhas e o som compassado das sandálias e alpargatas. No grupo, há gente que esteve com ele no cangaço, misturada com outros que foram companheiros de tropelias de João Abade ou Pedrão, cabras que serviram nas volantes da polícia e até mesmo ex-guardas rurais e desertores do Exército. O fato de estarem todos ali, marchando juntos, homens que eram inimigos irreconciliáveis, é obra do Pai lá em cima, e, aqui embaixo, do Conselheiro. Eles fizeram este milagre, irmanar os inimigos, transformar em fraternidade o ódio que reinava no sertão.

Pajeú apressa a marcha e continua em passo acelerado a noite toda. Quando, ao amanhecer, chegam à serra de Caxamango e, protegidos por uma paliçada de xiquexiques e mandacarus, fazem um alto para comer, todos estão com cãibras.

Taramela acorda Pajeú umas quatro horas depois. Haviam chegado dois rastreadores, ambos muito jovens. Falam quase sem fôlego, e um deles esfrega os pés inchados enquanto explicam a Pajeú que estão seguindo as tropas desde Monte Santo. Realmente são milhares de soldados. Divididos em nove corpos, avançam muito devagar devido à dificuldade para arrastar suas armas, carroças e barracas, e ao estorvo que significa transportar um canhão enorme, que atola a cada passo e os obriga a alargar o caminho. E puxado por nada menos que quarenta bois. Fazem, no máximo, cinco léguas por dia. Pajeú o interrompe: não quer saber quantos são, e sim qual é o seu rumo. O rapaz que está esfregando os pés conta que fizeram um alto no Rio Pequeno e pernoitaram em Caldeirão Grande. Depois foram para Gitirana, onde pararam, e afinal, depois de muitos percalços, chegaram a Juá, onde passaram a noite.

O trajeto dos cães surpreende Pajeú. Não é igual ao de nenhuma das expedições anteriores. Será que pretendem chegar por Rosário, em vez de virem por Bendengó, o Cambaio ou a serra de Canabrava? Se for isto, tudo vai ser mais fácil, pois, com algumas investidas e ardis dos jagunços, esse caminho os levará à Favela.

Manda um rastreador para Belo Monte contar a João Abade o que acaba de ouvir, e recomeçam a marcha. Andam sem interrupções até o anoitecer, por paragens salpicadas de mangabeiras, cipós e moitas de macambiras. Já se encontram na Lagoa da Laje os grupos de Mané Quadrado, Macambira e Felício. O primeiro tinha topado com uma patrulha a cavalo explorando o caminho que vai de Aracati a Jueté. Viram o grupo passar, acocorados atrás de barreiras de cactos, e, algumas horas depois, retornar. Então não há dúvida: se estão mandando patrulhas na direção de Jueté é porque escolheram o caminho de Rosário. O velho Macambira coça a cabeça: por que escolher o trajeto mais comprido? Por que dar essa volta, que significa quatorze ou quinze léguas a mais?

— Porque é mais plano — diz Taramela. — Por lá quase não há subidas e descidas. É mais fácil para os canhões e carroças passarem.

Concordam que é o mais provável. Enquanto os outros descansam, Pajeú, Taramela, Mané Quadrado, Macambira e Felício trocam ideias. Como é quase certo que a tropa entre por Rosário, decidem que Mané Quadrado e Joaquim Macambira devem ocupar posições lá. Pajeú e Felício irão escoltá-los desde a serra de Aracati.

Ao amanhecer, Macambira e Mané Quadrado partem com a metade dos homens. Pajeú pede a Felício que avance com seus setenta jagunços na direção de Aracati, espalhando-os pela meia légua do caminho a fim de conhecer os movimentos dos batalhões com todos os detalhes. Ele vai permanecer aqui.

A Lagoa da Laje não é uma lagoa — talvez tenha sido, em tempos remotíssimos —, e sim uma concavidade úmida, onde plantavam milho, mandioca e feijão, como se lembra muito bem Pajeú, que pernoitou inúmeras vezes naquelas casinhas agora queimadas. Só uma delas está com a fachada intacta e o teto completo. Um cabra com aspecto de índio diz, apontando, que aquelas telhas poderiam servir para o Templo do Bom Jesus. Em Belo Monte não se fabricam mais telhas, porque todos os fornos são usados para fundir balas. Pajeú concorda e manda destelhar a casa. Distribui os homens pelos arredores. Está dando instruções ao rastreador que vai mandar para Canudos, quando ouve o som de cascos e um relincho. Imediatamente se joga no chão e escapole entre as pedras. Já protegido, vê que os seus homens também tiveram tempo de se refugiar, antes que a patrulha chegasse. Todos, menos os que estão destelhando a casinha. Vê então uma dúzia de homens galopando atrás de três jagunços que escapam em zigue-zagues, correndo em diferentes direções. Desaparecem nos penhascos sem, aparentemente, ser feridos. Mas o quarto não chega a saltar do teto. Pajeú tenta identificá-lo: não, está muito longe. Depois de olhar um instante para os cavaleiros que lhe apontam os fuzis, põe as mãos na cabeça, em atitude de rendição. Mas, de imediato, pula sobre um dos cavaleiros. Queria se apoderar do cavalo, fugir a galope? Não consegue, porque o soldado o arrasta consigo para o chão. O jagunço ataca à direita e à esquerda até que o comandante do pelotão lhe dá um tiro à queima-roupa. Fica evidente que não lhe agrada matá-lo, preferiria levar um prisioneiro para os chefes. A patrulha se retira, observada pelos homens emboscados. Pajeú pensa, satisfeito, que tinham resistido à tentação de matar esse punhado de cães.

Deixa Taramela na Lagoa da Laje, para enterrar o morto, e vai se instalar nas elevações que ficam no meio do caminho para Aracati. Não permite mais que seus homens marchem juntos, só espalhados e longe do caminho. A pouca distância dos rochedos — um bom mirante —, aparece a vanguarda. Pajeú sente algo na cicatriz em sua cara, um puxão, como se fosse uma ferida se abrindo. Isto lhe acontece nos momentos críticos, quando vive algum acontecimento extraordinário. Soldados armados de picaretas, pás, facões e serras vão limpando o caminho, nivelando, derrubando árvores, afastando pedras. Devem ter tido trabalho na serra de Aracati, afiada e escabrosa; vêm com os torsos nus e as camisas amarradas na cintura, de três em três, encabeçados por oficiais a cavalo. Os cães são muitos, sim, porque há mais de duzentos encarregados de abrir o caminho. Pajeú também divisa um rastreador de Felício, que segue de perto os sapadores.

No começo da tarde passa o primeiro dos nove corpos. Quando passa o último, o céu já está cheio de estrelas espalhadas em torno de uma lua redonda que tinge o sertão com uma suave luminosidade amarela. Foram passando, às vezes juntos, às vezes separados por quilômetros, usando uniformes que mudam de cor e de forma — esverdeados, azuis com listas vermelhas, cinzentos, com botões dourados, com correias, com quepes, com chapéus de boiadeiro, com botinas, com borzeguins, com alpargatas —, a pé e a cavalo. No meio de cada corpo, canhões puxados por bois. Pajeú — a cicatriz não deixa de marcar presença nem por um instante em seu rosto — conta a munição e os víveres: sete carros de bois, quarenta e três carroças puxadas por burros, uns duzentos carregadores, curvados pelos volumes que levam nas costas (muitos deles são jagunços). Sabe que aquelas caixas de madeira contêm balas de fuzil e em sua cabeça se forma um labirinto de números quando tenta adivinhar quantas balas eles devem ter para cada habitante de Belo Monte.

    Seus homens não se mexem; parece que nem respiram, não piscam, e ninguém abre a boca. Mudos, imóveis, consubstanciados com as pedras, cactos e arbustos que os ocultam, eles ouvem as cornetas que transmitem as ordens de batalhão em batalhão, veem as bandeiras da escolta tremulando, ouvem os gritos dos encarregados das peças de artilharia tocando os bois, mulas e jegues. Cada corpo avança dividido em três partes, a do centro espera que as dos flancos se adiantem para avançar depois. Por que fazem esse movimento que os atrasa e que parece um retrocesso tanto quanto um avanço? Pajeú percebe que é para não serem surpreendidos pelos flancos, como acontecia com os animais e soldados do Cortapescoços que podiam ser atacados pelos jagunços à beira do caminho. Enquanto assiste a esse espetáculo ruidoso, multicolorido, que se desenvolve calmamente aos seus pés, repete as mesmas perguntas: por onde pretendem chegar? E se eles se abrirem em leque para entrar em Canudos por dez lugares diferentes ao mesmo tempo?

    Depois de ver a retaguarda passar, come um pouco de farinha e rapadura e volta a caminhar, para esperar os soldados em Jueté, a duas léguas de marcha. Durante o trajeto, que leva umas duas horas, Pajeú ouve os homens comentando à boca pequena o tamanho daquele canhão que tinham batizado de Matadeira. Mandou-os ficar calados.

    De fato, é enorme, sem dúvida capaz de destroçar várias casas com um só tiro, talvez de perfurar as paredes de pedra do Templo em construção. É preciso avisar João Abade sobre a Matadeira.

    Como calculou, os soldados acampam na Lagoa da Laje. Pajeú e seus homens passam tão perto das barracas que ouvem os sentinelas comentando os incidentes da jornada. Afinal se encontram com Taramela, antes de meia-noite, em Jueté. Lá também está um mensageiro de Mané Quadrado e Macambira; ambos já chegaram a Rosário. No caminho, tinham visto patrulhas a cavalo. Enquanto os homens bebem e molham o rosto, à luz da lua, no laguinho de Jueté, onde no passado os pastores da região levavam seus rebanhos, Pajeú despacha um rastreador ao encontro de João Abade e se deita para dormir, entre Taramela e um velho que continua falando da Matadeira. Seria bom que os cães capturassem um jagunço e este dissesse a eles que todas as entradas de Belo Monte estão defendidas, menos os morros da Favela. Pajeú brinca com a ideia até adormecer. No sonho, a mulher o visita.

Quando começa a clarear, chega o grupo de Felício. Tinha sido surpreendido por uma das patrulhas de soldados que protegem o comboio de bois e cabras que segue atrás da coluna. Conseguiram se dispersar, sem sofrer baixas, mas demoraram a reagrupar-se e ainda há três homens perdidos. Quando se inteiram do encontro na Lagoa da Laje, um curiboca, que não deve ter mais de treze anos e que Pajeú usa como mensageiro, começa a chorar. É filho do jagunço que os cães encontraram destelhando a casa e mataram.

Enquanto avançam em direção a Rosário, fragmentados em grupos de poucos homens, Pajeú se aproxima do menino. Este faz esforços para conter as lágrimas, mas, às vezes, deixa escapar um soluço. Pergunta sem preâmbulos se ele quer fazer uma coisa pelo Conselheiro, uma coisa que vai ajudar a vingar seu pai. O menino o olha com tanta decisão que não é preciso outra resposta. Explica o que espera dele, enquanto se forma um círculo de jagunços que ouvem aquilo olhando alternadamente para ele e para o menino.

— Não basta deixar que peguem você — diz Pajeú. — Eles têm que pensar que não queria ser capturado. E não é para sair falando de uma vez. Eles têm que pensar que fizeram você falar. Ou seja, é para deixar que batam em você até tirarem pedaços. Precisam pensar que está assustado. Só assim acreditarão. Vai conseguir?

O menino está com os olhos secos e uma expressão adulta, como se em cinco minutos tivesse amadurecido cinco anos:

— Sim, Pajeú.

Vão se encontrar com Mané Quadrado e Macambira nos arredores de Rosário, onde estão em ruínas a senzala e a casa-grande da fazenda. Pajeú espalha os homens em uma garganta, do lado direito do caminho, com a ordem de lutar apenas o tempo necessário para que os cães os vejam fugindo em direção a Bendengó. O menino está ao seu lado, com as mãos numa espingarda de chumbo quase da sua altura. Passam os sapadores, sem vê-los, e, um pouco depois, o primeiro batalhão. O tiroteio começa e uma nuvem de poeira sobe aos céus. Pajeú espera, para atirar, que a poeira baixe um pouco. E atira tranquilo, mirando, disparando em intervalos de vários segundos as seis balas do Mannlicher que o acompanha desde Uauá. Ouve a algaravia de apitos, cornetas, gritos, e vê o tumulto na tropa. Superada um pouco a confusão, os soldados, urgidos por seus chefes, começam a se ajoelhar e a responder aos tiros. Ouve-se um som frenético de cornetas, os reforços não vão demorar. Escuta os oficiais mandando seus subordinados se internarem na caatinga atrás dos atacantes.

Então, municia o fuzil, levanta-se e, seguido por outros jagunços, avança até o centro do caminho. Encara os soldados que estão a cinquenta metros, aponta e descarrega a arma. Seus homens fazem o mesmo, em pé à sua volta. Outros jagunços surgem do mato. Os soldados, afinal, vêm na sua direção. O menino, ainda ao seu lado, encosta a espingarda numa orelha e, fechando os olhos, atira. O chumbo o deixa banhado de sangue.

— Leve a minha espingarda, Pajeú — diz, passando-a. — Cuide bem dela. Eu vou fugir, vou voltar para Belo Monte.

Joga-se no chão e começa a berrar, segurando o rosto. Pajeú corre — as balas zumbem em toda parte — e, seguido pelos jagunços, desaparece na caatinga. Uma companhia avança atrás deles, que se deixam perseguir por um bom tempo; atraem os soldados para as matas de xiquexiques e altos mandacarus, onde são atacados pelas costas pelos homens de Macambira. Decidem retirar-se. Pajeú também dá meia-volta. Dividindo os homens nos quatro grupos de sempre, deu ordens de regressar, adiantar-se à tropa e esperá-la em Baixas, a uma légua de Rosário. No caminho, todos falam da coragem do menino. Os protestantes acreditaram que o tinham ferido? Será que o estão interrogando? Ou, furiosos com a emboscada, vão esquartejá-lo com seus sabres?

Horas depois, nas densas matas da planície argilosa de Baixas — já descansaram, comeram, contaram os homens, descobriram a falta de dois e que há onze feridos —, Pajeú e Taramela veem a vanguarda se aproximar. Na frente da coluna, mancando ao lado de um cavaleiro que o leva amarrado numa corda, no meio de um grupo de soldados, está o menino. Tem a cabeça enfaixada e caminha cabisbaixo. "Acreditaram nele", pensa Pajeú. "Se vai na frente, é porque está servindo de guia." Sente uma onda de ternura pelo curiboca.

Dando-lhe uma cotovelada, Taramela sussurra que os cães não estão na mesma ordem que em Rosário. De fato, as bandeiras das escoltas da frente são encarnadas e douradas em vez de azuis, e os canhões estão na vanguarda, inclusive a Matadeira. Para protegê-los, mandaram companhias varrer a caatinga; se continuarem onde estão, alguma patrulha vai esbarrar neles. Pajeú diz a Macambira e Felício que avancem até Rancho do Vigário, onde na certa a tropa acampará. Engatinhando, sem fazer ruído, sem que seus movimentos alterem a quietude da ramagem, os homens do velho e de Felício se afastam e somem. Pouco depois ouvem-se tiros. Foram descobertos? Pajeú não se mexe: vê a cinco metros, pelo emaranhado de arbustos, um corpo de maçons a cavalo, com lanças compridas terminadas em pontas de metal. Ao ouvir os tiros, os soldados apressam o passo, há galopes, toques de corneta. A fuzilaria continua, aumenta. Pajeú não olha para Taramela, não olha para nenhum dos jagunços apertados contra a terra, encolhidos entre os galhos. Sabe que essa centena e meia de homens permanece, como ele, sem respirar, sem se mexer, pensando que Macambira e Felício podem estar sendo exterminados... O estrondo o sacode dos pés à cabeça. Porém, mais que o tiro de canhão, o que o assusta é o gritinho que o estampido arranca de um jagunço, atrás dele. Não se vira para repreendê-lo; com tantos relinchos e exclamações, é improvável que alguém tenha ouvido. Depois do tiro, faz-se silêncio.

Nas horas seguintes, a cicatriz parece incandescente, irradia ondas ardentes em direção ao seu cérebro. Escolheu mal o lugar, passam duas vezes, às suas costas, patrulhas com mateiros a paisana fazendo voar os arbustos. Será por milagre que não veem os seus homens, apesar de passarem quase pisando neles? Ou esses mateiros são escolhidos do Bom Jesus? Se os descobrirem, poucos escaparão, com esses milhares de soldados vai ser muito fácil cercá-los. É o temor de ver seus homens dizimados, sem terem cumprido a missão, o que transforma sua cara em chaga viva. Mas, agora, seria insensato sair dali.

Quando começa a escurecer, já contou vinte e duas carroças de burros; ainda falta a metade da coluna. Durante cinco horas viu soldados, canhões, animais. Nunca imaginou que houvesse tantos soldados no mundo. A bola vermelha vai caindo com rapidez; em meia hora estará escuro. Manda Taramela levar a metade dos homens para Rancho do Vigário e marca um encontro nas grutas em que há armas escondidas. Aperta seu braço, sussurrando: "Tenha cuidado." Os jagunços partem, tão abaixados que quase tocam os joelhos no peito, de três em três, de quatro em quatro.

Pajeú permanece ali até que o céu fica estrelado. Conta mais dez carroças e já não tem dúvida: é evidente que nenhum batalhão tomou outro rumo. Pondo o apito de madeira na boca, sopra, curtinho. Ficou tanto tempo imóvel que seu corpo inteiro dói. Esfrega com força as panturrilhas antes de começar a andar. Quando vai tocar no chapéu, descobre que não tem mais. Lembra que perdera em Rosário: uma bala o levou, uma bala que lhe transmitiu o calor da sua passagem.

A travessia até Rancho do Vigário, a duas léguas de Baixas, é lenta, cansativa; avançam bem perto da trilha, em fila indiana, detendo-se a todo instante, arrastando-se como minhocas ao atravessar um descampado. Chegam depois de meia-noite. Em vez de se encaminhar para a casa missionária que dá nome ao lugar, Pajeú se desvia para o oeste, rumo ao desfiladeiro rochoso, depois do qual há montanhas com cavernas. É o ponto de reunião. Não apenas Joaquim Macambira e Felício — só perderam três homens no choque com os soldados — estão à sua espera. João Abade também.

Sentados no chão de uma caverna, em volta de um lampião, enquanto bebe a água um tanto salobra de uma cabaça, que para ele tem sabor de glória, e come um pouco de feijão com gosto fresco de azeite, Pajeú conta a João Abade o que viu, fez, temeu e suspeitou desde que saiu de Canudos. Este o ouve, sem interromper, esperando que beba ou mastigue para fazer as perguntas. À sua volta estão Taramela, Mané Quadrado e o velho Macambira, que mete a sua colher para lembrar assustado da Matadeira. Lá fora os jagunços já estão dormindo. A noite é clara, cheia de grilos. João Abade conta que a coluna que vem subindo de Sergipe e Jeremoabo é a metade desta, não mais de dois mil homens. Pedrão e os Vilanova estão à espera deles em Cocorobó. "É o melhor lugar para atacar", diz. "O que vem depois é plano. Há três dias, Belo Monte inteira está fazendo trincheiras, onde havia currais, para o caso de Pedrão e os Vilanova não conseguirem deter a República em Cocorobó." E volta, de imediato, ao assunto que interessa. Concorda com eles: se a coluna veio até Rancho do Vigário, vai atravessar amanhã a serra do Angico. Caso contrário, teria que fazer mais dez léguas a oeste antes de encontrar outro caminho para seus canhões.

— Depois de Angico, começa o perigo — grunhe Pajeú.

Como tantas outras vezes, João Abade risca a terra com a ponta da faca:

— Se eles se desviarem para o Taboleirinho, tudo vai à breca. Nosso pessoal já está esperando os cães em volta da Favela.

Pajeú imagina o desvio em que o declive se bifurca, logo após a pedreira aguda de Angico. Se não forem para o lado de Pitombas, não chegarão à Favela. Por que iriam para o lado de Pitombas? Poderiam muito bem escolher o outro caminho, que desemboca nas encostas do Cambaio e do Taboleirinho.

— Só se encontrarem aqui uma parede de balas — explica João Abade, iluminando com a lamparina a terra riscada. — Se não houver passagem por este lado, só lhes restará seguir em direção a Pitombas e Umburanas.

— Vamos esperá-los na saída de Angico, então — concorda Pajeú. — E mandar bala ao longo de todo o caminho, pela direita. Eles vão entender logo que a passagem está fechada.

— Mas não é só isso — diz João Abade. — Depois, vocês precisam ganhar tempo até João Grande receber reforços, no Riacho. Do outro lado, há bastante gente. Mas não no Riacho.

A fadiga e a tensão se apoderam subitamente de Pajeú, que João Abade vê escorregar de repente sobre o ombro de Taramela, adormecido. Este o deixa deslizar até o chão e apanha o fuzil e a espingarda do menino curiboca, que estavam sobre as pernas de Pajeú. João Abade se despede com um rápido "Louvado seja o Bom Jesus Conselheiro".

Quando Pajeú acorda, o dia desponta no alto do desfiladeiro, mas à sua volta ainda é noite fechada. Sacode Taramela, Felício, Mané Quadrado e o velho Macambira, que também dormiram na caverna. Enquanto uma luz azulada se estende pelas encostas, os jagunços substituem a munição que gastaram em Rosário por outra, enterrada pela Guarda Católica. Cada jagunço põe trezentas balas em seu embornal. Pajeú manda cada um repetir o que vai fazer. Os quatro grupos partem separados.

Ao subir as lajes da serra do Angico, o grupo de Pajeú — vai ser o primeiro a atacar, para deixar-se perseguir dessas colinas até Pitombas, onde os outros estarão esperando — ouve, distantes, as cornetas. A coluna se pôs em marcha. Pajeú deixa dois jagunços no alto do morro e vai se emboscar no sopé, em frente à rampa, passagem obrigatória, único lugar por onde as rodas das carroças podem avançar. Espalha seus homens pelo mato, bloqueando o caminho que se bifurca para o oeste e repete que desta vez não é para fugir. Isso vai ser mais tarde. Primeiro, têm que aguentar firme o tiroteio. Para fazer o Anticristo pensar que há centenas de jagunços à sua frente. Depois, têm que ser vistos, saracotear, rumar para Pitombas. Um dos jagunços desce do pico para dizer que uma patrulha está se aproximando. São seis; deixam os soldados passarem sem atacá-los. Um deles cai do cavalo, porque a laje é escorregadia, principalmente de manhã, devido à umidade acumulada durante a noite. Depois dessa patrulha, passam mais duas, antes dos sapadores com suas pás, picaretas e serras. A segunda patrulha vai na direção de Cambaio. Ruim. Significa que neste ponto vão se separar? Pouco depois surge a vanguarda. Vem logo atrás dos que limpam o caminho. Estarão assim, tão juntos, os nove corpos?

Já está com o fuzil no ombro, medindo o cavaleiro mais velho, que deve ser o chefe, quando estoura um tiro, outro, e várias rajadas. Enquanto observa a confusão na encosta, os protestantes que se atropelam, e, por sua vez, também começa a atirar, Pajeú diz para si mesmo que vai ter que descobrir quem desencadeou a balaceira antes que ele desse o primeiro tiro. Esvazia o pente, devagar, mirando, pensando que, por culpa de quem atirou, os cães tiveram tempo de recuar e refugiar-se no pico.

O fogo para assim que o declive fica deserto. No alto, vislumbram boinas rubro-azuis e brilhos de baioneta. Os soldados, protegidos atrás das pedras, tentam localizá-los. Ouve sons de armas, de homens, de animais, às vezes palavrões. De repente, irrompe pela encosta um pelotão, encabeçado por um oficial que aponta o sabre para a caatinga. Pajeú vê como esporeia com ferocidade seu baio nervoso, que dá coices no ar. Nenhum dos homens cai na descida, todos chegam ao pé do morro apesar da chuva de balas. Mas todos caem, alvejados, assim que invadem a caatinga. O oficial de sabre, atingido por vários tiros, ruge: "Mostrem a cara, covardes!" "Mostrar a cara para que nos matem?", pensa Pajeú. "Isto é o que os ateus chamam de dignidade?" Estranha maneira de pensar; o Diabo não é apenas malvado, mas também estúpido. Está recarregando seu fuzil, superaquecido pelos disparos. O declive se enche de soldados, outros vêm descendo pelas rochas. Enquanto aponta, sempre com calma, Pajeú calcula que são pelo menos cem, talvez cento e cinquenta.

Vê, pelo canto do olho, um jagunço lutando corpo a corpo com um soldado e se pergunta como foi que este chegou até aqui. Põe a faca entre os dentes; é o seu costume, desde os tempos do cangaço. A cicatriz se manifesta e ele ouve, muito perto, muito nítidos, gritos de "Viva a República!", "Viva o marechal Floriano!", "Morra a Inglaterra!"

Os jagunços respondem: "Morra o Anticristo!", "Viva o Conselheiro!", "Viva Belo Monte!"

"Não podemos ficar mais aqui, Pajeú", diz Taramela. Pela encosta desce agora uma massa compacta de soldados, carros de boi, um canhão, homens a cavalo, todos protegidos por duas companhias que invadem a caatinga. Avançam atirando e afundam as baionetas nos arbustos com a esperança de trespassar o inimigo invisível. "Ou vamos embora agora, ou não vamos mais, Pajeú", repete Taramela, mas sua voz não está assustada. Quer ter a certeza de que os soldados vão realmente para Pitombas. Sim, não há dúvida, o fluxo de uniformes se dirige, sem vacilar, rumo ao norte; nenhum deles, exceto os que vasculham o mato, segue para o oeste. Ainda dispara as últimas balas, e em seguida tira a faca da boca e sopra o apito de madeira com toda a força que reúne. Instantaneamente, aqui e ali, surgem os jagunços, encolhidos, engatinhando, correndo, afastando-se de costas, pulando de refúgio em refúgio, desabalados, alguns escapulindo entre os pés dos soldados. "Não perdemos ninguém", pensa, admirado. Torna a soprar o apito e, secundado por Taramela, também inicia a retirada. Demorou muito? Não corre em linha reta, vai traçando um rabisco de curvas, idas, voltas, para dificultar a pontaria do inimigo; vislumbra, à direita e à esquerda, soldados com as armas no rosto ou correndo de baioneta em riste atrás dos jagunços. Enquanto entra na caatinga, a toda velocidade que suas pernas permitem, pensa de novo na mulher, nos dois sujeitos que se mataram por ela: será uma dessas que só trazem desgraças?

Sente-se esgotado, o coração a ponto de estourar. Taramela também parece ofegante. É bom ver ali aquele companheiro leal, amigo de tantos anos, com quem jamais teve uma discussão. Nesse momento surgem à sua frente quatro uniformes, quatro rifles. "Deite-se, deite-se", grita. E se joga no chão rolando, ao ouvir que pelo menos dois atiram. Quando se ergue já está apontando o fuzil para os soldados que avançam na sua direção. O Mannlicher engasgou: o gatilho golpeia sem provocar a explosão. Ouve um tiro e um dos protestantes cai, segurando a barriga. "Sim, Taramela, você é a minha sorte", pensa, enquanto, usando o fuzil como porrete, investe contra os três soldados, desconcertados por um segundo ao verem seu companheiro ferido. Bate e faz um deles cambalear, mas os outros se jogam sobre ele. Sente um ardor, uma pontada. Subitamente o rosto de um dos soldados explode em sangue, e o ouve rugir. Taramela está ali, depois de irromper como um bólido. O inimigo que o ataca não é adversário para Pajeú: muito jovem, transpira, e o uniforme que está usando quase não lhe permite fazer movimentos. Luta até que Pajeú tira o seu fuzil e, então, corre. Taramela e o outro estão no chão, resfolegando. Pajeú se aproxima e, num impulso, enfia a faca até o cabo no pescoço do soldado, que gargareja, estremece e fica imóvel. Taramela está com vários hematomas e Pajeú sangra no ombro. Taramela passa emplastro de ovo e o enfaixa, com a camisa de um dos mortos. "Você é a minha sorte, Taramela", diz Pajeú. "Sou", concorda o outro. Agora não podem mais correr porque, além dos próprios, cada um leva o fuzil e o embornal de um dos soldados.

Pouco depois ouvem um tiroteio. Começa esparso, mas logo ganha intensidade. A vanguarda já está em Pitombas, recebendo as balas de Felício. Pajeú imagina a raiva que vão sentir ao encontrar, pendurados nas árvores, as fardas, as botas, as boinas, as correias do Cortapescoços e ver os restos comidos pelos urubus. O tiroteio continua durante quase toda a marcha até Pitombas, e Taramela comenta: "Quem tem bala de sobra, como eles, pode atirar por atirar." De repente os disparos param. Felício deve ter começado a retirada, servindo de isca para atrair a coluna pelo caminho das Umburanas, onde o velho Macambira e Mané Quadrado estão à sua espera com outra chuva de fogo.

Quando Pajeú e Taramela — precisaram descansar um pouco, pois o peso adicional dos fuzis e embornais os cansa em dobro — chegam à caatinga de Pitombas, ainda há jagunços espalhados. Atiram esporadicamente na coluna que, sem se dar por aludida, continua descendo, em meio a uma poeira amarelada, na direção daquela depressão profunda, antigo leito de rio, que os sertanejos chamam de caminho das Umburanas.

— Não deve doer tanto, porque você ri, Pajeú — diz Taramela.

Pajeú está soprando no apito de madeira, para avisar aos jagunços que já chegou, e pensa que tem o direito de sorrir. Os cães não estão entrando na garganta, batalhão após batalhão, pelo caminho das Umburanas? Esse caminho não os leva, infalivelmente, à Favela?

Ele e Taramela estão numa esplanada coberta de mato, pendurada acima das barrancas desérticas; não precisam se esconder, porque, além de ocuparem um ângulo morto, são protegidos pelos raios de sol, que cegam qualquer soldado que olhar nessa direção. Veem que a coluna, lá embaixo, vai azulando, avermelhando a terra cinzenta. Continuam ouvindo tiros esporádicos. Os jagunços chegam rastejando, emergem de tocas, caem de abrigos escondidos nas árvores. Reúnem-se em torno de

Pajeú e alguém lhe dá uma tigela de leite, que ele toma aos golinhos e deixa um fio branco nas comissuras dos seus lábios. Ninguém pergunta por sua ferida, evitam até olhá-la, como se fosse uma coisa indecente. Pajeú vai comendo um punhado de frutas que põem nas suas mãos: quixabas, pedaços de umbu, mangabas. Ao mesmo tempo, ouve o informe entrecortado de dois homens que Felício tinha deixado lá, enquanto foi ajudar Joaquim Macambira e Mané Quadrado nas Umburanas. Os cães demoraram a reagir quando foram atacados da esplanada, seja porque acharam arriscado subir a encosta e se expor à mira dos atiradores, seja porque adivinhavam que eram grupos insignificantes. Entretanto, quando Felício e seus homens chegaram à beira do barranco e os ateus perceberam que começavam a ter baixas, mandaram várias companhias caçá-los. Assim ficaram algum tempo, eles tentando subir e os jagunços impedindo, até que, afinal, os soldados se infiltraram aqui e ali e os viram desaparecer no mato. Felício partiu pouco depois.

— Agorinha mesmo — diz um dos mensageiros — tudo isto aqui fervilhava de soldados.

Taramela, que tinha contado seus homens, informa a Pajeú que são trinta e cinco. Vão esperar os outros?

— Não há tempo — responde Pajeú. — Estão precisando de nós.

Deixa um mensageiro para orientar os outros, distribui os rifles e embornais que trouxeram e vai pelo alto das barrancas encontrar-se com Mané Quadrado, Felício e Macambira. O descanso lhe fez bem, e também comeu e bebeu. Seus músculos não estão mais doendo; a ferida arde menos. Caminha depressa, sem se esconder, pela trilha acidentada que obriga o grupo a fazer esses. Acompanha, aos seus pés, a progressão da coluna. A vanguarda já está longe, talvez subindo a Favela, pois não a vê sequer nas perspectivas sem obstáculos. O rio de soldados, cavalos, canhões, carroças não tem fim. "É uma cascavel", pensa Pajeú. Cada batalhão são seus anéis, os uniformes, suas escamas, a pólvora dos canhões, o veneno com que empeçonha suas vítimas. Gostaria de poder contar à mulher o que lhe aconteceu.

Então ouve tiros. Tudo correu como João Abade tinha planejado. Lá estão eles, fuzilando a serpente de cima das rochas das Umburanas, dando-lhe o último empurrão em direção à Favela. Ao contornarem um morro, veem um pelotão de cavaleiros subindo. Começa a atirar nos animais, para fazê-los rodar pelo barranco. Que belos cavalos, como sobem qualquer encosta íngreme. A balaceira derruba dois deles, mas vários alcançam o cume. Pajeú dá a ordem de retirada, sabendo, enquanto corre, que os homens devem estar ressentidos, porque os privou de uma vitória fácil.

Quando chegam, afinal, às bocainas em que os jagunços estão espalhados, Pajeú vê que seus companheiros enfrentam uma situação difícil. O velho Macambira, que localiza depois de um bom tempo, explica que os soldados estão bombardeando os picos, provocando desmoronamentos, e cada corpo que passa manda novas companhias atacá-los. "Perdemos muita gente", diz o velho, enquanto manipula seu fuzil com energia e o enche, cuidadosamente, de pólvora que tira de um chifre. "Pelo menos vinte", grunhe. "Não sei se vamos aguentar a próxima investida. O que fazemos?"

De onde está, Pajeú vê, já próximo, o feixe de elevações que compõem a Favela e, mais adiante, o monte Mário. Esses morros, cinza e ocres, agora estão azulados, avermelhados, esverdeados, e se mexem como que infestados de larvas.

— Estão subindo há três ou quatro horas — diz o velho Macambira. — Levaram até os canhões. E também a Matadeira.

— Então fizemos o que tínhamos que fazer — diz Pajeú. — Agora, vamos todos reforçar o Riacho.

Quando as Sardelinhas perguntaram a ela se queria ir ajudá-las a cozinhar para os homens que estavam esperando os soldados em Trabubu e Cocorobó, Jurema disse que sim. Respondeu mecanicamente, como dizia e fazia as coisas. O Anão a censurou e o míope emitiu o som, meio gemido, meio gargarejo, que fazia quando se assustava. Já estavam há mais de dois meses em Canudos, e nunca se separavam.

Pensou que o Anão e o míope ficariam na cidade, mas viu, no comboio de quatro burros, vinte carregadores e uma dúzia de mulheres, que os dois vinham ao seu lado. Enveredaram pelo caminho de Jeremoabo. Ninguém se incomodou com a presença daqueles dois intrusos que não tinham armas, nem picaretas e pás para cavar trincheiras. Passando pelos currais, reconstruídos e novamente cheios de cabras e cabritos, todos começaram a cantar os hinos que, diziam, o Beatinho compôs. Ela ia calada, sentindo através das sandálias o formato das pedrinhas do caminho. O Anão cantava como os outros. O míope, concentrado na operação de ver onde estava pisando, caminhava segurando diante do olho direito a armação de tartaruga em que colara os pedacinhos das lentes quebradas. Aquele homem, que parecia ter mais ossos que os outros, que andava todo desengonçado com esse artefato de cacos de vidro, que se aproximava das coisas e das pessoas como se fosse esbarrar nelas, fazia Jurema se esquecer por momentos dos seus infortúnios. Naquelas semanas em que foi seus olhos, bastão e consolo, chegou a pensar nele como seu filho. Pensar "é meu filho" daquele grandalhão era sua brincadeira secreta, um pensamento que a fazia sorrir. Deus a fizera conhecer gente estranha, gente que nem suspeitava que existisse, como Galileo Gall, os membros do circo ou este ser destrambelhado que acabava de dar um tropeção ao seu lado.

De trecho em trecho, encontravam grupos armados da Guarda Católica nos morros; paravam para distribuir farinha, frutas, rapadura, carne-seca e munição. Volta e meia apareciam mensageiros que interrompiam sua carreira para falar com Antônio Vilanova. A passagem deles provocava cochichos. O assunto era sempre o mesmo: a guerra, os cães que chegavam. Afinal entendeu que eram dois exércitos, aproximando-se um por Queimadas e Monte Santo e o outro por Sergipe e Jeremoabo. Centenas de jagunços tinham partido nessas duas direções nos últimos dias, e toda tarde, nos conselhos, que Jurema presenciava pontualmente, o Conselheiro exortava o povo a rezar por eles. Viu a tristeza que a iminência de uma nova guerra provocava. Mas só pensou que, graças a essa guerra, desaparecera e ia demorar a voltar aquele caboclo maduro e fortão com uma cicatriz na cara cujos olhinhos a assustavam.

O grupo chegou a Trabubu ao anoitecer. Deram de comer aos jagunços entrincheirados nas rochas e três mulheres ficaram com eles. Depois Antônio Vilanova determinou que continuassem até Cocorobó. Percorreram o último trecho às escuras. Jurema deu a mão ao míope. Apesar da sua ajuda, ele escorregou tantas vezes que Antônio Vilanova mandou-o montar num jegue, em cima das sacas de milho. Ao entrarem no desfiladeiro de Cocorobó, Pedrão veio encontrá-los. Era um homem gigantesco, quase tão grande como João Grande, mulato claro e já idoso, com uma carabina antiga que não tirava do ombro nem para dormir. Andava descalço, com as calças pela canela e um colete que deixava à vista seus braços fornidos. Tinha uma barriga redonda que ia coçando quando falava. Jurema ficava apreensiva sempre que o via, devido às histórias que circulavam sobre sua vida em Várzea da Ema, onde tinha feito muitas maldades ao lado desses homens com cara de delinquentes que jamais se separavam dele. Sentia que estar perto de gente como Pedrão, João Abade ou Pajeú, por mais que agora fossem santos, era inseguro, como viver com uma onça, uma cobra ou uma aranha-caranguejeira que, por um obscuro instinto, a qualquer momento podem dar um bote, morder ou picar.

Agora, Pedrão parecia inofensivo, esmaecido pelas sombras em que conversava com Antônio e também com Honório Vilanova, que surgira fantasmagoricamente detrás das rochas. Numerosas silhuetas vieram junto com ele, saindo das brenhas para aliviar os carregadores dos volumes que traziam nas costas. Jurema ajudava a acender os braseiros. Os homens abriam caixas de munição, sacos de pólvora, distribuíam pavios. Ela e as outras mulheres começaram a cozinhar. Os jagunços estavam tão famintos que quase não podiam esperar que fervessem as marmitas. Aglomeravam-se em torno de Assunção Sardelinha, que enchia de água as canecas e latas, enquanto as outras distribuíam punhados de mandioca; quando começou uma confusão, Pedrão ordenou que se acalmassem.

Trabalhou a noite toda, enchendo as panelas inúmeras vezes, assando pedaços de carne, esquentando o feijão. Os enxames de homens pareciam o mesmo homem multiplicado. Vinham de dez em dez, de quinze em quinze, e, quando algum deles reconhecia sua mulher entre as cozinheiras, pegava-a pelo braço e os dois se afastavam para conversar. Por que Rufino nunca cogitou, como tantos sertanejos, em vir para Canudos? Se tivesse vindo, ainda estaria vivo.

Ouviu-se um trovão. Mas o ar estava seco, não podia ser sinal de chuva. Entendeu que era um canhão que retumbava; Pedrão e os Vilanova deram a ordem de apagar as fogueiras e de voltarem para o alto os que estavam comendo. No entanto, depois que os homens saíram, eles ficaram ali, conversando. Pedro disse que os soldados estavam nos arredores de Canche; iam demorar a chegar. Não viajavam de noite, ele os seguira desde Simão Dias e conhecia seus hábitos. Mal escurecia, instalavam barracas e sentinelas, até o dia seguinte. De madrugada, antes de partir, disparavam para cima: aquilo deve ser o tiro, deviam estar saindo de Canche.

— São muitos? — interrompeu, do chão, uma voz que parecia o grasnido de um pássaro. — Quantos são?

Jurema viu que se levantava e se perfilava entre ela e os homens, longilíneo e desconjuntado, tentando enxergar com os óculos aos cacos. Os Vilanova e Pedrão começaram a rir, assim como as mulheres que estavam guardando as tigelas e as sobras de comida. Ela conteve o riso. Sentiu pena do míope. Haveria alguém mais desamparado e acovardado que o seu filho? Tudo o assustava; as pessoas que esbarravam nele, os aleijados, loucos, leprosos que pediam caridade, o rato atravessando o armazém: tudo provocava um gritinho, transfigurava-lhe o rosto, fazia-o buscar a sua mão.

— Não contamos — gargalhou Pedrão. — Para quê, se vamos matar todos eles?

Outra onda de risadas. No alto, começava a clarear.

— É melhor que as mulheres saiam daqui — disse Honório Vilanova.

Como o seu irmão, além do fuzil, estava com pistola e botas. Jurema achava os Vilanova, por sua maneira de vestir, de falar, e até pelo físico, muito diferentes do resto das pessoas de Canudos. Mas ninguém os tratava como se fossem diferentes.

Pedrão, deixando o míope de lado, disse às mulheres que o seguissem. A metade dos carregadores tinha subido o morro, mas o resto estava ali, com os volumes nas costas. Um arco vermelho se levantava atrás dos morros de Cocorobó. O míope continuou no lugar, balançando a cabeça, quando o comboio se pôs em marcha para instalar-se nas rochas, atrás dos combatentes. Jurema pegou sua mão: estava molhada. Seus olhos frágeis e oscilantes a encararam com gratidão. "Vamos", disse ela, arrastando-o. "Estamos ficando para trás." Precisaram acordar o Anão, que dormia a sono solto.

Quando chegaram a um outeiro protegido, perto dos picos, a dianteira do exército estava entrando no desfiladeiro e a guerra tinha começado. Os Vilanova e Pedrão desapareceram, e as mulheres, o míope e o Anão ficaram ali, entre rochas erodidas, ouvindo os tiros. Eram distantes, espaçados. Jurema os ouvia à esquerda e à direita, e pensou que o vento devia empurrar o seu estrondo, pois chegavam muito amortecidos. Não via nada; uma parede de pedras ocultava os atiradores. Aquela guerra, apesar de estar tão perto, parecia muito distante. "São muitos?", balbuciou o míope. Continuava apertando a sua mão. Ela respondeu que não sabia e foi ajudar as Sardelinhas a descarregar os animais e preparar as tinas de água, as panelas com comida, as tiras e os panos para fazer curativos, os emplastros e remédios que o farmacêutico havia embalado numa caixa. Viu o Anão subir até o pico. O míope sentou-se no chão e cobriu o rosto, como se estivesse chorando. Mas quando uma das mulheres gritou que fosse juntar galhos para fazer um teto, levantou-se depressa e Jurema o viu, esforçado, apalpando o solo em busca de galhos, folhas, ramos que vinha entregar aos tropeções. Era tão cômica aquela figurinha que ia e voltava, levantando-se e caindo e olhando para o chão com seus óculos estrambóticos, que as mulheres começaram a caçoar, apontando para ele. O Anão desapareceu entre as rochas.

De repente, os tiros ficaram mais fortes e próximos. As mulheres permaneceram imóveis, escutando. Jurema viu que os estrondos e as rajadas contínuas deixavam seus semblantes muito sérios: tinham esquecido o míope e só se lembravam dos maridos, pais, filhos que, na vertente oposta, eram os alvos desse fogo. O rosto de Rufino se esboçou em sua mente e ela mordeu os lábios. O tiroteio a atordoava, mas não lhe dava medo. Pensava que aquela guerra não lhe dizia respeito e que, por isso, as balas a preservariam. Sentiu uma modorra tão intensa que se enroscou entre as pedras, ao lado das Sardelinhas. Dormiu sem dormir, um sono lúcido, consciente do tiroteio que sacudia os morros de Cocorobó, sonhando repetidamente com outros tiros, os daquela manhã, em Queimadas, no amanhecer em que quase foi morta pelos capangas, quando o forasteiro de fala esquisita a estuprou. Sonhava que, como sabia o que ia acontecer, implorava ao forasteiro que não fizesse aquilo, pois seria a sua ruína, a de Rufino e a do próprio forasteiro, mas este, que não entendia a sua língua, não lhe prestava atenção.

Quando acordou, o míope, aos seus pés, olhava para ela como o Idiota do circo. Dois jagunços bebiam de uma tigela, rodeados pelas mulheres. Levantou-se e foi ver o que estava acontecendo. O Anão não tinha voltado e a fuzilaria era ensurdecedora. Vieram buscar munição; mal conseguiam falar, devido à tensão e à fadiga: o desfiladeiro estava coalhado de ateus, que caíam feito moscas todas as vezes que tentavam um assalto ao morro. Tinham neutralizado várias vezes seus ataques, sem permitir que chegassem à metade da subida. O jagunço que falava, um homenzinho de barba rala, salpicada de pontos brancos, encolheu os ombros: mas eram tantos que nada os fazia recuar. Eles, ao contrário, estavam começando a ficar sem munição.

— E se tomarem as subidas? — Jurema ouviu o míope balbuciar.

— Em Trabubu não vão conseguir pará-los — pigarreou o outro jagunço. — Quase não há mais gente, vieram todos nos ajudar.

Como se isto viesse lembrá-los da necessidade de partir, os jagunços murmuraram "Louvado seja o Bom Jesus" e Jurema os viu escalar as pedras e sumir. As Sardelinhas disseram que precisavam esquentar a comida, pois a qualquer momento iam aparecer outros jagunços.

Enquanto as ajudava, Jurema sentia o míope agarrado na barra das suas saias, tremendo. Adivinhou seu terror, o pânico de que, subitamente, homens fardados começassem a aparecer atrás das pedras, atirando e furando tudo o que encontrassem pela frente. Além da fuzilaria, explodiam tiros de canhão, cujos impactos eram acompanhados por pedras que despencavam, fazendo um barulho de terremoto. Jurema lembrou a indecisão do seu pobre filho durante todas aquelas semanas, sem saber o que fazer da vida, se devia ficar ou fugir. Ele queria ir embora, era o que mais ansiava, e, de noite, quando ouviam, deitados no chão do armazém, a família Vilanova roncar, dizia, trêmulo: queria ir embora, fugir para Salvador, Cumbe, Monte Santo, Jeremoabo, qualquer lugar onde pudesse pedir ajuda, informar aos amigos que estava vivo. Mas como partir dali, se tinham proibido? Aonde podia chegar, sozinho e meio cego? Eles o alcançariam e matariam. Às vezes tentava convencê-la, naqueles sussurrantes diálogos noturnos, a levá-lo para alguma vila onde pudesse contratar um rastreador. Oferecia todas as recompensas do mundo se ela o ajudasse, mas segundos depois se corrigia e dizia que era uma loucura pensar em fugir, pois seriam capturados e mortos. Antes tremia por causa dos jagunços, agora, por causa dos soldados. "Coitado do meu filho", pensou. Sentia-se triste e desanimada. Os soldados iam matá-la? Não se importava. Será verdade que, quando cada homem e cada mulher de Belo Monte morrer, os anjos virão buscar suas almas? Em todo caso, a morte seria um descanso, um sono sem sonhos tristes, algo menos ruim que a vida que levava desde o que aconteceu em Queimadas.

 Todas as mulheres se levantaram. Seguiu com a vista o que olhavam: dez ou doze jagunços vinham saltando dos picos. As explosões do canhão eram tão fortes que Jurema sentia que estouravam dentro da sua cabeça. Junto com as outras, correu ao encontro deles e entendeu que queriam munição: não havia com que lutar, os homens estavam enfurecidos. Quando as Sardelinhas responderam "mas que munição?", pois a última caixa fora levada pouco antes por dois jagunços, os homens se entreolharam, um deles cuspiu no chão e bateu o pé com raiva. Ofereceram comida a eles, mas só quiseram água, passando uma concha de mão em mão: tomavam e corriam morro acima. As mulheres os viram beber, partir, suados, a testa franzida, as veias saltadas, os olhos injetados, sem perguntar nada. O último se dirigiu às Sardelinhas:

 — Voltem para Belo Monte, é melhor. Não vamos aguentar muito. Eles são muitos, não temos balas.

Depois de um instante de dúvida, as mulheres, em vez de irem na direção dos jegues, também se precipitaram morro acima. Jurema ficou confusa. Não iam para a guerra por serem loucas, é que seus homens estavam lá, queriam saber se ainda estavam vivos. Sem pensar mais, correu atrás delas, gritando para o míope — petrificado e boquiaberto — que a esperasse.

Escalando o morro, arranhou as mãos e escorregou duas vezes. A subida era íngreme; seu coração se ressentia e a respiração falhava. No alto viu grandes nuvens ocres, cinzentas, alaranjadas, o vento as fazia, desfazia e refazia, e seus ouvidos, além de tiros, esparsos e próximos, ouviam vozes ininteligíveis. Desceu por um declive sem pedras, engatinhando, tentando enxergar. Encontrou duas pedras encostadas uma na outra e olhou através das camadas de poeira. Pouco a pouco foi vendo, intuindo, adivinhando. Os jagunços não estavam longe, mas era difícil reconhecê-los porque se confundiam com a encosta. Foi localizando-os, agachados atrás de rochas ou moitas de cactos, enfiados dentro de buracos, só com a cabeça de fora. Nos morros do outro lado, que conseguia distinguir apesar do terral, devia haver também muitos jagunços, espalhados, escondidos, atirando. Teve a impressão de que ia ficar surda, aqueles estampidos eram a última coisa que ouviria.

E então percebeu que aquela terra escura, semelhante a um grande bosque, em que se transformava o barranco cinquenta metros abaixo, eram os soldados. Sim, eles: uma mancha que subia e se aproximava, onde havia clarões, cintilações, reflexos, estrelinhas vermelhas que deviam ser tiros, baionetas, espadas, e vislumbrou rostos que apareciam e desapareciam. Olhou para os lados e, à direita, a mancha já estava à sua altura. Sentiu um frio na barriga, teve náuseas e vomitou no próprio braço. Estava sozinha no meio do morro, e aquela onda crescente de uniformes logo a engolfaria. Instintivamente deixou-se escorregar, sentada, até o ninho de jagunços mais próximo: três chapéus, dois de couro e um de palha, num buraco. "Não atirem, não atirem", gritou, enquanto deslizava. Ninguém, contudo, virou-se para olhar quando ela pulou no fosso protegido por um parapeito de pedras. Então viu que dois deles estavam mortos. Um tinha sido atingido por uma explosão que transformou sua cara numa massa vermelha. Parecia abraçado ao outro, que estava com os olhos e a boca cheios de moscas. Mantinham-se eretos, assim como os capotes em que tinham se escondido. O jagunço vivo olhou-a de soslaio, após algum tempo. Mirava com um olho fechado, calculando antes de disparar, e, a cada tiro, o fuzil golpeava seu ombro. Sem deixar de mirar, mexeu os lábios. Jurema não entendeu o que estava dizendo. Engatinhou até ele, em vão. Havia um zumbido nos seus ouvidos e era só isso que escutava. O jagunço apontou alguma coisa, e ela, afinal, entendeu que ele queria a bolsa ao lado do cadáver sem rosto. Entregou-a e viu o jagunço, sentado de pernas cruzadas, limpando o fuzil e municiando-o, tranquilo, como se tivesse todo o tempo do mundo.

— Os soldados já estão aqui — gritou Jurema. — Meu Deus, o que vai acontecer, o que vai acontecer?

Ele encolheu os ombros e se instalou de novo no parapeito. Não seria melhor sair dessa trincheira, voltar para o outro lado, fugir rumo a Canudos? Seu corpo não lhe obedecia, suas pernas estavam moles, se ficasse em pé, desabaria. Por que não apareciam com suas baionetas, por que estavam demorando se os tinha visto tão perto? O jagunço mexia a boca mas ela só ouvia aquele zumbido confuso e, agora, também, sons metálicos: cornetas?

— Não escuto nada, não escuto nada — gritou, com todas as forças. — Estou surda.

O jagunço assentiu e fez um gesto, indicando que alguém estava indo embora. Era jovem, com o cabelo comprido e crespo jorrando das abas do chapéu e a pele um pouco verdosa. Tinha o bracelete da Guarda Católica. "O quê?", rugiu Jurema. Ele indicou que olhasse pelo parapeito. Empurrando os cadáveres, a mulher pôs o rosto numa das aberturas entre as pedras. Os soldados agora estavam mais embaixo, eram eles que se retiravam. "Por que estão descendo, se ganharam?", pensou, ao ver como eram engolidos pelos redemoinhos de terra. Por que iam embora em vez de subir e liquidar os sobreviventes?

Quando o sargento Frutuoso Medrado — Primeira Companhia, Décimo Segundo Batalhão — ouve a corneta ordenando a retirada, pensa ter enlouquecido. Seu grupo de caçadores está à frente da companhia, e esta, à frente do batalhão na carga de baioneta, a quinta do dia, nas ladeiras ocidentais de Cocorobó. Que mandem recuar agora, quando já ocuparam três quartos da encosta, expulsando com suas baionetas e sabres os ingleses dos esconderijos de onde dizimavam os patriotas, é uma coisa que, simplesmente, não entra na cabeça do sargento Frutuoso, embora esta seja bem grande. Mas não há dúvida: agora são muitas as cornetas que dão o toque de retirada. Seus onze homens estão encolhidos, olhando para ele, e, no terral que os envolve, o sargento Medrado os vê tão surpresos quanto ele próprio. O comando terá perdido o juízo, para privá-los da vitória quando só faltava limpar os picos? Os ingleses são poucos e quase não têm munição; o sargento Frutuoso Medrado vê lá do alto os que fugiam das ondas de soldados que irrompiam sobre eles e percebe que não atiram: fazem gestos, mostram facas e facões, jogam pedras. "Ainda não matei meu inglês", pensa Frutuoso.

— O que espera o primeiro grupo de caçadores para cumprir a ordem? — grita o chefe da companhia, o capitão Almeida, que se materializa ao seu lado.

— Primeiro grupo de caçadores! Retirada! — ruge imediatamente o sargento, e seus onze homens se lançam encosta abaixo.

Mas ele não se apressa; desce no mesmo passo que o capitão Almeida.

— A ordem me pegou de surpresa, Excelência — murmura, colocando-se à esquerda do oficial. — Quem entende uma retirada a esta altura?

— Nossa obrigação não é entender, e sim obedecer — grunhe o capitão Almeida, que desliza sobre os calcanhares, usando o sabre como bengala. Mas, pouco depois, acrescenta, sem disfarçar a raiva: — Eu também não entendo. Só faltava liquidá-los, era uma brincadeira.

Frutuoso Medrado pensa que um dos inconvenientes dessa vida militar de que tanto gosta é como podem ser misteriosas as decisões dos chefes. Participou das cinco cargas contra os morros de Cocorobó, e, apesar disso, não se sente cansado. Já está há seis horas em combate, desde que seu batalhão, que esta madrugada estava na vanguarda da coluna, viu-se de repente, na entrada do desfiladeiro, no meio de um fogo cruzado de fuzilaria. Na primeira carga, o sargento ia atrás da Terceira Companhia e viu os grupos de caçadores do alferes Sepúlveda sendo ceifados por rajadas que ninguém localizou de onde vinham. Na segunda, a mortandade também foi tão grande que tiveram que recuar. A terceira carga foi obra de dois batalhões da Sexta Brigada, o Vigésimo Sexto e o Trigésimo Segundo, mas o coronel Carlos Maria de Silva Telles mandou a companhia do capitão Almeida fazer uma manobra envolvente. Não deu resultado, porque, ao escalarem os contrafortes às suas costas, descobriram que se cortavam abruptamente em uma bocaina de espinhos. Na volta, o sargento sentiu uma ardência na mão esquerda: uma bala acabava de levar a ponta do seu mindinho. Não doía e, na retaguarda, enquanto o médico do batalhão punha desinfetante na ferida, fez brincadeiras para levantar o moral dos feridos trazidos nas macas. Na quarta carga foi como voluntário, argumentando que queria se vingar por aquele pedaço de dedo e matar um inglês. Chegaram à metade do morro, mas com tantas perdas que, uma vez mais, tiveram que retroceder. Mas agora os tinham derrotado de cabo a rabo: por que a retirada? Quem sabe para que a Quinta Brigada terminasse o trabalho, dando toda a glória ao coronel Donaciano de Araújo Pantoja, favorito do general Savaget? "Talvez", murmura o capitão Almeida.

No sopé do morro, onde há companhias tentando reorganizar-se, umas empurrando as outras, tropeiros jungindo os animais de tração aos canhões, carroças e ambulâncias, toques de corneta contraditórios, feridos gritando, o sargento Frutuoso Medrado descobre o porquê da súbita retirada: a coluna que vem de Queimadas e Monte Santo caiu numa armadilha e a Segunda Coluna, em vez de invadir Canudos pelo norte, tem que ir em marcha forçada tirá-la do aperto.

O sargento, que entrou no Exército aos quatorze anos, fez a Guerra do Paraguai e lutou nas revoluções que agitaram o Sul desde a queda da monarquia, não se altera com a ideia de marchar, em terreno desconhecido, depois de ter passado o dia inteiro combatendo. E que combate! Os bandidos são valentes, reconhece. Aguentaram várias chuvas de canhoneio sem arredar o pé, obrigando os soldados a ir buscá-los com arma branca e enfrentando-os ferozmente no corpo a corpo: os desgraçados lutam feito paraguaios. Ao contrário dele que, depois de uns goles d'água e umas bolachas, sente-se renovado, seus homens parecem exaustos. São novatos, recrutados em Bagé nos últimos seis meses; este foi o seu batismo. Todos se comportaram bem, não viu ninguém se assustar. Terão mais medo dele que dos ingleses? É um homem enérgico com os subordinados, logo na primeira falha têm que se ver com ele. Em vez das punições regulamentares — perda de folga, prisão, varadas —, o sargento prefere os cascudos, puxões de orelha, pontapés no traseiro ou jogá-los no poço lamacento dos porcos. Estão bem treinados, como provaram hoje. Todos sãos e salvos, menos o soldado Coríntio, que se feriu numas pedras e está mancando. É magricela e caminha envergado pelo peso da mochila. Bom sujeito, o Coríntio, tímido, serviçal, madrugador, e Frutuoso Medrado o trata com favoritismo por ser marido de Florisa. O sargento sente uma comichão e ri para dentro. "Como você é puta, Florisa", pensa. "Tão puta que, eu estando tão longe e no meio de uma guerra, ainda é capaz de levantar meu pau." Sente vontade de gargalhar com as besteiras que lhe vêm à cabeça. Vê Coríntio, mancando, curvado sob a mochila, e lembra o dia em que apareceu com toda desenvoltura no rancho da lavadeira: "Ou você dorme comigo, Florisa, ou Coríntio fica detido todas as semanas, sem direito a visitas." Florisa resistiu um mês; cedeu para ver Coríntio, no começo, mas agora, pensa Frutuoso, continua se deitando com ele porque gosta. Fazem no próprio rancho ou na curva do rio onde ela vai lavar roupa. É uma relação de que Frutuoso se gaba quando está bêbado. Coríntio desconfia? Não, não sabe de nada. Ou finge que não sabe, pois o que pode fazer contra um homem como o sargento que, além de tudo, é seu superior?

Ouve tiros à direita e então vai em busca do capitão Almeida. A ordem é prosseguir, salvar a Primeira Coluna, impedir que os fanáticos a aniquilem. Esses tiros são manobras de distração, os bandidos se reagruparam em Trabubu e querem imobilizá-los. O general Savaget destacou dois batalhões da Quinta Brigada para responder ao desafio, enquanto os outros prosseguem em marcha acelerada até onde se encontra o general Oscar. O capitão Almeida parece tão triste que Frutuoso lhe pergunta se alguma coisa está errada.

— Muitas baixas — murmura o capitão. — Mais de duzentos feridos, setenta mortos, entre eles o comandante Tristão Sucupira. Até o general Savaget está ferido.

— O general Savaget? — diz o sargento. — Mas acabo de vê-lo a cavalo, Excelência.

— Porque é um bravo — responde o capitão. — Está com uma bala incrustada na barriga.

Frutuoso volta para o seu grupo de caçadores. Com tantos mortos e feridos, tiveram sorte: estão ilesos, descontando o joelho de Coríntio e o seu dedo mindinho. Olha o dedo. Não dói mas sangra, a atadura está escura. O médico que lhe fez o curativo, o major Neri, riu quando o sargento quis saber se lhe dariam baixa por invalidez. "Por acaso não viu tantos oficiais e soldados manetas?" Sim, viu. Seu cabelo se arrepia quando pensa que lhe poderiam dar baixa. O que faria? Para ele, que não tem mulher, filhos nem pais, o Exército é todas essas coisas.

Ao longo da marcha, contornando os morros que rodeiam Canudos, os integrantes da infantaria, da artilharia e da cavalaria da Segunda Coluna ouvem tiros diversas vezes, disparados das brenhas. Eventualmente uma companhia se atrasa para dar umas rajadas, enquanto o resto continua. Ao anoitecer, o Décimo Segundo Batalhão faz um alto, afinal. Os trezentos homens se livram de suas mochilas e fuzis. Estão exaustos. Esta noite não é como as outras, como todas as noites desde que saíram de Aracaju e avançaram até aqui, passando por São Cristóvão, Lagarto, Itaporanga, Simão Dias, Jeremoabo e Canche. Até então, nas paradas, os soldados carneavam e saíam à procura de água e lenha, e a noite se enchia de violões, cantos e conversas. Agora, ninguém fala. Até o sargento está cansado.

 O repouso não dura muito para ele. O capitão Almeida convoca os chefes de grupo para saber quantos cartuchos ainda têm e repor os usados, de maneira tal que todos partam com duzentos cartuchos na mochila. Informa que a Quarta Brigada, a que pertencem, agora vai para a vanguarda, e seu batalhão, para a vanguarda da vanguarda. A notícia reaviva o entusiasmo de Frutuoso Medrado, mas a notícia de que serão a ponta de lança não provoca qualquer reação em seus homens, que reiniciam a marcha aos bocejos e sem comentários.

 O capitão Almeida disse que encontrariam a Primeira Coluna ao amanhecer, mas, menos de duas horas depois, os batedores da Quarta Brigada divisam a massa escura da Favela onde, segundo os mensageiros, o general Oscar está cercado pelos bandidos. A voz das cornetas perfura a noite sem brisa, morna, e, pouco depois, ouve-se ao longe a resposta de outras cornetas. Um coro de vivas agita o batalhão: os companheiros da Primeira Coluna estão lá. O sargento Frutuoso vê que seus homens, também comovidos, agitam os quepes e gritam "Viva a República!", "Viva o marechal Floriano!".

 O coronel Silva Telles manda prosseguir em frente até a Favela. "É contra a tática dos regulamentos jogar-se assim na boca do lobo, em terreno desconhecido", resmunga o capitão Almeida com os alferes e sargentos enquanto dá as últimas recomendações: "Avançar feito escorpião, um passinho aqui, outro acolá, manter distância e evitar surpresas." O sargento Frutuoso também não considera muito inteligente marchar de noite sabendo que o inimigo se interpõe entre a Primeira Coluna e eles. Mas a proximidade do perigo logo o ocupa por inteiro; à frente do seu grupo, ele perscruta à direita e à esquerda na paisagem pedregosa.

 O tiroteio cai súbito, próximo, fulminante, e abafa o som das cornetas da Favela que os orientam. "Para o chão, para o chão", ruge o sargento, espremendo-se contra as pedras. Apura o ouvido: os tiros vêm da direita? Sim, da direita. "Estão à nossa direita", ruge. "Fogo neles, rapazes." E enquanto atira, apoiado no cotovelo esquerdo, pensa que, graças a esses bandidos ingleses, está presenciando coisas estranhas, como bater em retirada de um combate já ganho e lutar no escuro confiando que Deus há de orientar as balas contra os inimigos. Mas essas balas não podem atingir outros soldados, antes? Lembra-se de alguns preceitos da instrução: "A bala desperdiçada enfraquece quem a desperdiça, só se atira quando se vê contra quê." Seus homens devem estar rindo. Vez por outra, entre os disparos, ouvem-se maldições, gemidos. Afinal vem a ordem de cessar fogo; soam de novo as cornetas da Favela, chamando-os. O capitão Almeida mantém a companhia deitada por mais um tempo, até ter certeza de que os bandidos tinham sido repelidos. Os caçadores do sargento Frutuoso Medrado abrem a marcha.

"Entre companhia e companhia, oito metros. Entre batalhão e batalhão, dezesseis. Entre brigada e brigada, cinquenta." Quem pode conservar a distância na escuridão? O regulamento também diz que o chefe de grupo deve ir na retaguarda durante o deslocamento, à frente no ataque e no meio ao formarem o quadrado. Entretanto, o sargento vai na frente porque pensa que, se ficar para trás, seus homens podem fraquejar, nervosos como andam nesta escuridão de onde, a qualquer instante, brotam disparos. A cada meia hora, a cada hora, talvez a cada dez minutos — não sabe bem, pois esses ataques-relâmpago, que duram pouco, que afetam mais seus nervos que seus corpos, confundem sua percepção do tempo —, uma chuva de balas os obriga a jogar-se no chão e responder da mesma forma, mais por razões de honra que de eficácia. Desconfia que são poucos os que atiram, talvez dois ou três homens. Mas a escuridão é uma vantagem para os ingleses, que os veem mas não são vistos pelos patriotas, o que deixa o sargento nervoso e extenuado. Como estarão seus homens se, com toda a sua experiência, ele se sente assim?

Às vezes as cornetas da Favela parecem mais distantes. Os toques recíprocos pontuam a marcha. Há dois breves descansos, para que os soldados bebam água e verifiquem as baixas. A companhia do capitão Almeida está intacta, mas não a do capitão Noronha, em que há três feridos.

— Estão vendo, sortudos, vocês não sofreram nada — o sargento levanta o ânimo do grupo.

Começa a amanhecer e, sob a luz ainda fraca, a sensação de que terminou o pesadelo do tiroteio no escuro, de que agora, sim, vão ver onde pisam e quem os ataca, faz o sargento sorrir.

O último trecho é uma brincadeira em comparação com o anterior. Os aclives da Favela já estão próximos e, na claridade que se expande, o sargento distingue a Primeira Coluna, umas manchas azuladas, uns pontinhos que, pouco a pouco, vão se transformando em silhuetas, em animais, em carroças. Aparentemente há muita desordem, uma confusão enorme. Frutuoso Medrado pensa que esse amontoamento tampouco parece seguir muito as táticas e o regulamento. E está comentando com o capitão Almeida — os grupos se uniram e a companhia marcha em fileiras de quatro, à frente do batalhão — que o inimigo sumiu, quando emergem da terra, a poucos passos, entre os ramos e galhos do matagal, cabeças, braços, canos de fuzis e carabinas que cospem fogo simultaneamente. O capitão Almeida luta para tirar o revólver do coldre e se dobra, abrindo a boca como se estivesse sem ar, e o sargento Frutuoso Medrado, com sua cabeçorra em efervescência, percebe rapidissimamente que seria um suicídio jogar-se no chão, pois o inimigo está muito perto; e dar meia-volta também, pois o alvejariam pelas costas. De maneira que, de fuzil em punho, ordena a plenos pulmões: "Ataquem, ataquem, ataquem!", e dá o exemplo, pulando na direção da trincheira dos ingleses, cuja entrada se abre atrás de uma proteção de pedra. Cai lá dentro e tem a impressão de que o gatilho não dispara, mas está certo de que a baioneta se cravou num corpo. Fica incrustada e não consegue arrancá-la. Solta o fuzil e se lança contra a figura que está mais perto, visando o pescoço. Não para de rugir: "Ataquem, ataquem, fogo neles!", enquanto bate, cabeceia, aperta, morde e se dissolve num redemoinho em que alguém recita os elementos que, dependendo da tática, compõem o ataque corretamente efetuado: reforço, apoio, reserva e cordão.

Quando, um minuto ou um século depois, abre os olhos, seus lábios repetem: reforço, apoio, reserva, cordão. Isso é o ataque misto, desgraçados! Mas de que comboio de provisões estão falando? Está lúcido. Não na trincheira, mas numa bocaina árida; vê à sua frente um barranco íngreme, cactos, e, em cima, o céu azul, uma bola avermelhada. O que faz aqui? Como veio parar neste lugar? Quando saiu da trincheira? A história do comboio retumba em seus ouvidos com angústia e soluços. Faz um esforço sobre-humano para girar a cabeça. Vê então o soldadinho. Sente alívio; temia que fosse um inglês. O soldadinho está de bruços, a menos de um metro, delirando, e quase não o entende, porque fala para o chão. "Tem água?", consegue perguntar. A dor chega ao cérebro do sargento como uma pontada ígnea. Fecha os olhos e faz um esforço para controlar o pânico. Está ferido de bala? Onde? Fazendo outro esforço, enorme, olha: da sua barriga sai uma raiz pontuda. Demora a perceber que a lança curva não só o atravessa de lado a lado mas também o fixa no chão. "Estou furado, estou cravado", pensa. Pensa: "Vou receber uma medalha." Por que não consegue mexer as mãos, os pés? Como puderam espetá-lo assim, sem ver nem sentir nada? Tinha perdido muito sangue? Não quer olhar a barriga outra vez. Vira-se para o soldadinho:

— Ajude-me, ajude-me — implora, sentindo sua cabeça estourar. — Tire isto, puxe. Temos que subir o barranco, vamos nos ajudar.

De repente, acha estúpido falar em subir o barranco, quando não consegue mexer nem um dedo.

— Levaram todos os transportes, toda a munição também — choraminga o soldadinho. — Não foi culpa minha, Excelência. A culpa é do coronel Campelo.

Ouve que ele soluça como uma criança e pensa que talvez esteja bêbado. Sente ódio e raiva desse desgraçado que choraminga em vez de agir e pedir ajuda. O soldadinho levanta a cabeça e olha para ele.

— Você é do Segundo de Infantaria? — pergunta o sargento, sentindo a língua dura dentro da boca. — Da brigada do coronel Silva Telles?

— Não, Excelência — soluça o soldadinho. — Sou do Quinto de Infantaria, da Terceira Brigada. A do coronel Olímpio da Silveira.

— Não chore, não seja estúpido, venha me ajudar a tirar isto da barriga — diz o sargento. — Venha, desgraçado.

Mas o soldadinho encosta a cabeça no chão e chora.

— Então você é um desses que viemos salvar dos ingleses — diz o sargento. — Venha e salve-me agora, idiota.

— Eles nos tiraram tudo! Roubaram tudo! — chora o soldadinho. — Eu disse ao coronel Campelo que o comboio não podia se atrasar tanto, que iam nos isolar da coluna. Eu disse, eu disse a ele! E veja o que aconteceu, Excelência! Roubaram até o meu cavalo!

— Esqueça o comboio que roubaram, venha e me tire isto — grita Frutuoso. — Quer que morramos feito cachorros? Não seja idiota, pense bem!

— Os carregadores nos traíram! Os guias também! — choraminga o soldadinho. — Eram espiões, Excelência, eles também levaram armas. Veja só, faça a conta. Vinte carroças com munição, sete com sal, farinha, açúcar, cachaça, alfafa, quarenta sacos de milho. Levaram mais de cem cabeças de gado, Excelência! O senhor entende a loucura do coronel Campelo? Eu avisei. Sou o capitão Manuel Porto e nunca minto, Excelência: foi culpa dele.

— O senhor é capitão? — balbucia Frutuoso Medrado. — Desculpe, Excelência. Não vi seus galões.

A resposta é um estertor. O outro fica mudo e imóvel. "Morreu", pensa Frutuoso Medrado. Sente um calafrio. Pensa: "Capitão! Parecia um recruta." Ele também vai morrer a qualquer momento. Os ingleses venceram, Frutuoso. Esses estrangeiros desgraçados mataram você. E nesse momento vê duas silhuetas se perfilarem na beira do barranco. O suor não permite ver se estão fardados, mas grita "Socorro, socorro!". Tenta se mexer, torcer o corpo, para que vejam que está vivo e venham. Sua cabeçorra é um braseiro. As silhuetas descem o declive aos pulos e ele sente que vai chorar quando percebe que estão vestidos de azul-claro, que usam botas. Tenta gritar: "Tirem este pau da minha barriga, rapazes."

— Está me reconhecendo, sargento? Sabe quem sou? — diz o soldado que, estupidamente, em vez de se agachar para soltá-lo, encosta a ponta da baioneta no seu pescoço.

— Claro que o reconheço, Coríntio — ruge. — O que está esperando, idiota? Tire isto da minha barriga! O que está fazendo, Coríntio? Coríntio!

O marido de Florisa está enfiando a baioneta em seu pescoço ante o olhar enojado do outro, que Frutuoso Medrado também identifica: Argemiro. Ainda chega a pensar que, então, Coríntio sabia.

III

— E como essa gente que saiu às ruas para linchar os monarquistas, lá, no Rio do Janeiro e em São Paulo, não iria acreditar, se os que estavam às portas de Canudos e podiam ver a verdade com os próprios olhos acreditavam? — perguntou o jornalista míope.

Tinha escorregado da poltrona de couro para o chão e ali estava, sentado no assoalho de madeira, com os joelhos encolhidos e o queixo sobre um deles, falando como se o barão não estivesse lá. Começava a tarde, e os dois eram envolvidos por um mormaço quente e embotador, que se filtrava pelas frestas das janelas do jardim. O barão já tinha se acostumado com as mudanças bruscas do interlocutor, que passava de um assunto para outro sem avisar, obedecendo a urgências íntimas, e não se incomodava mais com a linha fraturada da conversa, intensa e brilhante em certos momentos, depois imobilizada em períodos de vácuo em que, às vezes ele, às vezes o jornalista, outras vezes os dois, retraíam-se para refletir ou recordar.

— Os correspondentes — explicou o jornalista míope, contorcendo-se num daqueles movimentos imprevisíveis que sacudiam seu pequeno esqueleto e pareciam estremecer cada uma de suas vértebras. Atrás dos óculos, seus olhos piscaram, rápidos — podiam ver mas não viam. Só viram aquilo que foram ver. Mesmo que não estivesse ali. Não eram um ou dois. Todos encontraram provas evidentes da conspiração monárquico-britânica. Como se explica isto?

— A credulidade das pessoas, seu apetite por fantasia, por ilusão — disse o barão. — Tinham que explicar de algum modo essa coisa inconcebível: bandos de lavradores e de vagabundos derrotando três expedições do Exército, resistindo meses a fio às Forças Armadas do país. A conspiração era uma necessidade: por isso a inventaram e acreditaram nela.

— O senhor deveria ler as crônicas do meu substituto no *Jornal de Notícias* — disse o jornalista míope. — Aquele que Epaminondas Gonçalves mandou quando pensou que eu estava morto. Um bom homem. Honesto, sem imaginação, sem paixões nem convicções. O homem ideal para dar uma versão desapaixonada e objetiva do que acontecia lá.

— Estavam morrendo e matando dos dois lados — murmurou o barão, olhando-o com piedade. — É possível ter distância e objetividade numa guerra?

— Na primeira crônica que escreveu, os oficiais da coluna do general Oscar descobrem nos arredores de Canudos quatro observadores louros e bem vestidos, misturados com os jagunços — disse, devagar, o jornalista. — Na segunda, a coluna do general Savaget encontra entre os jagunços mortos um elemento branco, louro, com correias de oficial e um gorro de crochê feito à mão. Ninguém conseguiu identificar seu uniforme, jamais usado por nenhum dos corpos militares do país.

— Um oficial de Sua Graciosa Majestade, sem dúvida? — sorriu o barão.

— E, na terceira crônica, aparece uma carta, encontrada no bolso de um jagunço capturado, sem assinatura mas com uma letra inequivocamente aristocrática — continuou o jornalista, sem ouvi-lo. — Dirigida ao Conselheiro, explicando por que é preciso restaurar um governo conservador e monárquico, temente a Deus. Tudo indica que o autor da carta era o senhor.

— O senhor era realmente tão ingênuo que acreditava ser verdade tudo o que se escreve nos jornais? — perguntou o barão. — Sendo jornalista?

— E há também uma crônica sobre os sinais de luz — continuou o jornalista míope, sem responder. — Graças a eles, os jagunços podiam comunicar-se de noite a grandes distâncias. As misteriosas luzes se apagavam e se acendiam, transmitindo códigos tão sutis que os técnicos do Exército não conseguiram decifrar as mensagens.

Sim, não havia dúvida, apesar de suas travessuras boêmias, do ópio, do éter e dos candomblés, ele era uma pessoa ingênua e angelical. Isto não era raro, costumava acontecer com intelectuais e artistas. Canudos o transformara, evidentemente. O que tinha feito dele? Um amargurado? Um cético? Talvez um fanático? Os olhos míopes o olhavam fixamente, detrás das lentes.

— O importante nessas crônicas são os subentendidos — concluiu a vozinha, metálica, esganiçada, incisiva. — Não o que elas dizem, mas o que sugerem, o que deixam por conta da imaginação. Foram ver oficiais ingleses. E viram. Conversei com o meu substituto, uma tarde inteira. Ele não mentiu em momento algum, não se deu conta de que mentia. Simplesmente, escreveu não o que via e sim o que imaginava e sentia, aquilo que todos à sua volta imaginavam e sentiam. E assim foi se tecendo essa teia compacta de fábulas e mentiras que não há como desenredar. Como se irá saber, então, a história de Canudos?

— Pois então, o melhor é esquecê-la — disse o barão. — Não vale a pena perder tempo com ela.

— Mas o cinismo também não é a solução — retrucou o jornalista míope. — Além do mais, não acredito na sinceridade desta sua atitude, de desprezo solene pelo que aconteceu.

— É indiferença, não desprezo — corrigiu o barão. Estela tinha ficado algum tempo longe dos seus pensamentos, mas agora estava de novo ali e, com ela, a dor amarga, corrosiva, que o transformava num ser arrasado e submisso. — Já lhe disse que não tenho o menor interesse pelo que aconteceu em Canudos.

— Tem, sim, barão — vibrou a vozinha do míope. — Pela mesma razão que eu: porque Canudos mudou a sua vida. Por causa de Canudos, sua esposa perdeu o juízo e o senhor perdeu boa parte de sua fortuna e poder. Claro que se interessa. Por isso não me mandou embora, por isso estamos conversando há tantas horas...

Sim, talvez ele tivesse razão. O barão de Canabrava sentiu um gosto amargo na boca; estava farto dele e não havia qualquer motivo para continuar o diálogo, mas não podia mandá-lo embora agora. O que o impedia? Acabou confessando a si mesmo, a ideia de ficar sozinho, sozinho com Estela, sozinho com essa tragédia terrível.

— Mas não apenas viam o que não existia — acrescentou o jornalista míope. — Ainda por cima, ninguém viu o que havia lá de verdade.

— Frenólogos? — murmurou o barão. — Anarquistas escoceses?

— Padres — disse o jornalista míope. — Ninguém os menciona. E estavam lá, espionando para os jagunços ou lutando ombro a ombro ao seu lado. Mandando informações ou levando remédios, contrabandeando salitre e enxofre para fabricar explosivos. Não é surpreendente? Não era importante?

— Tem certeza? — o barão se interessou.

— Conheci um deles, quase posso dizer que fomos amigos — confirmou o jornalista míope. — O padre Joaquim, vigário de Cumbe.

O barão examinou seu hóspede:

— Aquele padre cheio de filhos? Aquele bêbado, praticante dos sete pecados capitais, estava em Canudos?

— É um bom indício do poder de persuasão do Conselheiro — afirmou o jornalista. — Além de transformar ladrões e assassinos em santos, catequizou os padres corrompidos e simoníacos do sertão. Homem inquietante, não é mesmo?

Aquela velha história subiu à memória do barão, chegando do fundo do tempo. Ele e Estela, seguidos por um pequeno séquito de homens armados, entravam em Cumbe e se dirigiam imediatamente à igreja, obedecendo aos sinos que chamavam para a missa de domingo. O famoso padre Joaquim, apesar dos seus esforços, não conseguia esconder as marcas do que devia ter sido uma noite em claro cheia de música, cachaça e saias. Lembrou-se da contrariedade da baronesa diante dos esquecimentos e erros do padre, as náuseas que este sentiu em plena cerimônia e sua fuga precipitada para vomitar. Tornou a ver, até, o rosto da sua concubina: não era, por acaso, aquela moça que chamavam de "fazedora de chuva", porque sabia detectar cacimbas subterrâneas? De maneira que o padre farrista também tinha virado conselheirista.

— Sim, conselheirista e, de certa forma, herói — o jornalista soltou uma gargalhada que produziu o efeito de um deslizamento de pedrinhas na sua garganta; como costumava ocorrer, dessa vez o riso também terminou em espirros.

— Era um padre pecador, mas não era burro — refletiu o barão. — Quando estava sóbrio, podia-se conversar com ele. Homem lúcido e até com leituras. Não posso acreditar que também tenha caído sob o feitiço de um charlatão, como os analfabetos do sertão...

— A cultura, a inteligência, os livros não têm nada a ver com a história do Conselheiro — disse o jornalista míope. — Mas isto é o de menos. O mais surpreendente não é que o padre Joaquim tenha virado jagunço. É que o Conselheiro fez dele um valente, logo ele, que sempre foi covarde — piscou, aturdido. — É a conversão mais difícil, a mais milagrosa. Posso afirmar. Eu sei o que é o medo. E o padre de Cumbe era um homem com imaginação suficiente para saber sentir pânico, para viver no terror. E, no entanto...

Sua voz ficou oca, sem substância, e seu rosto fez uma careta. O que lhe havia acontecido, de repente? O barão percebeu que seu hóspede lutava para se acalmar, para vencer alguma coisa que o prendia. Tentou ajudar:

— E, no entanto...? — animou-o.

— E, no entanto, passou meses, talvez anos, viajando pelos povoados, fazendas, minas, comprando pólvora, dinamite, espoletas. Inventando mentiras para justificar essas compras que deviam chamar tanto a atenção. E, quando o sertão ficou cheio de soldados, sabe como arriscava a pele? Escondendo barricas de pólvora no baú dos objetos de culto, entre o sacrário, o cálice das hóstias, o crucifixo, a casula, os paramentos. Passava nas barbas da Guarda Nacional, do Exército. Dá para imaginar o que significa agir assim sendo covarde, tremendo, suando frio? Dá para imaginar a convicção que é preciso ter?

— O catecismo está cheio de histórias parecidas, meu amigo — murmurou o barão. — Os flechados, os devorados por leões, os crucificados, os... Mas, de fato, não é fácil imaginar o padre Joaquim fazendo essas coisas pelo Conselheiro.

— É preciso ter uma convicção profunda — repetiu o jornalista míope. — Uma segurança íntima, total, uma fé que, sem dúvida, o senhor nunca sentiu. Nem eu...

Balançou outra vez a cabeça como uma galinha inquieta e se alçou com seus longos braços ossudos até a poltrona de couro. Brincou alguns segundos com as mãos, suspicaz, antes de continuar:

— A Igreja condenou formalmente o Conselheiro como herético, supersticioso, agitador e perturbador de consciências. O arcebispo da Bahia proibiu os padres de deixá-lo predicar nos púlpitos. É preciso ter uma fé absoluta para, sendo padre, desobedecer à própria Igreja, ao próprio arcebispo, e correr o risco de se condenar para ajudar o Conselheiro.

— O que o deixa tão angustiado? — perguntou o barão. — A suspeita de que o Conselheiro fosse de fato um novo Cristo, que veio pela segunda vez redimir os homens?

Disse isto sem pensar e, assim que falou, ficou constrangido. Tinha pretendido fazer uma piada? Mas nem ele nem o jornalista míope sorriam. Viu o outro negar com a cabeça, o que podia ser uma resposta ou sua maneira de afugentar uma mosca.

— Até nisso pensei — disse o jornalista míope. — Se era Deus, se Deus o enviou, se Deus existia... Não sei. Seja como for, desta vez não ficaram discípulos para propagar o mito e levar a boa-nova aos pagãos. Só restou um, que eu saiba; duvido que seja suficiente...

Deu outra gargalhada e os espirros o ocuparam por um bom tempo. Quando terminou, estava com o nariz e os olhos irritados.

— Porém, mais que na sua possível divindade, pensei no espírito solidário, fraterno, no vínculo indestrutível que ele conseguiu forjar entre aquela gente — disse o jornalista míope, num tom patético. — Assombroso, comovente. A partir de 18 de julho, só estavam abertos os caminhos de Chorrochó e de Riacho Seco. O que seria lógico? Que o povo tentasse sair de lá, fugir por esses trajetos antes que também fossem cortados, não é mesmo? Mas foi ao contrário. As pessoas queriam entrar em Canudos, continuavam chegando de todos os lados, desesperadas, apressadas, para se meter na ratoeira, no inferno, antes que os soldados fechassem o cerco. Percebe? Lá nada era normal.

— O senhor falou de padres no plural — interrompeu o barão. Aquele assunto, a solidariedade e a vontade de imolação coletiva dos jagunços, deixava-o perturbado. Tinha surgido várias vezes no diálogo, e ele sempre o evitava, como agora.

— Não conheci os outros — respondeu o jornalista, parecendo também aliviado por mudar de assunto. — Mas existiam, o padre Joaquim recebia informações e ajuda deles. E, afinal, talvez até estivessem lá, espalhados, perdidos na massa de jagunços. Alguém me falou de um tal padre Martins. Sabe quem é? O senhor o conheceu, faz anos, muitos anos. A filicida de Salvador, isso lhe recorda alguma coisa?

— A filicida de Salvador? — perguntou o barão.

— Eu assisti ao julgamento quando ainda usava calças curtas. Meu pai era defensor público, advogado de pobres, e a defendeu. Eu a reconheci, apesar de não vê-la, apesar de já terem passado vinte ou vinte e cinco anos. O senhor lia jornais, não lia? Todo o Nordeste se apaixonou pelo caso de Maria Quadrado, a filicida de Salvador. O imperador transformou sua pena de morte em prisão perpétua. Não se lembra? Pois ela também estava em Canudos. Vê como é uma história sem fim?

— Disso eu já sei — disse o barão. — Todos os que tinham contas com a justiça, com a própria consciência ou com Deus encontraram refúgio em Canudos. Era natural.

— Que se refugiassem lá, sim, mas não que se tornassem pessoas diferentes. — O jornalista, sem saber o que fazer com seu corpo, tornou a escorregar para o chão flexionando as longas pernas. — Ela era a santa, a Mãe dos Homens, a superiora das beatas que cuidavam do Conselheiro. Atribuíam milagres a ela, diziam que tinha peregrinado com o Conselheiro pelo mundo inteiro.

A história foi se reconstruindo na memória do barão. Um caso célebre, motivo de falatórios sem fim. Era empregada de um tabelião e tinha sufocado o filho recém-nascido enfiando-lhe um novelo de lã na boca porque, como a criança chorava muito, tinha medo de perder o emprego por sua culpa. Ficou com o cadáver vários dias debaixo da cama, até que a dona da casa descobriu-o pelo cheiro. A moça confessou tudo na hora. Durante o julgamento, manteve uma atitude mansa e respondeu com franqueza e boa vontade a todas as perguntas. O barão se lembrava da polêmica que a personalidade da filicida provocou entre os que defendiam a tese da "catatonia irresponsável" e os que a consideravam "um instinto perverso". Tinha fugido da cadeia, então? O jornalista mudou de assunto outra vez:

— Antes de 18 de julho houve muitas coisas terríveis, mas, na realidade, só nesse dia apalpei e cheirei e engoli o horror, até senti-lo nas tripas. — O barão viu o míope dar um tapa na barriga. — Nesse mesmo dia a encontrei, conversei com ela e soube que era a filicida com quem eu tanto tinha sonhado na infância. Ela me ajudou, porque eu tinha ficado sozinho.

— Em 18 de julho eu estava em Londres — disse o barão. — Não estou a par dos pormenores da guerra. O que houve nesse dia?

— Vão atacar amanhã — ofegou João Abade, que chegara correndo. Nesse momento se lembrou de algo importante: — Louvado seja o Bom Jesus.

Fazia um mês que os soldados estavam nos morros da Favela e a guerra se eternizava: tiroteios esparsos e disparos de canhão, geralmente na hora dos sinos. Na alvorada, ao meio-dia e no fim da tarde as pessoas só circulavam em certos lugares. O homem se acostuma, cria rotinas para tudo, não é? Morria gente, toda noite havia enterros. Os bombardeios às cegas destruíam fieiras de casas, estripavam os velhos e as crianças, quer dizer, aqueles que não iam para as trincheiras. Parecia que tudo continuaria assim, indefinidamente. Mas não, ia ser bem pior, como acabava de dizer o Comandante da Rua. O jornalista míope estava sozinho, pois Jurema e o Anão tinham ido levar a comida de Pajeú, quando entraram no armazém os homens que dirigiam a guerra: Honório Vilanova, João Grande, Pedrão, o próprio Pajeú. Estavam inquietos, bastava sentir o seu cheiro, a atmosfera do local exalava tensão. E, entretanto, ninguém se surpreendeu quando João Abade informou que os soldados atacariam amanhã. Ele sabia de tudo. Iam bombardear Canudos a noite inteira, para amaciar as defesas, e às cinco da madrugada começaria o assalto das tropas. Sabia por onde. Falavam com tranquilidade, dividiam as tarefas, você os espera aqui, temos que bloquear a rua ali, fazer barreiras acolá, é melhor eu ir por aqui porque podem mandar cães por este lado. O barão podia imaginar o que ele sentia, ouvindo isso? Surgiu, então, a questão do papel. Que papel? Um papel que um párvulo de Pajeú trouxera a toda velocidade. Houve debates, perguntaram se ele podia lê-lo e tentou, com sua lente de cacos, iluminando com uma vela, decifrar o que dizia o tal papel. Não conseguiu. Então João Abade mandou chamar o Leão de Natuba.

— Nenhum dos lugares-tenentes do Conselheiro sabia ler? — perguntou o barão.

— Antônio Vilanova sabia, mas não estava em Canudos — disse o jornalista míope. — E também aquele que mandaram buscar, o Leão de Natuba. Outro íntimo, outro apóstolo do Conselheiro. Lia, escrevia, era o sábio de Canudos.

Calou-se, interrompido por uma série de espirros que o deixou curvado, segurando a barriga.

— Eu não podia ver os detalhes, as partes dele — sussurrou depois, ofegando. — Só o vulto, a forma, ou, melhor dizendo, a falta de forma. Isso bastava para adivinhar o resto. Andava de quatro, tinha uma cabeça enorme e uma grande corcunda. Mandaram chamá-lo, e ele veio com Maria Quadrado. Leu o papel. Eram as instruções do comando para o ataque da madrugada.

A voz profunda, melódica, normal, enumerava os dispositivos de batalha, a posição dos regimentos, as distâncias entre as companhias, entre os combatentes, os sinais, os toques, e, enquanto isso, o medo ia se apoderando dele, junto com uma ansiedade sem limites pelo retorno de Jurema e o Anão. Antes que o Leão de Natuba acabasse de ler, a primeira parte do plano dos soldados entrou em execução: o bombardeio de amaciamento.

— Agora sei que naquele momento só atiravam contra Canudos nove canhões e que nunca atiraram ao mesmo tempo mais de dezesseis — disse o jornalista míope. — Mas nessa noite pareciam mil, era como se todas as estrelas do céu tivessem começado a nos bombardear.

O estrondo fazia as telhas de zinco vibrarem, estremecia as prateleiras e o balcão, e ouviam-se desabamentos, quedas, gritos, correrias e, nas pausas, a inevitável gritaria das crianças. "Começou", disse um dos jagunços. Saíram para ver, voltaram, disseram a Maria Quadrado e ao Leão de Natuba que não podiam voltar para o Santuário porque o caminho estava sendo varrido pelo fogo, e o jornalista ouviu que a mulher insistia em regressar. João Grande dissuadiu-a, jurando que assim que o tiroteio amainasse ele mesmo iria levá-los ao Santuário. Os jagunços partiram e o jornalista entendeu que Jurema e o Anão — se ainda estivessem vivos — tampouco poderiam voltar do Rancho do Vigário. Entendeu, com um horror incomensurável, que teria que suportar todo aquilo sem outra companhia além da santa e o monstro quadrúmano de Canudos.

— De que está rindo agora? — perguntou o barão de Canabrava.

— É baixo demais para contar — balbuciou o jornalista míope. Ficou ensimesmado por alguns instantes e, de repente, levantou o rosto e exclamou: — Canudos mudou minhas ideias sobre a história, sobre o Brasil, sobre os homens. Mas, principalmente, sobre mim mesmo.

— Pelo tom da sua voz, não foi para melhor — murmurou o barão.

— Exatamente — sussurrou o jornalista. — Graças a Canudos, tenho um conceito muito pobre de mim mesmo.

Não era também o seu próprio caso, de certo modo? Canudos não desarrumava a sua vida, suas ideias, seus costumes, como um torvelinho belicoso? Não tinha deteriorado suas convicções e ilusões? Reviu a imagem de Estela, nos seus aposentos do segundo andar, com Sebastiana aos pés da cadeira de balanço, talvez relendo para ela trechos dos seus romances preferidos, quem sabe penteando-a ou fazendo-a ouvir as caixinhas de música austríacas, e o rosto abstraído, distante, inatingível, da mulher que foi o grande amor de sua vida — essa mulher que, para ele, sempre simbolizou a alegria de viver, a beleza, o entusiasmo, a elegância —, voltou a encher de fel o seu coração. Fazendo um esforço, falou da primeira coisa que lhe passou pela cabeça:

— O senhor mencionou Antônio Vilanova — disse, precipitadamente. — O comerciante, não é? Um ser ambicioso e calculista como poucos. Eu o conheci muito bem, ele e o irmão. Foram fornecedores de Calumbi. Também virou santo?

— Para fazer negócios é que não estava lá — o jornalista míope recuperou seu riso sarcástico. — Era difícil fazer negócios em Canudos. Não circulava o dinheiro da República. O senhor não sabia que esse era o dinheiro do Cão, do Diabo, dos ateus, protestantes e maçons? Por que acha que os jagunços tiravam as armas dos soldados, mas não as carteiras?

"Quer dizer que, afinal de contas, o frenólogo não estava tão errado", pensou o barão. "Quer dizer que, graças à sua loucura, Gall pôde pressentir algo da loucura que foi Canudos."

— Ele não ficava se benzendo ou batendo no peito — prosseguiu o jornalista míope. — Era um homem prático, realizador. Sempre em movimento, organizando, parecia uma máquina de energia perpétua. Durante aqueles cinco meses infinitos, providenciou que Canudos tivesse o que comer. Por que faria isso no meio das balas e da carniça? Não há outra explicação. O Conselheiro o tocara em alguma fibra secreta.

— Como o seu caso — disse o barão. — Faltou pouco para que também virasse santo.

— Até os últimos momentos ele saía para trazer comida — disse o jornalista, sem prestar atenção no que ouvia. — Ia com poucos homens, às escondidas. Atravessavam as linhas, assaltavam comboios. Sei como agiam. Provocavam uma debandada com o som infernal dos seus trabucos. Na confusão, tocavam dez, quinze bois até Canudos. Para que os homens que iam morrer pelo Bom Jesus pudessem lutar um pouco mais.

— Sabe de onde vinha esse gado? — interrompeu o barão.

— Dos comboios que o Exército mandava de Monte Santo para a Favela — disse o jornalista míope. — Como as armas e as balas dos jagunços. Uma das excentricidades dessa guerra: o Exército abastecia as próprias forças e as do adversário.

— Os roubos dos jagunços eram roubos de roubos — suspirou o barão. — Muitas dessas vacas e cabras eram minhas. E raras vezes compradas. Quase sempre tiradas dos meus homens pelos lanceiros gaúchos. Tenho um amigo fazendeiro, o velho Murau, que está processando o Estado pelas vacas e ovelhas que os soldados comeram. Pede setenta contos de réis, nada menos.

Semiadormecido, João Grande sente o cheiro do mar. Uma sensação morna percorre o seu corpo, qualquer coisa parecida com a felicidade. Nestes anos em que, graças ao Conselheiro, encontrou sossego para o turbilhão dilacerante que era a sua alma quando servia ao Diabo, só sente saudade de uma coisa, às vezes. Há quantos anos não vê, não cheira, não sente o mar no corpo? Não tem ideia, mas sabe que já passou muito tempo desde a última vez que o viu, do alto daquele promontório cercado de canaviais onde a senhorita Adelinha Isabel de

Gumúcio subia para ver os crepúsculos. Tiros isolados lhe recordam que a batalha não terminou, mas não se perturba: sua consciência lhe diz que ainda que estivesse totalmente acordado nada mudaria, pois nem ele nem qualquer dos homens da Guarda Católica encolhidos nessas trincheiras tinham um único cartucho de Mannlicher, uma bala de espingarda nem um grão de pólvora para acionar as armas de explosão fabricadas pelos ferreiros de Canudos que a necessidade tinha transformado em armeiros.

Por que permanecem, então, nesses buracos dos morros, na garganta ao pé da Favela onde os cães se aglomeram? Estão cumprindo ordens de João Abade. Este, depois de se certificar de que todas as forças da Primeira Coluna já se encontravam na Favela, imobilizadas pelo tiroteio dos jagunços que cercam os morros e atiram de parapeitos, trincheiras, esconderijos, foi tentar capturar o comboio de munição, víveres, bois e cabras dos soldados que, graças à topografia e à perseguição de Pajeú, vem muito atrás. João Abade, que espera surpreender o comboio nas Umburanas e desviá-lo para Canudos, pediu a João Grande que a Guarda Católica impeça, custe o que custar, que os regimentos que já estão na Favela retrocedam. Semiadormecido, o ex-escravo pensa que os cães devem ser muito burros, ou tinham perdido muita gente, porque, até agora, nenhuma patrulha tentou voltar ao caminho das Umburanas para averiguar o que houve com o comboio. Os homens da Guarda Católica sabem que, frente à menor tentativa dos soldados de sair da Favela, devem partir contra eles e cortar sua passagem com facas, facões, baionetas, unhas e dentes. O velho Joaquim Macambira e sua gente, emboscados do outro lado da picada aberta pelos soldados, carroças e canhões ao passarem rumo à Favela, vão fazer o mesmo. Eles não tentarão, estão muito concentrados em responder ao fogo que recebem de frente e dos lados, ocupados demais em bombardear Canudos para adivinhar o que sucede às suas costas. "João Abade é mais inteligente que eles", sonha. Não deu certo a ideia de atrair os cães para a Favela? Não foi também ideia dele que Pedrão e os Vilanova fossem esperar os outros diabos no desfiladeiro de Cocorobó? Lá também devem ter destroçado os maçons. O cheiro do mar, que entra em seu nariz e o embriaga, leva-o para longe da guerra. Vê ondas e sente na pele a carícia da água espumosa. É a primeira vez que dorme, depois de quarenta e oito horas de combate.

Duas horas depois, um mensageiro de Joaquim Macambira o acorda. É um dos seus filhos, jovem, esbelto, de cabelo comprido, que, de cócoras na trincheira, espera pacientemente João Grande recompor as ideias. O pai precisa de munição, seus homens quase não têm balas nem pólvora. Com a língua entorpecida pelo sono, João Grande lhe explica que eles também não. Receberam alguma mensagem de João Abade? Nenhuma. E de Pedrão? O jovem diz que sim: teve que se retirar de Cocorobó, ficaram sem munição e perderam muita gente. Tampouco puderam deter os cães em Trabubu.

João Grande está, afinal, completamente acordado. Isto significa que o exército de Jeremoabo vem para cá?

— Vem — diz o filho de Joaquim Macambira. — Pedrão e os cabras que não morreram já estão em Belo Monte.

Talvez fosse o que a Guarda Católica deveria fazer: voltar a Canudos para defender o Conselheiro do ataque que parece inevitável, se o outro exército se encaminha mesmo para cá. O que Joaquim Macambira vai fazer? O jovem não sabe. João Grande decide ir falar com o velho.

É tarde da noite e o céu está salpicado de estrelas. Depois de instruir os homens para não saírem dali, o ex-escravo avança silenciosamente pelo cascalho da descida, ao lado do jovem Macambira. Com tantas estrelas, vê com pesar os cavalos estripados e comidos pelos urubus, e o cadáver da velha. Na véspera, e parte do dia anterior, estivera observando esses animais montados pelos oficiais, as primeiras vítimas da fuzilaria. Tem certeza de ter matado, ele também, vários deles. Era preciso, o Pai e o Bom Jesus Conselheiro e Belo Monte estavam em jogo, o que há de mais precioso nesta vida. E mataria de novo, quantas vezes for preciso. Mas em sua alma alguma coisa protesta e sofre ao ver esses animais caírem relinchando e agonizarem horas a fio, com as vísceras espalhadas pelo chão e uma pestilência envenenando o ar. Ele sabe de onde vem esse sentimento de culpa, de estar pecando, que o embarga quando atira contra os cavalos dos oficiais. É a lembrança dos cuidados que cercavam os cavalos da fazenda, onde o amo Adalberto de Gumúcio impôs a parentes, empregados e escravos a religião dos cavalos. Ao ver as sombras disseminadas dos cadáveres dos animais, enquanto atravessa a picada agachado ao lado do jovem Macambira, pergunta-se por que o Pai mantém tão vivos em sua cabeça certos fatos do seu passado de pecador, como a saudade do mar, como o amor aos cavalos.

Então vê o cadáver da velha e sente um baque de sangue no peito. Só viu por um segundo, o rosto banhado pela lua, os olhos abertos e enlouquecidos, seus dois únicos dentes sobressaindo dos lábios, o cabelo desgrenhado, a testa e o cenho crispados. Não sabe seu nome mas a conhece muito bem, faz tempo que ela veio se instalar em Belo Monte com uma numerosa família de filhos, filhas, netos, sobrinhos e agregados, numa casinha de barro da rua Coração de Jesus. A primeira que os canhões do Cortapescoços destroçaram. A velha estava na procissão e, quando voltou para casa, só viu um monte de escombros sob os quais encontrou três das suas filhas e todos os netos, uma dúzia de crianças que dormiam empilhadas em duas redes e no chão. A mulher tinha subido às trincheiras das Umburanas com a Guarda Católica, quando esta chegou, há três dias, para esperar os soldados. Junto com as outras mulheres, cozinhou, trouxe água da aguada vizinha para os jagunços, mas, quando começou o tiroteio, João Grande e os outros homens a viram de repente, em meio à fumaça, avançar aos tropeções pelo cascalho e chegar até a picada, onde — devagar, sem tomar qualquer precaução — começou a perambular entre os soldados feridos, exterminando-os com um pequeno punhal. Viram que mexia nos cadáveres fardados e, antes que as balas a derrubassem, chegou a despir alguns, cortar-lhes a virilidade e enfiá-la em suas bocas. Durante o combate, enquanto via passar soldados e cavaleiros, e os via morrer, atirar, empurrar-se, pisar nos próprios feridos e mortos, fugir do tiroteio e precipitar-se pelo único caminho livre — os morros da Favela —, João Grande voltava constantemente os olhos para o cadáver dessa velha que acabava de deixar para trás.

Quando se aproxima de um lodaçal cheio de pés de mandioca, cactos e um ou outro umbuzeiro, o jovem Macambira leva o apito de madeira à boca e faz um som que parece de maritaca. Um outro som, idêntico, responde. Puxando João pelo braço, o jovem o guia pelo lodaçal, onde se enfiam até os joelhos, e pouco depois o ex-escravo está bebendo a água adocicada de uma cabaça junto com Joaquim Macambira, ambos de cócoras sob uma ramada em volta da qual muitas pupilas brilham.

O velho está angustiado, mas João Grande se surpreende ao descobrir que sua angústia se deve exclusivamente ao canhão largo, longuíssimo, lustroso, puxado por quarenta bois que viu no caminho de Jueté. "Se a Matadeira atirar, as torres e as paredes do Templo do Bom Jesus vão voar pelos ares, e Belo Monte desaparecerá", resmunga, lúgubre. João Grande ouve com atenção. Joaquim Macambira lhe inspira reverência, há nele algo de venerável e patriarcal. É muito velho, seus cabelos brancos caem em cachos sobre os ombros, e uma barba rala branqueia seu rosto curtido, com um nariz cheio de calombos. Nos olhos enrugados vibra uma energia incontrolável. Tinha sido dono de uma grande plantação de macaxeira e milho, entre Cocorobó e Trabubu, um lugar que se chama justamente Macambira. Trabalhava nessas terras com seus onze filhos e brigava com os vizinhos por questões de limites. Um dia largou tudo e se mudou com sua enorme família para Canudos, onde ocupam meia dúzia de casas em frente ao cemitério. Todos em Belo Monte tratam o velho com um pouco de apreensão, porque tem fama de orgulhoso.

Joaquim Macambira mandou mensageiros perguntar a João Abade se, dadas as circunstâncias, deve continuar cuidando das Umburanas ou recuar para Canudos. Ainda não teve resposta. E ele, o que acha? João Grande sacode a cabeça com tristeza: não sabe o que fazer. Por um lado, o mais urgente é ir correndo a Belo Monte proteger o Conselheiro, pois pode haver um ataque pelo norte. Por outro lado, João Abade não disse que é imprescindível que eles protejam sua retaguarda?

— Mas com quê? — ruge Macambira. — Com as mãos?

— Sim — admite humildemente João Grande —, se não houver outra coisa.

Decidem permanecer nas Umburanas até ter notícias do Comandante da Rua e se despedem com um simultâneo "Louvado seja o Bom Jesus Conselheiro". Quando se interna outra vez no lodaçal, agora sozinho, João Grande ouve os apitos que parecem maritacas, avisando aos jagunços que o deixem passar. Enquanto avança chapinhando na lama e sentindo na cara, nos braços e no peito as picadas dos mosquitos, tenta imaginar a Matadeira, esse artefato que tanto assusta o velho Macambira. Deve ser enorme, mortífera, trovejante, um dragão de aço que vomita fogo, para assustar um valente como ele. O Maligno, o Dragão, o Cão é realmente poderosíssimo, tem recursos infinitos, pode mandar inimigos cada vez mais numerosos e bem armados atacarem Canudos. Até quando o Pai queria pôr à prova a fé dos católicos? Já não tinham padecido o suficiente? Não tinham sofrido bastante fome, mortes, sofrimentos? Não, ainda não. Como disse o Conselheiro: a penitência será do mesmo tamanho que as nossas culpas. E como a culpa dele é mais grave que a dos outros, terá, sem dúvida, que pagar bem mais. Porém é um grande consolo estar defendendo a boa causa, saber que se luta ao lado de São Jorge e não do Dragão.

Quando chega à trincheira, já começa a amanhecer; com exceção das sentinelas em cima das pedras, os homens, espalhados pelas encostas, continuam dormindo. João Grande está se encolhendo, sentindo que o sono o relaxa, quando um galope o faz levantar-se com um pulo. Em meio a uma nuvem de poeira, oito ou dez cavaleiros vêm na sua direção. Batedores, a vanguarda de uma tropa que vem proteger o comboio? Na luz ainda fraca, uma chuva de flechas, dardos, pedras e lanças se despeja das encostas sobre a patrulha, e ouvem-se tiros no lodaçal onde está Macambira. Os cavaleiros regressam à Favela. Agora sim, tem certeza de que a tropa de reforços para o comboio vai aparecer a qualquer instante, numerosa, impossível de ser detida por homens que agora só têm balestras, baionetas e facas, e João Grande roga ao Pai que João Abade tenha tempo de realizar seu plano.

Aparecem uma hora depois. Mas então a Guarda Católica já tinha obstruído de tal modo a garganta com os cadáveres dos cavalos, mulas e soldados, e com pedras, arbustos e cactos que fazem rolar pelas encostas, que são necessárias duas companhias de sapadores para reabrir a passagem. Não é fácil, pois, além da fuzilaria que Joaquim Macambira lança sobre eles com suas últimas balas, e que os obriga a recuar duas vezes, quando os sapadores começam a dinamitar os obstáculos, João Grande e uma centena de homens se arrastam até eles e os forçam a lutar corpo a corpo. Antes que apareçam mais soldados, ferem e matam muitos, além de tomar alguns rifles e as preciosas mochilas de munição. Quando João Grande, primeiro apitando e depois aos gritos, dá a ordem de retirada, muitos de seus jagunços ficam para trás, mortos ou agonizando. Já no alto, protegido da tempestade de balas atrás das pedras, o ex-escravo tem tempo de verificar que está ileso. Manchado de sangue, sim, mas de sangue alheio; limpa o corpo com areia fina. Será vontade divina que em três dias de guerra não tenha recebido um só arranhão? De bruços, ofegante, vê no caminho agora desimpedido os soldados passando em colunas de quatro em direção à posição de João Abade. São dezenas, centenas. Vão proteger o comboio, sem dúvida, pois, apesar de todas as provocações da Guarda Católica e de Macambira, não se incomodam em subir as encostas ou invadir o lodaçal. Limitam-se a salpicar os dois flancos com o tiroteio de pequenos grupos de soldados, que pousam um joelho no chão para disparar. João Grande já não hesita. Aqui não pode mais ajudar o Comandante da Rua. Certifica-se de que a ordem de recuar chegue a todos, saltando entre penhascos e outeiros, indo de trincheira em trincheira, descendo por trás dos morros para ver se as mulheres que vieram cozinhar já partiram. Não estão mais lá. Então, começa também a voltar para Belo Monte.

E o faz seguindo um braço serpenteante do Vaza-Barris, que só se enche nas grandes crescentes. No esquálido leito forrado de pedregulhos, João sente o calor da manhã aumentar. Caminha lentamente, indagando pelos mortos, adivinhando a tristeza do Conselheiro, do Beatinho, da Mãe dos Homens quando souberem que esses irmãos vão apodrecer à intempérie. Sente pena ao pensar nesses rapazes, a muitos dos quais ensinou a atirar, agora transformados em alimento para os abutres, sem um enterro com orações. Mas como podiam resgatar seus restos?

Ao longo de todo o trajeto ouvem tiros, na direção da Favela. Um jagunço estranha que Pajeú, Manuel Quadrado e Taramela, que estão alvejando os cães naquela frente, possam fazer tantos disparos. Mas João Grande lembra que a maior parte da munição foi entregue aos homens dessas trincheiras, que se interpõem entre Belo Monte e a Favela. E que até os ferreiros se mudaram para lá com suas bigornas e foles para continuar fundindo chumbo perto dos combatentes. Mas quando avista Canudos sob umas nuvenzinhas que devem ser explosões de granadas — o sol está alto, as torres do Templo e as casas caiadas reverberam —, João Grande pressente a boa-nova. Pisca, olha, calcula, compara. Sim, disparam rajadas contínuas do Templo do Bom Jesus, da igreja de Santo Antônio, dos parapeitos do cemitério, assim como das barrancas do Vaza-Barris e da Fazenda Velha. De onde saiu tanta munição? Minutos depois um menino lhe traz uma mensagem de João Abade.

— Então ele voltou a Canudos — exclama o ex-escravo.

— Com mais de cem vacas e muitos fuzis — diz o menino, entusiasmado. — E caixas de balas, granadas e latas grandes de pólvora. Roubou tudo isso dos cães e agora Belo Monte inteiro está comendo carne.

João Grande pousa a manzorra na cabeça do menino e refreia sua emoção. João Abade quer que a Guarda Católica vá para a Fazenda Velha, reforçar Pajeú, e que o ex-escravo se encontre com ele na casa de Vilanova. João Grande encaminha seus homens pelos barrancos do Vaza-Barris, ângulo morto que os protegerá dos tiros da Favela, rumo à Fazenda Velha, um quilômetro de meandros e esconderijos cavados, aproveitando os desníveis e sinuosidades do terreno, que são a primeira linha de defesa de Belo Monte, a apenas meia centena de metros dos soldados. Desde que voltou, o caboclo Pajeú toma conta dessa frente.

Chegando a Belo Monte, João Grande quase não pode ver nada porque a densidade do terral deforma tudo. O tiroteio é muito intenso, e o estrondo dos disparos vem acompanhado pelos ruídos de telhas quebrando, paredes desmoronando e latas retinindo. O menino o puxa pela mão: ele sabe onde não há tiros. Nestes dias de explosões e tiroteio, as pessoas estabeleceram uma geografia de segurança e só circulam por certas ruas e por certo ângulo de cada rua, a salvo da metralha. Os animais trazidos por João Abade estão sendo carneados no beco do Espírito Santo, transformado em curral e matadouro, e lá se formou uma longa fila de velhos, crianças e mulheres, esperando suas rações, enquanto Campo Grande se assemelha a um acampamento militar devido à quantidade de caixas, barris e cunhetes de fuzis, entre os quais se agita uma multidão de jagunços. Os jegues que arrastaram essa carga têm as marcas dos regimentos bem visíveis, e alguns sangram por causa das chicotadas e relincham, aterrorizados pelo estrondo. João Grande vê um burro morto ser devorado por cachorros esqueléticos, entre nuvens de moscas. Reconhece Antônio e Honório Vilanova em cima de um estrado; gritando e gesticulando, distribuem as caixas de munição, levadas às pressas, correndo pelo lado setentrional das casas, por jagunços jovens, de dois em dois, alguns tão crianças como este que não o deixa chegar perto dos Vilanova e o obriga a entrar na antiga casa-grande, onde, diz, o Comandante da Rua o espera. Foi ideia de Pajeú aproveitar os meninos de Canudos — que chamam de párvulos — como mensageiros. Quando propôs isso, neste mesmo armazém, João Abade disse que era arriscado, eles não tinham responsabilidade e sua memória falhava, mas Pajeú insistiu, refutando: na sua experiência, os meninos sempre foram rápidos, eficientes e também abnegados. "Pajeú tinha razão", pensa o ex-escravo vendo a mão pequenina que não larga a sua até deixá-lo na frente de João Abade, que, encostado no balcão, bebe e mastiga, calmo, ouvindo Pedrão, rodeado por uma dúzia de jagunços. Ao vê-lo, faz sinal de que se aproxime e aperta sua mão com força. João Grande quer dizer o que sente, agradecer, cumprimentá-lo por ter conseguido armas, munição e comida, mas, como sempre, alguma coisa o retém, intimida, envergonha: só o Conselheiro é capaz de romper essa barreira que o impede, desde que se entende por gente, de transmitir aos outros os sentimentos de sua alma. Cumprimenta as pessoas movendo a cabeça ou com palmadas nas costas. De repente sente um enorme cansaço e se acocora no chão. Assunção Sardelinha põe nas suas mãos uma tigela cheia de carne assada na brasa com farinha e um jarro d'água. Durante algum tempo ele se esquece da guerra e de quem é, e come e bebe com felicidade. Quando termina, vê que João Abade, Pedrão e os outros estão calados, esperando-o, e se sente confuso. Balbucia uma desculpa.

Está explicando o que aconteceu nas Umburanas quando um trovão indescritível o levanta e sacode seu corpo. Por alguns segundos todos ficam imóveis, encolhidos, as mãos cobrindo a cabeça, sentindo vibrarem as pedras, o teto, os objetos do armazém, como se tudo, por efeito da interminável vibração, fosse partir-se em mil pedaços.

— Estão vendo, percebem? — entra rugindo o velho Joaquim Macambira, irreconhecível embaixo da lama e da poeira. — Viu o que é a Matadeira, João Abade?

Em vez de responder, este ordena ao párvulo que guiou João Grande, e que a explosão tinha jogado nos braços de Pedrão, de onde sai com o rosto desfigurado de medo, que veja se o canhão danificou o Templo do Bom Jesus ou o Santuário. Depois faz um sinal a Macambira, para que se sente e coma um pouco. Mas o velho está frenético e, enquanto mordisca um pedaço de carne que Antônia Sardelinha lhe dá, continua falando da Matadeira com horror e ódio. João Grande ouve-o resmungar: "Se não fizermos alguma coisa, aquilo vai nos enterrar."

E de repente João Grande vê, num sonho plácido, uma tropilha de garbosos alazões galopando por uma praia arenosa e avançando contra o mar branco de espuma. Há um cheiro de canaviais, de mel recém-feito, de bagaço de cana triturado que perfuma o ar. Entretanto, a felicidade de ver esses animais lustrosos, relinchando de alegria entre as ondas frescas, dura pouco, pois subitamente surge do fundo do mar um enorme e mortífero artefato, cuspindo fogo como o Dragão que Oxóssi, nos candomblés do Mocambo, extermina com uma espada reluzente. Alguém berra: "O Diabo vencerá." O susto o faz acordar.

Atrás de uma cortina de remelas vislumbra, sob a luz vacilante de uma lamparina, três pessoas comendo: a mulher, o cego e o Anão que chegaram a Belo Monte com o padre Joaquim. É noite, não há mais ninguém no recinto, tinha dormido muitas horas. Sente um remorso que o desperta por completo. "O que aconteceu?", grita, levantando-se. O cego deixa o pedaço de carne cair e ele o vê apalpar a terra, procurando.

"Mandei que o deixassem dormir", escuta a voz de João Abade, e nas sombras se perfila sua silhueta robusta. "Louvado seja o Bom Jesus Conselheiro", murmura o ex-escravo e começa a pedir desculpas, mas o Comandante da Rua interrompe: "Você precisava dormir, João Grande, ninguém vive sem dormir." Senta-se num barril, ao lado da lamparina, e o ex-escravo vê que está abatido, com os olhos fundos e a testa crispada. "Enquanto eu sonhava com cavalos, você lutava, corria, ajudava", pensa. Sente tanta culpa que nem nota que o Anão se aproxima dele com uma latinha de água. João Abade bebe e a devolve.

O Conselheiro está a salvo, no Santuário, e os ateus não saíram da Favela; dão uns tiros, de vez em quando. No rosto cansado de João Abade se adivinha inquietação. "O que está havendo, João? Posso fazer alguma coisa?" O Comandante da Rua olha para ele com afeto. Embora não conversem muito, o ex-escravo sabe, desde as velhas peregrinações, que o ex-cangaceiro gosta dele; demonstrou-o mais de uma vez.

— Joaquim Macambira e os filhos vão subir o morro da Favela, para silenciar a Matadeira — diz. As três pessoas sentadas no chão param de comer e o cego estica a cabeça, com o olho direito colado nuns óculos que são um quebra-cabeça de vidrinhos. — É difícil que cheguem lá em cima. Mas, se chegarem, podem inutilizar a coisa. É fácil. Basta quebrar a espoleta ou explodir o carregador.

— Posso ir com eles? — interrompe João Grande. — Meto pólvora no cano, vai tudo pelos ares.

— Pode ajudar os Macambira a subir — diz João Abade. — Mas não ir com eles, João Grande. Somente ajudar a chegar lá. É um plano dele, decisão dele. Venha, vamos.

Quando estão saindo, o Anão aborda João Abade e com uma voz adocicada procura agradá-lo: "Se quiser, eu conto de novo a Terrível e Exemplar História de Roberto, o Diabo, João Abade." O ex-cangaceiro o afasta, sem responder.

Lá fora, a noite é alta e nebulosa. Não brilha uma única estrela. Não se ouvem tiros e não se vê gente em Campo Grande. Nem tampouco luz nas casas. Os bois foram levados, assim que escureceu, para trás do Mocambo. O beco do Espírito Santo fede a carniça e a sangue ressecado, e, enquanto ouve o plano dos Macambira, João Grande vê miríades de moscas em volta dos despojos que os cães mordiscam. Sobem a Campo Grande até a esplanada das igrejas, fortificada pelos quatro lados, com barreiras duplas e triplas de tijolos, pedras, caixotes de terra, carroças viradas, barris, portas, latas, estacas, atrás das quais há homens armados amontoados. Descansam, deitados no chão, conversam em torno de pequenos braseiros e, numa das esquinas, um grupo canta, animado com um violão. "Como se pode ser tão pequeno a ponto de não resistir ao sono nem quando se trata de salvar a alma ou arder no fogo eterno?", pensa, atormentado.

Na porta do Santuário, ocultos atrás de um parapeito alto de sacos e caixotes de terra, eles conversam com os homens da Guarda Católica enquanto esperam os Macambira. O velho, os onze filhos e suas mulheres estão com o Conselheiro. João Grande seleciona mentalmente os rapazes que vão acompanhá-lo e pensa que gostaria de ouvir o que o Conselheiro está dizendo a essa família que vai se sacrificar pelo Bom Jesus. Quando saem, o velho está com os olhos brilhantes. O Beatinho e a mãe Maria Quadrado os acompanham até o parapeito e os abençoam. Os Macambira abraçam suas mulheres, que choram agarradas a eles. Mas Joaquim Macambira interrompe a cena, dizendo que é hora de partir. As mulheres vão rezar com o Beatinho no Templo do Bom Jesus.

A caminho das trincheiras da Fazenda Velha, apanham o equipamento que João Abade ordenou: barras, alavancas, petardos, machados, martelos. O velho e seus filhos distribuem o material em silêncio, enquanto João Abade explica que a Guarda Católica vai distrair os cães, com um ataque falso, enquanto eles rastejam até a Matadeira. "Vamos ver se os párvulos a localizaram", diz.

Sim, localizaram, confirma Pajeú, ao recebê-los na Fazenda Velha. A Matadeira está na primeira elevação, logo atrás do monte Mário, junto com outros canhões da Primeira Coluna. Foram colocados em fila, entre sacos e cunhetes cheios de pedras. Dois párvulos se arrastaram até lá e contaram, depois da terra de ninguém e da linha de atiradores mortos, três postos de vigilância nas encostas quase verticais da Favela.

João Grande deixa João Abade e os Macambira com Pajeú e desliza pelos labirintos escavados ao longo desse terreno contíguo ao Vaza-Barris. Desses buracos e fossas os jagunços infligiram o mais duro castigo aos soldados que, assim que chegaram aos picos e avistaram Canudos, precipitaram-se morro abaixo na direção da cidade aos seus pés. A terrível fuzilaria os fez parar subitamente, e virar-se, revirar-se, atropelar-se, pisotear-se, esbarrar-se e descobrir que não podiam recuar, nem avançar, nem fugir pelos flancos, e que sua única opção era jogar--se no chão e construir defesas. João Grande caminha entre os jagunços que dormem; a cada tanto, uma sentinela se afasta dos parapeitos para falar com ele. O ex-escravo acorda quarenta homens da Guarda Católica e explica o que vão fazer. Não se surpreende ao saber que essa trincheira quase não teve baixas; João Abade tinha previsto que a topografia, ali, protegeria os jagunços melhor que em qualquer outra parte.

Quando volta à Fazenda Velha com os quarenta rapazes, João Abade e Joaquim Macambira estão discutindo. O Comandante da Rua quer que os Macambira usem fardas de soldados, diz que assim terão mais probabilidades de chegar até o canhão. Joaquim Macambira se nega, indignado.

— Não quero me condenar — grunhe.

— Não vai se condenar. É só para que você e seus filhos voltem com vida.

— Minha vida e a vida dos meus filhos é assunto nosso — troveja o velho.

— Como quiser — resigna-se João Abade. — Que o Pai os acompanhe, então.

— Louvado seja o Bom Jesus Conselheiro — despede-se o velho.

Quando já estão se internando pela terra de ninguém, aparece a lua. João Grande pragueja entre os dentes e ouve seus homens murmurando. É uma lua amarela, redonda, enorme, que substitui as trevas por uma claridade tênue que revela a superfície terrosa, sem arbustos, que se perde nas sombras densas da Favela. Pajeú vai com eles até o pé da encosta. João Grande não para de pensar: como pôde adormecer quando todos estavam acordados? Espia a cara de Pajeú. Está há três, quatro dias sem dormir? Fustigou os cães desde Monte Santo, trocou tiros com eles em Angico e Umburanas, voltou a Canudos para acossá-los daqui, está fazendo isso há dois dias e continua bem-disposto, tranquilo, hermético, guiando-os junto com os dois párvulos que vão substituí-lo como guias na subida. "Ele não teria dormido", pensa João Grande. Pensa: "O Diabo me adormeceu." Fica assustado, pois apesar dos anos que passaram e da calma que o Conselheiro deu à sua vida, vez por outra ainda é atormentado pela suspeita de que o Demônio que entrou no seu corpo, na longínqua tarde em que matou Adelinha de Gumúcio, continua escondido nas sombras da sua alma, esperando a oportunidade propícia para perdê-lo outra vez.

De repente, o terreno fica íngreme, vertical, à sua frente. João se pergunta se o velho Macambira conseguirá subir. Pajeú aponta para a linha de atiradores mortos, visíveis à luz da lua. São muitos soldados; eram a vanguarda e caíram à mesma altura, dizimados pela balaceira dos jagunços. Na penumbra, João Grande vê brilhar os botões de suas correias, as insígnias douradas dos seus quepes. Pajeú se despede com um movimento quase imperceptível de cabeça e os dois meninos começam a subir o morro de gatinhas. João Grande e Joaquim Macambira vão atrás deles, também engatinhando, e, mais atrás, a Guarda Católica. Sobem tão silenciosos que nem João os ouve. O rumor que produzem, as pedras que fazem rolar, parecem obra do vento. Às suas costas, embaixo, em Belo Monte, ouve um murmúrio constante. Estarão rezando o rosário na praça? Serão os cânticos com que Canudos enterra os mortos do dia, toda noite? Já percebe, à frente, silhuetas, luzes; ouve vozes e está com todos os músculos alertas, prontos para o que der e vier.

Os párvulos indicam que parem. Estão perto de um posto de sentinelas: quatro soldados, em pé, e, atrás deles, muitas outras figuras iluminadas pelo clarão de uma fogueira. O velho Macambira se arrasta até ele e João Grande ouve sua respiração, ofegante: "Quando escutar o apito, fogo neles." Responde: "Que o Bom Jesus os ajude, seu Joaquim." Vê como as sombras dissolvem os doze Macambira, estorvados pelos martelos, alavancas e machados, e o párvulo que os guia. O outro menino fica com eles.

Espera, no meio dos seus homens, tenso, o som do apito avisando que os Macambira chegaram à frente da Matadeira. Demora muito, e o ex-escravo pensa que nunca vai ouvi-lo. Quando — longo, ululante, súbito — o apito apaga todos os outros ruídos, ele e seus homens atiram simultaneamente nas sentinelas. Começa um tiroteio estrondoso, em toda a redondeza. Há uma grande confusão e os soldados apagam a fogueira. Disparam de cima, mas ainda não os localizaram, pois os tiros não vêm em sua direção.

João Grande manda sua gente avançar e, pouco depois, estão atirando e soltando petardos na direção do acampamento, às escuras, onde há correrias, gritos, ordens confusas. Uma vez descarregado seu fuzil, João se encolhe e escuta. Lá em cima, para o lado do monte Mário, também parece haver tiroteio. Será que os Macambira estão enfrentando os artilheiros? De todo modo, não vale a pena continuar ali; seus companheiros também ficaram sem munição. Com o apito, ordena a retirada.

No meio da descida, uma figurinha miúda os alcança, correndo. João Grande põe a mão na sua cabeça emaranhada.

— Levou os Macambira até a Matadeira? — pergunta.

— Levei — responde o menino.

Há uma fuzilaria ruidosa atrás deles, como se toda a Favela houvesse entrado em guerra. O menino não diz mais nada, e João Grande pensa novamente no estranho modo de ser do sertão, onde as pessoas preferem calar-se a falar.

— E o que houve com eles? — pergunta, afinal.

— Mortos — diz suavemente o menino.

— Todos?

— Acho que todos.

Já estão na terra de ninguém, no meio do caminho para as trincheiras.

O Anão encontrou o míope chorando, encolhido numa fossa do Cocorobó, quando os homens de Pedrão se retiravam. Pegou sua mão, guiou-o por entre os jagunços que voltavam às pressas para Belo Monte, convencidos de que os soldados da Segunda Coluna, uma vez superada a barreira de Trabubu, atacariam a cidade. Quando, na madrugada seguinte, atravessavam uma trincheira em frente aos currais de cabras, viram Jurema no meio da multidão: ia caminhando entre as Sardelinhas, atrás de um jegue com cestas penduradas na garupa. Os três se abraçaram, comovidos, e o Anão sentiu que, ao estreitá-lo, Jurema encostou os lábios na sua bochecha. Nessa noite, deitados no armazém, atrás de barris e caixas, ouvindo o tiroteio que caía sem trégua sobre Canudos, o Anão contou aos dois que, até onde podia se lembrar, esse beijo foi o primeiro que já lhe deram.

Quantos dias duraram o trovejar do canhão, as rajadas de tiros, o estrondo das granadas que enegreciam o ar e fendiam as torres do Templo? Três, quatro, cinco? Eles perambulavam pelo armazém, de dia ou à noite viam entrar os Vilanova e os outros, ouviam como discutiam e davam ordens, e não entendiam nada. Certa tarde, quando o Anão foi encher os saquinhos e chifres com colheradas de pólvora para os bacamartes e espingardas de pederneira, ouviu um jagunço dizer, apontando para os explosivos: "Tomara que estas paredes resistam, Antônio Vilanova. Uma única bala poderia incendiar isto aqui e arrasar o quarteirão." Não contou nada aos seus companheiros. Para que aterrorizar ainda mais o míope? As coisas que tinham vivido juntos, aqui, despertaram nele um afeto pelos dois que antes não sentira sequer pelas pessoas do circo com quem se dava melhor.

Durante o bombardeio saiu duas vezes, em busca de comida. Espremido nas paredes, por onde as pessoas se arrastavam, mendigou nas casas, cego pelo terral, aturdido pelo tiroteio. Na rua da Mãe Igreja viu um menino morrer. A criança vinha correndo, atrás de uma galinha sacudindo as asas, e poucos passos adiante abriu os olhos e deu um pulo, como se a tivessem levantado pelo cabelo. A bala entrou na barriga, matando imediatamente o menino. Levou o cadáver à casa de onde o viu sair e, como não havia ninguém, deixou-o na rede. Não conseguiu pegar a galinha. O ânimo dos três, apesar das incertezas e da mortandade, melhorou quando puderam comer, graças aos bois trazidos a Belo Monte por João Abade.

Já era noite, houve uma pausa no tiroteio, cessara o rumor das orações na praça da Matriz, e eles, no chão do armazém, acordados, conversavam. De repente, uma figura sigilosa se plantou na porta, com uma lamparina de barro nas mãos. O Anão reconheceu a ferida e os olhinhos duros de Pajeú. Tinha uma espingarda no ombro, facão e faca na cintura, cartucheiras cruzadas em cima do camisão.

— Com todo o respeito — murmurou. — Quero que seja minha mulher.

O Anão ouviu o míope gemer. Achou extraordinário que aquele homem tão reservado, tão lúgubre, tão glacial tivesse dito semelhante coisa. Adivinhou, sob sua cara crispada pela cicatriz, uma grande ansiedade. Não se ouviam tiros, latidos nem ladainhas; só um besouro dando encontrões na parede. O coração do Anão batia com força; não era medo, e sim um sentimento adocicado, compassivo, por essa cara rachada que, à luz da lamparina, olhava fixamente para Jurema, esperando. Ouvia a respiração atemorizada do míope. Jurema não dizia nada. Pajeú falou de novo, articulando cada palavra. Nunca se casou antes, não como mandavam a Igreja, o Pai, o Conselheiro. Seus olhos não se afastavam de Jurema, não piscavam, e o Anão pensou que era bobagem sentir pena de alguém tão temido. Mas nesse instante Pajeú parecia terrivelmente desamparado. Teve amores passageiros, desses que não deixam rastro, mas nunca tivera família, filhos. Sua vida não permitia. Sempre andando, fugindo, lutando. Por isso entendeu muito bem quando o Conselheiro explicou que a terra cansada, exaurida porque lhe exigem sempre o mesmo, um dia pede repouso. Assim tinha sido Belo Monte para ele, como o descanso da terra. Sua vida estava vazia de amor. Mas agora... O Anão notou que engolia saliva e pensou que as Sardelinhas tinham acordado e ouviam Pajeú nas sombras. Era uma preocupação sua, algo em que pensava toda noite: seu coração tinha ficado seco por falta de amor? Gaguejou, e o Anão pensou: "Nem eu nem o cego existimos para ele." Mas não estava seco: viu Jurema na caatinga e soube que não. Uma coisa estranha aconteceu na cicatriz: era a chaminha da lamparina que, ao oscilar, deformava ainda mais sua cara. "A mão dele está tremendo", espantou-se o Anão. Nesse dia seu coração começou a falar, seus sentimentos, sua alma. Graças a Jurema descobriu que não estava seco por dentro. A cara, o corpo, a voz dela despontavam aqui e aqui. Tocou na cabeça e no peito, com um gesto brusco, e a chaminha subiu e desceu. Ficou calado outra vez, esperando, e ouviram-se de novo o zumbido e as pancadas do besouro na parede. Jurema continuava muda. O Anão olhou-a de soslaio: dobrada sobre si mesma, em atitude defensiva, resistia ao olhar do caboclo, muito séria.

— Não podemos casar-nos agora, temos outra obrigação — continuou Pajeú, como que pedindo desculpas. — Quando os cães forem embora.

O Anão ouviu o míope gemer. Tampouco desta vez os olhos do caboclo se afastaram de Jurema para olhar seu vizinho. Mas havia uma coisa... Uma coisa em que tinha pensado muito, nestes dias, enquanto perseguia os ateus, enquanto trocava tiros com eles. Uma coisa que alegraria o seu coração. Calou-se, envergonhado, e lutou para dizer: será que Jurema poderia levar-lhe comida e água, na Fazenda Velha? Era uma coisa que invejava nos outros, uma coisa que também gostaria de ter. Levaria?

— Sim, sim, vai levar, vai levar — o Anão ouviu o míope dizer, fora de si. — Ela vai levar.

Mas nem mesmo assim os olhos do caboclo o fitaram.

— O que ele é da senhora? — ouviu-o perguntar. Agora sua voz era cortante como uma faca. — Seu marido?

— Não — disse Jurema, muito suave. — É... como meu filho.

A noite se encheu de tiros. Primeiro uma descarga, depois outra, violentíssima. Ouviram-se gritos, correrias, uma explosão.

— Estou contente por ter vindo, ter falado com a senhora — disse o caboclo. — Agora preciso ir. Louvado seja o Bom Jesus!

Um instante depois a escuridão inundava novamente o armazém e, em vez do besouro, ouviam-se rajadas intermitentes, distantes, próximas. Os Vilanova estavam nas trincheiras e só apareciam para as reuniões com João Abade; as Sardelinhas passavam a maior parte do dia nas casas de saúde ou levando comida para os combatentes. O Anão, Jurema e o míope eram os únicos que permaneciam ali. O armazém estava cheio de armamentos e explosivos outra vez, do comboio que João Abade tinha capturado dos soldados, e uma barricada de areia e pedras defendia sua fachada.

— Por que você não respondia? — o Anão ouviu o cego ficar agitado. — Estava numa tensão enorme, violentando-se para dizer essas coisas. Por que não respondia? Não vê que nesse estado ele podia passar do amor ao ódio, bater em você, matar, e também a nós?

Parou para espirrar, uma, duas, dez vezes. Quando terminou os espirros, os tiros também tinham terminado e o besouro noturno revoava sobre suas cabeças.

— Não quero ser mulher de Pajeú — disse Jurema, como se não falasse com eles. — Se ele me obrigar, eu me mato. Como se matou uma de Calumbi, com um espinho de xiquexique. Nunca vou ser sua mulher.

O míope teve outro ataque de espirros e o Anão sentiu-se ameaçado: se Jurema morresse, o que ia ser dele?

— Devíamos ter fugido quando ainda era possível — ouviu o míope gemer. — Agora, nunca mais sairemos daqui. Vamos ter uma morte horrível.

— Pajeú disse que os soldados vão embora — sussurrou o Anão. — E falou sem vacilar. Ele sabe, está lutando, entende o que se passa na guerra.

Outras vezes, o míope questionara: ele tinha enlouquecido como esses ingênuos, imaginava que podiam ganhar uma guerra contra o Exército do Brasil? Acreditava, como eles, que o rei Dom Sebastião ia aparecer para lutar ao seu lado? Mas agora ficou em silêncio. O Anão não tinha tanta certeza quanto ele de que os soldados fossem invencíveis. Por acaso tinham entrado em Canudos? E João Abade não os despojara de suas armas e rebanhos? Falava-se que estavam morrendo feito moscas na Favela, alvejados de todos os lados, sem comida e gastando as últimas balas.

Entretanto, o Anão, cuja existência itinerante não o deixava ficar muito tempo trancado e o impelia para a rua, apesar das balas, foi vendo, nas dias sucessivos, que Canudos não tinha um aspecto de cidade vitoriosa. Com frequência encontrava algum morto ou ferido nas vielas; quando a fuzilaria era intensa, passavam-se horas antes que os levassem para as casas de saúde, que ficavam agora, todas, na rua Santa

Inês, perto do Mocambo. O Anão evitava esse setor, exceto quando ajudava os enfermeiros a transportá-los. Porque durante o dia iam se amontoando na Santa Inês os cadáveres que só podiam ser enterrados à noite — o cemitério ficava na linha de fogo —, e a pestilência era terrível, além dos prantos e lamúrias dos feridos nas casas de saúde e do triste espetáculo dos velhinhos, inválidos, inúteis, encarregados de afugentar os urubus e cachorros que tentavam comer aqueles cadáveres cheios de moscas. Os enterros eram feitos depois do rosário e dos conselhos, que se realizavam pontualmente, todo anoitecer, após as badaladas do Templo do Bom Jesus. Mas agora eram às escuras, sem as velas crepitantes de antes da guerra. Jurema e o míope costumavam ir com ele aos conselhos. Mas, ao contrário do Anão, que depois seguia nos cortejos até o cemitério, eles regressavam ao armazém logo após a prédica do Conselheiro. Os enterros fascinavam o Anão, o curioso empenho dos parentes de que seus mortos fossem enterrados com algum pedaço de madeira. Como já não havia ninguém que fizesse caixões, pois todos se dedicavam à guerra, os cadáveres eram sepultados em redes, às vezes dois ou três numa só. Os parentes colocavam uma tabuinha, um galho de arbusto, um objeto qualquer de madeira dentro da rede, para provar ao Pai sua vontade de dar um enterro digno ao morto, com caixão, o que as circunstâncias adversas não permitiam.

    Na volta de uma de suas incursões, o Anão encontrou Jurema e o cego no armazém com o padre Joaquim. Desde a sua chegada, havia meses, não tinham estado a sós com ele. Sempre o viam, à direita do Conselheiro, na torre do Templo do Bom Jesus, rezando missa, dizendo o rosário que a multidão repetia em coro na praça da Matriz, nas procissões, rodeado por círculos da Guarda Católica, e nos enterros, entoando responsos em latim. Tinham ouvido que seus sumiços eram viagens a vários pontos do sertão, para tratar de encomendas e auxílio para os jagunços. Desde que a guerra recomeçou, ele aparecia com frequência nas ruas, especialmente na Santa Inês, aonde ia ouvir confissão e dar extrema-unção aos moribundos das casas de saúde. Embora tivesse cruzado várias vezes com ele, nunca lhe dirigiu a palavra; mas quando o Anão entrou no armazém, o padre lhe estendeu a mão e disse coisas amáveis. Estava sentado num tamborete de ordenhar e, à sua frente, Jurema e o míope no chão, de pernas cruzadas.

    — Nada é fácil, nem mesmo isto, que parecia a coisa mais fácil do mundo — disse o padre Joaquim a Jurema, desanimado, mascando os lábios ressecados. — Eu pensava que ia lhe dar uma grande felicidade. Que desta vez me receberiam numa casa como portador da alegria — fez uma pausa e umedeceu a boca com a língua. — Só entro nas casas com os santos óleos, para fechar as pálpebras dos mortos, ver sofrimento.

O Anão pensou que, nestes meses, o padre tinha se tornado um velhinho. Quase não tinha cabelo e, entre as madeixas de penugem branca, em cima das orelhas, via-se seu crânio queimado e cheio de sardas. Sua magreza era extrema; a abertura da batina puída, muito desbotada, revelava os ossos salientes do peito; seu rosto tinha desabado em pelancas amareladas, com pontinhos de barba branca, crescida, leitosa. Em sua expressão, além de fome e velhice, havia um cansaço imenso.

— Não vou me casar com ele, padre — disse Jurema. — Se quiser me obrigar, eu me mato.

Falou com a calma, a mesma determinação tranquila que tinha falado naquela noite, e o Anão percebeu que o padre de Cumbe já devia ter ouvido Jurema dizer a mesma coisa, pois não se surpreendeu:

— Ele não quer obrigar — murmurou. — Nem lhe passa pela cabeça a ideia de que você poderia não aceitar. Sabe, como todo o mundo, que qualquer mulher de Canudos ficaria feliz por ter sido escolhida por Pajeú para formar um lar. Você sabe quem é Pajeú, não é mesmo, filha? Já ouviu, certamente, as coisas que contam dele.

Ficou olhando para o piso de terra, com um ar compungido. Uma pequena centopeia se arrastava entre suas sandálias, por onde assomavam seus dedos magros e amarelados, com enormes unhas pretas. Não pisou no animal, deixou-o sair, perder-se entre a fila de fuzis apoiados uns nos outros.

— É tudo verdade, e até menos que a verdade — acrescentou, do mesmo modo desanimado. — As violências, mortes, roubos, saques, vinganças, as ferocidades gratuitas, como cortar orelhas, narizes. Uma vida de loucura e inferno. E, entretanto, aí está, ele também, como João Abade, como Taramela, Pedrão e os outros... O Conselheiro fez o milagre, transformou o lobo em ovelha, colocou-o no redil. E por transformar lobos em ovelhas, por fazer mudarem de vida pessoas que só conheciam o medo e o ódio, a fome, o crime, a pilhagem, por espiritualizar a brutalidade destas terras, mandam exércitos e exércitos atacá-los, exterminá-los. Que confusão tomou conta do Brasil, do mundo, para que se cometa uma injustiça dessas? Não seria o caso de dar razão, também nisso, ao Conselheiro e pensar que, de fato, Satanás tomou conta do Brasil, que a República é o Anticristo?

Não atropelava as palavras, não levantava a voz, não estava enfurecido nem triste. Só abatido.

— Não é por teimosia, nem é que tenha ódio dele — o Anão ouviu Jurema dizer, com a mesma firmeza. — Se fosse outro, eu também não aceitaria. Não quero me casar de novo, padre.

— Está bem, já entendi — suspirou o padre de Cumbe. — Vamos dar um jeito. Se você não quer, não se casará com ele. Não precisa se matar. Sou eu quem casa as pessoas em Belo Monte, aqui não há casamento civil — deu um meio sorriso e em suas pupilas apareceu uma luzinha marota. — Mas não podemos dizer a ele de repente. Não é preciso magoá-lo. A suscetibilidade de gente como Pajeú é uma doença terrível. Outra coisa que sempre me surpreendeu é esse senso da honra tão exagerado. São uma chaga viva. Não têm nada, mas lhes sobra honra. É sua riqueza. Bem, vamos começar dizendo que a sua viuvez ainda é recente demais para se casar novamente. Fazê-lo esperar. Mas há uma coisa. É importante para ele. Leve sua comida à Fazenda Velha. Pajeú me falou sobre isso. Precisa sentir que uma mulher cuida dele. Não é muito. Faça a sua vontade. Do resto, vamos desanimando-o aos poucos.

A manhã tinha sido tranquila; agora começavam a ouvir-se tiros, esparsos e distantes.

— Você despertou uma paixão — continuou o padre Joaquim. — Uma grande paixão. Ontem à noite foi ao Santuário pedir permissão ao Conselheiro para se casar com você. Disse que também aceitaria estes dois, já que são a sua família, e que os levaria para morar com ele...

De repente se levantou. O míope estava sendo sacudido por uma onda de espirros e o Anão desatou a rir, feliz com a ideia de tornar-se filho adotivo de Pajeú: nunca mais lhe faltaria comida.

— Nem por este, nem por nenhum outro motivo eu me casaria com ele — repetiu Jurema, inabalável. Mas acrescentou, baixando a vista: — Porém, se o senhor acha que devo, eu levo a comida.

O padre Joaquim assentiu e já estava dando meia-volta quando o míope se levantou num pulo e segurou seu braço. O Anão, vendo sua ansiedade, adivinhou o que ia dizer.

— O senhor pode me ajudar — sussurrou, olhando para a direita e para a esquerda. — Faça isso pelas suas crenças, padre. Eu não tenho nada a ver com o que está acontecendo aqui. Vim a Canudos por acaso, o senhor sabe que não sou soldado nem espião, não sou ninguém. Estou implorando, ajude-me.

O padre de Cumbe olhava para ele com piedade.

— A sair daqui? — murmurou.

— Sim, sim — gaguejou o míope, sacudindo a cabeça. — Eles proibiram, mas não é justo...

— Devia ter fugido — sussurrou o padre Joaquim. — Quando era possível, quando ainda não havia soldados em toda parte.

— Não vê em que estado estou? — choramingou o míope, apontando para os olhos rubros, esbugalhados, aquosos, fugidios. — Não vê que sem óculos sou um cego? Podia sair sozinho, aos trambolhões, pelo sertão afora? — sua voz se partiu num guincho. — Não quero morrer feito um rato!

O padre de Cumbe piscou várias vezes e o Anão sentiu frio nas costas, como acontecia sempre que o míope previa a morte iminente de todos eles.

— Eu também não quero morrer feito um rato — sussurrou o padre, fazendo uma careta. — Também não tenho nada a ver com esta guerra. E, entretanto... — Sacudiu a cabeça, para afugentar uma imagem. — Mesmo que quisesse ajudá-lo, não poderia. Só saem de Canudos grupos armados, para lutar. Poderia ir com eles, talvez? — Fez um gesto amargo. — Se acredita em Deus, encomende-se a Ele. Só Ele pode nos salvar, agora. E, se não acredita, desconfio que não haja ninguém que possa ajudá-lo, meu amigo.

Saiu, arrastando os pés, encurvado e triste. Não houve tempo para comentar sua visita, porque no mesmo momento entraram no armazém os irmãos Vilanova, seguidos por vários homens. Pela conversa, o Anão entendeu que os jagunços estavam abrindo uma nova trincheira, a oeste da Fazenda Velha, seguindo a curva do Vaza-Barris em frente ao Taboleirinho, pois parte das tropas tinha saído da Favela e estava rodeando o Cambaio, provavelmente para tomar posições nesse setor. Quando os Vilanova se foram, levando armas, o Anão e Jurema consolaram o míope, tão aflito pelo diálogo com o padre Joaquim que lhe corriam lágrimas pelo rosto e seus dentes batiam.

Nessa mesma tarde o Anão foi com Jurema à Fazenda Velha, para levar a comida de Pajeú. Ela pediu ao míope que também a acompanhasse, mas este se negou devido ao medo que o caboclo lhe inspirava e aos perigos de atravessar Canudos de ponta a ponta. A comida dos jagunços era preparada no beco de São Cipriano, onde carneavam os bois que ainda restavam da incursão de João Abade. Fizeram uma longa fila até chegar diante de Catarina, a esquálida mulher de João Abade, que, junto com várias outras, distribuía pedaços de carne, farinha e cabaças que as crianças iam encher na aguada de São Pedro. A mulher do Comandante da Rua entregou-lhes uma cesta com alimentos e entraram na fila para as trincheiras. Tinham que atravessar o Beco de São Crispim e prosseguir agachados ou engatinhando pelas barrancas do Vaza-Barris, cujas anfractuosidades serviam de escudo contra as balas. A partir do rio, as mulheres não podiam mais continuar em grupo, tinham que avançar de uma em uma, correndo em zigue-zague ou, as mais prudentes, arrastando-se. Havia uns trezentos metros entre as barrancas e as trincheiras, e, enquanto corria, logo atrás de Jurema, o Anão ia vendo à sua direita as torres do Templo do Bom Jesus, abarrotadas de atiradores, e, à esquerda, as encostas da Favela de onde, com toda certeza, milhares de fuzis estavam apontando para eles. Chegou suando à borda da trincheira e dois braços o desceram ao fosso. Viu a cara marcada de Pajeú.

Não parecia surpreso por vê-los ali. Ajudou Jurema, levantando-a como se fosse de algodão, e cumprimentou-a inclinando a cabeça, sem sorrir, com naturalidade, como se ela já fosse lá há muitos dias. Pegou a cesta e disse aos dois que entrassem, pois estavam impedindo a passagem das mulheres. O Anão caminhou entre os jagunços que comiam de cócoras, conversavam com as recém-chegadas ou espiavam pelos orifícios dos tubos e troncos furados que lhes permitiam atirar sem ser vistos. Afinal o espaço se ampliou num recinto semicircular. Lá os jagunços estavam menos apinhados, e Pajeú sentou-se num canto. Fez um sinal a Jurema para que se sentasse ao seu lado. Mostrou a cesta ao Anão, que não sabia se também devia ir. Este, então, acomodou-se junto a eles e compartilhou a água e a comida com Jurema e Pajeú.

Durante um bom tempo, o caboclo não disse uma palavra. Comia e bebia sem olhar para seus acompanhantes. Jurema tampouco olhava para ele, e o Anão pensava que era uma boba por recusar como marido aquele que podia resolver todos os seus problemas. Que importava que fosse feio? De quando em quando observava Pajeú. Parecia mentira que este homem que mastigava com uma obstinação fria e um ar indiferente — tinha encostado o fuzil no muro, mas conservava a faca, o facão e as cartucheiras no corpo — fosse o mesmo que, com a voz trêmula e desesperada, dissera aquelas palavras de amor a Jurema. Não havia tiroteio, apenas disparos esporádicos, a que os ouvidos do Anão já tinham se acostumado. Mas não se acostumaram com os tiros de canhão. Seu estrondo vinha seguido de vento, desmoronamentos, uma greta no chão, o choro apavorado de crianças e, frequentemente, cadáveres desmembrados. Quando retumbava, ele era o primeiro a se jogar no chão e ficava de olhos fechados, suando frio, agarrado em Jurema e no míope quando estavam por perto, tentando rezar.

Para quebrar o silêncio, perguntou timidamente se era verdade que Joaquim Macambira e os filhos, antes de serem mortos, destruíram a Matadeira. Pajeú disse que não. Mas a Matadeira dos maçons explodiu poucos dias depois e, ao que parece, morreram três ou quatro dos homens que a manipulavam. Talvez o Pai tenha feito isso para premiá-los por seu martírio. O caboclo evitava olhar para Jurema, e esta parecia não ouvi-lo. Dirigindo-se sempre a ele, Pajeú acrescentou que os ateus da Favela estavam de mal a pior, morrendo de fome e de doença, desesperados pelas baixas que os católicos lhes infligiam. De noite ouviam-se daqui os gemidos e os choros. Quer dizer, então, que iriam embora logo?

Pajeú fez um gesto de dúvida.

— O problema é lá atrás — murmurou, apontando com o queixo para o sul. — Em Queimadas e Monte Santo. Estão chegando mais maçons, mais fuzis, mais canhões, mais rebanhos, mais cereais. E outro comboio, com reforços e comida. Enquanto isso, para nós, tudo está acabando.

Em seu rosto pálido, amarelado, a cicatriz se franziu ligeiramente.

— Desta vez quem vai pará-lo sou eu — disse, virando-se para Jurema. O Anão de repente se sentiu afastado, a léguas dali. — É pena que eu precise partir justamente agora.

Jurema sustentou o olhar do ex-cangaceiro com uma expressão dócil e ausente, sem dizer nada.

— Não sei quanto tempo ficarei fora. Vamos atacar por Jueté. Três ou quatro dias, no mínimo.

Jurema entreabriu a boca mas não disse nada. Não tinha falado desde que chegou.

De repente houve uma agitação na trincheira e o Anão viu um tumulto cada vez mais próximo, precedido por um rumor. Pajeú se levantou e pegou o fuzil. Desordenadamente, atropelando os que estavam sentados e acocorados, vários jagunços chegaram onde eles estavam. Cercaram Pajeú e ficaram algum tempo olhando-o, sem ninguém dizer nada. Finalmente um velho, que tinha um caroço peludo no cangote, falou:

— Mataram Taramela — disse. — Levou uma bala na orelha enquanto comia — cuspiu e, olhando para o chão, resmungou: — Você ficou sem a sua sorte, Pajeú.

"Apodreçam antes de morrer", diz em voz alta o jovem Teotônio Leal Cavalcanti, que imagina estar pensando, e não falando. Mas não há perigo de que os feridos o escutem. Embora o Hospital de Sangue da Primeira Coluna esteja bem protegido dos tiros, numa fenda entre os picos da Favela e o monte Mário, o fragor dos disparos, principalmente da artilharia, reverbera lá embaixo repetido e ampliado pelo eco da semiabóbada dos morros, e é mais um suplício para os feridos que precisam gritar quando querem ser ouvidos. Não, ninguém o escutou.

A ideia do apodrecimento atormenta Teotônio Leal Cavalcanti. Estudante do último ano de Medicina em São Paulo quando, por sua fervorosa convicção republicana, alistou-se como voluntário nas tropas que iam defender a Pátria em Canudos, ele tinha visto anteriormente, é claro, feridos, agonizantes, cadáveres. Mas, aquelas aulas de anatomia, as autópsias no anfiteatro da faculdade, os feridos dos hospitais onde fazia práticas de cirurgia, como poderiam ser comparados ao inferno que é a armadilha da Favela? O que mais o espanta é a velocidade com que as feridas infeccionam, como em poucas horas se vê nelas um desassossego, o fervilhar dos vermes e, imediatamente, começam a supurar um pus fétido.

"Vai ser útil para a sua carreira", dissera seu pai na despedida, ainda na estação de São Paulo. "Uma prática intensiva de primeiros socorros." Foi antes uma prática de carpinteiro. Aprendeu uma coisa nestas três semanas: os feridos morrem mais por causa da gangrena que das feridas. Os que têm mais possibilidades de se salvar são aqueles que recebem o tiro ou o talho nos braços e pernas — membros separáveis —, desde que sejam amputados e cauterizados a tempo. O clorofórmio para fazer as amputações com humanidade só deu para os três primeiros dias; era Teotônio quem abria as ampolas, embebia uma bolinha de algodão com o líquido inebriante e a apertava no nariz do ferido enquanto o capitão-cirurgião, o doutor Alfredo Gama, serrava, resfolegando. Quando acabou o clorofórmio, o anestésico passou a ser um copo de cachaça, e agora, que acabou a cachaça, as operações são feitas a frio, esperando que a vítima desmaie logo, para que o cirurgião possa operar sem se distrair com os gritos. Agora é Teotônio Leal Cavalcanti quem serra e corta os pés, pernas, mãos e braços dos gangrenados, enquanto dois enfermeiros seguram a vítima até perder os sentidos. E é ele quem, depois de ter amputado, cauteriza os cotos queimando-os com um pouco de pólvora, ou com gordura fervendo, como o capitão Alfredo Gama lhe ensinara antes do estúpido acidente.

Estúpido, sim. Porque o capitão Gama sabia que há artilheiros de sobra e que, pelo contrário, escasseiam médicos. Principalmente médicos como ele, experientes nessa medicina de urgência que aprendeu nas selvas do Paraguai, para onde foi como voluntário ainda estudante, tal como o jovem Teotônio veio para Canudos. Mas na guerra do Paraguai o doutor Alfredo Gama contraiu, para sua desgraça, como confessava, o "vício da artilharia". Esse vício acabou com ele há sete dias, jogando nos ombros do seu jovem ajudante a desconcertante responsabilidade de duzentos feridos, doentes e moribundos que se apinham, seminus, pestilentos, comidos pelos vermes, deitados em cima das pedras — só um ou outro tem um cobertor ou uma esteira — no Hospital de Sangue. O corpo de Saúde da Primeira Coluna se dividiu em cinco equipes, e o capitão Alfredo Gama e Teotônio constituíam uma delas, que tinha a seu cargo a zona norte do hospital.

O "vício da artilharia" não deixava o doutor Alfredo Gama concentrar-se apenas nos feridos. De repente parava um atendimento para subir ansiosamente o monte Mário, aonde tinham levado a muque todos os canhões da Primeira Coluna. Os artilheiros o deixavam disparar os Krupp, e até mesmo a Matadeira. Teotônio lembra dele profetizando: "Um cirurgião vai derrubar as torres de Canudos!" O capitão voltava à fenda com os brios renovados. Era um homem gordo, sanguíneo, abnegado e jovial, que se afeiçoou a Teotônio Leal Cavalcanti desde o dia que o viu entrar no quartel. Sua personalidade transbordante, sua alegria, sua vida aventureira, suas histórias pitorescas seduziram de tal maneira o estudante que este pensou seriamente, durante a viagem a Canudos, em permanecer no Exército depois de formado, como o seu ídolo. Na breve escala do regimento em Salvador, o doutor Gama levou Teotônio para conhecer a Faculdade de Medicina da Bahia, na praça da Basílica Catedral, e, em frente à fachada amarela com seus janelões azuis em forma de ogiva, sob os flamboyants, coqueiros e crótons, o médico e o estudante beberam cachaça adocicada entre os quiosques instalados em cima das lajes de pedras brancas e negras, cercados de vendedores de miudezas e cozinheiras. Continuaram bebendo até o amanhecer, que os surpreendeu num bordel cheio de mulatas, enlouquecidos de felicidade. Ao embarcar no trem para Queimadas, o doutor

Gama fez seu discípulo engolir um vomitivo "para prevenir a sífilis africana", conforme lhe explicou.

Teotônio enxuga o suor, enquanto dá quinino misturado com água a um varioloso que delira de febre. De um lado está um soldado com os ossos do cotovelo à vista, e, de outro, um baleado na barriga que, por não ter esfíncter, perde todas as fezes. O cheiro de excremento se mistura com o odor dos cadáveres queimando, ao longe. Só resta na despensa do Hospital de Sangue um pouco de quinino e ácido fênico. O iodo tinha acabado junto com o clorofórmio e, por falta de antissépticos, os médicos passaram a usar subnitrato de bismuto e calomelanos. Agora, essas coisas também acabaram. Teotônio Leal Cavalcanti lava as feridas com uma solução de água e ácido fênico. Trabalha acocorado, retirando a solução fenólica da bacia com as mãos. Em outros casos, prescreve um pouco de quinino em meio copo d'água. Haviam trazido uma grande quantidade de quinino para enfrentar as febres palúdicas. "A síndrome da Guerra do Paraguai", dizia o doutor Gama. Lá, tinham dizimado o Exército. Mas o impaludismo não existia neste clima sequíssimo, onde só proliferavam mosquitos em volta das poucas aguadas. Teotônio sabe que o quinino não lhes fará bem algum, mas, pelo menos, dá aos presentes a ilusão de que estão sendo cuidados. Foi no dia do acidente, exatamente, que o capitão Gama começou a distribuir quinino, por falta de outra coisa.

Pensa como foi, como deve ter sido esse acidente. Ele não estava lá, tinham lhe contado, e desde então este é, junto com o dos corpos que apodrecem, um dos pesadelos que assaltam o seu sono nas poucas horas que consegue dormir. O alegre e enérgico capitão-cirurgião acionando o canhão Krupp 34 cuja culatra, por precipitação, tinha fechado mal. Quando a espoleta detona, a explosão se propaga da culatra entreaberta para um barril de cartuchos próximo. Ouviu os artilheiros contarem que viram o doutor Alfredo Gama ser erguido a vários metros de altura, caindo a vinte passos já transformado num monte de carne disforme. Também morreram o tenente Odilon Coriolano de Azevedo, o alferes José A. do Amaral e três soldados (outros cinco sofreram queimaduras). Quando Teotônio chegou ao monte Mário, os cadáveres estavam sendo incinerados, de acordo com uma disposição sugerida pelo Corpo de Saúde, tendo em vista a dificuldade de enterrar todos os que morrem: neste chão que é pedra viva, cavar um túmulo é um grande desgaste de energia, pois as enxadas e picaretas se lascam ao bater na pedra, sem arrancá-la. A ordem de queimar os cadáveres causou uma violenta discussão entre o general Oscar e o capelão da Primeira Coluna, o padre capuchinho Lizzardo, que chamou a incineração de "perversidade maçônica".

O jovem Teotônio conserva uma lembrança do doutor Alfredo Gama: uma fita milagrosa do Senhor do Bonfim, comprada naquela tarde, na Bahia, dos ambulantes da praça da Catedral Basílica. Vai entregá-la à viúva do seu chefe, se voltar a São Paulo. Mas Teotônio duvida que volte a ver a cidade onde nasceu, estudou, e onde se alistou no Exército por este idealismo romântico: servir à Pátria e à Civilização.

Nestes meses, certas crenças suas que antes pareciam sólidas foram profundamente abaladas. Por exemplo, a ideia de patriotismo, sentimento que, pensava antes, corria pelo sangue de todos esses homens vindos dos quatro cantos do Brasil para defender a República contra o obscurantismo, a conspiração traidora e a barbárie. Teve a primeira desilusão em Queimadas, durante aquela longa espera de dois meses, no caos que era o povoado sertanejo transformado em Quartel-General da Primeira Coluna. No Corpo de Saúde, onde trabalhava com o capitão Alfredo Gama e outros doutores, descobriu que muitos tentavam escapar da guerra usando problemas de saúde como pretexto. Viu como inventavam doenças, aprendiam os sintomas e os recitavam como atores tarimbados, para serem considerados inaptos. O médico-artilheiro lhe ensinou como lidar com os insensatos recursos de que se valiam para provocar febres, vômitos, diarreias. Teotônio teve um grande abalo ao constatar que entre eles havia não apenas soldados de linha, isto é, gente inculta, mas também oficiais.

O patriotismo não era tão frequente quanto ele supunha. Foi um pensamento que se confirmou nestas três semanas aqui dentro desta ratoeira. Não é que os homens não lutem; lutaram, estão lutando. Ele viu com que bravura resistiram, desde Angico, aos ataques desse inimigo sinuoso, covarde, que não mostra a cara, que não conhece as leis e os procedimentos da guerra, que se embosca, que ataca pelos flancos, de dentro de esconderijos, e some quando os patriotas os perseguem. Nestas três semanas, embora um quarto das forças expedicionárias tenha caído, entre mortos e feridos, os homens continuam combatendo, apesar da falta de comida, apesar de todos estarem começando a perder as esperanças de que o comboio de reforços chegue afinal.

Então, como conciliar o patriotismo com os negócios? Que amor pelo Brasil é este que admite tais tráficos sórdidos entre homens que defendem a mais nobre das causas, a da Pátria e da Civilização?

É outra a realidade que abate o moral de Teotônio Leal Cavalcanti: a forma como se negocia e se especula, devido à escassez. A princípio era só o tabaco que se vendia e revendia, a cada hora mais caro. Nesta mesma manhã, viu um major de cavalaria pagar doze mil-réis por um punhado de fumo... Doze mil-réis! Dez vezes o preço de uma caixa de charutos finos na cidade. Depois, tudo aumentou vertiginosamente, tudo passou a ser objeto de leilão. Como os ranchos são ínfimos — os oficiais recebem espigas de milho verde, sem sal, e os soldados, a ração dos cavalos —, pagam-se preços fantásticos por comestíveis: trinta e quarenta mil-réis por um quarto de cabrito, cinco mil por uma espiga de milho, vinte mil por uma rapadura, cinco mil por uma xícara de farinha, mil e até dois mil por uma raiz de umbuzeiro ou um cacto "cabeça-de-frade" do qual se possa extrair a polpa. Os charutos chamados "fuzileiros" se vendem a mil-réis e uma xícara de café, a cinco mil. E o pior é que ele também sucumbiu ao comércio. Empurrado pela fome e a necessidade de fumar, também está gastando o que não tem, pagando cinco mil-réis por uma colher de sal, artigo que só agora descobriu o quanto pode ser cobiçado. O que mais o horroriza é saber que boa parte desses produtos têm origem ilícita, são roubados das despensas da coluna, ou são roubos de roubos...

Não é surpreendente que, em tais circunstâncias, quando todos estão arriscando a vida a cada segundo, nesta hora da verdade que devia purificá-los, conservando apenas o que eleva, apareça essa avidez de negociar e entesourar dinheiro? "Não é o sublime, e sim o sórdido, o abjeto, o espírito de lucro e a cobiça que se exacerbam na presença da morte", pensa Teotônio. A ideia que tinha do homem foi brutalmente maculada nestas semanas.

É arrancado desses pensamentos por alguém que chora aos seus pés. Ao contrário de outros, que soluçam, este chora em silêncio, como que envergonhado. Ajoelha-se junto a ele. É um soldado velho que não aguenta mais a comichão.

— Eu me cocei, seu doutor — murmura. — Pouco me importa que infeccione ou coisa pior.

É uma das vítimas de uma arma diabólica dos canibais que destroçou a pele de um bom número de patriotas: as formigas caçaremas. A princípio, parecia um fenômeno natural, uma fatalidade, que esses insetos ferozes, que perfuram a pele, provocam brotoejas, uma ardência atroz, saíssem dos seus esconderijos com o frescor da noite para atacar os homens adormecidos. Mas descobriram que os formigueiros, umas construções esféricas de barro, são trazidos para o acampamento por jagunços, que depois os quebram para que as colônias vorazes façam estragos entre os patriotas em repouso... E são meninos de pouca idade que os canibais mandam vir se arrastando trazer esses formigueiros! Um deles foi capturado; disseram ao jovem Teotônio que o jaguncinho se debatia nos braços dos captores feito uma fera, xingando-os com grosserias que só o meliante mais desbocado...

Quando levanta a camisa do velho soldado para examinar o peito, Teotônio vê que as placas arroxeadas que havia ontem são agora uma mancha vermelha com pústulas em agitação contínua. Sim, já estão ali, reproduzindo-se, roendo as vísceras do pobre homem. Teotônio aprendeu a fingir, a mentir, a sorrir. As picadas estão melhor, afirma, mas o soldado tem que procurar não coçar mais. Dá a ele meia xícara de água com quinino, garantindo que com isso a comichão vai melhorar.

Prossegue sua ronda, pensando nos meninos que os degenerados mandam de noite com os formigueiros. Bárbaros, grosseiros, selvagens: só gente sem sentimentos pode perverter assim seres inocentes. Mas também mudaram as ideias do jovem Teotônio sobre Canudos. Realmente são restauradores monarquistas? Têm, de fato, um pacto com a casa de Bragança e os escravagistas? Será verdade que os selvagens são apenas um instrumento da Pérfida Albion? Por mais que os ouça gritar Abaixo a República!, Teotônio Leal Cavalcanti tampouco tem mais tanta certeza disso. Tudo lhe parece confuso. Ele esperava encontrar, aqui, oficiais ingleses assessorando os jagunços, ensinando a usar o moderníssimo armamento contrabandeado pelas costas baianas que tinha sido descoberto. Mas entre os feridos que finge curar há vítimas de formigas caçaremas e, também, de dardos e flechas envenenadas, e de pedras pontiagudas lançadas com estilingues de trogloditas! De modo que essa história de Exército monarquista reforçado por oficiais ingleses lhe parece agora um tanto fantástica. "Temos pela frente simples canibais", pensa. "E, no entanto, estamos perdendo a guerra; já teríamos perdido se a Segunda Coluna não chegasse para nos socorrer quando nos emboscaram nestes morros." Como entender esse paradoxo?

Uma voz o interrompe: "Teotônio?" É um tenente, em cuja jaqueta esfarrapada se lê, ainda, seu grau e destino: Nono Batalhão de Infantaria, Salvador. Está no Hospital de Sangue desde o dia em que a Primeira Coluna chegou à Favela; pertencia aos corpos de vanguarda da Primeira Brigada, aqueles que o coronel Joaquim Manuel de Medeiros, insensatamente, levou a um ataque, descendo a encosta da Favela na direção de Canudos. A carnificina que os jagunços fizeram, atirando das suas trincheiras invisíveis, foi espantosa; ainda se vê a primeira linha de soldados petrificada no meio do barranco, onde foi bloqueada. O tenente Pires Ferreira levou uma explosão no rosto que lhe arrancou as duas mãos que levantara e o deixou cego. Como foi no primeiro dia, o doutor Alfredo Gama ainda pôde anestesiá-lo com morfina enquanto suturava os cotos e desinfetava seu rosto em chagas. O tenente Pires Ferreira tem sorte, suas feridas estão protegidas com ataduras da sujeira e dos insetos. É um ferido exemplar, que Teotônio nunca ouviu chorar nem fazer queixas. Diariamente, quando lhe pergunta como se sente, ele responde: "Bem." E diz "Nada" quando lhe pergunta se quer alguma coisa. Teotônio costuma conversar com ele, de noite, deitado ao seu lado no chão de cascalho, olhando as estrelas sempre fartas no céu de Canudos. Assim fica sabendo que o tenente Pires Ferreira é um veterano desta guerra, um dos poucos que participou das quatro expedições organizadas pela República para combater os jagunços; entende assim que, para este infortunado oficial, aquela tragédia é o ponto final de uma série de humilhações e derrotas. Percebe, então, o porquê da amargura que ele rumina, por que resiste com tanto estoicismo a esses sofrimentos que destroem o moral e a dignidade de outros. Nele, as piores feridas não são físicas.

— Teotônio? — repete Pires Ferreira. As ataduras lhe cobrem metade da cara, mas não a boca, nem o queixo.

— Sim — diz o estudante, sentando-se ao seu lado. Faz um sinal aos dois enfermeiros, com o estojo de primeiros socorros e as sacolas penduradas, indicando que descansem; estes se afastam alguns passos e se deixam cair no piso de cascalho. — Vou ficar um pouco por aqui, Manuel da Silva. Precisa de alguma coisa?

— Estão nos ouvindo? — pergunta o homem enfaixado, em voz baixa. — É confidencial, Teotônio.

Nesse momento batem os sinos, no outro lado dos morros. O jovem Leal Cavalcanti olha para o céu: sim, está escurecendo, é hora dos sinos e do rosário em Canudos. Repicam todos os dias, com uma pontualidade mágica, e infalivelmente, pouco depois, se não houver bombardeio, as ave-marias dos fanáticos chegam aos acampamentos da Favela e do monte Mário. Uma imobilidade se impõe a esta hora no Hospital de Sangue; muitos feridos e doentes fazem o sinal da cruz ao ouvir os sinos e mexem os lábios, rezando ao mesmo tempo que seus inimigos. O próprio Teotônio, apesar de sempre haver sido um católico apático, não pode deixar de ter, toda tarde, com essas rezas e badaladas, uma sensação curiosa, indefinível, algo que, se não é fé, é saudade da fé.

— Então o sineiro continua vivo — murmura, sem responder ao tenente Pires Ferreira. — Ainda não conseguiram tirá-lo lá de cima.

O capitão Alfredo Gama falava muito do sineiro. Já o tinha visto algumas vezes subindo ao campanário do Templo das torres, e, outra, no pequeno campanário da capela. Dizia que era um velhinho insignificante e imperturbável, que se balançava junto com o badalo, indiferente ao tiroteio com que os soldados respondiam aos sinos. O doutor Gama contou que derrubar esses campanários desafiantes e silenciar o velhinho provocador é uma ambição obsessiva lá, no Alto do Mário, entre os artilheiros, e que todos apontam seus fuzis naquela direção, na hora do Ângelus. Não conseguiram matá-lo ainda, ou será um novo sineiro?

— O que vou lhe pedir não é fruto do desespero — diz o tenente Pires Ferreira. — Não é um pedido de alguém que perdeu o juízo.

Sua voz é serena e firme. Está totalmente imóvel em cima do cobertor que o separa do cascalho, com a cabeça num travesseiro de palha e os cotos enfaixados sobre a barriga.

— Você não deve se desesperar — diz Teotônio. — Vai ser um dos primeiros evacuados. Logo que chegarem os reforços e o comboio retornar, irá de ambulância para Monte Santo, para Queimadas, para a sua casa. O general Oscar prometeu no dia que veio ao Hospital de Sangue. Não se desespere, Manuel da Silva.

— Peço pelo que você mais preza no mundo — diz, suave e firme, a boca de Pires Ferreira. — Por Deus, por seu pai, por sua vocação. Pela namorada para quem você escreve esses versos, Teotônio.

— O que quer, Manuel da Silva? — murmura o jovem paulista, afastando a vista do ferido, contrariado, absolutamente certo do que vai ouvir.

— Um tiro na têmpora — diz a voz suave, firme. — Imploro a você do fundo da minha alma.

Não é o primeiro que lhe pede tal coisa e sabe que não vai ser o último. Mas é o primeiro que pede com tanta tranquilidade, com tão pouco dramatismo.

— Não posso, sem as mãos — explica o homem enfaixado. — Faça você por mim.

— Um pouco mais de coragem, Manuel da Silva — diz Teotônio, notando que é ele quem está com a voz alterada de emoção.

— Não me peça uma coisa que é contra os meus princípios, contra a minha profissão.

— Então, um dos seus ajudantes — diz o tenente Pires Ferreira. — Ofereça a minha carteira. Deve haver uns cinquenta mil-réis. E minhas botas, que estão sem furos.

— A morte pode ser pior do que isso que aconteceu com você — diz Teotônio. — Vai ser evacuado. Ficará sadio, pode recuperar o amor pela vida.

— Sem olhos e sem mãos? — pergunta, suavemente, Pires Ferreira. Teotônio sente vergonha. O tenente está com a boca entreaberta: — Isso não é o pior, Teotônio. São as moscas. Sempre as odiei, sempre me deram nojo. Agora estou à mercê delas. Passeiam pela minha cara, entram na minha boca, penetram pelas ataduras até as feridas.

Fica em silêncio. Teotônio o vê passar a língua nos lábios. Está tão comovido ao ouvir aquele ferido exemplar falando dessa maneira que nem atina a pedir o cantil aos enfermeiros para aliviar sua sede.

— É uma coisa pessoal, entre mim e os bandidos — diz Pires Ferreira. — Não quero que fiquem com a última palavra. Não vou permitir que me transformem nisto, Teotônio. Não serei um monstro inútil. Desde Uauá, eu já sabia que alguma coisa trágica tinha cruzado o meu caminho. Uma maldição, um feitiço.

— Quer água? — sussurra Teotônio.

— Não é fácil matar-se sem mãos nem olhos — continua Pires Ferreira. — Já tentei bater com a cabeça na pedra. Não funciona. Nem lamber o chão, porque aqui não há pedras que se possa engolir e...

— Silêncio, Manuel da Silva — diz Teotônio, pondo a mão no seu ombro. Mas sente que é falso tentar acalmar um homem que parece a pessoa mais tranquila do planeta, que não levanta nem apressa a voz, que fala de si como se falasse de outro.

— Vai me ajudar? Em nome da nossa amizade. Uma amizade nascida aqui é sagrada. Vai me ajudar?

— Sim — sussurra Teotônio Leal Cavalcanti. — Vou ajudar você, Manuel da Silva.

IV

— A cabeça? — repetiu o barão de Canabrava. Estava em frente à janela do pomar; fora até lá com o pretexto de abri-la, devido ao calor que aumentava, mas na realidade queria localizar o camaleão, cuja ausência o deixava angustiado. Seus olhos percorreram o pomar em todas as direções, procurando-o. Estava invisível outra vez, como se quisesse brincar com ele. — A notícia de que o decapitaram saiu no *Times*, de Londres. Foi lá que a li.

— Decapitaram o cadáver — corrigiu o jornalista míope.

O barão voltou à poltrona. Sentia-se acabrunhado, e no entanto voltava a interessar-se pelo que o visitante dizia. Seria masoquista? Tudo aquilo lhe trazia lembranças ruins, escarvava e reabria a ferida. Mas queria ouvir.

— Alguma vez o ouviu a sós? — perguntou, procurando os olhos do jornalista. — Chegou a ter ideia do tipo de homem que era?

Tinham encontrado a sepultura apenas dois dias depois da queda do último reduto. Conseguiram que o Beatinho mostrasse onde estava enterrado. Sob tortura, é claro. Mas não qualquer tortura. O Beatinho era um mártir nato, e não falaria por causa de brutalidades simples como ser chutado, queimado, castrado, ou porque lhe cortassem a língua ou furassem os olhos. Porque às vezes devolviam assim os jagunços aprisionados, sem olhos, sem língua, sem sexo, na crença de que esse espetáculo destruiria o moral dos que ainda resistiam. Conseguiam o contrário, é claro. Para o Beatinho, descobriram a única tortura a que não podia resistir: os cachorros.

— Eu pensava que conhecia todos os chefes dos facínoras — disse o barão. — Pajeú, João Abade, João Grande, Taramela, Pedrão, Macambira. Mas o Beatinho?

O episódio dos cachorros era uma história à parte. Com tanta carne humana, tanto banquete de cadáver, os meses de cerco os deixaram ferozes como lobos e hienas. Apareceram matilhas de cães carniceiros que entravam em Canudos, e, certamente, no acampamento dos sitiadores, em busca de alimento humano.

— Essas matilhas não eram a realização das profecias, os seres infernais do Apocalipse? — resmungou o jornalista míope, apertando a barriga. — Alguém deve ter contado a eles que o Beatinho tinha um horror especial de cachorros, melhor dizendo, do Cão, o Mal encarnado. Na certa o deixaram na frente de uma matilha raivosa e, diante da ameaça de ser levado para o inferno aos pedaços pelos mensageiros do Cão, guiou-os até o lugar onde o tinham enterrado.

O barão se esqueceu do camaleão e da baronesa Estela. Em sua cabeça, matilhas de cachorros enlouquecidos rugiam e reviravam montes de cadáveres, metiam os focinhos em ventres bichados, davam dentadas em panturrilhas magras, disputavam, aos latidos, tíbias, cartilagens, crânios. Além dos estripamentos, outras matilhas invadiam povoados desprevenidos, atacando vaqueiros, pastores, lavadeiras, em busca de carne e ossos frescos.

Poderiam ter imaginado que estava enterrado no Santuário. Em que outro lugar iriam enterrá-lo? Cavaram onde o Beatinho indicou e, a três metros de profundidade — fundo assim —, lá estava, com sua túnica azul, com as alpargatas de couro cru, envolto numa esteira. Tinha cabelos compridos e ondulados: é o que registra a ata oficial de exumação. Estavam presentes todos os chefes, a começar pelo general Artur Oscar, que mandou o artista-fotógrafo da Primeira Coluna, o senhor Flávio de Barros, fotografar o cadáver. A operação levou meia hora, e todos permaneceram no local apesar da pestilência.

— Você imagina o que esses generais e coronéis devem ter sentido ao ver, afinal, o cadáver do inimigo da República, do massacrador de três expedições militares, do perturbador do Estado, do aliado da Inglaterra e da Casa de Bragança...

— Eu o conheci — murmurou o barão, e seu interlocutor ficou calado, interrogando-o com um olhar aquoso. — Mas me sucede algo parecido com o que lhe aconteceu em Canudos por causa dos óculos. Não consigo identificá-lo, ele se esfuma. Foi há quinze ou vinte anos. Esteve em Calumbi, com um pequeno séquito, e parece que lhes demos roupa velha e comida, pois limparam os túmulos e a capela. Mais pareciam uma coleção de farrapos que um conjunto de homens. Passavam muitos santos por Calumbi. Como eu poderia adivinhar que aquele era, entre tantos, o mais importante, o que ultrapassaria os outros, o que atrairia milhares de sertanejos?

— Também estava cheia de iluminados, de heréticos, a terra da Bíblia — disse o jornalista míope. — Por isso tanta gente se confundiu com Cristo. Não entendeu, não percebeu...

— Está falando sério? — o barão avançou a cabeça. — Pensa mesmo que o Conselheiro foi enviado por Deus?

Mas o jornalista míope prosseguia, em voz áspera, a sua história. Lavraram uma ata notarial diante do cadáver, tão decomposto que precisaram tapar os narizes com mãos e lenços, porque sentiam náuseas. Os quatro médicos o mediram, constataram que tinha um metro e setenta e oito de altura, que havia perdido todos os dentes e que não morrera de bala, pois a única ferida em seu corpo esquelético era uma equimose na perna esquerda, raspada em uma lasca ou uma pedra. Após um rápido debate, decidiram decapitá-lo para que a ciência pudesse estudar seu crânio. Iriam entregá-lo à Faculdade de Medicina da Bahia, para que o doutor Nina Rodrigues o examinasse. Mas, antes de começarem a serrar, degolaram o Beatinho. Agiram ali mesmo, no Santuário, enquanto o artista-fotógrafo Flávio de Barros tirava a foto, e o jogaram na fossa onde também recolocaram o cadáver sem cabeça do Conselheiro. Bom para o Beatinho, sem dúvida. Ser enterrado junto àquele que tanto venerou e serviu. Mas uma coisa deve tê-lo horrorizado, no último instante: saber que seria enterrado como um animal, sem cerimônia alguma, sem orações, sem um envoltório de madeira. Porque eram essas coisas que importavam lá.

Um novo ataque de espirros o interrompeu. Mas logo se recuperou e continuou falando, com uma excitação progressiva que, vez por outra, travava a sua língua. Seus olhos revoavam, inquietos, atrás das lentes.

Houve uma troca de ideias para decidir qual dos quatro médicos faria aquilo. Foi o major Miranda Cúrio, chefe do Serviço de Saúde em campanha, quem pegou o serrote, enquanto os outros seguravam o corpo. Pretendiam mergulhar a cabeça num recipiente de álcool, mas, como os restos de pele e carne estavam começando a se desintegrar, decidiram metê-la num saco de cal. Assim foi trazida a Salvador. A delicada missão de transportá-la foi confiada ao tenente Pinto Souza, herói do Terceiro Batalhão de Infantaria, um dos poucos oficiais sobreviventes desse corpo dizimado por Pajeú no primeiro combate. O tenente Pinto Souza entregou-a à Faculdade de Medicina, e o doutor Nina Rodrigues presidiu a comissão de cientistas que a examinou, mediu e pesou. Não havia relatos fidedignos sobre o que se disse, durante o exame, no anfiteatro. O comunicado oficial era de um laconismo irritante, e o responsável por isso, ao que parece, era ninguém menos que o próprio doutor Nina Rodrigues. Foi ele quem redigiu aquelas parcas linhas que desencantaram a opinião pública, dizendo, secamente, que a ciência não tinha comprovado nenhuma anomalia constitutiva manifesta no crânio de Antônio Conselheiro.

— Tudo isso me faz pensar em Galileo Gall — disse o barão, dando uma olhadela esperançosa no pomar. — Ele também tinha uma fé louca nos crânios, como indicadores do caráter.

Mas a conclusão do doutor Nina Rodrigues não era partilhada por todos os seus colegas de Salvador. O doutor Honorato Nepomuceno de Alburquerque, por exemplo, preparava um estudo discrepante do relatório da comissão de cientistas. Sustentava que esse crânio era tipicamente braquicéfalo, segundo a classificação do naturalista sueco Retzius, com tendências à estreiteza e linearidade mentais (por exemplo, o fanatismo). E que, por outro lado, a curvatura craniana correspondia exatamente à definida pelo sábio Benedikt para aqueles epiléticos que, como escreveu o cientista Samt, levam o livro de missa na mão, o nome de Deus nos lábios e os estigmas do crime e do banditismo no coração.

— Entende? — disse o jornalista míope, respirando como se houvesse acabado de fazer um enorme esforço. — Canudos não é uma história, e sim uma árvore de histórias.

— Está passando mal? — perguntou o barão, sem muita ênfase. — Vejo que o senhor também não se sente muito bem ao falar destas coisas. Conversou com todos esses médicos?

O jornalista míope estava encolhido como uma lagarta, mergulhado em si mesmo, e parecia morto de frio. Após o exame médico legal, surgiu um problema. O que fazer com os ossos? Alguém propôs que o crânio fosse mandado para o Museu Nacional, como curiosidade histórica. Houve uma oposição ferrenha. De quem? Dos maçons. Já bastava o Nosso Senhor do Bonfim, disseram, já bastava um lugar de peregrinação ortodoxo. Aquele crânio exposto numa vitrine transformaria o Museu Nacional numa segunda igreja do Bonfim, num santuário heterodoxo. O Exército concordou: era preciso evitar que os ossos se transformassem em relíquia, germe de futuras revoltas. Precisavam sumir com eles. Como? Como?

— Evidentemente, não enterrando-a — murmurou o barão.

Evidentemente, pois o povo fanatizado descobriria o local do enterro, mais cedo ou mais tarde. Que lugar mais seguro e remoto que o fundo do mar? O crânio foi metido num saco cheio de pedras, costurado e transportado de noite, num bote, por um oficial, até um ponto do Atlântico equidistante do Forte São Marcelo e a ilha de Itaparica, e jogado no lodo marinho, para servir como suporte de corais. O oficial encarregado da operação secreta foi o próprio tenente Pinto Souza: fim da história.

Suava tanto e estava tão pálido que o barão pensou: "Vai desmaiar." O que este fantoche sentiria pelo Conselheiro? Admiração? Fascinação mórbida? Simples curiosidade de abelhudo? Teria chegado a acreditar que fosse realmente mensageiro do céu? Por que sofria e se atormentava tanto por Canudos? Por que não fazia como todo o mundo, tentar esquecer?

— O senhor disse Galileo Gall? — ouviu-o perguntar.

— Sim — confirmou o barão, vendo os olhos enlouquecidos, a cabeça raspada, ouvindo os discursos apocalípticos. — Gall entenderia esta história. Ele achava que o segredo das pessoas estava nos ossos da cabeça. Terá chegado a Canudos, afinal? Se chegou, deve ter sido terrível para ele constatar que aquilo não era a revolução com que tanto sonhara.

— Não era e, entretanto, era — corrigiu o jornalista míope. — Era o reino do obscurantismo e, também, um mundo fraterno com uma liberdade muito particular. Talvez não ficasse tão decepcionado.

— Sabe o que houve com ele?

— Morreu em algum lugar, não muito longe de Canudos — disse o jornalista. — Eu o via muito, antes de tudo isso. No Forte, uma taverna da cidade baixa. Era falador, pitoresco, amalucado; apalpava cabeças, profetizava tumultos. Eu o achava um embusteiro. Ninguém podia adivinhar que se transformaria num personagem trágico.

— Tenho uns papéis dele — disse o barão. — Uma espécie de memórias, ou testamento, que escreveu na minha casa, em Calumbi. Eu deveria ter entregue aos seus correligionários. Mas não pude. E não por má vontade, pois fui até Lyon tentar cumprir a promessa.

Por que fizera essa viagem de Londres a Lyon para entregar pessoalmente o texto de Gall aos redatores de *l'Étincelle de la révolte*? Não por afeto ao frenólogo, em todo caso; o que sentia por ele era curiosidade, interesse científico por essa variante insuspeita da espécie humana. Deu-se ao trabalho de ir a Lyon para ver a cara e ouvir o que diziam os companheiros do revolucionário, verificar se eram parecidos com ele, se pensavam e falavam as mesmas coisas que ele. Mas a viagem foi inútil. Tudo o que conseguiu descobrir foi que *l'Étincelle de la révolte*, órgão esporádico, tinha deixado de sair tempos atrás, e quem a editava era uma pequena casa impressora cujo proprietário fora preso, sob a acusação de imprimir notas falsas, três ou quatro anos antes. Combinava perfeitamente com o destino de Gall passar anos, talvez, enviando artigos para um bando de fantasmas e morrer sem que nenhum conhecido, da sua vida europeia, soubesse onde, como e por quê.

— História de doidos — disse, entre os dentes. — O Conselheiro, Moreira César, Gall. Canudos enlouqueceu meio mundo. O senhor também, naturalmente.

Mas um pensamento calou a sua boca: "Não, eles já eram loucos antes. Só Estela perdeu a razão por causa de Canudos." Precisou fazer um esforço para conter as lágrimas. Não se lembrava de ter chorado quando era criança ou rapaz. Mas, desde o que houve com a baronesa, chorava muitas vezes, em seu gabinete, durante as noites de insônia.

— Mais que de doidos, é uma história de mal-entendidos — voltou a corrigir o jornalista míope. — Quero saber uma coisa, barão. E lhe peço que me diga a verdade.

— Desde que me afastei da política, quase sempre digo a verdade — sussurrou o barão. — O que quer saber?

— Se houve contatos entre o Conselheiro e os monarquistas — respondeu o jornalista míope, espiando sua reação. — Não falo do grupinho de saudosos do Império que tinham a ingenuidade de proclamar-se publicamente, como Gentil de Castro. E sim de gente como vocês, os autonomistas, monarquistas de coração que, não obstante, ocultavam o fato. Tiveram contatos com o Conselheiro? Vocês o instigaram?

O barão, que ouvira aquilo com um ar zombeteiro, começou a rir.

— Não descobriu nesses meses em Canudos? Viu políticos baianos, paulistas, cariocas entre os jagunços?

— Já lhe disse que não vi grande coisa — respondeu a voz antipática. — Mas ouvi dizer que o senhor mandou milho, açúcar, rebanhos de Calumbi.

— Então, também deve saber que não foi por minha própria vontade, mas forçado — disse o barão. — Todos os fazendeiros da região tiveram que fazer isso, para não queimarem as fazendas. Não é a maneira certa de lidar com os bandidos do sertão? Se você não pode matá-los, tem que alugá-los. Se eu tivesse a menor influência sobre eles, não teriam destruído Calumbi e minha mulher estaria bem. Os fanáticos não eram monarquistas, nem sabiam o que era o Império. É fantástico que o senhor não tenha entendido isto, apesar de...

O jornalista míope tampouco o deixou prosseguir esta vez:

— Não sabiam, mas mesmo assim eram monarquistas, se bem que de um modo que nenhum monarquista entenderia — disse, depressa e piscando. — Eles sabiam que a monarquia aboliu a escravidão. O Conselheiro elogiava a princesa Isabel por ter dado a liberdade aos escravos. Parecia convencido de que a monarquia caiu porque aboliu a escravidão. Em Canudos todos acreditavam que a República era escravajista, que queria restaurar a escravidão.

— Acha que eu e meus amigos incutimos essas ideias no Conselheiro? — tornou a sorrir o barão. — Se alguém nos propusesse tal coisa, pensaríamos que era um imbecil.

— No entanto, isso explica muitas coisas — levantou a voz o jornalista. — Por exemplo, o ódio ao censo. Eu espremia os miolos, tentando entender, e aí está a explicação. Raça, cor, religião. Para que a República podia querer saber a raça e a cor das pessoas, a não ser para escravizar os negros novamente? E para que saber a religião, a não ser para identificar os fiéis antes da matança?

— É esse mal-entendido que explica Canudos? — disse o barão.

— Um deles — respirou com dificuldade o jornalista míope. — Eu sabia que os jagunços não tinham sido enganados por nenhum politiqueiro. Mas queria ouvir o senhor dizer.

— Pois já ouviu — disse o barão. O que diriam os meus amigos se tivessem antevisto uma maravilha dessas? Homens e mulheres humildes do sertão levantando-se em armas para atacar a República, com o nome da infanta dona Isabel nos lábios! Não, era irreal demais para que algum monarquista brasileiro pudesse cogitar isso, até mesmo em sonhos.

O mensageiro de João Abade alcança Antônio Vilanova nos arredores de Jueté, onde o ex-comerciante está emboscado com quatorze jagunços, espreitando um comboio de bois e cabras. A notícia é tão grave que Antônio decide voltar para Canudos sem terminar o que o levara até lá: conseguir comida. É um trabalho que já fez três vezes, desde que os soldados chegaram, todas bem-sucedidas: vinte e cinco bois e várias dúzias de cabritos na primeira; oito bois na segunda, e, na terceira, uma dúzia, além de uma carroça cheia de farinha, café, açúcar e sal. Ele insistiu em comandar essas incursões destinadas a conseguir alimento para os jagunços, alegando que João Abade, Pajeú, Pedrão e João Grande eram indispensáveis em Belo Monte. Está há três semanas assaltando os comboios que partem de Queimadas e Monte Santo, pelo caminho de Rosário, com comida para a Favela.

    É uma operação relativamente fácil, que o ex-comerciante, com seus hábitos metódicos e escrupulosos e seu talento organizador, aperfeiçoou a extremos científicos. O sucesso se deve, antes de mais nada, às informações que recebe, à colaboração dos guias e carregadores, que são, na maioria, jagunços que se empregaram ou alistaram em diversas localidades, de Tucano a Itapicuru. Eles o mantêm sempre informado do movimento dos comboios e ajudam a escolher o lugar da debandada, objetivo da operação. No ponto determinado — geralmente o fundo de uma baixada ou uma área frondosa de mato, sempre à noite —, Antônio e seus homens irrompem subitamente no meio do rebanho, fazendo estrondo com seus trabucos, explodindo cartuchos de dinamite e soprando seus apitos, para que os animais, assustados, saiam, desabalados, caatinga afora. Enquanto Antônio e seu grupo distraem a tropa com seus tiros, os guias e carregadores separam os animais que podem e os tocam por atalhos preestabelecidos — a trilha que vem de Calumbi, a mais curta e segura, continua ignorada pelos soldados — até Canudos. Antônio e os outros os alcançam mais tarde.

    É o que também aconteceria agora se a notícia não tivesse chegado: os cães vão atacar Canudos a qualquer momento. Com os dentes trincados, apressando o passo, testas franzidas, Antônio e seus quatorze companheiros são fustigados pela ideia fixa: estar em Belo Monte junto com os outros, em volta do Conselheiro, quando os ateus atacarem. Como o Comandante da Rua descobriu o plano de ataque? O mensageiro, um velho baqueano que caminha ao seu lado, conta a Vilanova que dois jagunços vestidos de soldados, que perambulavam pela Favela, tinham trazido a notícia. Fala com naturalidade, como se fosse normal que filhos do Bom Jesus andassem entre os diabos fantasiados de diabos.

    "Já se acostumaram, não chama mais sua atenção", pensa Antônio Vilanova. Mas na primeira vez que João Abade tentou convencer os jagunços a usarem uniformes de soldados, quase houve uma rebelião. O próprio Antônio sentiu um amargo na boca ao ouvir a proposta. Vestir aquilo que simbolizava toda a maldade, insensibilidade e hostilidade que há no mundo lhe causava uma repugnância visceral. Achava perfeitamente compreensível que os homens de Canudos se recusassem a morrer vestidos de cães. "E, no entanto, erramos", pensa. "Como sempre, João Abade tinha razão." Porque a informação trazida pelos valorosos párvulos que se introduziam nos acampamentos para soltar formigas, cobras e escorpiões, para pôr veneno nos odres da tropa, nunca podia ser tão precisa como a de homens feitos, principalmente os afastados ou desertores do Exército. Foi Pajeú quem resolveu o problema apresentando-se nas trincheiras de Rancho do Vigário, logo após uma discussão, vestido de cabo e anunciando que ia se infiltrar através das linhas. Todos sabiam que não passaria despercebido. João Abade perguntou aos jagunços se achavam certo que Pajeú se sacrificasse apenas para dar o exemplo e liquidar aquele medo de uns panos com botões. Vários homens do antigo cangaço do caboclo se ofereceram para vestir as fardas. Desde esse dia, o Comandante da Rua não teve mais dificuldade para infiltrar jagunços nos acampamentos.

Fazem um alto para descansar e comer, depois de várias horas. Começa a escurecer e, sob um céu de chumbo, distinguem o Cambaio e a entrecortada serra da Canabrava. Sentados em círculo, de pernas cruzadas, os jagunços abrem seus embornais de corda trançada e tiram punhados de bolacha e carne-seca. Comem em silêncio. Antônio Vilanova sente cansaço nas pernas, agora dormentes e inchadas. Estará envelhecendo? É uma sensação que o persegue nos últimos meses. Ou será a tensão, a atividade frenética exigida pela guerra? Perdeu tanto peso que teve que fazer novos furos no cinto e Antônia Sardelinha precisou apertar suas duas camisas, que dançavam no corpo feito camisolas. Mas não acontece a mesma coisa com os homens e mulheres de Belo Monte? Também não emagreceram João Grande e Pedrão, que eram uns gigantes? Honório não está encurvado e grisalho? E João Abade e Pajeú também não parecem mais velhos?

Ouve o bramido do canhão, mais ao norte. Uma pequena pausa e, depois, vários tiros seguidos. Antônio e os jagunços pulam dos seus lugares e retomam a marcha, em passos decididos.

Chegam à cidade pelo lado do Taboleirinho, ao amanhecer, depois de cinco horas de bombardeio quase ininterrupto. Nas aguadas, onde começam as casas, há um mensageiro à sua espera para levá-los aonde está João Abade. Afinal o encontram nas trincheiras da Fazenda Velha, agora reforçadas com o dobro de homens, todos com o dedo nos gatilhos de fuzis e espingardas, espreitando, nas sombras da madrugada, as encostas da Favela, por onde esperam ver os maçons se espalhando. "Louvado seja o Bom Jesus Conselheiro", murmura Antônio, e João Abade, sem responder, pergunta se ele viu soldados pela estrada. Não, nenhuma patrulha.

— Não sabemos por onde vão atacar — diz João Abade, e o ex-comerciante nota sua enorme preocupação. — Sabemos tudo, menos o principal.

Calcula que atacarão por aqui, o caminho mais curto, e por isso o Comandante da Rua veio reforçar o grupo de Pajeú com trezentos jagunços, nesta trincheira que se estende em curva, por um quarto de légua, dos pés do monte Mário até o Taboleirinho.

João Abade explica que Pedrão está cobrindo o oriente de Belo Monte, a zona dos currais e roçados e os morros por onde serpenteiam as trilhas para Trabubu, Macambira, Cocorobó e Jeremoabo. A cidade, defendida pela Guarda Católica de João Grande, tem novos parapeitos de pedra e areia nos becos e encruzilhadas, e foi muito reforçada no quadrilátero das igrejas e do Santuário, o centro em cuja direção irão convergir os batalhões de assalto, como convergem agora os obuses de seus canhões.

Embora esteja ávido por fazer perguntas, Vilanova percebe que não há tempo. O que deve fazer? João Abade diz que ele e Honório precisam cobrir o território paralelo às barrancas do Vaza-Barris, a leste do Alto do Mário e da saída para Jeremoabo. Sem mais explicações, pede que lhe avise imediatamente se os soldados aparecerem, pois o mais importante é descobrir a tempo por onde tentarão entrar. Vilanova e os quatorze homens vão correndo.

O cansaço desapareceu como que por encanto. Deve ser outro sinal da presença divina, outra manifestação do sobrenatural na sua pessoa. Como explicar isso, a não ser com o Pai, o Divino ou o Bom Jesus? Desde que soube da notícia do ataque, não fez outra coisa além de andar e correr. Há pouco, atravessando a Lagoa do Cipó, suas pernas fraquejaram e seu coração batia com tanta fúria que teve medo de cair desmaiado. E agora está ali, correndo nesse terreno pedregoso, de subidas e descidas, num fim de noite que os bombardeios fulminantes da tropa iluminam e estrondeiam. Ele se sente descansado, cheio de energia, capaz de fazer qualquer esforço, e sabe que os quatorze homens que correm ao seu lado também se sentem da mesma forma. Quem senão o Pai pode realizar essa transformação, rejuvenescê-los assim quando as circunstâncias exigem? Não é a primeira vez que isto acontece. Amiúde, nestas semanas, quando já pensava que ia desabar, sentia de repente uma nova força que parecia levantá-lo, renovado, injetando-lhe um sopro de vida.

Na meia hora que levam para chegar às trincheiras do Vaza--Barris — correndo, andando, correndo —, Antônio Vilanova distingue, em Canudos, as chamas dos incêndios. Não se pergunta se alguma dessas fogueiras está consumindo o seu lar, e sim: estará funcionando bem o sistema que idealizou para que os incêndios não se espalhem? Com esta finalidade, nas esquinas e nas ruas há centenas de barris e caixas de areia. Todos os que ficaram na cidade sabem que, quando há uma explosão, têm que ir correndo sufocar as chamas com baldes de terra. O próprio Antônio organizou, em cada quarteirão, grupos de mulheres, crianças e velhos encarregados da tarefa.

Nas trincheiras encontra seu irmão Honório, e também a mulher e a cunhada. As Sardelinhas estão, junto com outras mulheres, embaixo de um telheiro, entre coisas de comer e de beber, remédios e ataduras. "Bem-vindo, compadre", Honório o abraça. Antônio fica um pouco por ali, comendo com apetite das tigelas que as Sardelinhas servem aos recém-chegados. Assim que termina o breve descanso, o ex-comerciante espalha seus quatorze companheiros pelas cercanias, recomenda que durmam um pouco e vai percorrer os arredores com Honório.

Por que João Abade os terá encarregado de cuidar dessa fronteira, eles que são os menos guerreiros dos guerreiros? Sem dúvida porque é a mais distante da Favela: não vão atacar por aqui. É um percurso três ou quatro vezes maior do que se descessem as encostas para atacar a Fazenda Velha; além disso, antes de chegarem ao rio teriam que atravessar um território abrupto e crispado de espinhos que obrigaria os batalhões a se dividir e desagregar. Não é assim que lutam os ateus. Eles avançam em blocos compactos, formando aqueles quadrados que são alvos excelentes para os jagunços entrincheirados.

— Fomos nós que fizemos estas trincheiras — diz Honório. — Lembra, compadre?

— Claro que lembro. Por ora continuam virgens.

Sim, tinham dirigido as equipes que fizeram inúmeras escavações para dois ou três atiradores nesta área sinuosa, entre o rio e o cemitério, sem árvores nem moitas. Cavaram os primeiros abrigos há um ano, após o combate de Uauá. Depois de cada expedição faziam novos buracos e, ultimamente, pequenas ranhuras entre estes que permitem que os homens se arrastem de um para o outro sem serem vistos. Continuam virgens, de fato: não se combateu no setor uma única vez.

Uma luz azulada, com laivos amarelos nos extremos, avança pelo horizonte. Ouve-se o cocorocó dos galos. "Pararam com os canhões", diz Honório, adivinhando o seu pensamento. Antônio termina a frase: "Então eles já estão a caminho, compadre." As trincheiras surgem a cada quinze, vinte passos, em meio quilômetro de frente e uns cem metros de fundo. Os jagunços, instalados nos abrigos em grupos de dois ou de três, estão tão bem escondidos que os Vilanova só os veem quando se abaixam para trocar algumas palavras com eles. Muitos têm tubos de metal, bambus de bom diâmetro e troncos perfurados para observar o exterior sem aparecer. A maioria está dormindo ou cochilando, encolhidos feito um novelo, com suas Mannlicher, Mauser ou trabucos, o saco de munição e o chifre de pólvora sempre ao alcance da mão. Honório tinha deixado sentinelas ao longo do Vaza-Barris, e vários deles desceram as barrancas e exploraram o leito — ali totalmente seco — e a outra margem, sem encontrar patrulhas.

Voltam para o telheiro, conversando. Parece estranho esse silêncio cortado por cantos de galo depois de tantas horas de bombardeio. Antônio comenta que o ataque a Canudos parece inevitável desde que a coluna de reforços — mais de quinhentos soldados, ao que parece — chegou intacta à Favela, apesar dos esforços desesperados de Pajeú, que os fustigou desde Caldeirão mas só conseguiu se apoderar de alguns bois. Honório pergunta se é verdade que as tropas deixaram companhias em Jueté e Rosário, onde antes se limitavam a passar. Sim, é verdade.

Antônio afrouxa o cinto e, usando o braço como travesseiro e cobrindo o rosto com o chapéu, afinal se acomoda na trincheira que divide com o irmão. Seu corpo se relaxa, agradecido pela imobilidade, mas seus ouvidos continuam alertas, tentando perceber algum sinal dos soldados nesse dia que começa. Em pouco tempo se esquece deles e, após flutuar sobre diversas imagens, esmaecidas, de repente pensa neste homem cujo corpo está encostado no seu. Dois anos mais novo que ele, com o cabelo claro e ondulado, calmo, discreto, para ele Honório é mais do que irmão e concunhado: é seu companheiro, seu compadre, seu confidente, seu melhor amigo. Nunca se separaram, nunca tiveram uma briga séria. Será que Honório está em Belo Monte, como ele, por adesão ao Conselheiro e a tudo o que representa, a religião, a verdade, a salvação da alma, a justiça? Ou só por fidelidade ao irmão? Em todos os anos desde que chegou a Canudos, nunca tinha pensado nisso. Quando um anjo o tocou e Antônio abandonou os próprios interesses para se dedicar aos interesses de Canudos, achou natural que o irmão e a cunhada, assim como a sua própria mulher, aceitassem de bom grado a mudança de vida, como tinham feito toda vez que as desgraças os obrigaram a seguir novos rumos. Foi o que aconteceu: Honório e Assunção aceitaram sua vontade sem o menor protesto. Foi quando Moreira César atacou Canudos, naquele dia interminável, enquanto lutava nas ruas, que suspeitou pela primeira vez que Honório talvez morresse ali, não por algo em que acreditava, mas por respeito ao irmão mais velho. Quando tenta falar com Honório sobre o assunto, o irmão zomba: "Você acha que eu arriscaria a pele só para ficar ao seu lado? Como é vaidoso, compadre!" Mas, em vez de aplacar suas dúvidas, essas brincadeiras só as fortalecem. Um dia ele disse ao Conselheiro: "Por causa do meu egoísmo, decidi por Honório e por sua família sem perguntar o que eles queriam, como se fossem móveis ou cabritos." O Conselheiro encontrou um bálsamo para a ferida: "Se aconteceu isso, você os ajudou a ter méritos para ganhar o céu."

Sente que o estão balançando, mas demora a abrir os olhos. O sol brilha no alto e Honório lhe pede silêncio com um dedo nos lábios:

— Estão aí, compadre — murmura, em voz calma. — Afinal vamos ser nós a recebê-los.

— Que honra, compadre — responde, com uma voz pastosa.

Ajoelha-se na trincheira. Nas barrancas da outra margem do Vaza-Barris um mar de uniformes azuis, cinzentos, vermelhos, com brilhos de abotoaduras, espadas e baionetas avança em sua direção na manhã resplandecente. É o que seus ouvidos estavam escutando há algum tempo: redobrar de tambores, clarim de cornetas. "Parece que vieram direto para cá", pensa. O ar está limpo e, apesar da distância, vê com muita nitidez as tropas, divididas em três corpos, um dos quais, o do centro, parece embicar em linha reta rumo a estas trincheiras. Um gosto pegajoso na boca freia as suas palavras. Honório lhe diz que já mandou dois párvulos à Fazenda Velha e à saída de Trabubu, para avisar João Abade e Pedrão de que estão chegando por este lado.

— Precisamos resistir — ouve-se dizer. — Resistir pelo menos até que João Abade e Pedrão recuem para Belo Monte.

— Desde que não estejam atacando também pela Favela — grunhe Honório.

Antônio não acredita. À frente, descendo as barrancas do rio seco, há vários milhares de soldados, mais de três mil, talvez quatro, o que deve ser toda a força útil dos cães. Os jagunços sabem, por informes dos párvulos e dos espiões, que há cerca de mil feridos e doentes no hospital da fenda entre a Favela e o Alto do Mário. Uma parte da tropa certamente ficou lá, protegendo o hospital, a artilharia e as instalações. Esta tropa deve ser toda a do ataque, diz a Honório, sem olhar para ele, os olhos fixos nas barrancas, enquanto confere com os dedos se o tambor do revólver está carregado. Embora tenha um Mannlicher, prefere esse revólver, com que luta desde que está em Canudos. Honório, por sua vez, mantém o fuzil apoiado no rebordo, com a alça levantada e o dedo no gatilho. Assim devem estar todos os outros jagunços, em seus fossos, sem esquecer da instrução: só atirar quando o inimigo estiver bem perto, para economizar munição e aproveitar o fator surpresa. É o único ponto a seu favor, a única coisa que pode atenuar aquela desproporção de número e de equipamento.

Um menino chega engatinhando e escorrega para o buraco; traz um surrão com café quente e umas broas de milho. Antônio reconhece seus olhos vivos e risonhos, seu corpo curvado. Ele se chama Sebastião e é veterano nessas tarefas, pois serviu de mensageiro a Pajeú e a João Grande. Enquanto toma o café, que lhe reanima o corpo, Antônio vê o menino desaparecer, rastejando com seus surrões e alforjes, silencioso e veloz como uma lagartixa.

"Se eles viessem unidos, formando uma massa compacta", pensa. Que fácil seria derrubá-los com cargas à queima-roupa, neste terreno sem árvores, arbustos nem pedras. As depressões do solo não os ajudariam muito, porque as trincheiras dos jagunços foram feitas nos outeiros de onde podem dominá-las. Mas não vêm juntos. O corpo do centro avança mais rápido, como uma proa; é o primeiro a atravessar o rio e subir as barrancas. Umas figurinhas azuladas, com listas vermelhas nas calças e pontos faiscantes, aparecem a menos de duzentos passos de Antônio. É uma companhia de exploradores, uma centena de homens, todos a pé, que se reagrupam em dois blocos em fileiras de três e avançam rapidamente, sem a menor precaução. Ele os vê esticar os pescoços, espreitar as torres de Belo Monte, totalmente inconscientes desses atiradores rasteiros que os têm na mira.

"O que está esperando, compadre?", diz Honório. "Que nos vejam?" Antônio atira e, no mesmo instante, como um eco multiplicado, estoura à sua volta um estrondo que abafa os tambores e clarins. A fumaça, a poeira e a confusão tomam conta dos exploradores. Antônio dispara, sem pressa, todos os seus tiros, mirando com um olho fechado nos soldados que deram meia-volta e fogem correndo. Consegue ver que outros grupos já ultrapassaram as barrancas e se aproximam de três, quatro direções diferentes. A fuzilaria para.

— Não nos viram — diz o irmão.

— Estão contra o sol — responde. — Em uma hora vão ficar cegos.

Os dois recarregam as armas. Ouvem-se tiros isolados, de jagunços que querem liquidar os feridos que Antônio vê rastejando no cascalho, na tentativa de alcançar as barrancas. De lá continuam aparecendo cabeças, braços, corpos de soldados. As formações se desmancham, fragmentam, entortam ao avançar pelo terreno cortado, sinuoso. Os soldados começaram a disparar, mas Antônio tem a impressão de que ainda não localizaram as trincheiras, que atiram por cima deles, na direção de Canudos, pensando que as rajadas que ceifaram a sua vanguarda vinham do Templo do Bom Jesus. O tiroteio aumenta a poeira, e vez por outra redemoinhos pardacentos envolvem e ocultam os ateus que, encolhidos, espremidos uns contra os outros, de fuzis para cima e baioneta calada, avançam ao compasso de cornetas e tambores e gritos de: "Infantaria! Avançar!"

O ex-comerciante descarrega o revólver duas vezes. A arma se aquece e queima a sua mão, de modo que a mete no coldre e começa a usar o Mannlicher. Aponta e atira, visando sempre, entre as filas inimigas, aqueles que, pela espada, galões ou atitudes, parecem ser os que mandam. De repente, vendo aqueles hereges e fariseus de cara assustada, transfigurados, caindo, um, dois, dez ao mesmo tempo, vítimas de balas que não sabem de onde vêm, sente compaixão. Como é possível ter piedade de quem quer destruir Belo Monte? Sim, neste momento, enquanto os vê desabar e gemer, enquanto aponta e mata, não os odeia: pressente sua miséria espiritual, sua humanidade pecadora, sabe que são vítimas, instrumentos cegos e estúpidos, enganados pelas artes do Maligno. Não podia ter acontecido com qualquer pessoa? Com ele mesmo, se, graças ao encontro com o Conselheiro, o anjo não o tivesse tocado?

— À esquerda, compadre — Honório lhe dá uma cotovelada.

Olha e vê: cavaleiros com lanças. Uns duzentos, talvez mais, atravessaram o Vaza-Barris meio quilômetro adiante e estão se agrupando em pelotões para atacar este flanco, ao som da algazarra frenética de um cornetim. Estão fora da linha de trincheiras. Num segundo, vê o que vai acontecer. Os lanceiros passarão de viés, pelas colinas onduladas, até o cemitério, e, como não há trincheira nesse ângulo para barrar sua passagem, em poucos minutos vão chegar a Belo Monte. Vendo essa via livre, pelo mesmo rumo virá a tropa a pé. Nem Pedrão, nem João Grande nem Pajeú tiveram tempo de recuar até a cidade e reforçar os jagunços entrincheirados nos tetos e torres das igrejas e do Santuário. Então, sem saber o que fazer, guiado pela loucura do momento, pega o saco de munição e pula fora do buraco, gritando para Honório: "Temos que pará-los, sigam-me todos, sigam-me todos." Começa a correr, inclinado, com o Mannlicher na direita, o revólver na esquerda, o saco ao ombro, num estado semelhante ao sonho, à embriaguez. Nesse momento, o medo da morte — que às vezes o acorda encharcado de suor ou congela seu sangue no meio de uma conversa corriqueira — some, e ele é dominado por um colossal desprezo à ideia de ser ferido ou de desaparecer do mundo dos vivos. Enquanto em linha reta na direção dos cavaleiros que, formados em pelotões, começam a trotar, ziguezagueando, levantando poeira, e ele os vê e para de ver, segundo as ondulações do terreno, enquanto ideias, lembranças, imagens, faíscam na fornalha que é sua cabeça. Sabe que esses cavaleiros são parte do batalhão de lanceiros do Sul, os gaúchos, que avistou quando estava rondando atrás da Favela à procura de bois. Pensa que nenhum desses cavaleiros há de pisar em Canudos, que João Grande e a Guarda Católica, os negros do Mocambo ou os cariris flecheiros matarão seus animais, uns alvos magníficos. E pensa em sua mulher e na sua cunhada e se pergunta se elas e as outras terão voltado para Belo Monte. Entre essas caras, esperanças, fantasias, surge Assaré, lá nos confins do Ceará, aonde não volta desde que saiu, fugindo da peste. Seu povoado costuma lhe aparecer em momentos como este, quando sente que toca num limite, que pisa num extremo além do qual só restam o milagre ou a morte.

  Quando suas pernas já não resistem, cai no chão e, esticando-se, sem procurar proteção, ajeita o fuzil no ombro e começa a atirar. Não vai ter tempo de recarregar a arma, por isso aponta cuidadosamente cada projétil. Tinha percorrido a metade da distância que o separava dos lanceiros. Estes cruzam à sua frente, em meio à poeira, e ele se pergunta como não o viram, apesar de ter corrido em campo liso, apesar de estar atirando neles. Nenhum dos homens olha para cá. Mas, como se seu pensamento os tivesse alertado, o pelotão que vai na frente gira subitamente para a esquerda. Vê um cavaleiro fazer um movimento circular com a espada, como se o estivesse chamando, cumprimentando, e uma dúzia de lanceiros galopa em sua direção. O fuzil está sem balas. Aperta o revólver com as duas mãos, os cotovelos apoiados no chão, decidido a reservar esses cartuchos para quando os cavalos chegarem bem perto. Ali estão as caras dos diabos, deformadas pela raiva, ali está a ferocidade com que esporeiam os flancos dos animais, as lanças compridas tremendo, as bombachas infladas pelo vento. Atira no soldado da espada, uma, duas, três balas, sem acertar, pensando que nada o salvará de ser atravessado por essas lanças e pisoteado por esses cascos que martelam o cascalho. Mas alguma coisa acontece, e tem novamente o pressentimento do sobrenatural. Atrás dele surgem muitas figuras disparando, brandindo facões, facas, martelos, machados, e se lançam contra os animais e seus cavaleiros, baleando-os, esfaqueando-os, perfurando-os, num redemoinho vertiginoso. Vê jagunços agarrados nas lanças e nas pernas dos cavaleiros, cortando as rédeas; vê cavalos caindo e ouve rugidos, relinchos, xingamentos, tiros. Pelo menos dois lanceiros passam por cima dele, sem pisoteá-lo, antes que consiga levantar-se e voltar à luta. Dispara as duas últimas balas do revólver e, empunhando o Mannlicher como um porrete, corre até os ateus e jagunços mais próximos, já embolados no chão. Dá uma coronhada num soldado que está em cima de um jagunço e bate até deixá-lo inerte. Ajuda o jagunço a levantar-se e ambos correm para socorrer Honório, perseguido por um cavaleiro de lança em riste. Ao ver que se dirigem contra ele, o gaúcho esporeia o animal e desaparece rapidamente na direção de Belo Monte. Durante um bom tempo, sob um forte terral, Antônio corre de um lado para o outro, ajuda a levantar os que caíram, recarrega e esvazia seu revólver. Há companheiros gravemente feridos e outros mortos, com lanças trespassadas no corpo. Um deles sangra profusamente por uma ferida aberta a faca. Ele se vê, como num sonho, liquidando a coronhadas — outros o fazem com o facão — os gaúchos a pé. Quando as hostilidades cessam, por falta de inimigos, e os jagunços se reagrupam, Antônio diz que precisam voltar às trincheiras, mas percebe, antes de acabar de falar, entre nuvens de poeira vermelha, que o lugar onde tinham se emboscado antes estava cheio de companhias de maçons, que passavam até perder-se de vista.

Não há mais de cinquenta homens à sua volta. E os outros? Os que podiam se locomover voltaram para Belo Monte. "Mas não eram muitos", grunhe um jagunço sem dentes, o funileiro Zózimo. Antônio se espanta ao vê-lo como combatente, quando sua decrepitude e sua idade deveriam deixá-lo apagando incêndios e levando feridos para as casas de saúde. Não tem sentido continuar ali; outra carga de cavalaria acabaria com eles.

— Vamos ajudar João Grande — diz.

Dividem-se em grupos de três ou quatro e, dando a mão aos que estão mancando, protegendo-se nas reentrâncias do terreno, empreendem o regresso. Antônio vai atrás, junto com Honório e Zózimo. Talvez as nuvens de poeira, talvez os raios de sol, talvez a urgência que têm de invadir Canudos expliquem por que nem as tropas que avançam à esquerda nem os lançadores que divisam à direita venham liquidá--los. Porque os veem, é impossível que não os vejam, tal como eles os estão vendo. Pergunta a Honório pelas Sardelinhas. Este responde que mandou que todas as mulheres fossem embora, antes de abandonar as trincheiras. Ainda faltam uns mil passos até as casas. Vai ser difícil, andando tão devagar, chegar lá sãos e salvos. Mas o tremor em suas pernas e a agitação do seu sangue lhe dizem que nem ele nem qualquer dos sobreviventes estão em condições de ir mais depressa. O velho Zózimo cambaleia, tem um desvanecimento passageiro. O ex-comerciante lhe dá uma palmada no ombro, encorajando-o, e o ajuda a caminhar. Será verdade que um dia este ancião esteve a ponto de queimar vivo o Leão de Natuba, antes de ser tocado pelo anjo?

— Olhe para o lado da casa de Antônio Fogueteiro, compadre.

Uma intensa, ruidosa fuzilaria vem daquele maciço de casas que se ergue em frente ao antigo cemitério e cujas ruelas, arrevesadas como hieróglifos, são as únicas de Canudos que não têm nomes de santos, e sim de histórias de cantadores: Rainha Magalona, Roberto, o Diabo, Silvaninha, Carlos Magno, Ferrabrás, Pares da França. Ali se concentram os novos peregrinos. Serão eles que estão trocando tiros deste modo com os ateus? Tetos, portas, esquinas daquele bairro vomitam fogo contra os soldados. De repente, entre as silhuetas dos jagunços deitados, em pé ou de cócoras, vislumbra a inconfundível figura de Pedrão, pulando de um lado para o outro com seu mosquetão, e consegue distinguir, entre o ruído ensurdecedor dos disparos, o estrondo da arma do mulato gigante. Pedrão sempre se recusou a trocar sua velha arma, dos tempos de bandido, pelos fuzis de repetição Mannlicher e Mauser, muito embora estes disparem cinco tiros e se recarreguem velozmente, ao passo que ele, cada vez que usa o mosquete, precisa limpar o canhão, encher de pólvora e tapá-lo antes de disparar os absurdos projéteis: pedaços de ferro, limonita, vidro, chumbo, cera e até pedras.

Mas Pedrão tem uma destreza assombrosa e faz essa operação numa velocidade que parece coisa de bruxo, tanto como sua extraordinária pontaria.

Fica contente ao vê-lo. Se Pedrão e seus homens tiveram tempo de voltar, João Abade e Pajeú também devem ter chegado e, então, Belo Monte está bem defendida. Faltam menos de duzentos passos para a primeira linha de trincheiras, e os jagunços que vão na frente abanam os braços e se identificam aos gritos para que os defensores não atirem. Alguns correm; ele e Honório os imitam, mas param porque o velho Zózimo não consegue acompanhá-los. Então o levantam pelos braços e o carregam, inclinados, tropeçando, debaixo de uma chuva de explosões que Antônio pensa estar dirigida contra eles três. Chega aonde havia uma esquina e agora há um muro de pedras, latas de areia, tábuas, telhas, tijolos e todo tipo de objetos sobre o qual se vê uma fileira compacta de atiradores. Muitas mãos se estendem para ajudá-los a subir. Antônio se sente erguido, baixado, deixado do outro lado da trincheira. Senta-se para descansar. Alguém lhe dá um recipiente com água, que bebe aos goles, de olhos fechados, com uma sensação dolorosa mas feliz quando o líquido molha a sua língua, seu paladar, sua garganta, que parecem lixas. Seus ouvidos vez por outra se livram dos zumbidos e ele pode ouvir o tiroteio e os abaixo à República e aos ateus e os vivas ao Conselheiro e ao Bom Jesus. Mas em certo momento — o cansaço está cedendo, em pouco tempo vai poder levantar-se — percebe que os jagunços não podem estar berrando "Viva a República!", "Viva o marechal Floriano!", "Morram os traidores!", "Morram os ingleses!". É possível que eles já estejam tão perto que consegue ouvir suas vozes? Os toques de corneta vibram nos seus ouvidos. Ainda sentado, põe cinco balas no tambor do revólver. Ao carregar o Mannlicher, vê que é o último pente. Com um esforço que o faz sentir todos os ossos, levanta-se e sobe, com ajuda dos cotovelos e joelhos, até o alto da barricada. Abrem espaço para ele. A menos de vinte metros um emaranhado de soldados os ataca, em fileiras cerradas. Sem mirar, sem procurar oficiais, descarrega todas as balas do revólver na direção daqueles vultos e, depois, as do Mannlicher, sentindo, em cada coice da culatra, uma pinçada no ombro. Enquanto recarrega o revólver às pressas, olha em volta. Os maçons atacam por todos os lados, e no setor de Pedrão estão ainda mais perto que aqui; algumas baionetas chegaram à beira das barricadas e os jagunços se levantam de repente, armados de paus e ferros, batendo com fúria. Não vê Pedrão. À sua direita, no meio de uma poeira descomunal, as ondas de uniformes avançam rumo às ruas Espírito Santo, Santana, São José, São Tomás, Santa Rita, São Joaquim. Por qualquer delas podem chegar em segundos à rua São Pedro ou à Campo Grande, o coração de Belo Monte, e atacar as igrejas e o Santuário. Puxam o seu pé. Um rapazinho lhe grita que o Comandante da Rua quer vê-lo, na São Pedro. O rapazinho o substitui no parapeito.

Enquanto sobe, correndo, a ladeira de São Crispim, vê, dos dois lados da rua, mulheres enchendo de areia uns baldes e caixas, que carregam nos ombros. Tudo à sua volta é fumaça, correrias, confusão, entre casas destelhadas, alvejadas, esburacadas e enegrecidas pela fumaça, e outras desmoronadas ou removidas. O movimento frenético tem um sentido, que descobre ao chegar à São Pedro, a rua paralela à Campo Grande que corta Belo Monte do Vaza-Barris ao cemitério. O Comandante da Rua está lá, com duas carabinas a tiracolo, cercando o lugar com barricadas em todas as esquinas que dão para o rio. Este lhe dá a mão e, sem preâmbulos — mas, pensa Antônio, sem precipitação, com a calma necessária para que o ex-comerciante entenda perfeitamente —, pede a ele que se encarregue de proteger as ruelas transversais à São Pedro, utilizando todas as pessoas disponíveis.

— Não é melhor reforçar a trincheira de baixo? — pergunta Antônio Vilanova, apontando para o lugar de onde veio.

— Lá não podemos resistir muito tempo, é aberto demais — diz o Comandante da Rua. — Aqui vão se atrapalhar e se confundir. Tem que ser uma verdadeira muralha, larga, alta.

— Não se preocupe, João Abade. Vá, eu me encarrego disso — mas, quando o outro dá meia-volta, acrescenta: — E Pajeú?

— Vivo — diz João Abade, sem virar-se. — Na Fazenda Velha.

"Defendendo as aguadas", pensa Vilanova. Se forem expulsos de lá, vão ficar sem uma gota de água. Depois das igrejas e do Santuário, é o lugar mais importante para continuarem vivos: as aguadas. O ex-cangaceiro some na poeira, pela encosta que desce para o rio. Antônio se vira para as torres do Templo do Bom Jesus. Com um terror supersticioso de não vê-las no lugar, não tinha olhado para elas desde que regressou a Belo Monte. Continuam lá, esburacadas mas intactas, com sua grossa ossatura de pedra resistindo às balas, obuses e dinamites dos cães. Os jagunços, empoleirados no campanário, nos tetos, nos andaimes, atiram sem trégua, e outros, acocorados ou sentados, fazem o mesmo no teto e no campanário de Santo Antônio. Entre os grupos de atiradores da Guarda Católica que disparam das barricadas do Santuário, divisa João Grande. Tudo isto o deixa arrebatado de fé, livre do pânico que lhe subira das plantas dos pés quando ouviu João Abade dizer que não havia como evitar que os soldados controlassem as trincheiras de baixo, que lá não havia esperança de resistir. Sem perder mais tempo, grita aos enxames de mulheres, crianças e velhos que comecem a derrubar todas as casas das esquinas das ruas São Crispim, São Joaquim, Santa Rita, São Tomás, Espírito Santo, Santana e São José, para transformar essa parte de Belo Monte numa selva impenetrável. E dá o exemplo, utilizando seu fuzil como aríete. Fazer trincheiras, parapeitos, é construir, organizar, e essas coisas Antônio Vilanova faz melhor que a guerra.

Como tinham levado todos os fuzis, caixas de munição e explosivos, o armazém triplicara de tamanho. Aquele grande espaço vazio aumentava o desamparo do jornalista míope. O bombardeio anulava o tempo. Há quantas horas estava trancado naquele depósito com a Mãe dos Homens e o Leão de Natuba? Ouvira, rangendo os dentes, este último ler o papel com as disposições para o ataque à cidade, e assim permanecia. Desde então, a noite já devia ter passado, na certa estava amanhecendo. Não era possível que houvessem transcorrido menos de oito, dez horas. Mas o medo prolongava os segundos, imobilizava os minutos. Talvez não houvesse passado nem uma hora desde que João Abade, Pedrão, Pajeú, Honório Vilanova e João Grande saíram correndo ao ouvir as primeiras explosões daquilo que o papel chamava de "amaciamento". Recordou a saída precipitada, a discussão entre eles e a mulher que queria voltar para o Santuário, e como a tinham obrigado a ficar lá.

Isto, apesar de tudo, era animador. Se deixaram no armazém esses dois íntimos do Conselheiro, é porque lá estavam mais protegidos que em outros lugares. Mas não era ridículo pensar em lugares seguros, naquele momento? O "amaciamento" não consistia em um bombardeio com alvos específicos; eram tiros de canhão às cegas, para provocar incêndios, destruir casas, coalhar as ruas de cadáveres e ruínas, e deixar os habitantes desmoralizados, de maneira que não tivessem ânimo para enfrentar os soldados quando estes irrompessem em Canudos.

"A filosofia do coronel Moreira César", pensou. Que estúpidos, que estúpidos, que estúpidos. Não entendiam uma só palavra do que estava acontecendo aqui, não imaginavam como era esta gente. O tiroteio interminável contra a cidade em penumbras só amaciava uma pessoa, ele mesmo. Pensou: "Metade de Canudos deve ter desaparecido, três quartos de Canudos." Mas por ora nenhum obus atingira o armazém. Dezenas de vezes, fechando os olhos, trincando os dentes, pensou: "É este, é este." Pulava quando tremiam as telhas, o zinco, as madeiras, em meio à nuvem de poeira em que tudo parecia se quebrar, rasgar, despedaçar em cima, embaixo, em torno dele. Mas o armazém continuava em pé, resistindo aos choques das explosões.

A mulher e o Leão de Natuba conversavam. Só ouvia um rumor, não o que diziam. Apurou o ouvido. Os dois tinham permanecido em silêncio desde o começo do bombardeio e a certa altura imaginou que tinham sido atingidos e que estava velando seus cadáveres. O tiroteio o deixara surdo; ouvia um borbulhar de zumbidos, pequenas explosões internas. E Jurema? E o Anão? Tinham ido em vão à Fazenda Velha levar a comida de Pajeú, pois devem ter cruzado com ele, que veio à reunião no armazém. Estariam vivos? Uma torrente impetuosa, afetiva, apaixonada, dolorida percorreu seu corpo quando os imaginou na trincheira com Pajeú, encolhidos sob as bombas, certamente sentindo a sua falta, como sentia a deles. Eram parte dele, e ele, parte deles. Como podia sentir uma afinidade tão grande, um amor tão transbordante por esses seres com quem não tinha nada em comum, e sim, pelo contrário, grandes diferenças de origem social, educação, sensibilidade, experiência e cultura? Tudo o que compartilharam durante meses criou entre eles esse vínculo, o de terem sido, sem imaginar, sem querer, sem saber como, por obra de estranhos, fantásticos encadeamentos de causas e efeitos, dos acasos, acidentes e coincidências que era a história, catapultados juntos para estes acontecimentos extraordinários, esta vida à beira da morte. Foi o que os uniu assim. "Nunca mais me separo deles", pensou. "Vou acompanhá-los quando levarem a comida de Pajeú, irei com eles a..."

Mas teve uma sensação de ridículo. Por acaso a rotina dos dias anteriores iria continuar depois desta noite? Se eles saíssem ilesos do tiroteio, sobreviveriam à segunda parte do programa lido pelo Leão de Natuba? Pressentiu as fileiras cerradas, maciças, de milhares e milhares de soldados, descendo os morros de baioneta calada, entrando em Canudos por todas as esquinas, e sentiu um aço gelado nas carnes magras de suas costas. Gritaria quem era, e eles não ouviriam, gritaria sou um de vocês, um civilizado, um intelectual, um jornalista, e eles não acreditariam nem entenderiam, gritaria não tenho nada a ver com estes loucos, com estes bárbaros, mas seria inútil. Não lhe dariam tempo de abrir a boca. Morrer como um jagunço, entre a massa anônima de jagunços: não era o cúmulo do absurdo, prova evidente da estupidez inata do mundo? Com toda a intensidade, sentiu falta de Jurema e do Anão, sentiu urgência de tê-los por perto, de falar com eles, de escutá-los. Como se os seus ouvidos de repente houvessem desentupido, ouviu, muito clara, a voz da Mãe dos Homens: havia erros que não se podiam expiar, pecados que não podiam ser redimidos. Na sua voz convicta, resignada, áspera, atormentada, um sofrimento parecia vir do fundo dos anos.

— Há um lugar no fogo à minha espera — ouviu-a repetir. — Não vou me fingir de cega, filhinho.

— Não há crime que o Pai não possa perdoar — respondeu o Leão de Natuba com agilidade. — Nossa Senhora intercedeu por você e o Pai já a perdoou. Não sofra, mãe.

Era uma voz bem timbrada, segura, fluida, com a música típica do interior. O jornalista pensou que essa voz normal, cadenciada, sugeria um homem ereto, inteiro, aprumado, jamais aquele que a emitia.

— Era pequeno, indefeso, terno, recém-nascido, um cordeirinho — salmodiou a mulher. — A mãe estava com o peito seco e era malvada e vendida ao Diabo. Então, a pretexto de não vê-lo sofrer, enfiou uma madeixa de lã na sua boca. Não é um pecado como os outros, filhinho. É o pecado que não tem perdão. Você vai me ver queimando durante séculos e séculos.

— Não acredita no Conselheiro? — o escriba de Canudos consolou-a. — Ele não fala com o Pai? Não disse que...?

O estrondo sufocou suas palavras. O jornalista míope enrijeceu o corpo, fechou os olhos e tremeu com as explosões, mas continuou escutando a mulher, associando o que tinha ouvido com uma remota lembrança que, com o feitiço daquelas palavras, subia à sua consciência lá das profundidades onde estava enterrada. Seria ela? Ouviu novamente a voz que tinha ouvido no Tribunal, vinte anos antes: suave, aflita, largada, impessoal.

— Você é a filicida de Salvador — disse.

Não teve tempo de se assustar por ter falado isso, pois duas explosões se sucederam e o armazém rangeu selvagemente, como se fosse desmoronar. Foi assolado por um vento terral que parecia concentrar-se todo em suas narinas. Começou a espirrar, em acessos crescentes, potentes, acelerados, desesperados, que o faziam contorcer-se no chão. Batia com as duas mãos no peito, que estava a ponto de estourar por falta de oxigênio, enquanto espirrava e, ao mesmo tempo, vislumbrava como num sonho, pelas frestas azuis, que, de fato, tinha amanhecido. Com as têmporas esticadas quase até rasgar-se, pensou que agora sim era o final, ia morrer asfixiado, espirrando, um jeito estúpido mas preferível às baionetas dos soldados. Caiu de costas, sem parar de espirrar. Um segundo depois, sua cabeça descansava num colo quente, feminino, acariciante, protetor. A mulher acomodou-o em seus joelhos, enxugou sua testa, embalou-o como as mães fazem para que os filhos durmam. Aturdido, agradecido, murmurou: "Mãe dos Homens."

Os espirros, o mal-estar, o sufoco, a fraqueza tiveram a compensação de livrá-lo do medo. Sentia o tiroteio como uma coisa alheia, e uma extraordinária indiferença ante a ideia de morrer. As mãos, o sussurro, o hálito da mulher, o toque dos dedos em seu crânio, na sua testa, nos seus olhos o enchiam de paz e o levavam de volta a uma infância imprecisa. Tinha parado de espirrar, mas a comichão no nariz — duas chagas vivas — lhe dizia que o ataque podia repetir-se a qualquer instante. Nessa embriaguez difusa, rememorava outras crises, em que também tivera a certeza do fim, naquelas noites de boêmia baiana brutalmente interrompidas pelos espirros, como uma consciência censora, provocando a hilaridade dos amigos, os poetas, músicos, pintores, jornalistas, desempregados, atores e as mariposas notívagas de Salvador com quem desperdiçava seu tempo. Lembrou como tinha começado a cheirar éter, porque o éter lhe dava calma depois daqueles ataques que o deixavam exausto, humilhado e com os nervos à flor da pele, e como, depois, o ópio o salvava dos espirros com uma morte transitória e lúcida. Os carinhos, os arrulhos, o consolo, o cheiro dessa mulher que matara o próprio filho quando ele, adolescente, começava a trabalhar num jornal, e que agora se tornara a sacerdotisa de Canudos, eram parecidos com o ópio e o éter, uma coisa suave e letárgica, uma grata ausência, e se perguntou se alguma vez, quando criança, a mãe que ele não conheceu o acariciou assim e lhe transmitiu esta sensação de invulnerabilidade e indiferença ante os perigos do mundo. Desfilaram por sua mente as salas de aula e pátios do colégio de salesianos onde, graças aos seus espirros, tinha sido, como sem dúvida o Anão, como sem dúvida o monstro leitor que estava ali, palhaço e vítima, alvo de chacotas. Por causa dos espirros e da sua visão precária foi alijado dos esportes, jogos pesados, excursões, e tratado como um inválido. Por isso era tímido, devido àquele maldito nariz incontrolável usava lenços grandes como lençóis e, por culpa dele e dos seus olhos obtusos, não tinha namorada, noiva nem esposa e sempre viveu com uma sensação permanente de ridículo que o impedia de declarar seu amor às moças que amou, ou enviar-lhes os versos que escrevia e que depois rasgava covardemente. Por culpa desse nariz e dessa miopia só teve em seus braços as putas da Bahia, só conheceu amores mercantis, rápidos, sujos, que duas vezes pagou bem caro, com purgações e tratamentos de sondas que o faziam uivar de dor. Ele também era um monstro, aleijado, inválido, anormal. Não era coincidência que estivesse agora onde se reuniam os aleijados, os desgraçados, os anormais, os sofredores do mundo. Parecia inevitável, pois era um deles.

Chorava e gritava, encolhido, agarrando a Mãe dos Homens com as duas mãos, balbuciando, queixando-se dos seus azares e desgraças, derramando, aos borbotões, entre babas e soluços, toda a sua amargura e seu desespero, atuais e passados, os de sua juventude deixada para trás, toda a sua frustração vital e intelectual, falando com uma sinceridade que nunca tivera nem consigo mesmo, contando-lhe como se sentia miserável e infeliz por não ter vivido um grande amor, por não ter sido o dramaturgo bem-sucedido, o poeta inspirado que gostaria de ter sido, e por saber que morreria ainda mais estupidamente do que tinha vivido. Ouviu-se dizer, ofegante: "Não é justo, não é justo, não é justo." Sentiu que ela o beijava na testa, nas bochechas, nas pálpebras, sussurrando palavras ternas, doces, incoerentes, como as coisas que se dizem aos recém-nascidos para que o som os enfeitice e os deixe felizes. Sentia, de fato, um grande alívio, uma maravilhosa gratidão por essas palavras mágicas: "Filhinho, filhinho, menininho, pombinho, cordeirinho..."

Mas subitamente foi trazido de volta ao presente, à brutalidade, à guerra. A trovoada da explosão que arrancou o teto deixou de repente o céu, o sol cintilante, nuvens, a manhã reluzente sobre sua cabeça. Voavam estilhaços, tijolos, telhas quebradas, arames retorcidos, e o jornalista míope sentiu o impacto de seixos, grãos de areia, pedras em mil lugares do corpo, na cara, nas mãos. Mas nem ele, nem a mulher nem o Leão de Natuba foram atingidos pelo desabamento. Estavam em pé, espremidos, abraçados, e ele se esforçava para encontrar nos bolsos os óculos de cacos, pensando que tinham sido esmagados, que agora nem sequer contaria com essa ajuda. Mas lá estavam, intactos, e, ainda agarrado à superiora do Coro Sagrado e ao Leão de Natuba, foi reconhecendo, em imagens distorcidas, os estragos da explosão. Além do teto, também tinha caído a parede da frente e, exceto o canto que ocupavam, o armazém era um montão de escombros. Viu pela parede derrubada outros escombros, fumaça, silhuetas correndo.

E nesse momento o local se encheu de homens armados, com braçaletes e lenços azuis, entre os quais adivinhou a maciça figura seminua de João Grande. Enquanto os via abraçar Maria Quadrado e o Leão de Natuba, o jornalista míope, com a pupila quase achatada contra a lente, tremeu: iam levá-los, ele seria abandonado nestas ruínas. Então se agarrou à mulher e ao escriba e, perdida toda a vergonha, todo o escrúpulo, começou a choramingar e a implorar que não o deixassem, e a Mãe dos Homens o arrastou pela mão atrás de si quando o negro corpulento deu a ordem de saírem dali.

Viu-se correndo num mundo assolado pela desordem, a fumaça, o ruído, as pilhas de escombros. Tinha parado de chorar, seus sentidos estavam concentrados na perigosíssima tarefa de evitar obstáculos, não tropeçar, escorregar, cair, soltar a mão da mulher. Tinha percorrido a rua Campo Grande dezenas de vezes, rumo à praça das igrejas, e, no entanto, não reconhecia nada: paredes caídas, vazios, pedras, objetos espalhados aqui e ali, gente que ia e vinha, que parecia atirar, fugir, rugir. Em vez de tiros de canhão, ouvia disparos de fuzil e choro de crianças. Não soube em que momento se soltou da mulher, mas, de repente, notou que não estava agarrado a ela e sim a uma forma diferente, trotadora, cujo ofegar ansioso se confundia com sua própria respiração. Ia segurando uma das suas madeixas espessas, abundantes. Se os dois se atrasavam, eram deixados para trás. Apertou com força a cabeleira do Leão de Natuba, se a soltasse estaria perdido. E, enquanto corria, pulava, ziguezagueava, ouvia-se pedindo ao outro que não se adiantasse, que tivesse compaixão de alguém que não podia se valer por si mesmo.

Bateu de frente em algo que pensou ser uma parede, mas eram homens. Sentiu-se parado, impedido de passar, quando ouviu a mulher pedindo que o deixassem entrar. A muralha se abriu, ele percebeu barris e sacos e homens atirando e falando aos gritos, e entrou num recinto sombreado, entre a Mãe dos Homens e o Leão de Natuba, por uma portinhola de estacas. A mulher, tocando no seu rosto, falou: "Fique aqui. Não tenha medo. Reze." Chegou a ver que, por uma segunda portinhola, ela e o Leão de Natuba desapareciam.

Desabou no chão. Estava esgotado, sentia fome, sede, sono, urgência de esquecer o pesadelo. Pensou: "Estou no Santuário." Pensou: "O Conselheiro está ali." Sentiu assombro por ter chegado até lá, pensou que era um privilegiado, veria e ouviria de perto o centro da tempestade que o Brasil vivia, o homem mais conhecido e odiado do país. De que adiantaria? Por acaso teria oportunidade de contar? Tentou escutar o que diziam no interior do Santuário, mas o barulho de fora não permitia ouvir nada. A luz que se filtrava por entre os caniços era branca e viva, e o calor, muito forte. Os soldados deviam andar por perto, na certa havia combates nas ruas. Apesar disso, foi invadido por uma profunda tranquilidade naquele sombreado reduto solitário.

A porta de estacas rangeu e ele entreviu a sombra de uma mulher com um lenço na cabeça, que pôs em suas mãos uma tigela de comida e uma lata com um líquido que, ao beber, descobriu que era leite.

— A mãe Maria Quadrado está rezando por você — ouviu. — Louvado seja o Bom Jesus Conselheiro.

"Louvado", disse, sem parar de mastigar, de engolir. Sempre que comia em Canudos suas mandíbulas doíam, talvez entumescidas pela falta de prática: era uma dor prazerosa, que seu corpo festejava. Assim que terminou, deitou-se no chão, encostou a cabeça no braço e adormeceu. Comer, dormir: era a única felicidade possível agora. Os tiroteios se aproximavam, depois se afastavam, pareciam girar à sua volta, e havia corridas precipitadas. Ali estava a cara ascética, miúda, nervosa, do coronel Moreira César, como a tinha visto tantas vezes, cavalgando ao seu lado ou, de noite, no acampamento, conversando depois do rancho. Reconhecia sua voz sem a menor vacilação, seu tom peremptório, resistente: o amaciamento devia ser executado antes da carga final para poupar vidas da República, uma pústula deve ser espremida imediatamente e sem sentimentalismos, sob pena de que a infecção apodreça todo o organismo. Ao mesmo tempo, sabia que aumentavam a luta, as mortes, os feridos, os desabamentos, e suspeitava que gente armada passava por cima dele, evitando pisá-lo, trazendo notícias da guerra que ele preferia não entender porque eram ruins.

Só teve certeza de que já não estava sonhando quando percebeu que aqueles balidos eram de um cordeirinho branco que lambia a sua mão. Acariciou a cabeça lanosa e o animal deixou-se tocar, sem medo. O rumor que ouvia era uma conversa entre duas pessoas, ao seu lado: pôs os óculos que conservava na mão enquanto dormia. Naquela luz incerta, reconheceu as formas do padre Joaquim e de uma mulher descalça, com uma túnica branca e um lenço azul na cabeça. O padre de Cumbe estava com um fuzil entre as pernas e uma cartucheira pendurada no pescoço. Até onde conseguia distinguir, seu aspecto era de um homem que tinha combatido: os cabelos ralos despenteados e cobertos de poeira, a batina em frangalhos, uma sandália amarrada com um barbante em vez da tira de couro. Demonstrava esgotamento. Falava de alguém chamado Joaquinzinho.

— Saiu com Antônio Vilanova, para arranjar comida — ouviu-o dizer, desanimado. — Soube por intermédio de João Abade que o grupo voltou são e salvo e foi para as trincheiras do Vaza-Barris — engasgou e pigarreou: — As que resistiram ao ataque.

— E o Joaquinzinho? — repetiu a mulher.

Era Alexandrinha Correa, de quem se contavam tantas histórias: que descobria cisternas subterrâneas, que tinha sido concubina do padre Joaquim. Não conseguia ver bem seu rosto. Ela e o padre estavam sentados no chão. A porta do interior do Santuário continuava aberta e lá dentro não parecia haver ninguém.

— Não voltou — murmurou o padre. — Antônio, sim, e Honório, e muitos outros que estavam no Vaza-Barris. Ele, não. Ninguém soube me dizer, ninguém o viu.

— Pelo menos eu queria poder enterrá-lo — disse a mulher. — Para não ficar jogado no campo, feito animal sem dono.

— Pode ser que não tenha morrido — murmurou o padre de Cumbe. — Se os Vilanova e tantos outros voltaram, por que não o Joaquinzinho? Talvez esteja agora nas torres, ou na barricada da São Pedro, ou com o irmão na Fazenda Velha. Os soldados tampouco conseguiram ocupar essas trincheiras.

O jornalista míope sentiu alegria e vontade de perguntar por Jurema e pelo Anão, mas se conteve: entendeu que não devia se envolver naquela intimidade. As vozes do padre e da beata eram de um fatalismo tranquilo, nada dramáticas. O cordeirinho mordiscava a sua mão. Ergueu o corpo e se sentou, mas nem o padre Joaquim nem a mulher se importaram com o fato de estar acordado e ouvindo.

— Se Joaquinzinho estiver morto, é melhor que o Atanásio morra também — disse a mulher. — Para fazer companhia na morte.

Sentiu um arrepio na pele do pescoço, atrás, na parte da nuca. Era aquilo mesmo que a mulher tinha dito, ou o tanger dos sinos? Ouvia um badalar muito próximo, e ouvia ave-marias entoadas por um sem-número de gargantas. Estava anoitecendo, então. A batalha já durava quase um dia. Escutou. Continuava, e tiros de fuzil se misturavam com os sinos e preces. Alguns acertavam acima de suas cabeças.

Eles davam mais importância à morte que à vida. Tinham vivido no desamparo mais completo, e toda a sua ambição era um bom enterro. Como entendê-los? Se bem que, quem sabe, vivendo a vida que ele estava vivendo agora, a morte era talvez a única esperança de alguma compensação, uma "festa", como dizia o Conselheiro. O padre de Cumbe olhava para ele:

— É triste que as crianças tenham que matar e morrer lutando — ouviu-o murmurar. — Atanásio tem quatorze anos, Joaquinzinho ainda não fez treze. E estão há um ano matando, deixando-se matar. Não é triste?

— É — balbuciou o jornalista míope. — Sim. É sim. Eu adormeci. Como está a guerra, padre?

— Estão bloqueados na São Pedro — disse o padre de Cumbe. — A barricada que Antônio Vilanova construiu esta manhã.

— Quer dizer, aqui, dentro da cidade? — perguntou o míope.
— A trinta passos daqui.

São Pedro. A rua que cortava Canudos do rio até o cemitério, paralela à Campo Grande, uma das poucas que merecia o nome de rua. Agora era uma barricada, e lá estavam os soldados. A trinta passos. Sentiu frio. O rumor das preces subia, baixava, desaparecia, voltava, e o jornalista míope pensou que nas pausas se ouviam, lá fora, a voz rouca do Conselheiro ou a vozinha aflautada do Beatinho, respondidas, em um coro de ave-marias, pelas mulheres, os feridos, os velhos, os agonizantes, os jagunços que estavam atirando. O que os soldados pensariam dessas orações?

— Também é triste que um padre tenha que empunhar o fuzil — disse o padre Joaquim, tocando na arma que usava na altura dos joelhos à moda dos jagunços. — Eu não sabia atirar. Era como o padre Martins, nem para matar uma corça.

Seria aquele velhinho o mesmo homem que o jornalista míope tinha visto choramingar, morto de pânico, diante do coronel Moreira César?

— O padre Martins? — perguntou.

Adivinhou a desconfiança do padre Joaquim. Então havia mais religiosos em Canudos. Imaginou-os municiando a arma, apontando, atirando. Por acaso a Igreja não estava com a República? O Conselheiro não tinha sido excomungado pelo arcebispo? Não foram lidas condenações ao fanático, herético e demente de Canudos em todas as paróquias? Como podia haver padres matando pelo Conselheiro?

— Está ouvindo? Escute, escute só: Fanáticos! Sebastianistas! Canibais! Ingleses! Assassinos! Quem veio até aqui matar crianças e mulheres, degolar pessoas? Quem obrigou crianças de treze e quatorze anos a virarem guerreiros? Você está aqui, vivo, não é mesmo?

O terror o invadiu dos pés à cabeça. O padre Joaquim ia entregá-lo à vingança e ao ódio dos jagunços.

— Porque você veio com o Cortapescoços, não é mesmo? — continuou o padre. — E no entanto lhe deram teto, comida, hospitalidade. Será que os soldados também se comportariam assim com um homem de Pedrão, de Pajeú, de João Abade?

Com a voz estrangulada, balbuciou:

— Sim, sim, tem toda razão. Estou muito agradecido por ter me ajudado tanto, padre Joaquim. Eu juro, juro.

— Morrem às dezenas, às centenas — o padre de Cumbe apontou para a rua. — Por quê? Por acreditar em Deus, para adequar suas vidas à lei de Deus. A matança dos inocentes, outra vez.

Pensou que ele ia começar a chorar, a espernear no chão de desespero. Mas então o jornalista míope viu que o padre se acalmava, fazendo um grande esforço, e ficava cabisbaixo, ouvindo os tiros, as preces, os sinos. Julgou ouvir, também, toques de corneta. Timidamente, ainda não refeito do susto, perguntou ao padre se não tinha visto Jurema e o Anão. O outro fez que não com a cabeça. Nesse momento ouviu ao seu lado uma voz bem timbrada, de barítono:

— Estiveram em São Pedro, ajudando a fazer a barricada.

Os óculos estilhaçados lhe desenharam, sem nitidez, junto à portinha aberta do Santuário, o Leão de Natuba, sentado ou ajoelhado, em todo caso encolhido em sua túnica enlameada, fitando-o com seus olhos grandes e brilhantes. Estava ali há algum tempo, ou acabava de chegar? O estranho ser, meio homem meio animal, sempre o deixava tão perturbado que não atinou em agradecer-lhe nem em pronunciar uma única palavra. Não o via bem, pois a luz caíra, embora, pelas frestas das estacas, entrasse um raio minguante que morria na espessa juba de madeixas revoltas do escriba de Canudos.

— Eu escrevia todas as palavras do Conselheiro — ouviu-o dizer, com sua voz bela e cadenciada. Dirigia-se a ele tentando ser simpático. — Seus pensamentos, seus conselhos, suas rezas, suas profecias, seus sonhos. Para a posteridade. Para acrescentar mais um Evangelho à Bíblia.

— Sim — murmurou, confuso, o jornalista míope.

— Mas em Belo Monte não há mais papel nem tinta, e a última pena quebrou. Já não se pode eternizar o que ele diz — prosseguiu o Leão de Natuba, sem amargura, com a aquiescência tranquila com que as pessoas daqui, como o jornalista míope vira tantas vezes, enfrentavam o mundo, como se as desgraças fossem, tal como as chuvas, crepúsculos e marés, fenômenos naturais contra os quais seria estúpido rebelar-se.

— O Leão de Natuba é uma pessoa muito inteligente — murmurou o padre de Cumbe. — O que Deus lhe tirou nas pernas, nas costas, nos ombros, deu-lhe em inteligência. Não é verdade, Leão?

— Sim — concordou, balançando a cabeça, o escriba de Canudos. E o jornalista míope, de quem aqueles grandes olhos não se afastavam um instante, teve certeza de que era verdade. — Li o Missal Abreviado e as Horas Marianas muitas vezes. E, antes, todas as revistas e papéis que as pessoas me traziam de presente. Muitas vezes. O senhor já leu muito, também?

O jornalista míope sentia um constrangimento tão grande que queria sair dali correndo, mesmo que fosse para se deparar com a guerra.

— Li alguns livros — respondeu, encabulado. E pensou: "Não me adiantou nada." Foi uma coisa que descobriu nestes últimos meses: a cultura, o conhecimento, mentiras, fardos, tapa-olhos. Tantas leituras, e não lhe adiantaram nada para fugir, para livrar-se desta armadilha.

— Sei o que é a eletricidade — disse o Leão de Natuba, com orgulho. — Se quiser, posso lhe ensinar. E o senhor, em troca, poderia me ensinar coisas que eu não conheço. Sei o que é o princípio ou lei de Arquimedes. Como se mumificam os corpos. A distância que há entre os astros.

Mas eclodiu uma violenta sucessão de rajadas simultâneas em várias direções e o jornalista míope viu-se agradecendo à guerra por calar a boca daquele ser cuja voz, proximidade e existência provocavam nele um mal-estar tão profundo. Por que o transtornava tanto uma pessoa que só queria falar, que exibia assim suas qualidades, suas virtudes, para conquistar sua simpatia? "Porque me pareço com ele", pensou, "porque pertencemos à mesma corrente, e ele é apenas o elo mais degradado".

O padre de Cumbe correu para a portinhola externa, abriu, e por ela entrou uma onda de luz do crepúsculo que lhe revelou outros traços do Leão de Natuba: a pele escura, as linhas agudas do rosto, uma mecha de penugem no queixo, o aço de seus olhos. Mas era sua postura o que o deixava atônito: aquela cara afundada entre dois joelhos ossudos, o perfil da corcunda, por trás da cabeça, como uma trouxa presa às costas, e as extremidades longas e magras como patas de aranha abraçadas às próprias pernas. Como podia um esqueleto humano se partir, dobrar-se desse modo? Que sinuosidades absurdas tinham sua coluna, suas costelas, seus ossos? O padre Joaquim falava aos gritos com os que ficaram lá fora: estavam atacando, pediam gente em algum lugar. Voltou para o quarto e ele adivinhou que foi buscar o fuzil.

— Estão assaltando a barricada pelos lados da São Cipriano e da São Crispim — ouviu-o ofegar. — Vá para o Templo do Bom Jesus, lá estará mais protegido. Adeus, adeus, que Nossa Senhora nos salve.

Saiu correndo, e o jornalista míope viu a beata apanhar o cordeirinho que, assustado, tinha começado a balir. Alexandrinha Correa perguntou se o Leão de Natuba viria com ela e a voz harmoniosa respondeu que ia ficar no Santuário. E ele? E ele? Ficaria com o monstro? Correria atrás da mulher? Mas esta já havia saído e a penumbra reinava outra vez no quartinho de estacas. O calor era sufocante. O tiroteio aumentava. Imaginou os soldados, perfurando a barreira de pedras e areia, pisoteando os cadáveres, chegando em enxurrada até onde ele estava.

— Não quero morrer — articulou, sentindo que não conseguia sequer chorar.

— Se o senhor quiser, fazemos um pacto — disse o Leão de Natuba, sem se alterar. — Já fiz com a mãe Maria Quadrado. Mas ela não vai ter tempo de voltar. Quer fazer um pacto?

O jornalista míope tremia tanto que não conseguiu abrir a boca. Ouvia, junto com o intenso tiroteio, uma espécie de música remansada, fugitiva, as badaladas e o coro simétrico de ave-marias.

— É para não morrer de ferro — explicava o Leão de Natuba. — O ferro, enfiado na garganta, cortando o homem como se corta o animal para sangrar, é uma grande ofensa à dignidade. Dilacera a alma. O senhor não quer fazer um pacto?

Esperou um instante e, como não obteve resposta, explicou:

— Quando sentirmos que eles estão na porta do Santuário e não houver dúvida de que vão entrar, nós nos matamos. Cada um aperta a boca e o nariz do outro, até que os pulmões arrebentem. Ou podemos nos estrangular, com as mãos ou os cordões das sandálias. Fazemos um pacto?

A fuzilaria abafou a voz do Leão de Natuba. A cabeça do jornalista míope era um verdadeiro turbilhão, e todas as ideias que crepitavam dentro dela, contraditórias, ameaçadoras, lúgubres, espicaçavam sua angústia. Ficaram em silêncio, ouvindo os tiros, as correrias, o enorme caos. A luz diminuía com rapidez e ele não via mais os traços do escriba, apenas um vulto encolhido. Não ia fazer esse pacto, seria impossível cumpri-lo, pois assim que ouvisse os soldados ia começar a berrar, sou um prisioneiro dos jagunços, socorro, socorro, gritaria vivas à República, ao marechal Floriano, atacaria o quadrúmano, para dominá-lo e oferecê-lo aos soldados como prova de que não era jagunço.

— Não entendo, não entendo que seres são vocês — ouviu-se dizer, apertando a cabeça. — O que estão fazendo aqui, por que não fugiram antes do cerco, que loucura é esta de esperar dentro da ratoeira até que venham matá-los.

— Não há para onde fugir — disse o Leão de Natuba. — Já fugimos antes. Por isso viemos para cá. Este era o lugar. Agora não há outro, eles também já vieram para Belo Monte.

O tiroteio engoliu sua voz. Estava quase escuro, e o jornalista míope pensou que a noite chegaria para ele mais depressa que para os outros. Preferia morrer a passar outra noite como a anterior. Sentiu uma urgência enorme, dolorosa, biológica, de estar perto dos seus dois companheiros. Insensatamente decidiu procurá-los e, enquanto ia tropeçando até a saída, gritou:

— Vou procurar meus amigos, quero morrer com os meus amigos.

Quando empurrou a portinha sentiu um ar fresco no rosto e intuiu, rarefeitas na poeira, as figuras encostadas no parapeito que defendiam o Santuário.

— Posso sair? Posso sair? — implorou. — Quero encontrar os meus amigos.

— Sim — disse alguém. — Agora não há tiros.

Deu alguns passos, apoiando-se na barricada, e quase imediatamente tropeçou numa coisa mole. Quando se levantou, viu-se abraçado a uma forma feminina, magra, que se apertou contra ele. Pelo cheiro, pela felicidade que o invadiu, antes de ouvi-la já sabia quem era. Seu terror se transformou em júbilo ao abraçar essa mulher que o abraçava com o mesmo desespero. Uns lábios se juntaram aos seus, não se afastaram, responderam aos seus beijos. "Amo você", balbuciou, "amo você, amo você. Não me importa morrer". E perguntou pelo Anão enquanto repetia que a amava.

— Seguimos sua pista o dia todo — falou o Anão, abraçado às pernas dela. — O dia todo. Que felicidade ver que está vivo.

— Também não me importa morrer — falaram, debaixo dos seus lábios, os lábios de Jurema.

— Esta é a casa do Fogueteiro — exclama de repente o general Artur Oscar. Os oficiais, que estão lhe fazendo um relatório dos mortos e feridos no assalto que ele mandou interromper, olham desconcertados. O general aponta para uns foguetões pela metade, de bambus e cavilhas amarrados com barbantes, espalhados pela casa: — O tal que prepara aquelas queimas de fogos para eles.

Dos oito quarteirões — se é que se pode chamar de "quarteirões" os amontoados indecifráveis de escombros — que a tropa conquistou em quase doze horas de luta, este casebre de um aposento único, dividido por um tabique de estacas, é o único que está mais ou menos em pé. Por isso foi escolhido para Quartel-General. Os ordenanças e oficiais à sua volta não entendem por que nesse momento, quando estão fazendo um balanço da dura jornada, o chefe do corpo expedicionário fala sobre fogos de artifício. Não sabem que os fogos são uma fraqueza secreta do general Oscar, um poderoso ranço de infância, e que no Piauí ele aproveitava qualquer celebração patriótica para mandar soltarem fogos no pátio do quartel. No mês e meio que está aqui, observou com inveja do alto da Favela, em certas noites de procissão, as cascatas de luzes no céu de Canudos. O homem que prepara tais fogos é um mestre, poderia perfeitamente ganhar a vida em qualquer cidade do Brasil. O Fogueteiro terá morrido no combate de hoje? Ao mesmo tempo que indaga, está atento aos números que os coronéis, majores, capitães, que entram e saem ou permanecem no minúsculo aposento já invadido pelas sombras, enunciam. Acendem um lampião. Alguns soldados empilham sacos de areia em frente à parede que dá para o inimigo.

O general termina o cálculo.

— Pior do que imaginava, senhores — diz para o leque de silhuetas. Seu peito está oprimido, ele pode sentir a expectativa dos oficiais. — Mil e vinte e sete baixas! Um terço das forças! Vinte e três oficiais mortos, entre eles os coronéis Carlos Telles e Serra Martins. Percebem?

Ninguém responde, mas o general sabe que todos entendem perfeitamente que um número assim de baixas equivale a uma derrota. Vê a frustração, a cólera, o assombro dos seus subordinados; os olhos de alguns brilham.

— Continuar o ataque significaria o aniquilamento. Entendem agora?

Porque quando, alarmado com a resistência dos jagunços e a intuição de que as baixas dos patriotas já eram muito grandes — além do impacto que foi para ele a morte de Telles e Serra Martins —, o general Oscar ordenou que as tropas se limitassem a defender as posições conquistadas, notou sinais de indignação em muitos desses oficiais e chegou a temer que alguns desobedecessem à ordem. Seu próprio adjunto, o tenente Pinto Souza, do Terceiro de Infantaria, protestou: "Mas a vitória está ao alcance da mão, Excelência!" Não estava. Um terço dos homens fora de combate. É uma porcentagem altíssima, catastrófica, apesar dos oito quarteirões capturados e dos danos causados aos fanáticos.

Esquece o Fogueteiro e começa a trabalhar com seu Estado-Maior. Dispensa os chefes, adjuntos ou delegados dos corpos de assalto, repetindo a ordem de defender, sem dar um passo atrás, as posições tomadas, e reforçar a barricada fronteira à que os deteve, que começaram a fazer há algumas horas, quando se viu que a cidade não cairia. Decide que a Sétima Brigada, que ficara protegendo os feridos da Favela, venha reforçar a "linha negra", a nova frente de operações, já incrustada no coração da cidade sediciosa. Sob o cone de luz do lampião, ele se inclina sobre o mapa esboçado pelo capitão Teotônio Coriolano, cartógrafo do seu Estado-Maior, a partir dos informes e de suas próprias observações da situação. Um quinto de Canudos tinha sido tomado, um triângulo que começa na trincheira da Fazenda Velha, ainda nas mãos dos jagunços, e vai até o cemitério, capturado, onde as forças patrióticas estão a menos de oitenta passos da igreja de Santo Antônio.

— A frente não tem mais de mil e quinhentos metros — diz o capitão Guimarães, sem esconder sua decepção. — Estamos longe de poder cercá-los. Nem um quarto da circunferência. Podem sair, entrar, receber equipamentos.

— Não podemos ampliar a frente sem os reforços — queixa-se o major Carrenho. — Por que eles nos abandonam assim, Excelência?

O general Oscar encolhe os ombros. Desde o dia da emboscada, quando chegou a Canudos, ao ver a mortandade de seus homens, enviou súplicas urgentes, fundamentadas, até mesmo exagerando a gravidade da situação. Por que o Comando não manda reforços?

— Se, em vez de três mil, fôssemos cinco, Canudos estaria em nosso poder — pensa em voz alta um oficial.

O general muda de assunto, informando que vai passar em revista a frente e o novo Hospital de Sangue instalado essa manhã, junto às barrancas do Vaza-Barris, assim que os jagunços foram desalojados. Antes de sair da casa do Fogueteiro, toma uma xícara de café, ouvindo os sinos e as ave-marias dos fanáticos, tão perto que parece até mentira.

Aos cinquenta e três anos, ele ainda é um homem de muita energia. Raramente se cansa. Acompanhou com seus binóculos todos os pormenores do ataque desde as cinco da manhã, quando os corpos começaram a sair da Favela, e partiu com eles, logo atrás dos batalhões de vanguarda, sem descansar nem comer nada, contentando-se com uns goles no cantil. No começo da tarde, uma bala perdida tinha ferido um soldado ao seu lado. Sai da cabana. É noite; não há uma estrela no céu. O rumor das orações invade tudo, como um feitiço, e abafa os últimos tiros. Dá instruções de que não acendam fogo na trincheira, mas, apesar disso, no lento, intrincado percurso que realiza, escoltado por quatro oficiais, em muitos pontos da serpenteante, hieroglífica, abrupta barricada construída pelas tropas com escombros, terra, pedras, latas e todo tipo de objetos e artefatos, atrás da qual os soldados se enfileiram, sentados com as costas nos tijolos, dormindo uns contra os outros, alguns ainda com ânimo para cantar ou expor a cabeça acima da muralha e xingar os bandidos — que devem ouvir tudo, encolhidos atrás da sua própria barricada, a cinco metros de distância em alguns setores, em outros a dez, em alguns praticamente ao alcance da mão —, o general Oscar encontra braseiros onde grupos de homens fervem uma sopa com restos de refeições, reaquecem pedaços de carne-seca ou dão calor aos feridos que tremem de febre e que não puderam ser levados para o Hospital de Sangue por seu estado calamitoso.

Troca palavras com os comandantes de companhia, de batalhão. Estão esgotados, percebe em todos a mesma desolação, misturada com assombro, que ele também sente pelas coisas incompreensíveis desta maldita guerra. Enquanto cumprimenta um jovem alferes por seu comportamento heroico durante o ataque, pensa de novo uma coisa que já pensou muitas vezes: "Maldita a hora em que aceitei este comando."

Enquanto estava em Queimadas, lidando com os terríveis problemas de falta de transportes, animais de tração e carroças para os víveres que o deixaram encalhado durante três meses de tédio mortal, o general Oscar soube que, antes que o Exército e a Presidência da República lhe oferecessem o comando da expedição, três generais da ativa tinham recusado a missão. Agora entende por que não aceitaram o que ele, na sua ingenuidade, pensou ser uma distinção, um presente para encerrar a carreira com fecho de ouro. Enquanto aperta mãos e troca impressões com oficiais e soldados, cujos rostos a noite apaga, pensa como foi imbecil acreditando que os superiores quiseram lhe dar um prêmio ao tirá-lo do seu comando militar no Piauí, onde passou, tão sossegado, seus quase vinte anos de serviço, para dirigir, antes da reserva, um glorioso feito de armas: esmagar a rebelião monárquico--restauradora do interior baiano. Não, não foi um desagravo por ter sido preterido tantas vezes, nem para reconhecer, afinal, seus méritos que o encarregaram dessa chefia — como dissera à esposa ao contar a notícia —, e sim porque os outros chefes do Exército não queriam se enlamear naquele atoleiro. Um presente de grego. Claro que os três generais tinham razão! Por acaso havia sido preparado, ele, um militar profissional, para esta guerra grotesca, absurda, totalmente à margem das regras e convenções da verdadeira guerra?

Numa ponta da barricada estão carneando um boi. O general Oscar senta-se para comer uns pedaços de carne frita numa roda de oficiais. Conversa com eles sobre os sinos de Canudos e aquelas orações que estavam ouvindo há pouco. Coisas estranhas desta guerra: essas rezas, essas procissões, essas badaladas, essas igrejas que os bandidos defendem com tanto encarniçamento. É invadido novamente por uma sensação de mal-estar. Uma ideia que o perturba é que esses canibais degenerados são, apesar de tudo, brasileiros, isto é, essencialmente, semelhantes a eles. Mas o que mais o aborrece — ele, um católico devoto, cumpridor rigoroso dos preceitos da Igreja, uma de suas suspeitas, aliás, é que não teve mais promoções na carreira porque se negou obstinadamente a ser maçom — é ver os bandidos mentindo que são católicos. Aquelas manifestações de fé — os rosários, as procissões, os vivas ao Bom Jesus — sempre o deixam confuso e aflito, embora o padre Lizzardo, em todas as missas de campanha, esbraveje contra os ímpios, acusando-os de infiéis, hereges e profanadores da fé. Ainda assim, o general Oscar não consegue se livrar do mal-estar diante de um inimigo que transformou esta guerra numa coisa tão diferente do que esperava, numa espécie de luta religiosa. Mas o fato de ficar perturbado não significa que deixe de odiar aquele adversário anormal, imprevisível, que, ainda por cima, humilhou-o ao não se desmanchar no primeiro embate, como estava certo que aconteceria quando aceitou a missão.

Sente ainda mais ódio desse inimigo quando, à noite, depois de percorrer a barricada, atravessa o descampado rumo ao Hospital de Sangue do Vaza-Barris. No meio do caminho estão os canhões Krupp 7,5 que participam do assalto, bombardeando sem descanso aquelas torres de onde o inimigo faz tantos estragos na tropa. O general Oscar conversa um pouco com os artilheiros, que, apesar da hora avançada, cavam um parapeito com picaretas, reforçando a posição.

A visita ao Hospital de Sangue, à beira do leito seco, deixa-o mais acabrunhado; tem que lutar para que os médicos, enfermeiros, agonizantes não notem. Acha bom que estejam à meia-luz, pois as lamparinas e fogueiras revelam apenas uma parte insignificante do espetáculo que se desenrola aos seus pés. Os feridos estão mais desamparados que na Favela, deitados na lama e no cascalho, agrupados como foram chegando, e os médicos explicam que, para piorar, durante toda a tarde e parte da noite soprou uma ventania que jogou nuvens de poeira avermelhada nas feridas abertas que não há com o que enfaixar, desinfetar nem suturar. Em toda parte ouve gritos, gemidos, choro, delírios de febre. A pestilência é asfixiante, e o capitão Coriolano, que o acompanha, de repente tem ânsias de vômito. Ouve-o derreter-se em desculpas. De tanto em tanto, interrompe seus passos e diz palavras afetuosas, dá palmadas nas costas, aperta a mão de um ferido. Elogia os homens por sua coragem, agradece o sacrifício que fizeram em nome da República. Mas fica mudo quando param diante dos cadáveres dos coronéis Carlos Telles e Serra Martins, que vão ser enterrados amanhã. O primeiro morreu de um tiro no peito, no começo do ataque, ainda cruzando o rio. O segundo, ao entardecer, assaltando a barricada dos jagunços à frente de seus homens, num combate corpo a corpo. Contam que o cadáver, crivado de furos de punhal, lança e facão, está castrado, desorelhado e desnarigado. Em momentos como este, quando ouve que um destacado e bravo militar foi humilhado desse modo, o general Oscar pensa que é justa a política de degolar todos os sebastianistas que capturam. A justificativa dessa política, para a sua consciência, é de duas ordens: trata-se de bandidos, e não de soldados, que a honra mandaria respeitar; e, por outro lado, a escassez de alimentos não deixa outra alternativa, pois seria mais cruel matá-los de fome e totalmente absurdo privar os patriotas de rações para alimentar uns monstros capazes de fazer o que fizeram com esse chefe.

    Já no fim do trajeto, para diante de um pobre soldado imobilizado por dois enfermeiros enquanto amputam seu pé. O cirurgião, de cócoras, está serrando, e o general ouve-o pedir que enxuguem o suor dos seus olhos. Não deve ver muito bem, de qualquer modo, pois há vento novamente e o fogo saltita. O cirurgião se levanta e ele reconhece o jovem paulista Teotônio Leal Cavalcanti. Trocam saudações. Quando o general Oscar dá meia-volta, a cara magra e atormentada do estudante, cuja abnegação é elogiada por colegas e pacientes, continua em sua companhia. Há poucos dias, esse jovem que não conhecia veio dizer-lhe: "Matei o meu melhor amigo e quero ser castigado." Assistia à conversa o seu adjunto, o tenente Pinto Souza, que ao saber o nome do oficial em quem Teotônio, por compaixão, dera um tiro na têmpora, ficou lívido. A cena abalou o general. Teotônio Leal Cavalcanti, com uma voz entrecortada, descreveu o estado do tenente Pires Ferreira — cego, sem mãos, destroçado no corpo e na alma —, suas súplicas para que ele acabasse com seu sofrimento e os remorsos que o perseguem por ter concordado. O general Oscar mandou-o manter reserva absoluta e continuar nas suas funções como se nada tivesse acontecido. Uma vez que as operações terminassem, decidiria sobre o seu caso.

    Na casa do Fogueteiro, já deitado na rede, recebe um informe do tenente Pinto Souza, que acaba de voltar da Favela. A Sétima Brigada estará aqui ao amanhecer, para reforçar a "linha negra".

    Dorme cinco horas e na manhã seguinte está refeito, cheio de ânimo, enquanto toma café e come algumas daquelas bolachas de maisena que são o tesouro da sua despensa. Reina um estranho silêncio em toda a frente. Os batalhões da Sétima Brigada estão chegando e, para cobrir sua passagem pelo descampado, o general manda os Krupp bombardearem as torres. Desde os primeiros dias, pediu aos seus superiores que, junto com os reforços, mandem umas granadas especiais, de setenta milímetros, com pontas de aço, fabricadas na Casa da Moeda do Rio, para perfurar os cascos dos navios rebelados em 6 de setembro. Por que não atendem? Já explicou ao comando que os *shrapnel* e obuses de gasolina não bastam para destruir essas malditas torres de rocha viva. Por que se fazem de surdos?

    O dia transcorre em calma, com tiroteios esparsos, e o general Oscar aproveita para distribuir os homens descansados da Sétima Brigada ao longo da "linha negra". Numa reunião com seu Estado-Maior, é descartada categoricamente a ideia de outro assalto enquanto não chegarem reforços. Decidem travar uma guerra de posições, tentando avançar gradualmente pelo flanco direito — o mais desguarnecido de Canudos, à simples vista —, em ataques parciais, sem expor toda a tropa. Decidem, também, mandar uma expedição a Monte Santo levando os feridos em condições de suportar a viagem.

Ao meio-dia, quando estão enterrando os coronéis Carlos Telles e Serra Martins, ao lado do rio, numa sepultura única com duas cruzinhas de madeira, o general recebe outra má notícia: acaba de ser ferido no quadril, por uma bala perdida, o coronel Neri, enquanto fazia uma necessidade biológica numa encruzilhada da "linha negra".

Nessa noite é acordado por um forte tiroteio. Os jagunços estão atacando os dois canhões Krupp 7,5 do descampado, e o Trigésimo Segundo Batalhão de Infantaria vai voando reforçar os artilheiros. Os jagunços atravessaram a "linha negra" em plena escuridão, nas barbas das sentinelas. O combate é renhido, dura duas horas, e as baixas são grandes: morrem sete soldados e há quinze feridos, entre os quais um alferes. Mas os jagunços têm cinquenta mortos e dezessete prisioneiros. O general vai vê-los.

É madrugada, uma irisação azulada pesponta os morros. O vento está tão frio que o general Oscar se protege com um cobertor enquanto percorre o descampado em passos rápidos. Os Krupp, felizmente, estão intactos. Mas a violência da luta e os companheiros mortos e feridos exasperaram de tal modo os artilheiros e infantes que o general Oscar encontra os prisioneiros meio mortos pelas pancadas que receberam. São muito jovens, alguns ainda meninos, e entre eles há duas mulheres, todos esqueléticos. O general Oscar constata o que todos os prisioneiros confessam: a grande escassez de mantimentos entre os bandidos. Contam-lhe que eram as mulheres e os jovens que atiravam, enquanto os jagunços tentavam destruir os canhões com picaretas, marretas, porretes, martelos, ou entupi-los com areia. Bom sinal: é a segunda tentativa, os Krupp 7,5 estão incomodando. As mulheres, tal como os meninos, usam panos azuis. Os oficiais presentes estão enojados com aqueles extremos de barbárie: para eles, usar meninos e mulheres é o cúmulo da abjeção humana, um escárnio à arte e à moral da guerra. Quando se retira, o general Oscar ouve os prisioneiros, ao perceberem que vão ser executados, dando vivas ao Bom Jesus. Sim, os três generais que recusaram o comando sabiam o que estavam fazendo; adivinhavam que guerrear contra crianças e mulheres que matam e que, portanto, é preciso matar, e que morrem dando vivas a Jesus, é coisa que não pode provocar alegria em nenhum soldado. Sente a boca amarga, como se tivesse mascado tabaco.

Esse dia transcorre sem novidades na "linha negra", dentro do que — pensa o chefe da expedição — vai ser a rotina até chegarem os reforços: tiroteios esporádicos de um lado para o outro entre as duas barricadas que se desafiam, carrancudas e arrevesadas; festivais de insultos que sobrevoam as barreiras sem que os insultados se vejam, e o bombardeio contra as igrejas e o Santuário, agora reduzido devido à escassez de munição. Estão praticamente sem nada para comer; só restam dez bois no curral atrás da Favela e algumas sacas de café e cereais. Ele reduz à metade as rações da tropa, que já eram exíguas.

Mas nessa tarde o general Oscar recebe uma notícia surpreendente: uma família de jagunços, quatorze pessoas, apresenta-se espontaneamente como prisioneira no acampamento da Favela. É a primeira vez que acontece algo assim, desde o começo da campanha. A notícia levanta seu ânimo de maneira extraordinária. A desmoralização e a fome devem estar abalando os canibais. Na Favela, ele mesmo interroga os jagunços. São três velhinhos em frangalhos, um casal adulto e crianças raquíticas de barrigas inchadas. São de Ipueiras e, segundo eles — que respondem às suas perguntas batendo os dentes de medo —, estão em Canudos há apenas um mês e meio; tinham se refugiado lá, não por devoção ao Conselheiro, mas por medo, ao saberem que um grande exército se aproximava. Escaparam fazendo os bandidos pensar que iam cavar trincheiras na saída para Cocorobó, o que de fato estiveram fazendo até a véspera, quando, aproveitando um descuido de Pedrão, fugiram. Levaram um dia no desvio até a Favela. Dão ao general Oscar todas as informações sobre a situação no covil e apresentam um quadro tétrico do que está acontecendo lá, pior ainda do que ele imaginava — fome, feridos e mortos em toda parte, pânico generalizado —, e garantem que todos se renderiam se não fosse pelos cangaceiros, como João Grande, João Abade, Pajeú e Pedrão, que juraram matar toda a parentada de quem desertar. Mas o general não acredita ao pé da letra no que dizem: estão tão visivelmente aterrorizados que diriam qualquer embuste para despertar sua simpatia. Manda prendê-los no curral do gado. A vida de todos os que se renderem, seguindo o exemplo destes, será respeitada. Seus oficiais também se mostram otimistas; alguns preveem que o covil cairá por decomposição interna, antes de chegarem os reforços.

Mas no dia seguinte a tropa sofre um duro revés. Uma centena e meia de bois, que vinham de Monte Santo, caem nas mãos dos jagunços da maneira mais estúpida. Por excesso de precaução, para evitar ser vítima dos rastreadores recrutados no sertão, que quase sempre se revelam cúmplices do inimigo nas emboscadas, a companhia de lanceiros que vinha escoltando a boiada se guiou apenas pelos mapas traçados pelos engenheiros do Exército. A sorte não está com eles. Em vez de escolherem o caminho de Rosário e das Umburanas, que desemboca na Favela, desviam-se pela estrada do Cambaio e do Taboleirinho, indo parar bem no meio das trincheiras dos jagunços. Os lanceiros travam uma luta corajosa, livrando-se do extermínio, mas perdem todos os bois, que os fanáticos vão tocando a chicotadas até Canudos. Da Favela, o general Oscar assiste com seus binóculos a um espetáculo inusitado: a poeira e o barulho que a boiada faz ao entrar correndo em Canudos, em meio à felicidade retumbante dos degenerados. Num ataque de fúria, coisa a que não costuma ser propenso, censura em público os oficiais da companhia que perdeu os animais. Este fracasso vai ser um estigma na sua carreira! Para castigar os jagunços pelo golpe de sorte que lhes proporcionou cento e cinquenta bois, o tiroteio de hoje dobra de intensidade.

Como o problema da alimentação assume proporções críticas, o general Oscar e seu Estado-Maior mandam os lanceiros gaúchos — que nunca desmentiram sua fama de grandes vaqueiros — e o Vigésimo Sétimo Batalhão de Infantaria trazer comestíveis "seja de onde e como for", pois a fome já causa danos físicos e morais nas fileiras. Os lanceiros voltam ao anoitecer com vinte bois, cuja origem o general não lhes pergunta; são imediatamente carneados e distribuídos entre os homens da Favela e da "linha negra". O general e seus auxiliares tomam providências para melhorar a comunicação entre os dois acampamentos e a frente. Estabelecem rotas de segurança, intercaladas com postos de vigilância, e continuam reforçando a barricada. Com sua energia de costume, o general prepara, também, a evacuação dos feridos. Fazem padiolas, muletas, consertam as ambulâncias e preparam uma lista dos que vão partir.

Passa a noite na sua barraca da Favela. Na manhã seguinte, ao tomar o café com bolachas de maisena, vê que está chovendo. Boquiaberto, contempla o prodígio. É uma chuva diluvial, acompanhada por um vento sibilante que leva e traz grandes trombas de água turva. Quando sai para molhar-se, regozijante, vê que todo o acampamento está chapinhando sob a chuva, na lama, num estado de fervor. É a primeira chuva em muitos meses, uma verdadeira bênção depois de tantas semanas de calor infernal e de sede. Todos os corpos armazenam o líquido precioso nos recipientes disponíveis. Tenta ver com os binóculos o que está acontecendo em Canudos, mas há uma neblina espessa e não distingue nem as torres. A chuva não dura muito, minutos depois está de volta o vento carregado de terra. Já pensou muitas vezes que, quando tudo isto termine, vai conservar para sempre na memória essas ventanias contínuas, deprimentes, que pressionam as têmporas. Enquanto tira as botas para que seu ordenança as limpe da lama, compara a tristeza desta paisagem sem um único verde, sem uma moita florida sequer, com a exuberância vegetal que o cercava no Piauí.

— Quem diria que eu ia sentir falta do meu jardim — confessa ao tenente Pinto Souza, que prepara a ordem do dia. — Nunca entendi a paixão da minha esposa por flores. Podava e regava o dia todo. Eu achava meio doente afeiçoar-se a um jardim. Agora, vendo esta desolação, entendo muito bem.

Durante todo o resto da manhã, enquanto despacha com diversos subordinados, pensa com insistência na poeira que cega e sufoca. Nem dentro das barracas se escapa do suplício. "Quando não se come poeira com carne, come-se carne com poeira. E sempre temperada com moscas", pensa.

Um tiroteio o arranca dessas filosofias, ao entardecer. Um bando de jagunços investe subitamente — emergindo da terra como se tivessem cavado um túnel sob a "linha negra" — contra um entroncamento da barricada, com intenção de cortá-la. O ataque pega os soldados de surpresa e estes abandonam a posição, mas, uma hora depois, os jagunços são desalojados com grandes baixas. O general Oscar e os oficiais chegam à conclusão de que o objetivo do ataque era proteger as trincheiras da Fazenda Velha. Todos os oficiais sugerem, por isso, ocupá-las, a qualquer preço: isto vai precipitar a rendição do covil. O general Oscar transfere três metralhadoras da Favela para a "linha negra".

Nesse dia, os lanceiros gaúchos voltam ao acampamento com trinta bois. A tropa se regala com um banquete, que melhora o humor de todos. O general Oscar inspeciona os dois Hospitais de Sangue, onde se realizam os últimos preparativos para a transferência dos doentes e feridos. Para evitar cenas aflitivas antecipadas, decidiu só informar os nomes dos que vão viajar no momento da partida.

Nessa tarde, os artilheiros lhe mostram, alvoroçados, quatro caixas repletas de obuses para os Krupp 7,5 que uma patrulha encontrara no caminho das Umburanas. Os projéteis estão em perfeito estado, e o general Oscar autoriza que o tenente Macedo Soares, responsável pelos canhões da Favela, execute o que chama de "um fogo de artifício". Tapando os ouvidos com algodões, como os encarregados das peças, e sentado ao lado destes, o general assiste ao disparo de sessenta obuses, todos dirigidos ao coração da resistência dos traidores. Em meio à fumaça que as explosões provocam, observa com ansiedade as altas construções que, sabe, estão infestadas de fanáticos. Apesar de trincadas e esburacadas, resistem. Mas como pode continuar em pé o campanário da igreja de Santo Antônio, que parece um coador e já está mais inclinado que a famosa Torre de Pisa? Durante todo o bombardeio, espera avidamente ver a torrezinha em ruínas desmoronar. Deus deveria conceder-lhe essa dádiva, para injetar um pouco de entusiasmo em seu espírito. Mas a torre não cai.

Na manhã seguinte, já está de pé na hora da alvorada, para se despedir dos feridos. Integram a expedição sessenta oficiais e quatrocentos e oitenta soldados, todos aqueles que os médicos consideram em condições de chegar a Monte Santo. Entre eles, o chefe da Segunda Coluna, general Savaget, cuja ferida no abdome o mantém fora de combate desde que chegou à Favela. O general Oscar fica contente por vê-lo partir, pois, apesar das suas relações cordiais, sente constrangimento diante desse general sem cuja ajuda, com certeza, a Primeira Coluna teria sido exterminada. O fato de os bandidos terem sido capazes de levá-lo a essa espécie de matadouro, e com tanta habilidade tática, é algo que, apesar da falta de outras provas, ainda o faz pensar que os jagunços podem estar sendo assessorados por oficiais monarquistas e até por ingleses. Se bem que ultimamente esta possibilidade deixou de ser mencionada nos conselhos de oficiais.

A despedida entre os feridos que partem e os que ficam não é desesperadora, com choros e protestos, como temia, mas sim de uma grave solenidade. Os dois grupos se abraçam em silêncio, trocam mensagens, e os que choram procuram disfarçar. Tinha determinado que recebessem rações para quatro dias, mas a falta de recursos obriga a reduzir para um dia. Segue junto com os feridos o batalhão de lanceiros gaúchos, encarregado de conseguir sustento no trajeto. Além disso, são escoltados pelo Trigésimo Terceiro Batalhão de Infantaria. Quando os vê partir, no dia que desponta, lentos, miseráveis, esfomeados, com os uniformes em farrapos, muitos deles descalços, diz a si mesmo que quando chegarem a Monte Santo — os que não sucumbirem no caminho — vão estar num estado ainda pior: talvez então seus superiores entendam como a situação é crítica e mandem reforços.

A partida da expedição deixa um clima de melancolia e tristeza nos acampamentos da Favela e da "linha negra". O moral da tropa declinou pela falta de alimento. Os homens devoram cobras e cachorros que capturam, e até mesmo torram formigas e as comem, para aplacar a fome.

A guerra consiste agora em tiros isolados, de lado a lado das barricadas. Os contendores se limitam a espiar, de suas posições; quando vislumbram um perfil, uma cabeça, um braço, espouca um tiroteio. Dura apenas alguns segundos. Logo se instala outra vez um silêncio que é, também, um marasmo embrutecedor, hipnótico, só perturbado pelas balas perdidas que saem das torres e do Santuário, não dirigidas a um alvo preciso, mas às casas em ruínas que os soldados ocupam: atravessam as finas paredes de estacas e barro, e muitas vezes ferem ou matam os militares dormindo ou trocando de roupa.

Nesse anoitecer, na casa do Fogueteiro, o general Oscar está jogando cartas com o tenente Pinto Souza, o coronel Neri (que se recupera da ferida) e dois capitães de seu Estado-Maior. Jogam em cima de caixas, à luz de um lampião. De repente entram numa discussão a respeito de Antônio Conselheiro e os bandidos. Um dos capitães, que é do Rio, diz que a explicação de Canudos está na mestiçagem, a mistura de negros, índios e portugueses que foi degenerando paulatinamente a raça até produzir uma mentalidade inferior, propensa à superstição e ao fanatismo. Esta opinião é contestada com ímpeto pelo coronel Neri. Por acaso não houve mistura em outras partes do Brasil, sem que ocorressem fenômenos parecidos? Ele, como pensava o coronel Moreira César, a quem admira e quase endeusa, acredita que Canudos é obra dos inimigos da República, os restauradores monarquistas, os velhos escravocratas e privilegiados que instigaram e confundiram esses pobres homens sem cultura, inculcando neles um ódio ao progresso. "Não está na raça, e sim na ignorância a explicação de Canudos", afirma.

O general Oscar, que acompanhou o diálogo com interesse, fica perplexo quando lhe perguntam sua opinião. Vacila. Sim, diz finalmente, a ignorância permitiu que os aristocratas fanatizassem esses miseráveis para jogá-los contra aquilo que ameaçava seus interesses, pois a República garante a igualdade entre os homens, o que é contrário aos privilégios congênitos de um regime aristocrático. Mas sente-se intimamente cético a respeito do que diz. Quando os outros saem, fica meditando na rede. Qual é a explicação de Canudos? Taras sanguíneas dos caboclos? Falta de cultura? Vocação para a barbárie de gente acostumada com a violência, que resiste à civilização por atavismo? Qualquer coisa a ver com a religião, com Deus? Nada o deixa satisfeito.

No dia seguinte, está fazendo a barba, sem espelho nem sabão, com uma navalha de barbeiro que ele mesmo afia numa pedra, quando ouve um galope. Tinha ordenado que os deslocamentos entre a Favela e a "linha negra" fossem feitos a pé, pois os cavaleiros são alvos fáceis para as torres, de modo que sai disposto a repreender os infratores. Escuta hurras e vivas. Os recém-chegados, três cavaleiros, cruzaram ilesos o descampado. O tenente que se apeia ao seu lado e bate os calcanhares apresenta-se como chefe do pelotão de exploradores da brigada de reforços do general Girard, cuja vanguarda chegará dentro de poucas horas. O tenente acrescenta que os quatro mil e quinhentos soldados e oficiais dos doze batalhões do general Girard estão impacientes para se colocar sob as suas ordens e derrotar os inimigos da República. Finalmente, finalmente, o pesadelo de Canudos vai terminar para ele e para o Brasil.

V

— Jurema? — perguntou o barão, surpreendendo-se. — Jurema de Calumbi?

— Aconteceu naquele terrível mês de agosto — desconversou o jornalista míope. — Em julho, os jagunços tinham imobilizado os soldados dentro da própria cidade. Mas em agosto chegou a Brigada Girard. Mais cinco mil homens, mais doze batalhões, mais milhares de armas, mais dezenas de canhões. E comida com fartura. Que esperança podiam ter então?

Mas o barão não ouvia:

— Jurema? — repetiu. Podia ver o regozijo do seu visitante, a felicidade com que evitava lhe dar uma resposta. E via, também, que esse regozijo e essa felicidade eram porque ele a mencionara, porque tinha conseguido interessá-lo, e porque agora seria o barão quem o obrigaria a falar dela. — A mulher do rastreador Rufino, o de Queimadas?

O jornalista míope tampouco lhe respondeu dessa vez:

— Em agosto, também, o ministro da Guerra, o próprio marechal Carlos Machado Bittencourt, veio pessoalmente do Rio para fazer os últimos ajustes na campanha — prosseguiu, divertindo-se com a impaciência do outro. — Nós não sabíamos que o marechal Bittencourt tinha se instalado em Monte Santo, organizado o transporte, o abastecimento, os hospitais. Não sabíamos que choviam soldados voluntários, médicos voluntários, enfermeiras voluntárias em Queimadas e Monte Santo; que o próprio marechal tinha enviado a Brigada Girard. Tudo isso, em agosto. Era como se o céu se abrisse para derramar um cataclismo em cima de Canudos.

— E, no meio desse cataclismo, o senhor era feliz — murmurou o barão. Porque tinham sido estas as palavras que o míope usara. — É ela, mesmo?

— Sim — o barão notou que a felicidade não era mais secreta, agora transbordava, atropelava a voz do míope. — É justo que se lembre. Porque ela recorda muito do senhor e da sua esposa. Com admiração, com carinho.

Então era mesmo ela, aquela mocinha espigada e trigueira que cresceu em Calumbi, a serviço de Estela, e que, depois, os dois tinham casado com o trabalhador honesto e batalhador que era o Rufino de então. Não podia acreditar. Aquele bichinho do mato, aquele ser rústico que só pode ter mudado para pior desde que saiu dos aposentos de Estela, tinha se envolvido, também, com o destino do homem que estava à sua frente. Porque o jornalista dissera, literalmente, estas palavras inconcebíveis: "Mas, justamente quando o mundo começou a se desmanchar, no apogeu do horror, eu, por mais que pareça mentira, comecei a ser feliz." O barão foi assaltado mais uma vez pela sensação de irrealidade, de sonho, de ficção que Canudos costumava lhe provocar. Essas casualidades, coincidências e associações o deixavam pisando em brasas. Será que o jornalista sabia que Galileo Gall tinha violado Jurema? Não perguntou, ficou perplexo pensando nas estranhas geografias do acaso, nessa ordem clandestina, na inescrutável lei da história dos povos e dos indivíduos que aproximava, afastava, indispunha e unia caprichosamente as pessoas. E pensou que era impossível que aquela pobre criaturinha do sertão baiano pudesse imaginar que fora instrumento de tantos transtornos na vida de gente tão diferente: Rufino, Galileo Gall, este espantalho que agora sorria com deleite ao pensar nela. Sentiu vontade de rever Jurema; talvez fizesse bem à baronesa reencontrar aquela moça que, na época, tratou com tanto carinho. Lembrou que, por isso mesmo, Sebastiana tinha um surdo ressentimento contra ela, e do alívio que esta sentiu ao vê-la partir de Queimadas com o rastreador.

— É verdade, não esperava ouvir falar de amor, de felicidade neste momento — murmurou, mexendo-se no assento. — E menos ainda em relação a Jurema.

O jornalista voltou a falar da guerra.

— Não é curioso que se chamasse Brigada Girard? Porque, como fiquei sabendo depois, o general Girard nunca pôs os pés em Canudos. Mais uma curiosidade, da mais curiosa das guerras. Agosto começou com a vinda desses doze batalhões novos. Ainda chegava gente nova a Canudos, às pressas, porque sabiam que agora, com o novo exército, o cerco ia fechar-se definitivamente. E nunca mais poderiam entrar! — o barão ouviu uma de suas gargalhadas absurdas, exóticas, forçadas; e ouviu-o repetir: — Não é que não se pudesse sair de lá, compreenda. É que, depois, seria impossível entrar. Este era o problema. Não se importavam em morrer, mas queriam morrer lá dentro.

— E o senhor era feliz... — disse. Este jornalista não seria ainda mais louco do que sempre lhe pareceu? Não seria tudo aquilo um monte de invenções?

— Viram quando eles chegaram e se espalharam pelas colinas, ocupando, um após o outro, todos os lugares por onde até então podiam entrar e sair. Os canhões começaram a bombardear vinte e quatro horas por dia, ao norte, ao sul, a leste e a oeste. Mas, como estavam muito perto uns dos outros e podiam se matar, decidiram limitar-se a bombardear as torres. Porque ainda não tinham caído.

— Jurema, Jurema? — exclamou o barão. — Aquela mocinha de Calumbi lhe deu a felicidade, transformou-o espiritualmente num jagunço?

Por trás das lentes grossas, como peixes dentro de um aquário, os olhos míopes se agitaram, piscaram. Era tarde, estava ali há várias horas, precisava levantar-se e ir perguntar por Estela, desde a tragédia não ficava tanto tempo longe dela. Mas continuou esperando, com uma impaciência fervilhante.

— A explicação é que eu tinha me resignado — ouviu-o sussurrar numa voz pouco audível.

— A morrer? — perguntou o barão, sabendo que não era na morte que o visitante estava pensando.

— A não amar, não ser amado por nenhuma mulher — adivinhou que ele dizia, pois tinha baixado a voz ainda mais. — A ser feio, a ser tímido, a nunca ter uma mulher nos braços sem pagar.

O barão sentiu-se levitando no assento de couro. Como um relâmpago, cruzou por sua cabeça a ideia de que neste gabinete, onde tantos segredos se revelaram, onde se tramaram tantas conspirações, ninguém jamais tinha confessado algo tão inesperado e surpreendente para os seus ouvidos.

— É uma coisa que não pode entender — disse o jornalista míope, como se o estivesse acusando. — Porque o senhor, sem dúvida, conheceu o amor desde jovem. Muitas mulheres devem tê-lo amado, admirado, devem ter se rendido aos seus pés, na certa; escolheu sua belíssima esposa entre outras mulheres belíssimas que só esperavam o seu consentimento para jogar-se nos seus braços. Não pode entender as pessoas que não são atraentes, arrumadas, favorecidas, ricas como o senhor foi. Não pode entender o que é se sentir repulsivo e ridículo para as mulheres, excluído do amor e do prazer. Condenado às putas.

"O amor, o prazer", pensou o barão, desconcertado: duas palavras inquietantes, dois meteoritos na noite da sua vida. Achou um sacrilégio que essas formosas e esquecidas palavras saíssem da boca daquele ser risível, encolhido na poltrona feito uma garça, uma perna trançada sobre a outra. Não era engraçado, grotesco, que uma cadelinha graciosa do sertão fizesse um homem, culto, apesar de tudo, falar de amor e de prazer? Estas palavras não evocavam o luxo, o refinamento, a sensibilidade, a elegância, os ritos e sabedorias de uma imaginação adestrada pelas leituras, as viagens, a educação? Não eram incompatíveis com Jurema de Calumbi? Pensou na baronesa, e uma ferida se abriu em seu peito. Fez um esforço para voltar ao que o jornalista dizia. Em outra de suas bruscas transições, estava falando novamente da guerra:

— A água acabou — e ainda parecia estar zangado com ele. — Toda a água que se bebia em Canudos vinha das aguadas da Fazenda Velha, uns poços ao lado do Vaza-Barris. Fizeram trincheiras e as defenderam com unhas e dentes. Mas, quando chegaram os cinco mil soldados novos, nem mesmo Pajeú pôde impedir que caíssem. E então a água acabou.

Pajeú? O barão estremeceu. Lá estava o rosto meio indígena, amarelo-pálido, a cicatriz em lugar do nariz, lá estava sua voz anunciando com calma que em nome do Pai ia incendiar Calumbi. Pajeú, o indivíduo que encarnava toda a maldade e estupidez de que Estela fora vítima.

— Sim, Pajeú — disse o míope. — Eu o odiava. E o temia mais que as balas dos soldados. Porque ele estava apaixonado por Jurema e era só levantar a sobrancelha para tirá-la de mim e me fazer desaparecer.

Riu outra vez, um riso breve, estridente, nervoso, que terminou com uns espirros sibilantes. O barão, esquecido dele, também estava odiando aquele bandido fanático. O que aconteceu com o autor do crime imperdoável? Teve pavor de perguntar, de ouvir que estava a salvo. O jornalista repetia a palavra água. Fez um esforço para sair de si mesmo, entender. Sim, as aguadas do Vaza-Barris. Sabia muito bem como eram aqueles poços, paralelos ao leito, onde a água das cheias se acumulava e que davam de beber aos homens, pássaros, cabritos, vacas nos longos meses (às vezes anos) em que o Vaza-Barris permanecia seco. E Pajeú? E Pajeú? Morreu em combate? Tinha sido preso? Estava com a pergunta na ponta da língua mas não a fez.

— É preciso entender essas coisas — dizia agora o jornalista míope, com convicção, com energia, com raiva. — Eu quase não podia vê-las, naturalmente. Muito menos entendê-las.

— De que está falando? — disse o barão. — Eu me distraí, perdi o fio da meada.

— Das mulheres e dos párvulos — resmungou o jornalista míope. — Eram chamados assim. Párvulos. Quando os soldados tomaram as aguadas, eles iam com as mulheres, à noite, roubar umas latas de água, para que os jagunços pudessem continuar lutando. Eles, só eles. E faziam o mesmo, também, com aqueles restos imundos que chamavam de comida. Ouviu bem?

— Devo me assombrar? — disse o barão. — Ficar admirado?

— Deve tentar entender — murmurou o jornalista míope. — Quem dava essas ordens? O Conselheiro? João Abade? Antônio Vilanova? Quem decidiu que só as mulheres e crianças se arrastariam até a Fazenda Velha para roubar água, sabendo que os soldados estavam esperando nas aguadas para brincar de tiro ao alvo, sabendo que de cada dez só voltariam um ou dois? Quem decidiu que os combatentes não deviam tentar esse suicídio menor, pois se reservavam para a forma superior de suicídio que era morrer lutando? — O barão viu-o, de novo, buscando os seus olhos com angústia. — Imagino que não foi o Conselheiro, nem os chefes. Eram decisões espontâneas, simultâneas, anônimas. De outro modo, não as teriam respeitado, não teriam ido para o matadouro com tanta convicção.

— Eram fanáticos — disse o barão, consciente do desprezo que havia em sua voz. — O fanatismo faz as pessoas agirem assim. Nem sempre são motivos elevados, sublimes, que explicam o heroísmo. Também o preconceito, a estreiteza mental, as ideias mais estúpidas.

O jornalista míope olhou para ele; estava com a testa empapada de suor e parecia procurar uma resposta dura. Pensou que ia ouvir alguma impertinência. Mas afinal viu-o concordar, como se quisesse mudar de assunto.

— Aquilo era, evidentemente, o grande esporte dos soldados, um divertimento em sua vida maçante — disse. — Instalar-se na Fazenda Velha e esperar que a luz do luar mostrasse aquelas sombras que vinham rastejando roubar água. Ouvíamos os tiros, o som da bala perfurando a lata, o recipiente, a panela. As aguadas amanheciam cheias de cadáveres, de feridos graves. Mas, mas...

— Mas o senhor não viu nada disso — interrompeu o barão. A agitação que sentia no seu interlocutor deixava-o profundamente irritado.

— Mas Jurema e o Anão viam — disse o jornalista míope. — Eu ouvia. Ouvia as mulheres e os párvulos saindo para a Fazenda Velha, com suas latas, cantis, cântaros, garrafas, despedindo-se dos maridos ou dos pais, trocando bênçãos, marcando encontros no céu. E também ouvia o que acontecia quando eles conseguiam voltar. A lata, o balde, o cântaro não iam dar de beber aos velhos moribundos, às crianças loucas de sede. Não. Iam para as trincheiras, para que aqueles que ainda conseguiam sustentar um fuzil pudessem manuseá-lo por algumas horas ou minutos mais.

— E o senhor? — disse o barão. O desagrado que lhe causava aquela mistura de reverência e terror com que o jornalista míope falava dos jagunços era cada vez maior. — Como não morreu de sede? Não era combatente, certo?

— É o que me pergunto — disse o jornalista. — Se essa história tivesse lógica, eu deveria ter morrido mais de uma vez.

— O amor não mata a sede — tentou atingi-lo o barão.

— Não mata — concordou o outro. — Mas dá força para resistir. Além do mais, sempre bebíamos alguma coisa. Tudo o que se pudesse chupar, sugar. Sangue de pássaros, até de urubu. Mastigávamos folhas, caules, raízes, qualquer coisa que tivesse sumo. E urina, naturalmente — buscou os olhos do barão e este pensou de novo: "É como se me acusasse." — Não sabia? Mesmo quando a gente não bebe líquido, continua urinando. Foi uma descoberta importante que fiz lá.

— Fale de Pajeú, por favor — disse o barão. — O que houve com ele?

O jornalista míope escorregou surpreendentemente até o chão. Tinha feito isto várias vezes no decorrer da conversa e o barão se perguntou se essas mudanças de posição se deviam à sua inquietação interna ou à dormência dos músculos.

— É verdade que se apaixonou por Jurema? — insistiu. Tinha, de repente, a absurda sensação de que sua antiga empregada em Calumbi era a única mulher do sertão, uma fatalidade feminina sob cujo domínio inconsciente caíam, mais cedo ou mais tarde, todos os homens ligados a Canudos. — Por que não a levou com ele?

— Talvez por causa da guerra — disse o jornalista míope. — Era um dos chefes. Quanto mais o cerco se fechava, menos tempo ele tinha. E menos vontade, imagino.

Começou a rir com tanto estardalhaço que o barão deduziu que dessa vez seu riso não ia degenerar em espirros, e sim em choro. Não aconteceu nem uma coisa nem a outra.

— De maneira que me vi desejando, em certos momentos, que a guerra continuasse, e até piorasse, para que Pajeú se mantivesse ocupado — aspirou uma baforada de ar. — Desejando que a guerra ou outra coisa o matasse.

— O que houve com ele? — insistiu o barão. O outro não respondeu.

— Mas, apesar da guerra, poderia muito bem levá-la e fazer dela sua mulher — refletiu, imaginou, olhando para o chão. — Não era o que outros jagunços faziam? Não os ouvia, no meio dos tiroteios, de noite ou de dia, montando em suas mulheres, nas redes, nos catres, no chão das suas casas?

O barão sentiu que seu rosto se inflamava. Jamais tolerou certos assuntos, tão frequentes entre homens sozinhos, nem mesmo com seus amigos mais íntimos. Se continuasse por aquele caminho, seria preciso mandá-lo calar a boca.

— Portanto a guerra não era a explicação — virou-se para o barão, como quem se lembra de que estava ali. — Tinha se tornado um santo, entende? É o que falavam: virou santo, um anjo o beijou, roçou em sua pele, tocou nele — disse, várias vezes. — Talvez. Não queria levá-la à força. A explicação é outra. Mais fantástica, sem dúvida, mas quem sabe. Que tudo se fizesse como Deus quer. Seguindo a religião. Casar com ela. Eu o ouvi pedindo. Talvez.

— O que houve com ele? — repetiu o barão, devagar, sublinhando as palavras.

O jornalista míope olhava-o fixamente. E o barão notou sua surpresa.

— Foi ele que incendiou Calumbi — explicou, devagar. — Foi ele que... morreu? Como foi a sua morte?

— Acho que morreu — disse o jornalista míope. — Como não ia morrer? Como não iam morrer ele, João Abade, João Grande, todos esses?

— O senhor não morreu, e, pelo que me disse, Vilanova também não. Ele conseguiu fugir?

— Não queriam fugir — respondeu o jornalista, com tristeza.
— Queriam entrar, ficar, morrer lá. O caso de Vilanova foi excepcional. Ele também não queria sair. Mas recebeu a ordem.

De modo que não tinha certeza se Pajeú havia morrido ou não. O barão imaginou-o voltando à sua antiga vida, novamente livre, à frente de um cangaço reorganizado com malfeitores daqui e de outros lugares, somando crimes sem-fim ao seu prontuário, no Ceará, em Pernambuco, em regiões ainda mais distantes. Sentiu vertigem.

"Antônio Vilanova", sussurra o Conselheiro, e há uma espécie de descarga elétrica no Santuário. "Ele falou, ele falou", pensa o Beatinho, com todos os poros da pele arrepiados de emoção. "Louvado seja o Pai, louvado seja o Bom Jesus." Caminha até o catre de bambu ao mesmo tempo que Maria Quadrado, o Leão de Natuba, o padre Joaquim e as beatas do Coro Sagrado; na luz taciturna do entardecer, todos os olhos se fixam no rosto escuro, longilíneo, imóvel, que continua com as pálpebras fechadas. Não foi uma alucinação: ele falou.

O Beatinho vê abrir-se aquela boca amada, que a magreza deixou sem lábios, para repetir: "Antônio Vilanova." Respondem, dizem "sim, sim, pai" e vão se atropelando até a porta do Santuário pedir à Guarda Católica que chame Antônio Vilanova. Vários homens saem correndo por entre os sacos e pedras do parapeito. Nesse instante não há tiros. O Beatinho volta à cabeceira do Conselheiro: está calado outra vez, imóvel, de costas, os olhos fechados, mãos e pés descobertos, os ossos sobressaindo na túnica roxa cujas dobras denunciam, aqui e ali, sua pavorosa magreza. "É mais espírito que carne", pensa o Beatinho. A superiora do Coro Sagrado, animada por ouvir sua voz, traz uma tigela com um pouco de leite. Ouve-a murmurar, cheia de recolhimento e esperança: "Quer comer alguma coisa, pai?" Já a ouviu fazer a mesma pergunta muitas vezes nos últimos dias. Mas desta vez, ao contrário das outras, pois o Conselheiro nunca respondia, a esquelética cabeça de onde saem, desgrenhados, longos fios de cabelo grisalho, faz um movimento dizendo que não. Um frêmito de felicidade se apodera do Beatinho. Ele está vivo, vai sobreviver. Porque nestes dias, embora o padre Joaquim volta e meia viesse tomar-lhe o pulso e auscultar seu coração, e depois lhes dizia que estava respirando, e embora houvesse uma aguinha constante fluindo dele, o Beatinho não podia evitar, diante de sua imobilidade e de seu silêncio, pensar que a alma do Conselheiro tinha subido ao céu.

Uma mão puxa-o do assoalho. Vislumbra os olhos grandes, ansiosos, luminosos do Leão de Natuba, através de uma selva de grenhas. "Ele vai viver, Beatinho?" Há tanta angústia no escriba de Belo Monte que o Beatinho sente vontade de chorar.

— Vai, sim, Leão, vai viver para nós, ainda vai viver muito tempo.

Mas sabe que não é bem assim; alguma coisa, em suas vísceras, diz que estes são os últimos dias, talvez as últimas horas do homem que mudou sua vida e a de todos os que estão no Santuário, de todos os que estão morrendo, agonizando e combatendo lá fora, nos fossos e trincheiras em que Belo Monte se transformou. Sabe que é o fim. Tem certeza disso desde o momento em que ouviu a notícia da queda da Fazenda Velha e do desmaio no Santuário. O Beatinho sabe decifrar os símbolos, interpretar a mensagem secreta das coincidências, acidentes, acasos aparentes que passam despercebidos para os outros; tem uma intuição que lhe permite reconhecer instantaneamente, embaixo do inocente e do trivial, a presença profunda do além. Nesse dia estava na igreja de Santo Antônio, rezando o rosário com os feridos, doentes, grávidas e órfãos desse lugar que se transformara em casa de saúde desde o começo da guerra, em voz bem alta para que aquela sofredora população sangrenta, purulenta e quase morta ouvisse as ave-marias e os padre-nossos em meio ao estrépito dos tiros e do bombardeio. E então viu entrarem, ao mesmo tempo, correndo, pulando sobre os corpos amontoados, um párvulo e Alexandrinha Correa. O menino falou primeiro:

— Os cães entraram na Fazenda Velha, Beatinho. João Abade diz que é preciso fazer um muro na esquina da rua dos Mártires, porque agora os ateus têm passagem livre por lá.

E assim que o párvulo deu meia-volta, a antiga fazedora de chuva, com a voz mais alterada que o rosto, sussurrou em seu ouvido outra notícia que ele pressentiu ser muitíssimo mais grave: "O Conselheiro está doente."

Suas pernas tremem, a boca fica ressecada e o peito oprimido, como naquela manhã, há seis, sete, dez dias? Teve que fazer um grande esforço para que seus pés obedecessem e pudesse correr atrás de Alexandrinha Correa. Quando chegou ao Santuário, o Conselheiro já estava deitado no catre, voltara a abrir os olhos e tranquilizava com o olhar as beatas aterrorizadas e o Leão de Natuba. Aconteceu quando ele se levantou, depois de rezar várias horas, como sempre fazia, estendido no chão com os braços em cruz. As beatas, o Leão de Natuba, a mãe Maria Quadrado notaram sua dificuldade para pousar um joelho no chão, com a ajuda de uma das mãos, depois da outra, e viram que ficava pálido com o esforço ou a dor quando ficou em pé. De repente, voltou bruscamente para o solo como um saco de ossos. Nesse momento — há seis, sete, dez dias? — o Beatinho teve a revelação: havia chegado a nona hora.

Por que era tão egoísta? Por que não ficava contente ao ver que o Conselheiro ia descansar, subir para receber sua recompensa pelo que fez nesta Terra? Não deveria, pelo contrário, entoar hosanas? Sim, deveria. Mas não consegue, sua alma está dilacerada. "Vamos ficar órfãos", pensa outra vez. Então nota o barulhinho que vem do catre, que escapa de baixo do Conselheiro. É um barulhinho que não afeta o corpo do santo, mas a mãe Maria Quadrado e as beatas já o cercam, para levantar o hábito, limpá-lo, recolher humildemente aquilo que — pensa o Beatinho — não é excremento, porque o excremento é sujo e impuro, e nada que provenha dele pode sê-lo. Como poderia ser suja, impura, essa aguinha que emana, sem trégua, há seis, sete, dez dias, desse corpo dilacerado? O Conselheiro comeu alguma coisa, por acaso, nestes dias, para que seu organismo tenha impurezas a evacuar? "É a sua essência que jorra ali, é parte da sua alma, algo que está nos deixando." Intuiu no ato, desde o primeiro momento. Havia qualquer coisa de misterioso e sagrado nesses peidos súbitos, entrecortados, prolongados, nesses ataques que pareciam não terminar nunca, sempre acompanhados pela emissão dessa aguinha. Adivinhou: "São óbolos, não excremento." Entendeu claramente que o Pai, ou o Divino Espírito Santo, ou o Bom Jesus, ou Nossa Senhora, ou o próprio Conselheiro queriam submetê-los a uma prova. Com uma feliz inspiração se adiantou, esticou a mão por entre as beatas, molhou os dedos na aguinha e levou-os à boca, salmodiando: "É assim que você quer que seu servo comungue, Pai? Isto para mim não é orvalho?" Todas as beatas do Coro Sagrado também comungaram, como ele.

Por que o Pai o submetia a uma agonia assim? Por que queria que passasse seus últimos momentos defecando, defecando, por mais que fosse um maná o que escorria do seu corpo? O Leão de Natuba, a mãe Maria Quadrado e as beatas não estão entendendo. O Beatinho tenta explicar, prepará-los: "O Pai não quer que ele caia nas mãos dos cães. Se o leva, é para não ser humilhado. Mas também não quer que nós pensemos que o livra da dor, da penitência. Por isso o faz sofrer, antes do prêmio." O padre Joaquim disse que ele fez bem em prepará--los; também receia que a morte do Conselheiro os deixe transtornados, provoque protestos ímpios, reações que não fazem bem à sua alma. O Cão está à espreita, e não perderia uma oportunidade para se apossar dessas presas.

Percebe que o tiroteio recomeçou — forte, intenso, circular — quando abrem o Santuário. Ali está Antônio Vilanova. Com ele vêm João Abade, Pajeú, João Grande, extenuados, suados, cheirando a pólvora, mas com faces radiantes: sabem que falou, está vivo.

— Antônio Vilanova está aqui, pai — diz o Leão de Natuba, erguendo-se nas patas traseiras até a altura do Conselheiro.

O Beatinho para de respirar. Os homens e mulheres que lotam o aposento — estão tão apertados que ninguém pode levantar um braço sem esbarrar no vizinho — perscrutam, ansiosos, a boca sem lábios e sem dentes, a face que parece máscara mortuária. Vai falar, vai falar? Apesar do tiroteio ruidoso, gaguejante, lá fora, o Beatinho escuta outra vez o barulhinho inconfundível. Nem Maria Quadrado nem as beatas vão limpá-lo. Todos ficam imóveis, inclinados sobre o catre, esperando. A superiora do Coro Sagrado encosta a boca na orelha encoberta por mechas grisalhas e repete:

— Antônio Vilanova está aqui, pai.

Há um leve movimento nos olhos e a boca do Conselheiro se entreabre. Nota que ele está fazendo um esforço para falar, que a fraqueza e o sofrimento não lhe permitem emitir os sons e está implorando ao Pai que lhe conceda essa graça, oferecendo-se, em troca, para sofrer qualquer tormento, quando ouve a voz amada, tão fraca que todas as cabeças se aproximam para escutar:

— Está aí, Antônio? Está me ouvindo?

O ex-comerciante cai de joelhos, segura uma das mãos do Conselheiro e a beija com devoção: "Sim, pai, sim, pai." Transpira, inchado, sufocado, trêmulo. Sente inveja do amigo. Por que foi chamado? Por que ele, e não o Beatinho? Logo se arrepende desse pensamento e receia que o Conselheiro os mande embora para falar a sós com ele.

— Saia pelo mundo dando o testemunho, Antônio, e não torne a atravessar o círculo. Fico eu aqui com o rebanho. Você vai para lá. Você é homem do mundo, vá, ensine a somar aqueles que esqueceram o ensinamento. Que o Divino o guie, que o Pai o abençoe.

O ex-comerciante começa a soluçar, com uma expressão que se transforma em careta. "É o testamento dele", pensa o Beatinho. Tem plena consciência da solenidade e da transcendência deste instante. O que está vendo e ouvindo será recordado por anos e séculos, por milhares e milhões de homens de todas as línguas, raças, geografias; será recordado por uma imensa humanidade ainda não nascida. A voz destroçada de Vilanova implora ao Conselheiro que não o mande partir, enquanto beija desesperadamente aquela mão ossuda e morena de unhas compridas. Tem que intervir, lembrar-lhe que neste momento não pode discutir um desejo do Conselheiro. Aproxima-se, põe a mão no ombro do amigo e a pressão afetuosa é o bastante para acalmá-lo. Vilanova o fita com os olhos arrasados pelo choro, implorando-lhe ajuda, explicação. O Conselheiro permanece em silêncio. Ainda ouvirá sua voz? Ouve, duas vezes consecutivas, o barulhinho. Mais de uma vez se perguntou se, toda vez que acontece, o Conselheiro tem cólicas, pontadas, contrações, cãibras, se o Cão morde a sua barriga. Agora sabe que sim. sta ver no seu rosto macilento a careta mínima que acompanha os peidos para saber que eles vêm com fogo e punhais martirizantes.

— Leve também sua família, para não ficar sozinho — sussurra o Conselheiro. — E leve os forasteiros amigos do padre Joaquim. Que cada um ganhe a salvação com seu próprio esforço. Assim como você, filho.

Apesar da atenção hipnótica que presta às palavras do Conselheiro, o Beatinho nota a expressão que contrai o rosto de Pajeú: a cicatriz parece inchada, trincada, e sua boca se abre para perguntar ou, talvez, protestar. É a ideia de que a mulher com quem deseja se casar vá embora de Belo Monte. Maravilhado, o Beatinho entende por que o Conselheiro, neste instante supremo, lembrou-se dos forasteiros que o padre Joaquim protege. Para salvar um apóstolo! Para salvar a alma de Pajeú da perdição que essa mulher talvez pudesse representar! Ou, simplesmente, quer pôr o caboclo à prova? Ou fazê-lo ganhar indulgências com o sofrimento? Pajeú está inexpressivo outra vez, verde-escuro, sereno, quieto, respeitoso, com o chapéu de couro na mão, olhando para o catre.

Agora o Beatinho tem certeza de que a boca não vai se abrir mais. "Só a sua outra boca fala", pensa. Qual é a mensagem desse estômago que se deságua e se desventa há seis, sete, dez dias? Fica angustiado quando pensa que nesses peidos e nessa aguinha há uma mensagem dirigida a ele, e que é capaz de interpretar mal, ou não ouvi-la. Sabe que nada é acidental, a casualidade não existe, que tudo tem um sentido profundo, uma raiz cujas ramificações conduzem sempre ao Pai, e que só alguém suficientemente santo pode vislumbrar essa ordem milagrosa e secreta que Deus instaurou no mundo.

O Conselheiro está mudo outra vez, como se nunca houvesse falado. O padre Joaquim, num ângulo da cabeceira, move os lábios, rezando em silêncio. Os olhos de todos brilham. Ninguém se mexeu, embora todos intuam que o santo já disse o que tinha a dizer. A nona hora. O Beatinho imaginou que se avizinhava desde que o cordeirinho branco morreu, de uma bala perdida, quando, levado por Alexandrinha Correa, acompanhava o Conselheiro na volta ao Santuário depois dos conselhos. Foi uma das últimas vezes que o Conselheiro se afastou do Santuário. "E não se ouvia mais sua voz, já estava no Horto das Oliveiras." Fazendo um esforço sobre-humano, ainda saía do Santuário todas as tardes para subir nos andaimes, rezar e dar conselhos. Mas sua voz era um sussurro só compreensível pelos que estavam ao seu lado. O próprio Beatinho, dentro da parede viva da Guarda Católica, só ouvia palavras soltas. Quando a mãe Maria Quadrado lhe perguntou se queria que enterrassem no Santuário aquele animalzinho santificado por suas carícias, o Conselheiro disse que não e determinou que servisse de alimento para a Guarda Católica.

Nesse momento a mão direita do Conselheiro se mexe, procurando alguma coisa; seus dedos nodosos sobem, caem no colchão de palha, depois se encolhem e se abrem. O que está procurando, o que quer? O Beatinho vê nos olhos de Maria Quadrado, de João Grande, de Pajeú, das beatas, reflexos da sua própria ansiedade.

— Leão, você está aí?

Sente uma punhalada no peito. Daria qualquer coisa para que o Conselheiro pronunciasse o seu nome, para que a mão dele procurasse a sua. O Leão de Natuba se ergue e move a cabeçona cabeluda na direção dessa mão, para beijá-la. Mas a mão não lhe dá tempo, mal sente a proximidade de sua cara sobe por ela com muita rapidez e enfia os dedos na cabeleira embaraçada. As lágrimas não deixam o Beatinho ver o que está acontecendo. Mas não precisa ver, sabe que o Conselheiro está coçando, catando piolhos e acariciando, com suas últimas forças, como o viu fazer ao longo dos anos, a cabeça do Leão de Natuba.

A fúria da explosão que sacode o Santuário obriga-o a fechar os olhos, a se encolher, a levantar as mãos diante do que parece ser uma avalanche de pedras. Cego, ouve o ruído, os gritos, as correrias e se pergunta se não está morto e é a sua alma que está tremendo. Por fim, escuta João Abade: "Caiu o campanário de Santo Antônio." Abre os olhos. O Santuário foi coberto de pó e todos estão em lugares diferentes. Abre passagem até o catre, já sabendo o que o espera. Vislumbra, em meio à poeira, a mão quieta sobre a cabeça do Leão de Natuba, ainda ajoelhado na mesma posição. E vê o padre Joaquim, com a orelha encostada no peito magro. Após um instante, o pároco se levanta, transfigurado:

— Entregou a alma a Deus — balbucia, e para os presentes a frase é mais estrondosa que o barulho de fora.

Ninguém chora em altos brados, ninguém cai de joelhos. Ficam transformados em pedra. Evitam olhar-se mutuamente, como se, ao se encontrarem, seus olhos fossem revelar sujeiras recíprocas, transbordar sobre eles, nesse momento supremo, vergonhas íntimas. Chove poeira do teto, das paredes, e os ouvidos do Beatinho, como se fossem de outra pessoa, continuam ouvindo, lá fora, próximos e muito distantes, berros, choro, correrias, rangidos, desabamentos e os uivos com que os soldados, nas trincheiras das antigas ruas São Pedro e São Cipriano e do velho cemitério, comemoram a queda da torrezinha da igreja que tanto bombardearam. E a mente do Beatinho, como se fosse de outro, imagina as dezenas de homens da Guarda Católica que caíram com o campanário, e as dezenas de feridos, doentes, inválidos, grávidas, recém-nascidos e velhos centenários que devem estar, neste momento, esmagados, quebrados, triturados sob os tijolos crus, as pedras e as vigas, mortos, agora redimidos, corpos gloriosos subindo a escadaria dourada dos mártires rumo ao trono do Pai, ou, talvez, ainda agonizando, em meio a terríveis dores entre os escombros fumegantes. Mas, na verdade, o Beatinho não ouve, não vê, não pensa: o mundo se esvaziou, ele está sem carne, sem ossos, é uma pena desamparada flutuando nos redemoinhos de um precipício. Vê, como se visse com os olhos de outro, que o padre Joaquim tira a mão do Conselheiro das madeixas do Leão de Natuba e a põe junto à outra, em cima do corpo. Então o Beatinho começa a falar, com a mesma entonação grave, funda, com que salmodia na igreja e nas procissões:

— Vamos levá-lo para o Templo que mandou construir e lá o velaremos durante três dias e três noites, para que todos os homens e mulheres possam adorá-lo. E o levaremos em procissão por todas as casas e ruas de Belo Monte para que, pela última vez, seu corpo purifique a cidade da ignomínia do Cão. E o enterraremos no altar-mor do Templo do Bom Jesus e fincaremos sobre a sua sepultura a cruz de madeira que ele fabricou no deserto, com as próprias mãos.

Faz devotamente o sinal da cruz e todos o imitam, sem tirar os olhos do catre. Os primeiros soluços que o Beatinho ouve são do Leão de Natuba; seu corpinho corcunda e assimétrico se contorce inteiro com o choro. O Beatinho se ajoelha e todos o acompanham; agora pode ouvir outros soluços. Mas é a voz do padre Joaquim, rezando em latim, que toma conta do Santuário, e durante um bom tempo abafa os ruídos de fora. Enquanto reza, de mãos juntas, voltando lentamente a si, recuperando seus ouvidos, seus olhos, seu corpo, a vida terrena que parecia ter perdido, o Beatinho sente aquele infinito desespero que não sentia desde que, na infância, ouviu o padre Moraes dizer que ele não podia ser sacerdote porque era filho espúrio. "Por que nos abandona neste momento, pai?" "O que vamos fazer sem você, pai?" Lembra o arame que o Conselheiro pôs na sua cintura, em Pombal, e que ele conserva no lugar, enferrujado e torcido, já carne da sua carne, e diz para si mesmo que agora é uma relíquia preciosa, como tudo o que o santo tocou, vestiu ou disse em sua passagem pela Terra.

— Não podemos, Beatinho — afirma João Abade.

O Comandante da Rua, ajoelhado ao seu lado, tem os olhos injetados e a voz alterada. Mas há uma segurança categórica no que diz:

— Não podemos levar o corpo para o Templo do Bom Jesus nem enterrá-lo como você quer. Não podemos fazer isso com as pessoas, Beatinho! Quer cravar uma faca nas costas dessa gente? Vai lhes dizer que morreu o homem por quem estão lutando, sem balas nem comida? Vai fazer uma crueldade dessas? Não seria pior que as maldades dos maçons?

— Tem razão, Beatinho — diz Pajeú. — Não podemos dizer que ele morreu. Não agora, não neste momento. Iria tudo por água abaixo, seria uma debandada, a loucura desse povo. Temos que esconder, se quisermos que continuem lutando.

— Não é só por isso — diz João Grande, e esta é a voz que mais o espanta, pois desde quando abre a boca para opinar esse gigantão tímido de quem sempre foi preciso arrancar as palavras à força? — Os cães não vão procurar seus restos com todo o ódio do mundo, para desonrá-los? Ninguém deve saber onde está enterrado. Você quer que os hereges encontrem o corpo, Beatinho?

O Beatinho sente bater os dentes, como se estivesse com febre. Certo, certo, em seu ímpeto de prestar uma homenagem ao mestre amado, de fazer um velório e um enterro à altura de sua majestade, esqueceu que os cães estão a poucos passos e que, de fato, eles se encarniçariam como lobos vorazes contra os seus despojos. Pronto, já entendeu — é como se o teto se abrisse e uma luz enceguecedora, com o Divino no centro, agora o iluminasse — por que o Pai levou-o exatamente neste momento e qual é a obrigação dos apóstolos: preservar seus restos, impedir que o Demônio os macule.

— Certo, certo — exclama, veemente, compungido. — Desculpem, a dor me deixou desorientado, talvez o Maligno. Agora entendo, agora sei. Não vamos dizer que ele morreu. Vamos velá-lo aqui, enterrar seu corpo aqui. Cavaremos sua sepultura e ninguém, exceto nós, vai saber o lugar. Esta é a vontade do Pai.

Há poucos instantes estava ressentido com João Abade, Pajeú e João Grande por terem se oposto à cerimônia fúnebre e agora, pelo contrário, está grato a eles porque ajudaram a decifrar a mensagem. Miúdo, frágil, instável, cheio de energia, impaciente, ele se movimenta entre as beatas e os apóstolos, empurrando-os, exortando-os a parar de chorar, a vencer essa paralisia que é uma armadilha do Demônio, implorando que se levantem, ajam, tragam picaretas, enxadas, para cavar. "Não temos tempo, não temos tempo", assusta-os.

E assim consegue contagiá-los: os homens se levantam, enxugam os olhos, animam-se, trocam olhares, concordam, colocam-se ombro a ombro. É João Abade, com o senso prático que nunca o abandona, quem inventa a mentira piedosa para os homens dos parapeitos que protegem o Santuário: vão abrir, como se fez em tantas casas de Belo Monte, um desses túneis que interligam as trincheiras e as moradias, para usar caso os cães bloqueiem o Santuário. João Grande sai e volta com umas pás. Começam imediatamente a cavar, ao lado do catre. E continuam cavando, de quatro em quatro, revezando-se várias vezes, e voltando, quando deixam as pás, a ajoelhar-se e rezar. Assim continuam durante várias horas, sem notar que já escureceu, que a Mãe dos Homens acende uma lamparina de óleo, e que, lá fora, o tiroteio, os gritos de ódio ou de vitória recomeçaram, depois se interromperam e mais tarde voltaram a começar. Toda vez que alguém pergunta, junto à pirâmide de terra que foi crescendo enquanto o buraco aumentava, o Beatinho diz: "Mais fundo, mais fundo."

Quando a inspiração lhe diz que já é suficiente, todos, a começar por ele mesmo, estão exaustos, com o cabelo e a pele enlameados, cheios de terra. Nos instantes seguintes o Beatinho tem a sensação de viver um sonho, quando, segurando ele a cabeça, a mãe Maria Quadrado uma das pernas, Pajeú a outra, João Grande um dos braços e o padre Joaquim o outro, levantam o corpo do Conselheiro para que as beatas possam pôr embaixo dele a esteira de palha que vai ser o seu sudário. Quando descem o corpo, Maria Quadrado põe sobre seu peito o crucifixo de metal, único objeto que decorava as paredes do Santuário, e o rosário de contas escuras que o acompanhava desde que o conheceram. Tornam a erguer os restos, envoltos na esteira, e João Abade e Pajeú os recebem no fundo do buraco. Enquanto o padre Joaquim ora em latim, todos voltam a trabalhar em turnos, acompanhando as pazadas de terra com preces. Imerso na estranha sensação de sonho, que a luz rançosa estimula, o Beatinho vê que até o Leão de Natuba, pulando entre as pernas dos outros, ajuda a preencher a cova. Enquanto trabalha, esquece a própria tristeza. Pensa que este velório humilde e esta sepultura pobre, sobre a qual não haverá inscrição nem cruz, são coisas que o homem pobre e humilde que o Conselheiro foi em vida certamente pediria. Mas quando tudo termina e o Santuário fica como antes — com o catre vazio —, o Beatinho chora. Em meio ao seu pranto, sente que os outros também choram. Após algum tempo se refaz. Em voz baixa, pede a todos que jurem, pela saúde de suas almas, que nunca revelarão, nem sob a pior tortura, o lugar onde o Conselheiro descansa. Faz os presentes jurarem, um por um.

Abriu os olhos e continuava feliz, como na noite passada, na véspera e na antevéspera, sucessão de dias que se confundiam até a tarde em que, quando já o imaginava enterrado embaixo dos escombros do armazém, encontrou o jornalista míope na porta do Santuário, jogou-se nos seus braços, ouviu-o dizer que a amava e disse a ele que também o amava. Era verdade, ou, em todo caso, passou a ser desde que falou. E, a partir desse momento, apesar da guerra que se fechava à sua volta e da fome e da sede que matavam mais gente que as balas, Jurema era feliz. Mais feliz que nunca, mais que em seu casamento com Rufino, mais que na sua confortável infância à sombra da baronesa Estela, em Calumbi. Tinha vontade de jogar-se aos pés do santo e agradecer pelo que houve em sua vida.

Soavam tiros por perto — ela ouvira os estouros, em sonhos, durante toda a noite —, mas não ouvia qualquer vaivém na ruazinha do Menino Jesus, nem as correrias com gritos, nem o frenético movimento de empilhar pedras e sacos de areia, abrir valas e derrubar tetos e paredes para construir parapeitos, mais frequentes, nestas últimas semanas, à medida que Canudos encolhia e recuava por todos os lados, atrás de barricadas e trincheiras sucessivas, concêntricas, e os soldados capturavam casas, ruas, esquinas, e o cerco se aproximava das igrejas e do Santuário. Mas nada disso lhe interessava: era feliz.

Foi o Anão quem descobriu que ficara sem dono aquela casinha de estacas, enfiada entre outras maiores, na ruela do Menino Jesus, que ligava a Campo Grande, onde agora havia uma barricada tripla cheia de jagunços, comandada pelo próprio João Abade, e a sinuosa rua da Mãe Igreja, transformada, na apertada Canudos desses dias, em fronteira norte da cidade. Para aquele setor também tinham recuado os negros do Mocambo, já capturado, e os poucos cariris de Mirandela e Rodelas que não tinham morrido. Índios e negros conviviam agora, nos fossos e parapeitos da rua da Mãe Igreja, com os jagunços de Pedrão que, por sua vez, tinham recuado para lá depois de enfrentar os soldados em Cocorobó, Trabubu e nos currais e estábulos dos arredores. Quando Jurema, o Anão e o jornalista míope foram se instalar na casinha, encontraram um velho estatelado sobre um mosquetão, morto, no fosso cavado no único quarto. Mas também acharam um saco de farinha e um pote de mel de abelhas, que fizeram durar avaramente. Só saíam para arrastar cadáveres até uns buracos transformados em ossários por Antônio Vilanova ou para ajudar a fazer barricadas e valados, operação que ocupava mais tempo de todos que a própria guerra. Cavaram tantos fossos, dentro e fora das casas, que, praticamente, era possível circular por tudo o que restava de Belo Monte — de uma casa para outra, de uma rua para outra — sem subir à superfície, como as lagartixas e as toupeiras.

O Anão se mexeu às suas costas. Perguntou se ele estava acordado. Ele não respondeu e, um instante depois, ouviu-o roncar. Dormiam os três apertados um contra o outro, no fosso estreito, onde mal cabiam. E não apenas por causa das balas que atravessavam sem dificuldade as paredes de estacas e barro, mas, também, porque à noite a temperatura descia e seus corpos, enfraquecidos pelo jejum forçado, tremiam de frio. Jurema examinou o rosto do jornalista míope, que dormia encostado no seu peito. Estava com a boca entreaberta e um fiozinho de saliva, transparente e fino como uma teia de aranha, caía do seu lábio. Pôs a boca e, com delicadeza, para não acordá-lo, sorveu o fiozinho de saliva. O jornalista míope estava com o rosto sereno, numa expressão que nunca fazia acordado. Pensou: "Agora não tem medo." Pensou: "Coitadinho, coitadinho, se eu pudesse acabar com seu medo, fazer alguma coisa para que não se assuste mais." Porque ele tinha confessado que, mesmo nos momentos em que era feliz com ela, o medo estava sempre lá, como um peso em seu coração, atormentando-o. Embora agora o amasse como uma mulher ama um homem, embora tivesse sido sua como uma mulher é do seu marido ou amante, Jurema continuava cuidando dele, mimando-o, brincando mentalmente com ele como uma mãe brinca com seu filho.

Uma das pernas do jornalista míope se esticou e, pressionando um pouco, colocou-se entre as suas. Imóvel, sentindo uma onda de calor no rosto, Jurema imaginou que nesse mesmo instante ele a estava desejando e que, à plena luz, como fazia no escuro, ia desabotoar a calça, levantar sua saia e ajeitá-la para penetrar em seu corpo, gozar com ela e fazê-la gozar. Uma vibração a percorreu da cabeça aos pés. Fechou os olhos e permaneceu quieta, tentando ouvir os tiros, lembrar a guerra tão próxima, pensando nas Sardelinhas e em Catarina e nas outras mulheres que gastavam suas últimas forças cuidando dos feridos, doentes e recém-nascidos nas duas últimas casas de saúde, e nos velhinhos que transportavam mortos para o ossário o dia inteiro. Desse modo, conseguiu que aquela sensação, tão nova em sua vida, amainasse. Tinha perdido a vergonha. Não apenas fazia coisas que eram pecado: pensava em fazê-las, desejava fazê-las. "Estou louca?", pensou. "Possuída?" Agora, que ia morrer, cometia pecados com o corpo e com o pensamento que nunca cometera. Porque, apesar de ter sido antes de dois homens, só agora descobria que o corpo também podia ser feliz, nos braços deste ser que o acaso e a guerra (ou o Cão?) puseram em seu caminho. Agora sabia que o amor também era uma exaltação da pele, um ofuscamento dos sentidos, uma vertigem que parecia completá-la. Apertou-se contra o homem que dormia junto a ela, juntou seu corpo ao dele o mais que pôde. Às suas costas, o Anão tornou a se mexer. Sentiu-o, miúdo, encolhido, buscando o seu calor.

Sim, tinha perdido a vergonha. Se alguém alguma vez lhe dissesse que um dia dormiria assim, apertada entre estes homens, mesmo que um deles fosse anão, ficaria espantada. Se alguém lhe dissesse que um homem com quem não era casada levantaria sua saia e a possuiria na frente de outro homem que permanecia ali, ao seu lado, dormindo ou fingindo que dormia, enquanto eles gozavam e se diziam, boca contra boca, que se amavam, Jurema ficaria horrorizada, taparia os ouvidos. E, no entanto, acontecia toda noite, desde aquela tarde, e, em vez de ficar envergonhada e assustada, achava natural e se sentia feliz.

Na primeira noite, ao ver que os dois se abraçavam e beijavam como se estivessem sozinhos no mundo, o Anão perguntou se queriam que fosse embora. Não, não, ele continuava sendo tão necessário e querido para os dois como antes. E era verdade.

O tiroteio aumentou de repente e, durante alguns segundos, era como se ocorresse dentro da casa, sobre suas cabeças. O fosso se encheu de terra e pólvora. Encolhida, de olhos fechados, Jurema esperou, esperou o tiro, a descarga, a pancada, o desabamento. Mas, pouco depois, os disparos tinham se afastado. Quando reabriu as pálpebras, encontrou aquele olhar branco e aquoso que parecia resvalar sobre ela. O coitadinho tinha acordado e estava outra vez morto de medo.

"Pensei que fosse um pesadelo", disse o Anão às suas costas. Levantou-se e pôs a cabeça para fora do fosso. Jurema também espiou, ajoelhada, enquanto o jornalista míope permanecia deitado. Muita gente corria pela rua Menino Jesus até a Campo Grande.

— O que foi, o que foi? — ouviu, aos seus pés. — O que estão vendo?

— Muitos jagunços — o Anão se antecipou. — Vêm do lado de Pedrão.

E então a porta se abriu e Jurema viu um grupo de homens na soleira. Um deles era o jagunço novinho que vira nas encostas do Cocorobó, no dia que os soldados chegaram.

— Venham, venham — gritou, com um vozeirão que sobressaía em pleno tiroteio: — Venham ajudar.

Jurema e o Anão apoiaram o jornalista míope ao sair do fosso e o guiaram pela rua. Ela estava acostumada, desde sempre, a fazer automaticamente as coisas que alguém com autoridade ou poder lhe dizia que fizesse, de modo que não se incomodava, em casos como aquele, em sair da passividade e trabalhar, ombro a ombro, com aquela gente, no que fosse, sem perguntar o que estavam fazendo nem por quê. Mas, com este homem com quem corria pelo beco do Menino Jesus, tudo mudou. Ele queria saber o que estava acontecendo, à direita e à esquerda, adiante e atrás, por que faziam e diziam as coisas, e era ela quem precisava indagar para satisfazer a sua curiosidade, tão devoradora quanto o seu medo. O jagunço novinho de Cocorobó explicou que os cães estavam atacando as trincheiras do cemitério desde a madrugada. Desfecharam dois assaltos e, mesmo sem chegar a ocupá-las, tomaram a esquina do Batista, aproximando-se assim, por trás, do Templo do Bom Jesus. João Abade decidiu fazer uma nova barricada, entre as trincheiras do cemitério e as igrejas, para o caso de Pajeú ver-se obrigado a recuar outra vez. Para isso estavam recrutando gente, para isso vieram eles, que estavam com Pedrão nas trincheiras da Mãe Igreja. O jagunço novinho ia na frente, apressando o grupo. Jurema ouvia o jornalista míope resfolegar e o via tropeçando nas pedras e buracos da Campo Grande, certa de que, como ela, neste momento estava pensando em Pajeú. Agora, sim, iam encontrá-lo. Sentiu que o jornalista míope apertava sua mão, e devolveu a pressão.

Não voltara a ver Pajeú desde a tarde em que descobriu a felicidade. Mas ela e o jornalista míope tinham falado muito do caboclo de cara cortada, que ambos sabiam que era uma ameaça mais grave para o seu amor que os próprios soldados. Desde aquela tarde, ficaram se escondendo em refúgios ao norte de Canudos, a zona mais afastada da Fazenda Velha; o Anão fazia incursões para saber de Pajeú. Na manhã que o Anão — estavam debaixo de um telheiro de latas, no beco de Santo Elói, atrás do Mocambo — veio lhes contar que o Exército estava atacando a Fazenda Velha, Jurema disse ao jornalista míope que o caboclo ia defender suas trincheiras até que o matassem. Mas nessa mesma noite souberam que Pajeú e os sobreviventes da Fazenda Velha estavam nas trincheiras do cemitério, agora prestes a cair. Tinha chegado, então, a hora de enfrentar Pajeú. Nem mesmo este pensamento privou-a daquela felicidade que agora passara a ser, como os ossos e a pele, parte de seu corpo.

A felicidade a salvava, como a miopia e o medo salvavam o homem que puxava pela mão, e como a fé, o fatalismo ou o costume salvavam os que ainda tinham forças e também vinham, correndo, mancando, andando, ajudar a fazer essa barricada, de ver o que estava acontecendo à sua volta, de refletir e tirar as conclusões que o senso comum, a razão ou o simples instinto tirariam desse espetáculo: aquelas ruazinhas, outrora de terra e cascalho, eram agora aclives esburacados pelos obuses, salpicados de restos das coisas fulminadas pelas bombas ou demolidas pelos jagunços para fazer parapeitos, e aqueles seres jogados no chão que a duras penas podiam ser chamados de homens ou mulheres, porque já não havia traços em seus rostos, luz em seus olhos nem força em seus músculos, mas que, por algum perverso absurdo, ainda estavam vivos. Jurema os via e não se dava conta de que estavam lá, já confundidos com os cadáveres que os velhos não tiveram tempo de levar e que só se diferenciavam deles pelo número de moscas que os cobria e o grau de pestilência que exalavam. Via e não via os urubus que revoavam sobre eles e, às vezes, também caíam mortos pelas balas, e aquelas crianças que, com aspecto de sonâmbulos, escavavam as ruínas ou mastigavam terra. Foi uma longa corrida e, quando pararam, teve que fechar os olhos e apoiar-se no jornalista míope até que o mundo deixasse de girar.

    O jornalista perguntou onde estavam. Jurema custou a descobrir que aquele irreconhecível lugar era o beco de São João, pequena passagem entre as casinhas apinhadas em torno do cemitério e atrás do Templo em construção. Tudo era escombros, fossos, e uma multidão se agitava, cavando, enchendo sacos, latas, caixas, barris e tonéis com terra e areia, e arrastando tábuas, telhas, tijolos, pedras, adobes e até esqueletos de animais para a barricada que se erguia onde, antes, uma cerca de estacas delimitava o cemitério. O tiroteio havia parado, ou então os ouvidos de Jurema, ensurdecidos, já não o distinguiam dos outros ruídos. Estava dizendo ao jornalista míope que Pajeú não estava lá, mas Antônio e Honório Vilanova sim, quando um homem caolho perguntou, rugindo, o que estavam esperando. O jornalista míope deixou-se cair no chão e começou a cavar. Jurema deu-lhe um pedaço de ferro para que pudesse trabalhar melhor. E ela, então, mais uma vez, entrou na rotina de encher recipientes, levá-los aonde lhe diziam, ou demolir paredes para juntar pedras, tijolos, telhas e tábuas que iriam reforçar essa barricada já bastante comprida e alta, de vários metros. De quando em quando ia até onde o jornalista míope estava, juntando areia e cascalho, para que ele soubesse que andava por perto. Não notava que, atrás da espessa barreira, o tiroteio renascia, diminuía, parava e ressuscitava e que, vez por outra, grupos de velhos passavam com feridos em direção às igrejas.

    A certa altura, umas mulheres, entre as quais reconheceu Catarina, a mulher de João Abade, deram-lhe uns ossos de galinha com restos de pele para roer e uma cabaça de água. Foi dividir esse presente com o jornalista e o Anão, mas os dois também tinham recebido rações parecidas. Comeram e beberam juntos, felizes, surpresos com aquele manjar. Porque o alimento tinha acabado há vários dias e todos sabiam que as poucas sobras eram reservadas para os homens que ficavam dia e noite nas trincheiras e nas torres com as mãos queimadas de pólvora e os dedos calejados de tanto atirar.

    Estava recomeçando a trabalhar, depois da pausa, quando olhou para a torre do Templo do Bom Jesus e alguma coisa a obrigou a continuar olhando. Abaixo das cabeças dos jagunços e dos canos de fuzis e escopetas que sobressaíam dos parapeitos, no teto e nos andaimes, uma figurinha de gnomo, meio menino meio adulto, estava pendurada, numa posição absurda, na escadinha que levava ao campanário. Reconheceu-o: era o sineiro, o velhinho que cuidava das igrejas, o porteiro e mordomo do culto, aquele que, diziam, chicoteava o Beatinho. Ele continuava subindo, pontualmente, ao campanário, todas as tardes, para tocar os sinos da Ave-Maria, depois dos quais, com guerra ou sem guerra, toda Belo Monte rezava o rosário. Fora morto na véspera, sem dúvida, depois de repicar os sinos, pois Jurema tinha certeza de tê-los ouvido. Na certa uma bala o atingiu, ele ficou preso na escadinha e ninguém teve tempo de tirá-lo.

— Era do meu povoado — disse uma mulher que cavava ao seu lado, apontando a torre. — Chorrochó. Era carpinteiro, lá, quando o anjo tocou nele.

Voltou ao trabalho, esquecendo do sineiro e de si mesma, e assim passou a tarde, indo de quando em quando falar com o jornalista. Quando o sol caiu, viu os irmãos Vilanova correndo para o Santuário e ouviu dizer que também tinham ido para lá, de diferentes direções, Pajeú, João Grande e João Abade. Alguma coisa ia acontecer.

Pouco depois, estava inclinada, falando com o jornalista míope, quando uma força invisível a obrigou a ajoelhar-se, ficar em silêncio, apoiar-se nele. "O que foi, o que foi?", perguntou o homem, segurando-a pelo ombro, apalpando-a. E ouviu que ele gritava: "Feriram você, está ferida?" Mas não fora atingida por bala alguma. Simplesmente, todas as forças fugiram do seu corpo. Sentia-se vazia, sem ânimo para abrir a boca ou mexer um dedo e, embora visse acima do seu rosto a cara do homem que lhe dera a felicidade, seus olhos líquidos arregalados e piscando para vê-la, e percebesse que estava assustado, e sentisse que precisava acalmá-lo, não podia. Tudo era distante, estranho, fictício, e o Anão estava ali, tocando-a, acariciando-a, esfregando-lhe as mãos, a testa, alisando seus cabelos, e até achou que ele também, como fazia o jornalista míope, beijava suas mãos, suas bochechas. Não ia fechar os olhos, porque morreria se fizesse isso, mas chegou um momento em que não conseguiu mais mantê-los abertos.

Quando os abriu, já não sentia tanto frio. Era noite: o céu estava cheio de estrelas; havia lua cheia, ela se apoiava no corpo do jornalista míope — cujo cheiro, magreza, som, reconheceu imediatamente — e ali estava o Anão, ainda esfregando as suas mãos. Aturdida, percebeu a alegria dos dois homens quando a viram acordada e sentiu-se abraçada e beijada por eles, de tal modo que seus olhos se encheram de lágrimas. Estava ferida, doente? Não, foi o cansaço, por ter trabalhado tanto tempo. Não se encontrava mais no mesmo lugar. Enquanto estava desmaiada, o tiroteio aumentou de repente e os jagunços das trincheiras do cemitério surgiram, correndo. O Anão e o jornalista tiveram que trazê-la até esta esquina para que não fosse pisoteada. Mas os soldados não conseguiram passar pela barricada construída na rua São João. Foram contidos pelos que tinham fugido do cemitério e muitos outros jagunços, que vieram das igrejas. Ouviu o míope dizendo que a amava e nesse momento o mundo explodiu em pedaços. Seu nariz e seus olhos ficaram cheios de terra, sentiu-se golpeada e esmagada, pois a força do impacto jogou o jornalista e o Anão contra ela. Mas não teve medo; encolheu-se sob os corpos que a cobriam e fez um esforço para articular os sons necessários para indagar se eles estavam a salvo. Sim, somente machucados pela chuva de pedrinhas, resíduos e estilhaços que a explosão espalhou. Uma gritaria confusa, enlouquecida, multitudinária, dissonante, incompreensível arrepiava a escuridão. O míope e o Anão se levantaram e a ajudaram a sentar-se, e os três se espremeram contra a única parede que continuava em pé naquela esquina. O que houve, o que estava acontecendo?

Corriam sombras em todas as direções, gritos espantosos rasgavam o espaço, porém o mais estranho, para Jurema, que tinha dobrado as pernas e encostara a cabeça no ombro do jornalista míope, era que, além de choros, rugidos, gemidos, lamentos, estava ouvindo risos, gargalhadas, vivas, cantos e, agora, um só canto, vibrante, marcial, entoado estrondosamente por centenas de gargantas.

— A igreja de Santo Antônio — disse o Anão. — Acertaram, derrubaram a igreja.

Foi olhar e, na tênue luminosidade da lua, lá em cima, onde se dissipava, empurrada por uma brisa que vinha do rio, a fumaça que a ocultara, viu a silhueta maciça, imponente, do Templo do Bom Jesus, mas não a do campanário e do teto de Santo Antônio. Aquele tinha sido o estrondo. Os gritos e prantos eram dos que caíram junto com a igreja, dos que a igreja tinha esmagado e, mesmo assim, não morreram. O jornalista míope, sem deixar de abraçá-la, perguntava aos gritos o que estava acontecendo, o que eram aqueles risos e cantos, e o Anão disse que eram os soldados, loucos de alegria. Os soldados! As vozes, o canto dos soldados! Como podiam estar tão perto? As exclamações de triunfo se confundiam em seus ouvidos com os ais e pareciam ainda mais próximas que estes. Do outro lado desta barricada que tinha ajudado a construir, havia uma multidão de soldados, cantando, pronta para cruzar os poucos passos que os separavam deles três. "Pai", rezou, "só peço que nos matem juntos".

Mas, curiosamente, a queda de Santo Antônio, em vez de atiçar a guerra, pareceu interrompê-la. Pouco a pouco, sem sair do lugar, ouviram os gritos de dor e de triunfo diminuírem e, em seguida, um silêncio que não reinava há muitas noites. Não se escutavam tiros nem bombas, apenas choros e gemidos isolados, como se os combatentes tivessem estabelecido uma trégua para descansar. Às vezes tinha a impressão de ter adormecido e, quando acordava, não sabia se havia passado um segundo ou uma hora. E, toda vez, continuava no mesmo lugar, protegida entre o jornalista míope e o Anão.

Numa dessas vezes viu um jagunço da Guarda Católica despedindo-se deles. O que queria? O padre Joaquim mandara chamá-los. "Eu disse que você não podia se mexer", murmurou o míope. Pouco depois, correndo na escuridão, apareceu o padre de Cumbe. "Por que não vieram?", ouviu-o dizer, de um jeito estranho, e pensou: "Pajeú."

— Jurema está esgotada — ouviu o jornalista míope dizer. — Desmaiou várias vezes.

— Vai ter que ficar, então — respondeu o padre Joaquim, com a mesma voz estranha, não furiosa, mas sim alquebrada, desanimada, entristecida. — Vocês dois, venham comigo.

— Ficar? — ouviu o jornalista míope murmurar, sentindo que ficava tenso e imóvel.

— Silêncio — ordenou o padre. E sussurrou: — Você não queria tanto ir embora? Vai ter sua oportunidade. Mas nem uma palavra. Vamos.

O padre Joaquim começou a andar. Ela foi a primeira a levantar-se, já recuperada, interrompendo assim o gaguejar do jornalista: — "Jurema não pode, eu, eu..." — e demonstrando que podia, sim, que estava lá, caminhando atrás da sombra do padre. Segundos depois estava correndo, de mãos dadas com o míope e com o Anão, entre as ruínas e os mortos e feridos da igreja de Santo Antônio, ainda sem acreditar no que tinha ouvido.

Percebeu que estavam se dirigindo ao Santuário, por entre um labirinto de galerias e parapeitos cheios de homens armados. Abriu-se uma porta e viu, à luz de uma lamparina, Pajeú. Na certa pronunciou o seu nome, alertando o jornalista míope, pois este, no mesmo instante, explodiu em espirros que o dobraram em dois. Mas não foi por causa do caboclo que o padre Joaquim os trouxera aqui, pois Pajeú não lhes prestava a atenção. Nem olhava para eles. Estavam no quartinho das beatas, a sala de espera do Conselheiro, e, pelas frestas, Jurema via, ajoelhadas, o Coro Sagrado e a mãe Maria Quadrado, e os perfis do Beatinho e do Leão de Natuba. No estreito recinto, além de Pajeú, estavam Antônio e Honório Vilanova e as Sardelinhas e em todos os rostos, assim como na voz do padre Joaquim, havia algo inusitado, irremediável, fatídico, desesperado e selvagem. Como se eles não houvessem entrado, como se não estivessem ali, Pajeú continuava falando com Antônio Vilanova: iam ouvir tiros, confusão, luta, mas não deveriam sair. Até que tocassem os apitos. Aí, sim: era hora de correr, de voar, de escapulir feito raposas. O caboclo fez uma pausa e Antônio Vilanova assentiu, fúnebre. Pajeú voltou a falar: "Não parem de correr por motivo algum. Nem para buscar quem tiver caído, nem para voltar atrás. Depende disso, e do Pai. Se vocês chegarem ao rio antes que eles percebam, vão conseguir passar. Pelo menos, têm uma chance."

— Mas você não tem nenhuma de sair de lá, nem você nem os outros que entrarem no acampamento dos cães — gemeu Antônio Vilanova. Estava chorando. Segurou o caboclo pelos braços e implorou: — Não quero sair de Belo Monte, e muito menos à custa do seu sacrifício. Você faz mais falta que eu. Pajeú, Pajeú!

O caboclo soltou-se das suas mãos com uma pontada de contrariedade.

— Tem que ser antes de clarear — disse, secamente. — Depois não será possível.

Virou-se para Jurema, o míope e o Anão, que continuavam petrificados.

— Vocês vão também, porque é a vontade do Conselheiro — disse, como se falasse, através dos três, com alguém que não podiam ver. — Primeiro até a Fazenda Velha, agachados, em fila. E, onde os párvulos disserem, fiquem parados esperando os apitos. Têm que atravessar o acampamento, correr até o rio. E vão passar, se o Pai permitir.

Calou-se e olhou para o míope que, tremendo feito vara verde, abraçava Jurema.

— Espirre agora — disse, sem alterar o tom da voz. — Não depois. Não quando estiverem esperando os apitos. Se espirrar lá, vão lhe enfiar uma faca no coração. Não seria justo que todos caíssem por causa dos seus espirros. Louvado seja o Bom Jesus Conselheiro.

* * *

Quando os escuta, o soldado Queluz está sonhando com o ordenança do capitão Oliveira, um soldado pálido e novinho que ele vem rondando há algum tempo e que esta manhã viu cagando, de cócoras atrás de um montinho de pedras, junto às aguadas do Vaza-Barris. Conserva, intacta, a imagem daquelas pernas imberbes e daquelas nádegas brancas que entreviu, suspensas no ar da madrugada, como um convite. É tão nítida, consistente, viva, que o pau do soldado Queluz endurece, inchando seu uniforme e acordando-o. O desejo é tão imperioso que, embora as vozes continuem ali perto e não haja mais remédio senão admitir que são de traidores e não de patriotas, seu primeiro movimento não é pegar o fuzil, e sim pôr as mãos na virilha para acariciar o pau inflamado pela lembrança das nádegas redondas do ordenança do capitão Oliveira. De repente percebe que está sozinho, no meio de um descampado, ao lado de inimigos, acorda de vez e permanece rígido, com o sangue congelando nas veias. E o Leopoldinho? Mataram Leopoldinho? Mataram: ouviu, claramente, que a sentinela não conseguiu dar um grito, nem soube que o matavam. Leopoldinho é o soldado com quem divide o serviço, nesse terreno entre a Favela e o Vaza-Barris onde está o Quinto Regimento de Infantaria, o bom companheiro com quem se reveza para dormir, tornando as guardas mais suportáveis.

— Muito, muito barulho, para que pensem que somos numerosos — diz o homem que comanda. — E, acima de tudo, é preciso que fiquem aturdidos, sem tempo nem vontade de olhar para o rio.

— Ou seja, fazer um grande estardalhaço, Pajeú — diz outro.

Queluz pensa: "Pajeú." Pajeú está aí. Deitado no meio do campo, rodeado de jagunços que, se o descobrirem, podem acabar com ele num abrir e fechar de olhos, ao saber que nessas sombras, ao seu alcance, está um dos bandidos mais ferozes de Canudos, uma presa maior, Queluz sente um impulso que quase o faz levantar-se, pegar o fuzil e fulminar o monstro. Ganharia a admiração do mundo, do coronel Medeiros, do general Oscar. Receberia as insígnias de cabo que estão lhe devendo. Porque, embora já tivesse direito à promoção há vários anos, tanto por tempo de serviço como por comportamento em ação, sempre o deixam para trás com o pretexto estúpido de que foi punido muitas vezes por induzir recrutas a cometerem com ele aquilo que o padre Lizzardo chama de "pecado nefando". Vira a cabeça e, na clara luminosidade da noite, vê as silhuetas: vinte, trinta. Como não pisaram nele? Por que milagre não o viram? Mexendo só os olhos, tenta reconhecer, entre os rostos imprecisos, a famosa cicatriz. É Pajeú quem está falando, tem certeza, está lembrando aos outros que, antes dos fuzis, devem usar os cartuchos, porque o dinamite faz mais barulho, e que ninguém deve tocar os apitos antes dele. Ouve como se despede de um jeito engraçado: Louvado seja o Bom Jesus Conselheiro. O grupo se desfaz em sombras que desaparecem na direção do regimento.

Não hesita mais. Levanta-se, pega o fuzil, engatilha, aponta para o lado por onde os jagunços se afastam e atira. Mas o gatilho não se mexe, mesmo quando o aperta com toda a força. Prague ja, cospe, treme de cólera pela morte do seu companheiro e, enquanto murmura "Leopoldinho, você está aí?", volta a engatilhar a arma e tenta outra vez atirar para alertar o regimento. Está sacudindo o fuzil para obrigá-lo a ser razoável, para que entenda que não pode engasgar agora, quando escuta várias explosões. Pronto, já entraram no acampamento. A culpa é sua. Já estão explodindo cartuchos de dinamite em cima dos companheiros adormecidos. Pronto, os filhos da puta, os malditos estão fazendo uma carnificina com seus companheiros. E a culpa é toda sua.

Confuso, enfurecido, não sabe o que fazer. Como puderam chegar até aqui sem serem descobertos? Porque, não há dúvida, estando Pajeú entre eles, esses homens saíram de Canudos e atravessaram as trincheiras dos patriotas para chegar até aqui e atacar o acampamento pelas costas. O que leva Pajeú a se infiltrar com vinte ou trinta homens num acampamento de quinhentos? Agora, em todo o setor ocupado pelo Quinto Regimento de Infantaria, há estrépito, movimento, tiros. Sente desespero. O que vai ser dele? O que pode dizer quando lhe perguntarem por que não deu o alerta, por que não atirou, gritou ou coisa assim quando mataram Leopoldinho? Quem o salva de uma nova sessão de chicotadas?

Aperta o fuzil, cego de raiva, e o tiro escapa. Roça no seu nariz, deixando um relento quente de pólvora. O fato de ver sua arma funcionar o deixa mais animado, recupera o otimismo que, ao contrário de tantos outros, não havia perdido nestes meses, nem mesmo quando morria tanta gente e passavam tanta fome. Sem saber o que fazer, corre em campo aberto, na direção do estardalhaço sangrento que, de fato, os jagunços estão fazendo, e atira para o alto as quatro balas que lhe restam, dizendo-se que o cano quente do seu fuzil será uma prova de que não estava dormindo, de que lutou. Tropeça e cai de bruços. "Leopoldinho?", diz, "Leopoldinho?". Apalpa o chão, à frente, atrás, dos lados.

Sim, é ele. Toca no seu corpo, sacode-o. Os malditos. Cospe um gosto ruim, controla uma ânsia de vômito. Cortaram o seu pescoço, degolaram-no feito um carneiro, sua cabeça lembra um boneco de pano quando o levanta, segurando-o pelas axilas. "Malditos, malditos", diz, e, sem deixar de sentir dor e a ira pela morte do companheiro, pensa que, se entrar no acampamento com o cadáver, vai poder convencer o capitão Oliveira de que não estava dormindo quando os bandidos apareceram, e que os enfrentou. Avança devagar, oscilando com Leopoldinho às costas, e ouve, entre os tiros e o barulho do acampamento, um ulular agudo, penetrante, de algum pássaro desconhecido, logo seguido por outros. Os apitos. O que querem? Por que os fanáticos traidores entraram no acampamento e estão jogando bananas de dinamite? Para apitar? Cambaleia sob o peso e se pergunta se não é melhor, talvez, parar e descansar um pouco.

À medida que se aproxima das barracas, vê o caos que reina ali; os soldados, arrancados do sono pelas explosões, atiram a esmo, e os gritos e rugidos dos oficiais não conseguem impor a ordem. Nesse instante Leopoldinho estremece. O susto de Queluz é tão grande que o solta. O outro cai ao seu lado. Não, não está vivo. Que bobagem! Foi o impacto de uma bala que o sacudiu. "É a segunda vez que você me salva esta noite, Leopoldinho", pensa. A navalhada poderia ter sido para ele, esta bala também. Pensa: "Obrigado, Leopoldinho." Está deitado no chão, dizendo para si mesmo que seria o cúmulo ser baleado pelos soldados do próprio regimento, irritado outra vez, confuso outra vez, sem saber se é melhor permanecer ali até que o tiroteio amaine ou tentar chegar às barracas de qualquer maneira.

Está corroído por essa dúvida quando, nas sombras que começam a se desmanchar numa irisação azulada, no lado das colinas, divisa duas silhuetas correndo em sua direção. Vai gritar "Socorro, ajuda!", quando uma suspeita congela seu grito. Seus olhos estão ardendo pelo esforço de saber se estão de uniforme, mas não há claridade suficiente para ver. Tira o fuzil que estava a tiracolo, apanha um pente de balas na sacola, carrega e engatilha a arma quando os homens já estão bem perto: nenhum deles é soldado. Dispara à queima-roupa no jagunço que oferece melhor alvo e, após o tiro, ouve um bufo animalesco e a pancada do corpo no chão. E seu fuzil volta a engasgar: está apertando um gatilho que não recua um milímetro.

Prageja e se afasta enquanto bate, levantando o fuzil com as duas mãos, no outro jagunço que se jogou sobre ele após um segundo de aturdimento. Queluz sabe lutar, sempre se destaca nos concursos de força que o capitão Oliveira organiza. O hálito ansioso do homem aquece a sua cara, sente as cabeçadas enquanto se ocupa do principal, procurar seus braços, suas mãos, sabendo que o perigo não está nessas cabeçadas, por mais que pareçam pedradas, mas na faca que deve prolongar uma das mãos. E, de fato, enquanto encontra e aperta seus pulsos, sente a calça rasgar e a pressão de uma ponta afiada na sua coxa. Enquanto cabeceia, morde e xinga, Queluz luta com todas as forças para controlar, afastar, torcer essa mão onde está o perigo. Não sabe quantos segundos ou minutos ou horas leva isso, mas de repente sente que o traidor perdeu ferocidade, vai desanimando, que o braço que empunha a arma começa a afrouxar sob a pressão do seu. "Está fodido", cospe Queluz, "você já está morto, traidor". Sim, embora ainda morda, chute, cabeceie, o jagunço está se apagando, renunciando. Afinal, Queluz sente as mãos livres. Levanta-se num pulo, pega o fuzil, ergue-o, está prestes a afundar a baioneta no estômago do outro, jogando todo seu peso sobre ele, quando — já não é mais noite, está amanhecendo — vê a cara tumefacta cortada por uma horripilante cicatriz. Com o fuzil no ar, pensa: "Pajeú." Piscando, arfando, com o peito estourando de excitação, grita: "Pajeú? Você é o Pajeú?" Não está morto, os olhos estão abertos, olha-o. "Pajeú", grita, doido de alegria. "Quer dizer que peguei você, Pajeú?" O jagunço, embora esteja olhando para ele, não lhe presta atenção. Está tentando levantar a faca. "Ainda quer brigar?", caçoa Queluz, pisando no seu peito. Não, não está interessado nele, está tentando... "Então, quer se matar, Pajeú", ri Queluz, fazendo a faca voar da mão frouxa com um pontapé. "Isto não é você quem vai fazer, traidor, somos nós."

Capturar Pajeú vivo é uma proeza ainda maior que matá-lo. Queluz observa a cara do caboclo: inchada, arranhada, mordida por ele. Mas, além disso, tem uma bala na perna, pois toda a sua calça está empapada de sangue. Parece mentira tê-lo assim aos seus pés. Busca o outro jagunço e, quando o vê, escarrapachado, apertando a barriga, talvez ainda vivo, percebe a chegada de vários soldados. Gesticula, frenético: "É Pajeú! Pajeú! Peguei Pajeú!"

Quando, depois de tê-lo tocado, cheirado, examinado e tocado de novo — e de lhe darem alguns pontapés, mas não muitos, pois todos concordam que a melhor coisa é levá-lo vivo ao coronel Medeiros —, os soldados arrastam Pajeú até o acampamento, Queluz é recebido de maneira apoteótica. Corre a notícia de que matou um dos bandidos que os atacaram e capturou Pajeú, e todos vão correndo vê-lo, felicitá-lo, aplaudi-lo e abraçá-lo. Chovem palmadas amistosas, cantis para beber, um tenente acende um cigarro para ele. Não consegue se conter e as lágrimas brotam dos seus olhos. Resmunga que está triste por Leopoldinho, mas é por estes momentos de glória que está chorando.

O coronel Medeiros quer vê-lo. Enquanto se dirige ao posto de comando, quase em estado de transe, Queluz não se lembra do furor que o coronel Medeiros teve na véspera — furor que se traduziu em castigos, advertências e reprimendas das quais não se livraram nem majores e capitães —, frustrado porque a Primeira Brigada não tomou parte do ataque desse amanhecer que, acreditavam todos, seria o definitivo, aquele que faria os patriotas ocuparem todo o terreno que ainda está em poder dos traidores. Falou-se, até, que o coronel Medeiros teve um incidente com o general Oscar quando este não permitiu que a Primeira Brigada participasse do ataque e que, ao saber que a Segunda Brigada do coronel Gouveia tomara as trincheiras do cemitério dos fanáticos, o coronel Medeiros espatifou sua xícara de café no chão. Também se disse que, ao anoitecer, quando o Estado-Maior interrompeu o assalto, tendo em vista o número elevado de baixas e a feroz resistência, o coronel Medeiros tomou cachaça, como se estivesse comemorando, como se houvesse alguma coisa a comemorar.

Mas, entrando na barraca do coronel Medeiros, Queluz se lembra imediatamente de tudo isso. A cara do comandante da Primeira Brigada está a ponto de estourar de raiva. Não o espera na porta para cumprimentá-lo, como ele pensava. Sentado na sua banqueta dobrável, vomita cobras e lagartos. Com quem está gritando assim? Com Pajeú. Entre as costas e os perfis dos oficiais que lotam a barraca, Queluz divisa no chão, aos pés do coronel, a cara amarelada, cortada pela cicatriz vermelha. Não está morto; tem os olhos entreabertos e Queluz, em quem ninguém presta atenção, que já não sabe para que o trouxeram e sente vontade de ir embora, diz para si mesmo que a fúria do coronel deve ser causada, sem dúvida, pela maneira ausente, depreciativa, que Pajeú o encara. Mas não é isso, é o ataque ao acampamento: houve dezoito mortos.

— Dezoito! Dezoito! — mastiga, como se tivesse um freio na boca, o coronel Medeiros. — Trinta e tantos feridos! Logo nós, que passamos aqui o dia inteiro coçando o saco enquanto a Segunda Brigada vai lutar, e você ainda vem com seus degenerados e nos causa mais baixas do que eles tiveram.

"Vai chorar", pensa Queluz. Assustado, imagina que o coronel sabe de algum modo que ele adormeceu e deixou os bandidos passarem sem dar o alarme. O comandante da Primeira Brigada pula da banqueta e começa a chutar, pisotear e sapatear. As costas e os perfis lhe ocultam o que acontece no chão. Mas, segundos depois, volta a ver: a cicatriz vermelha cresceu, cobre a cara do bandido, uma massa de lama e sangue, sem traços nem forma. Mas ainda está de olhos abertos e neles ainda se vê aquela indiferença tão ofensiva e tão estranha. Uma baba sanguinolenta aflora em seus lábios.

Queluz vê uma espada nas mãos do coronel Medeiros e sabe que vai liquidar Pajeú. Mas ele se limita a encostar a ponta da arma no seu pescoço. Reina um silêncio total na barraca, e Queluz se contagia com a gravidade hierática de todos os oficiais. Afinal o coronel Medeiros se acalma. Volta a sentar-se na banqueta e joga a espada ao catre.

— Matar você seria um favor — resmunga, com amargura e raiva. — Você traiu o país, assassinou seus compatriotas, roubou, saqueou, cometeu todos os crimes. Não há castigo à altura do que fez.

"Está rindo", Queluz se assombra. Sim, o caboclo está rindo. Enrugou a testa e a pequena crista que lhe resta como nariz, entreabriu a boca, e seus olhinhos rasgados brilham enquanto emite um ruído que, sem dúvida, é riso.

— Achou graça no que eu disse? — pergunta o coronel Medeiros. Mas logo muda de tom, pois a cara de Pajeú de repente ficou rígida. — Examine-o, doutor...

O capitão Bernardo da Ponte Sanhuesa se ajoelha, encosta o ouvido no peito do bandido, examina seus olhos, toma o pulso.

— Está morto, Excelência — Queluz o ouve dizer.

O coronel Medeiros empalidece.

— Parece uma peneira — acrescenta o médico. — É um milagre que tenha durado tanto tempo com a quantidade de chumbo que tem no corpo.

"Agora", pensa Queluz, "é a minha vez". Os olhinhos pequeninos, verde-azulados, perfurantes do coronel Medeiros irão procurá-lo entre os oficiais e, quando o encontrarem, vai ouvir a temida pergunta: "Por que não deu o alerta?" Mentirá, vai jurar por Deus e por sua mãe que gritou, que atirou e gritou. Mas passam os segundos e o coronel Medeiros continua na banqueta, contemplando o cadáver do bandido que morreu rindo dele.

— Aqui está Queluz, Excelência — ouve o capitão Oliveira dizer.

Agora, agora. Os oficiais se afastam para que ele possa aproximar-se do comandante da Primeira Brigada. Este o olha, fica em pé. Vê — seu coração pula no peito — que a expressão do coronel Medeiros se suaviza, fazendo um esforço para sorrir. Ele também lhe sorri, agradecido.

— Quer dizer que você o caçou? — pergunta o coronel.

— Sim, Excelência — responde Queluz, em posição de sentido.

— Termine o trabalho — diz Medeiros, entregando-lhe sua espada com um movimento enérgico. — Fure os olhos e corte a língua. Depois, arranque a cabeça e jogue por cima da barricada, para que os bandidos vivos saibam o que os espera.

VI

Quando o jornalista míope finalmente partiu, o barão de Canabrava, que o acompanhou até a rua, descobriu que já era noite avançada. Depois de trancar o pesado portão, permaneceu apoiado nele, de costas, com os olhos fechados, tentando afastar um fervedouro de imagens confusas e violentas. Um empregado chegou, pressuroso, com uma lamparina: queria que esquentasse o jantar? Disse que não, e, antes de mandá-lo para a cama, perguntou se Estela tinha jantado. Sim, há pouco, e depois se retirou para descansar.

Em vez de subir para o quarto, o barão voltou como um sonâmbulo, ouvindo o ruído dos seus passos, ao gabinete. Cheirou, viu, flutuando como plumas no ar espesso do aposento, as palavras daquela longa conversa que, agora lhe parecia, tinha sido, mais que um diálogo, um par de monólogos desvinculados entre si. Nunca mais voltaria a ver o jornalista míope, nunca mais voltaria a falar com ele. Não permitiria que ele ressuscitasse de novo essa monstruosa história em que naufragaram seus bens, seu poder político, sua mulher. "Só ela importa", murmurou. Sim, pode resignar-se a todas as outras perdas. No que lhe restava de vida — dez, quinze anos? —, conseguiria manter o estilo de vida a que estava acostumado. Não importava que este acabasse junto com ele: por acaso tinha herdeiros por cuja sorte precisava preocupar-se? E quanto ao poder político, no fundo gostava de ter tirado esse peso dos seus ombros. A política foi uma carga que assumiu por incapacidade dos outros, pela excessiva estupidez, negligência ou corrupção dos outros, e não por vocação íntima: sempre o incomodou, aborreceu, sempre lhe pareceu uma tarefa insossa e deprimente, pois revelava, melhor que qualquer outra, as misérias humanas. Além disso, sentia um rancor secreto contra a política, tarefa absorvente que o obrigara a sacrificar a vocação científica que sentia desde menino, quando colecionava borboletas e fazia herbários. A tragédia com que nunca se conformaria era Estela. Canudos, essa história idiota, incompreensível, de gente teimosa, cega, de fanatismos antagônicos, teve a culpa pelo que aconteceu com Estela. Cortara relações com o mundo e não as restabeleceria. Nada nem ninguém iria recordar-lhe esse episódio. "Vou conseguir que lhe deem trabalho no jornal", pensou. "Revisor de provas, repórter policial, qualquer coisa medíocre que corresponda ao que ele é. Mas não vou recebê-lo nem ouvi-lo mais. E se escrever esse livro sobre Canudos, o que naturalmente não vai fazer, também não o lerei."

Foi até a cristaleira e serviu-se um copo de conhaque. Enquanto aquecia a bebida na palma da mão, em sua poltrona de couro, de onde dirigira a vida política da Bahia durante um quarto de século, o barão de Canabrava ouviu a harmoniosa sinfonia de grilos do jardim, que fazia contraponto às vezes, ao desafinado coro de rãs. O que o deixava tão inquieto? O que lhe causava essa impaciência, esse formigamento no corpo, como se estivesse esquecendo qualquer coisa muito urgente, como se nestes segundos fosse acontecer algo irrevogável e decisivo na sua vida? Canudos, ainda?

Não conseguira tirar da cabeça: lá estava de novo. Mas a imagem que agressivamente se armou e iluminou diante de seus olhos não era uma coisa que tivesse ouvido dos lábios do seu visitante. E ocorreu quando nem este, nem a empregadinha de Calumbi que agora era sua mulher, nem o Anão, nem qualquer dos sobreviventes de Canudos estavam mais lá. Foi o velho coronel Murau quem lhe contou, tomando um vinho do Porto, na última vez que se encontraram aqui em Salvador, e este, por sua vez, tinha ouvido o caso do dono da fazenda Formosa, uma das tantas arrasadas pelos jagunços. O homem permanecera lá, apesar de tudo, por amor à sua terra ou por não saber aonde ir. E lá ficou durante toda a guerra, sustentando-se graças ao comércio que fazia com os soldados. Quando soube que tudo estava terminado, que Canudos tinha caído, foi logo para lá, com um grupo de peões, prestar ajuda. O Exército não estava mais na área quando avistaram os morros da antiga cidadela dos jagunços. Foram surpreendidos, a distância — contou o coronel Murau, e ali estava o barão, ouvindo-o —, o estranho, indefinível, indeterminado ruído, tão forte que estremecia o ar. E ali estava, também, o fortíssimo cheiro que desarranjava o estômago. Mas só quando cruzaram a costa pedregosa, pardacenta, do Poço de Trabubu e viram aos seus pés o que tinha deixado de ser Canudos e era aquilo que viam, perceberam que o ruído vinha das asas e bicadas de milhares de urubus, um mar interminável de formas cinza, negruscas, devoradoras, fartas que cobria tudo e, enquanto se saciava, dava cabo do que ainda não fora pulverizado pela dinamite, pelas balas nem pelos incêndios: membros, extremidades, cabeças, vértebras, vísceras, peles que o fogo respeitou ou carbonizou parcialmente e que esses animais ávidos agora trituravam, despedaçavam, engoliam, deglutiam. "Milhares e milhares de urubus", contou o coronel Murau. E também entenderam que, espantados pelo que parecia a materialização de um pesadelo, o fazendeiro de Formosa e seus peões, vendo que já não havia ninguém para enterrar, pois os pássaros se encarregavam dos corpos, partiram dali depressa, tapando a boca e o nariz. A imagem intrusa, ofensiva, tinha se enraizado na sua mente e ele não conseguia mais tirá-la de lá. "O final que Canudos merecia", respondeu o velho Murau, antes de obrigá-lo a mudar de assunto.

Era isso o que o perturbava, angustiava, agoniava? Esse bando de aves carnívoras devorando a podridão humana que era tudo o que restava de Canudos? "Vinte e cinco anos de política suja e sórdida para salvar a Bahia dos imbecis e ineptos que assumiram uma responsabilidade que não tinham capacidade de assumir, e afinal tudo termina num festim de urubus", pensou. E, nesse instante, sobre a imagem da hecatombe reaparece um rosto tragicômico, o trapalhão de olhos vesgos e aquosos, protuberâncias impertinentes, queixo excessivo, orelhas absurdamente caídas, falando inflamado de amor e de prazer: "É o que há de mais importante no mundo, barão, o único sentimento com o qual o homem pode encontrar certa felicidade, conhecer isso que chamam de felicidade." Era aquilo. Era aquilo que o perturbava, inquietava, angustiava. Tomou um gole de conhaque, conservou a bebida ardente por um instante na boca, engoliu e sentiu-a descer pela garganta, queimando.

Levantou-se: ainda não sabia o que ia fazer, o que desejava fazer, mas sentia uma crepitação nas entranhas, sabia que era um momento crucial, tinha que tomar uma decisão de consequências incalculáveis. O que faria, o que queria fazer? Deixou o copo de conhaque na cristaleira e, sentindo o coração e as têmporas palpitarem, o sangue correr pela geografia do seu corpo, atravessou o gabinete, o salão, o patamar espaçoso — deserto, agora, e às escuras, mas iluminado pelo clarão dos lampiões da rua — até a escada. Uma lamparina clareava os degraus. Subiu depressa, nas pontas dos pés, de maneira que nem ele mesmo ouvia seus passos. Lá em cima, sem hesitar, em vez de dirigir-se aos seus aposentos, foi para o quarto da baronesa, separado por um biombo da saleta onde Sebastiana dormia, para ficar perto de Estela caso precisasse dela durante a noite.

No instante em que ia botar a mão na maçaneta, pensou que a porta podia estar trancada. Nunca tinha entrado sem se anunciar antes. Não, não estava trancada. Fechou a porta atrás de si, procurou o trinco e fechou-o. Da soleira divisou a luz amarela da luz noturna — um pavio flutuando num recipiente de óleo — que iluminava parte do leito da baronesa, a colcha azul, o dossel e as cortininhas de gaze. De onde estava, sem fazer barulho, sem que suas mãos tremessem, o barão foi se despindo. Quando ficou nu, atravessou o quarto na ponta dos pés até a saleta de Sebastiana.

Chegou ao lado da cama sem acordá-la. Havia uma leve claridade — o resplendor do lampião de gás da rua, que ficava azul ao transpassar as cortinas —, e o barão pôde ver as formas da mulher que dormia, dobrando e levantando os lençóis, de lado, com a cabeça encostada num travesseirinho redondo. A cabeleira solta, longa, negra, derramada, caía pela cama e se espalhava de lado e descia beijando o chão. Pensou que nunca tinha visto Sebastiana em pé com os cabelos soltos, que, sem dúvida, deviam chegar até seus calcanhares, e pensou que certamente, alguma vez, na frente de um espelho ou diante de Estela, ela teria se enrolado, brincando, nessa longuíssima cabeleira como numa manta sedosa, e essa imagem começou a despertar-lhe um instinto adormecido. Pôs a mão no abdome e apalpou o sexo: estava flácido mas, em sua tepidez, na suavidade, celeridade e até alegria com que a glande se deixou descobrir e emergiu, separando-se do prepúcio, sentiu que ali havia uma vida profunda, ansiando ser convocada, reavivada, vertida. As coisas que temera enquanto se aproximava — Qual seria a reação da mucama? E a de Estela, se esta acordasse gritando? — desapareceram imediatamente e — surpreendente, alucinado — o rosto de Galileo Gall surgiu na sua mente e lhe recordou o voto de castidade que, para concentrar energias em âmbitos que julgava mais elevados — a ação, a ciência —, o revolucionário fizera. "Fui tão estúpido quanto ele", pensou. Sem fazer o voto, cumprira uma abstinência semelhante por muitíssimo tempo, trocando o prazer, a felicidade, pela atividade vil que afinal levara à desgraça o ser que mais amava no mundo.

Sem pensar, automaticamente, abaixou-se para se sentar na beira da cama, ao mesmo tempo que movia as duas mãos, uma para puxar os lençóis que cobriam Sebastiana, e a outra em direção à sua boca, para abafar o grito. A mulher se encolheu, ficou rígida e abriu os olhos, e chegou ao seu nariz um bafo de calor, a intimidade do corpo de Sebastiana, de quem nunca estivera tão perto, e sentiu que seu sexo imediatamente se animava, e foi como se tomasse consciência de que seus testículos também existiam, de que estavam ali, renascendo entre suas pernas. Sebastiana não chegou a gritar, a erguer-se: só emitiu uma exclamação abafada que empurrou o ar quente da sua respiração contra a palma da mão que o barão mantinha a um milímetro da sua boca.

— Não grite, é melhor que não grite — sussurrou, sentindo que sua voz não era firme, mas o que o fazia tremer não era a dúvida, era o desejo. — Por favor não grite.

Com a mão que puxara os lençóis, acariciava agora, por cima da camisola abotoada até o pescoço, os seios de Sebastiana: eram grandes, bem-feitos, extraordinariamente firmes para alguém que devia beirar os quarenta anos; sentiu-os arrepiados sob as suas mãos, tomados de frio. O barão passou os dedos pelo seu nariz, lábios, sobrancelhas, com toda a delicadeza de que era capaz, e por fim os afundou na cabeleira e enredou em seus cachos, suavemente. Enquanto isso, sorria procurando atenuar o medo brutal que via no olhar incrédulo, atônito, da mulher.

— Eu devia ter feito isso há muito tempo, Sebastiana — disse, roçando os lábios em suas bochechas. — Devia ter feito no primeiro dia que a desejei. Teria sido mais feliz, Estela teria sido mais feliz e talvez você também.

Abaixou a cabeça, procurando com seus lábios os da mulher, mas ela se afastou, fazendo um esforço para vencer a paralisia causada pelo medo e a surpresa, e o barão, ao mesmo tempo que lia a súplica dos seus olhos, ouviu-a balbuciar: "Por favor, pelo que for mais sagrado, eu lhe suplico... A patroa, a patroa."

— A patroa está ali, e eu gosto dela mais do que você — ouviu-se dizer, mas tinha a sensação de que era outro quem falava e tentava pensar; ele era apenas esse corpo inflamado, esse sexo agora completamente desperto, que sentia erguido, duro, úmido, batendo na barriga. — Faço isto por ela também, por mais que você não possa entender.

Acariciando os seios, encontrou os botões da camisola e os estava tirando das casas, um por um, enquanto com a outra mão segurava Sebastiana por trás da nuca, obrigando-a a virar a cabeça e oferecer-lhe os lábios. Sentiu-os frios, fechados com toda a força, e notou que os dentes da mucama batiam, que toda ela tremia e que, num segundo, estava toda molhada de suor.

— Abra a boca — ordenou, num tom de voz usado poucas vezes em sua vida com os criados ou os escravos, quando os tinha. — Se for preciso obrigar você a ser dócil, eu obrigo.

Sentiu que, condicionada, certamente, por um costume, temor ou instinto de conservação que lhe chegava de muito atrás, de uma tradição de séculos, que o tom de sua voz lhe recordou, a mucama obedecia, enquanto seu rosto, na penumbra azul da saleta, transfigurava-se numa careta de medo que se misturava agora com um infinito desgosto. Mas isso pouco lhe importava, enquanto metia a língua na sua boca, tocava em sua língua, empurrava-a de um lado para o outro, explorava suas gengivas, o paladar, e se arranjava para passar-lhe um pouco da própria saliva para depois recuperá-la e engoli-la. Enquanto isso, continuou desabotoando, arrancando os botões da camisola e tentando tirá-la. Mas, embora o espírito e a boca de Sebastiana tenham se resignado a obedecer, todo o seu corpo continuava resistindo, apesar do medo ou, talvez, porque um medo ainda maior que aquele que a ensinara a acatar a vontade de quem tinha poder sobre ela a fazia defender o que queriam lhe arrebatar. Seu corpo continuava encolhido, rígido, e o barão, que tinha se deitado na cama e tentava abraçá-la, sentia-se contido pelos braços que Sebastiana usava como escudo à frente do corpo. Ouviu-a implorar algo num sussurro apagado e teve certeza de que tinha começado a chorar. Mas agora ele só prestava atenção no esforço de tirar a camisola, que continuava presa em seus ombros. Conseguira passar-lhe um braço pela cintura e atraí-la para si, encostando-a em seu corpo, enquanto, com a outra mão, terminava de tirar a camisola. Depois de uma resistência que não soube quanto tempo levou e durante a qual, enquanto empurrava e pressionava, sua energia e seu desejo cresciam sem cessar, afinal conseguiu ficar em cima de Sebastiana. Com uma das pernas, obrigou-a a abrir as suas, que ela mantinha soldadas, enquanto beijava com avidez seu pescoço, os ombros, o peito e, longamente, os seios. Sentiu que ia ejacular na barriga dela — uma forma ampla, cálida, macia, contra a qual esfregava o pinto — e fechou os olhos fazendo um grande esforço para se conter. Conseguiu e, então, foi resvalando pelo corpo de Sebastiana, acariciando-o, cheirando-o, beijando seus quadris, a virilha, o ventre, os pelos do púbis que agora sentia espessos e crespos na sua boca. Com as mãos, com o queixo, pressionou com todas as forças, sentindo que ela soluçava, até fazê-la abrir as coxas o suficiente para poder chegar com a boca até seu sexo. Quando o estava beijando, sugando suavemente, afundando a língua e sorvendo seus sumos, mergulhado numa embriaguez que o libertava, enfim, de tudo o que o entristecia e amargurava, das imagens que corroíam sua vida, sentiu nas costas a pressão suave de uns dedos.

Afastou a cabeça e olhou, sabendo o que ia ver: lá estava Estela, em pé, olhando para ele.

— Estela, meu amor, meu amor — disse, com ternura, sentindo que a saliva e os sumos de Sebastiana escorriam de seus lábios, ainda ajoelhado no chão, ainda abrindo as pernas da mucama com os cotovelos. — Eu amo você, mais que qualquer outra coisa neste mundo. Só faço isto porque é um desejo que tenho há muito tempo, e por amor a você. Para estar mais perto de você, meu amor.

Sentia o corpo de Sebastiana sacudido por convulsões e a ouvia soluçar desesperadamente, com a boca e os olhos tapados com as mãos, e via a baronesa, imóvel ao seu lado, observando. Não parecia assustada, enfurecida, horrorizada, e sim ligeiramente intrigada. Usava uma camisola leve, debaixo da qual, à meia-luz, adivinhava, esmaecidos, os limites do seu corpo, que o tempo não havia conseguido deformar — era uma silhueta ainda harmoniosa, bem-acabada —, e seus cabelos claros, cujos fios grisalhos a penumbra dissimulava, presos numa rede da qual escapavam algumas pontas. Até onde podia ver, não se desenhara na sua testa aquele vinco profundo, solitário, sinal inequívoco de desagrado, o único que Estela nunca conseguira controlar, como todas as outras manifestações de sentimento. Não estava com o cenho franzido, mas sua boca sim, parecia ligeiramente entreaberta, sublinhando o interesse, a curiosidade, a surpresa tranquila de seus olhos. Mas aquilo já era novo nela, por mais insignificante que fosse, aquela atenção para fora, aquele interesse por algo externo, pois o barão não vira mais nos olhos da baronesa, desde aquela noite de Calumbi, outra expressão a não ser indiferença, retraimento, isolamento espiritual. Sua palidez era agora mais acentuada, talvez pela penumbra azul, talvez pelo que estava vivendo. O barão sentiu que a emoção o estava sufocando, que ia começar a soluçar. Quase adivinhou os pés lívidos, nus, de Estela sobre a madeira lustrosa do chão e, obedecendo a um impulso, inclinou-se para beijá-los. A baronesa não se mexeu enquanto ele, ajoelhado, cobria de beijos o peito dos seus pés, os dedos, as unhas, os calcanhares, com amor e reverência infinitos, e balbuciava ardorosamente em cima deles que os amava, que sempre os achara belíssimos, dignos de um culto intenso por lhe terem dado, ao longo da vida, prazeres tão impagáveis. Depois de beijá-los inúmeras vezes e de subir os lábios até os frágeis tornozelos, sentiu um movimento na esposa e levantou rapidamente a cabeça, a tempo de ver que a mão que antes lhe havia tocado nas costas se aproximava de novo, sem pressa nem violência, com aquela naturalidade, distinção, sabedoria, com que Estela sempre se movimentara, falara e comportara, e sentiu-a pousar em seus cabelos e permanecer ali, conciliadora, macia, num contato que agradeceu do fundo do seu ser porque não havia nele nada de hostil, de repreensivo, mas era, antes, amável, afetuoso, tolerante. O desejo, que tinha se evaporado por completo, compareceu novamente e o barão sentiu que seu sexo voltava a ficar duro. Pegou a mão que Estela pusera em sua cabeça, levou-a à boca, beijou-a e, sem soltá-la, voltou para a cama onde Sebastiana permanecia recolhida dentro de si mesma, o rosto oculto, e, estendendo a mão livre, colocou-a no púbis da mulher deitada, cujo negror contrastava nitidamente com a cor mate do seu corpo.

— Sempre quis compartilhá-la com você, meu amor — balbuciou, a voz cortada por sentimentos desencontrados, de timidez, vergonha, emoção e um desejo renascente —, mas nunca me atrevi, porque temia ofender, magoar você. Eu me enganei, não é mesmo? Não é verdade que não se ofenderia nem ficaria magoada? Você não teria aceitado, gostado? Não é verdade que seria uma outra maneira de demonstrar quanto amo você, Estela?

Sua mulher continuava observando-o, não zangada, não mais surpresa, e sim com o olhar pacífico que era o seu há alguns meses. E viu que, um instante depois, virava-se para olhar Sebastiana, ainda soluçando, toda encolhida, e entendeu que aquele olhar, até então neutro, estava cheio de interesse e doçura. Acatando uma indicação dela, soltou a mão da baronesa. Viu Estela dar dois passos até a cabeceira, sentar-se na beira da cama e estender os braços, com a graça inimitável que ele admirava em todos os seus movimentos, para segurar o rosto de Sebastiana, com todo cuidado e precaução, como se temesse quebrá-la. Não quis continuar vendo. O desejo tinha voltado com uma espécie de fúria e o barão tornou a inclinar-se, a abrir caminho até o sexo da mucama, separando as suas pernas, obrigando-a a se esticar, para poder novamente beijá-lo, respirá-lo, sorvê-lo. Ficou um bom tempo assim, de olhos fechados, ébrio, desfrutando, e, quando sentiu que não podia mais controlar a excitação, ergueu-se e, engatinhando, montou em cima de Sebastiana. Abrindo-lhe as pernas com as suas, ajudando com uma mão desajeitada, buscou o seu sexo e conseguiu penetrá-la com um movimento que aliou dor e dilaceramento ao seu prazer. Sentiu-a gemer e pôde ver, no instante tumultuoso em que a vida parecia explodir entre suas pernas, que a baronesa conservava as duas mãos no rosto de Sebastiana, olhando-a com ternura e piedade, enquanto lhe soprava devagarzinho na testa para separar uns fios de cabelo da pele.

Horas depois, quando tudo aquilo já tinha passado, o barão abriu os olhos como se alguma coisa ou alguém o houvesse acordado. A luz do amanhecer entrava no aposento, e ouviam-se cantos de pássaros e o rumor murmurante do mar. Ele se levantou da cama de Sebastiana, onde tinha dormido sozinho; ficou em pé, cobrindo-se com um lençol que apanhou no chão, e deu uns passos até o quarto da baronesa. Ela e Sebastiana dormiam, sem se tocar, no amplo leito, e o barão ficou um instante observando-as, com um sentimento indefinível, através da gaze transparente do mosquiteiro. Sentia ternura, melancolia, gratidão, e uma vaga inquietude. Ia caminhando para a porta do corredor, onde na véspera tirara sua roupa, quando, ao passar perto da varanda, a baía incendiada pelo sol nascente o fez parar. Era algo que já tinha visto inúmeras vezes, e nunca se cansava: Salvador na hora em que o sol nasce ou morre. Saiu e ficou contemplando, da varanda, o majestoso espetáculo: o verdor ávido da ilha de Itaparica, a alvura e a graça dos saveiros zarpando, o azul-claro do céu e o cinza-esverdeado da água, e, mais perto, aos seus pés, o horizonte interrompido, vermelho, dos telhados das casas em que podia pressentir as pessoas acordando, o começo da rotina diária. Com uma saudade agridoce distraiu-se tentando reconhecer, pelos telhados dos bairros do Desterro e de Nazaré, os solares daqueles que foram seus companheiros de política, os amigos que não via mais: o solar do barão do Cotegipe, o do barão de Macaúba, o do visconde de São Lourenço, o do barão de São Francisco, o do marquês de Barbacena, o do barão de Maragogipe, o do conde do Sergimirim, o do visconde de Oliveira. Seu olhar percorreu várias vezes diferentes pontos da cidade, os tetos do seminário, as ladeiras cheias de verde, o antigo colégio dos jesuítas, o elevador hidráulico, a Alfândega, e ficou um instante admirando a reverberação do sol nas pedras douradas da igreja de Nossa Senhora da Conceição da Praia, trazidas de Portugal, cortadas e lavradas por dois náufragos agradecidos à Virgem, e, embora não pudesse vê-lo, adivinhou o formigueiro multicolorido que o Mercado de peixes na praia já devia ser a esta hora. Mas, de repente, uma coisa atraiu sua atenção e o fez olhar muito sério, forçando a vista, avançando a cabeça sobre o muro. Em seguida foi depressa até a cômoda onde sabia que Estela guardava os pequenos binóculos de tartaruga que usava no teatro.

Voltou à varanda e olhou de novo, com um sentimento cada vez maior de perplexidade e desconforto. Sim, os barcos estavam lá, equidistantes da ilha de Itaparica e do redondo Forte de São Marcelo, e, de fato, os ocupantes desses barcos não estavam pescando e sim jogando flores no mar. Derramavam pétalas, corolas, ramos nas águas, faziam o sinal da cruz e, embora não os ouvisse — seu coração batia forte —, tinha certeza de que aquela gente também estava rezando e, talvez, cantando.

O Leão de Natuba ouve dizer que é primeiro de outubro, aniversário do Beatinho, que os soldados atacaram Canudos por três lados, tentando ultrapassar as barricadas das ruas Mãe Igreja, São Pedro e a do Templo do Bom Jesus, mas o que fica ecoando na sua cabeçona cabeluda é a outra coisa que ouve: que a cabeça de Pajeú, sem olhos, língua nem orelhas, está balançando há algumas horas numa estaca fincada na trincheira dos cães, perto da Fazenda Velha. Mataram Pajeú. Também devem ter matado todos os que entraram com ele no acampamento dos ateus, para ajudar os Vilanova e os forasteiros a saírem de Canudos, e também devem ter torturado e decapitado estes últimos. Quanto tempo falta para acontecer a mesma coisa com ele, a Mãe dos Homens e todas as beatas que se ajoelharam para rezar pelo martírio de Pajeú?

A gritaria e o tiroteio ensurdecem o Leão de Natuba quando se abre a portinhola do Santuário, empurrada por João Abade:

— Saiam! Saiam! Vão embora daqui! — ruge o Comandante da Rua, pedindo com as duas mãos que se apressem. — Para o Templo do Bom Jesus! Corram!

Dá meia-volta e desaparece na nuvem de poeira que entrou no Santuário junto com ele. O Leão de Natuba não tem tempo de se assustar, de pensar, de imaginar. As palavras de João Abade levantam as beatas e, algumas gritando, outras benzendo-se, todas se precipitam para a saída, empurrando-o, deslocando-o, espremendo-o contra a parede. Onde estão suas luvas-sandália, as palmilhas de couro cru sem as quais não pode avançar muito, porque suas mãos ficam cheias de chagas? Apalpa em um lado e no outro a atmosfera enegrecida do quarto, sem encontrá-las, e, consciente de que todas as mulheres tinham ido embora, até mesmo a mãe Maria Quadrado, corre apressadamente para a porta. Toda sua energia, sua viva inteligência, estão concentradas na decisão de chegar ao Templo do Bom Jesus como João Abade ordenou e, enquanto avança levando trombadas e arranhões pelo labirinto de defesas que rodeia o Santuário, nota que os homens da Guarda Católica já não estão lá, pelo menos não os vivos, em todo caso, porque aqui e acolá, estendidos sobre, entre, sob os sacos e caixas de areia, há seres humanos em cujas pernas, braços, cabeças suas mãos e seus pés esbarram. Quando sai do labirinto de barricadas e emerge na esplanada para atravessá-la, seu instinto de defesa, que tem se desenvolvido mais que qualquer outro, que desde criança o ensinou a detectar o perigo antes que qualquer outro, melhor que qualquer outro, e, também, a saber escolher instantaneamente entre vários perigos, freia os seus passos e o faz esconder-se entre uma pilha de barris furados por onde chove areia. Não ia chegar nunca ao Templo em construção: seria atropelado, pisoteado, triturado pela multidão que corre para lá, desenfreada, frenética, e — os olhos grandes, vivos, penetrantes, do escriba sabem disso à primeira vista — mesmo que chegasse a essa porta jamais conseguiria abrir passagem entre o enxame de corpos que se apertam, espremem e escorregam pelo gargalo que é a entrada do único refúgio sólido, com paredes de pedra, que resta em Belo Monte. É melhor ficar aqui, esperar a morte aqui, em vez de ir buscá-la nessa carnificina para a qual seu esqueleto precário não está preparado, que é o que mais receou desde que se integrou à vida gregária, coletiva, processional, cerimonial de Canudos. Está pensando: "Não a culpo por ter me abandonado, Mãe dos Homens. Você tem o direito de lutar por sua vida, sobreviver um dia mais, uma hora mais." Mas sente uma grande dor em seu coração: este momento não seria tão duro e amargo se ela, ou qualquer das beatas, estivesse aqui.

Encolhido entre barris e sacos, espiando para um lado e para o outro, vai tendo uma ideia do que sucede no quadrilátero das igrejas e do Santuário. A barricada que fizeram atrás do cemitério há dois dias, para proteger a igreja de Santo Antônio, cedeu e os cães entraram, estão entrando nas casas da Santa Inês, próxima à igreja. É da Santa Inês que vêm as pessoas que estão tentando se refugiar no Templo, velhos, velhas, mulheres com crianças no colo, nos ombros, apertados contra o peito. Mas na cidade há muita gente que ainda resiste. À sua frente, das torres e andaimes do Templo do Bom Jesus saem rajadas contínuas e o Leão de Natuba pode ver as faíscas dos jagunços acendendo a pólvora dos mosquetões, os impactos que lascam pedras, telhas, madeiras, tudo ao redor. João Abade, quando os avisou para escaparem, tinha vindo, sem dúvida, buscar os homens da Guarda Católica no Santuário, e agora todos eles devem estar lutando na rua Santa Inês, ou fazendo outra barricada, para fechar um pouco mais o círculo de que falava — "e com tanta razão" — o Conselheiro. Onde estão os soldados, por onde verá os soldados chegarem? Que horas da manhã ou da tarde são? A poeira e a fumaça, cada vez mais espessas, irritam sua garganta e seus olhos; respira com dificuldade, tossindo.

— E o Conselheiro, e o Conselheiro? — ouve alguém dizer, quase em seu ouvido. — É verdade que subiu para o céu, que os anjos o levaram?

A cara toda enrugada da velhinha estendida no chão só tem um dente e as remelas tapam seus olhos. Não parece ferida, mas extenuada.

— Subiu — confirma o Leão de Natuba, com uma clara percepção de que isso é o melhor que pode fazer por ela neste instante. — Os anjos o levaram.

— Também vêm levar a minha alma, Leão? — sussurra a anciã.

O Leão torna a confirmar, várias vezes. A velhinha sorri e volta a ficar quieta e boquiaberta. O tiroteio e a gritaria ao lado da desabada igreja de Santo Antônio se intensificam bruscamente e o Leão de Natuba tem a sensação de que uma chuva de tiros lhe raspa a cabeça e muitas balas se incrustaram nos sacos e barris do parapeito atrás do qual se protege. Permanece espremido no chão, de olhos fechados, esperando.

Quando o barulho diminui, levanta a cabeça e espia o amontoado de escombros provocado há duas noites pelo desmoronamento do campanário de Santo Antônio. Lá estão os soldados. Seu peito arde: lá estão, lá estão, movimentando-se entre as pedras, atirando contra o Templo do Bom Jesus, disparando na multidão que se empurra em frente à porta e que, neste momento, após alguns segundos de indecisão, ao vê-los aparecer e sentir-se alvejada, sai em disparada ao seu encontro, com as mãos estendidas, as faces congestionadas de ira, indignação, desejo de vingança. Em segundos, a esplanada se transforma num campo de batalha corpo a corpo e, no terral que deixa tudo turvo, o Leão de Natuba vê pares e grupos lutando, rolando, vê sabres, baionetas, facas, facões, ouve rugidos, insultos, vivas à República, morras à República, vivas ao Conselheiro, ao Bom Jesus e ao marechal Floriano. Na multidão, além dos velhos e das mulheres, agora há jagunços, gente da Guarda Católica que continua chegando por um lado da esplanada. Julga reconhecer João Abade e, mais adiante, numa figura lustrosa que avança com um revólver numa das mãos e um facão na outra, João Grande, ou, talvez, Pedrão. Os soldados também ocuparam o teto da destruída igreja de Santo Antônio. Lá estão, onde estiveram os jagunços, atirando na esplanada do alto das paredes truncadas, lá estão seus quepes, fardas, correias. E afinal percebe o que um deles está fazendo, suspenso quase no vazio, em cima do telhado semidestruído da fachada. Pendura uma bandeira. Içaram uma bandeira da República em Belo Monte.

Imagina o que o Conselheiro teria sentido, dito, se visse flamejar essa bandeira, agora já cheia de buracos causados pela chuva de tiros que os jagunços imediatamente lançam contra ela dos tetos, torres e andaimes do Templo do Bom Jesus, quando vê um soldado que está apontando na sua direção, atirando contra ele.

Não se esconde, não foge, não se mexe, pensa que é um desses passarinhos que a cobra hipnotiza na árvore antes de engolir. O soldado aponta, e o Leão de Natuba sabe que atirou pela contração do seu ombro ao receber o coice. Apesar da poeira, da fumaça, vê os olhinhos do homem mirando outra vez, o brilho que tê-lo à sua mercê provoca neles a alegria selvagem de saber que agora vai acertar. Mas alguém o puxa abruptamente de onde se encontra e o obriga a pular, a correr, meio desconjuntado devido à mão de ferro que lhe aperta o braço. É João Grande, seminu, que grita, apontando para a Campo Grande:

— Por ali, por ali, vá para a Menino Jesus, Santo Elói, São Pedro. Essas barricadas estão resistindo. Fuja, vá para lá.

Depois o solta e se perde na confusão das igrejas e do Santuário. O Leão de Natuba, sem a mão que o suspendia, desaba no chão. Mas só fica ali um instante, enquanto recompõe os ossos que parecem ter saído do lugar na correria. Foi como se o empurrão que o chefe da Guarda Católica lhe deu tivesse ativado um motor secreto, pois o Leão de Natuba sai trotando de novo, por entre os escombros e o lixo daquilo que foi a rua Campo Grande, a única que, por sua largura e alinhamento, merecia o nome de rua e que agora, como as outras, não passa de um campo crivado de buracos, ruínas e cadáveres. Não vê nada do que deixa para trás, vai avançando, colado no chão, não sente os arranhões, pancadas, espetadas em pedras e vidros, pois tudo nele está concentrado no empenho de chegar aonde lhe indicaram, o beco do Menino Jesus, os de Santo Elói e São Pedro Mártir, essa minhoquinha que ziguezagueia até a Mãe Igreja. Lá estará a salvo, lá vai sobreviver. Mas, ao dobrar na terceira esquina da Campo Grande, pelo que era o Menino Jesus e é agora um túnel cheio de entulho, ouve rajadas e vê labaredas vermelhas, amarelas, espirais cinzentas elevando-se para o céu. Fica de cócoras encostado num carrinho de mão virado e numa cerca de estacas que é tudo que sobrevive dessa casa, hesitando.

Faz sentido ir ao encontro dessas chamas, dessas balas? Não é preferível voltar? Rua acima, no cruzamento da Menino Jesus com a Mãe Igreja, divisa silhuetas, grupos, em um ir e vir sem pressa, parcimonioso. Lá está, então, a barricada. É melhor ir para lá, é melhor morrer onde haja outras pessoas.

    Mas não está tão sozinho quanto pensa, pois, à medida que sobe a ladeira do Menino Jesus, aos pulos, seu nome sai da terra, falado, gritado, à direita e à esquerda: "Leão! Leão! Venha cá! Proteja-se, Leão! Esconda-se, Leão!" Onde, onde? Não vê ninguém e continua avançando sobre montes de terra, ruínas, restos e cadáveres, alguns destripados, com as vísceras espalhadas e pedaços de carne arrancados pela metralha há muitas horas, talvez dias, a julgar pela pestilência que o envolve e o faz lacrimejar, junto com a fumaça que vem ao seu encontro e o sufoca. E, de repente, aí estão os soldados. Seis, três deles com tochas que vão molhando numa lata carregada por outro e que deve conter querosene, pois, depois de molhá-las, ateiam fogo e as jogam contra as casas, enquanto os outros disparam seus fuzis à queima-roupa contra essas mesmas casas. Está a menos de dez passos deles, no lugar onde ficou paralisado ao vê-los, e os fita aturdido, meio cego, quando o tiroteio estoura à sua volta. Joga-se no chão, mas sem fechar os olhos que, fascinados, veem os soldados atingidos pela balaceira desmoronar, contorcer-se, rugir, soltar os fuzis. De onde, de onde? Um dos ateus rola, segurando o rosto, até onde ele está. Vê como o homem fica quieto, com a língua de fora.

    De onde os alvejaram, onde estão os jagunços? Permanece à espreita, atento aos caídos, seus olhos pulando de um para o outro, temendo que um dos cadáveres se levante e venha matá-lo.

    Mas o que vê é uma coisa rasteira na terra, rampante, rápida, saindo feito minhoca de uma casa, e, quando pensa "um párvulo!", o menino já não é um, mas três, os outros também chegaram rastejando. Os três revistam e puxam os cadáveres. Não os estão despindo, como o Leão de Natuba pensa a princípio: tiram seus sacos de munição e os cantis. E um dos párvulos ainda se atrasa para cravar no soldado mais próximo — que ele considerava cadáver e pelo visto é moribundo — uma faca do comprimento do seu braço, com a qual o vê levantar-se fazendo força.

    "Leão, Leão." É outro párvulo, fazendo-lhe sinais de que o siga. O Leão de Natuba o vê desaparecer pela porta entreaberta de uma das casas, enquanto os outros se afastam em direções opostas, carregando seus despojos, e só então seu corpinho petrificado pelo pânico obedece e consegue se arrastar até lá. É recebido na entrada por mãos enérgicas. Sente-se levantado, passado para outras mãos, descido, e ouve uma mulher dizer: "Deem o cantil a ele." Põem um cantil nas suas mãos ensanguentadas, ele o leva à boca. Bebe um gole prolongado, fechando os olhos, agradecido, comovido por essa sensação de milagre que é o líquido umedecendo as suas vísceras que parecem brasas.

Enquanto responde às seis ou sete pessoas armadas que estão no fosso cavado no interior da casa — caras sujas, suadas, algumas enfaixadas, irreconhecíveis — e conta, ofegante, o que pôde ver na esplanada das igrejas e durante o trajeto até lá, percebe que o fosso é um túnel. Entre suas pernas se materializa um párvulo, dizendo: "Mais cães com fogo, Salustiano." As pessoas que o ouviam ficam agitadas, deixam-no de lado, e nesse momento percebe que duas são mulheres. Também empunham fuzis, também apontam com um dos olhos fechado na direção da rua. Através das estacas, como uma imagem repetida, o Leão de Natuba vê outra vez silhuetas de soldados jogando tochas acesas nas casas. "Fogo!", grita um jagunço e a sala se enche de fumaça. O Leão ouve a explosão, ouve outras explosões próximas. Quando a fumaça se dissipa um pouco, dois párvulos pulam para fora do fosso e rastejam até a rua em busca de munição e cantis.

— Vamos deixar que cheguem perto e então fuzilamos, assim não escapam — diz um dos jagunços, enquanto limpa seu fuzil.

— Queimaram a sua casa, Salustiano — diz uma mulher.

— E a de João Abade — acrescenta este.

São as da frente; estão ardendo juntas e, sob o crepitar das chamas, ouvem-se agitação, vozes, gritos que chegam até eles no meio de grossas baforadas de fumaça que mal permitem respirar.

— Querem nos torrar, Leão — diz tranquilamente outro dos jagunços do fosso. — Todos os maçons estão entrando com tochas.

A fumaça é tão densa que o Leão de Natuba começa a tossir, ao mesmo tempo que sua mente ativa, criativa, atuante se lembra de uma coisa que o Conselheiro disse certa vez, que ele escreveu e que também deve estar carbonizado nos cadernos do Santuário: "Haverá três fogos. Apagarei os três primeiros e o quarto, oferecerei ao Bom Jesus." Diz em voz alta, engasgando: "Este é o quarto fogo, este é o último fogo?" Alguém pergunta, timidamente: "E o Conselheiro, Leão?" Ele já esperava por isso, desde que entrou na casa sabia que alguém ia se atrever a perguntar. Vê, entre línguas de fumaça, sete, oito rostos sérios e esperançosos.

— Subiu — tosse o Leão de Natuba. — Os anjos o levaram.

Outro acesso fecha seus olhos e o faz dobrar-se em dois. No desespero da falta de ar, sentindo que seus pulmões crescem, sofrem, sem receber o que anseiam, pensa que agora sim é o final, que certamente não vai subir ao céu, pois nem mesmo neste instante consegue acreditar no céu, e ouve entre sonhos que os jagunços tossem, discutem e afinal decidem que não podem continuar lá, porque o fogo vai se estender até esta casa. "Leão, vamos", ouve, "agache-se, Leão", e ele, que não pode abrir os olhos, estica as mãos e sente que o seguram, puxam, arrastam. Quanto dura esse deslocamento às cegas, sufocando-se, esbarrando em paredes, paus, gente que bloqueia o caminho e o empurra para um lado, para o outro, para a frente, pelo estreito, sinuoso corredor de terra onde, vez por outra, ajudam-no a subir por um poço escavado no interior de uma casa para depois tornar a sepultá-lo na terra e arrastá-lo? Talvez minutos, talvez horas, mas ao longo de todo o trajeto sua inteligência não para um segundo de revisitar mil coisas, ressuscitar mil imagens, concentrada em si mesma, ordenando ao seu corpinho que resista, que sobreviva pelo menos até a saída do túnel, assombrado porque seu corpo obedece e não se desmancha em pedaços como pensa que vai acontecer a cada instante.

De repente, a mão que o puxava se solta e ele desaba, suavemente. Sua cabeça vai explodir, seu coração vai explodir, o sangue de suas veias vai explodir e estilhaçar pelos ares sua figurinha machucada. Mas nada disso ocorre e pouco a pouco vai se acalmando, serenando, sentindo que um ar menos viciado lhe devolve gradativamente a vida. Ouve vozes, tiros, um movimento intenso. Esfrega os olhos, limpa as cinzas das pálpebras e percebe que está numa casa, não no poço, mas na superfície, cercado de jagunços, mulheres com crianças no colo, sentadas no chão, e reconhece o homem que prepara os rojões e fogos de artifício: Antônio Fogueteiro.

— Antônio, Antônio, o que está acontecendo em Canudos? — pergunta o Leão de Natuba. Mas não sai som algum de sua boca. Aqui não há chamas, apenas uma fumaceira que iguala tudo. Os jagunços não se falam, limpam os fuzis, recarregam as escopetas e se revezam para espiar lá fora. Por que não consegue falar, por que sua voz não sai? Arrastando-se nos cotovelos e joelhos vai até o Fogueteiro e se agarra em suas pernas. Este se acocora ao seu lado enquanto ceva a arma.

— Aqui nós bloqueamos os ateus — explica, com uma voz pastosa, não alterada em absoluto. — Mas eles entraram pela Mãe Igreja, pelo cemitério e pela Santa Inês. Estão em toda parte. João Abade quer fazer uma barricada na Menino Jesus e outra na Santo Elói, para que não nos ataquem pelas costas.

O Leão de Natuba imagina sem dificuldade esse último círculo a que Belo Monte se reduziu, entre as tortuosas ruelas São Pedro Mártir, Santo Elói e Menino Jesus: nem a décima parte do que era.

— Quer dizer que já tomaram o Templo do Bom Jesus? — pergunta, e desta vez a voz sai.

— Foi derrubado enquanto você dormia — responde o Fogueteiro, com a mesma calma, como se falasse do tempo. — Caiu a torre e o teto desabou. Devem ter ouvido o barulho em Trabubu e em Bendengó. Mas você nem acordou, Leão.

— É verdade que o Conselheiro subiu para o céu? — interrompe uma mulher, que fala sem mover a boca nem os olhos.

O Leão de Natuba não responde: está ouvindo, vendo a montanha de pedras desmoronar, os homens de braçadeiras e panos azuis caírem como uma chuva sólida em cima do enxame de feridos, doentes, velhos, mulheres grávidas, recém-nascidos, está vendo as beatas do Coro Sagrado trituradas, Maria Quadrado transformada num monte de carne e ossos desmanchados.

— A Mãe dos Homens está procurando você em toda parte, Leão — diz alguém, como que respondendo ao seu pensamento.

É um párvulo esquelético, um feixe de ossinhos e uma pele esticada, que vem entrando com um calção esfarrapado.

Os jagunços retiram os cantis e sacos de munição que traz nas costas. O Leão de Natuba o segura pelo bracinho:

— Maria Quadrado? Você a viu?

— Está em Santo Elói, na barricada — afirma o párvulo. — Pergunta a todo mundo por você.

— Leve-me até lá — diz o Leão de Natuba, e na sua voz há angústia e súplica.

— O Beatinho foi na direção dos cães com uma bandeira — diz o párvulo ao Fogueteiro, lembrando-se.

— Leve-me até Maria Quadrado, estou pedindo — grita o Leão de Natuba, preso a ele, pulando. O menino olha para o Fogueteiro, indeciso.

— Leve — diz este. — Diga a João Abade que aqui está calmo agora. E volte depressa, preciso de você. — Tinha distribuído cantis entre os presentes e entrega ao Leão o que guardou para ele: — Tome um gole antes de ir.

O Leão de Natuba bebe e murmura: "Louvado seja o Bom Jesus Conselheiro." Sai do casebre atrás do menino. Do lado de fora, vê incêndios em toda parte e homens e mulheres tentando apagá-los com baldes de areia. A rua São Pedro Mártir tem menos escombros e há muita gente nas casas. Algumas pessoas o chamam, fazem gestos, muitas vezes lhe perguntam se viu os anjos, se estava lá quando o Conselheiro subiu. Não responde, não se detém. Faz um grande esforço para avançar, seu corpo todo dói, mal consegue apoiar as mãos no chão. Grita para o párvulo que não ande tão depressa, não pode segui-lo, e de repente o menino — sem dar um grito, sem dizer uma palavra — cai no chão. O Leão de Natuba se arrasta até lá, mas não chega a tocar nele, pois onde estavam seus olhos agora há sangue e se vê uma coisa branca, talvez um osso, talvez uma substância. Sem tentar averiguar de onde veio o disparo, começa a trotar com mais brio, pensando: "Mãe Maria Quadrado, quero ver você, quero morrer com você." À medida que avança, mais fumaça e mais chamas vêm ao seu encontro, e de repente percebe que não vai poder passar: a São Pedro Mártir está interrompida por uma parede crepitante de chamas que fecha a rua. Para, ofegante, sentindo na cara o calor do incêndio.

"Leão, Leão."

Ele se vira. Vê a sombra de uma mulher, um fantasma de ossos salientes, pele enrugada, com um olhar tão triste quanto sua voz. "Jogue-o no fogo, Leão", pede. "Eu não consigo, você consegue. Não quero que o comam também, porque vão me comer." O Leão de Natuba segue o olhar da agonizante e, quase ao seu lado, em cima do cadáver avermelhado pelo resplendor, vê o festim: são muitos ratos, talvez dezenas, e passeiam pela cara e a barriga de alguém que já não é possível saber se foi homem ou mulher, jovem ou velho. "Eles saem de todos os lados por causa dos incêndios, ou porque o Diabo já ganhou a guerra", diz a mulher, contando as letras de suas palavras. "Não quero que o comam, ainda é um anjo. Jogue-o no fogo, Leãozinho. Pelo Bom Jesus." O Leão de Natuba olha o festim: já comeram a cara, trabalham na barriga, entre as coxas.

— Sim, Mãe — diz, e se aproxima em suas quatro patas. Empinando o corpo sobre as extremidades traseiras, pega o pequeno volume embrulhado que a mulher tem em cima da saia e aperta contra o peito. Depois, erguido nas patas de trás, curvado, ansioso, ofega: — Eu o levo, eu o acompanho. Esse fogo me espera há vinte anos, Mãe.

A mulher ouve, enquanto ele se dirige para as chamas, que vai salmodiando com todas as forças que ainda lhe restam uma oração que nunca ouviu, em que se repete várias vezes o nome de uma santa que tampouco conhece: Almudia.

— Uma trégua? — pergunta Antônio Vilanova.

— É o que significa — respondeu o Fogueteiro. — Um pano branco num pau quer dizer isso. Não vi quando ele partiu, mas muitos viram. Só vi quando voltou. Ainda estava empunhando o pano branco.

— Mas por que o Beatinho fez isso? — perguntou Honório Vilanova.

— Teve compaixão dos inocentes ao vê-los morrer queimados — respondeu o Fogueteiro. — As crianças, os velhos, as mulheres grávidas. Foi dizer aos ateus que os deixassem sair de Belo Monte. Não consultou João Abade, nem Pedrão nem João Grande, que estavam na rua Santo Elói e na São Pedro Mártir. Fez sua bandeira e saiu caminhando pela Mãe Igreja. Os ateus o deixaram passar. Pensávamos que o tinham matado e que iam devolvê-lo como fizeram com Pajeú: sem olhos, língua nem orelhas. Mas voltou, com seu pano branco. Já tínhamos bloqueado a Santo Elói, a Menino Jesus e a Mãe Igreja. E apagado muitos incêndios. Voltou duas ou três horas depois, e nesses intervalos os ateus não atacaram. Isso é uma trégua. O padre Joaquim explicou.

O Anão se comprimiu contra Jurema. Tremia de frio. Estavam numa gruta, onde no passado os pastores de cabras pernoitavam, não muito distante do que era, antes que as chamas a devorassem, a diminuta granja de Caçabu, num desvio do caminho entre Mirandela e Quijingue. Estavam escondidos ali há doze dias. Faziam rápidas excursões ao exterior para trazer ervas, raízes, qualquer coisa para mastigar, e água de uma aguada próxima. Como toda aquela região estava infestada de tropas que, em pequenas seções ou em grandes batalhões, voltavam para Queimadas, decidiram ficar lá por algum tempo. À noite, a temperatura baixava muito, e, como os Vilanova não permitiam acender fogo com receio de que a luz atraísse alguma patrulha, o Anão morria de frio. Dos três, era o mais friorento, porque era o menor e o que estava mais magro. O míope e Jurema o deixavam dormir entre eles, agasalhando-o com seus corpos. Mas mesmo assim o Anão via com temor a chegada da noite, porque, apesar do calor dos seus amigos, seus dentes batiam e seus ossos gelavam. Estava sentado entre eles, ouvindo o Fogueteiro, e, a todo instante, suas mãozinhas gorduchas pediam a Jurema e ao míope que se apertassem contra ele.

— O que aconteceu com o padre Joaquim? — ouviu o míope perguntar. — Ele também...?

— Não o queimaram nem degolaram — Antônio Fogueteiro respondeu no ato, com um ar tranquilizador, parecendo feliz por afinal poder dar uma boa notícia. — Morreu de bala, na barricada da Santo Elói. Estava perto de mim. Também ajudou a dar mortes piedosas. Serafim, o carpinteiro, disse que talvez o Pai não aprovasse essa morte. Não era um jagunço e sim um sacerdote, não é mesmo? Talvez o Pai não aprovasse que um homem de batina morresse com o fuzil na mão.

— O Conselheiro deve ter explicado por que ele estava com um fuzil na mão — disse uma das Sardelinhas. — E o Pai decerto o perdoou.

— Sem dúvida — disse Antônio Fogueteiro. — Ele sabe o que faz.

Embora não houvesse fogueira e a boca da gruta estivesse disfarçada com moitas e cactos inteiros arrancados das proximidades, a claridade da noite — o Anão imaginava a lua amarela e miríades de estrelas brilhantes observando com assombro o sertão — se filtrava até onde estavam, e ele podia ver o perfil de Antônio Fogueteiro, seu nariz chato, sua testa e seu queixo cortados a faca. Era um jagunço que o Anão recordava muito bem, porque o tinha visto, em Canudos, preparando aqueles foguetes que iluminavam o céu nas noites de procissão com arabescos rutilantes. Recordava suas mãos queimadas de pólvora, as cicatrizes em seus braços, e como, no começo da guerra, ele se empenhou em fabricar aqueles cartuchos de dinamite que os jagunços jogavam nos soldados por cima das barricadas. O Anão foi o primeiro a vê-lo entrar na gruta, essa tarde, gritando que era o Fogueteiro, para que os Vilanova, que estavam com as pistolas prontas, não atirassem.

— E para que o Beatinho voltou? — perguntou Antônio Vilanova, após uma pausa. Era ele quem fazia quase sempre as perguntas, foi ele quem passou a tarde e a noite inteiras interrogando o Antônio Fogueteiro, depois que o reconheceram e abraçaram. — Estava deslumbrado?

— Certamente — disse Antônio Fogueteiro.

O Anão tentou imaginar a cena, a figurinha miúda, pálida, os olhos ardentes do Beatinho, retornando ao pequeno reduto, com sua bandeira branca, entre os mortos, os escombros, os feridos, os combatentes, entre as casas queimadas e os ratos que, segundo o Fogueteiro, apareciam de repente em toda parte e se precipitavam vorazmente sobre os cadáveres.

— Aceitaram — disse o Beatinho. — Podem se render.

— Que saíssemos em fila indiana, sem nenhuma arma, de mãos na cabeça — explicou o Fogueteiro, no tom que se usa para contar a fantasia mais disparatada ou o desatino de um bêbado. — Que nos considerariam prisioneiros e não nos matariam.

O Anão ouviu-o suspirar. Ouviu um dos Vilanova suspirar e achou que uma das Sardelinhas estava chorando. Era curioso, as mulheres dos Vilanova, que o Anão confundia com tanta facilidade, nunca choravam ao mesmo tempo: uma chorava antes, outra depois. Mas só choraram quando Antônio Fogueteiro começou a responder esta tarde às perguntas de Antônio Vilanova, pois durante a fuga de Belo Monte, e todo o tempo em que estão escondidos ali, não vira uma lágrima em seus olhos. Tremia tanto que Jurema passou-lhe um braço pelos ombros e esfregou seu corpo com força. Seria por causa do frio de Caçabu, porque a fome o deixara doente, ou pelo que ouvia o Fogueteiro contar?

— Beatinho, Beatinho, você sabe o que está dizendo? — gemeu João Grande. — Sabe o que está pedindo? Quer mesmo que a gente largue as armas e vá se render, de mãos na cabeça, aos maçons? É isso o que quer, Beatinho?

— Você não — disse a voz que parecia estar sempre rezando. — Os inocentes. Os párvulos, as que vão parir, os velhos. Para salvarem a vida, você não pode decidir por eles. Se não deixar que se salvem, é como se os matasse. Vai carregar essa culpa, vai ter sangue inocente nas suas mãos, João Grande. É um crime contra o céu deixar os inocentes morrerem. Eles não podem se defender, João Grande.

— Disse que o Conselheiro falava pela sua boca — acrescentou Antônio Fogueteiro. — Que o tinha inspirado, que mandara salvá-los.

— E João Abade? — perguntou Antônio Vilanova.

— Não estava lá — explicou o Fogueteiro. — O Beatinho voltou a Belo Monte pela barricada da rua Mãe Igreja. Ele estava na da Santo Elói, foi avisado mas demorou a chegar. Estava reforçando essa barricada, que era a mais fraca. Quando chegou, tinham começado a sair atrás do Beatinho. Mulheres, crianças, velhos, doentes se arrastando.

— E ninguém os deteve? — perguntou Antônio Vilanova.

— Ninguém teve coragem — disse o Fogueteiro. — Era o Beatinho, o próprio Beatinho. Não era alguém como você ou eu, era uma pessoa que tinha acompanhado o Conselheiro desde o começo. O Beatinho. Você diria a ele que estava deslumbrado, que não sabia o que estava fazendo? Nem João Grande se atreveu, nem eu, nem ninguém.

— Mas João Abade, sim, teve coragem — murmurou Antônio Vilanova.

— Certamente — disse Antônio Fogueteiro. — João Abade, sim.

O Anão sentia os ossos gelados e a testa ardendo de febre. Reproduziu a cena com facilidade: a figura alta, flexível, firme do ex-cangaceiro chegando, com a faca e o facão na cintura, o fuzil no ombro, as cartucheiras no peito, não cansado, mas num estado além do cansaço. Estava lá, vendo a fila incompreensível de grávidas, crianças, velhos, todos os inválidos ressuscitados que avançavam de mãos na cabeça em direção aos soldados. Não imaginava: via aquilo com a nitidez e a cor de um espetáculo do Circo do Cigano, nos bons tempos, quando era um circo grande e próspero. Estava vendo João Abade: seu espanto, sua confusão, sua raiva.

— Parem! Parem! — gritou, fora de si, olhando à direita e à esquerda, gesticulando para os que se rendiam, tentando detê-los. — Estão loucos? Alto! Alto!

— Nós lhe explicamos — disse o Fogueteiro. — João Grande também explicou, chorando, sentindo-se responsável. Também vieram Pedrão, o padre Joaquim, outros. Bastaram duas palavras para que ele entendesse tudo.

— Não vão só matá-los — disse João Abade, levantando a voz, municiando o fuzil, tentando apontar nos que já tinham passado por ele e se afastavam. — Vão matar todos nós. Vão humilhar essa gente, ultrajar como fizeram com Pajeú. Não se pode permitir isso, justamente porque são inocentes. Não se pode permitir que cortem seus pescoços! Não se pode permitir que sejam desonrados!

— Já estava atirando — disse Antônio Fogueteiro. — Já estávamos todos atirando. Pedrão, João Grande, o padre Joaquim, eu — o Anão notou que sua voz, até então firme, hesitava: — Fizemos mal? Fiz mal, Antônio Vilanova? João Abade fez mal em nos mandar atirar?

— Fez bem — disse no ato Antônio Vilanova. — Eram mortes piedosas. Iam morrer a faca, como Pajeú. Eu também teria atirado.

— Não sei — disse o Fogueteiro. — Isso me atormenta. Será que o Conselheiro aprovaria? Vou passar o resto da vida fazendo esta pergunta, tentando saber se, depois de acompanhar o Conselheiro durante dez anos, acabei me condenando por um erro no último momento. Às vezes...

Calou-se e o Anão notou que, agora, as Sardelinhas choravam ao mesmo tempo; uma com soluços fortes e despudorados, a outra, mais baixinho, soluçando.

— Às vezes...? — perguntou Antônio Vilanova.

— Às vezes penso que o Pai, o Bom Jesus ou Nossa Senhora fizeram o milagre de me salvar do meio dos mortos para que eu me redima daqueles tiros — disse Antônio Fogueteiro. — Não sei. Não sei nada, outra vez. Em Belo Monte tudo me parecia claro, o dia era dia e a noite, noite. Até aquele momento, até que começamos a atirar nos inocentes e no Beatinho. Tudo ficou confuso, outra vez.

Suspirou e ficou em silêncio, escutando, tal como o Anão e os outros, o pranto das Sardelinhas por aqueles inocentes a quem os jagunços deram morte piedosa.

— Porque, talvez, o Pai quisesse que eles subissem ao céu com martírio — acrescentou o Fogueteiro.

"Estou suando", pensou o Anão. Ou estava sangrando? Pensou: "Estou morrendo." Pela sua testa escorriam gotas que deslizavam pelas sobrancelhas e pestanas, tapavam seus olhos. Mas, embora estivesse suando, o frio continuava ali, gelando suas entranhas. Jurema, vez por outra, limpava seu rosto.

— E o que houve então? — ouviu o jornalista míope perguntar. — Depois que João Abade, você e os outros...

Calou-se e as Sardelinhas, que tinham interrompido o choro, surpresas com a intromissão, recomeçaram a chorar.

— Não houve depois — disse Antônio Fogueteiro. — Os ateus pensaram que estávamos atirando neles. Ficaram furiosos quando viram que íamos tirar-lhes as presas que pensavam já ser suas — calou-se e sua voz vibrou. — "Traidores", gritavam. E diziam que tínhamos rompido a trégua e que íamos pagar caro por isso. Então nos atacaram por todos os lados. Milhares de ateus. Foi uma sorte.

— Uma sorte? — perguntou Antônio Vilanova.

O Anão tinha entendido. Uma sorte ter que atirar de novo nessa torrente de uniformes que avançava com fuzis e tochas, uma sorte não ter que continuar matando inocentes para salvá-los da humilhação. Entendia, e, no meio da febre e do frio, via. Via os jagunços exaustos, depois de dar mortes piedosas, esfregando as mãos cheias de bolhas e queimaduras, felizes por ter de novo pela frente um inimigo claro, definido, flagrante, inconfundível. Podia ver a fúria que avançava matando o que ainda não estava morto, queimando o que faltava queimar.

— Mas tenho certeza de que ele não chorou, nem mesmo nessa hora — disse uma das Sardelinhas, e o Anão não soube se era a mulher de Honório ou de Antônio. — Posso imaginar João Grande, o padre Joaquim, chorando por ter que fazer isso com os inocentes. Mas ele? Terá chorado?

— Certamente — sussurrou Antônio Fogueteiro. — Mas eu não vi.

— Ninguém jamais viu João Abade chorar — disse a mesma Sardelinha.

— Você nunca gostou dele — murmurou, com decepção, Antônio Vilanova, e o Anão soube então qual das irmãs falava: Antônia.

— Nunca — admitiu ela, sem esconder seu rancor. — E muito menos agora. Agora que sei que ele não acabou como João Abade e sim como João Satã, que matava por matar, roubava por roubar e sentia prazer fazendo as pessoas sofrerem.

Houve um silêncio pesado e o Anão sentiu que o míope estava assustado. Esperou, tenso.

— Nunca mais quero ouvir você dizer isto — murmurou, devagar, Antônio Vilanova. — Você é minha mulher há anos, desde sempre. Passamos muitas coisas juntos. Mas se ouvir você repetir isso, tudo se acaba. E você se acaba também.

Tremendo, suando, contando os segundos, o Anão esperou.

— Juro pelo Bom Jesus que nunca mais repito isto — balbuciou Antônia Sardelinha.

— Eu vi João Abade chorar — disse então o Anão. Seus dentes batiam, as palavras saíam em espasmos, mastigadas. Falava com o rosto apertado contra o peito de Jurema. — Não se lembram, eu não contei? Foi quando ouviu a Terrível e Exemplar História de Roberto, o Diabo.

— Era filho de um rei e, quando nasceu, sua mãe já tinha cabelos brancos — lembrou João Abade. — Nasceu por milagre, se é que também se pode falar de milagres do Diabo. Ela tinha feito um pacto para Roberto nascer. Não é assim o começo?

— Não — disse o Anão, com a segurança de toda uma vida contando essa história, que já nem se lembrava mais de quando ou onde tinha aprendido, e depois levou pelos povoados, contando-a centenas, milhares de vezes, ampliando, encurtando, embelezando, entristecendo, alegrando, dramatizando, conforme o estado de ânimo dos diversos auditórios. Nem mesmo João Abade podia ensinar-lhe o começo. — A mãe dele era estéril e velha, e precisou fazer um pacto para Roberto nascer, sim. Mas não era filho do rei, era do duque.

— Do duque da Normandia — admitiu João Abade. — Conte de uma vez.

— Chorou? — ouviu, como se viesse do outro mundo, a voz que conhecia tanto, aquela voz sempre assustada, e ao mesmo tempo curiosa, abelhuda, intrometida. — Ouvindo a história de Roberto, o Diabo?

Sim, tinha chorado. Em algum momento, talvez quando contava as grandes matanças e iniquidades, quando, possuído, impelido, dominado pelo espírito de destruição, uma força invisível a que não podia resistir, Roberto enfiava a faca na barriga das mulheres grávidas ou degolava os recém-nascidos ("o que quer dizer que era sulista, não nordestino", explicava o Anão), empalava os camponeses e incendiava as cabanas onde dormiam famílias, ele notou que o Comandante da Rua tinha um brilho nos olhos, um reflexo nas bochechas, um tremor no queixo e esse subir e descer do peito. Desconcertado, atemorizado, o Anão se calou — qual podia ter sido seu erro, seu esquecimento? — e olhou ansioso para Catarina, uma figurinha tão esquálida que parecia não ocupar espaço no reduto da rua do Menino Jesus, onde João Abade o levara. Catarina lhe indicou com um gesto que continuasse. Mas João Abade não deixou:

— Ele era culpado pelo que fazia? — disse, transformado. — Era culpado por cometer tantas crueldades? Podia fazer outra coisa? Não estava pagando a dívida da mãe? De quem o Pai iria cobrar essas maldades? Dele ou da duquesa? — Fixou os olhos no Anão, com uma angústia terrível: — Responda, responda.

— Não sei, não sei — tremeu o Anão. — Não está no conto. Não é minha culpa, não me faça nada, sou apenas quem conta a história.

— Ele não vai lhe fazer nada — sussurrou a mulher que parecia um espírito. — Continue contando, continue.

Ele continuou contando, vendo Catarina secar os olhos de João Abade com a barra da saia e depois acocorar-se aos seus pés e passar-lhe as mãos pelas pernas e encostar a cabeça nos seus joelhos, para que se sentisse acompanhado. Não voltou a chorar, nem a se mexer, nem a interrompê-lo até o final que, às vezes, era com a morte de Roberto, o Santo transformado em piedoso ermitão e, às vezes, com Roberto cingindo a coroa que mereceu quando descobriram que era filho de Ricardo da Normandia, um dos Doze Pares da França. Lembra que quando terminou naquela tarde — ou naquela noite? — João Abade lhe agradeceu pela história. Mas quando, em que momento foi aquilo? Antes da chegada dos soldados, quando a existência era tranquila e Belo Monte parecia o lugar certo para passar a vida? Ou quando a vida virou morte, fome, ruína, medo?

— Quando foi, Jurema? — perguntou, ansioso, sem saber por que era tão inadiável situar exatamente aquilo no tempo. — Míope, míope, foi no começo ou no final do espetáculo?

— O que ele tem? — ouviu que dizia uma das Sardelinhas.

— Febre — respondeu Jurema, abraçando-o.

— Quando foi? — perguntou o Anão. — Quando foi?

— Está delirando — ouviu o míope dizer, e sentiu que tocava na sua testa, acariciava-lhe o cabelo e as costas.

Ouviu-o espirrar, duas, três vezes, como sempre acontecia quando algo o surpreendia, divertia ou assustava. Agora sim podia espirrar. Mas não espirrou na noite que fugiram, aquela noite em que um espirro teria lhe custado a vida. Imaginou-o num espetáculo, espirrando vinte, cinquenta, cem vezes, como a Barbuda peidava no número dos palhaços, com registros e tonalidades altas, baixas, longas, curtas, e também teve vontade de rir, como o público que assistia ao espetáculo. Mas não teve forças.

— Dormiu — ouviu Jurema dizer, ajeitando sua cabeça entre as pernas. — Amanhã vai estar bem.

Mas não estava dormindo. No fundo dessa ambígua realidade de fogo e gelo que era seu corpo encolhido na escuridão da gruta, continuou ouvindo o relato de Antônio Fogueteiro, reproduzindo, vendo aquele fim do mundo que ele já tinha antecipado, conhecido, sem necessidade de que aquele ressuscitado entre os tições e cadáveres lhe contasse coisa alguma. E, apesar do mal-estar que sentia, dos calafrios, da distância que parecia haver até aquele que falava a seu lado, na noite do sertão baiano, nesse mundo já sem Canudos e sem jagunços, e que logo também estaria sem soldados quando fossem embora os que tinham acabado sua missão, e estas terras voltassem à sua orgulhosa e miserável solidão de sempre, o Anão se interessou, impressionado, assombrado, pelo que Antônio Fogueteiro contava.

— Pode-se dizer que você ressuscitou — ouviu a voz de Honório, o Vilanova que falava tão raramente que, quando o fazia, parecia o irmão.

— Sim, é verdade — replicou o Fogueteiro. — Só que eu não estava morto. Nem mesmo ferido de bala. Não sei, nem isso eu sei. Não havia sangue no meu corpo. Talvez uma pedra tenha batido na minha cabeça. Mas eu não sentia nenhuma dor.

— Você desmaiou — disse Antônio Vilanova. — Como as pessoas desmaiavam em Belo Monte. Pensaram que estava morto, e isso o salvou.

— Isso me salvou — repetiu o Fogueteiro. — Mas não foi só isso. Porque quando acordei e me vi no meio dos mortos, também vi que os ateus estavam liquidando os caídos com as baionetas ou, se estes se mexiam, tiros. Passaram ao meu lado, muitos, e nenhum deles se abaixou para ver se eu estava morto.

— Quer dizer, você ficou um dia inteiro se fingindo de morto — disse Antônio Vilanova.

— Sentindo os ateus passarem, exterminando os vivos, esfaqueando os prisioneiros, dinamitando paredes — disse o Fogueteiro. — Mas isso não era o pior. O pior eram os cachorros, os ratos, os urubus. Comiam os mortos. Eu os ouvia escavar, morder, bicar. Os animais não se enganam. Sabem quem está morto e quem não está. Os urubus, os ratos, não comem os vivos. Meu medo eram os cachorros. Este foi o milagre: elas também me deixaram em paz.

— Teve sorte — disse Antônio Vilanova. — E agora, o que vai fazer?

— Voltar para Mirandela — disse o Fogueteiro. — Nasci lá, lá me criei, lá aprendi a fazer foguetes. Não sei, talvez. E vocês?

— Vamos para longe daqui — disse o ex-comerciante. — Para Assaré, talvez. De lá viemos, lá começamos esta vida, fugindo, como agora, da peste. De outra peste. Talvez voltemos, para terminar onde tudo começou. Que outra coisa se pode fazer?

— É verdade — disse Antônio Fogueteiro.

Nem quando lhe dizem que vá correndo ao posto de comando do general Artur Oscar, se quiser ver a cabeça do Conselheiro antes que o tenente Pinto Souza a leve para a Bahia, o coronel Geraldo Macedo, chefe do Batalhão de Voluntários da Polícia Baiana, para de pensar no que se tornou sua obsessão desde o fim da guerra: quem o viu? Onde está? Mas, como todos os comandantes de brigada, regimento e batalhão (os oficiais de menos patente não têm esse privilégio), vai observar o que resta do homem que matou e fez tanta gente morrer e que, no entanto, segundo todos os testemunhos, ninguém jamais viu pegar pessoalmente num fuzil ou numa faca. Não vê grande coisa, afinal, porque meteram a cabeça num saco de gesso por causa da decomposição: só uns tufos de cabelo grisalho. Vai à barraca do general Oscar por obrigação, ao contrário de outros oficiais, que permanecem lá, comemorando o fim da guerra e fazendo planos para o futuro, agora que vão retornar às suas cidades e às suas famílias. O coronel Macedo pousa os olhos por um instante nessa moita de cabelo, sai sem fazer o menor comentário e volta a se internar no fumegante amontoado de ruínas e cadáveres.

Já não pensa no Conselheiro, nem nos oficiais exultantes que deixou no posto de comando, oficiais com quem, aliás, nunca se sentiu identificado, e a quem, desde que chegou aos morros de Canudos com o Batalhão da Polícia Baiana, sempre retribuiu o desprezo que lhe demonstram com um desprezo idêntico. Ele sabe qual é seu apelido, como o chamam quando vira as costas: Caçabandidos. Não se importa. Está orgulhoso de ter passado trinta anos de vida limpando várias vezes as terras da Bahia de bandos de cangaceiros, de ter conquistado todos os seus galões e chegado a coronel, ele, um modesto mestiço nascido em Mulungo do Morro, povoadinho que nenhum desses oficiais saberia localizar num mapa, à custa de tanto arriscar a pele enfrentando a ralé desta terra.

Mas seus homens, sim, se importam. Os policiais baianos que há quatro meses concordaram em vir lutar contra o Conselheiro por lealdade pessoal a ele — disse-lhes que era um pedido do governador da Bahia, que era indispensável que o corpo policial se oferecesse para ir a Canudos desmentir os pérfidos boatos que, no resto do país, acusavam os baianos de moleza, indiferença e até simpatia e cumplicidade em relação aos jagunços, demonstrando ao governo federal e a todo o Brasil que os baianos estavam tão dispostos como qualquer outro a todos os sacrifícios para defender a República —, sim, eles se ofendem e se sentem humilhados com as afrontas e desacatos que tiveram que suportar desde que se incorporaram à coluna. Mas não se contêm, como ele: respondem aos insultos com insultos, aos apelidos com apelidos, e nesses quatro meses tiveram inúmeros incidentes com os soldados de outros regimentos. O que mais os exaspera é perceber que o comando também os discrimina. Em todas as ações, o Batalhão de Voluntários da Polícia Baiana foi mantido à margem, na retaguarda, como se o próprio Estado-Maior desse crédito à infâmia de que os baianos são restauradores de coração, conselheiristas encabulados.

A pestilência é tão forte que precisa tirar o lenço e tapar o nariz. Embora muitos dos incêndios estejam apagados, o ar está cheio de serragem torrada, de faíscas e cinzas, e o coronel está com os olhos irritados, enquanto explora, espia, empurra com o pé para ver suas caras, os jagunços caídos. A maioria está carbonizada, ou tão desfigurada pelas chamas que, mesmo se o conhecesse, não poderia identificá-lo. Além do mais, ainda que esteja intacto, como poderia reconhecê-lo? Por acaso o viu alguma vez? As descrições que tem dele não são suficientes. É uma burrice, claro. Pensa: "Claro." Entretanto, é mais forte que sua razão, é aquele instinto obscuro que tanto lhe valeu no passado, os palpites repentinos que o faziam arrastar sua volante numa inexplicável marcha forçada de dois ou três dias para chegar a uma vila onde, de fato, surpreendiam os bandidos que tinham procurado em vão durante semanas ou meses. Agora é a mesma coisa. O coronel Geraldo Macedo continua cavucavando entre os cadáveres hediondos, o nariz e a boca cobertos com um lenço, a outra mão afastando os enxames de moscas, enxotando às vezes com pontapés os ratos que sobem por suas pernas, porque, contrariando toda a lógica, algo lhe diz que quando se deparar com a cara, o corpo ou os simples ossos de João Abade, saberá que são dele.

— Excelência, Excelência — é seu adjunto, o tenente Soares, que se aproxima tapando o rosto com um lenço.

— Encontraram? — o coronel Macedo se entusiasma.

— Ainda não, Excelência. O general Oscar pede que saia daqui porque os sapadores vão começar a demolição.

— A demolição? — o coronel Macedo dá uma olhada à sua volta, deprimido. — Ainda resta o que demolir?

— O general prometeu que não ficaria pedra sobre pedra — diz o tenente Soares. — Deu ordem de dinamitar as paredes que não desmoronaram.

— Que desperdício — murmura o coronel. Mantém a boca entreaberta sob o lenço e, como faz quando está pensando, lambe seu dente de ouro. Olha com pesar a extensão dos escombros, pestilência e carniça. Afinal encolhe os ombros. — Bem, vamos ter que ir embora sem saber se ele morreu ou fugiu.

Ainda tapando o nariz, ele e seu adjunto começam a andar de volta para o acampamento. Pouco depois, às suas costas, começam as explosões.

— Posso lhe fazer uma pergunta, Excelência? — diz o tenente Soares, fanhoso debaixo do lenço. O coronel Macedo concorda. — Por que lhe interessa tanto o cadáver de João Abade?

— É uma velha história — grunhe o coronel. Sua voz também soa fanhosa. Os olhinhos escuros espreitam, aqui e ali. — Uma história que eu comecei, parece. Pelo menos é o que dizem. Porque eu matei o pai de João Abade, há pelo menos trinta anos. Era coiteiro de Antônio Silvino, em Custódia. Dizem que ele se tornou cangaceiro para vingar o pai. E depois, bem... — Vira-se para encarar o adjunto e de repente se sente velho. — Quantos anos você tem?

— Vinte e dois, Excelência.

— Por isso não sabe quem era João Abade — grunhe o coronel Macedo.

— O chefe militar de Canudos, um grande desalmado — replica o tenente Soares.

— Um grande desalmado — confirma o coronel Macedo. — O mais feroz da Bahia. O que sempre conseguiu fugir. Eu o persegui durante dez anos. Estive várias vezes a ponto de pôr as mãos nele. Mas sempre escapava. Diziam que tinha feito um pacto. Era chamado de Satã, naquele tempo.

— Agora entendo por que quer encontrá-lo — sorri o tenente Soares. — Para ver se desta vez não lhe escapou.

— Na verdade, não sei por quê — grunhe o coronel Macedo, dando de ombros. — Porque ele me lembra a juventude, talvez. Caçar bandidos era melhor que este tédio.

Há um rosário de explosões e o coronel Macedo pode ver que, nas encostas e nos cumes dos morros, milhares de pessoas observam as últimas paredes de Canudos voando pelos ares. Não é um espetáculo que lhe interesse e não se dá ao trabalho de olhar; continua caminhando para o acampamento do Batalhão de Voluntários Baianos, no sopé da Favela, logo atrás das trincheiras do Vaza-Barris.

— Na verdade, há coisas que não entram na cabeça de ninguém — diz, cuspindo o gosto ruim que a frustrada expedição lhe deixara. — Primeiro, mandar contar casas que não são mais casas, são ruínas. E agora, mandar dinamitar pedras e tijolos. Você entende para que essa comissão do coronel Dantas Barreto foi contar as casas?

Levaram toda a manhã, entre os miasmas fumegantes, e estabeleceram que houve cinco mil e duzentas casas em Canudos.

— Estão numa enrascada, as contas não batem — caçoa o tenente Soares. — Calcularam cinco pessoas por casa. Quer dizer, uns trinta mil jagunços. Mas a comissão do coronel Dantas Barreto encontrou apenas seiscentos e quarenta e sete cadáveres.

— Porque só contou os cadáveres inteiros — grunhe o coronel Macedo. — Esqueceu os pedaços, os ossos, e foi assim que a maioria acabou. Cada doido com sua mania.

No acampamento, um drama espera o coronel Geraldo Macedo. Mais um dos que pontilharam a presença dos policiais baianos no cerco a Canudos. Os oficiais tentam acalmar seus homens mandando que se dispersem e parem de falar no assunto. Haviam postado guardas em todo o perímetro do acampamento, receando uma debandada dos policiais baianos para dar o merecido castigo nos soldados que os provocaram. Pela cólera empoçada nos olhos e rostos dos seus homens, o coronel Macedo percebe que o incidente foi dos mais graves. Mas, antes de ouvir qualquer explicação, repreende os oficiais:

— Quer dizer que as minhas ordens não são obedecidas! Quer dizer que, em vez de ir atrás do bandido, vocês deixam os homens ficarem por aí, brigando! Eu não disse para evitarem brigas?

Mas suas ordens tinham sido respeitadas ao pé da letra. Patrulhas de policiais baianos estiveram percorrendo Canudos até que o comando ordenou sua retirada, para que os sapadores entrassem em ação. O incidente começou, justamente, com uma das patrulhas que procuravam o cadáver de João Abade, três baianos que, seguindo a barricada do cemitério e das igrejas, foram até uma depressão que alguma vez deve ter sido um arroio ou braço de rio e que é um dos pontos onde estão concentrados os prisioneiros, uma centena de pessoas, agora quase exclusivamente crianças e mulheres, pois os homens que havia entre eles já tinham sido passados pela faca por uma patrulha comandada pelo alferes Maranhão, de quem dizem que se ofereceu como voluntário para a missão porque os jagunços emboscaram sua companhia há poucos meses, deixando-o com apenas oito homens válidos dos cinquenta que eram. Os policiais baianos foram perguntar aos prisioneiros se sabiam alguma coisa de João Abade e, então, um deles reconheceu, numa prisioneira, uma parente sua do povoado de Mirangaba. Vendo-o abraçar uma jagunça, o alferes Maranhão começou a xingar e a dizer, apontando para ele, que ali estava a prova de como os policiais do Caçabandidos, apesar de usarem uniformes republicanos, no fundo eram traidores. E quando o policial tentou protestar, o alferes, num ataque de fúria, derrubou-o no chão com um soco. Ele e seus dois companheiros foram enxotados pelos gaúchos da patrulha que, de longe, ainda os xingavam de "jagunços!". Voltaram ao acampamento tremendo de raiva, e deixaram em polvorosa todos os seus companheiros que, há uma hora, murmuram e querem ir se desforrar dos insultos. Era o que o coronel Geraldo Macedo imaginava: um incidente, igual a vinte ou trinta outros, pelo mesmo motivo e quase com as mesmas palavras.

Mas, desta vez, ao contrário de todas as outras, quando acalmava seus homens e, no máximo, fazia uma queixa ao general Barbosa, chefe da Primeira Coluna, à qual o Batalhão de Voluntários da Polícia Baiana é subordinado, ou ao próprio comandante das Forças Expedicionárias, o general Artur Oscar, se considerasse o assunto mais sério, Geraldo Macedo sente dentro de si um borbulhar estranho, sintomático, um daqueles palpites a que deve a vida e os galões.

— Esse Maranhão não é um sujeito que mereça respeito — comenta, lambendo rápido o dente de ouro. — Passar as noites degolando prisioneiros não se pode dizer que seja ofício de soldado, mais parece de açougueiro. Não acham?

Seus oficiais ficam calados, entreolham-se e, enquanto fala e lambe o dente de ouro, o coronel Macedo percebe a surpresa, a curiosidade, a satisfação nos rostos do capitão Souza, do capitão Jerônimo, do capitão Tejada e do tenente Soares.

— Não acredito que um açougueiro gaúcho possa se dar ao luxo de maltratar meus homens, nem de chamá-los de traidores da República — acrescenta. — Tem obrigação de respeitar-nos. Não é verdade?

Seus oficiais não se mexem. Ele sabe que têm sentimentos contraditórios, alegria pelo que suas palavras permitem supor ao lado de uma certa inquietação.

— Esperem aqui, ninguém dê um passo fora do acampamento — diz, começando a andar. E, como seus subordinados protestam ao mesmo tempo e exigem ir também, ele os contém secamente: — É uma ordem. Vou resolver este problema sozinho.

Não sabe o que vai fazer, quando sai do acampamento, observado, apoiado, admirado pelos trezentos homens, cujos olhares sente às suas costas como uma pressão calorosa; mas vai fazer alguma coisa, porque sentiu raiva. Não é um homem raivoso, não era nem mesmo quando jovem, uma idade em que todos são raivosos, pois tinha fama de só se alterar muito raramente. A frieza salvara a sua vida muitas vezes. Mas agora está com raiva, uma comichão na barriga que é como o estalido do pavio que antecede a explosão de uma carga de pólvora. Estará com raiva porque esse cortador de pescoços chamou-o de Caça-bandidos, e de traidores da República os voluntários baianos, porque abusou de seus policiais? Esta é a gota d'água que fez o copo transbordar. Caminha devagar, olhando para o cascalho e a terra gretada, surdo às explosões que demolem Canudos, cego às sombras dos urubus que traçam círculos sobre sua cabeça e, ao mesmo tempo, sua mão, num movimento autônomo, veloz e eficiente como nos bons tempos, pois os anos trincaram um pouco a sua pele e lhe encurvaram um pouco as costas, mas não embotaram seus reflexos nem a agilidade dos seus dedos, tira o revólver do coldre, abre-o, verifica se há seis balas nos seis orifícios do tambor e devolve a arma ao seu lugar. A gota d'água que fez o copo transbordar. Porque esta, que seria a melhor experiência da sua vida, o coroamento de uma perigosa corrida em busca da respeitabilidade, acabou, pelo contrário, numa série de desilusões e desgostos. Em vez de ser reconhecido e bem tratado, como comandante de um batalhão que representa a Bahia nesta guerra, foi discriminado, humilhado e ofendido, ele e seus homens, e nem sequer lhes deram a oportunidade de mostrar seu valor. Sua única proeza até agora foi demonstrar paciência. Um fracasso, esta campanha, pelo menos para ele. Nem nota os soldados que passam ao seu lado e batem continência.

Quando chega à depressão do terreno onde estão os prisioneiros, vê, fumando, observando sua aproximação, o alferes Maranhão, rodeado por um grupo de soldados com as bombachas dos regimentos gaúchos. O alferes tem um físico nada imponente, um aspecto que não delata o instinto assassino que se revela à noite: baixinho, magro, pele clara, cabelo louro, bigodinho bem aparado e uns olhos azulados que, à primeira vista, parecem angelicais. Enquanto anda em sua direção, sem pressa, sem que uma única contração ou sombra indique em seu rosto de traços indígenas pronunciados o que pretende fazer — coisa que nem ele sabe —, o coronel Geraldo Macedo observa que os gaúchos à sua volta são oito, e nenhum está com fuzil — os fuzis estão alinhados em duas pirâmides, ao lado de uma barraca —, mas sim, em compensação, com facas na cintura, assim como o alferes, que, além disso, porta cartucheira e pistola. O coronel atravessa a superfície apertada, esmagada, de espectros femininos. De cócoras, deitadas, sentadas, encostadas umas nas outras como os fuzis dos soldados, a vida das mulheres prisioneiras parece refugiada exclusivamente nos olhos que o observam passar. Têm crianças nos braços, no colo, amarradas nas costas ou deitadas ao seu lado no chão. Quando está a uns dois metros, o alferes Maranhão joga fora o cigarro e fica em posição de sentido.

— Duas coisas, alferes — diz o coronel Macedo, tão perto dele que o ar de suas palavras deve chegar à cara do sulista como um ventinho morno. — Primeiro: verifique com as prisioneiras onde morreu João Abade, ou, se não morreu, o que foi feito dele.

— Já foram interrogadas, Excelência — diz o alferes Maranhão, docilmente. — Por um tenente do seu batalhão. E depois por três policiais, que, aliás, tive que repreender por insolência. Imagino que já lhe informaram. Nenhuma delas sabe nada de João Abade.

— Vamos tentar de novo, quem sabe temos mais sorte — diz Geraldo Macedo no mesmo tom: neutro, impessoal, contido, sem sombra de animosidade. — Quero que as interrogue pessoalmente.

Seus olhinhos pequenos, escuros, com pés de galinha nos cantos, não se afastam dos olhos claros, surpresos, desconfiados do jovem oficial, não piscam, não se deslocam para a direita nem para a esquerda. O coronel Macedo sabe, porque seus ouvidos ou sua intuição lhe dizem, que os oito soldados à sua direita ficaram rígidos e que os olhos de todas as mulheres estão letargicamente pousados nele.

— Vou interrogá-las, então — diz, após um momento de vacilação, o oficial.

Enquanto o alferes, numa lentidão que traduz seu desconcerto pela ordem que não consegue saber se foi dada porque o coronel quer fazer uma última tentativa de descobrir a sorte do bandido ou com a intenção de fazer-lhe sentir sua autoridade, percorre o mar de farrapos que se abre e se fecha com sua passagem, perguntando por João Abade, Geraldo Macedo não se vira uma única vez para os soldados gaúchos. Ostensivamente lhes dá as costas e, com as mãos na cintura, o quepe puxado para trás, numa postura que é sua, mas também é típica de qualquer vaqueiro do sertão, observa o avanço do alferes entre as prisioneiras. Ao longe, atrás das elevações do terreno, ainda se ouvem explosões. Nenhuma voz responde às perguntas do alferes. Quando ele para diante de uma prisioneira e, olhando-a nos olhos, indaga alguma coisa, esta se limita a sacudir a cabeça. Concentrado no que veio fazer, com toda a sua atenção nos ruídos que vêm de onde ficaram os oito soldados, o coronel Macedo tem tempo de pensar que é estranho que reine aquele silêncio no meio de uma multidão de mulheres, que é curioso que tantas crianças não chorem de sede, de fome ou de medo, e imagina que muitos daqueles diminutos esqueletos já estão mortos.

— Está vendo, é inútil — diz o alferes Maranhão, parando à sua frente. — Nenhuma sabe de nada, como eu disse.

— É uma pena — reflete o coronel Macedo. — Vou embora daqui sem saber o que foi feito de João Abade.

Continua no mesmo lugar, ainda de costas para os oito soldados, olhando fixamente para os olhos claros e a cara branquela do alferes, cujo nervosismo vai se refletindo em sua expressão.

— O que mais posso fazer pelo senhor? — murmura, por fim.

— Veio de muito longe daqui, não é mesmo? — diz o coronel Macedo. — Então, certamente não sabe qual é a pior ofensa para os sertanejos.

O alferes Maranhão está muito sério, de cenho franzido, e o coronel percebe que não pode esperar mais, pois o outro vai acabar puxando a arma. Num movimento fulminante, imprevisível, fortíssimo, bate na cara branca com a mão aberta. O golpe derruba o alferes, que não consegue se levantar e fica de quatro olhando para o coronel Macedo, que deu um passo na sua direção e adverte:

— Se quiser se levantar, está morto. E se tentar pegar o revólver, nem se fala.

Olha friamente nos seus olhos, e nem agora muda o tom de voz. Vê a dúvida na cara avermelhada do alferes, aos seus pés, e já sabe que o sulista não vai se levantar nem tentar puxar a arma. Não puxara a sua, aliás. Limitou-se a pousar a mão direita na cintura, a milímetros do coldre. Mas, na verdade, está atento ao que se passa às suas costas, adivinhando o que os oito soldados pensam, sentem, ao verem seu chefe em tal situação. Mas segundos depois tem certeza de que eles tampouco vão fazer nada, que também perderam a disputa.

— Meter a mão na cara de um homem, como eu fiz — diz, enquanto abre a braguilha, tira rapidamente o sexo e vê sair o jorrinho de urina transparente que salpica os fundilhos do alferes Maranhão. — Mas ainda pior que isso é mijar em cima.

Enquanto guarda o sexo e abotoa a braguilha, de ouvidos sempre atentos ao que ocorre às suas costas, vê que o alferes começou a tremer, como um homem com febre terçã, vê lágrimas saltando dos seus olhos, vê que não sabe o que fazer com seu corpo, com sua alma.

— Não me importo que me chamem de Caçabandidos, porque já fui — diz, afinal, vendo o alferes se erguer, vendo-o chorar, tremer, sabendo que o odeia mas que tampouco vai puxar a pistola agora. — Mas meus homens não gostam de ser chamados de traidores à República, porque isso é falso. São tão republicanos e patriotas como qualquer outro.

Acaricia o dente de ouro com a língua, rapidamente.

— Você só tem três coisas a fazer, alferes — diz, afinal. — Dar queixa ao comando, acusando-me de abuso de autoridade. Pode ser que me rebaixem e até me desliguem do serviço. Não me importaria tanto, pois enquanto houver bandidos sempre vou poder ganhar a vida caçando-os. A segunda, é vir me chamar para nós dois acertarmos isto em particular, sem galões, revólver nem a faca, ou com a arma da sua preferência. E a terceira, tentar me matar pelas costas. Vamos ver por qual se decide.

Leva a mão ao quepe e faz um simulacro de continência. Essa última olhada final lhe dá a certeza de que sua vítima vai escolher a primeira, talvez a segunda, mas não a terceira opção, pelo menos não neste momento. Parte, sem dignar-se a olhar para os oito soldados gaúchos, que ainda não se mexeram. Quando está saindo do bosque de esqueletos andrajosos para voltar ao acampamento, duas garras magras se prendem na sua bota. É uma velhinha sem cabelos, miúda como uma menina, que olha para ele através de suas remelas:

— Quer saber de João Abade? — balbucia sua boca sem dentes.

— Quero — confirma o coronel Macedo. — Você o viu morrer?

A velhinha nega e estala a língua, como se estivesse chupando alguma coisa.

— Fugiu, então?

A velhinha volta a negar, rodeada pelos olhos das prisioneiras.

— Uns arcanjos o levaram para o céu — diz, estalando a língua. — Eu vi.

1ª EDIÇÃO [2010] 12 reimpressões

ESTA OBRA FOI COMPOSTA PELA ABREU'S SYSTEM EM ADOBE GARAMOND
E IMPRESSA EM OFSETE PELA GRÁFICA PAYM SOBRE PAPEL PÓLEN DA
SUZANO S.A. PARA A EDITORA SCHWARCZ EM ABRIL DE 2025

A marca FSC® é a garantia de que a madeira utilizada na fabricação do papel deste livro provém de florestas que foram gerenciadas de maneira ambientalmente correta, socialmente justa e economicamente viável, além de outras fontes de origem controlada.